BASTEI
LÜBBE
TASCHENBUCH

Weitere Titel des Autors:

Der Gaukler

Titel in der Regel auch als E-Book erhältlich

Über den Autor

Thomas Ziebula war bis Mitte der 90er Jahre Diakon und Sozialpädagoge und schrieb vorwiegend Satiren, Kurzgeschichten und Kinderbücher. Seither ist er freier Autor und verfasst Fantasy-, Spannungs- und Science-Fiction-Geschichten, die als Hardcover, Taschenbücher und Romanhefte erscheinen. 2001 erhielt er den Deutschen Phantastik Preis. Derzeit arbeitet Thomas Ziebula an seinem dritten historischen Roman. Weitere Informationen finden Sie auch auf www.thomas-ziebula.de

Thomas Ziebula

Die Hure und der Spielmann

Historischer Roman

BASTEI LÜBBE
TASCHENBUCH

BASTEI LÜBBE TASCHENBUCH
Band 16997

1. Auflage: August 2014

Dieser Titel ist auch als E-Book erschienen

MIX
Papier aus verantwortungsvollen Quellen
FSC® C014496

Originalausgabe

Die Veröffentlichung dieses Werkes erfolgt auf Vermittlung der literarischen Agentur Peter Molden, Köln.

Lektorat: Judith Mandt
Karte: Arndt Drechsler
Titelillustration: © altrendo images/Getty Images; © missbehavior.de
Umschlaggestaltung: Pauline Schimmelpenninck
Büro für Gestaltung, Berlin
Satz: two-up, Düsseldorf
Gesetzt aus der Garamond
Druck und Verarbeitung: GGP Media GmbH, Pößneck
Printed in Germany
ISBN 978-3-404-16997-9

Sie finden uns im Internet unter
www.luebbe.de
Bitte beachten Sie auch: www.lesejury.de

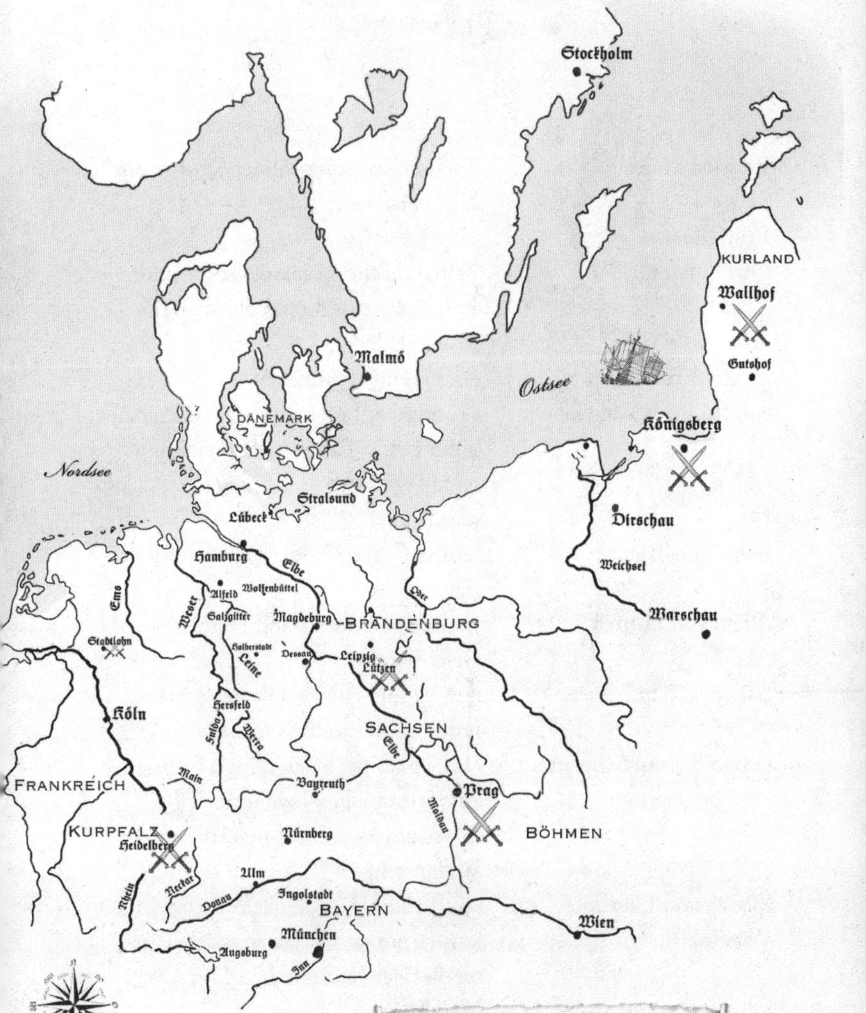

Das Heilige Römische Reich Deutscher Nation im 30-jährigen Krieg

Personen

Kristina Thott	Tochter des Stockholmer Kaufmanns Nils Gustavson Thott
Erik Thott	ihr Bruder
Olaf Larsson	Pferdeknecht im Hause Thott und Eriks Diener während des schwedischen Feldzuges
Pit der Kosak	ein Freund Kristinas
Antonín von Waldau	»Tonda«; Sohn eines protestantischen böhmischen Ritters und Freiherren
Milana	seine Schwester
Jan	sein Bruder
Franz von Trient	Jesuitenpater; Tondas Lehrer und Beichtvater
Alban von Lüttich	Jesuitenpater, Arzt und Franz' Gefährte
Nikolaus Bamberger	Novize und Albans Diener; später Jesuitenpater und Tondas Gefährte
Leopold von Heiligenstadt	»Leo« bzw. der »Capitaine«; Offizier der Katholischen Liga unter Tilly, später des kaiserlichen Heeres unter Wallenstein
Moritz von Lindholz	sein Leutnant, später sein Rittmeister
Veits Jokrim	kurpfälzischer Corporal, später Rittmeister der Katholischen Liga
Johann Steinmann	Magdeburger Dichter
Balthasar	sein Sohn
Mutter Ruth	seine Tante
Name unbekannt	ein schottischer Feldwebel

Martha	seine Erstfrau
Ludwig	ein Gefreiter

Historische Personen

Johann Steinmann	Dichter, Lebensdaten unbekannt (im Buch wohnt er in Magdeburg)
Franz Albrecht von Lauenburg	(1598–1642) Prinz von Sachsen-Lauenburg; kaiserlicher Generalwachtmeister, später kursächsischer Feldmarschall; kämpfte mal unter evangelischer, mal unter katholischer Fahne; wechselte kurz vor der Schlacht bei Lützen auf die schwedische Seite

Katholische Seite

Ferdinand II.	(1578–1637) bis 1619 Großherzog von Österreich, dann Kaiser des Heiligen Römischen Reichs und oberster katholischer Kriegsherr
Maximilian I.	(1573–1651) Herzog von Bayern, ab 1623 Kurfürst; Führer der Katholischen Liga
Johann Tserclaes Tilly	(1559–1632) Feldherr Maximilians I. und der Katholischen Liga; ab 1622 Reichsgraf
Wilhelm Lamormaini	(1570–1648) Jesuitenpater, Philosophieprofessor in Graz, Rom und Wien, Beichtvater von Kaiser Ferdinand
Mutio Vitelleschi	(1563–1645) *(Aussprache: Viteleski)* Jesuitenpater; im Dezember 1615 als Nachfolger von Claudio Aquaviva zum General der Gesellschaft Jesu gewählt

Albrecht von Wallenstein	(1583–1634) kaiserlicher Kämmerer, Herzog von Friedland und Mecklenburg; zwischen 1625 und seiner Ermordung 1634 zweimal Oberbefehlshaber der kaiserlichen Truppen
Johann von Aldringen	(1588–1634) Obrist unter Tilly und Wallenstein; ab 1632 Reichsgraf und General und Nachfolger Tillys als oberster Feldherr der Katholischen Liga
Gottfried Heinrich zu Pappenheim	(1594–1632) Graf; Obrist bzw. General unter Tilly und Wallenstein; seine Truppe hatten erheblichen Anteil an der Vernichtung Magdeburgs

Evangelische Seite

Gustav Adolf II.	(1594–1632) seit 1611 König von Schweden
Ernst von Mansfeld	(1580–1626) Graf, Söldnergeneral und Tillys hartnäckigster Gegner seit Kriegsbeginn
Christian von Halberstadt	(1599–1626) »Der Tolle Halberstädter«, General und Herzog von Brauschweig-Wolfenbüttel
Bernhard von Sachsen-Weimar	(1604–1639) Herzog; Obrist zunächst unter Christian von Dänemark, dann unter Gustav Adolf von Schweden, zwischendurch in kaiserlichen Diensten, später schwedischer General

Das Horn der Glükkseligkeit.

Schöne Früchte :
Blumen / Korn /
Kirschen / äpfel /
Birn' und Wein /
Und was
sonst mehr
kan seyn /
sind hier
in diesem
H O R N /
das Glükk /
auf daß
es uns
erquikk' /
hat selbst
es so
mit hüll
und füll
erfüllt.
wol dem/
dem es
ist
mild.

Johann Steinmann

Prolog

Meuchen, 16. November 1632

Ein Apfel beulte seine Tasche aus, den ganzen Tag schon. Jetzt, da alles vorbei war, schloss er die klammen Finger um ihn; so fest, als wollte er ihn zerquetschen. Er dachte an den Gefangenen unten in der Krypta und drückte noch kräftiger zu. Satansbraten, verfluchter!

Aus der Kirche trat er ins Freie. Kalt war es, elend kalt. Und schon wieder Nebel. Nebel am Morgen, Nebel am Mittag, Nebel am Abend. Trug er nicht die Schuld an allem, was heute geschehen war? Der verfluchte Nebel? Auf der anderen Seite des Dorfplatzes schälte eine Gestalt sich aus den weißgrauen Schwaden: eine Frau, aschblond wie Kristina und kaum älter als sie gewesen war; damals, als sie ging. Sie huschte über den Dorfplatz, blickte scheu zu ihm herüber und verschwand wieder im Nebel.

Kristina hatte wachere Augen und ein feineres Gesicht gehabt. Geliebte Kristina!

Der Apfel fühlte sich hart und rau an. Er ertastete ein Loch in der Schale und zog ihn aus dem Reitermantel: ein Einschuss, wahrhaftig! Die Musketenkugel steckte im Kerngehäuse. Ein Zittern durchfuhr ihn. Er besah das Loch im Mantel, horchte in sich hinein: nichts als Müdigkeit und Leere; nichts als ein Loch.

Erik Nilsson Thott hieß er – immer noch so, wie er heute Morgen geheißen hatte, als er sich aus dem Zelt in Dunkelheit und Nebel gebückt und man ihm sein Pferd gebracht hatte. Und dennoch war er heute Abend ein anderer Mann.

Etwas in ihm war zerbrochen, er fühlte es; etwas, das ihn getragen hatte: vom Vaterhaus an den Königshof, von Stockholm über die Ostsee, durchs Herzogtum Mecklenburg ins Herzogtum Bayern hinunter und wieder hinauf nach Kursachsen; die ganze Zeit getragen, bis hierher in das Tiefland bei jener Stadt, deren Name kaum ein Schwede aussprechen konnte: Leipzig.

Was hatte er hier verloren?

Es dämmerte bereits. Und dann der verfluchte Nebel. Die schiefen Dachfirste rund um die Kirche waren kaum zu erkennen. Dunkelgraue Rauchwolken klammerten sich an ihre Kaminstumpfen. Die kahlen Bäume in den Gärten darunter lehnten wie müde Gespenster an schattenhaften Mauern, Schuppen und Ställen. Die Luft roch nach Kienholzfeuer. Säue trotteten über den Dorfplatz, ein Hund kläffte ihnen hinterher, doch sie kümmerten sich nicht darum, wühlten grunzend ihre Rüssel in Laub und Schlamm. Aus den weißen Nebelschwaden rückten Wagenrattern, träger Hufschlag und Stimmfetzen heran.

Brachten sie etwa den König? Plötzlich füllte Angst das Loch in seinem Innern.

Erik lauschte. Die Stimmen klangen nach Unglück. Oder konnten seine Sinne schon nichts anderes mehr wahrnehmen? Ein Wunder wäre es nicht gewesen nach einem Tag, wie die Welt ihn heute hatte sehen müssen; nach einem Tag, der ihn in einen anderen Mann verwandelt hatte. Und fühlte nicht sogar dieser Apfel sich anders an als die Äpfel an den Tagen zuvor? Dabei war es die gleiche schwedische Sorte: Akerö. Eine ganze Schiffsladung war Ende Oktober beim Heer angekommen, man hatte sie mit zehn Fuhrwerken an die Donau gekarrt.

In etwas, das nach Zuhause schmeckte, hatte der König beißen wollen. Der König liebte Akerö-Äpfel. Kristina auch. Früher. Im Herbst und im Winter hatte sie beinahe täglich einen gegessen.

Wieder schoss ihm das Bild des Gefangenen durch den Kopf. Unheimlich, der Mann dort unten in der Krypta. Ein Satansbraten, eine Natter. Ständig sah er seine hohlwangige Fratze vor sich, seinen brennenden Blick. Er hasste ihn. Dabei wusste er kaum etwas über ihn. Noch nicht.

Er biss in die große, rotgestreifte Frucht. Wagenrattern, Hufschlag und Stimmen wurden lauter. Hinter den Kirchenfenstern erhob sich Gesang. Ganz Meuchen hatte sich in der kleinen Kirche versammelt. Er spuckte aus, lauschte und erkannte die Melodie: ein Danklied.

Sie sangen tatsächlich ein Danklied!

Die guten Leute wussten ja nicht, was geschehen war. Hatten nur gehört, die Schlacht sei vorbei, hatten nur gesehen, wie Lützen brannte und ihr Dorf verschont geblieben war.

Der Apfel schmeckte bitter. Er schleuderte ihn auf den Dorfplatz. Die Säue liefen herbei, grunzten gierig, stritten um die Frucht und quiekten; sie wussten nichts von ihrem Glück, noch am Leben zu sein. Die größte Sau erwischte den schwedischen Apfel und verschlang ihn an Ort und Stelle. Aus der Sakristei rief jemand seinen Namen.

Knapp dreißig Schritte entfernt tauchte ein Ochsengespann aus dem Nebel auf. Keine Fahnen, keine Reiter, kein königlicher Tross – nur erdfarbene Tiere mit wuchtigem Gehörn. Nacheinander rollten zwei Karren vorbei. Verwundete jammerten. Auf Schwedisch. Sterbende stöhnten. Jemand betete das Vaterunser. Auf Schwedisch. Ein verzweifeltes, ein drängendes Gebet.

So hatte der Vater gebetet damals, zu Hause in Stockholm, als er Kristina verlor.

Ochsen, Gestöhne und Gebete entfernten sich auf der Dorfstraße. Hatten sie den König also doch nicht gefunden, bestand also doch noch Hoffnung.

Erik machte kehrt und bückte sich durch die niedrige Tür. Einer seiner Trabanten kam ihm entgegen; Jonas Hansson, ein blutjunger Gefreiter. »Man hat den Beichtvater gebracht.«

Erik nickte stumm und folgte Hansson durch den kleinen Anbau zur Sakristei. Der Gesang im Kirchenschiff rückte näher.

»Nun lasst uns Gott dem Herren Dank sagen und ihn ehren …« Erik sprach fließend Deutsch, seit Kindertagen, und er verstand jedes Wort; Bitterkeit stieg ihm in die Kehle. Weil ihr unbedeutendes Dorf noch stand, dankten sie Gott; weil ihr unbedeutendes Leben noch ein wenig fortdauern würde. Und draußen auf dem Schlachtfeld lagen tausende im Sterben und tausende schon tot. Und vom König fehlte jede Spur.

Nur Gerüchte hörte man. Schlimme Gerüchte.

»Gehe nach vorn in den Altarraum, Jonas«, sagte er, »und bedeute dem Prediger, dass er den Gottesdienst beenden soll. Ich will es so.« Hansson nickte und schlüpfte durch ein Portal, das in den Altarraum führte. »Und danach steig mit Olaf in die Krypta hinunter!«, rief Erik ihm nach. »Und bringt ihn herauf, den Satansbraten!«

Er bückte sich in die Sakristei, wo ein Leutnant und ein Corporal der finnischen Reiterbrigade warteten. Beide waren zerzaust und ihre Koller und Hosen von Flecken bedeckt; wie alle anderen hatten auch sie mächtig Eisen fressen müssen heute.

Zwischen ihnen stand mit stolz erhobenem Schädel ein kleiner hagerer Graubart, der eine schwarze Scheitelkappe und einen langen, schwarzen Mantel trug: ein Jesuit, der Beichtvater eines gefallenen Obristen aus Wallensteins Heer.

»Es heißt, ich soll einem Ordensbruder die Beichte abnehmen.« Der kleine Graubart sprach einigermaßen verständliches Deutsch, wenn auch mit südländischem Akzent; vor allem aber sprach er ohne ein Zeichen von Scheu oder gar Angst. Das erbitterte Erik. Im Kirchenschiff riss der Gesang ab.

»Die Beichte, ja, ja …« Erik musterte ihn von den Spitzen seiner schmutzigen Stiefel bis zur hohen Stirn unter dem Kappenrand. Widerwille regte sich und stieg ihm in die Gesichtszüge. »Der Herzog von Sachsen-Weimar hat das verfügt. Ginge es nach mir, läge der Schädel dieses Satans längst neben einem Hackklotz.«

»Was werft Ihr meinem Ordensgenossen vor? Wo ist er überhaupt?« Der Jesuitenpater sah sich um. »Und wer seid Ihr?«

»Major Erik Nilsson Thott, Ritter der schwedischen Krone und Sonderemissär des Königs. Wegen heimtückischen Mordes wird Euer Ordenskomplize morgen vor dem Henker niederknien.«

»So kurz nach der Schlacht? Hat denn in ihr nicht jeder getötet, der jetzt noch am Leben ist? Töten müssen?« Der Pater stutzte und runzelte die Stirn. »Ist etwa Euer König gefallen?«

Seine Stimme klang plötzlich belegt. Wahrscheinlich machte das die aufkeimende Freude. Erik antwortete nicht, sondern musterte den Kappenträger nur feindselig.

Der Jesuit räusperte sich. »Wir von der Gesellschaft Jesu pflegen nicht, die Gebote Gottes zu übertreten. Das fünfte so wenig wie irgendein anderes.«

Wut packte Erik, er hob die Faust – und dachte an seinen Auftrag, an seine Mutter, an seinen König und an das, was er bei beiden gelernt hatte: *Allezeit und überall unterwerfe die Gelüste des Augenblicks deinen größeren Zielen.* Statt zuzuschlagen, deutete er auf die Bänke und den schweren Eichentisch an der Wand. »Kettet es dort an, das Papstknechtlein.«

»Ich protestiere …« Mit vor Schreck brechender Stimme empörte sich der Pater. »Freies Geleit hat man mir zugesagt …«

»Wenn Ihr ihm die Beichte abgenommen habt, jawohl!«, zischte Erik. »Wir von der Armee Gustav Adolfs pflegen nicht, unsere Zusagen zu brechen.«

Die beiden Finnen schleppten den Pater zur vorderen Bank und legten ihn in Ketten. Die zweite Bank stand hinter dem Tisch an der Wand. Dort würde der andere sitzen. Etwa in Kopfhöhe über der Bank flackerte eine Kerze in einer Wandnische.

Lärm erhob sich. Erik fuhr herum zur Tür, wo Soldaten sich in die Sakristei drängten, alle Dragoner der Småländer Reiterei – schmutzig, blutig, erschöpft. Mitten unter ihnen waren seine beiden Trabanten Hansson und Larsson und zwischen diesen ein hinkender Kahlkopf – der Verurteilte, der Satansbraten, die Natter.

Einen halben Kopf kleiner als die waffenstarrenden Männer um ihn herum, schmaler als sie – dürr geradezu –, mit knochigem, zerschlagenem Gesicht und dem rechten Armstumpf in blutigen Binden schien er dennoch alle anderen zu überragen. Und täuschte Erik sich oder mühten seine Männer sich um Abstand von ihm? Dabei hielten einige ihn doch fest!

Nein, er täuschte sich nicht: Wie einer, dessen Berührung man scheute – ein Heiliger, ein Lepröser, ein Dämon – und dem man doch nicht ausweichen konnte, stach er aus dem bewaffneten Haufen heraus, raumfordernd und hellwach.

Erik hatte keine Erklärung dafür. Vielleicht lag es an dem großen zerschrammten Kahlkopf, den der Verfluchte so unverschämt hoch trug; vielleicht an dem schwarzen Brustharnisch, der jedem hier in der Sakristei die heutige Schlacht und die todbringende schwere Reiterei des Feindes ins Gedächtnis rief; vielleicht auch an seinen lodernden, schwarzbraunen und tief in den Höhlen liegenden Augen. Oder einfach an dem Gerücht, dass dieser Mann unter denen gewesen sei, die auf den König geschossen hatten.

An was auch immer – Erik hasste ihn aus tiefstem Herzen. Und als er sah, dass der Mann lächelte – wahrhaftig, er lächelte wie ein Sieger! –, da zuckte seine Rechte zum Korb seines Degens. Ruhig! Ganz ruhig. Noch brauchte er ihn lebend, den Satansbraten.

Ein graubärtiger Feldwebel der Småländer trat vor. »Das haben wir bei ihm gefunden, Major Thott.« Er reichte Erik einen zum Bündel gewickelten ledernen Sack. »Er trug es unter dem Harnisch.« Erik nahm das Bündel und ließ den Gefangenen dabei nicht aus den Augen.

Wegen Harnisch und Beinschienen sah man ihm den Jesuiten nicht gleich an. Dass er einer war, hatte er selbst zugegeben, als man ihn gefangen nahm, als man ihm nach dem Arm auch noch den Kopf abschlagen wollte. Und was heißt zugegeben – geprahlt hatte er damit. »Ich bin ein Soldat Gottes!«, habe er gerufen. »Ein geweihter Priester der Gesellschaft Jesu!« So hatte es der finnische Rittmeister berichtet, der den Kahlkopf gefangen genommen hatte. Geglaubt hatte der Finne es erst, als er den Brief aus Wien bei ihm fand: verschlossen mit dem Siegel des Kaisers, geschrieben vom Beichtvater des Kaisers, adressiert an einen *Franz von Trient*. Weil er Lösegeld roch, hatte der Rittmeister den Gefangenen verschont.

Erik wickelte das Leder auf und griff in den Sack. Er tastete ein Buch, tastete Stoff, tastete zwei harte, rundliche Gebilde so groß wie Akerö-Äpfel, nur mit etlichen Ausstülpungen, Löchern und Unebenheiten. Eines zog er heraus.

Eine Handpuppe. Das Kleid blutrot, der Schädel rubinrot, feixend, gehörnt und mit vorspringendem Kinn.

Der Teufel.

Er hob die Puppe hoch, präsentierte sie erst seinen Männern, dann dem Beichtvater hinter ihm am Eichentisch. »Euer Ordenskomplize pflegt gefährlichen Umgang, will mir scheinen.« Der kleine, hagere Kappenträger entgegnete kein Wort. »Oder spreche ich besser von angemessenem Umgang?«

Erik wandte sich wieder dem Gefangenen zu, klemmte die rote Figur unter den Arm und zog die zweite Puppe aus dem Sack: Der hölzerne Totenschädel war weiß, das Kleid schwarz und mit weiß aufgemaltem Gerippe. Eine Sense mit abgebrochener Klinge ragte über den grinsenden Schädel hinaus.

Der Tod.

Ein Raunen ging durch die Småländer, und Erik schwoll ein Kloß im Hals. Der schwarz gepanzerte Jesuit hingegen betrachtete ihn neugierig und unbeirrt lächelnd; er lächelte, als gäbe es nichts, das er zu fürchten hatte.

Erik gewann seine Fassung zurück und versuchte, sich den Anschein amüsierter Gelassenheit zu geben. »Da sind sie ja bereits, die auf dich warten. Erst Meister Klapperbein«, er hob die Puppe des Sensenmannes, »dann dieser hier.« Er hob die Teufelsfigur. »Der Schwarze Kasper, wie er bei uns Kriegsleuten heißt. Gleich morgen früh nach Sonnenaufgang wirst du deinen beiden Freunden begegnen, Satanspriester! Erst dem einen, dann dem anderen.«

Der Gefangene lächelte ohne sichtbare Erschütterung; in seinen dunklen Augen glühte es wie von böser, wilder Freude. »Was ist schon mein Gang zum Henker gegen einen Sturz in die Hölle, wie er dir bevorsteht, Schwede?« Seine laute, hohe Stimme klang schneidend scharf. So nahe wie die Kette es zuließ, mit der seine Linke an Jonas Hanssons Rechte gekettet war, hinkte er auf Erik zu und deutete mit dem Armstumpf auf ihn. »Was sind schon die fünf Minuten Angst, bevor die Axt mich trifft, gegen die fünf Millionen Jahre Fegefeuer, die du vor dir hast, wenn Gott deinem ketzerischen Dasein ein Ende bereiten wird?« Er stieß ein verächtliches Lachen aus. »Und danach, Thott«, rief er, »danach musst du doch in die Hölle!«

Erik verschlug es die Sprache; seine Männer standen ganz starr. Es herrschte Totenstille. Dieser Mensch redete nicht wie ein Gefangener, nicht wie ein zum Tode verurteilter Attentäter – er sprach wie einer, der alle Gerechtigkeit der Welt auf seiner Seite wähnte, wie ein Märtyrer. Und woher kannte er überhaupt seinen Namen?

Erik stieß eine Verwünschung hervor, riss seinen Degen aus der Scheide und ging auf den Gefangenen los. Die Småländer sprangen zur Seite, der Satansbraten duckte sich, um auszuweichen, musste aber dem Zug von Hanssons Kette folgen. Erik zielte auf den blutigen Verband seines Armstumpfes und schlug mit der flachen Seite der Klinge zu. Der Getroffene schrie auf, krümmte sich, ging in die Knie und brach stöhnend zusammen. Nun war es aus mit seiner grinsenden Selbstgewissheit.

»Auf die Bank mit ihm.« Erik atmete schwer. »Kettet ihn an die Wand. Der Tisch sei zwischen beiden.« Sein Blick begegnete dem des kleinen Kappenträgers. Der war aschfahl, und alle Verachtung, die ein Mensch aufbringen konnte, lag in seinen Zügen. »Ich gebe euch bis Mitternacht«, zischte Erik und wandte sich ab.

Die Männer der Småländer Reiterei machten ihm Platz, damit er sich aus der Sakristei bücken konnte. Er steckte die Handpuppen zurück in den Ledersack und kämpfte mit Tränen der Wut. Ein Mann hielt sich dicht hinter ihm, Olaf Larsson, sein zweiter Trabant, ein untersetzter Corporal mit hellem, rötlichem Haar und nur wenig älter als er selbst. Erik trat wieder ins Freie. Es wurde schon dunkel, der Nebel schien sich nun doch zu lichten. Er atmete tief durch und wischte sich verstohlen über die Augen. Dann steckte er den Ledersack unter den Reitermantel, ging zum Kircheneingang und zog die Tür auf. Kein Mensch hielt sich mehr im Gotteshaus auf.

»Sollen wir den Jesuiten Essen und Wein geben?«, rief Olaf Larsson ihm hinterher.

»Nur Wasser. Und wartet, bis ich in der Krypta bin, bevor ihr sie zur Beichte einschließt.« Erik betrat die kleine Kirche. Seine Schritte hallten durch Kälte und Dämmerlicht. Im Altarraum stieg er zur Krypta hinunter und dann hinauf in eine steinerne Kammer. Ein Schemel stand dort, halb verhüllt von einer Decke. Eine Handbreite darüber öffnete sich eine vergitterte Wandlücke, kaum einen Schuh hoch und halb so breit. Dahinter flackerte eine Kerze, und hinter der Kerze lag die Sakristei. Aus ihr hörte Erik eine Kette rasseln und einen Småländer Dragoner fluchen.

Das Kerzenlicht jenseits des Gitters tauchte auch noch diese geheime Grabkammer in mattes Licht und warf den flackernden Gitterschatten an die Wand rechts neben Erik. Jenseits des Gitters hörte man nun Stimmen und Schritte. Der verwundete Jesuit stöhnte seinen Schmerz hinaus, der kleine Beichtvater sprach beruhigend auf ihn ein; Wasser plätscherte in Blechbecher.

Erik zog das Lederbündel aus dem Reitermantel, wickelte es auf und griff in den Sack. Er holte die Handpuppen heraus und betrachtete Teufel und Tod. Ihn schauderte. Was, um alles in der Welt, hatten diese Puppen zu bedeuten? Neben dem Schemel ließ er sie auf den Steinboden gleiten. Auf der anderen Wandseite ging es nun leiser zu.

Erik holte das Buch aus dem Ledersack. Ein blauer Leineneinband, abgegriffen und mit verblichener roter Schrift. Er hielt sie in den Kerzenschein, las die Prägung – *Tagebuch*. Er schlug es auf, gleich zwischen Deckel und erster Seite steckten zwei gefaltete Blätter – aus einem Atlas gerissen, wie er gleich erkannte. Das größere brachte tief in ihm eine Saite zum Klingen. Warum? Ganz hinten im Buch steckte ein vergilbtes Papier, ein handgeschriebener Bericht über den Großbrand in Stockholm. Die Buchseiten selbst waren mit klarer energischer Handschrift bedeckt, auf der ersten ein Gedicht: *Das Horn der Glückseligkeit*. Er stutzte, sah genauer hin und hielt den Atem an: Er kannte es, kannte sogar die Schrift.

Jenseits der Wand, in der Sakristei, zog jemand die Tür zu; geräuschvoll, damit er es merkte und sicher sein konnte, dass nun bald die Beichte begann. Der scharrende, metallene Lärm von Schloss und Riegel ertönte. Doch das Tagebuch fesselte Eriks Aufmerksamkeit.

Vorn wellten sich die Buchseiten. Er konnte die Verse vom *Horn der Glückseligkeit* kaum entziffern, weil die Tinte zerflossen war. Er las den Namen auf dem Deckblatt: *Kristina* … Die Buchstaben verschwammen ihm vor den Augen, er blinzelte, las noch einmal und las wieder und wieder: *Kristina Nilsdotter Thott*.

Mit zitternden Händen zog er die beiden zerlesenen Landkarten heraus, entfaltete und betrachtete sie im matten Kerzenlicht, betrachtete vor allem die größere Karte. Und jetzt erinnerte er sich – das war eine Seite aus dem Atlas seines Vaters!

Es gab jetzt keinen Zweifel mehr: Der Satansbraten kannte nicht nur seinen Namen, er kannte auch seine Schwester!

Auf der anderen Seite der Wand begannen sie zu tuscheln. Erik musste lauschen, dazu saß er schließlich hier, doch er konnte sich kaum beruhigen. Wenn der Gefangene das Tagebuch seiner Schwester besaß, dann musste er ihr doch begegnet sein. Er hatte sie doch nicht etwa getötet?

Unter seinem schwarzen Kürass habe er das Bündel getragen – hatte der Feldwebel das nicht berichtet? Es konnte also noch nicht lange her sein, dass der Satanspriester Kristina begegnet war. Oder wie sonst sollte man sich erklären, dass er ihr Tagebuch mit in die Schlacht genommen hatte?

Und dann die Handpuppen. Erik blickte seitlich am Hocker hinunter – da lagen sie übereinander, der Tod und der Teufel. Was hatten sie mit Kristinas Tagebuch zu schaffen?

Sein Herz schlug schneller, sein Atem flog, hundert Gedanken wirbelten ihm durchs Hirn. Er atmete tief durch und legte das Buch auf die Handpuppen. Einen klaren Kopf brauchte er jetzt; er musste die Männer belauschen, musste erfahren, was wirklich auf dem Schlachtfeld geschehen war, im Nebel. Er wollte wissen, wer auf den König geschossen hatte; die Befehlshaber wollten es wissen – der Herzog Bernhard, der Freiherr zu Innhausen. Alle. Um es herauszufinden, hatte man ihn mit einer halben Kompanie Småländer Reiterei und dem Gefangenen hierher nach Meuchen geschickt.

Erik stand auf, kämpfte die Erregung nieder, lehnte neben der Mauerspalte gegen die Wand und lauschte. Die beiden Männer in der Sakristei sprachen Latein. Erik hatte nichts anderes erwartet. Natürlich rechneten sie damit, belauscht zu werden, doch ganz gewiss rechneten sie nicht mit einem schwedischen Soldaten, der des Lateinischen mächtig war.

Eriks Vater hatte sich die Ausbildung seines Sohnes viel Geld kosten und ihn in einem Jesuitenkollegium im preußischen Braunsberg studieren lassen. Jahrelang musste Erik die verhasste Sprache lernen. Er verstand jedes Wort, das jenseits des Gitters zwischen dem Verwundeten und seinem Beichtvater gewechselt wurde.

»Der Herr sei in deinem Herzen und auf deinen Lippen, damit du alle deine Sünden recht beichtest«, hörte er den kleinen Jesuitenpater murmeln. *»Im Namen des Vaters und des Sohnes und des Heiligen Geistes. Amen.«*

»Ich habe Euch viel zu erzählen, Hochwürden.« Der andere, der Satansbraten, sprach stockend und mit gebrochener Stimme. »Wird mir eine Nacht reichen? Das Wichtigste zuerst: Ich habe unsere Ordensregeln übertreten und das fünfte Gebot gebrochen.«

Eine Zeitlang herrschte Schweigen. Dann ertönte wieder die Stimme des kleinen Paters: »Schon bald wirst du dafür deinen Kopf unter das Henkersbeil legen müssen, Bruder Franz. Doch vor Gott bist du unschuldig, vor Gott hast du getan, was der wahren Kirche zum Sieg und der Ehre des Herrn zu größerem Glanz verhelfen wird.«

»Wenigstens durfte ich den schwedischen Satansdiener noch mit eigenen Augen fallen sehen«, hörte Erik den anderen krächzen. Er hielt den Atem an. Der Jesuit sprach doch nicht etwa vom König?

»Du sahst ihn fallen?«, flüsterte der Beichtvater. »Ist er denn tot?«

»Gott gebe, dass unser Werk gelungen ist.« Wieder die hohe und vor Schmerzen zitternde Stimme des Satansbratens. Erik verharrte starr vor Entsetzen. Gab es doch keine Hoffnung mehr? War der König doch gefallen? Auf einmal drehte die Grabkammer sich, und Erik tastete nach der Wand, suchte Halt.

»Geschah es denn durch dich?« Auf der anderen Seite drängte der Beichtvater nach Antworten. »Oder durch den Soldaten Christi, den du ausgebildet hast? In Wien hörte ich doch von jenem tapferen Novizen, von deinem besten Schüler.«

»Wahr ist, dass ich Gott ein Werkzeug geschaffen habe, mit dem er etliche seiner Feinde vernichtet hat.« Der Verwundete sprach nun lauter, redete sich in Rage. »Wahr ist jedoch auch, dass Satan alles darangesetzt hat, mir dieses Werkzeug zu rauben. Der Teufel selbst kämpfte gegen mich in Gestalt eines Weibes.« Erik horchte auf. »Verfluchte Hure!«, rief nebenan der für das Henkersbeil Bestimmte, und ohne wirklich zu begreifen, ahnte Erik, von wem die Rede war.

»Ich kenne ihre Pläne«, rief der Satansbraten. »Ich kenne ihr Innerstes, denn Gott gab mir ihr Tagebuch in die Hände.« Der Boden unter Eriks Stiefeln schien zu wanken. »O du verfluchtes Weib!«, hörte er den Todgeweihten zischen. »Wärst du doch auf den Grund der Ostsee gesunken! Wäre dein verführerischer Leib doch zum Fraß der Seehechte geworden!«

Erstes Buch

Vom Horn der Glückseligkeit

1618 bis 1620

I

Stockholm, August 1618

Möwengeschrei und Spätsommerlicht weckten sie. Sie sprang aus dem Bett, und die Lebenslust prickelte ihr durch Glieder und Bauch. Über den Dächern Stockholms strahlte nach einem verregneten August endlich einmal wieder die Morgensonne aus einem endlich einmal wieder blauen Himmel. Den Vater hörte sie hinter der Tür seines Kontors mit sich selbst reden. Am Frühstückstisch wich die Mutter ihrem Blick aus und öffnete die Lippen nur, um die Morgenandacht zu lesen und das Tischgebet zu sprechen. Auf der Flucht vor der mütterlichen Laune scheuchte sie den jüngeren Bruder und den Stallknecht in den Stall und wies sie an, wie sie welches Pferd zu striegeln hatten. Und im Hof vibrierte die Luft vom Gezwitscher der Schwalben, die sich ringsum auf Mauerkronen und Dachfirsten zum Abflug sammelten.

So begann der Tag, an dem Kristinas Jugend endete.

Am späten Vormittag dann, in der Bibliothek, wartete sie auf den Hauslehrer. Der wollte und wollte nicht kommen. Kristina hatte nichts dagegen – je später Mathematik und Bibelkunde ihr den Tag vergällten, desto besser; außerdem sah der Magister aus wie eine Heringstonne, roch auch so ähnlich und spuckte beim Reden.

Vor dem Spinett ließ sie sich auf den Hocker fallen, klappte den Deckel hoch und griff in die Tasten. Dur-Akkorde füllten den Raum. Sie stimmte eine muntere Melodie an, sang das Lied vom *Horn der Glückseligkeit*, sang es mit jeder Zeile lauter und fing nach der letzten noch einmal von vorn an:

»Schöne Früchte: Blumen, Korn,
Kirschen, Äpfel, Birn' und Wein,
was immer köstlich könnte sein
ist alles hier in diesem Horn …«

Johann Steinmann, ein guter Freund des Vaters, hatte das Gedicht gemacht. Der Vater hatte ihr die Verse vor drei Jahren aus Magdeburg mitgebracht, die Tante ein paar Noten dazu geschrieben und das Lied im vorletzten Sommer am Hafen singen und spielen lassen, bevor sie das Schiff bestieg, das sie für immer nach Böhmen trug.

»… das Glück, auf dass es uns erquicke,
hat selbst es bis zum Rand gefüllt.
Wohl dir, wenn es dir überquillt.«

Übermütig warf sie den Kopf in den Nacken, schmetterte die schlichten Verse vom Glückshorn zum dritten Mal heraus – da fiel ihr Blick auf das Buch.

Es stand im Bücherschrank neben dem Spinett, in der mittleren Reihe, war in dunkles Leder gebunden und größer als alle anderen Bücher. Und es war neu. Kristina kannte jedes Buch des Vaters hier in der Bibliothek – zumindest ihre Titel –, dieses dort hatte sie während des letzten Unterrichts vor drei Tagen noch nicht im Bücherschrank gesehen.

Sie sang bis zur letzten Liedzeile, klappte dann den Tastendeckel herunter und stand auf. Vor der Glastür des Bücherschranks betrachtete sie die Goldprägung auf dem Buchrücken: ATLAS MAIOR – DER GRÖSSTE UND PRACHTVOLLSTE ATLAS, DER JEMALS VERÖFFENTLICHT WURDE.

Sie zog die Glastür auf, nahm das schwere Buch heraus und trug es zum Sekretär neben dem Fenster. Es roch nach Druckerschwärze und frischem Leder. Sie legte es ab und blätterte andächtig. Vielfarbige Muster bedeckten die großen Seiten: Küstenlinien, Inseln, kleine Bilder von Schiffen, und in den Ecken leuchteten prachtvolle Wappenzeichen und bunte Bänder mit lateinischen Namen von Kontinenten, Königreichen oder Fürstentümern.

Sie blätterte sich bis zur Karte von Schweden durch, beugte sich über sie, staunte die Flussläufe an, die vielen Seen, die Namen von Städten und zahllosen Inseln. Zärtlich fuhr sie mit der Handfläche über die Seite – das Papier fühlte sich kalt und glatt an. Die schwedische Ostküste sah aus wie ein zerbrochener Streuselkuchen, und das blasse Türkis des Meeres zwischen den Kuchenbröseln erinnerte sie an die Augenfarbe der Mutter.

Und dann Stockholm – ein Ausruf des Staunens entfuhr ihr: Sicher wusste Kristina, dass ihre Heimat auf Inseln lag und von Inseln umgeben war, doch von so vielen Inseln? Und wie weit die Gewässer des Melaren ins Land hineinreichten! Sie erinnerte sich an eine Schiffsreise auf dem See: In ihrer späten Kindheit hatte sie einmal den geliebten Vater nach Västerås begleitet, wo er dem lutherischen Bischof eine Ladung Fensterglas persönlich überbracht hatte. Beängstigend lang war ihr die Reise damals vorgekommen, doch der See – und das erkannte sie jetzt auf der Karte – zog sich westlich von Västerås noch viel weiter ins schwedische Hinterland hinein.

Mit dem Finger fuhr sie von Stockholm aus die Ostküste entlang bis hinunter nach Malmö und dann über die Ostsee nach Lübeck, wo die Mutter herstammte. Kristina war erst einmal dort gewesen – vor sieben Jahren, als der deutsche Großvater auf dem Sterbebett lag und der deutsche Onkel die Glasmanufakturen übernahm.

Von Lübeck aus wanderte ihr Finger nach Magdeburg hinunter, wo der Freund des Vaters lebte, der ihr das Lied vom *Horn der Glückseligkeit* zur Konfirmation gedichtet hatte. »Irgendwann werde ich ihn besuchen«, murmelte sie. »Irgendwann werde ich mich persönlich bedanken.«

Dresden fand sie erst nach einigem Suchen, die schöne Stadt an der Elbe, wo der Kurfürst von Sachsen residierte, dem der Vater

Glas und Holz geliefert hatte und von dem er so hinreißend zu erzählen verstand, wenn die Mutter nicht in der Nähe war; weil man so ausgelassen scherzen und zechen konnte mit dem Kurfürsten – wenn seine schöne und kluge Kurfürstin nicht in der Nähe war.

Kristina summte die muntere Melodie vom Glückshornlied, blätterte weiter, suchte nach Böhmen und Prag. Draußen im Hof wurde Hufschlag laut, ratterten Wagenräder, schnaubten Pferde. Sie hob den Kopf und lauschte. Kam er doch noch, ihr Magister Heringstonne? Wie schade …

Sie ging zum Fenster, blickte in den Hof hinunter. Ein Pferdegespann zog einen großen Wagen durchs Tor. Hinter ihm schob Olaf Larsson, der junge Stallknecht, die Torflügel zu. Der Wagen hielt, der Kutscher sprang vom Bock, lief zur seitlichen Planenöffnung und half einem in Schwarz gekleideten Mann mit großer, steifer Halskrause von der Ladefläche zu klettern.

Zum Glück nicht der Hauslehrer, nur ein Geschäftspartner des Vaters, ein ehemaliger Reiteroffizier. Kristina kannte ihn flüchtig, hatte sich aber den Namen nicht gemerkt. Der stämmige Mann glättete seinen Rock, prüfte den Sitz seiner Hosenbänder über den weißen Seidenstrümpfen, rückte den hohen Hut zurecht und reckte dann, nach allen Seiten spähend, das breite graubärtige Kinn.

Unter dem Fenster schien jemand das Haus zu verlassen, denn er winkte jetzt. Der Vater erschien in Kristinas Blickfeld und begrüßte den Mann. Der musste ein wichtiger Geschäftspartner sein – das glaubte sie an der leicht gebeugten Haltung des Vaters ablesen zu können und an den etwas ungelenken Gesten, mit denen er seinen Gast begrüßte.

Auf den Nachbarhäusern tschilpten und drängten die Schwalben sich auf Firsten, Giebeln, Kaminrändern und Fahnenstangen. Bald würden ihre Schwärme die Orte überfliegen, zu denen Kristina nur mit dem Finger auf der Karte reisen konnte. Sie griff sich einen Apfel aus der Obstschale, kehrte zu Sekretär und Atlas zurück. Was ging dieser Kaufmann sie an? Hauptsache, die Mathematik und die Bibelkunde blieben ihr heute vom Leibe.

Erleichtert über diese Aussicht, den säuerlichen Sommerapfel kauend und voller Neugier beugte sie sich wieder über den Atlas, suchte die Elbe, suchte und fand die Odermündung. Entlang des Stromes fuhr sie mit dem Finger nach Süden, fand auch Böhmen, entdeckte endlich Prag, wo die Tante jetzt lebte, die jüngste Schwester des Vaters. »Da will ich hin.«

Sehnsucht packte sie. Auch nach der Tante, sicher – war es doch ihre Lieblingstante –, viel mehr aber noch nach einer unbestimmten Ferne, nach der Fremde und ihren Verheißungen. Sie kannte Prag nur von einem alten Kupferstich aus einem der Bücher hier in der Bibliothek; und natürlich durch die Schilderungen aus den Briefen der Tante. »Da will ich hin …«, sie fuhr mit dem Finger weit nach Westen bis an den Rhein, »… und dahin auch.«

Ihr Finger lag jetzt auf Heidelberg, wo die englische Prinzessin und ihr junger Kurfürst residierten, von dem in letzter Zeit so oft die Rede bei den Mahlzeiten war. »Da will ich hin. Und dahin und dahin und dahin.« Ihr Finger deutete auf Wien, auf Venedig, auf Rom. »Überall …«

Sie stützte das schmale Gesicht in die Fäuste, vergaß den Apfel, versank ganz und gar in die Betrachtung von Flussläufen, Gebirgsreliefs, Städtenamen und Küstenlinien. Wie groß doch die Welt war, und wie wenig sie davon kannte! Vor dem Fenster lärmten die Schwalben, und in ihrer Brust brannte das Fernweh.

Schritte näherten sich auf der Treppe. Kristina hob den Kopf – kam etwa der Hauslehrer doch noch? Die Tür öffnete sich, die Mutter schaute herein, blond, hager, ernst. »Dem Magister habe ich durch den Briefboten für heute abgesagt, Kristina. Morgen wird er dich wieder unterrichten, heute aber haben wir einen Gast zu Tisch.« Die Mutter musterte sie von den Schuhspitzen bis hinauf zum krummen Scheitel ihres aschblonden Haares. »Komm herunter. Und mach dich zuvor hübsch.«

»Aber warum denn?« Kristina biss in den Apfel.

Die Mutter ließ die Klinke los, trat zu ihr und strich ihr über den Kopf. »Vater und ich wollen dich unserem Gast vorstellen.«

Sie hörte gar nicht mehr auf zu streicheln, und nichts Prüfendes lag mehr in ihrem Blick, sondern wehmütige Zärtlichkeit und etwas, das Kristina nicht deuten konnte. Sorge? Oder gar Angst?

»Zieh dir das beste Kleid an, hörst du? Das spanische.« Ohne eine Antwort abzuwarten, wandte die Mutter sich ab und zog die Tür hinter sich zu.

Kristina ging zum Fenster, blickte in den Hof hinunter, kaute ihren Apfel. Unruhe befiel sie. Hübsch machen? Einen Gast zum Essen? Das spanische Kleid? Das behagte ihr nicht. Und seltsam: Der Vater pflegte sonst nicht, sie an die Tafel zu holen, wenn er mit Geschäftspartnern speiste. Dieser Graubart musste also wirklich ein wichtiger Mann sein.

Ihre Neugier verdrängte schließlich ihren Unwillen. Sie öffnete das Fenster und warf den Apfelbutzen in den Hof hinunter. Hühner liefen gackernd herbei und zankten sich darum. Kristina trug den Atlas zurück zum Bücherschrank und lief aus der Bibliothek in ihre Kammer hinauf.

Das beste Kleid ließ sie im Schrank hängen. Sie mochte diese spanischen Gewänder nicht mit ihren düsteren Farben, ihren glockenartigen Schnitten und würgenden Kragen. Wie sollte man sich darin bewegen? Oder auch nur durchatmen? Vor dem großen Spiegel schlüpfte sie in ihr Lieblingskleid: das cremefarbene aus englischem Leinen mit den himmelblauen, weißen und rosafarbenen Unterkleidern und dem himmelblauen Überwurf. Der Vater hatte es ihr im vergangenen Sommer aus Amsterdam mitgebracht.

Sie ordnete Falten, Unterkleider und Säume, strich den Stoff glatt und drehte sich vor dem Spiegel. Über das Mädchen darin hatte sie die Cousins und manche Nachbarn sagen hören, es sei schön. Kristina hatte langes, aschblondes Haar und graue, ein wenig schräg stehende Augen, deren Blick tatsächlich anmutig leuchtete, wenn sie glücklich war, jedoch bedrohlich funkeln konnte, wenn sie zornig war. Ihr großer Mund mit den vollen Lippen stand in ganz eigenartigem Kontrast zu den ausgeprägten Wangenknochen und dem kantigen Kinn. Etwas Trotziges und zugleich Schelmisches lag in den Zügen des Mädchens, und etwas Weiches und zugleich Unnachgiebiges.

Während Kristina ihr Spiegelbild betrachtete, dachte sie an den Blick der Mutter vorhin in der Bibliothek, und sofort kehrte die Unruhe zurück. Die Mutter zeigte sich sonst nicht gerade freigiebig mit zärtlichen Gesten; ganz anders als der Vater. Und anders auch als der ließ sie sich selten anmerken, was sie dachte und fühlte. Vorhin jedoch, während sie ihr den Kopf gestreichelt hatte, verschwand der strenge Ernst aus ihrer Miene und machte für wenige Augenblicke ängstlicher Sorge, ja sogar Wehmut Platz. Und hatte nicht auch ihre Stimme ein wenig gebebt?

»Gehen wir der Sache auf den Grund«, murmelte Kristina. Sie entfaltete das cremefarbene Tuch, das zum Kleid gehörte und von einem blassen Muster aus himmelblauen und rosafarbenen Blumen verziert wurde. Sie schlang es um den Kopf, sodass es ihr Haar bedeckte. Auf diese Weise ersparte sie sich die Haarbürste.

Ein kleines Ölporträt des Vaters hing zwischen Spiegel und Tür. Die Hand schon auf der Klinke, verharrte Kristina davor. Ein Holländer hatte das Bild gemalt. Es zeigte einen schnurrbärtigen, blonden Mann mit kantigem Gesicht und lachenden Augen; Augen, aus denen Lebenskraft und Selbstvertrauen strahlten. Den großen, sinnlichen Mund hatte Kristina von ihm geerbt; genau wie das leidenschaftliche, aufbrausende Wesen.

Das geliebte Gesicht zu betrachten, wärmte ihr das unruhige Herz. Sie musste lächeln. Was konnte einem jungen Mädchen schon Schlimmes widerfahren, das einen solchen Vater um sich wusste? Einen Vater, der von seinen Reisen Kleider wie dieses hier und Verse wie die vom Glückshorn als Geschenke mitbrachte?

Und während sie das dachte, ging es ihr zugleich wie ein feiner Stich durch die Brust: So, wie der Vater auf diesem Porträt lächelte, so zuversichtlich und gewiss hatte sie ihn schon seit Monaten nicht mehr lächeln sehen. Und ihr fiel ein, dass sie ihn in letzter Zeit öfter mit sich selbst reden hörte, wenn sie an seinem Kontor vorüberging; das klang nie fröhlich, auch heute Morgen nicht.

»Was ist mit dir?« Sie nahm die Hand von der Klinke, berührte die Stirn des Porträts. »Und warum hat die Mutter mich angeschaut, wie man eine Kranke anschaut? Muss man sich denn Sorgen um mich machen?«

*

Der Gast hieß Bonde, Sakarias Martinsson Bonde. Er trank unglaublich viel Wein und stieß unglaublich viele Worte aus. Dabei redete er ausschließlich mit dem Vater und Erik; Kristina glotzte er nur an, das jedoch fast ununterbrochen. Die Mutter beachtete er kaum.

Er hockte Kristina gegenüber und neben Erik. Beinahe andächtig lauschte ihr Bruder den Worten des Gastes. Jedes Mal, bevor Bonde seinen Redeschwall unterbrach, um wieder Wein in seinen Schlund kippen zu können, sagte er: »Wir müssen zusammenhalten, wir von den Bondes und ihr von den Thotts. Wir sind uralter Adel, wir müssen zusammenhalten, sag ich.« Dabei schlug er Erik auf die schmalen Schultern, griff zum Glas und leerte es.

Danach stopfte er sich ein Stück Fisch in den Mund und sprach weiter. Vom Krieg gegen die Polen, vom viel zu niedrigen Preis für Holz und Glas, von den Prager Bürgern, die vor kurzem zwei kaiserliche Statthalter aus den Fenstern der böhmischen Kanzlei gestürzt hatten, vom jungen schwedischen König Gustav Adolf, dem – »Habt Ihr's wirklich noch nicht gehört?« – ein Bastard von einer Maitresse nachgesagt wurde, und vom verregneten August.

Er beklagte sich über die mangelhafte Verwaltung des schwedischen Reiches und über die Rückständigkeit des Landes, wo vielerorts noch immer mit Holz, Leder, Wildbret oder Feldfrüchten bezahlt würde statt mit Dukaten oder Talern wie im Heiligen Römischen Reich Deutscher Nation oder in den Generalstaaten. »An denen müssen wir uns ein Beispiel nehmen, an den Holländern.« Die erwähnte er häufiger, und Kristina gewann den Eindruck, dass er gute Geschäfte mit ihnen machte. »Ein Bündnis mit Amsterdam muss er schmieden, unser junger König, sag ich! Etwas Klügeres kann er kaum tun!«

Kristina wünschte, die Mahlzeit möge schnell vorübergehen, denn der Mann langweilte sie nicht nur, sondern stieß sie ab mit seinem Gerede und seinen lästigen Blicken. Doch Erik zeigte sich wieder einmal von seiner dümmsten Seite, konnte kaum genug kriegen von den langatmigen Ausführungen des Gastes und befeuerte sie noch durch unsinnige und viel zu viele Fragen.

So kam Bonde irgendwann auch auf das sogenannte Stockholmer Blutbad zu sprechen. Auf einmal wurde seine Stimme heiser und klang pathetisch. Er schwärmte von den Vorkämpfern der schwedischen Unabhängigkeit, die der dänische König auf dem Marktplatz hatte hinrichten lassen. Fast hundert Jahre her. »Auch ein Thott starb damals den Heldentod, Nils Gustavson Thott!«, erklärte er feierlich und prostete dem Vater zu. »Auch einer Eurer edlen Vorfahren, sag ich!« Ganz ergriffen von seinen Worten schlug er Erik auf die Schulter – so heftig, dass es den schmächtigen Körper des Halbwüchsigen nach vorn warf.

Bondes Wortschwall und den wenigen Sätzen des Vaters entnahm Kristina, dass sie einem Ritter gegenübersaß, einem ehemaligen Reiterobristen, außerdem einem Witwer mit ungefähr sieben Kindern, von denen das jüngste vier Jahre alt war. Sakarias Bonde war von gedrungener Gestalt und hatte ein breites, großporiges Gesicht mit roten Flecken; den grauen Bart durchzogen schwarze Strähnen. Auffallend oft erwähnte er seinen älteren Bruder, der im schwedischen Reichsrat saß. Manchmal schlug er Erik auch nach der Erwähnung dieses Bruders auf die Schulter und sagte: »Da wirst du auch einmal sitzen, mein Junge, da gehören wir hin, sag ich! Wir von den Bondes und ihr von den Thotts.« Flecken von Fischfett und Rotwein vermehrten sich nach und nach auf seinem steifen Kragen.

»Ihr müsst auf den Krieg setzen, Nils Gustavson Thott«, erklärte er dem Vater. »Kupfer, Leder, Erz, Hanf und Salpeter. Seht ihn euch doch an, unseren königlichen Heißsporn. Wie er die Steuern erhöht, wie er die jungen Burschen von den Bauernhöfen ins Heer holt. Tut das einer, der Frieden im Sinn hat? Und ganz richtig macht er das! Heute verdrischt er die Polen, morgen die Dänen und übermorgen die Russen, die Pommern, weiß Gott wen! Auf den Krieg, sag ich, Thott, auf Kupfer, Hanf und Salpeter.«

Der Vater nickte, schien ganz Ohr, und plötzlich ergriff die Mutter das Wort. »Ich bitte Euch, Ritter Bonde. Gebt ihm mehr Steuern, dem Krieg, schmiedet ihm mehr Schwerter und Harnische, führt ihm mehr junge Männer in die Arme und er wird wachsen und wachsen, wird ein hungriger Riese werden und uns alle zertreten und verschlingen!«

Der Vater machte große Augen und bekam den Mund nicht mehr zu, Erik machte große Augen und bekam den Mund nicht mehr zu; der Ritter Bonde aber, Sakarias Martinsson, machte den Mund auf und rief: »Unsinn!« Er streckte der Mutter den leeren Weinkelch entgegen. »So spricht der Kleinmut, so spricht die rückwärtsgewandte Verzagtheit!«

»So spricht die Vernunft, Herr Bonde«, hielt die Mutter dagegen, während sie Wein nachschenkte. »Er führt mir zu viel Krieg, unser heißblütiger König.«

»Noch lange nicht genug Krieg, sag ich!«, rief Bonde. »Gustav Adolf muss den Polen und Russen noch viel fester aufs Maul schlagen. Und danach den Mecklenburgern und den Hansestädten. Er muss uns die Ostsee ganz und gar erobern, denn die Reichsschatulle braucht die Seezölle der Balten und Polen, gnädige Frau, die Seezölle der Pommern, der deutschen Hansestädte …«

»Damit der Krieg noch weiter wuchere und um sich tritt?« Die Mutter knallte den Weinkrug auf den Tisch. »Er muss sich eine Frau nehmen, der junge Mann, und Kinder machen, dann kommt er auf andere Gedanken.«

»Das geschieht schon noch, und ganz von allein.« Der Ritter Bonde lachte wiehernd und glotzte Kristina mit einem Blick an, der ihr einen kalten Schauer über Nacken und Schultern trieb. »Er muss Krieg führen und Schweden groß und mächtig machen, nicht wahr, Nils Thott?« Er prostete dem Vater zu und schlug Erik auf die schmächtigen Schultern. »Unser König macht das schon richtig, nur liebt er mir die Kanonen zu sehr, er sollte eher die schwedische Reiterei vergrößern statt immer nur die Artillerie, nicht wahr, Nils Thott? Setz auf den Krieg, sag ich. Was glaubst du wohl, wie viele Schiffe unser König bauen lassen wird in den nächsten Jahren? Setze auf Kupfer, Hanf und Salpeter, Thott. Du wirst noch an mich denken, wenn sie's dir einst aus der Hand reißen werden. Prost!«

Er trank und schwärmte von den alten Zeiten, vom Vater des Königs und wieder von den tapferen Vorfahren der Thotts und der Bondes. Er leerte Kelch um Kelch, schlug dem gebannt lauschenden Erik auf die Schultern, sprach von Krieg und Kanonen, sprach vom Aufstieg der künftigen Großmacht Schweden und immer wieder von Kupfer, Erz, Hanf und Salpeter, das man zur Herstellung von Schwarzpulver brauchte, wie Kristina inzwischen begriff.

Nein, er gefiel ihr wahrhaftig nicht, dieser Wein saufende, predigende Ritter aus altem schwedischen Adelsgeschlecht. Dabei schien er ein angesehener und reicher Mann zu sein. Er besaß große Schmieden, in denen er Schwerter und Harnische für das schwedische Heer schmieden ließ; außerdem gehörten ihm Gerbereien, in denen Elchleder gegerbt, und Manufakturen, in denen daraus Stiefel und Koller für schwedische Soldaten genäht wurden.

Und ständig glotzte er sie an.

Wie der junge Stallknecht manchmal, wenn er sich unbeobachtet wähnte, oder wie die derben Seeleute am Hafen. Nein, er gefiel ihr ganz und gar nicht, und Kristina war stolz auf die Mutter, weil sie Bonde widersprach. Über ihren Vater jedoch, der nach ihrem Geschmack viel zu selten seine Stimme erhob, ärgerte sie sich. Und Erik, der an Bondes Lippen hing wie die Mutter sonntags an denen des Pfarrers, verachtete sie sogar in diesen beinahe drei Stunden an der Mittagstafel.

»Kann sie denn kochen, die verehrte Frau Tochter?« Ganz unerwartet sprach der Edelmann sie auf einmal an. »Und mag sie denn Kinder?«

»Kochen und stricken und angeln und reiten«, platzte es aus Kristina heraus. »Und jetzt muss ich in den Stall zu den Pferden.« Sie machte Anstalten aufzustehen.

»... und schreiben und rechnen«, beeilte der Vater sich zu versichern, während der strenge Blick der Mutter sie an den Stuhl fesselte. »Ein deutscher Magister kommt ins Haus und unterrichtet Kristina in Mathematik, Bibelkunde und ...«

»Mathematik?« Der Ritter winkte verächtlich ab. »Und was muss eine Frau denn lesen und schreiben können? Bibelkunde allerdings, das kann nicht schaden.« Er beglotzte sie, und in seinen schon recht kleinen und rötlichen Augen glitzerte es gierig. Kristina kam es vor, als würden seine Blicke durch ihr Kleid hindurch bis auf ihre Haut dringen. Ein kalter Schauder perlte ihr über Arme und Rücken.

»Unsere Tochter kann auf dem Spinett spielen und dazu singen«, verkündete der Vater. »Komm, Kristina, wir gehen jetzt hinauf in die Bibliothek und du singst Herrn Bonde das Lied vom *Horn der Glückseligkeit* vor.«

»Nicht doch, Nils!« Der tadelnde Blick der Mutter traf den Vater. »Was sollen wir dem Ritter Bonde denn dieses weltliche Lied singen lassen.«

»Muss du denn alles gleich weltlich nennen, worin der liebe Gott nicht ausdrücklich erwähnt wird?« Der Vater wurde laut. »Wer sonst kippt denn das Horn der Glückseligkeit über einen aus, wenn nicht Gott?« Sie stritten ein wenig, und einer strafte den anderen mit zornigen Blicken. Erik nutzte die Gelegenheit, den Gast zu fragen, wie lange es dauere, bis aus einem Gefreiten ein Obrist geworden sei. Eine Frage ganz nach Bondes Geschmack: Er hob zu einer ausschweifenden Schilderung seiner Laufbahn an und versäumte auch nicht, seine Gastgeber von seinen zahlreichen Verwundungen und Heldentaten in Kenntnis zu setzen. Das dauerte. Dreimal musste die Mutter Sakarias Bonde noch den Weinkelch füllen, und Kristina gähnte ganz ungeniert.

*

Später zog der Vater sich mit dem bereits schwankenden Ritter in sein Kontor zurück. Kristina stürzte hinauf in ihre Kammer, schlug ihr Tagebuch auf und griff zur Feder: *Wie kann er von mir verlangen, vor so einem Kerl Musik zu machen und mein Lieblingslied zu singen?*, machte sie ihrem Herzen Luft. Sie schimpfte über den Vater, lästerte über Bonde und fand viele gehässige Worte, um zu beschreiben, wie sehr der ritterlicher Weinsäufer und Schwätzer sie anwiderte. Als sie ihn unten im Hof mit schwerer Zunge Abschiedsworte rufen hörte und bald darauf Hufschlag und Wagenrattern sich entfernten, atmete sie erleichtert auf.

Nicht lange danach rief die Mutter sie hinunter ins Speisezimmer. Erik hatte sich in den Pferdestall zurückgezogen. Der Vater saß in einem Lehnstuhl, die Mutter stand neben ihm; beide machten ernste Gesichter. »Ritter Sakarias Bonde hat um deine Hand angehalten, Kristina«, erklärte der Vater. »Ich denke wir werden Hochzeit feiern im nächsten Jahr.«

»Was?« Kristina begriff gar nichts.

»Mitte Mai, dachten wir«, sagte die Mutter und zwang sich zu einem Lächeln. »Gleich nach deinem achtzehnten Geburtstag.« Vermutlich deutete sie Kristinas Gesichtsausdruck richtig, denn sie beeilte sich hinzuzufügen: »Es ist gut für dich, glaub mir das, Kind. Gut für dich und die ganze Familie.«

Die Eltern beobachteten sie, und Kristina hielt sich an einer Stuhllehne fest. Sie meinte plötzlich, auf einem in schwerer See schwankenden Schiff zu stehen. *Hochzeit* – das Wort hallte immer weiter durch den Raum, wollte gar nicht verklingen. Nach und nach erfasste Kristina, was sie da gerade gehört hatte, und auf einmal schien alles einen Sinn zu bekommen: die Selbstgespräche des Vaters im Kontor heute Morgen, die Wortkargheit der Mutter am Frühstückstisch und ihr sorgenvoller Blick vorhin oben in der Bibliothek; sogar der Abschied der Schwalben erschien ihr plötzlich zu all dem zu passen, was hier gerade geschah.

»Niemals«, hörte sie sich sagen, mit einer Stimme so tonlos und heiser, dass sie vor sich selbst erschrak.

»Nicht doch, Kristina.« Der Vater stemmte sich aus dem Stuhl, kam zu ihr, legte den Arm um sie und zog sie an sich. »Bonde ist um einiges älter als du, sicher doch, aber das hat auch seine Vorteile, glaube mir. Außerdem ist es durchaus üblich, einen älteren Mann zu heiraten. So ein reifer, gestandener Mann im Zenit seines Lebens eignet sich weit besser zum treusorgenden Gatten als ein junger …«

»Niemals!«

Der Vater verstummte, zuckte zurück. Erschrocken sahen die Eltern sie an. Eine Zeitlang schwiegen sie, wechselten nur verstohlene Blicke. »Du hast keine Wahl, Kristina«, sagte die Mutter schließlich. »Und wir haben keine Wahl.« Der strenge mütterliche Blick schien Kristina durch Kopf und Herz dringen zu wollen. »Die Geschäfte laufen seit Monaten schlecht, und im Frühjahr haben wir ein vollgeladenes Schiff an russische Piraten verloren. Wir müssen uns mit der Familie Bonde verbinden. Sie ist vermögend und einflussreich. Der Ritter und sein Bruder werden Erik das Tor zum Königshof öffnen, und Bondes Vermögen wird dafür sorgen, dass dein Vater nicht bankrottgeht und dein Bruder weiterhin das Kollegium in Braunsberg besuchen kann.«

»Ihr wollt mich verkaufen.« Auf einmal fühlte Kristina sich leer und ausgebrannt.

Der Vater räusperte sich. »So plötzlich mit Heiratsplänen konfrontiert zu werden, nun ja, mein Kind …« Er fasste sie bei den Schultern, drehte sie zu sich. »… das kann ein junges Mädchen schon geschwind erschrecken, nicht wahr?« Er versuchte ein Lächeln, tätschelte ihre Schulter. Kristina stand starr wie eine Holzpuppe. »Doch das gibt sich, glaube mir, Kind. Du wirst nicht die Erste und nicht die Letzte sein, die mit der Gattenwahl der Eltern glücklich werden wird.«

»Niemals!« Sie stieß den Arm des Vaters von sich und riss den Stuhl um, an dem sie sich die ganze Zeit festgehalten hatte. Den ersten Teller, den sie zu greifen bekam, packte sie und schleuderte ihn an die Wand, den zweiten warf sie auf ihren Vater. »Niemals!« Sie griff nach der noch halb vollen Suppenschüssel, zog sie von der Tafel, stemmte sie über den Kopf und schmetterte sie zwischen ihren Eltern auf den Boden. »Nie! Nie! Nie!«

2

Prag, September 1618

Im gestreckten Galopp preschten die Brüder den Hügel hinauf, immer noch Seite an Seite. Ihre Pferde blähten die Nüstern, zerhämmerten den Boden unter ihren rasenden Hufen, und Fontänen aus Gras und Erde spritzten hinter ihnen auf. Keiner der beiden Jungen wollte dem anderen auch nur eine Handbreite Vorsprung gönnen. Hinter der Hügelkuppe sah man schon die Turmspitzen der Prager Burg, und wer zuerst in der Flussniederung jenseits der Hügelkette durch den steinernen Torbogen des väterlichen Gestüts ritt, der sollte Sieger sein. Darum ging es, Sieger zu werden, und um sonst gar nichts.

Tonda behielt die triefenden Nüstern des anderen Pferdes im Auge. Strähnen seines schwarzen Haares vermischten sich mit der grauen Mähne seines eigenen Tieres. Er wusste, wer das schnellere Pferd ritt, doch er wusste auch, wer der bessere Reiter war. Zoll für Zoll rückte die Gebissstange seines Hengstes an den geblähten Nüstern des Schimmels vorbei, der seinen jüngeren Bruder trug.

Jan, nun zum Greifen nahe neben ihm, richtete sich in den Steigbügeln seiner jungen schneeweißen Stute auf. Allen Knechten im Gestüt des Freiherrn und Ritters von Waldau galt das spanische Pferd als pfeilschnell, auch dem Vater selbst. *Engelchen* hatte Jan es getauft. »Schneller! Wirst du wohl laufen!« Das blonde Haar des Jüngeren flatterte im Wind, sein rundes Gesicht glänzte rötlich. »Wirst du wohl laufen, wirst du wohl …!« Er schrie und schlug mit der Reitpeitsche auf die Hinterflanke der Stute ein.

»Gut so, Sultan, gut …« Tonda beugte sich noch tiefer über die Mähne seines dürren, grauen Hengstes. Auf dessen Rücken war schon Tondas leiblichem Vater die Flucht aus osmanischer Kriegsgefangenschaft geglückt. »Du kriegst ihn, Sultan«, zischte er dem Tier ins Ohr. »Du bist der Sieger …« Seit er laufen konnte, ritt Tonda den Hengst. Der war zwei Jahre älter als er selbst, doch immer noch ein zähes, ausdauerndes Reittier, auch wenn man ihm seine achtzehn Jahre inzwischen anmerkte.

Sie erreichten die Hügelkuppe. Tonda galoppierte weiterhin dicht neben der weißen Stute seines Bruders, doch schon auf Höhe ihrer Mähne, und sein Vorsprung wuchs langsam, aber stetig. Er hörte Jan hinter sich die grässlichsten Flüche ausstoßen, hörte seine Peitsche in immer kürzeren Abständen auf die Flanke der armen Schimmelstute klatschen. Sein Bruder wusste ja, was ihm blühte, wenn sie die Kuppe hinter sich hatten: Ging es erst einmal hangabwärts, gehörte das Feld dem erfahreneren Pferd und dem besseren Reiter. Jan schrie sich heiser – wie immer, wenn der Zorn ihn packte.

Der Hradschin mit der Prager Burg füllte jetzt den halben Horizont aus, dahinter der Weiße Berg, und unter Burg und Hradschin sah man Moldau, Karlsbrücke und Stadt. Auch die Koppeln und Stallungen des Gestüts erkannte man schon zwischen dem Flusswald und der Wehrmauer der Alten Stadt.

Plötzlich ging ein Ruck durch Tondas Grauen, das Tier wich zur Seite aus, und Tondas rechtes Bein geriet zwischen Jans Stute und sein eigenes Pferd.

Er hob den Kopf, spähte hinter sich, der eigene Haarschleier verdeckte ihm halb die Sicht, doch dass Jan sich samt Pferd erneut gegen ihn und den Grauen warf, entging ihm nicht. Der Überraschungsangriff verschaffte dem jüngeren Bruder einen kleinen Vorsprung, denn natürlich geriet Sultan aus dem Rhythmus seines fliegenden Galopps, und Tempo verlor er sowieso.

»Betrüger!« Tonda wehrte den Peitschenstiel ab, mit dem Jan ihm die Zügel aus der Rechten reißen wollte. »Schinder! Spitzbube! Sau!«

Jan lachte sein wildes, grimmiges Lachen, zog vorbei, setzte sich vor ihn. »Na warte ...« Tonda ließ die Zügel locker, legte sich in die Mähne des Grauen. »Wir kriegen sie wieder, Sultan, wir kriegen sie wieder, die Schindersau ...!«

Jan hielt auf die alten Eichen zu, die kurz vor der Hügelkuppe seit Jahrhunderten dem Ostwind trotzten; er stand schon wieder in den Steigbügeln, schlug schon wieder auf die Schimmelstute ein. Nützen tat es ihm gar nichts – Tonda ritt nur zwei Pferdelängen hinter ihm und holte schon wieder auf.

Dann erreichten sie die Eichen. Jan fegte unter der Krone der ersten hindurch und streckte den Arm über den Kopf ins Geäst. Zu spät durchschaute Tonda die nächste Finte des Bruders, zu spät duckte er sich weg: Der von Jan mitgerissene Ast schnellte zurück und traf seinen Kopf. Er fluchte, schrie seinem lachenden Bruder die übelsten Schimpfworte hinterher.

Dann kam das Gefälle. Das väterliche Gestüt rückte rasch näher, und damit das Ziel – der steinerne Torbogen vor dem Hof. Etwa dreihundert Fuß davor dehnte die Obstplantage sich aus. Tonda holte auf, Sultan schob sich an die weiße Stute heran, galoppierte schließlich an seinem Bruder vorbei. Und jetzt war es Tonda, der lachte.

Bald blieb auch schon der Hang hinter Tonda zurück. Vor ihm jetzt nur noch die Obstplantage – er riss am Zügel, trieb den Grauen an ihrer Rückseite entlang, um sie zu umreiten. Apfelbäume flogen an ihm vorbei, Birnenbäume, Pflaumenbäume. Schon rückte ihre Vorderseite mit der Pfirsichschonung in sein Blickfeld. Wo blieb er denn, der wilde Jan?

Er blickte hinter sich und erschrak: Sein Bruder nahm die Abkürzung durch den Obstgarten! Der Vater hatte das streng verboten. Wie ein Haken schlagender Hase jagten Jan und seine Stute zwischen den Obstbäumen dahin, schon näherten Ross und Reiter sich den Pfirsichsetzlingen.

»Schneller, Sultan!« Tonda bückte sich tiefer über die Mähne des Grauen, hieb ihm die Stiefelabsätze in die Flanken, wollte unbedingt vor seinem Bruder den Torbogen erreichen. Kaum noch zweihundert Fuß entfernt wölbte der sich aus der roten Ziegelmauer heraus. Ein Reiter preschte auf einmal aus dem Hof des Gestüts und unter dem Steinbogen hindurch.

Tonda erschrak schon wieder: der Vater!

Er richtete sich im Sattel auf, straffte die Zügel. Jan hatte die Pfirsichschonung längst hinter sich gelassen, sah jetzt erst den herangaloppierenden Vater und hielt seine Stute an.

Der Vater schlug mit der Peitsche nach ihm, als er an ihm vorbeiritt. Bei den Pfirsichen angekommen, sprang er aus dem Sattel und rannte zwischen die Setzlinge. Tonda hörte ihn schimpfen, lenkte Sultan zum Torbogen, wollte ins Gestüt traben, als gingen Stiefvater und Bruder ihn nichts an. Dabei schlug das Herz ihm bis zum Halse – das Gewissen, die Angst, er wusste doch, was jetzt kommen würde.

»Antonín! Antonín!«, hörte er den Ritter von Waldau auch schon schreien. »Her zu mir! Her zu mir!« Tonda spürte, wie seine Brust sich mit Stein füllte, lenkte sein Pferd herum, trabte zurück. Der Vater stand bereits vor Jans Stute, kommandierte den Bruder aus dem Sattel und verpasste ihm links und rechts zwei Ohrfeigen. Danach deutete er Richtung Gestüt. »In den Stall mit dir! Ausmisten!«

Jan schwang sich in den Sattel und sah zu, dass er seinen Vater hinter sich ließ. Sein Gesicht war hochrot, als er an Tonda vorbeiritt, und sein Blick starr auf den Torbogen gerichtet. Auch er wusste, dass es heute keinen Sieger geben würde.

»Zu mir herunter!«, brüllte der Ritter von Waldau. Tonda gehorchte, stieg vom Pferd. Der Ritter von Waldau war ein blonder, kräftig gebauter Mann, zwei Köpfe größer als Tonda. Gleich sein erster Fausthieb schleuderte ihn ins Gras. »Zwei Setzlinge kaputt!«, brüllte der Ritter. »Verfluchter Bastard!« Breitbeinig stand er über Tonda und prügelte abwechselnd mit einem abgebrochenen Pfirsichbäumchen und der Reitpeitsche auf ihn ein. »Ich werde dich lehren, die Gebote deines Vaters zu achten, verfluchter Bastard!« Das und Schlimmeres bellte er heraus und prügelte im Rhythmus seines Gebells, bis das Stämmchen zerbrach.

Tonda gab keinen Ton von sich, wehrte sich auch nicht. Lag einfach nur im Gras, krümmte sich und schützte Kopf und Gesicht mit den Armen, so gut es eben ging. Sich verteidigen? Darauf hinweisen, dass doch nur der Bruder durch die Plantage geritten war? Beim gütigen Gott im Himmel! Still liegen und sich hart machen – etwas anderes kam überhaupt nicht in Frage. Sich schützen, und ja kein Widerwort – das war das Sicherste bei solchen Attacken.

»Aufs Pferd, in den Stall!«, befahl sein Vater, als es vorbei war. »Und danach zu mir in den Hof! Übungen! Schwertkampf!«

Tonda stand auf, wischte sich das Blut vom Mund. Er zitterte, er schluchzte, hatte gar nicht gemerkt, dass er weinte.

Der Vater saß bereits wieder kerzengerade auf seinem Rotfuchs. »Wirst du wohl aufhören zu heulen! Weibischer Kerl! Die Papisten sind schon auf dem Weg an die Moldau. Wollen uns Stadt und Bekenntnis rauben. Da brauchen wir Männer und keine weibischen Flenner. Komm schon! Mist und Schwert warten auf dich.« Er hieb seinem Fuchs die Sporen in die Flanken und ritt zurück ins Gestüt.

Tonda stand zitternd, wischte sich Blut und Tränen aus dem Gesicht. Sein Rücken brannte, sein rechter Ellenbogen fühlte sich taub an. Ratlos blickte er dem Stiefvater hinterher. Dessen Gebrüll gellte ihm noch in den Ohren – *Bastard! Weibischer Flenner!* Wie von bleiernen Gewichten zog es ihm die Schultern herab.

Was musste er doch für ein schlechter Sohn sein, wenn man ihn dermaßen zu züchtigen hatte. Und das wieder und wieder. Er spuckte Blut aus, sein Atem bebte. Nur einen Wimpernschlag lang flammte Hass in ihm auf, Hass auf den Ritter. Schnell weg damit! Zurück in die tiefsten Abgründe der Seele! Bewies denn nicht auch er seine Schlechtigkeit, dieser Hass?

Tonda stakste zum Grauen, wankte und schwankte unter unsichtbarer Last, drückte dem Tier das nasse Gesicht an den Hals, umarmte es und weinte ein wenig. »Lieber Sultan«, schluchzte er, »lieber, lieber Sultan …« Der Hengst wandte den Schädel und schnaubte. Aus osmanischer Gefangenschaft hatte er den Vater getragen. Vor langer Zeit. Tonda stieg in den Sattel. Er trabte als Letzter durch den Torbogen.

3

Stockholm, September 1618

Vor dem Fenster sank die Abenddämmerung über Dächer und Hof. Auf dem kleinen Tisch in Kristinas Kammer brannte eine Öllampe. Auch die war ein Geschenk des Vaters. Kristina hatte den Docht trotzdem angezündet. Im flackernden Lampenschein beugte sie sich über ihr Tagebuch und schrieb.

Sieben Tage waren vergangen seit jenem schrecklichen Mittagsmahl und der Erklärung der Eltern, sie mit dem widerlichen Ritter Sakarias Bonde verheiraten zu wollen. Die Mutter hatte sie geschlagen wegen ihres Jähzorns – und wohl auch wegen der teuren Suppenschüssel – und verlangt, dass Kristina sich ohne Widerspruch der elterlichen Entscheidung füge. Man habe Bonde zugesagt, ihm Kristina zur Frau zu geben, ein anderer Weg sei ausgeschlossen und Punkt.

Kaum drei Sätze hatte Kristina seitdem mit den Eltern gesprochen.

Inzwischen ging die erste Septemberwoche zu Ende. Auf dem Boden neben dem Tisch lag das zerschnittene Porträt des Vater, darauf das cremefarbene Kleid aus Amsterdam – das zu zerschneiden, hatte Kristina nicht übers Herz gebracht –, und auf dem Kleid häuften sich andere Geschenke ihres Vaters aus den letzten Jahren: ein paar Schuhe aus Hamburg, eine silberne Haarbürste aus Dresden, Duftwasser aus Venedig, ein paar Schuhe aus Magdeburg, Weißzeug aus Breslau, Halsketten und Armbänder aus Antwerpen. Und obenauf: das Blatt mit den handgeschriebenen Versen vom *Horn der Glückseligkeit*.

Die Worte drängten aus Kristinas aufgewühlter Brust in ihre

Finger und ihren Kiel, sie schrieb, ohne auch nur einmal die Feder abzusetzen. Sie machte ihrem Herzen Luft, füllte die Seiten mit Sätzen voller Zorn und Trauer. Sie schrieb eine Anklage gegen die Eltern. Vor allem gegen den Vater.

Ihr seid nicht mehr mein Vater, schloss sie, *denn Ihr wollt mich verkaufen. Verkaufen, wie man ein Pferd verkauft, ein Kalb, eine Ladung Glas, Holz oder Äpfel. In den gierigen Rachen eines alten Lüstlings wollt Ihr mich werfen, um mit seinem Vermögen Euren Bankrott abzuwenden und das Kollegium für Euren Sohn zu bezahlen. Verkauft etwa ein Vater sein Kind? Nein, Ihr seid nicht länger mein Vater, denn mein Herz kümmert Euch nicht und mein Glück ist Euch gleichgültig. Dafür hasse ich Euch, und wenn Ihr das lest, werdet Ihr wissen, dass ich mit diesem Hass in meinem zerbrochenen Herzen gestorben bin. Eure ehemalige Tochter Kristina.*

Sie blies die Tinte trocken, las ein letztes Mal, was sie geschrieben hatte. Ja, so war es gut, genau so! Sie stand auf und legte das aufgeschlagene Tagebuch zu den Geschenken auf dem zerschnittenen Porträt. Tränen hatte sie keine mehr.

Draußen erlosch das letzte Tageslicht. Die Eltern und Erik besuchten einen kranken Vetter auf der Ostseite der Stadtinsel. Wenn sie zurückkehrten, würden sie vergeblich nach ihr suchen.

Kristina stieg in ein Beinkleid aus ungefärbtem, fein gestricktem Wollstoff, um nach Art der Männer reiten zu können; die Patentante hatte es ihr zum sechzehnten Geburtstag aus Prag geschickt. Unter den Knien und über den Wollstrümpfen schnürte sie es fest. Danach holte sie das spanische Kleid aus dem Schrank, zwängte sich hinein, legte sich sogar die steife Halskröse um die Kehle. Dann band sie ihr Haar mit einem dunklen Tuch in den Nacken, schnürte die Stiefeletten und warf einen schwarzen Überwurf um. Schließlich nahm sie die Öllampe und huschte aus dem Herrenhaus.

Hinter den Fenstern des Gesindehauses flackerte kein Kienholzlicht mehr – Knechte und Mägde schliefen bereits. Auch Olaf, der neugierige Stallknecht. Gut so.

Kristina schlich über den Hof und in den Stall. Den neuen Damensattel, den sie nach dem Willen des Vaters künftig zu benutzen hatte, um nach Art vieler adliger Frauen im Seitsitz zu reiten, ließ sie liegen und griff stattdessen nach Eriks Sattel. Von der Tante hatte sie schon als kleines Mädchen gelernt, wie ein Mann rittlings zu reiten.

Sie sattelte ihr Lieblingspferd, einen Schimmel namens Flöckchen, und hängte ihm die Satteltasche über den Rücken. Zwischen Pferdetränke und Stallwand kramte sie aus dem Stroh, was sie im Verlauf der vergangenen Woche dort versteckt hatte: zwei dünne Hanfseile und zwei schwere Baumäxte mit rostigen Klingen; die Holzstiele waren knapp über den Klingen abgebrochen.

Seile und Axtklingen verstaute sie in der Satteltasche, danach führte sie Flöckchen aus dem Stall und über den Hof auf die Straße hinaus. Dort kletterte sie in den Sattel und ritt der alten Burg Tre Kronor entgegen. Den kürzeren und direkteren Weg zum Hafen mied sie, um nicht ihren Eltern und ihrem Bruder zu begegnen, die vermutlich in diesen Minuten den Heimweg antraten.

Sie ritt durch die Gassen und dann auf der Meerseite um Tre Kronor, den mächtigen Königssitz, herum. Die Nacht lag längst auf der Burg, dem Dom und den Dächern der Stadt; hinter vielen Fenstern flackerten Öllampen, Kerzen und Kienhölzer. Der September begrüßte die schwedische Küste mit kühlem Nordwind, und Kristina fröstelte. Ständig musste sie das kuppelartige Unterteil des Kleides festhalten, damit der starke Wind es ihr nicht samt Mantelsäumen über die Ohren wehte. Kristina kannte nichts Unbequemeres als diese einschnürenden spanischen Kleider; vor allem, wenn man zu Pferd unterwegs war. Doch sie hatte sich in den Kopf gesetzt, in dem Kleid zu sterben, das die Mutter für ihr bestes hielt.

Im Hafen stieg Kristina aus dem Sattel, band den Schimmel an einem der Lastkarren fest, die dort vor den Anlegestellen aufgereiht standen, und sah sich um. Aus einer Schenke wehte der

Wind Lautenklänge herüber, aus einer anderen Männerstimmen und Gelächter. Ein Wald von Masten schaukelte an der Hafenmauer, an ihren Spitzen flatterten Fahnen. Auf einer Karavelle pendelten brennende Laternen. In deren Schein liefen Matrosen auf und ab, lichteten Anker, kletterten in die Takelage und setzten die Segel.

Als sie sich vergewissert hatte, dass niemand sie beobachtete, zog Kristina Seile und Axtklingen aus den Satteltaschen, barg ihre Last im Mantel und schleppte sie zur Kaimauer. Die abgebrochenen Holzfälleräxte wogen so schwer, dass sie ihr beinahe aus den Händen glitten. Am Hafenbecken setzte sie sich auf die Mauerkante, ließ die Beine über dem Wasser baumeln und legte Äxte und Seile rechts und links von sich aufs Pflaster; leise und behutsam, damit sie nicht vor ihr ins Wasser stürzten.

Ein letztes Mal blickte sie aufs Meer hinaus. Die Nacht lag schon so finster über Stadt, Hafen und Wellen, dass Kristina Himmel, Land und Wasser kaum noch voneinander unterscheiden konnte. Ihr Herz klopfte lauter als gewöhnlich, ihr Atem flog ein wenig, und sie fühlte sich leer; zugleich aber vollkommen sicher in ihrem Entschluss, das zu tun, was sie nun gleich tun würde. In drei schlaflosen Nächten hatte sie sich dazu durchgerungen.

Der Gedanke, sie könnte in die Hölle kommen, beunruhigte sie nur beiläufig. Eine schlimmere Hölle als jene, die sie im Hause des Ritters Bonde erwartete, vermochte Kristina sich nicht vorzustellen. Und dieser Hölle wollte sie entgehen. Um jeden Preis. Alles andere war ihr gleichgültig.

Sie versuchte ein Lied zu summen, ein Abschiedslied. Die Mutter hatte es ihr und Erik beigebracht, bevor dieser vor vier Jahren zum ersten Mal nach Preußen ins Kollegium aufgebrochen war. Der Vater hatte den Zwölfjährigen damals auf seiner ersten Reise nach Braunsberg begleitet.

Die Melodie gelang ihr nicht wirklich, und während Kristina mehr krächzte als summte, band sie das erste Seil an der ersten Axt fest, und zwar unterhalb der Klinge, wo der abgebrochene Stiel am schmalsten war.

Tränen flossen ihr über die Wangen, und unter ihr klatschten die Wogen gegen die Kaimauer. Kalter Wind blies vom Wasser her. Schluchzend zog sie das rechte Bein an, stellte die Ferse auf die Mauerkante und verband die erste Axt mit ihrem Knöchel.

Plötzlich schrien Wildgänse irgendwo hoch über dem Hafen. Kristina hob den Kopf, rieb mit dem Handrücken die Tränen aus den Augen, blickte in den Nachthimmel hinauf. Sie sah Schatten vorüberfliegen, mehr nicht. Doch das Sirren des Flügelschlages mischte sich unüberhörbar in das Knarren der schaukelnden Schiffsrümpfe und das Flattern der Mastwipfel. Und dann wieder gellendes Geschrei aus dem Himmel, näher diesmal und lärmend wie helle Fanfarenstöße. Die Gänse flogen aufs Meer hinaus, nach Süden. Kristina schluchzte und seufzte.

Glückliche Vögel …

Vergeblich mühte sie sich, das linke Handgelenk an die zweite Axt zu fesseln. Sie hatte gehört, dass der nackte Überlebenswille jeden zum Schwimmen brächte, der es konnte. Und Kristina war eine gute Schwimmerin. Wenn sie ertrinken wollte, brauchte sie ein Gewicht, das sie in die Tiefe zog. Wen kein Gewicht beschwerte, hatte sie gehört, der ging auch nicht unter.

Sie versuchte, das Hanfseil mit den Zähnen zu verknoten, versuchte, das lose Seilende mit dem Stiefelabsatz festzuhalten, stemmte sich mit dem Ellenbogen darauf – wieder vergeblich. Sie hätte noch eine dritte Hand gebraucht. Dazu war ihr der aufgebauschte, steife Kleiderstoff im Weg und versperrte ihr ständig die Sicht. Das machte die Sache nicht leichter.

Aus den Hafenschänken hinter ihr tönte neben Gelächter und Lautenklängen nun auch noch Gesang. Ein Trauerchor, dachte sie, warum nicht? Ein Trauerchor für meine Bestattung – sehr gut! Manchmal schwoll der Gesang an, weil eine Tür sich öffnete und einer aus der Schänke trat. Kristina drehte sich jedes Mal um und sah eine Gestalt in die Dunkelheit wanken; manchmal auch mehrere. Keiner nahm sie wahr, keiner kam zu ihr ans Wasser.

Da! Wieder Wildgänse. Ihr suchender Blick irrte durch den Nachthimmel. Und plötzlich eine Schiffsglocke. Eine Männerstimme brüllte einen Befehl. Kristina spähte zu den Schiffen an den Anlegestellen – die Karavelle lief mit geblähten Segeln aus. Der Lichtschein ihrer Hecklaternen verschwamm in den Wellen und entfernte sich nach und nach. »Lebt wohl«, murmelte Kristina. Das Gefühl der Verlassenheit schnürte ihr die Kehle zu, und unendliche Einsamkeit.

Ob die Eltern schon gemerkt hatten, dass sie nicht mehr im Haus, dass sie fortgeritten war? Vielleicht suchten sie nach ihr, vielleicht hatte der Vater das Tagebuch gefunden und jagte bereits in gestrecktem Galopp hierher, zum Hafen.

Zu spät.

Mit dem rechten Ellenbogen drückte sie die Stoffglocke des spanischen Kleides zur Seite, beugte sich zur Axtklinge hinunter, klemmte das Seilende zwischen die Zähne und versuchte erneut, den Knoten festzuziehen. Eine mühsame Angelegenheit, beinahe so mühsam, wie drei Stunden lang dem Ritter Sakarias Bonde gegenübersitzen zu müssen.

Der Gedanke an ihn und mehr noch der an die Eltern trieb ihr die Bitterkeit in die Brust. Mit Recht fühlte sie sich verlassen von Vater und Mutter. War es denn nicht wie Fortjagen, seine Tochter mit einem Mann zu verheiraten, den die gar nicht wollte? Den sie sogar verabscheute? Schlimmer noch als Fortjagen! Jawohl, mit Recht fühlte sie sich verlassen! Verlassen von den eigenen Eltern. Verlassen auch von ihrem jüngeren Bruder.

Erik ging ihr aus dem Weg seit jenem Abend, konnte ihr kaum noch in die Augen schauen. Hatte er womöglich Bescheid gewusst? Natürlich hatte er Bescheid gewusst! Und lag es nicht auch an ihm, dass sie den vermögenden Ritter heiraten sollte? Gewiss, auch an ihm, die Mutter hatte es ja selbst gesagt: Damit er weiterhin auf dem preußischen Jesuitenkollegium Latein und Philosophie studieren konnte, sollte sie sich um den Haushalt und die Kinder dieses alten Ritters kümmern. Damit ihr kleiner Bruder Erik eine Laufbahn am Königshof einschlagen konnte, sollte sie sich diesem widerlichen Bonde hingeben.

Niemals!

Ekel würgte sie, und zur Bitterkeit mischte sich nun auch noch die Wut. Sie biss fester ins Seil, zerrte heftiger. Die Axtklinge rutschte an den Beckenrand, kippte – blitzschnell griff Kristina zu, hielt das Eisen fest. Sie sah hinunter in die schwarze, plätschernde Tiefe. Dorthin fliehen und Ruhe finden für immer. Sie blickte aufs Wasser hinaus – die Lichter der Karavelle glommen schon weit entfernt, sahen aus wie bald erlöschende Glühwürmchen.

Wohin mochte es wohl segeln, dieses Schiff? Vielleicht nach Lübeck? Oder nach Stralsund? Oder zur Weichselmündung? Oder gar nach Amsterdam? Und die Wildgänse – würden die morgen nicht schon die vielen Kirchtürme Magdeburgs überqueren? Oder Dresden. Oder das Jesuitenkollegium in Braunsberg, das Erik nun nie wieder besuchen würde.

»Nie wieder!«, zischte sie und klemmte erneut das Seilende zwischen die Zähne. Der Zorn half, und nach und nach gelang es ihr, den Knoten festzuziehen. Sie merkte es kaum – hundert Gedanken jagten ihr ja durch den Kopf. Wütende, wenn sie an Erik dachte; sehnsüchtige, wenn sie an die Karavelle dachte und an die Städte, zu denen hin sie gerade aufbrach.

Ein Mann müsste man sein, ein Schiff müsste man steuern können. Oder wenn sie wenigstens als Wildgans zur Welt gekommen wäre! Dann würde sie vielleicht schon morgen vor Magdeburg in einer Elbaue landen. Oder übermorgen, ganz gleichgültig. Landen würde sie, wo und wann sie wollte; frei sein würde sie, und niemand dürfte sie in die Arme eines alten Widerlings zwingen.

Plötzlich erklang Hufschlag. Kristina spuckte das Seil aus und fuhr hoch. Jemand ritt von der Burg her zum Hafen herunter. Sie spähte zur Häuserfront hinüber. Bei den Karren stand reglos ihr Schimmel und äugte zu ihr herüber. Der Hufschlag rückte näher, tönte lauter. Suchte der Vater sie also schon? Kam er nun also voller Angst und Sorge zum Hafen geritten?

4

Prag, September 1618

Zu Beginn der neuen Woche ritt er mit seinen Geschwistern zu einem der Nachbargüter, dem größten und reichsten am Westufer der Moldau. Tonda ließ die Zwillinge vom Rücken des Grauen klettern, zwei Knaben von zehn Jahren, blond, kräftig gebaut und ziemlich groß für ihr Alter. »Lauft schon!« Er deutete auf das prächtige, zweistöckige Gutshaus. »Die Schule fängt gleich an.« Seine Brüder machten missmutige Mienen, trollten sich aber.

Statt wie sonst zur Lateinschule in Prag hatte der Vater sie heute hierher geschickt. Er hatte Tonda seine Entscheidung nicht erklärt. Vielleicht hing sie mit dem drohenden Krieg gegen den Kaiser zusammen; täglich redeten ja die Knechte und Mägde auf dem väterlichen Gestüt und die Leute auf den Märkten von Prag davon. Vielleicht auch mit dem neuen Magister, der seit dem Frühsommer hier die Söhne des Herren- und Ritterstandes unterrichtete und von dem die Mutter viel Gutes gehört haben wollte. Tonda vermochte sich nicht vorzustellen, was man über einen Schulmeister Gutes hätte hören können.

Jan half der zwölfjährigen Schwester Milana von der Stute. Danach, auf dem Weg zum Stall, hielt er das Tier bei Tonda an. »Und du?« Sie hatten nicht viel miteinander gesprochen seit dem Pferderennen vor vier Tagen. Das schlechte Gewissen stand Jan ins Gesicht geschrieben. »Du musst doch auch lernen.«

»Prügel habe ich zu Hause genug.« Tonda winkte ab. »Latein kann ich längst. Lesen und Schreiben sowieso. Geht nur ohne mich. Ich warte.« Er führte den Grauen in den Obstgarten des

Gutshofs, band ihn an einem alten Apfelbaum fest, zog seine Nai aus der Satteltasche und stieg in die Baumkrone.

Irgendjemand würde dem Vater schon verraten, dass er sich vor der Schule gedrückt hatte. Doch was machte das noch aus? Selbst wenn er es nicht erfuhr, würde der Ritter von Waldau ihn wieder verprügeln. Wenn nicht heute, dann morgen oder übermorgen. Irgendeinen Grund fand er immer.

Tonda machte es sich in einer Astgabel dicht am Stamm bequem und begann auf seiner alten Nai zu blasen. Die seltsame Flöte bestand aus sechzehn bogenförmig angeordneten Röhren, die größte von doppelter Daumenlänge, die kleinste nicht einmal halb so lang wie Tondas kleiner Finger und noch dünner als der. Er spielte ein Stück, das er Tage zuvor einen Spielmann in den Gassen von Prag hatte singen hören. Bald veränderte er die Melodie und ließ sie in eine andere übergehen, eine, die vor Wochen oben auf der Burg der Organist im Veitsdom gespielt hatte. Tonda musste eine Musik nur einmal hören, um sie spielen zu können.

Er sah hinüber zum Gutshaus, während er die Nai blies. Die Frau des Gutsherrn, ihre Haus- und Küchenmägde und etliche Kinder lehnten in den offenen Fenstern und schauten zu ihm herüber. Jan und Milana standen auf der Vortreppe, lauschten ebenfalls. Tonda richtete sich auf, atmete tiefer und spielte lauter. Er mochte es gern, wenn die Menschen seiner Musik zuhörten. Vor allem, wenn sie ihn die Nai blasen hörten, verfielen seine Zuhörer in eine Art staunende Andacht, so wie jetzt die Kinder und Frauen drüben an den Fenstern. Es gab ja sonst kein Instrument dieser Art in der Gegend von Prag, wahrscheinlich in ganz Böhmen nicht. Nur seines.

Sein Vater hatte die Flöte aus der Kriegsgefangenschaft mitgebracht. Die Flöte und den grauen Sultan. Sein leiblicher Vater. Tonda hatte nur vage Erinnerungen an ihn – eine nicht besonders große, drahtige Gestalt, ein schmaler Kopf mit schwarzem Haar und schwarzem Bart, tief braune, lachende Augen. Augen wie seine Augen; nur dass seine selten lachten.

Manchmal wurde ihm wehmütig zumute, wenn er die unwirkliche Erscheinung des todkranken Vaters auf die Bühne seiner Erinnerung heraufbeschwor.

Ein Gespann aus vier Pferden zog einen gefederten Kobelwagen mit geschlossener Plane in den Herrenhof. Der es lenkte, saß auf dem linken, vorderen Pferd; ein blonder Bursche mit elegantem grünem Rock und rotem Federbusch auf dem großen Hut, nur wenig älter als Tonda. An der Vortreppe des Haupthauses hielt er das Gespann an und plauderte sofort mit den Kindern auf der Vortreppe und den Frauen in den Fenstern.

Ein Mann mit langem, dunkelgrauem Haar stieg aus und half einem anderen, älteren Mann vom Wagen. Edle Herren, wie es aussah, denn beide trugen lange, schwarze Röcke, steife Halskrösen und hohe, schwarze Hüte mit vier hornartigen Erhebungen.

Einer der beiden musste wohl der neue Magister sein, ein lutherischer Doktor der Heiligen Schrift, wie die Mutter wusste. In den Häusern des Herrenstandes hieß es, bei ihm lerne man schneller und gründlicher als bei den Predigern und Lehrern in der Stadt. Milana hatte der Vater nicht hierher geschickt. Doch die Zwölfjährige hatte ihren großen Bruder so lange bedrängt, bis Tonda sie einfach zu Jan aufs Pferd klettern ließ. Auch das würde der Vater ihm heimzahlen.

Der jüngere Mann stieg wieder unter die Plane, der Reiter winkte zu den Fenstern und lenkte das Gespann aus dem Hof, der Zurückgebliebene hinkte zur Vortreppe. Er zog das rechte Bein hinter sich her. Auf der ersten Stufe hörte er wohl die Klänge der Nai, denn er drehte sich um und sah nun ebenfalls zu Tonda herüber. Dem war nicht ganz wohl, und er bildete sich ein, lauernde Blicke zu spüren. Jetzt bereute er, nicht gleich weitergeritten zu sein.

Der Fremde winkte ihn zu sich, doch Tonda achtete nicht darauf, blies einfach in seinen hölzernen Flötenbogen. Da wandte der Mann sich ab, wechselte ein paar Worte mit Jan und Milana, sah noch einmal zu Tonda herüber und ging schließlich mit den Geschwistern ins Haus hinein.

Das überraschte Tonda. Er hatte befürchtet, der Fremde würde zu ihm kommen, um ihn unter Drohungen in den Unterricht zu zwingen; oder ihn wenigstens mit strengen Ermahnungen vom Baum scheuchen und zu sich kommandieren. Doch nichts dergleichen war geschehen.

Nach und nach verschwanden die Frauen und Kinder von den Fenstern. Tonda blies ein Stück, das er sich selbst ausgedacht hatte. Es begann wehmütig und leise und steigerte sich allmählich zu einer wilden, ja ungestümen Melodie. Er schloss die Augen, versank in seiner Musik – bis er plötzlich Milanas Stimme hörte.

Er riss die Augen auf – seine Schwester stand unter dem Baum, weizenblond und grünäugig, und spähte zu ihm herauf. Tonda setzte die Nai ab, runzelte die Stirn. »Hat er dich also hinausgeworfen.«

»Aber nein!« Milana machte eine wichtige Miene. »Der neue Magister schickt mich zu dir und lässt fragen, ob du nicht ins Haus kommen und uns vorspielen willst.« Tonda blinzelte ungläubig zu ihr hinunter. »Es ist ein guter Magister, Tonda, glaub mir. Er hat noch nicht ein einziges Mal geschimpft und noch niemanden geschlagen.« Tonda rührte sich nicht. »Wer der Junge auf dem Apfelbaum sei, der die schöne und seltene Musik mache, hat er gefragt. Ich glaube, sie gefällt ihm. Komm doch.«

Endlich stieg Tonda vom Baum. Seine Schwester nahm ihn bei der Hand und führte ihn ins Gutshaus und in ein großes Speisezimmer, wo der Unterricht stattfand. Die Kinder hockten auf Schemeln, Ofenbänken und Stühlen. Einige auch auf dem unteren Kaminsims oder auf dem Boden. Jan, mit seinen dreizehn Jahren bis jetzt das älteste Kind hier, thronte in einem tiefen Ohrensessel. Kaum erschienen Tonda und Milana im Raum, senkte sich schlagartig das Stimmengewirr. Ruhe trat ein.

»Schön, dass du meiner Bitte gefolgt bist, mein Junge.« Der Magister, der bisher auf der Kante eines Tisches gesessen hatte, stand auf, hinkte zu Tonda und reichte ihm die Hand. Es kam nicht oft vor, dass Erwachsene einen auf diese Weise begrüßten. »Wie heißt du?« Er sprach mit hoher klarer Stimme und mit weichem Akzent, wie Tonda ihn schon bei Landsknechten und fahrendem Volk aus südlicheren Ländern gehört hatte.

»Antonín von Waldau«, antwortete er.

»Tonda!«, krähte einer der Zwillinge in die Runde.

»Wir rufen ihn Tonda, Magister František«, bestätigte Jan mit wichtiger Miene. »Auch die Mutter.«

»Tonda also.« Der Magister, ein eher kleiner und schmächtiger Mann, musterte Tonda lächelnd und mit hellwachem Blick. Er hatte einen vollkommen kahlen Schädel und ein knochiges Gesicht mit tief in den Höhlen liegenden, dunkelbraunen Augen. Etwas schien in diesen Augen zu glühen, und unter ihrem Blick wurde es Tonda ganz anders; so, als könnte jeden Moment etwas Unerhörtes geschehen.

»Ein seltenes Instrument, das du da spielst«, sagte der Mann, den Jan Magister František genannt hatte. »Es klingt geheimnisvoll und auch ein bisschen wehmütig.« Er wandte sich an die Kinder. »Es klingt beinahe, als hätten Nachtigallen, Drosseln, Stare und ein trauriger Kuckuck einen Chor gebildet, nicht wahr?« Die Kinder nickten eifrig, und einige kicherten, weil sie die Worte des Lehrers lustig fanden. »Wie nennst du dein Instrument, Tonda?«

»Nai, Herr Magister.«

»Und von wem stammt das Stück, das du da eben im Baum geblasen hast?«

»Das habe ich mir selbst ausgedacht, Herr Magister.«

»Willst du es uns nicht vorspielen?«

Die dunklen, glühenden Augen des Kahlkopfs übten einen unwiderstehlichen Sog auf Tonda aus. »Wenn Ihr es wünscht, Herr Magister«, sagte er leise.

»Ich bitte dich darum, Tonda.« Der Kahlkopf nickte, hinkte zurück zu seinem Tisch und nahm wieder darauf Platz. Milana huschte zu einem Hocker unter dem Fenster, und Tonda setzte seine Nai an die Lippen.

Er begann zögernd, äugte erst noch scheu von einem Kind zum anderen und immer wieder zum Magister. Der lächelte ihm aufmunternd zu und lauschte wie alle anderen auch. Tonda verlor sich nach und nach in seinem Spiel, vergaß seine Scheu, schloss schließlich die Augen und vergaß sich selbst.

Er wiegte den Oberkörper hin und her zum Takt seiner immer noch leisen und nur sanft anschwellenden Melodie. Wie der Gesang eines gerade erwachenden Vogels klang sein Spiel. Bald jedoch tönte es lauter und kräftiger, und Tondas Körper bog sich schneller. Die schwarzen Brauen über seinen geschlossenen Lidern wanderten immer höher in seine Stirn hinein. Wie einer, der versuchte, sich eines lang vergessenen Duftes, eines ungewöhnlichen Geschmacks, einer zärtlichen Berührung zu erinnern, sah er jetzt aus. Sein Spiel wurde schneller und lauter, und bald tanzte Tondas Oberkörper hin und her. Manchmal stellte er sich auf die Zehenspitzen, reckte sich, um tief genug Luft holen und noch wildere und rascher aufeinanderfolgende Töne aus seiner Nai zwingen zu können. Irgendwann drehte er sich von einer auf die andere Seite, ging tief in die Knie, nur, um gleich wieder hochzuschnellen. Da flog ihm das schwarze Langhaar nur so um Wangen und Bogenflöte, und bald sah es aus, als wollte er hineinbrüllen in die Röhren seines Instrumentes, als wäre er zornig und wollte die Klänge noch schneller und lauter und wilder aus ihm heraustreiben. Am Ende beugte er sich tiefer und tiefer, um auch die allerletzte Luft aus seinen Lungen zu pressen und den Schlusston so lange halten zu können wie nur irgend möglich.

Schließlich riss er sich das Instrument von den Lippen, richtete sich auf, atmete tief durch und strich das Haar aus der Stirn – und sah, wie einige Kinder sich noch im Tanz drehten. Der fremde

Magister aber stand vor seinem Tisch, hielt die Hände gefaltet vor der Brust und betrachtete ihn aus großen Augen mit seltsam brennendem Blick. Die Kinder klatschten, und Tonda nickte ihnen zu. Ein wenig verlegen war ihm da schon wieder zumute.

Magister František klatschte nicht, lächelte auch nicht mehr; er hinkte zu ihm und sagte: »Danke, Tonda. Ganz wunderbar hat das geklungen. Du bist ein wirklicher Musikus.« Täuschte Tonda sich, oder hatte der Kahlkopf feuchte Augen? »Darf ich?« Magister František streckte die Rechte nach der Nai aus, zugleich forderte er ihn mit einer Geste auf, unter den tuschelnden, kichernden und plappernden Kindern Platz zu nehmen.

Ohne nachzudenken, überließ ihm Tonda seine Flöte. Ihm war, als schwebe er zu Jans Sessel, und der Stolz sprengte ihm beinahe die geschwellte Brust. Er zwängte sich neben den jüngeren Bruder in den Lehnsessel und sah zu, wie der Kahlkopf sein Instrument in den knochigen Händen drehte und es aufmerksam, ja geradezu andächtig betrachtete.

»Man sieht sie wirklich sehr selten, diese Art von Flöte«, erhob der neue Lehrer schließlich seine Stimme, und die Kinder gaben Ruhe. »In Böhmen so selten wie im ganzen Reich. Wie kommst du zu diesem schönen Instrument, Tonda?«

»Mein Vater hat es aus dem Krieg gegen die Osmanen mitgebracht. Er schenkte es mir, kurz bevor er starb. Da war ich noch sehr klein.«

»Von den Osmanen also.« Der Blick des Magisters flog zwischen dem schwarzhaarigen Tonda und seinen blonden, jüngeren Geschwistern hin und her. »Weit weg von hier, am Ufer des Meeres, das man das Schwarze nennt, lebt ein Fürst, der dieses seltene Instrument in seinem Hoforchester blasen lässt. Die Osmanen haben das Reich dieses Fürsten erobert, die Walachei. Wahrscheinlich hat dein Vater dort mit dem Fürsten von Siebenbürgen gegen die ungläubigen Osmanen gekämpft und verloren.«

Wieder richtete Magister František seinen brennenden Blick

auf Tonda. Der nickte und dachte an die Erzählungen der Mutter. Sein Vater war noch jung und ein in ganz Böhmen berühmter Ritter gewesen, als er im ersten Jahr des neuen Jahrhunderts nach Siebenbürgen zog, um gegen die Osmanen zu kämpfen. Die Mutter hatte er mit ins Feld genommen und, als sie mit Tonda schwanger wurde, mit einer Delegation des Kaisers Rudolph wieder nach Hause geschickt. Zwei Jahre nach Tondas Geburt kehrte auch er zurück, und noch einmal zwei Jahre später starb er ausgezehrt von Verwundung und Krankheit.

»In der Walachei nennt man diese Flöte ›Nai‹«, fuhr der Magister fort. »Die alten Heiden jedoch nannten sie ›Panflöte‹ oder ›Syrinx‹, und eine ihrer uralten Geschichten überliefert, wie griechische Heiden sich die Entstehung der Panflöte gedacht haben.«

Der Magister erzählte von einem heidnischen Gott namens Pan, der hinter einer Dämonin namens Syrinx herjagte, die sich, um ihm zu entkommen, in Schilf verwandeln ließ. Die Kinder lauschten mit offenen Mündern und glänzenden Augen. Seufzend habe Pan nach ihr gesucht, und als seine Seufzer ins Schilfrohr fuhren, habe es so schön getönt, dass er aus dem Rohr die Flöte baute, die bis heute nach ihm benannt würde.

»Eine heidnische Flöte also«, erklärte Magister František, während er zu Tondas und Jans Sessel hinkte. »Und die göttliche Vorsehung hat sie durch deinen Vater zu dir gesandt, damit du sie zur Ehre Gottes spielst, wie du es ja gerade getan hast.« Er reichte Tonda seine Nai und hinkte zurück zum Tisch. »So müssen auch die verlorenen, unwissenden Heiden bis heute die Ehre Gottes vermehren.«

Alle hingen an den Lippen des Magisters František, und Tonda sah, wie er plötzlich in seinen langen Rock griff und eine Handpuppe herauszog, die wie ein Engel aussah, ganz weiß mit rotem Harnisch und rotem Helm auf dem goldenen Haar. »Und gibt es nicht auch in Böhmen noch viel zu viele Heiden, liebe Kinder?« Er verstellte die Stimme, und die Blicke der Kinder hingen jetzt an dem Engel. Der hatte mächtige Flügel, trug ein Schwert, und ein goldenes Kreuz prangte auf seinem Harnisch. »Viele zu viele, die sich christlich nennen und nichts wissen von den Geboten Gottes?« Auch Tonda schaute nur noch auf den geharnischten Engel, als würde der nun sprechen und nicht der Magister. »Es war ein Reicher, der kleidete sich mit Purpur und köstlicher Leinwand und lebte alle Tage herrlich und in Freuden. Und es war ein Armer mit Namen Lazarus, der lag vor seiner Tür voller Geschwüre und sehnte sich, zu essen von dem, was von des Reichen Tisch fiel …«

Eine Geschichte aus dem Lukasevangelium. Tonda kannte sie gut und hörte sie aus Magister Františeks Mund – nein, aus dem Mund des Engels – dennoch wie zum ersten Mal.

»Die Hunde leckten die Wunden des armen Lazarus, bis der Tod ihn von seinem jämmerlichen Leben erlöste.« Auf einmal tauchte die Linke des Magisters mit einer zweiten Handpuppe auf, einem Totengerippe mit einer Sense; alle Kinder erschraken, auch Tonda. »Bis Meister Hein Klapperbein ihn holen wollte. Doch ich und meinesgleichen raubten dem Meister Klapperbein den armen Lazarus und trugen ihn geraden Weges in den Himmel!«, rief der Engel. »Und dann starb auch der Reiche.«

Wieder ging ein Schrecken durch die Reihen der Kinder, denn statt in dem Kleid und Knochenschädel des Todes, steckte die Linke des Magisters plötzlich in einer blutroten, feixenden Puppe mit Hörnern und vorspringendem Kinn. »Der Teufel!«, rief Milana, riss ihre großen, grünen Augen auf und schlug die Hände vor den Mund.

»Der Schwarze Kasper verlangte seine Seele, wollte ihn sofort in die Hölle schaffen, in sein feuriges Reich.« Ganz außer Atem geriet der Engel, stürzte sich auf den Teufel, zerrte an ihm und schlug ihn mit dem Schwert. Das konnte nur der Erzengel Michael sein! »Wir kämpften um die Seele des reichen Mannes!«, rief er. »Wir stritten und rangen, und ich verlor, denn der reiche und doch so törichte Mann hatte zu Lebzeiten versäumt, sich um die

Gebote Gottes, um die Armen und um das Wohl der Kirche zu kümmern. Traurig, traurig, traurig!«

Der Teufel verschwand hinter dem Rücken des Magisters – mit der Seele des reichen Mannes im Rachen, wie der aufgewühlte Tonda und die gebannt lauschende Kinderschar annehmen musste –, und der Engel sagte mit trauriger Stimme: »Und wird es so nicht jedem ergehen, der sich Christ nennt, doch im Herzen ein Heide bleibt, weil er sich zu wenig kümmert um den wahren Glauben und die Gebote unseres Gottes?«

Stille herrschte im Raum, während der Magister seine Puppen wieder in den Rocktaschen versenkte. Mit einer knappen Handbewegung bedeutete er den Kindern, sich niederzuknien – und dann flehte er zu Gott, dass keine Seele unter diesem Dache jemals das Schicksal des reichen Mannes erleiden müsse.

Danach gab es Rechenübungen. Die jüngeren Kinder bekamen leichtere Aufgaben als die älteren, und Jan und Tonda mussten gar den Preis für einhundertachtundvierzig Scheffel Roggen in Reichstalern ausrechnen und kannten doch nur den Preis für einen halben Scheffel in Gulden; allerdings auch den Wert eines Reichstalers in Gulden.

Mühelos löste Tonda die Aufgabe in kurzer Zeit, und es durchströmte ihn warm, als der Magister ihn dafür lobte.

In einer Pause verteilte die Küchenmagd Birnen und Wasser, danach gab es Lese- und Schreibübungen. Weil Magister František schnell merkte, dass Tonda und Jan flüssig lesen und gut schreiben konnten und von ihren Lateinkenntnissen erfuhr, legte er ihnen ein in lateinischer Sprache verfasstes Buch hin, dessen Titel und Verfasser die Jungen nicht lesen konnten, weil es rundum mit einer zweiten Lederhülle eingebunden war. Er deutete auf zwei Textzeilen. »Versucht diese Sätze zu übersetzen.«

Jan gab schnell auf, doch Tonda nahm die Aufgabe mit Eifer in Angriff. Schließlich hieß ihn der Magister das Ergebnis seiner Arbeit vorlesen. »Man muss sich bewusst sein, dass der Mensch nicht nur Gott dient, wenn er betet«, las Tonda. »Sonst wären alle Gebete zu kurz, die nicht täglich vierundzwanzig Stunden dauern.«

»Versteht ihr diese Worte?« Der Magister sah sich um und blickte in lauter ratlose Gesichter. Auch Tonda wusste keine wirkliche Antwort. »Dann denkt darüber nach bis morgen.«

Mit einem Gebet und einem Segen beendete Magister František die Schule für diesen Tag. An der Tür verabschiedete er jedes Kind mit Handschlag. Zuletzt stand Tonda mit seiner Panflöte vor ihm. Der neue Lehrer wollte Tondas Hand nicht loslassen. »Wie viele Stunden hat ein Tag?«

»Vierundzwanzig, Herr Magister.« Er spürte, dass der gelehrte Mann ihn mochte, ihn sogar für einen klugen Kopf hielt. So etwas erlebte er nicht allzu oft.

»Und an wie vielen dieser vierundzwanzig Stunden willst du Gott dienen?« Mit offenem Mund schaute Tonda den Kahlkopf an. Diese Frage hatte er sich noch nie gestellt. Der Magister gab seine Hand frei und legte ihm die Rechte auf die Schulter. »Denk darüber nach, mein Junge.«

Tonda nickte und spürte die Blicke des seltsamen Mannes über sein Gesicht wandern. »Dein linkes Auge ist geschwollen, Tonda«, sagte der Magister schließlich mit seiner hohen, klaren Stimme. »Deine Unterlippe auch. Und vorhin, als du auf deiner Panflöte gespielt und dazu getanzt hast, habe ich blaue Flecken an deinem Hals und auch in deinem Nacken gesehen. Hast du dich geprügelt?«

Tonda senkte den Blick, weiter nichts. Eine Zeitlang schwiegen sie. Durch die offene Tür äugte Tonda in den Hof hinaus. Jan, Milana und die Zwillinge saßen schon auf den Pferden. Ein Bursche mit rotem Federbusch auf dem Hut stand bei ihnen und schwatzte; der Reiter, der am Morgen den gefederten Wagen in den Hof gelenkt hatte. Der Vierspänner stand jetzt wieder unterhalb der Vortreppe, und der Mann, der dem Magister aus dem Wagen geholfen hatte, wartete davor und sah zu ihnen herauf. Ein schöner Mann mit sanften, blauen Augen und langem, dunkelgrauem Haar, das im Wind wehte. Ein wenig erinnerte er Tonda an den Engel, der vorhin die Geschichte vom armen Lazarus erzählt hatte.

»Welches ist der rechte Glaube, mein Sohn?«, fragte der knochige Kahlkopf plötzlich.

»Der lutherische, Herr Magister.« Tonda hob den Blick und strahlte. Es gefiel ihm, dass der Magister ihn so nannte – *mein Sohn*. »Der Vater sagt immer, einzig der lutherische ist der rechte Glaube.«

»Einzig der lutherische also.« Der Magister nickte langsam, und sein dunkler Blick loderte. »Das ist sicher richtig, mein Sohn. Vorausgesetzt, der lutherische Glaube siegt. Denn nur der Glaube, der siegt, ist der rechte Glaube. Hast du das verstanden?«

»Ja, Herr Magister.« Tonda verstand gar nichts.

»Nur der Glaube ist der rechte Glaube, der die Sünde in deinem Herzen besiegt, der die Sünde in dieser Stadt besiegt. Und der den hier besiegt.« Magister František griff in seinen Rock und zog wieder die feixende Handpuppe mit dem blutroten Kleid und dem rubinroten, gehörnten Schädel heraus. »Den Teufel.«

5

Stockholm, September 1618

Sie spähte in die Dunkelheit, blinzelte, spähte aus schmalen Augen. Umrisse von Pferd und Reiter tauchten in der Einmündung einer Gasse auf. Das konnte doch nur der Vater sein.

Sollte er doch! Kristina unterdrückte die plötzlich in ihr aufbrandende Erleichterung. Sollte er sie doch sehen, wie sie hier hockte, einsam und verlassen. Sollte er doch sehen, wie sie sich den Tod an die Glieder knotete! Vielleicht würde ihn das zur Einsicht bringen. Vielleicht würde er sogar vor ihr auf die Knie sinken und um Entschuldigung bitten.

Erneut steckte sie sich das Hanfseil zwischen die Zähne, riss daran und schielte zugleich hinüber zur Häuserfront: Der Reiter lenkte das Pferd zur ersten der beiden Schänken, stieg ab, band es fest. Eine Melodie pfeifend schlenderte er zum Eingang und verschwand in der Schänke.

Kristina biss so fest auf das Seil, dass ihr Zähne und Kiefer weh taten. Erneut stürzten ihr Tränen aus den Augen. Die Bitterkeit wuchs ins Unermessliche, die Wut auch.

Plötzlich ein Plätschern und Gurgeln wie von einem großen Fisch unter ihr im Hafenbecken. Sie fuhr herum, und heißer Schrecken schoss ihr durch die Glieder. Sie starrte in die Wellen hinunter, meinte einen großer Schatten durchs Wasser gleiten zu sehen. Unwillkürlich rückte sie weg vom Beckenrand, zerrte die Axtklingen mit sich. Hörte man nicht von sehr gefräßigen Raubfischen, die hungrig durch die Ostsee zogen? Erzählten die Seeleute nicht auch von den entsetzlichsten Meeresungeheuern? Kristina hatte ans Ertrinken gedacht, nicht ans Gefressenwerden.

Sie hob die Schultern, zog die Beine an. Fürchterliche Vorstellung, dass ein Seehecht seine spitzen Zähne in ihren Körper schlagen könnte oder dass eine Seeschlange sie fraß. Nein. Nur das nicht!

Sie barg die Stirn zwischen den Knien und weinte. Und je länger sie weinte, desto bewusster wurde ihr, dass es Tränen der Wut waren, die sie vergoss.

Für Eriks Kollegium Kinder versorgen, die sie nichts angingen? Für Eriks Laufbahn das Bett mit einem wie Bonde teilen? Niemals! So viel war klar. Doch sich deswegen von Seeschlangen fressen lassen? Wegen dieses halbwüchsigen Milchbarts, der nicht genug kriegen konnte von Kriegsgeschichten und Veteranengeschwätz? Wegen dieses dünnbeinigen Schwachkopfs, der mit leuchtenden Augen sogar einem versoffenen Dummbeutel wie Sakarias Bonde an den Lippen hing? War das auch klar? War das wirklich klar und vernünftig? Unsinnig war das! Unsinnig und verrückt!

»Du bist an allem schuld!«, zischte sie. Todessehnsucht fühlte sie nicht mehr, nur noch Wut. Sie löste die Knoten des Hanfseils, sprang auf und lief zu ihrem Schimmel. Die Axtklingen ließ sie liegen. Auf kürzestem Wege galoppierte sie zurück zu ihrem Elternhaus. Fast hätte sie den Nachtwächter umgeritten. Der Mann zeterte ihr hinterher, doch sie kümmerte sich nicht um ihn, preschte einfach weiter.

Zuhause, in der Küche, griff sie sich eine glimmende Öllampe, drehte den Docht hoch, huschte die Treppe hinauf in ihre Kammer. Dort lag alles noch genau so neben dem Tisch, wie sie es zurückgelassen hatte: ihr Tagebuch, das Kleid, die Geschenke, das zerschnittene Porträt. Niemand hatte gemerkt, dass sie fortgeritten war. Niemand hatte sie vermisst. Niemand wusste, wie einsam und verlassen sie sich gefühlt hatte da draußen am Hafen.

Sie stampfte auf, stieß eine jener Verwünschungen aus, die Olaf, der Stallknecht, gern benutzte, und riss sich Halskröse und Haartuch herunter.

»Kristina?« An der Treppe unten rief die Mutter nach ihr. Kristina machte kehrt, stürmte durch die Tür auf der anderen Seite des Ganges in die Kammer ihres Bruders. Erik steckte schon im Nachthemd, doch er schlief noch nicht, sondern kniete vor dem Bett und betete. Mit einem Ausdruck der Verblüffung gaffte er sie an.

»Du bist an allem schuld!«, schrie Kristina. Sie knallte die Öllampe auf den Tisch, packte einen der schweren Folianten, die dort lagen, und schleuderte ihn auf Erik. Der hob schützend die Arme. Doch das Buch traf ihn am Kopf und warf ihn um. »Du bist schuld!« Kristina stürmte zu ihm, packte ihn an den Schultern, schüttelte und schlug ihn. »Du lächerlicher Furz! Du kleiner, dummer Hundsfott, du …!« Erik sagte kein Wort, stieß auch keinen Laut des Schmerzes aus, versuchte nur so gut es ging, sich vor Kristinas auf ihn niederprasselnden Fausthieben zu schützen.

»Kristina!« Hände packten sie von hinten, rissen sie weg von ihrem Bruder. »Furie! Schäm dich!« Die Stimme der Mutter. »Ist denn jetzt auch noch der Teufel in dich gefahren?!«

Kristina stieß die Mutter von sich und drängte sich am Vater vorbei, der wie festgewachsen auf der Kammerschwelle stand. »Das darfst du ihr nicht durchgehen lassen!«, schrie hinter ihr die Mutter. »Dafür musst du sie züchtigen!« Kristina stürmte die Treppe hinunter, stürzte in die Bibliothek. Dort schloss sie sich ein.

Natürlich folgten sie ihr, natürlich hämmerten sie gegen die Tür und befahlen ihr, endlich zu öffnen. Stundenlang taten Mutter und Vater nichts anderes. Doch Kristina gehorchte nicht. Sie hämmerte ihrerseits auf dem Spinett herum, um das Geklopfe und die fordernden Stimmen zu übertönen, und sie brüllte alle Lieder heraus, die sie kannte, auch das Lied vom *Horn der Glückseligkeit*. Jedoch nicht so, wie man es singen musste, sang sie es, nicht wie eine, die sich freute und es nicht erwarten konnte, bis das Glückshorn über ihr ausgeleert wurde, sondern voller Bitterkeit und Hass. Der Vater wurde immer kleinlauter und weinerlicher vor der Tür, die Mutter immer wütender.

Im Morgengrauen standen beide noch immer vor der Bibliothek und verlangten, dass Kristina die Tür öffnete. Die Mutter schimpfte und drohte, der Vater flehte und bettelte. Kristina antwortete ihnen kein Wort.

Im Hof unten palaverten Diener, Mägde und Knechte und zeigten zum Fenster der Bibliothek herauf. In den Erkerfenstern der anderen Häuser hingen die Nachbarn, glotzten und deuteten ebenfalls herüber. All das ließ Kristina vollkommen kalt.

In der Dämmerung hielt ein Wagen im Hof. Der Leibarzt des Vaters stieg aus und eilte ins Haus. Offenbar hatte Kristina ihren Bruder schlimmer verletzt. Das nun ließ sie gar nicht kalt; das Gewissen schlug ihr sogar.

Als die Sonne aufging, holte sie den neuen Atlas aus dem Bücherschrank des Vaters. Um Licht zu haben, rückte sie den Spinetthocker ans Fenster, legte das schwere Buch auf den Schoß, blätterte darin. Sie fand Lübeck, sie fand Magdeburg und sie folgte dem Elbstrom mit dem Finger bis zur böhmischen Grenze.

Konnte man mit einem Schiff nicht bis nach Böhmen hinein segeln? Und konnte man mit einem Schiff nicht sogar in die Mündung der Moldau hinein und bis nach Prag segeln?

Prag. Ihr Finger blieb auf der Stadt liegen.

Die Patentante lebte ja dort, die Schwester des Vaters. Hatte die sich etwa um die Proteste der Familie gekümmert, als bekannt wurde, wie gern sie sich die Werbung eines Kaufmanns aus Prag gefallen ließ? Hatte sie etwa jemanden um Erlaubnis gefragt, bevor sie nach Böhmen auswanderte, um ihre große Liebe zu heiraten? Und blühte dort in Böhmen nicht inzwischen auch der rechte Glaube, der evangelische?

Die Mutter hämmerte schon wieder gegen die Tür. »Dein armer Bruder!«, zeterte sie und beschrieb heulend Eriks Beulen und die Kopfwunde. »Wie ein böser Dämon bist du über ihn hergefallen!

Schäm dich! Öffne jetzt!« Kristinas Magen knurrte, sie stand auf und ging zum Tisch mit der Obstschale: leer, nicht ein einziger Apfel mehr darin. Unterm Fenster holperte der Wagen des Arztes aus dem Hof.

Vor der Tür drohte die Mutter mit schwersten Strafen und flehte der Vater, doch endlich aufzuschließen. Unter Tränen schwor er, nur das Beste für seine geliebte Tochter im Sinn zu haben, einzig ihr Glück. Kristina studierte die Landkarten, bis die Müdigkeit ihr die Lider schwer machte. Sie rollte sich in den Teppich, der zwischen Spinett und Sekretär lag, polsterte den Atlas mit ihrem Haartuch, legte den Kopf darauf und schlief ein.

*

Oktober 1618

»Was für ein Unsinn, schon sterben zu wollen.« Sie murmelte jeden Satz, den sie in ihr Tagebuch schrieb. »Wie dumm, sich von Seeungeheuern fressen lassen zu wollen. Etwas Besseres als den Tod finde ich doch überall. Und etwas Besseres als Sakarias Bonde sowieso …«

Die Luft knisterte im Hause Thott, schwere Zeiten waren angebrochen, seit Kristina wegen Durst, Hunger und Harndrang den elterlichen Belagerern die Bibliothekstür aufgeschlossen hatte. Die Mutter hatte sie mit einer Reitpeitsche verdroschen und danach sieben Tage lang in ihre Kammer eingeschlossen und ihr nichts als Wasser und Brot hingestellt. Wenigstens hatte Erik ihr täglich im Morgengrauen, wenn die Eltern noch schliefen, zwei Äpfel zu ihrem Erkerfenster hinaufgeworfen.

Tochter und Mutter sprachen seitdem nicht mehr miteinander. Die Striemen und blauen Flecken auf Kristinas Rücken und Armen verblassten erst jetzt allmählich, beinahe vier Wochen später.

Sie steckte die Feder ins Tintenfass, streute Löschsand über die feucht glänzenden Schriftzüge und schob das Tagebuch aufgeschlagen an die hintere Tischkante. Aufmerksam lauschte sie den Geräuschen im Haus – unten klapperte Geschirr in der Küche, und im Kontor schimpfte der Vater. Mit Erik, wie es sich anhörte. In zwei Wochen sollte der jüngere Bruder mit einem Königsberger Handelsschiff zurück nach Braunsberg segeln; je näher der Tag rückte, desto patziger benahm sich Erik den Eltern gegenüber.

Kristina kümmerte sich um nichts mehr, was in der Familie geschah. Sie stand auf, hielt am Fenster vergeblich nach Olaf Ausschau und prüfte noch einmal, ob sie auch die Kammertür verriegelt hatte. Danach kramte sie zwei Bücher aus der Weißzeugtruhe.

Zurück am Tisch schlug sie beide auf und beugte sich über sie. Eine Heilige Schrift in böhmischer Sprache und ein deutsch-böhmisches Wörterbuch; die Tante hatte ihr die Bücher zum Christfest im vergangenen Jahr geschickt. Bis vor vier Wochen hatte Kristina sie kaum angerührt. Seit sie jedoch die Bibliothek wieder aufgeschlossen und die Mutter sie gezüchtigt hatte, brütete sie täglich über ihnen. Seit dem ersten Arresttag bei Wasser und Brot lernte sie mit ihrer Hilfe Böhmisch.

Das Deutsche, wie man es in Lübeck sprach, war ihr durch die Mutter so vertraut wie das Schwedische; und einige Teile der schwedischen Bibel konnte sie auswendig: Das Lukasevangelium zum Beispiel, einige Kapitel aus dem Propheten Jesaja und ungefähr fünfzig Psalmen.

Wieder lauschte sie. Rief endlich der Stallknecht im Hof? Nein, sie hörte Erik und den Vater unten streiten. Erik schrie. Das klang nach Wut, und es klang ungewohnt. Kristinas Bruder vermied Streit gewöhnlich. Seit sie auf ihn losgegangen war, ließ er sich nur noch selten zu den Mahlzeiten blicken.

Auch der Vater hatte sich nach der Nacht vor der Bibliothek tagelang in seinem Kontor verkrochen, und wenn er doch einmal herausgekommen war, schlich er wie ein Schatten seiner selbst durch das Haus. Jetzt zwang er sich wenigstens wieder zu einem

Lächeln dann und wann, las hin und wieder auch die Morgenandacht und erkundigte sich nach Kristinas Hausunterricht; manchmal fragte er sogar, wie es ihr gehe.

Dass er es nicht öfter tat, lag an Kristina. Sie antwortete nämlich jedes Mal mit schmerzhafter Ehrlichkeit. »Es geht mir bitterlich schlecht«, hatte sie ihm erklärt, als er das letzte Mal fragte. »Und was der Magister gesagt hat, habe ich vergessen, weil ich die ganze Zeit daran denken muss, dass mein eigener Vater mich verkaufen will.« Das zu hören ertrug der Vater nicht, also mied er das Thema, fragte lieber gar nichts mehr.

Nach einer Stunde etwa hörte sie draußen endlich den Stallknecht rufen. »Flöckchen!« Olaf rief den Namen ihres Schimmels; das hatten sie als Zeichen verabredet. »Auf, Flöckchen! In den Stall mit dir!«

Kristina lehnte sich zurück, schloss die Augen und begann flüsternd, den 23. Psalm auf Böhmisch herzusagen. Zum ersten Mal kam sie fast bis zum Ende des fünften Verses, wo es heißt: *Du salbest mein Haupt mit Öl und schenkest mir voll ein.* An der Stelle brachte sie die Worte des Psalms mit denen des Liedes vom Glückshorn durcheinander. Sie öffnete die Augen, las den Schluss des Psalms laut und schlug danach beide Bücher zu. Dann stand sie auf und spähte zum Fenster hinaus. Olaf Larsson stand in der offenen Stalltür und sah zu ihr herauf. Sie winkte.

Sorgfältig versteckte sie die Bücher in ihrer Truhe. Danach packte sie einige Geschenke des Vaters in einen Leinensack: die Schuhe aus Hamburg, die silberne Haarbürste aus Dresden, das Duftwasser aus Venedig und ein silbernes Armband aus Antwerpen. Viel mehr war gar nicht mehr übrig geblieben von all den Kostbarkeiten. Sie hängte den Sack an die Schulter, warf einen Mantel über, band ein Tuch um ihr Haar. Aus der Obstschale langte sie einen Apfel und biss hinein. Am Fenster sah sie Olaf dem Vater seinen alten Rappen aus dem Stall führen. Es dämmerte bereits.

Auf dem Gang hörte sie Eriks Stimme hinter seiner Kammertür. Er betete. Es klang traurig. Was ging es sie an? Geschah ihm doch recht.

Auf leisen Sohlen huschte Kristina die Treppe hinunter. In der Küche zeterte die Mutter mit der Küchenmagd. Sie schlich an der angelehnten Tür vorbei. Im Halbdunkeln blieb sie auf der Vortreppe stehen. Der Vater lenkte seinen Rappen gerade aus dem Hof auf die Gasse hinaus. Er wusste noch nicht, dass sie sein Porträt zerschnitten hatte. Er würde es bald erfahren; auch, dass sie seine Geschenke verkaufte, würde er bald erfahren.

Obwohl er wieder freundlich mit ihr sprach, wich er dennoch nicht von seiner einmal getroffenen und längst öffentlich gemachten Entscheidung ab. »Es bleibt dabei«, hatte er im Beisein der eisern schweigenden Mutter bekräftigt. »Du wirst den heiligen Bund der Ehe mit Sakarias Bonde schließen. Und es bleibt dabei: Wie tausende Mädchen in Schweden wirst auch du eines Tages dankbar sein für den Gatten, den deine Eltern dir ausgesucht haben.«

Kristina aß ihren Apfel und wartete, bis der Hufschlag von Vaters Rappen sich nach und nach auf der Gasse verlor. Dann erst lief sie über den Hof und huschte in den Stall. Drinnen war es düster. Nur bei ihrem Pferd brannte ein Kienspan in einem Wandhalter. An der Wand, im matten Lichtschein, kauerte die untersetzte Gestalt Olafs. »Hast du alle Kleider besorgen können?«, fragte sie schon von der Tür aus. Der junge Stallknecht nickte und klopfte auf ein Bündel, das neben ihm im Stroh lag. Kristina ging zu ihm, begrüßte Flöckchen und gab ihm den Rest ihres Apfels. »Dann zeig sie mir. Mach schon.«

In den Tagen nach den schlimmen Stunden auf der Kaimauer und in der verschlossenen Bibliothek wäre der Vater vielleicht so weit gewesen, seine Entscheidung zurückzunehmen – wenn die Mutter ihm nicht so hartnäckig zugesetzt hätte. Kristina hatte einmal an der Kontortür gelauscht, als dahinter ihre Eltern stritten. »Wer hat dich für mich ausgesucht, Nils Thott?«, hatte sie die Mutter rufen hören. »Mein Vater! Und war es eine gute Entscheidung? Jawohl, das war es! So wie auch deine Entscheidung für Sakarias Bonde eine gute Entscheidung ist! Kristina wird damit leben müssen und sie wird damit leben können.«

Die Eltern machten inzwischen Ernst: Nächste Woche sollte Kristinas Verlobung mit dem Ritter der schwedischen Krone Sakarias Bonde bekannt gegeben, und Ende Oktober sollte sie gefeiert werden. Die Einladungsschreiben wurden bereits gedruckt. Der Bischof wusste schon Bescheid; er selbst würde der Stockholmer Gemeinde am Festtag die Verlobung von der Kanzel herab verkünden. Und auf der Kanzel für das Paar beten; und es nach dem Gottesdienst segnen.

Auch Kristina machte ernst: Es würde keine Verlobungsfeier geben am letzten Sonntag im Oktober. Jedenfalls keine, bei der sie mit Bonde in einem Atemzug genannt werden würde.

Olaf Larsson breitete zwei Hosen, zwei Hemden und eine Winterjacke vor ihr im Stroh aus. Männerkleider. »Die konnte ich für den Schmuck und für die Schuhe eintauschen.«

Kristina prüfte die Kleidung. Sauber und ordentlich sah sie aus; ordentlich genug sogar, um in ihr als junger Mann aus gutem Haus durchzugehen. Sie hielt sich die Hosen an Hüften und Beine und die Hemden vor die Brust. »Scheint zu passen. Notfalls muss ich ein wenig umnähen.« Sie rollte die Kleidungsstücke wieder zusammen. »Jetzt fehlen mir noch Stiefel, ein Hut und ein Wintermantel.«

Olaf zuckte mit den Schultern. »Ich wüsste schon, wo ich das auftreiben könnte.« Wieder ein Schulterzucken und dazu eine Miene voller Bedenken. »Doch das wird teuer.«

Kristina musterte ihn misstrauisch. Weißzeug, Schmuck und vier Silberkronen hatte sie ihm gegeben, damit er schwieg und ihr besorgte, was sie zur Flucht brauchte: Männerkleider, Proviant, Dukaten. Sie wusste, dass er Weißzeug und Schmuck verkaufte und den Erlös teilweise zu den Huren am Hafen trug. Sie wusste aber auch, dass er für ein eigenes Pferd sparte. Kristina setzte ihm den Finger auf die Brust. »Versuche bloß nicht, mich zu betrügen, hast du verstanden?«

Wie beschwörend hob er die Hände und mühte sich um eine ängstliche Miene. »Wenn aber der Herr Thott jemals erfährt, dass ich dir geholfen habe …«

»Still!«, zischte sie ihn an. »Ich brauche Stiefel, Mantel und Hut. Und ich brauche Silberdukaten.« Sie wollte nach Magdeburg und von dort die Elbe nach Böhmen hinunter; und drüben, in den deutschen Ländern, so hatte sie gehört, da zahlte man lieber mit Münzen als mit Eiern, Tongeschirr und Fischen. »Und es muss schnell gehen.« Sie kniete ins Stroh, leerte den Leinensack aus. Dabei ließ sie den Stallknecht nicht aus den Augen, versuchte, in seinen Gesichtszügen zu lesen, ob er es ehrlich meinte mit ihr. Verriet er sie, würde sie am letzten Oktobersonntag im Dom sitzen und hören müssen, wie der Bischof ihre Verlobung mit Sakarias Bonde verkündete. Niemals durfte das geschehen! »Sehr schnell«, flüsterte sie. »Nächste Woche will ich aufbrechen.«

»Schon?« Erschrocken sah Olaf sie an. »Willst du nicht lieber den Winter und die Schneeschmelze im nächsten Frühling abwarten?«

Der junge Stallknecht war ein Jahr älter als Kristina. Er hatte eine ähnlich breite und grobe Kinnpartie wie der Bräutigam, den man ihr aufzwingen wollte. Auch mit seiner stämmigen Gestalt erinnerte Olaf sie an Bonde. Der übrigens kam immer öfter ins Haus seit zwei Wochen. Kristina mied ihn dann, so gut sie konnte, flüchtete meistens hinauf in ihre Kammer, wenn Bonde unten im Speisezimmer mit dem Vater beim Wein saß oder im Kontor mit ihm über den Büchern beratschlagte. Liebend gern hätte sie ihm ihre Ablehnung offen ins Gesicht gesagt, doch sie brachte es nicht über sich, ihren Eltern auch das noch anzutun.

»Was für eine blöde Frage!« Sie ordnete die Haarbürste neben der Duftwasseramphore, dem Armband und den Schuhen an. »Frag doch gleich, warum ich nicht bis zum Hochzeitstag warte!« Sie deutete auf die Geschenke des Vaters. »Das hier musst du mir verkaufen oder gegen Stiefel, Mantel und Hut tauschen. Und du musst mir ein Schiff auskundschaften. Ein Schiff nach Lübeck oder Stralsund brauche ich, hast du das verstanden?«

Olaf nickte und beugte sich über die Kleinodien. Kristina erklärte ihm, wie viele Silberkronen oder Dukaten er verlangen konnte für Bürste oder Schuhe oder Armband und wie wertvoll vor allem das venezianische Duftwasser war.

Nacheinander betrachtete der Stallknecht die Kostbarkeiten, klaubte schließlich mit schmutzigen Fingern das Armband aus dem Stroh und wog es in seiner fleischigen Hand, als könnte er so seinen Silbergehalt erkennen. »Also gut«, sagte er endlich. »Ich beschaffe dir Stiefel, Mantel und Hut. Und ein paar Silbermünzen werden schon auch noch übrig bleiben.« Er hob den Blick. »Aber dafür will ich etwas von dir haben.«

»Was fällt dir ein?« Kristina blitzte ihn an. »Ich habe dir bereits Silberkronen, Schmuck und Weißzeug gegeben.« Ihr Blick wurde hart.

»Aber zwei Dinge will ich trotzdem noch haben.« Olaf schluckte ein paarmal, und seine Miene schwankte zwischen Scham, Furcht und diebischer Freude.

»Was? Jetzt sag endlich.«

»Küsse. Einen jetzt sofort und den zweiten, wenn ich dir die Sachen besorgt habe.«

Sie schlug ihm ins Gesicht, und das Klatschen hallte scharf aus dem Halbdunkel des Stalles zurück. »Du …!« Kristina holte zum nächsten Schlag aus. Olaf rieb sich die Wange, zog den Kopf ein – und feixte verlegen.

Kristina ließ die Hand sinken und sog laut die Luft durch die Nase ein. Dieser Stallknecht schien weit mehr Gemeinsamkeiten mit dem Ritter Bonde zu haben als nur das Kinn und die hässliche

Gestalt. »Also gut«, sagte sie heiser. »Sollst deine Küsse haben. Doch nur, wenn ich die Sachen bis Montagabend bekomme.«

»Ich versprech's.« Olaf Larsson nickte hastig. »Und ich bring dich auch auf ein Schiff.«

Kristina schluckte ihren Widerwillen hinunter und richtete sich auf den Knien auf. »Komm schon her.« Sie holte tief Luft, hielt den Atem, packte Olafs Schädel bei den Ohren und presste ihm die Lippen auf den Mund.« Er hielt sie fest, zog sie an sich, versuchte, mit der Zunge in sie einzudringen. Sie aber stieß ihn weg, sprang auf und wischte sich den Mund mit dem Mantelärmel ab. »In vier Tagen«, flüsterte sie atemlos. »Am Montagabend. Hier bei Flöckchen.« Sie bückte sich nach dem Kleiderbündel, machte kehrt und lief aus dem Stall in den abendlichen Hof und wieder hinauf in ihre Kammer.

Dort wollte sie gerade die Tür von innen verriegeln, um das Kleiderbündel in ihrem Schrank zu verstecken, als plötzlich jemand von außen die Klinke herunterdrückte. Gegen Kristinas Widerstand schob Erik die Tür auf und drängte sich herein. »Was willst du?«, fuhr sie ihn an.

»Es tut mir alles so leid.« Seine Stimme klang belegt. »Ich ertrage es nicht, dass du mich hasst, Kristina.« Aus schmalen Augen und mit gerunzelten Brauen musterte sie ihn. Was war bloß in den dünnbeinigen Milchbart gefahren? »Ich sehe es dir doch an, wie sehr du mich hasst.« Sprachlos und auch ein wenig ratlos stand sie vor ihm und konnte nicht verhindern, dass er die Kammertür hinter sich zudrückte. »Ich habe dem Vater gesagt, dass ich nicht mehr nach Braunsberg gehen werde, wenn du deswegen einen Mann heiraten musst, den du nicht willst.«

»Du hast *was*?« Kristina traute ihren Ohren nicht.

»Er ist sehr böse geworden, hat mich geohrfeigt.«

Sie betrachtete ihren Bruder, als hätte sie ihn lange nicht gesehen. Wie weich seine Züge waren, wie voll und seidig sein langes Haar. Er sah ihr ähnlich, war schon größer als sie, jedoch noch knabenhaft dünn. Sie dachte an die Äpfel, die er ihr während ihres Arrestes zum Fenster heraufgeworfen hatte. Und nun hatte er also ihretwegen mit dem Vater gestritten? Sogar Schläge in Kauf genommen? Sie strich ihm über das Haar. Auf einmal wurde ihr ganz warm ums Herz. »Und? Wirst du wieder ins Kollegium gehen?«

Erik schwieg, betrachtete das Bündel unter ihrem Arm. »Was hast du da?«

»Nichts, was dich angeht.«

»Du willst fort von zuhause, nicht wahr?«

»Unsinn!« Lauter als gewollt, entfuhr ihr das im ersten Schrecken. Hatte Olaf, dieser Hammelschwanz, sein Plappermaul doch nicht halten können?

»Du willst vor Bonde fliehen, nicht wahr? Du willst zur Tante nach Prag.« Erik sah ihr ins Gesicht. Plötzlich wirkte er tief erschrocken. »Darum lernst du auch Böhmisch …« Die Stimme brach ihm, seine Unterlippe bebte.

»Wie kommst du bloß auf so etwas Verrücktes?« Sie lachte und merkte sofort, wie gekünstelt das klang.

»Darum also habe ich dich Böhmisch reden hören im Traum. Durch deine Kammertür hindurch.«

»Woher willst du denn wissen, dass es Böhmisch war?« Verzweiflung kroch ihr in die Glieder, ihre Stimme versagte beinahe. Scheiterte ihre Flucht also schon während der Vorbereitung?

»Unserer Grammatiklehrer ist ein Jesuit aus Prag«, flüsterte Erik. »Manchmal betet er den dreiundzwanzigsten Psalm. Auf Böhmisch. So wie du vor ein paar Tagen.« Er schluckte, legte ihr die Hände auf die Schultern. »Das geht doch nicht, Kristina …«

Kristina fiel keine Ausrede mehr ein. Sie stand einfach nur da und sah ihren kleinen Bruder an. Nein, eine Schauspielerin würde aus ihr nicht mehr werden in diesem Leben. »Bitte, Erik, bitte verrat mich nicht.«

Fassungslos schüttelte ihr Bruder den Kopf. »Das darfst du einfach nicht tun, Kristina …«

6

Prag, Oktober 1618

Der Wagen rollte ins innere Tor der Alten Stadt hinein. Nikolaus, der junge Reiter auf der Leitstute des Gespanns, winkte nach allen Seiten, und die Wachen winkten zurück. Franz konnte nicht anders, er musste den Burschen bewundern: Der schwatzte mit den Wachen, als würde er schon seit Jahren Tag für Tag hier vorbeikommen und jeden böhmischen Waffenknecht auf den Zinnen und im Wachhaus mit Namen kennen. Dabei wohnten sie erst seit Ende Juni in Prag, seit etwas mehr als drei Monaten also.

Franz von Trient – oder František Tridentum, wie der kleine drahtige Kahlkopf sich hier in Prag nannte – lehnte sich in die gepolsterte Kutschbank zurück und schmunzelte. »Ein Phänomen, dieser junge Nikolaus«, sagte er leise zu dem Mann neben ihm. »Kommt mit jedem Stein ins Gespräch, lockt jedem Trauerkloß ein Lächeln auf die Lippen.«

Vor ihnen öffneten sich knarrend und quietschend die Torflügel. Auf dem vorderen linken Zugpferd schwenkte Nikolaus grüßend seinen Hut, wedelte mit den Zügeln und tätschelte dem Führungsgaul die Flanke mit der Reitpeitsche. Hufschlag hallte, der Wagen rollte an und fuhr aus dem Tor. Vor ihnen weitete sich die trotz des nahen Herbstes noch immer sattgrüne Flusslandschaft mit ihren ausgedehnten Weiden, kleinen Wäldern, Obstgärten und Gehöften. Zu einem dieser Gutshöfe lenkte Nikolaus Gespann und Wagen.

»Ich beneide dich um diesen Pagen, Bruder Alban«, sagte Franz. Seinen eigenen Diener hatte ein Fieber hingerafft, schon kurz nach der Ankunft in Prag.

»Ein vielversprechender Soldat Christi, wahrhaftig«, antwortete der zweite Mann im Wagen mit gesenkter Stimme. »Der Provinzial hat einmal mehr seine glückliche Hand bewiesen, als er ihn mir für diese Mission geschickt hat.« Über zwanzig Jahre jünger als Franz, hatte der andere dennoch schon graues Haar. In Prag kannte und schätzte man ihn seit dem Frühsommer als Albus Leodicus. Als angeblich lutherischer Medikus hatte er rasch Zugang zu vielen Häusern des böhmischen Herrenstandes gefunden.

In den Niederlassungen des Jesuitenordens kannte man ihn als Alban von Lüttich. Gewiss – er trug den Ehrentitel eines Doktors der Medizin zu Recht; genau wie Franz von Trient tatsächlich schon als Doktor der Theologie gelehrt hatte. Mit dem lutherischen Glauben allerdings hatten beide ungefähr so viel zu tun wie der Teufel mit dem Weihwasser. Beide Männer gehörten zu jener Elitetruppe ihres Ordens, die gut getarnt und in geheimer Mission unterwegs war, um die lutherische Ketzerei zu bekämpfen und der römischen Kirche ihr verlorenes Terrain zurückzuerobern.

Der junge Nikolaus – er stammte nicht nur aus Bamberg, sondern hieß auch Bamberger mit Familiennamen – galt den Prager Bürgern als Stallknecht des Doktors Leodicus; in Wahrheit hatte er bei der Gesellschaft Jesu den Eid eines Ordensnovizen abgelegt und diente Alban als Kammerdiener und medizinischer Gehilfe.

Das Gestüt des Ritters von Waldau rückte näher. Er bräuchte zwei neue Zugpferde, hatte Franz dem Novizen erklärt; Nikolaus, der es besser wusste, hatte keine Fragen gestellt. Gut so – ein Novize hatte zu gehorchen und nicht nachzufragen.

Franz blickte hinter sich: Die Mauerzinnen, Dächer und Türme der Stadt blieben zurück. »Nutzen wir die Zeit bis zum Gestüt, Alban. Erzähle mir, was du Neues erfahren hast.«

»Die Lutherischen glauben inzwischen alle, dass es Krieg geben wird – die Ritter, die Herren, die Prediger der Ketzer sowieso. Das ganze Direktorium eigentlich.« Direktorium – so nannten sich die dreißig Ritter und Herren aus den protestantischen Ständen, die

Böhmen inzwischen regierten. »Viele fürchten eine Art ›Bartholomäusnacht‹, wie sie die kluge Katharina von Medici zu Paris einst den Hugenotten bereitet hat.«

»Es fürchtet die Hölle, das Ketzerpack«, raunte Franz. »Und das zu Recht. Niemand wirft ungestraft einen kaiserlichen Statthalter aus dem Fenster.« Aus schmalen Augen spähte er in Fahrtrichtung. Baumreihen einer Obstplantage zogen links von ihnen vorbei. Der steinerne Torbogen vor Gestüt und Gutshof schob sich in sein Blickfeld.

»In ganz Böhmen schmieden sie Schwerter, Spieße und Rüstungen«, berichtete Alban von Lüttich. »Überall im Land rufen die Ritter ihre Waffenknechte zusammen. Die lutherischen Ketzer sammeln ihre Kräfte, suchen Verbündete. Ich hörte, sie hätten den Kurfürsten Friedrich von der Pfalz um Hilfe ersucht. Sogar bis zu den rebellischen Niederländern haben sie Boten geschickt. Und einige wollen gar dem Kurfürsten von Sachsen die böhmische Königskrone anbieten.«

Franz warf den kahlen Schädel in den Nacken und lachte laut auf. »Der brave Biersäufer wird sich hüten, es sich mit unserem katholischen Kaiser zu verderben. Da würden seinen gierigen lutherischen Fingern doch allzu viele Ländereien entgehen, schätze ich.« Seine Miene verfinsterte sich sofort wieder. »Außerdem haben wir dafür gesorgt, dass er schändliche Dinge über die böhmischen Stände zu hören bekam. Wir haben streuen lassen, dass sie den osmanischen Kaiser um Waffenhilfe gebeten haben.« Er schirmte die Augen gegen die Sonne ab – am Torbogen standen Knechte und Kinder und blickten dem Wagen entgegen. Nikolaus winkte schon wieder mit dem Hut.

»Ich habe in ihren Häusern davon gehört«, sagte Alban. »Dieses Gerücht erbittert die böhmischen Ketzer ganz besonders. Ihr Direktorium hat Briefboten ins ganze Reich gesandt, um die Lüge zu entkräften. Auch an den Kaiser. Und zu den befestigten Städten an der bayrischen und österreichischen Grenze haben die Rebellen

Kriegsvolk geschickt. Ihr Generalleutnant, der Graf von Thurn, ist mit etlichen tausend Mann nach Budweis aufgebrochen, weil die Kaiserlichen dort angeblich morden und brennen.«

»Dann beginnen sie also von sich aus den Krieg, den wir uns wünschen. Sehr gut.« Franz nickte zufrieden. »Gestern brachte ein geheimer Bote einen Brief aus Wien: Der Erzherzog Ferdinand hat den Grafen Buquoy zum kaiserlichen Feldmarschall ernannt. Zwei Regimenter sind bereits aufgestellt. Und Maximilian, der Herzog von Bayern, hat seine Kriegsvölker unserem frommen Tilly unterstellt, dem Feldherrn der katholischen Liga, damit er sie hierher führe. Nicht mehr lang, Alban, dann klopft die Hölle an die Pforten Prags, dann hat es sich ausgeketzert in diesem schönen Land. Doch still jetzt. Schauen wir uns den Ritter von Waldau genauer an.«

»Sinnlos.« Alban winkte ab. »Einen Verbündeten finden wir auf diesem Hof nicht. Von Waldau wird zu den Starrsinnigsten unter den Direktoren gerechnet.«

»Warten wir es ab, Bruder.« In Franz' dunklen Augen funkelte es. »Seine Söhne immerhin sind vielversprechend.«

Torbogen, Kinder und Gesinde rückten in Rufweite. Bald trabte das Gespann in den Hof des großen Gestüts. Nikolaus scherzte mit den Knechten, Franz und Alban grüßten freundlich nach links und rechts. Der Wagen rollte an Koppeln und Stallungen vorbei zum Herrenhaus. Dort, zwischen einem Brunnen und einer Schmiede, sahen sie einen großen blonden Mann und einen dunkelhaarigen Halbwüchsigen beim Kampf mit Holzschwertern. In der Linken hielt der Mann eine Peitsche. »Das ist er«, flüsterte Alban. »Und der Junge muss sein Sohn sein.«

Franz nickte, beugte sich vor und spähte aus schmalen Lidern zu Vater und Sohn. Der Ritter schien unzufrieden mit den Fechtkünsten seines Sohnes, wies ihn laut zurecht, und zweimal, als der junge Antonín von Waldau seinen Angriff nicht flink und wirksam genug parierte, hieb er mit dem Peitschenstiel nach ihm.

Das zu sehen überraschte Franz nicht – die Beulen und blauen Flecken, mit denen der Junge am ersten Unterrichtstag ins benachbarte Gutshaus gekommen war, hatten ihm genug verraten.

»Mit Gewalt macht der Vater einen Meister der Gewalt aus seinem Sohn«, sagte Alban. »Einen Krieger.«

»Er ist sein Stiefvater«, flüsterte Franz. »Und zugleich sein Onkel. Nur ein paar Wochen nach dem Tod seines älteren Bruders hat er seine Schwägerin zur Frau genommen. Ich müsste mich sehr täuschen, wenn nicht schon der nächstjüngere Sohn aus seinen Lenden stammt.«

Jetzt erkannte er auch die Frau in der Tür des Herrenhauses. Mit hochgezogenen Schultern stand sie halb ihm Schatten, ein blondes, bleiches Weib mit verhärmten Zügen und geweiteten Augen. Sie beobachtete den jungen Tonda und seinen unerbittlichen Zuchtmeister. Das musste die Mutter des jungen Panflötenspielers sein.

»Brr!« Nikolaus hielt die Pferde an, Alban stieg aus und half Franz aus dem Wagen; er überragte den Älteren um fast eine Hauptеslänge. Vater und Sohn ließen die Übungsschwerter sinken, sahen ihnen entgegen. »Nicht nur einen meisterhaften Musikus habt ihr großgezogen, sondern auch einen künftigen Meister des Schwertes, wie ich sehe!« Laut rufend hinkte Franz zu ihnen. Er nickte der Frau an der Tür zu, und sofort verschwand sie im Inneren des Hauses. »Wie stolz Ihr doch auf einen Sohn wie diesen sein müsst, Freiherr von Waldau!« Dem Vater gegenüber deutete Franz eine Verbeugung an, dem Sohn legte er die Hand auf die Schulter. »Eine gute Entscheidung übrigens, ihn zu uns in den Unterricht zu schicken. Ich denke, wir werden ihn im kommenden Sommer so weit haben, dass er reif für die Universität ist.«

»So?« Der Ritter beäugte ihn misstrauisch. »Und der andere?«

»Jan?« Franz lächelte und nickte anerkennend. »Auch der macht Fortschritte, doch.«

»Freut mich zu hören, Magister Tridentum.« Die Miene des

Ritters hellte sich auf. »Auch mit dem Schwert ist Jan schon beinahe so gut wie sein Bruder. Sollen sie ruhig kommen, die Horden des Wiener Erzhalunken, nicht wahr?« Franz sah, wie Alban das Lächeln in den blauen Augen gefror, er selbst ließ sich Abscheu und Verachtung nicht anmerken. »Wir werden ihnen schon genug Gräber in Böhmens Erde verschaffen, habe ich recht, Magister Tridentum?«

»Aber sicher doch, Freiherr.« Franz nickte und lächelte tapfer. »Und wenn Ihr uns zuvor noch zwei kräftige Zugpferde verkaufen wollt, werden auch wir für den Tag des Gerichts gerüstet sein.«

Sie wurden schnell handelseinig, bezahlten, was der Freiherr forderte, und leerten einen Krug Wein mit ihm, bevor sie nach zwei Stunden durch den Torbogen rollten.

»Er hat den Jungen schon wieder zur Schwertübung zu sich gerufen.« Alban sah zurück zum Brunnen vor dem Herrenhaus. »Wie einen Hund richtet er ihn ab, und er schlägt schon wieder mit der Peitsche nach ihm.« Seufzend drehte er sich um und ließ sich neben Franz ins Polster sinken. »Einen größeren Fanatiker für die lutherische Sache als diesen Ritter finden wir nicht so schnell.«

Nikolaus trieb die Pferde an, der Wagen fuhr am großen Obstgarten vorbei. »Ein ganz besonderer Junge«, sagte Franz von Trient. »Findest du nicht, Bruder Alban?«

»Ein besonders bedauernswerter Junge«, antwortete der Arzt. »Eines Tages wird sein Vater den Hass ernten, den er heute in sein Herz sät.«

»Das wird er nicht tun.« Franz sagte das ohne erkennbare Regung. »Tonda gehört uns.«

»Wie du sprichst …« Kopfschüttelnd betrachtete Alban den Ordensbruder von der Seite. »Was hast du denn vor? Immer wenn es in deinen Augen glüht, hegst du Pläne, von denen nur du weißt.«

»Wenn wir von Waldau und die böhmischen Ketzer in den Staub getreten haben werden, will ich, dass wir den Jungen unter unsere Fittiche nehmen.«

»Wenn demnächst die lutherischen Rebellen in Prag zum Henker hinaufsteigen müssen, ist auch dieser Junge verloren«, sagte Alban. »Bedenke doch, Franz – er ist der älteste Sohn eines Ritters und Direktors!«

»Ein junger Mensch mit derartigen Gaben und solchem Verstand darf uns nicht verloren gehen. So einer muss der Ehre Gottes und dem Heiligen Vater dienen.«

»Was soll ich dazu sagen?« Alban machte eine Geste der Ratlosigkeit. »Es wäre das erste Mal, dass du nicht in die Tat umsetzt, was du dir vorgenommen hast.«

»Verlass dich darauf.« Franz ballte die Fäuste und richtete sich auf. »Ich habe Gott seine Seele versprochen. Sollen die Ketzer in Prag doch in ihrem eigenen Blut ersaufen!« Er wurde laut, ereiferte sich. »Und mögen sie es bald tun! Doch sie werden untergehen, ohne diese schöne Seele mit in die Hölle zu reißen!«

7

Stockholm, Oktober 1618

Da stand er, aschfahl und kopfschüttelnd und immer dieselben Worte stammelnd. »Das geht doch nicht, du kannst doch nicht einfach weggehen …« Natürlich würde Erik sie verraten, was sollte er denn sonst tun? Alle Kraft wich Kristina aus den Gliedern.

Plötzlich schlang Erik die Arme um sie. »Ich hab dich lieb, Kristina«, flüsterte er. »Du bist doch meine Schwester. Ich will dich doch nicht verlieren.« Sein Körper bebte, und täuschte sich Kristina, oder schluchzte Erik an ihrer Schulter? »Ich will aber auch nicht, dass du meinetwegen einen heiraten musst, den du schrecklich findest …« Tränen erstickten die Stimme ihres Bruders. »Und du findest Sakarias schrecklich, nicht wahr?«

Tatsächlich: Er weinte. Das trieb auch ihr die Tränen in die Augen. Sie umarmte ihn und zog ihn fester an sich. »Du musst doch nicht weinen, Brüderchen. Alles wird gut.« Sie stimmte ein Trostlied an, sang ihm leise die Worte ins Ohr, wurde selber immer trauriger davon.

»Nichts wird gut, wenn du weggehst«, schluchzte er. »Nichts wird gut, wenn das Unglück in Bondes Haus dich zerstört. Wie schlimm muss das für dich sein, wenn du sogar auf deinen kleinen Bruder losgehst deswegen … Und das alles nur, weil der Vater es so bestimmt hat …« Er machte sich von ihr los, wischte sich Rotz und Tränen aus dem Gesicht. »… das alles nur, damit ich das Jesuitenkollegium absolvieren kann. Damit ich eine Laufbahn bei Hof einschlagen kann …«

Kristinas Kehle war wie zugeschwollen, kein Wort konnte sie

antworten. Niemals hätte sie erwartet, ihren Bruder so reden zu hören. Durch einen Tränenschleier hindurch sah sie, wie er zu ihrem Bett gehen wollte, um sich darauf niederzulassen, wie er seinen Blick dann auf den Boden richtete, wo das Kleiderbündel lag, seit sie ihn umarmt hatte, und wie er sich schließlich danach bückte und Hosen und Hemden aufhob.

»Männerkleider.« Sein nasses Gesicht verzog sich zu einem wehmütigen Lächeln. »Dachte ich es mir doch.« Er ließ sich auf den Stuhl vor ihrem kleinen Tisch fallen, ballte die Kleider in seinem Schoß zu einem Knäuel zusammen, schluchzte und schniefte.

»Ich muss es tun, Erik.« Endlich fand Kristina ihre Stimme wieder. »Niemand soll mir mein Leben kaputtmachen. Ich muss es doch tun!« Sie kniete vor ihm nieder, drückte ihre Stirn auf seine Knie. »Bitte, Erik. Bitte verrate mich nicht.«

Eine Zeitlang verharrten sie so, er auf dem Stuhl, sie vor ihm auf dem Boden und beide stumm und weinend. Bis Erik sich irgendwann die Nase putzte. »Ein guter Plan, nach Böhmen zu fliehen.« Er seufzte tief. »Was mich betrifft: Ich kann nicht anders, muss zurück nach Braunsberg. Ich muss doch dem Vater gehorchen. Und der Vater kann auch nicht anders, er muss zu seiner Entscheidung stehen, muss Bonde gegenüber sein Wort halten. Doch nach Böhmen zu fliehen, bis der Sturm sich gelegt hat, der hier in Stockholm losbrechen wird, das könnte gehen.«

»Der Sturm?« Kristina hob den Kopf, staunte ihren jüngeren Bruder an und begriff endlich. »Was sagst du da? Es könnte gehen?«

»Ja.« Erik nahm ihre Hände. »Und ich weiß auch schon, wie wir es anstellen müssen, damit du sicher in Prag bei der Tante ankommst.«

*

Leise, leise – nur keinen Lärm machen. Aus Furcht, die Bibliothekstür könnte quietschen, wagte Kristina nicht, sie zu schließen. Auf Zehenspitzen schlich sie zum Bücherschrank. Wenigstens schien der Vollmond, und in seinem Schein erkannte sie die Goldprägung auf dem Buchrücken: ATLAS MAIOR – DER GRÖSSTE UND PRACHTVOLLSTE ATLAS, DER JEMALS VERÖFFENTLICHT WURDE.

Heraus mit dem Folianten, ganz behutsam; dann leise, leise zum Fenster, durch das der Mond schien, lautlos das schwere Buch auf den Boden gelegt und lautlos geblättert bis zur Karte von Schweden. Sie fuhr mit der Hand darüber, ahnte die Küstenlinien und Flussläufe mehr, als dass sie ihr Relief erkannte, ahnte Stockholm, ahnte auf der Rückseite Lübeck, Stralsund, Magdeburg, ahnte den Verlauf der Elbe bis zur Moldau. Sie schloss die Augen und sah sie vor sich, die deutschen Städte und Flüsse. Beinahe täglich hatte sie diese Karte studiert in den letzten vier Wochen. Sie hätte sie aus dem Gedächtnis aufzeichnen können.

Im Mondlicht klappte Kristina das Rasiermesser des Vaters aus der Scheide und trennte das Blatt aus dem Atlas heraus. Sie trug die Buchseite zum Sekretär, legte sie auf ein Wachstuch, rollte sie zusammen und steckte sie in die Ledertasche; zu dem ebenfalls in Wachstuch gewickelten Tagebuch, zu den Dukaten, zum zerschnittenen Bild ihres Vaters, zum böhmischen Wörterbuch und manch anderem, das sie mitnehmen wollte über die Ostsee und nach Prag.

Geschlafen hatte Kristina nicht in dieser kurzen Nacht. Hin- und hergerissen zwischen Zweifel und Gewissheit hatte sie Kissen und Leintücher zerwühlt, hin- und hergerissen zwischen Reue und Entschlossenheit. Tausend Bilder hatten ihr Hirn überflutet. Liebe Bilder aus frühster Kindheit, helle Bilder von Zärtlichkeit und Geborgenheit in den Armen des Vaters, schöne Bilder von der Mutter wie sie lachte, was sie doch so selten tat; Bilder von Hunden, Katzen und Pferden, mit denen sie groß geworden war, hier im Haus, unten im Hof und im Stall. Bilder auch von Erik, von den verstorbenen Großeltern, Bilder von Reisen mit dem Vater.

Kristina hatte es nicht übers Herz gebracht, sein zerschnittenes Porträt zurückzulassen, wollte ihm nicht auch noch damit wehtun; sie hatte es aus dem Rahmen gelöst. Irgendein Maler würde sich schon in Prag finden, der es restaurieren konnte.

Aus der Obstschale nahm sie vier Äpfel und steckte sie ebenfalls in die Ledertasche. Dann ein letzter Blick aufs Spinett und auf die Noten dort. Das Lied vom *Horn der Glückseligkeit* hatte sie gestern schon eingepackt. Leise, leise zurück zur Tür und auf den Gang hinaus. Erik wartete bereits im Nachthemd. Er reichte ihr den Hut. Sie umarmten einander, hielten sich fest und küssten sich. Alles schweigend; was zu sagen war, war gesagt.

Schließlich Stufe um Stufe die Treppe hinunter. Kristina schlich in wollenen Strümpfen – sie hatte die Stiefel unter der Treppe in einer Kiste mit Decken versteckt. Heraus damit, leise, und dann durch die Küche zur hinteren Hoftür. Dort erst zog sie die hohen Stiefel mit den weiten und mit Leintuch gefüllten Stulpen an.

Sie schlich durch den Kräutergarten. Am Gartentor blickte sie noch einmal zurück, streichelte jedes Fenster mit ihren Blicken, jeden Erker, jeden Giebel. Jetzt flossen ihr doch wieder die Tränen über die Wangen. Schnell weg damit. Sie fuhr sich durchs Gesicht.

An Lots Frau denken und weg hier und nicht wieder umdrehen, schnell hinaus aus dem Gartentor in die dunkle Gasse und dann der Burg entgegen. Die Nacht war mondhell. Ein Kauz schrie. Im Hof des Nachbarn schlug ein Hund an. Sie zog den Hut tiefer in die Stirn.

Sie trug eine Männerhose, die rot und mit schwarzen Seidenbändern unter den Knien geschnürt war. Dazu ein weißes Leinenhemd, eine Lederweste und darüber den Mantel, den Olaf ihr besorgt hatte. Die wichtigsten Habseligkeiten steckten in der ledernen Tasche an ihrer Schulter. Der Stallknecht wartete mit dem Schimmel und allem anderen in der Nähe der Königsburg.

Sein älterer Bruder zu Hause im Walddorf läge krank, hatte der dem Vater erklärt, und er müsse nach Småland. In Wirklichkeit hatte Olaf sich mit Kristinas Gepäck, Pferd und Proviant in einer verlassenen Kate an der Nordseite der Inseln versteckt. Er würde sie an Bord begleiten. Und dem Kapitän einen Brief des Vaters überreichen.

All das hatte Erik sich ausgedacht – Olafs kranken Bruder, sein Versteck, den Brief; er hatte ihn eigenhändig geschrieben und mit Vaters Siegel verschlossen. Erik selbst lag krank, seit zehn Tagen schon, jedenfalls stellte er sich krank.

Das Königsberger Handelsschiff, auf dem man ihn kannte, hatte ohne ihn nach Preußen in See stechen müssen. Der Vater hatte eine spätere Überfahrt auf einer holländischen Galeone bezahlt. Auf der kannte man ihn nicht.

Bei Sonnenaufgang würde sie die Anker lichten und nach Stralsund aufbrechen. Und von dort nach Lübeck. In Stralsund hätte Erik auf ein Schiff nach Königsberg umsteigen sollen. Kristina würde an Bord der Galeone weiter nach Lübeck segeln. Mit Flöckchen. Der Verkauf des venezianischen Duftwassers und der Dresdner Haarbürste hatte die dafür nötigen Reichstaler eingebracht.

Ja, all das hatte Erik sich ausgedacht. Und morgen würde er einen Brief nach Prag abschicken. Kristina hatte der Tante geschrieben und ihr Kommen noch vor dem ersten Schnee angekündigt. Erik selbst würde mit einem Schiff in der nächsten Woche nach Preußen fahren; falls überhaupt und falls nicht vorher der Winter einbrach.

Es war ja schon empfindlich kalt geworden. Nordwind wehte bereits den dritten Tag und kündigte den ersten Frost an. Olaf stand unter einem Torbogen, blies sich in die klammen Hände und stapfte sich die Füße warm. Schweigend begrüßten sie einander, schweigend und Seite an Seite machten sie sich auf den Weg zum Hafen. Kein Mensch auf den Straßen. Manchmal, wenn sie den Nachtwächter hörten, blieben sie stehen und lauschten; manchmal bogen sie in eine Gasse ab, auf der sie ihm ausweichen konnten.

Jedes Haus, an dem sie vorbeigingen, schien unsichtbare Hände nach Kristina auszustrecken, jede Brücke, jeder Baum, jeder Busch. Es war, als wollte die Stadt sie festhalten. Wie schwer ihr das Herz wurde … Der Hufschlag des Schimmels hallte von den Fassaden wider, und es klang wie der Hufschlag des Gespanns, das vor Jahren den Sarg des Großvaters zum Friedhof gezogen hatte.

Endlich der Hafen. Im Osten sickerte schon der milchige Streifen des neuen Tages in den Himmel. Höchstens noch eine Stunde bis Sonnenaufgang. An der Kaimauer kamen sie an der Stelle vorbei, an der Kristina gesessen und sich die Axtklingen an die Glieder gebunden hatte. Sie dachte daran und fühlte nichts. Gar nichts. Wie erloschen kam sie sich vor, wie abgestorben. Gut so. Etwas zu fühlen, hätte nur Angst, Trauer und noch mehr Tränen bedeutet. Sie musste jetzt stark sein, niemand durfte ihr anmerken, was sie fühlte. Niemand durfte ahnen, dass sie nicht der war, der zu sein sie vorgab.

Am Liegeplatz der Galeone dann, als sie darauf warteten, dass man ihnen den Landungssteg herüberschob, bekam sie es doch mit der Angst zu tun. Und die Tränen wollten ihr aus der Brust in die Augen steigen. Sie gelangten nur bis in ihre Kehle; und schwollen dort zu einem Kloß. Kristina versuchte ihn wegzubeten. Sie murmelte einen Psalm vor sich hin, den dreiundzwanzigsten. Auf Böhmisch. Olaf Larsson, der sie verstohlen von der Seite beobachtete, sperrte den Mund auf und runzelte die Stirn.

Die Morgendämmerung brach an, nach und nach wurde es heller, und endlich erklangen Schritte auf dem Schiff. Männer erschienen backbords an der Heckreling, einer sah herüber, der trug einen dunklen Rock, aus dessen geschlitzten Ärmeln weißes Futter glänzte; dazu eine steife Halskröse, weiße Spitzenmanschetten und Spitzen in den weiten Stiefelstulpen. »Ihr seid der Sohn des

Kaufmanns von Thott?«, rief er auf Deutsch und mit niederländischem Akzent.

»So ist es, Herr Kapitän!«, antwortete Olaf für Kristina und wies auf sie. »Erik von Thott, hier steht er.« Er benutzte den Namen so, wie der Kapitän ihn ausgesprochen hatte, obwohl in Schweden kein einheimischer Adliger den im Römischen Reich Deutscher Nation üblichen Zusatz *von* benutzte oder auch nur führte.

Auf einen Wink des Kapitäns hin schoben ein paar Seeleute den breiten Landungssteg zur Kaimauer herüber. Weil Olaf keine Anstalten machte, ihr vorauszugehen, betrat Kristina ihn zuerst. Dutzende Männerblicke musterten sie von der Reling aus. Das Herz schlug ihr in der Kehle, und sie musste sich zwingen, einen Fuß vor den anderen zu setzen. *Dreh dich nicht um*, dachte sie, *denk an Lots Frau*, dachte sie und bekam mächtig weiche Knie. Hinter ihr führte der Stallknecht den Schimmel mit ihrem Gepäck an Bord der Galeone. Dort reichte er dem Kapitän den Brief des Vaters.

Der Holländer brach das Siegel und las aufmerksam. Dass Nils Gustavson Thotts Sohn in Stralsund an Bord bleiben würde, stand in dem Schreiben, dass man gut auf ihn Acht geben solle und dass er statt nach Königsberg bis nach Lübeck mitsegeln und er dafür bezahlen würde. Erik hatte die Schrift des Vaters nachgeahmt, so gut er eben konnte.

Der Kapitän faltete den Brief zusammen und steckte ihn in die Rocktasche. Dabei betrachtete er Kristina aufmerksam von oben bis unten. Er hieß Vanhouten und hatte ein kantiges, verwittertes Gesicht, aus dem ein Paar hellwache Augen strahlten, gütig und braun. Kaum dreißig Stunden hatte er noch zu leben, und dennoch sollte Kristina weder seinen Namen noch diese Augen jemals wieder vergessen.

Plötzlich umarmte der Stallknecht sie, und das so fest, dass ihr die Luft wegblieb. Er drückte ihr einen Kuss auf jede Wange. So holte Olaf Larsson sich wenigstens teilweise, was sie ihm schuldig geblieben war: Statt ihn wie versprochen auf den Mund zu küssen, hatte sie ihm am Montag vor einer Woche mit Prügel gedroht, als er ihr im Stall die versprochenen Sachen übergab.

»Leb wohl, Erik«, sagte Olaf Larsson mit heiserer Stimme. »Gott schütze dich. Und vergiss mich nicht.« Dann drehte er sich um und verließ das Schiff.

Seeleute zeigten Thotts vermeintlichem Sohn seine Koje, gaben ihm Blechbecher und -teller, Löffel und Decke. Bald darauf wurde der Anker gelichtet, und die Galeone stach in See.

Hin- und hergerissen zwischen Reue und Triumph, zwischen Schmerz und Erleichterung stand Kristina ganz vorn an der Bugreling, hielt ihren Hut fest, drückte die Ledertasche mit Tagebuch, Kartenrolle und Vaterporträt an die Brust und blickte aufs Meer hinaus. Unzählige Schären der Stockholmer Bucht zogen links und rechts der Galeone vorbei. Auf die Heimatinsel blickte sie nicht ein einziges Mal zurück.

Den ganzen Tag über war ihr übel und die ganze folgende Nacht tat sie kein Auge zu. Sie weinte leise, dachte an Erik, dachte an die Tante und betete leise auf Böhmisch.

Gegen Mittag des nächsten Tages schrie der Schiffsjunge im Ausguck und deutete nach Osten. Bald schrien auch der Kapitän und der Erste Offizier. Ihre Befehle hetzten die Matrosen kreuz und quer über das Schiff, hinauf in die Rahen und zu den beiden einzigen Kanonen an Bord. Im Osten erkannte Kristina drei Schiffe. Polnische Kriegsschiffe, wie sie dem erregten Palaver um sich herum entnahm. Deren Segel waren gebläht und näherten sich gefährlich rasch.

Die Holländer schoben ihre Kanonen zum Heck und brachten sie dort in Stellung. Doch bevor sie auch nur eine Kugel abfeuern konnten, hallte schon Kanonendonner durch die Luft: Pulverwolken lösten sich von den Silhouetten der polnischen Schiffe, und zu beiden Seiten der Galeone stiegen Wasserfontänen aus dem Meer.

Die Einschläge rückten näher, der Kanonendonner grollte lauter, und dann krachte der erste Treffer in die Deckaufbauten. Holz splitterte, Männer schrien, Trümmer flogen umher. Nach dem nächsten Treffer fielen die Segel des mittleren Mastes zusammen, und der Mast selbst brach und kippte steuerbords ins Meer.

Das Geschrei an Bord wollte gar nicht mehr abreißen, wie von Sinnen rannten die Seeleute hin und her. Überall fahle Gesichter, überall entsetzte Blicke. Kristina kauerte an der Bugreling, hielt sich an einem gedrechselten Holm fest und betete laut. Die Polen segelten bereits so nahe, dass sie die Gesichter der Seeleute erkennen konnte. Manche schwangen Säbel, manche stopften seelenruhig Pulver in Pistolen, andere hatten sich Messer zwischen die Zähne geklemmt und hielten sich an langen Seilen fest.

Wieder dröhnte Kanonendonner, entsetzlich nahe jetzt, und eine Kanonenkugel rauschte von dem ersten polnischen Verfolger herüber und krachte mitten in eine Traube von Seeleuten, die sich um das Beiboot drängten. Geschrei, Trümmerregen und umherfliegende Leiber und Glieder – Kristina betete ununterbrochen. Die nächste Kugel durchschlug die Bordwand.

Es knarrte und quietschte, und ein Beben durchlief den Schiffsrumpf. Die Galeone neigte sich. Kristina sah den Kapitän vom Ruderhaus stürzen. Eine Woge bäumte sich auf über dem schiefen Deck, brach zusammen und spülte Vanhouten ins Meer.

Das Schiff neigte sich rascher, ein Fass rollte auf Kristina zu, zersplitterte die Reling, riss sie von Bord und in die schäumende See hinab. Erst dann hörte Kristina auf zu beten.

8

Prag, August 1619

Das Hochwasser sank mit jedem Tag ein Stück weiter, schon konnte man wieder mit Schiffen die Moldau hinunterfahren. Tonda wünschte, das Wasser wäre noch weiter gestiegen – vielleicht würde Magister František die Stadt dann doch nicht verlassen.

Tonda trieb Sultan auf die Karlsbrücke. Er hatte den Magister und den Doktor Leodicus zum Hafen begleitet und ihrem Diener geholfen, das Gepäck an Bord zu tragen. Jetzt wollte er ihnen zuwinken, wenn das Schiff unter der Brücke hindurch und nach Norden fuhr.

Da kam es auch schon! Er lenkte Sultan zur Südseite der Brücke. Noch immer strömte die Moldau schneller als gewöhnlich dahin, noch immer trug sie Geäst, Bretter und anderes Treibgut der Elbe entgegen. Am Bug des kleinen Schiffes erkannte Tonda jetzt den Magister und den Arzt. Er winkte und beide winkten zurück.

Ruderer trieben das Schiff unter der Karlsbrücke hindurch. Auf der Elbe würden Magister František und Doktor Leodicus auf ein größeres Schiff umsteigen, auf ein Segelschiff; wenn die Brücken hinter ihnen lagen.

Tonda trieb Sultan auf die andere Brückenseite hinüber, der Schiffsbug tauchte schon auf, und Magister František winkte und rief: »Vor dem ersten Schnee sind wir zurück!«

»Ich freu mich!« Tonda winkte mit beiden Armen. »Gute Reise! Und komm gesund zurück! Ich freu mich!« Das Schiff entfernte sich, und Tonda winkte, bis es hinter dem nächsten Moldauknie zwischen den Hausfassaden verschwand. Er lauschte seinen eigenen Worten nach: *Komm gesund zurück, ich freu mich.*

Seltsam, dass er sich jetzt schon auf die Rückkehr des Magisters freute; seltsam, dass er um ihn bangte. Warum nur? Noch nie hatte er den Grund vor sich selbst zugegeben. Jetzt fühlte er ihn so klar, dass er nicht anders konnte: Er hatte den Magister lieb, ja, er hatte ihn richtig lieb. Und war das ein Wunder? Noch nie hatte einer ihn so gut behandelt wie Magister František – so, als würde er ihm etwas zutrauen, so, als würde er ihn achten. Allenfalls sein leiblicher Vater hatte ihn so behandelt. Doch der war tot und nicht mehr als eine blasse Erinnerung. Und Magister František war lebendig. Und würde bald zurückkehren.

Vom Sattel aus blickte Tonda auf die Moldau hinunter. Bis nach Dresden würde das Elbschiff Magister František bringen. Er wäre gerne mitgefahren. Von Dresden aus wollten der Magister und der Doktor über Land reisen. Wohin, hatten sie nicht gesagt. »In eine große Stadt«, hatte der Pferdejunge Nikolaus verraten. Tonda wäre gerne mit über Land in jene große Stadt gereist.

Statt nach Hause zu reiten – es war allerhöchste Zeit, denn der Stiefvater erwartete ihn zum Fechtunterricht –, statt Sultan von der Brücke zu lenken, sah Tonda auf die Moldau hinunter und träumte mit offenen Augen von Dresden, das er nur von Bildern kannte. Bretter trieben unter der Brücke hindurch, eine Tür, noch mehr Bretter, ein Fass.

Ein Floß müsste man sich daraus bauen, dachte Tonda, zur Elbe müsste man es lenken und bis nach Dresden. Fort müsste man gehen, weit fort von Prag, vom drohenden Krieg, vom Stiefvater …

Und sollte er nicht zurückkehren, der Magister František – das schwor sich Tonda in diesem Augenblick –, dann würde er fortgehen und ihn suchen, in Dresden, in jener großen Stadt, überall.

Angst vertrieb seine Tagträume. Tonda lenkte Sultan von der Brücke Richtung Altstädter Ring und aus der Stadt hinaus. Als die Mauern hinter ihm lagen, trieb er das Pferd in den Galopp und hatte es auf einmal sehr eilig. Der Stiefvater hasste es, warten zu müssen. Je näher Tonda dem Gestüt kam, desto größer schwoll ihm der Kloß im Hals an.

Von Weitem sah er ihn im Tor stehen; mit der Rechten stützte er sich auf seinen Degen. Tonda zog an den Zügeln, Sultan machte langsamer. Bald konnte Tonda das Gesicht des Stiefvaters erkennen. Es sah aus wie aus kantigem Stein gemeißelt.

Fort müsste man gehen, dachte Tonda, weit fort von Prag.

In der Linken hielt der Stiefvater seine Reitpeitsche und schlug damit gegen seinen Stiefelstulpen. »Du wagst es und kommst zu spät zum Fechtunterricht?!«, schrie er schon von Weitem.

Es wäre so leicht – vier Fässer, ein paar Bretter, und schon hätte man ein Floß. Und wenn er einfach Soldat würde? Ja, Soldat würde er werden, sollte dem Magister František etwas zustoßen und er nicht zurückkehren können. Ein Floß bauen, nach Dresden fahren und dem Kurfürsten von Sachsen seine Dienste als Soldat anbieten.

Neben dem Stiefvater hielt er Sultan an. Das Knallen der Reitpeitsche auf den Stiefelstulpen fuhr ihm in die Knochen und bis hinters Brustbein. »Absteigen!«, herrschte der Stiefvater ihn an.

Tonda folgte seiner Aufforderung.

*

Frankfurt, September 1619

Hoch über der festlichen Menge begannen die Glocken von Sankt Bartholomäus zu dröhnen, und Franz von Trient geriet außer sich vor Begeisterung. Wie ein Orkan brauste nur einen Wimpernschlag später die Orgel los, und dann setzten die Posaunen, Schalmeien und Trompeten ein. Der kurfürstliche Erzbischof von Mainz wandte sich vom Altar ab und nach dem Podest um, das man im Mittelschiff des Kaiserdoms errichtet hatte. Die Hände zum Gebet zusammengelegt schritt er darauf zu. Ihm folgte der Gesandte des Kurfürsten von Sachsen mit dem Reichsapfel auf einem roten Samtkissen, dem wiederum der Gesandte des pfälzischen Kurfürsten mit dem Zepter und jenem ein weiterer kurfürstlicher Gesandter, der das kaiserlichen Schwert trug. Ihnen allen aber folgte samt seiner engsten Vertrauten der fortan mächtigste Mann des Reiches.

Orgelakkorde und Bläserklänge erfüllten das Kirchenschiff, schwollen an, strömten zur erhabenen Melodie des *Te Deum* zusammen. Franz von Trient durchrieselte es heiß und kalt; er presste die gefalteten Hände gegen die Lippen, und Tränen stürzten ihm aus den Augen. Auch rings um ihn herum weinten Männer und Frauen. Endlich stimmte der Chor das *Te Deum laudamus* an, und nach und nach fiel die gesamte festliche Schar zwischen den gewaltigen Säulen von Sankt Bartholomäus in den feierlichen Gesang mit ein.

Das Heilige Römische Reich Deutscher Nation hatte wieder einen Kaiser. Draußen meinte Franz Kanonendonner und Musketenschüsse zu hören.

Hinter dem Erzbischof und den Edlen, die seine Machtinsignien trugen, stieg Ferdinand II. das Podest hinauf. Hoch erhobenen Hauptes trug er die alte Kaiserkrone auf dem rötlichen Haar. In der Mitte der mit kostbaren Teppichen ausgeschlagenen Bühne ragte ein prachtvoll geschmückter Stuhl auf, der dem Kaiserthron Karls des Großen zu Aachen nachempfunden war. Darin nahm der frisch gekrönte Kaiser Platz.

Franz von Trient fühlte die berauschende Seligkeit, die nun alle um ihn herum erfüllte, ebenfalls. Und mit allen anderen um ihn herum, schmetterte er die lateinischen Worte des Gotteslobes heraus. In diesen erhebenden Augenblicken verloren Namen, Ränge und Stände ihre Bedeutung; kein Alter zählte mehr, keine Muttersprache, keine Zugehörigkeit zu Fürstentum oder Königreich, kein Geschlecht – nur die Heilige Katholische Kirche, die Gemeinschaft der Gläubigen und das eine große Reich, dem sie alle gemeinsam angehörten, dem sie lebten und starben.

So jedenfalls empfand es Franz von Trient, als er zitterte vor Ergriffenheit, als er weinte und zugleich sang. Die Worte des Gotteslobes, die aus ihm strömten und mit denen der anderen Sänger verschmolzen, wurden ihm kaum bewusst. Freude dehnte seine Brust; er schätzte sich überglücklich und dankte Gott, diesen Augenblick erleben zu dürfen.

Schließlich hatten er und seinesgleichen nicht wenig dazu beigetragen, dass es der Erzherzog von Österreich war, dem man jetzt oben auf dem Podest Zepter und Schwert reichte, und nicht irgendein anderer. Ihn hatten sie haben wollen, die Männer der Gesellschaft Jesu, von Anfang an; als sein Vetter und Vorgänger, der Kaiser Matthias, sich noch bester Gesundheit erfreute, hatten sie diesen dem Papst, dem wahren Glauben und dem Kampf gegen die lutherische Ketzerei tief ergebenen Österreicher bereits als ersten Mann des Reiches ausersehen. Jetzt hatten sie ihn bekommen und lobten Gott für seine Krönung.

Ganz in Schwarz und Gesicht und Kahlkopf sorgsam verhüllt, stand Franz von Trient in der vorderen Reihe zwischen Magdalenenkapelle und Wolfgangkapelle. Von hier aus hatte er freie Sicht auf die Bühne mit dem Kaiserthron.

Rechts von ihm sang ein Jesuit aus Wien, links von ihm sang Bruder Alban von Lüttich, und hinter ihm, unter etlichen Wiener Höflingen, sangen weitere Angehörige der Gesellschaft Jesu. Auch Alban hatte sich den Kopf mit einer großen Kapuze bedeckt; wusste man denn, ob nicht böhmische Späher die Kaiserkrönung beobachteten?

Musik und Gesang verklangen, das Läuten der Glocken verhallte. Der kurfürstliche Erzbischof richtete wieder das Wort an den frisch gekrönten Kaiser. Diesmal nicht als Bischof und nicht um ihn zu segnen oder für ihn zu beten, sondern als Fürst: Im Namen der Regierung von Kurmainz und im Namen der anderen Kurfürsten wünschte er ihm Glück für seine künftigen Regierungsgeschäfte.

Unter der Schar, die sich auf der Bühne hinter dem Kaiserthron versammelt hatte, entdeckte Franz nun den Mann, der ihn hierher nach Frankfurt gerufen hatte: Wilhelm Lamormaini. Der hagere, graubärtige Jesuit trug eine glänzende schwarze Festtagssoutane mit schwarzer, vierspitziger Kappe auf dem grauen Lockenschopf. Er war Doktor der Philosophie, der Theologie und Rektor der Universität zu Graz. Man sagte Pater Wilhelm beste Beziehungen zum Erzherzog und neuen Kaiser Ferdinand und dessen Gattin nach; in der Gesellschaft Jesu sahen manche in ihm sogar den künftigen Beichtvater des Kaisers.

Nacheinander traten Männer in meist dunkler spanischer Tracht vor den neuen Kaiser. Lauter Grafen und Freiherren. Manche trugen statt feierlicher spanischer Kluft auch schon den moderneren kleinen und flachen Spitzenkragen und dazu farbenfrohere Röcke und Hosen; einige mit bunten Bändern unter den Knien, andere mit Reitstiefeln, aus deren weiten Stulpen Seidenbatist oder Spitzentuch quoll. Alle nahmen die Hüte ab, und einer nach dem anderen kniete vor Ferdinand II. nieder. Der hob über jedem das alte Schwert Kaiser Karls des Großen und schlug den Knienden zum Ritter.

Danach ertönten wieder Gesang und Musik. Der neue Kaiser erhob sich von seinem Thron. Vor dem Podest, gar nicht weit entfernt von Franz, formierte sich ein Tross aus kaiserlichen Höflingen, Waffenträgern, Pagen, Kammerdienern, Adelsleuten und fürstlichen Räten. Alle waren sie auf das Festlichste gekleidet und bewegten sich gemessenen Schrittes Richtung Südportal. Ihnen schlossen sich Fürsten, Grafen und die fünf Herolde des Reiches an.

Bald gerieten auch die auf der Bühne in Bewegung, bildeten eine Prozession, stiegen Stufe um Stufe hinab und schlossen sich dem Auszug aus dem Kaiserdom an. Der Kurfürst von Trier bildete die Spitze, ihm folgten die gerade zu Rittern geschlagenen Edelmänner und dann die Abgesandten der Kurpfalz und Kursachsens mit dem Reichsapfel, dem Zepter und dem alten Schwert Karls des Großen. Ihnen erst schloss sich der neue Kaiser an.

Ferdinand II. schritt unter einem prächtigen Himmel aus goldenem, silbernem und rotem Brokat; vier Ratsherren der Stadt Frankfurt trugen den Baldachin. Direkt hinter dem Kaiser schritten die Erzbischöfe von Mainz und Köln. Unter deren Gefolge entdeckte Franz wieder den Professor und Ordensbruder Lamormaini.

An Pater Wilhelm wirkte auf diesen zweiten Blick allerdings gar nichts mehr unauffällig, allenfalls sein schwarzer Habit. Das scharf geschnittene, von grauen Locken gerahmte Gesicht mit den abschätzig geschürzten Lippen, den hochgezogenen Brauen und der von Skepsis zerfurchten Stirn konnte man gar nicht übersehen. Er betrachtete die gekrönten Häupter und Würdenträger vor sich mit einem Ausdruck amüsierten Gleichmutes; gerade so, als frage er sich, ob das ganze Spektakel um ihn herum nicht doch ein wenig zu viel des Guten sei.

Franz hob den Kopf, um auf sich aufmerksam zu machen, und streifte die Kapuze ein wenig über Stirn und Schläfen zurück. Kurz nur begegneten sich ihre Blicke, doch das leichte Absenken der rechten Braue Lamormainis versicherte Franz, dass er ihn zum verabredeten Zeitpunkt am verabredeten Ort finden würde.

Nach und nach schloss sich die festliche Menge dem kaiserlichen Tross an, auch Franz und die Männer um ihn herum. Durch das Südquerhaus zog man zum Südportal und dort zur Bartholomäuskirche hinaus. Ein mit dickem rotem Tuch bedeckter Holzsteg führte wie eine breite Brücke hinüber zum Römer. Auf ihm überquerte der feierliche Tross den Platz und gelangte so zum Rathaus. Seine Spitze verschwand bereits darin.

Auf der Domschwelle löste sich Franz aus der Prozession, hinkte vor einen der an der Kirchenfassade befestigten Portalflügel und ließ Alban und die anderen Ordensbrüder allein weiterziehen. Einige von ihnen waren zum Festmahl im Rathaus geladen, auch Pater Wilhelm. Doch der würde seinen Platz an der Tafel erst später einnehmen.

Wo steckte er? Franz schirmte seine Augen vor der aufsteigenden Sonne ab. Eine unübersehbare Menschenmenge säumte den rot ausgeschlagenen Steg zum Rathaus. Sie jubelten und winkten. So gut es eben ging, hielten Pikeniere und Musketiere die Leute auf Abstand vom roten Steg und von der kaiserlichen Prozession.

Der Wind wehte Bratenduft zum Kirchenportal herüber. Franz entdeckte vor dem Römer ein großes, nach zwei Seiten hin offenes Zelt, in dem Leute einen Ochsen am Spieß drehten. In anderen Zelten wurden Gänse, Enten und Hühner gebraten.

Drei Reiter ritten hinter dem Tross her. Kurz bevor auch der neue Kaiser das Portal des Rathauses erreichte, begannen sie, Münzen unter das Volk zu werfen, Silber und Gold. Sofort erhob sich Geschrei und Tumult, und großes Gedränge entstand. Franz beobachtete, wie der Pöbel sich auf die Münzen stürzte, wie er sich prügelte und wie die Stärkeren die Schwächeren zur Seite zerrten, niederschlugen oder einfach überrannten.

Eine dichte Menschentraube umringte inzwischen die Reiter, hunderte Arme streckten sich den Münzwerfern entgegen. Unmöglich für die drei Männer, ihre Pferde auch nur eine Handbreite weiter zum Römer zu lenken. Hinter ihnen und der erregten Menschentraube warfen sich nun Männer und Frauen mit Messern und Scheren vor den hölzernen Steg und schnitten von dem roten Tuch ab, was sie nur irgend raffen konnten. Der Kaiser verschwand derweil im Portal des Rathauses.

Das war sie also gewesen, die so lange ersehnte Krönungsfeier. Wie rasch doch die Gipfel des Lebens erreicht und vorüber waren, nachdem man sich so lange und so hartnäckig hinaufgekämpft hatte; und wie rasch sich dann der nächste zu erobernde Gipfel in den Blick drängte: Böhmen musste der Kirche zurückgewonnen werden. Mit dem neuen Kaiser an der Spitze des Reiches sollte das nach nur wenigen Kriegsmonaten gelingen, daran zweifelte Franz nicht.

Vergeblich hielt er nach dem Grazer Ordensgenossen Ausschau. Als die letzten Nachzügler den Kaiserdom verlassen hatten, drehte er sich um und hinkte wieder hinein in die große Kirche.

Zwei Dutzend Menschen knieten oder standen vor dem Altar, vielleicht auch mehr. Frauen und Männer, junge und alte, einfache und edle. Die meisten beteten stumm und mit geschlossenen Augen. Einige küssten die Stellen am Boden, auf denen der Erzbischof und der neue Kaiser gestanden hatten. Andere hatten Schweißtücher oder die Spitzen aus ihren Stiefelstulpen ausgebreitet und wischten damit über die unsichtbare Spur, auf der Erzbischof und Kaiser zur Bühne geschritten waren, um die Tücher zu weihen. Manche krochen auf Knien so nah an den Altar heran, dass sie unter das Altartuch greifen konnten. Blitzschnell zogen sie die geschlossenen Fäuste zurück, standen auf und eilten davon.

Franz wusste genau, welche Schätze sie da aus dem Kaiserdom trugen: Zettel in Amuletten, abgeschnittenen Federkielen, Amphoren und Kapseln aus Holz oder Kupfer. Im besten Fall standen mit Tinte geschriebene Bibelverse auf den Zetteln, im schlimmsten mit Blut geschriebene magische Sprüche aus irgendeinem Zauberbuch.

Derlei durch die Krönungsmesse geweihten Sprüche trug man dann in Gürteln, an Strumpfbändern, auf Hüten oder Sturmhauben um fruchtbar oder gesund zu werden oder zu bleiben; und natürlich ganz und gar unverwundbar von feindlichen Kugeln; »fest«, wie die Landsknechte das nannten.

So war es, das Volk; es brauchte solche Amulette, solchen Hokuspokus. Franz wusste das aus eigener Erfahrung: Als er jünger war und den spanischen Habsburgern noch als Reiteroffizier gedient hatte, zog er niemals gegen die rebellischen Niederländer ins

Feld, ohne einen geweihten Spruch am Leibe zu tragen. Genützt hatte es ihm am Ende nichts.

Scheinbar versunken stand er eine Zeitlang vor dem Altar, wartete, bis nur noch eine Handvoll Andächtiger davor ausharrte. Als ihm die Schar möglicher Zeugen klein genug erschien, hinkte er hinter den Altar, beugte sich hinunter und zog einen ledernen Sack hinter dem Altartuch heraus. Er barg ihn unter seinem Mantel und hinkte Richtung Nordquerhaus davon.

Dort bückte er sich in den ersten Beichtstuhl vor dem Kreuzgang und zog das Türchen hinter sich zu. Es roch nach Talg; eine Öllampe brannte neben dem Sprechgitter. Er lauschte – der Sitz auf der anderen Seite des Gitters schien noch leer zu sein. Franz kniete nieder, öffnete seinen Ledersack und zog nacheinander die drei Handpuppen heraus: Teufel, Tod und Erzengel. Beinahe liebevoll betrachtete er sie.

»Der Schwarze Kasper, Meister Hein Klapperbein und der Erzengel Michael.« Die raue, ein wenig spöttische Stimme Lamormainis erklang hinter dem Sprechgitter. »Predigst du noch immer mit den Puppen, die dich selbst vom Unglauben zum Glauben führten, Pater Franz?«

Franz von Trient erschrak, hob den Kopf. Hatte er den anderen denn übersehen? »Wie Ihr seht, Hochwürden. Vor allem die Jugend hört dann besonders aufmerksam zu. Doch durchaus auch das ungebildete Volk, möchte ich meinen.«

»Letzteres habe ich gerade am Altar beobachtet«, sagte die raue Stimme. »Und dich mittendrin. Du hast deine Puppen also tatsächlich segnen lassen?« Franz antwortete nicht, packte Engel, Tod und Teufel wieder in den Ledersack. »Das Volk braucht derlei Aberglaube, das wissen wir alle. Aber einer wie du, Franz? Ein Doktor der Theologie? Wann gedenkst du dich endlich zu lösen von solcher Zauberei?«

»Zauberei?« Kopfschüttelnd barg Franz den Sack samt Puppen unter seinem Habit. »Das ist keine Zauberei, verehrter Pater Professor. Es stärkt meinen Glauben, durch Puppen zu predigen, die bei einer kaiserlichen Krönungsmesse von einem Erzbischof gesegnet wurden. Es verleiht meiner Stimme mehr Überzeugungskraft, wenn ich sie Puppen leihe, die unter einem Altar lagen, auf dem Hostie und Wein sich in Fleisch und Blut unseren Herrn verwandelt haben. Du wirst bald sehen, welche Ernte ich mit derart gestärkter Glaubenskraft einfahre.«

»Glaubenseifer und Glaubenskraft eines gewissen Franz von Trient rühmt man bereits unter den Provinzialen«, antwortete die Stimme auf der anderen Seite des Beichtstuhls. »Ja, bis hinauf zum General und dem Heiligen Vater. Hat es denn Hochwürden Franz von Trient tatsächlich nötig, mit geweihten Puppen zu predigen?«

»Ich tue es zur Ehre Gottes, Pater Wilhelm. Und ist nicht alles gestattet, was die Ehre Gottes fördert?« Franz faltete die Hände, schloss die Augen und senkte den Kopf; und gab so zu verstehen, dass er das Thema nicht weiter vertiefen und nun beichten wolle.

»Da sei dir nicht widersprochen, Bruder Franz.« Die raue Stimme hinter dem Sprechgitter schlug erst einen resignierten, dann einen förmlichen Tonfall an. *»Der Herr sei in Deinem Herzen und auf Deinen Lippen, damit Du alle Deine Sünden recht beichtest«*, eröffnete er die Beichte. *»Im Namen des Vaters und des Sohnes und des Heiligen Geistes. Amen.«*

Nur ein Jesuit konnte Beichtvater eines Jesuiten sein, so wollte es die Ordensregel der Gesellschaft Jesu. Eine kluge Regel – denn sie sorgte dafür, dass die inneren Angelegenheiten des Ordens auch innerhalb des Ordens blieben. Franz fasste seine Beichte kurz, denn es gab Wichtigeres zu besprechen an einem seltenen Treffen wie diesem.

Auch nach Beichte, Absolution und Gebet behielten die Männer den murmelnden, flüsternden Tonfall bei. Man tauschte die neuesten Nachrichten aus Prag, Wien und Rom aus. Franz berichtete von der Wahl des Kurfürsten Friedrich zum neuen böhmischen König und von den Kriegsvorbereitungen in Prag. Pater

Wilhelm schilderte die Tage der Angst am Wiener Hof, als der böhmische Heerführer Graf Thurn vor den Toren Wien stand und die Belagerung erst aufgab, als er von der Niederlage des protestantischen Söldnerführers Graf Mansfeld bei Zablat hörte.

»Der Krieg hat längst angefangen«, schloss er. »Überall in Böhmen brennt es doch bereits. Einer der Unsrigen dient Ferdinand als Beichtvater, wie du weißt, und unser Ordensgenosse berät ihn gut. So ist, wie ich hörte, ein Brief des Kaisers an Friedrich von der Pfalz in Arbeit – sollte der Kurpfälzer auf die böhmische Krone verzichten, will Ferdinand den Ketzern entgegenkommen und Frieden schließen.«

»Möge Gott das verhindern!«, entfuhr es Franz. »Und dazu besteht gute Hoffnung, denn gerade jetzt, in diesen Tagen, bricht der Kurpfälzer aus Heidelberg nach Prag auf. Anfang November wollen ihn dort die böhmischen Stände zu ihrem König krönen.«

»Hat denn dieser junge Narr nicht einen einzigen weisen Berater an seiner Seite?«, zischte es auf der anderen Seite des Gitters. »Weiß er denn nicht, gegen wen er streitet? So rückt der Frieden also in unerreichbare Ferne.« Franz hörte den anderen seufzen. »General Tilly rüstet die Kriegsvölker Bayerns und der katholischen Liga längst für den Marsch auf Prag. Diesen Winter, höchstens, und dann wird es vorbei sein mit Friedrich, dem König von Böhmen.« Er seufzte tief, schien den Krieg mehr zu fürchten als Franz. »Wie geht es den Unsrigen in Prag? Wie ich in Graz und Wien hörte, will man alle Jesuiten aus der Stadt verjagen.«

»Und aus ganz Böhmen. Etliche mussten schon fliehen, andere hat man aufgefordert, Prag zu verlassen. Ich kenne auch drei Brüder des Clementinums, die man unter erfundenen Beschuldigungen in den Kerker geworfen hat.« *Clementinum* hieß das Jesuitenkolleg in Prag; seit drei Jahren hatte es den Rang einer Universität. »Alban und ich jedoch können bis jetzt ungehindert arbeiten. Niemand durchschaut unsere Tarnung. Doch es wird von Woche zu Woche gefährlicher. Schon treffen die ersten schottischen Söldner in Prag ein, und die Niederländer schicken Gelder, um noch mehr Landsknechte zu werben. Wann will der Kaiser der Ketzerei endlich ein Ende machen?«

»Die Spanier finanzieren neue Regimenter. Herzog Maximilian von Bayern hat ein großes Heer aufgestellt. Einer der Unsrigen ist auch sein Beichtvater, wie du weißt. Tilly führt die ersten bayrischen Regimenter bereits nach Böhmen. Und ist nicht auch er von den Unsrigen erzogen worden? Lass diesen Winter vorübergehen, Bruder Franz, dann ist der Spuk vorbei, dann gehört Böhmen wieder uns, und ihr könnt ernten, was ihr gesät habt.«

»Es wird eine blutige Ernte. Ich fürchte, sie wird manch Unschuldigen der Sichel ausliefern. Ich kenne da zum Beispiel einen vielversprechenden jungen Edelmann in Prag, den unterrichte ich beinahe täglich, und mir scheint, er könnte einst Großes leisten für Gottes Werk und die Gesellschaft Jesu.«

»Und was sollte ihn daran hindern?«

»Sein Vater ist ein lutherischer Ritter, grausam, dumm und der Ketzerei bis in die Haarspitzen ergeben. Vor allem jedoch: Er gehört jenem Direktorium an, das sich erdreistet, Böhmen zu regieren.«

»Das Urteil über diese Männer steht längst fest«, raunte es auf der anderen Seite des Beichtstuhls. »Für ihre Kinder ist leider nichts Gutes zu hoffen. Schon gar nicht für die ältesten Söhne.«

»Der, von dem ich spreche, ist außergewöhnlich. Und er ist Wachs in meiner Hand. Ich bin gewiss, dass ich einen guten Soldaten Christi aus ihm machen kann. Doch dazu muss er das unausweichliche Strafgericht überleben.«

Eine Zeitlang herrschte Schweigen jenseits des Sprechgitters. »Wie heißt der junge Edelmann, von dem du sprichst?«, fragte der Grazer endlich.

»Antonín von Waldau.«

Wieder schwieg Lamormaini ein paar Atemzüge lang. »Deine pädagogischen Fähigkeiten und deine Menschenkenntnis werden bis hinauf zum General gelobt, Bruder Franz«, sagte er schließlich. »Du hast freie Hand. Was immer du für die Ehre Gottes tun kannst, tue es. Ich werde dafür sorgen, dass dir keiner Steine in den Weg legt. Doch prüfe den Jungen gründlich und lange genug, bevor du ihn zum Noviziat zulässt.«

*

Prag, November 1619

Ein Fischadler kreiste hoch über der Moldau. Oder flog da ein Geier? Tonda blinzelte in den Himmel hinauf, konnte sich nicht entscheiden – der Vogel zog seine Kreise einfach zu hoch über Fluss, Brücke und Menschenmenge.

Vom Hradschin her näherten sich Hufschlag und das Rattern von Wagenrädern. Das Stimmengewirr rechts und links, der plötzliche Jubel und vereinzeltes Klatschen zogen Tondas Aufmerksamkeit von dem Greifen im Himmel zurück zur Menge vor der Brücke. »Der König!«, rief plötzlich neben ihm Jan. »Da kommt er!«

Am anderen Ufer der Moldau trabte ein großer Tross Reiter in silbrig glänzenden Rüstungen auf die Karlsbrücke. An seiner Spitze trug einer die Standarte des Kurfürsten von der Pfalz, ein zweiter die des Königs von Böhmen. Dahinter zogen Gespanne wohl ein Dutzend Wagen auf die Brücke.

»Im zweiten!« Milana hüpfte vor Aufregung, ihre weizenblonden Zöpfe tanzten auf und ab. »Der König sitzt im zweiten Wagen! Und neben ihm die Königin!« Landsknechte unter blankpolierten Sturmhauben und in blankpolierten Harnischen drängten die Leute an den Rand von Straße und Brücke. Die blankgeputzten Klingen ihrer Spieße und Hellebarden funkelten in der mittäglichen Herbstsonne.

Die Standartenreiter trabten heran, der erste Wagen fuhr vorüber. »Vivat Fridericus rex!«, schrie irgendwo am Brückenende eine Männerstimme, und sofort wurden Hochrufe und Segenswünsche laut. »Es lebe Friedrich, der König von Böhmen!«, rief die Menge. »Gott segne Elisabeth Stuart, die Königin von Böhmen!« Auch Jan, Milana und die Zwillinge riefen und winkten. Die Mutter aber stand schweigend und seltsam steif. Auch Tonda blieb still und winkte nicht einmal. Aufmerksam beobachtete er König und Königin.

Die Jugend des Paares überraschte ihn, beide konnten nur wenige Jahre älter sein als er selbst, höchstens drei oder vier. Die Königin – blond, bleich und von unnatürlicher Hübschheit – winkte gleichgültig, der flaumbärtige König gar nicht. Beide schienen sehr mit sich selbst beschäftigt. Prunkvoll geschmückte Pferde zogen ihren Prachtwagen vorüber. Als Tonda ihm hinterherblickte, konnte er sich schon nicht mehr an das Gesicht des Kurpfälzers erinnern.

Er legte den Kopf in den Nacken, spähte in den Himmel – ein Fischadler, kein Geier. Der Vogel zog seine Kreise jetzt tiefer. Seit wann wagten die Fischadler sich so nah an die Stadt?

Wagen um Wagen rollte vorbei und von der Karlsbrücke in die Alte Stadt hinein. Die Würdenträger und Edelherren der böhmischen Stände saßen darin, die Mächtigsten neben ihren Frauen. Tonda sah zum Verwechseln ähnliche Festkostüme, schwarze Hüte und steife weiße Halskrösen, manche fast so groß wie Wagenräder. Vereinzelt erkannte er Gesichter von Männern, die hin und wieder den Vater auf dem Gestüt vor der Stadt besuchten oder während der Gottesdienste im Veitsdom in den ersten Reihen saßen oder hinterher mit dem Vater in ernste Gespräche vertieft vor dem Domportal standen.

Der Wagenkolonne folgten hunderte Reiter. An ihrer Spitze flatterten Standarten und Fahnen im Herbstwind. Dahinter trabten in ihren Prachtrüstungen die Edlen des böhmischen Ritterstandes. Tonda sah Mienen wie aus Stein gemeißelt unter Sturmhauben und hochgeklappten Visieren, lauter stolze, todernste und grimmige Gesichter.

»Vivat Fridericus rex!«, brüllte einer der Männer, und raukehlig und hundertfach tönte es zurück: »Vivat Fridericus rex!« Die Mienen der Ritter verfinsterten sich eher noch.

Erst als der Jubel unter den Bürgern am Straßen- und Brückenrand wieder lauter wurde, weil man von dort aus den Gatten, den Vater, den Sohn oder Bruder unter den Reitern erkannte, entspannten sich manche der harten Mienen ein wenig. Etliche Ritter winkten sogar ihre ältesten Söhne herbei und ließen sie hinter sich aufs Schlachtross steigen.

Tonda erkannte den Vater; mit herrischer Geste winkte auch er. Jan ließ Milana und die Zwillinge stehen, lief unter die Reiter und langte nach der ausgestreckten Hand des Vaters. Der zog ihn aufs Pferd hinauf. Die Mutter rückte näher zu Tonda, legte ihm die Hand auf die Schulter.

Der tat, als machte es ihm nichts aus. Tonda hatte sich daran gewöhnt, seine Gefühle auch vor sich selbst zu verbergen. Er blinzelte in den Himmel. Der Fischadler zog seine Kreise zwischen Brücke und Hradschin, schwebte schon wieder ein Stück tiefer. Ein Schwarm Krähen erhob sich aus der Uferböschung der Moldau.

»Da!« Die Mutter drückte Tondas Schulter. »Der Magister!« Tondas Blicke flogen zurück zum festlichen Tross: Die nächsten Wagen rollten über die Brücke, darin: Professoren, Prediger, verdiente Bürger der Stadt.

Einer sah zu ihm und winkte – Albus Leodicus, der Doktor. Tonda erkannte ihn gleich am langen Grauhaar. Inzwischen diente er einem Grafen als Leibarzt, wie man sich erzählte, einem wichtigen Herrn im Direktorium. »Er winkt dich zu sich!« Die Mutter schob ihn auf die Straße. »Geh, Tonda, lauf!«

Er überlegte nicht lange, lief einfach zum Wagen des Arztes. Der Wagenlenker auf dem linken Pferd zwinkerte ihm zu. Erst als Tonda einstieg, erkannte er den Mann neben dem Doktor: Magister František. Dessen knochige Miene verzog sich zu einem Lächeln, als ihre Blicke sich begegneten. Der Magister rückte ein wenig zur Seite, und Tonda nahm zwischen den beiden Gelehrten Platz. Ganz warm wurde es ihm in der Brust, er winkte der Mutter, Milana und den Zwillingen.

Mit den anderen Gespannen rollte auch der Wagen des Magisters in die Stadt hinein. Noch einmal sah Tonda zurück. Die Brücke war schon nicht mehr zu erkennen. Hoch über ihr umschwirrte der Krähenschwarm den Fischadler, trieb ihn weg von der Moldau und dem Weißen Berg entgegen.

Später, auf dem Altstädter Ring, huldigten die Ritter und Edelherren von Böhmen ihrem neuen König. Danach flossen Wein und Bier in Strömen, und Geruch gebratenen Fleisches lag in der Luft. Die von Waldaus saßen unter anderen Edelleuten an Tischen vor dem Rathaus. Der Vater hatte den Magister und den Arzt zu sich an den Tisch geladen, und im Stillen dankte Tonda Gott dafür.

»Ein unbeschreiblicher Jubel war das, habe ich recht, Ihr Herren?« Der Vater saß dem Doktor Leodicus und dem Magister František gegenüber. »So einen Tag hat Prag noch nicht gesehen, das schwöre ich Euch!«

Tonda war er gar nicht aufgefallen, der unbeschreibliche Jubel, ihm fiel aber auf, dass der Vater strahlte wie sonst selten. Der blonde Ritter zeigte sich bester Stimmung und außerordentlich redselig. Tonda nahm es mit wachsender Erleichterung wahr. Dem heutigen Abend konnte er wohl ohne Angst entgegensehen.

»Mit dem König von Böhmen an der Spitze des evangelischen Heeres werden wir Maximilian, Tilly und ihre Bluthunde verjagen.« Der Vater legte seinen Arm um Jan, der neben ihm saß. »Selbst die jüngsten unter den böhmischen Rittern brennen schon darauf, das Fleisch der verdammten Papstknechte an die Vögel unter Prags Himmel zu verfüttern!« Er schlug dem Vierzehnjährigen auf die Schulter. »Nicht wahr, mein Sohn?« Jan nickte eifrig, seine Wangen glühten.

Magister und Arzt lächelten höflich, die Augen der Mutter glänzten feucht vor Schrecken und Angst, und Tondas verstohlener Blick traf sich einen Wimpernschlag lang mit dem des Magisters František. In dessen dunklen Augen glühte es lodernd; ganz so, als würde gleich etwas Ungeheuerliches geschehen.

9

Tagsüber schleppte sie Kübel mit Schweinefutter in den Stall, schaffte Schweinedreck auf den Misthaufen, striegelte Pferde, wienerte Zaumzeug und wusch Wäsche unten am Fluss. Nachtsüber trieb sie im Meer, sah den toten Kapitän samt einer Schiffsplanke zwischen den Wellen auf- und abtauchen und schrie sich die Kehle heiser.

In der Nacht klammerte sie sich an ein Fass, am Tag an einen Jungen namens Pit.

Manchmal, wenn der Kosak nicht auf der Bank vor dem Herrenhaus saß, wenn er nicht gerade mit dem Peitschenstiel auf seine rechte Stiefelstulpe klopfend über den Hof stelzte und wenn er auch nicht von seinen Hunden umringt und mit einem Krug Schnaps neben ihm im Obstgarten lag – wenn der Kosak also nicht in der Nähe war, half Pit ihr beim Ausmisten, lenkte den bissigen Eber von ihr ab oder trug ihr die nasse Wäsche vom Fluss ins Haus hinauf.

Lag der Kosak jedoch auf der Lauer – auf der Bank, dem Hof oder im Obstgarten – und beäugte sie gierig, dann wagte auch Pit nicht, ihr bei der Arbeit zu helfen. Dann versuchte er, sie mit Blicken zu halten und zu trösten; mit Blicken, die sagten: *Alles geht vorüber, und da ist ja noch die Frau des Kosaken und Jesus Christus und das Fegefeuer*; oder er faltete einfach die Hände und senkte den Kopf, um für sie zu beten. Oder den Kosaken zu verfluchen.

So nannten alle den Gutsherrn: »Kosak«. Alle Knechte und Mägde, sogar seine Kinder und seine Frau. Manchmal nannten sie ihn auch Hundsfott, Schinder oder Sau. Auch seine Frau, und das oft und laut und vor allen Knechten, Mägden und Kindern.

Die Angst vor dem Kosaken quälte Kristina beinahe mehr als das Heimweh.

Die Frau des Kosaken hatte Pit gern. Sehr gern. Oft, wenn der Kosak nicht in der Nähe war, brachte sie ihm heimlich ein Stück Fleisch und einen Apfel heraus. Beides teilte Pit dann mit Kristina. Als die Frau des Kosaken das merkte, bekam er fortan eine größere Portion Fleisch und zwei Äpfel.

Pit stammte aus Kiel. Sein Vater war Fischer gewesen. Einmal hatte ein Sturm ihr kleines Boot weit in die Ostsee hinausgerissen. Eine Flutwelle nahm den Vater mit, ein polnisches Schiff den Sohn. Die Seeleute verkauften ihn an einen polnischen Gutsherrn und Reiteroffizier. An den Kosaken. Das war drei Jahre her.

Drei Jahre! Der Gedanke, ihre eigene Gefangenschaft könnte auch nur annähernd so lange dauern, schnürte ihr die Kehle zu.

Pit war jünger als sie; jünger sogar als Erik. Seine Großmutter mütterlicherseits stammte aus Lübeck. Vielleicht fühlten sie sich auch deswegen manchmal ein wenig wie Bruder und Schwester.

Abends oder frühmorgens vor Sonnenaufgang schlich er oft zu dem Strohhaufen im Kuhstall, in dem sie schlief. Dann erzählten sie einander Geschichten, die sie von ihren Eltern kannten; oder sie schmiedeten Fluchtpläne, oder einer flüsterte dem anderen Verse aus der Heiligen Schrift zu, die sie auswendig konnten, oder Liedstrophen oder Gedichte.

Einmal, im ersten Morgenlicht, zeigte sie ihm das Blatt aus dem Atlas des Vaters. Vom Meerwasser war es ein wenig gewellt und an den Rädern verdorben; die Ledertasche, in der es mit dem Tagebuch und den anderen Schätzen gesteckt hatte, hatte sie ja um den Hals getragen, als sie vom sinkenden Schiff gestürzt und auf dem Fass in den Wellen getrieben war.

Mit dem Finger fuhr sie von der Inselstadt Stockholm über die Ostsee nach Kiel und Lübeck, und auf der Rückseite von Magdeburg die Elbe hinunter bis zur Moldau und nach Prag. »Da will ich hin«, flüsterte sie, und Pit sagte: »Ich gehe mit dir.«

Das Lied vom *Horn der Glückseligkeit* sang sie Pit niemals vor, sagte ihm nicht einmal die Worte auf. Die ganze Zeit nicht, während sie ihn kannte, immerhin ein Jahr lang. Vielleicht hätte sie es ihm eines Tages ja sogar beigebracht, wenn die Flucht gelungen wäre, die sie planten. Doch dazu – zur Flucht – kam es nicht.

Manchmal, wenn der Kosak sie von der Bank oder vom Ostgarten aus belauerte, trat die Frau des Kosaken aus dem Haus; vielleicht, weil sie ihn drinnen hinter dem Fenster beobachtet hatte, vielleicht, weil sie seine Gedanken kannte. Jedes Mal drohte sie ihm dann mit der Faust. Danach bekreuzigte sie sich und verschwand wieder im Herrenhaus.

»Er wird dich nicht anrühren«, sagte Pit. »Er traut sich nicht.«

»Bist du sicher?« Kristina rechnete jeden Tag mit dem Schlimmsten.

»Ganz sicher. Er hat Angst vor dem Fegefeuer. Eine Jungfrau zu schänden, bringt ihm hunderttausend Jahre mehr im Fegefeuer.«

»Hunderttausend ...?« Kristina wusste nichts über das Fegefeuer, außer dass es sehr heiß sein musste. Und eine so große Anzahl von Jahren überstieg ihre Vorstellungskraft. »Woher willst du das so genau wissen?«

»Seine Frau hat ihm das gesagt. Ich habe es mit eigenen Ohren gehört.«

Natürlich plagten sie nachts manchmal Angstträume, in denen der Kosak sie packte und ihr Grausamkeiten zufügte, die sie sich nicht vorstellen konnte und die trotzdem sehr wehtaten. Doch meistens trieb sie auf dem Meer. Selten hörten sie den Kanonendonner, selten auch sah sie sich von der sinkenden Galeone stürzen. Im Meer jedoch trieb sie beinahe jede Nacht.

Manchmal, wenn er neben ihr auf- und abtauchte, erzählte sie dem toten Kapitän Vanhouten von Erik, von ihren Eltern und dem Ritter Sakarias Bonde; so wie sie es ja tatsächlich getan hatte während der drei Tage auf dem Meer. Der Holländer hatte sich mit dem Jackensaum im Nagel einer Schiffsplanke verfangen.

Im Traum tat der tote Kapitän dann etwas, was er in der Wirklichkeit natürlich niemals getan hatte: Er machte den Mund auf, spuckte Meerwasser aus und sagte: »Du hättest als Bondes Frau in Bondes Haus gehen sollen statt als Fischfraß in die Ostsee.« Irgendwann riss der Stoff, und er versank.

Manchmal erhob sich auch Flöckchen, ihr Schimmel, aus den Schaumkronen der Wellen und galoppierte auf sie zu; doch nur, um erneut im Meer zu versinken und zu ertrinken.

Nach einem Jahr ungefähr trieb sie nur noch jede zweite Nacht auf der Ostsee.

Da konnte sie bereits an ihr Unglück denken, ohne zu beben und um Atem zu ringen. Polnische Fischer hatten sie damals entdeckt, zogen sie, die Fiebernde, Zitternde und halb Verdurstete, aus der Ostsee. In ihrem Dorf hatten sie sich über sie hermachen wollen, doch ein Priester kam, verprügelte die Männer und nahm Kristina auf. Ein paar Tage später schlugen die Fischer den Priester tot und verkauften Kristina an einen polnischen Gutsherrn und Reiteroffizier. An den Kosaken.

So war Kristina erst ins Meer gestürzt und dann in eine fremde Welt, die sie lange für einen Albtraum hielt und nun für die Hölle.

Pit wurde nur sechzehn Jahre alt; er starb kurz nach dem Erntedankfest.

Der Kosak nahm ihn mit auf die Jagd. Beim Sprung über einen Bach brach Pits Pferd sich das Bein. Der Kosak hetzte seine Hunde auf den Jungen, und die bissen ihn tot.

Als die Frau des Kosaken davon erfuhr, verprügelte sie ihren Gatten mitten auf dem Hof und vor den Augen aller. Dabei schrie sie und heulte. Der Kosak war zu betrunken, um zu fliehen. Irgendwann stellte sein böhmischer Stallknecht sich schützend vor ihn, sonst hätte sie ihn totgeschlagen.

Angst und Entsetzen machten Kristina hinterher ganz krank. Fast eine Woche lang lag sie im Fieber. Sie magerte ab, und ihre Monatsblutung blieb aus. Der Kosak aber gönnte ihr keine Ruhe:

Schwach und dürr wie sie war, trieb er sie dennoch wieder in den Schweinestall und zum Fluss hinunter.

Jetzt half ihr niemand mehr beim Ausmisten und beim Schleppen der nassen Wäsche. Niemand schlich abends oder frühmorgens zu ihr und sagte Gedichte oder Bibelverse auf. Niemand tröstete sie mehr mit Blicken und Gebeten, wenn der Kosak sie belauerte.

Nicht einmal ein Grab von Pit hatte sie, an dem sie hätte weinen können; nicht einmal ein Kreuz konnte sie in den Baum ritzen, in dessen Wurzelgeflecht Pit verblutet war, denn niemand wollte ihr die Stelle zeigen, an der er starb. Lieber wollten sie alle ganz schnell vergessen, was geschehen war.

Bibelsprüche, Geschichten und Gedichtverse flüsterte sie noch immer, wenn sie schlaflos im Kuhstall auf ihrem Strohsack lag – doch nur für sich ganz allein. Und für den Eber, wenn sie im Schweinestall arbeitete – da gebot ihr die Angst, alle Verse aus der Bibel, aus Liedern und Gedichten aufzusagen, die ihr geeignet schienen, das massige Schwein zu besänftigen.

Seltsamerweise versuchte das Tier nach Pits Tod nie wieder, sie zu beißen. Kristina erklärte sich das anfangs mit der unsichtbaren Gegenwart von Pits Seele im Schweinestall.

»Du bist ein besserer Mensch als der Kosak«, sagte sie einmal zum Eber, während sie den Mist aus seinem Verschlag holte. »Bei dir hier ist es ungefährlicher und erträglicher als in der Nähe dieses Schinders. Hoffentlich fährt er bald zur Hölle, was?«

Der Eber grunzte, beäugte sie mit schief gelegtem Schädel und fast schien es, als wollte er seinen Herrn verteidigen und auf sie losgehen. Vorsichtshalber sagte Kristina einen Bibelspruch auf. Der Eber grunzte noch einmal, wandte sich dann ab und trottete in den Hof hinaus.

Und plötzlich schoss Kristina eine Frage durch den Kopf – ob sich etwa das Leben hier, beim Eber und im Schweinstall, auch besser ertragen ließ als im Hause des Ritters Sakarias Bonde.

»Viel besser«, antwortete sie sich selbst, und es klang trotzig. In Wirklichkeit bezweifelte sie schon lange, dass die Hölle, als die sie sich das Leben im Hause Bonde ausgemalt hatte, auch nur annähernd so höllisch ausgefallen wäre wie die Hölle hier auf dem Hof des polnischen Kosaken. »Lieber hier als bei Bonde!«, rief sie dem Eber hinterher, noch lauter und noch trotziger. »Und dennoch werde ich fortgehen! Bald.«

Im November dann, etwa sechs Wochen nach Pits Tod, standen sie eines frühen Morgens alle im Hof: Knechte, Mägde, Kinder, Verwalter, die Frau des Kosaken; und alle starrten in den Himmel. Nur der Kosak selbst nicht, der schlief noch seinen Rausch aus. Am Himmel funkelte ein großer Stern. Milchiger Lichtglanz umgab ihn, und wie einen Schleier, den er zu verlieren drohte, zog er einen Schweif aus milchigem Lichtglanz hinter sich her.

Zunächst herrschte große Stille auf dem Hof. Nur der Hahn krähte ein paarmal. Kristina stockte der Atem beim Anblick des unheimlichen Himmelsschauspiels, und der Schrecken, den sie empfand, spiegelte sich auf den Gesichtern aller um sie herum. »Ein Komet«, entfuhr es ihr auf Schwedisch. In den Büchern des Vaters hatte sie das Gemälde eines solchen Sterns gesehen und sich von ihrem deutschen Magister erklären lassen. Alle Gesichter fuhren herum, glatte, zerfurchte, tränennasse, ängstliche – alle schauten sie fragend an. »Ein Komet«, wiederholte Kristina auf Deutsch, Böhmisch und schließlich auch auf Lateinisch: »Stella crinita …«

Der böhmische Pferdeknecht übersetzte. Sofort erhob sich Palaver und Getuschel unter den polnischen Männern und Frauen. Kristina beherrschte die verhasste Sprache gut genug, um wenigstens Satzfetzen zu verstehen: Vom verstorbenen und vom neuen Kaiser war die Rede, vom Pfälzer Kurfürsten, der den böhmischen Thron an sich gerissen habe, von Kriegsgräueln in Böhmen, und dass dies bereits der dritte Komet innerhalb von nur drei Monaten sei.

»Etwas wird geschehen«, hörte sie den Stallknecht rufen. »Etwas noch nie Dagewesenes!«

Eine ganze Woche lang versammelte man sich frühmorgens in der Dämmerung auf dem Hof, starrte den verblassenden Kometen an und malte sich die Zukunft in den grellsten Farben aus. Kristina bekam alle denkbaren Schreckensbilder zu hören: vom verheerenden Krieg über Feuer, das vom Himmel fallen und alle Ketzer verzehren würde, bis hin zum Weltuntergang und dem bevorstehenden Jüngsten Gericht.

Sie selbst beugte sich seit diesen Morgenstunden wieder häufiger über ihr Tagebuch und ihre Landkarte, fuhr mit dem Finger die Oder entlang, suchte nach einem Weg zur Moldau. Die Erinnerung an Bonde erfüllte sie immer seltener mit ängstlicher Reue und immer häufiger mit trotziger Zuversicht. Wenn sie es einmal geschafft hatte, vor einem verhassten Schicksal zu fliehen, warum sollte ihr das nicht ein zweites Mal gelingen?

Dann, an einem der ersten Frühlingstage kurz vor ihrem neunzehnten Geburtstag, geschah es: Als sie in der Waschküche die schmutzige Wäsche in einen Korb stopfte, fiel der Kosak über sie her. Lange genug hatte er gelauert und lange genug Schnaps getrunken, um seine Angst vor Frau und Fegefeuer zu betäuben.

Er hielt ihr den Mund zu, riss ihr mit der anderen Hand Jacke und Schürze auf und stieß sie in die Schmutzwäsche. Schon schob er sich auf sie, schon raffte er ihr das Kleid über die Knie, schon drückte er ihr die Schenkel auseinander. Kristina biss ihn in die Hand so fest sie nur konnte, und als er losließ, schrie sie aus Leibeskräften.

Er hieb ihr die Faust ins Gesicht, versuchte sie mit Schlägen zu betäuben, doch Kristina schrie nur noch lauter – und dann stand auf einmal seine Frau in der Waschküche. Sie war aus der Küche gestürzt und hielt einen hölzernen Kochlöffel in der Rechten – den schlug sie ihrem Kosaken so lange auf Rücken und Schädel, bis er splitterte. Dabei beschimpfte sie ihren Mann auf Polnisch.

Statt sich zu wehren, hob der Kosak nur schützend die Arme über den Kopf und robbte auf den Knien zum Ausgang der Waschküche. Vielleicht war er zu überrascht, vielleicht zu betrunken, vielleicht wehrte er sich auch sonst nicht, wenn seine Frau auf ihn losging. Jedenfalls warf sie ungehindert so ziemlich alles nach ihm, was sie erwischen konnte: Waschbrett, Seifenkrug, Scheuerbürste, Walkholz. Als er schon die Tür erreicht hatte, bekam sie einen Feldstein zu fassen, schleuderte ihn nach dem Kosaken und traf ihn am Bein. Er brüllte und floh hinkend. Die Frau fluchte ihm hinterher, schlug drei Kreuze und ging dann vor Kristina in die Hocke.

Sie trocknete ihr die Tränen, streute ein Pulver auf die aufgeplatzte Oberlippe, stillte ihr das Nasenbluten und ordnete ihr die Kleider. Danach nahm sie die verstörte junge Frau mit in die Küche.

Von diesem Tag an schleppte Kristina nie wieder Kübel voller Schweinefutter in den Stall, schaffte auch keinen Schweinedreck mehr auf den Misthaufen, striegelte keine Pferde mehr, wienerte kein Zaumzeug und wusch auch keine Wäsche mehr unten am Fluss. Die Frau des Kosaken verbot ihr außerdem, im Kuhstall zu schlafen.

Fortan arbeitete Kristina unter den Augen der Hausherrin in der Küche und schlief in einer kleinen Kammer neben dem Webstuhl; diese Kammer konnte sie von innen verriegeln.

Der Schrecken saß ihr wochenlang in den Gliedern. Noch während der Kirschernte, wenn sie aus dem Haus musste, um die vollen Obstkörbe in die Küche zu tragen, sah sie sich ängstlich nach dem Kosaken um. Der aber hütete sich, ihr noch einmal aufzulauern.

Der Hochsommer kam, das Getreide wurde gemäht und gedroschen, die Gerüchte von Krieg, Gräueln und Weltuntergang hielten sich hartnäckig. Der Frau des Kosaken schwoll der Bauch; Folge der Versöhnung mit ihrem Mann, vermuteten die tuschelnden Mägde.

Kristina versteckte Proviant, ein Messer, Kleider und Werkzeug unter ihrem Strohsack. Die Pflaumenernte begann und danach die Ernte der Frühäpfel; das Laub verfärbte sich, die Rüben kamen aus dem Boden, und eines freundlichen Herbsttages hieß es, der Kosak und vier seiner Knechte würden in den Krieg ziehen.

Kristina weinte vor Erleichterung.

Der Gutsherr und seine vier Auserwählten wetzten ihre Degen, putzten ihre Reiterpistolen, Sturmhauben und Brustharnische, fetteten ihr Lederzeug ein, suchten die kräftigsten Pferde aus. Mit der Schwangerschaft der Kosakenfrau stand es nicht gut – sie musste viel liegen, und es war gar nicht daran zu denken, dass sie ihren Mann ins Feld begleiten konnte, was sie sonst wohl zu tun pflegte. Wenn Kristina ihr Tee und Brei brachte oder ihr beim Waschen half, sprach die Frau ganz gegen ihrer Gewohnheit so gut wie gar nichts, stierte Kristina meist nur mit verdüsterter Miene und vor Trauer dunklen Augen an. Kristina achtete nicht darauf.

Einmal griff die Frau unter ihre Decke, zog ein in Sacktuch geschlagenes Buch heraus und reichte es ihr. »Ein Geschenk?« Kristina staunte, und die Schwangere nickte. In ihrer Kammer steckte Kristina ein brennendes Kienholz in den Wandhalter und streifte das Sacktuch von den Buchdeckeln.

Eine Bibel. Deutsch. Pits Name stand auf dem Deckblatt. Kristina hatte nicht einmal gewusst, dass er lesen konnte.

Sie blätterte darin, fand viele Stellen angestrichen, die er ihr zugeflüstert hatte, wenn er morgens oder abends zu ihr in den Kuhstall gekommen war. Die Erinnerung an ihn überwältigte Kristina. Sie musste weinen.

Eine große silberne Haarnadel steckte in der Heiligen Schrift und heftete etliche Seiten eines ganzen Bibelbuches zusammen. Jemand hatte den Titel des Buches angestrichen – *Das Buch Judith* –, doch anders, als Pit die Stellen anzustreichen pflegte, die er auswendig gekonnt hatte. Auch die silberne Haarnadel sah ihm nicht ähnlich.

Am Morgen, bevor die fünf Reiter nach Böhmen aufbrachen, wollte sie wie immer vor Sonnenaufgang in die Küche gehen und den Frühstücksbrei zubereiten. Als sie die Kammertür öffnete, stand plötzlich der Kosak vor ihr. »Du.« Er bohrte ihr den Zeigefinger zwischen die Brüste. »Gehst mit. Gleich. Packst ein, was du unbedingt brauchst.«

10

Prag, November 1620

Segensgrüße, Glückwünsche und süße Worte, wohin er sein Ohr wandte, fromme Soutanen, steife Halskrösen, vierspitzige Birette und hohe Hüte, wohin er blickte. Die meisten Bischöfe, Priester, Patres und päpstlichen Gesandten schienen zu schweben – vom Siegestaumel oder vom guten Rotwein des Propstes –, Franz hinkte durch die Empfangshalle, steckte den so wichtigen Brief aus Wien unter sein Gewand.

Er dachte an den Jungen, immer nur an den Jungen. Viel zu lange hatte man getafelt, viel zu viel geschwatzt, während unten in der Stadt das göttliche Gericht wütete; und Arbeit wartete. Arbeit ohne Ende! Es kostete Franz durchaus Mühe, seinen hinkenden Schritt zu zügeln und die Ungeduld hinter seinem sanften Lächeln zu verbergen.

Durch die offenen Flügel des Portals strömten die frommen Herren aus dem Prachtbau hinaus auf den Platz vor der Allerheiligenkirche. Dort umarmten sie einander, drückten einander herzlich die Hände, verneigten sich lächelnd nach links und rechts: lauter Männer in geistlichem Habit, in Ordensgewändern oder spanischen Trachten; lauter Männer mit strahlenden oder doch sehr zufriedenen Gesichtern. Franz von Trient würde erst zufrieden sein, wenn er den Jungen in Sicherheit und seine Seele auf dem rechten Pfad wusste. Der Ritter von Waldau war gefallen, sein Zweitgeborener vom Schlachtfeld geflohen und seine Familie schien verloren, doch Gott gebe, dass Alban den ältesten Sohn hatte schützen können!

Franz zwang sich zur Ruhe – auch die letzte Hand wollte geschüttelt, auch der letzte Ordensgenosse umarmt und das letzte freundliche Wort mit einem Lächeln quittiert werden. Gottes Segen, ja, ja, und in vier Tagen sehe man sich ja schon wieder – zur festlichen Siegesmesse hier oben in der Allerheiligenkirche. Endlich, endlich zerstreuten sich die Männer der Kirche, eilten zu ihren Wagen und Pferden.

Auch der knochige Kahlkopf in dem schlichten, schwarzen Habit hinkte zu seinem Kobelwagen, winkte den Dragonern. »Hilf mir. Schnell.« Er drückte Nikolaus ein Paket in die Hand – Reste des Festmahls, an dem er gerade teilgenommen hatte – und streckte die Rechte aus. Der Jüngere zog ihn auf den Wagen. »Als Erstes zu Pater Alban, schnell! Er erwartet mich auf dem Rittergut.« Der Bamberger kletterte auf das Leitross des Gespanns und lenkte es in die Gasse, die vom Hradschin zur Moldau hinunterführte.

Als Erstes zum Gestüt, als Erstes zum jungen von Waldau! Nicht, dass Herzog Maximilians und General Tillys übereifrige Bayern den Jungen in Ketten legten, verschleppten oder Schlimmeres.

Zwei Dragoner überholten den Wagen und ritten ihm ein Stück voraus, vier Dragoner trabten hinter ihm her. Der Fürst von Liechtenstein hatte Franz diese Eskorte zur Verfügung gestellt. Den hatte der Kaiser zum Kommissar über Böhmen ernannt und zum ersten Richter über die lutherischen Ketzer und Rebellen.

Franz grüßte ein letztes Mal nach allen Seiten, rief einen Segen nach links, erinnerte nach rechts an einen dringenden Auftrag und lehnte sich zurück, als der Wagen an Landsknechten vorbeirollte, die bettelnd ihre verbundenen Gliederstümpfe und Schädel zur Schau stellten. Er schloss die Augen, betete kurz für die Bedauernswerten, dankte Gott danach für das Festmahl und die hoffnungsvollen Gespräche an der Tafel des Propstes. Seine knochige Miene verzog sich zu einem Lächeln. Ja, auch Franz von Trient hatte Grund zu strahlen.

Die Schlacht war geschlagen, der Kurpfälzer geflohen wie ein Dieb in der Nacht, das lutherische Königreich Böhmen ein Traum von gestern. Heute, drei Tage nach der Schlacht am Weißen Berg, gehörte Prag den Siegern: Bayern, Polen, Franzosen, Deutschen, Österreichern und den katholischen Bürgern der Stadt, die als Landsknechte verkleidet mit den Soldaten in die Häuser ihrer lutherischen Mitbürger eindrangen, um sie zu malträtieren, sie auszuplündern und sich an ihren Töchtern und Frauen zu vergehen.

Franz machte sich nichts vor: Unzählige alte Rechnungen wurden an Tagen wie diesen beglichen. So ging das nun einmal, so sah es aus, das göttliche Gericht, wenn es bereits hier auf Erden begann. Und hatten sie es denn besser verdient, die verstockten Häretiker mit ihrem böhmischen Starrsinn und ihrer verfluchten Lutherei? Nein, hatten sie nicht.

Die Karlsbrücke rückte näher, Nikolaus öffnete sein Paket und aß im Reiten. Katholische Bürger grüßten Franz ehrfürchtig vom Straßenrand aus, plündernde Soldaten machten seinem Wagen Platz. Die Zeit des Doktors Albus Leodicus und des Magisters František Tridentum war vorüber, überall traten Franz und Alban nun offen als die auf, die sie in Wirklichkeit waren: als Jesuitenpatres.

Alle hatten sich heute Mittag beim Propst versammelt, die ein nennenswertes geistliches Amt in der Stadt bekleideten und in Prag und Umgebung die Anliegen der römischen Kirche vertraten. Natürlich auch die meisten Patres der Gesellschaft Jesu. Fetten Gänsebraten hatte man gegessen, dazu Wein und Bier getrunken und die Köpfe zusammengesteckt. Wie die Stadt nun endgültig zu reinigen wäre von Ketzerei und Rebellion, hatte man beraten; wer über die Anführer der Ketzer und Rebellen zu Gericht sitzen sollte; und wie man ihr Geld und ihre nun herrenlosen Güter landauf, landab dem Kaiser und der Heiligen Römischen Kirche zu sichern hätte.

Und für Franz beinahe das Wichtigste: Ein Grazer Gesandter des einflussreichen Paters Wilhelm Lamormaini hatte ihm endlich, endlich den so sehnsüchtig erwarteten Brief mit dem kaiserlichen Siegel übergeben. Der würde den jungen von Waldau retten – falls er noch rechtzeitig das Gestüt erreichte. Vielleicht konnte er sogar die Familie retten; das wiederum lag ganz allein in der Hand des Jungen.

Der Wagen holperte über die Brücke, mit vollem Mund und einem Gänseschlegel in der Rechten grüßte Nikolaus eine bayrische Rotte. Die Landsknechte, mit prallen Säcken und geraubtem Hausrat aller Art bepackt, grölten und rissen Zoten. Franz vermied es, sie anzusehen. Nikolaus lenkte den Wagen von der Brücke und in die Alte Stadt hinein. »Schneller!«, rief Franz. »Ich will vor der Abenddämmerung im Gestüt von Waldau sein!«

Den meisten Gebäuden in Prag sah man keinerlei Spuren von Krieg und Plünderung an. Doch Franz' Wagen rollte auch an zerbrochenen Fenstern mit verrußten Rahmen vorbei, an Häusern mit verkohlten Dachstühlen, an offenen Hoftoren, durch die man Männer und Frauen in Hausrat wühlen sah, das verstreut im Staub lag. Überall Spuren des göttlichen Zorngerichts.

Die Stadt roch nach Brand, Unrat und Gänsebraten. Die Sieger feierten den Tag des Heiligen Martins und schlugen sich die Bäuche voll. Wer sich die Taler für Gans und Wein noch nicht zusammengeraubt hatte, holte sie sich in den Häusern der Verlierer. Die mussten fasten; weil sie nichts mehr besaßen, das man essen oder in Essbares umtauschen konnte, oder aus Trauer über ihre Verwundeten, Hingemordeten oder Geschändeten; oder über ihre verlorene Freiheit.

Vor einem offenen Hoftor stand ein Ochsenkarren, Männer warfen Leichen auf die Ladefläche. »Schneller!«, rief Franz, und Nikolaus trieb die Pferde an. Unter dem Giebel eines lutherischen Kaufmannshauses schwankte ein Toter am Balken des Flaschenzugs. Der Altstädter Ring kam in Sicht. Eine Frau mit zerzaustem, aschblondem Haar hockte weinend auf der Vortreppe ihres Hauses. Ihren Leib hatte sie in eine blaue Fahne mit gelben Balken gehüllt; wohl, um trotz zerrissener Kleider ihre Blöße zu verdecken. Drei Kinder drängten sich an sie, das älteste – ein Mädchen – höchstens vier Jahre alt.

Franz bekreuzigte sich, während er nach ihr äugte. Eine blaue Fahne? Gelbe Balken? Das konnten doch nur die Farben des schwedischen Königreiches sein!

»Schneller, Nikolaus!« Schweden. Noch so ein Hort der lutherischen Pest. Doch auch dort, im hohen Norden, würde man in wenigen Jahren wieder die römische Messe feiern. Franz von Trient zweifelte nicht daran. »Geht's nicht ein wenig schneller?«

Zwei Häuser weiter hörte man bayrische Landsknechte hinter offenen Fenstern fluchen, ein Mann schrie wie unter großen Schmerzen. Ein protestantisches Haus, wie Franz gleich am Abendmahlskelch auf der angesengten Fahne erkannte, die aus dem zweiten Stockwerk hing. Vermutlich versuchten General Tillys Bayern das Versteck seiner Dukaten aus dem Ketzer herauszupressen.

So ging das nun einmal, wer wollte das ändern? Gottes Gericht begann nun einmal schon hier auf Erden, wenn sie es gar zu böse getrieben hatten, die Sünder und Ketzer. Wer wollte es aufhalten?

Einige Häuser weiter hörte man eine Frau in einem Hof so erbärmlich schreien, wie eine Kreatur nur in höchster Not zu schreien imstande war. »Treib mir doch die Pferde an, Nikolaus!« Franz vermied den Blick durch das offene Hoftor, guckte starr geradeaus auf Gasse und Platz, wo nun der Altstädter Ring und das Rathaus sich in sein Blickfeld schoben.

An der Festtafel des Propstes hatten sie strenge Strafen für diejenigen beschlossen, die katholische Häuser plünderten und katholischen Bürgern Leid zufügten. Ein entsprechendes Gebot hatte der bayrische Feldherr und Kurfürst Maximilian bereits gestern verlauten lassen.

Draußen, auf dem Gestüt, sorgten hoffentlich Alban und die vier Dragoner, die man ihm zur Seite gestellt hatte, dass wenigstens der junge von Waldau nicht angetastet wurde, Tonda. Ein Sekretär des Bürgermeisters, standhaft katholisch während der ganzen Zeit der Ketzerherrschaft, hatte ihn zwei Tage vor der Schlacht festnehmen lassen, damit er am Leben blieb. Dafür hatte Franz gesorgt; und ein Brief aus Wien. Alban würde ihn notfalls erneut präsentieren, doch was, wenn er an entfesselte Landsknechte geriet, die nicht lesen konnten?

Sie rollten am Altstädter Ring vorbei und am Kerker, wo etliche Ketzer und Rebellen seit dem Ende der Schlacht in Ketten lagen und sich die ersten peinlichen Befragungen gefallen lassen mussten. Weil irgendein Kerkermeister die Kellerfenster nicht sorgfältig genug geschlossen hatte, musste Franz auch hier Geschrei anhören. Und Tote musste er auch schon wieder sehen: Aus dem Brunnen am Rande des Altstädter Rings, in dem man ein paar Ketzer ertränkt hatte, ragten gefesselte Beine über den Rand. Franz schloss die Augen, um zu beten. Altstädter Ring, Rathaus und Kerker blieben hinter ihnen zurück.

Der kahlköpfige Pater dachte an die Monate, die jetzt vor ihm lagen – an den bevorstehenden Kampf um die Seelen der eingekerkerten Ketzer. Selbstverständlich würde jeder Einzelne von ihnen die Gelegenheit erhalten, zum wahren Glauben und in den Schoß der Kirche umzukehren, bevor er starb. Niemand war dazu verdammt, vom Galgen oder vom Hackklotz des Henkers direkt in die Hölle zu fahren, jedem sollte durch das Sakrament der Beichte und durch aufrichtige Reue der Weg ins Paradies gezeigt werden, auch wenn er unvermeidlich durchs Fegefeuer führen musste.

Der blonde Bamberger scherzte schon wieder lautstark mit Landsknechten, und Franz öffnete die Augen. Im Wachhaus, unter dem Tor, hockten die Männer und würfelten um Beute, die sie gemeinsam gemacht hatten. Nikolaus winkte mit einem abgenagten Gänsebein und lenkte das Gespann durch das zerbrochene

Tor hinaus in die herbstliche Flusslandschaft. Endlich lag sie hinter ihnen, die stinkende, die laute, die gedemütigte Stadt. Franz atmete tief durch.

Hügel, Weiden, Obstplantagen und Wäldchen rückten näher. Weißliche Schwaden lagen über Weg und Koppeln. Zuerst hielt Franz sie für Rauch; er hatte einfach zu viel Feuer brennen sehen in den letzten Tagen. Doch es waren keine Rauchschwaden – letzte Fetzen des Morgennebels hingen hier noch über den Teichen und Flussauen.

Sie fuhren an zwei menschenleeren Gehöften vorbei. Über einem kreisten Mönchsgeier. In den Stallungen hörte Franz Vieh brüllen, das keiner mehr melkte. Bären und Wölfe würden sich hier die Bäuche vollschlagen, wenn nicht bald jemand die Gehöfte in Besitz nahm.

Das Gestüt des gefallenen Ritters von Waldau kam in Sicht, an einer Linde hingen drei Tote. Die Obstplantage auf der linken Seite des Weges war teilweise abgeholzt. Und wieder ein Baum, an dem Tote schwankten, diesmal eine Eiche.

Kein schöner Anblick all das, weiß Gott nicht! Doch hatten die böhmischen Ketzer denn nichts gewusst von Gottes Zorn und seinen entsetzlichen Folgen? Sie hielten doch so viel auf die Heilige Schrift, hätten doch nachlesen können, was den erwartet, der gegen Obrigkeit und wahren Glauben aufbegehrt! Ruinen, Tote, Geschrei und Leid – allein auf ihren Schuldschein ging das alles, jawohl!

Franz seufzte tief und bekreuzigte sich. Kein schöner Anblick das alles, wahrhaftig, und welcher gottesfürchtige Mensch hörte schon gern Jammergeschrei oder liebte den Geruch von Brand und Verwesung? Und doch lag auch ein Trost, ja sogar eine große Hoffnung in all dem Elend, und Franz' Gedanken sprangen als Worte über seine Lippen: »Lass es dir bloß nicht aufs Gemüt schlagen, was du in diesen Tagen sehen und hören musst, mein lieber Nikolaus!«, rief er, und der junge Reiter mit dem roten

Federbusch sah über die Schulter zurück zu ihm und spitzte die Ohren. »Brand, Zerstörung und das Gejammer der Ketzer sollten wir dankbar als Zeichen für den Siegeszug des wahren Glaubens und der Heiligen Kirche betrachten. Und sind diese stinkenden, rauchenden und blutigen Zeichen göttlichen Gerichts nicht auch Vorboten des letzten, des Jüngsten Gerichts? Und was, mein lieber Nikolaus, folgt dem Jüngsten Gericht, wenn nicht das Paradies? Sei also guten Mutes, mein lieber junger Bruder!«

»Ich bin guten Mutes, Pater Magister.« Der Novize Nikolaus zuckte mit den Schultern. »Mich stört so schnell kein Geschrei, das könnt Ihr mir glauben, Hochwürden. Hauptsache, wir haben gesiegt, und der böhmische Spuk ist vorüber.«

»Amen!«, rief Franz. »Ja, Amen!«

Nikolaus' Noviziat war im Grunde längst vorüber. Sobald Ruhe und Ordnung in die Stadt zurückkehrten, wollte Franz ihn das einfache Ordensgelübde ablegen lassen und als ordentliches Mitglied in die Gesellschaft Jesu aufnehmen. Ein entsprechendes Schreiben des Provinzials lag längst vor; im Namen des Generals erteilte es Franz die Vollmachten eines Examinators. Patres dieses Amtes hatten Novizen zu prüfen, bevor diese endgültig in den Orden eintraten.

Sie erreichten das Gestüt, rollten durch den Torbogen in den großen Hof hinein. Zwischen Brunnen und Haus hatten sich eine Schar Reiter und Landsknechte zusammengerottet. Bayrische Fahnen und Standarten wehten über ihnen, darunter die des Großherzogs Maximilian von Bayern. Die Männer bedrängten Alban, der flankiert von zwei Liechtensteiner Dragonern auf der Vortreppe stand und heftig gestikulierte. Über ihm, vor der Haustür, lauerten die anderen beiden Dragoner mit aufgepflanzten Musketen.

»Was ist da los?« Franz beugte sich nach vorn.

»Sie gehen auf den Pater Medikus los, Hochwürden.« Nikolaus trieb die Pferde an, Franz schüttelte die Fäuste und begann laut zu schimpfen. Der Wagen holperte auf das Herrenhaus zu, zog eine Wolke aus welkem Laub hinter sich her. Die Bewaffneten an der Treppe fuhren herum, spähten dem Gespann und dem Schreihals darin entgegen.

»Wer hat euch Lümmel aufs Eigentum der Heiligen Römischen Kirche geladen?«, rief Franz. »Hat euch Lausebärten denn der Teufel ins Hirn gefurzt, dass ihr einen Diener des Heiligen Vaters anrührt?« Das Gespann hielt, Nikolaus sprang vom Pferd, half Franz aus dem Wagen. »Die Finger weg von dem Doktor, oder die Verdammnis ist euch gewiss!«

Schimpfend hinkte der Kahlkopf zur Treppe und zu Alban. Täuschte er sich, oder hörte er Musik hinter den offenen Fenstern des Herrenhauses? »Weg von Pater Alban, sag ich!« Sein glühender Blick flog über Landsknechte und Reiter. Gleich entdeckte er den jüngeren der von-Waldau-Söhne, den blonden – gefesselt und mit blutender Nase hockte er auf einem Pferd zwischen zwei ebenfalls gefesselten jungen Mägden. »Und dann hinaus aus dem Hof!« Antonín von Waldau und seine Schwester sah er nirgends. Das musste kein schlechtes Zeichen sein. »Ihr befindet euch auf Grund und Boden der Gesellschaft Jesu!«

Die bayrischen Soldaten wichen zur Seite, auch die Offiziere, als Franz vor ihnen auf der Treppe die Fäuste in die Hüften stemmte und sie aus dunklen, lodernden Augen anblitzte. Nur ihr Kommandeur rührte sich nicht von der Stelle.

»Das Mädchen habe ich ihnen entreißen können«, raunte ihm Alban ins Ohr. »Auch den anderen Jungen konnte ich vorerst retten …«

»Rittmeister von Rosenheim«, sagte der Kommandeur. »Befehle erteilt mir einzig der General Tilly.« Er musterte Franz, schien sich seiner Sache nicht ganz sicher. »Ihr seid auch ein Jesuit?«

»Und ein Vertrauter des Kaisers und des Heiligen Vaters!« Franz sah ihm in die Augen, und in der Miene des Rittmeisters zuckte es. »Verlasst Euch darauf!«

»Das Gut gehört dem Kaiser, Hochwürden.« Der Rittmeister von Rosenheim entrollte ein Schriftstück und reichte es Franz. »Und dem katholischen Ritter Albrecht von Wallenstein.«

Franz überflog das Schreiben. Es enthielt ein allgemeines Verdammungsurteil aller Ketzer, die in der Schlacht am Weißen Berg gefallen oder sonst wie ums Leben gekommen waren. *Ihre Güter, fahrende und liegende, sind zu Gunsten des Fiskus Ihrer kaiserlichen Majestät zu konfiszieren*, hieß es am Schluss, und der Obrist von Wallenstein solle sie im Namen des Kaisers zu Dukaten machen.

»Das mag für die Nachbargüter gelten, über die bereits die Geier kreisen und wo das Vieh schon schreit, weil keiner es melken will.« Franz zog den neusten Brief von Pater Lamormaini aus dem Gewand. »Das Gestüt hier gehört der Gesellschaft Jesu. Und etliche andere Häuser und Gehöfte in Prag und Umgebung ebenfalls, wie unser Propst und der Prager Bischof in Kürze bekannt geben werden.«

Der bayrische Rittmeister prüfte erst das kaiserliche Siegel und las dann das Schreiben, und zwar sorgfältig und mit stumm bewegten Lippen. Der Brief bestätigte dem Jesuitenorden, dass ihm das Rittergut der von Waldaus künftig und für alle Zeiten als Eigentum zufalle, damit die Soldaten Christi auch mit diesem Gut erwirtschaften mögen, was sie nötig haben, um im von der lutherischen Pest verwüsteten Böhmen die kaiserlichen Untertanen wieder zur wahren Religion zu bekehren und so weiter und so weiter. Und der älteste Sohn des Ritters von Waldau, so der in Franz' Augen wichtigste Satz des Schreibens, sei der Obhut des Magisters Franz von Trient zu übergeben.

Der Rittmeister rollte das Schreiben zusammen und gab es Franz zurück. »Das war uns nicht bekannt.« Er deutete eine Verneigung an. »Verzeiht, Hochwürden.« Er drehte sich um, marschierte zu seinem Pferd und machte herrische Gesten nach links und rechts. Wenige Minuten später ritt seine Schwadron aus dem

Hof. Dass sie die jungen Mägde und Jan von Waldau mitnahmen, wusste Franz nicht zu verhindern.

»Sie wollten auch das Mädchen verschleppen«, sagte Alban, während sie ins Haus gingen. Seine heisere Stimme zitterte. Tatsächlich hörte Franz Musik – irgendjemand spielte auf einem Spinett. »Ich konnte es ihnen gerade noch entreißen.« Alban bekreuzigte sich. »Doch nur so, wie man einem Wolf das schon geraubte Lamm entreißt.« Franz ahnte, was er meinte, fragte aber nicht weiter nach; so genau wollte er es lieber nicht wissen.

Sie durchquerten die Küche, die Musik rückte näher. Dann standen sie auf der Schwelle zum Speisezimmer. Kaum traute Franz seinen Augen: Antonín von Waldau saß an einem Spinett und griff in die Tasten. Mal beugte er den Kopf an die Brust, mal warf er ihn in den Nacken. Das lange schwarze Haar flog ihm um die schmalen Schultern. Moll-Akkorde rauschten in wilder, wehmütiger Melodie durch den Raum. Franz konnte sich nicht rühren; er lauschte wie gebannt.

Neben dem Instrument kauerten die Zwillinge am Boden und hielten einander fest. Ihre Gesichter waren bleich und leer. Zusammengesunken auf einem Stuhl hockte die Mutter der Kinder, und ihre Tochter, immerhin vierzehn, saß ihr auf dem Schoß und barg ihr Gesicht in den mütterlichen Busen. Wie von Weinkrämpfen geschüttelt bebte ihr Körper, und blutige Fetzen eines zerrissenen Kleides hingen an ihr herab. Aus den Augenwinkeln sah Franz, wie Alban zu ihr eilte.

Er selbst aber hinkte zum Spinett, leise, Schritt für Schritt. Hinter Tonda blieb er erneut stehen. Die Musik des Jungen verzauberte ihn ganz und gar. Wie konnte einer in so viel Angst und Schrecken so herrlich spielen? Ganz hingerissen schloss Franz die Augen und lauschte.

11

In den Wochen vor der Schlacht am Weißen Berg ritten sie die Oder hinunter nach Süden und dann ins böhmische Land hinein. Sie schliefen in Bauernhäusern, in Burgen polnischer Grafen, auf Hausbooten, in Zelten und manchmal auch unter freiem Himmel. Morgens, wenn sie aufstanden, lag häufig schon Nebel über den Flussläufen und an den Waldrändern, und eine Herbstnacht war kälter als die andere. Kristina wurde nicht mehr richtig warm.

Sie kochte, flickte und wusch die Kleider der Männer. Pits Hose, die sie zum Reiten unter den Röcken trug, zog sie auch nachts nicht mehr aus. Und immer schlief sie mit dem Messer unter der Decke. Doch der Kosak ließ sie in Ruhe.

Mit der Zeit kam sie darauf, dass er es wegen des ältesten der Waffenknechte nicht wagte, sie anzurühren – der war ein Vertrauter der Kosakenfrau und offenbar von dieser beauftragt, ein Auge auf Kristina zu haben; und auf den Kosaken selbst.

Kristina machte sich nichts vor: Es konnte ja nur eine Frage der Zeit sein, bis der Kosak wieder alle Bedenken fahren ließ, alle Furcht vor Ehefrau und Fegefeuer; bis er wieder über sie herfiel. Sie gewöhnte sich an Angst und Herzklopfen.

Die Schönheit der böhmischen Landschaft ließ sie manchmal alles vergessen. Eine liebliche Landschaft voller Hügel, Wiesen, Wälder und Bäche, ganz anders als die Landschaften zu Hause in Schweden.

Als sie schließlich die Moldau erreichten, dachte sie an jenen Augenblick vor zwei Jahren, als sie im neuen Atlas des Vaters mit dem Finger an den böhmischen Fluss gereist war. Heimweh überwältigte sie, und Tränen perlten ihr aus den Augen. Zugleich aber schöpfte sie Hoffnung: nur noch zwei Tagesritte bis nach Prag. Kristina war entschlossen, die Flucht zu wagen.

Das Buch Judith kannte sie nicht. Die Heilige Schrift, mit der sie groß geworden war, enthielt keine Geschichte mit diesem Titel. Drei Mal las sie es – und fand es abstoßend. Eine jüdische Frau gab sich einem feindlichen Heerführer hin, nur um ihn töten zu können. Schrecklich!

Warum hatte die Kosakenfrau die Seiten des Buches mit der großen silbernen Haarnadel zusammengeheftet? Und den Titel angestrichen? Kristina fiel lange keine Erklärung dafür ein.

Entlang der Moldau ritten sie Richtung Prag. Kristina dachte an die Tante, und ihr Herz wurde Stunde für Stunde unruhiger. Die Hoffnung weckte ihre Kräfte. Sie lauerte auf eine Gelegenheit, sich davonzumachen. Bald stießen sie auf eine bayrische Patrouille, Stunden später auf eine kaiserliche Reiterkompanie und am nächsten Morgen auf ein kaiserliches Heerlager. Nicht einmal ein ganzer Tagesritt mehr bis nach Prag.

Der Kosak erhielt das Kommando über zwei Reiterkompanien. Mit ihnen ritt er weg, um das Schloss eines böhmischen Grafen zu erobern, eines Lutherischen. Den jüngsten seiner Waffenknechte ließ er im Lager zurück. Der beobachtete Kristina mit Luchsaugen. Sie erledigte ihre Arbeit, wartete auf einen günstigen Augenblick zur Flucht, las wieder die Geschichte der jungen Judith, die den Feldherrn Holofernes in eine tödliche Falle lockte, las das Buch noch einmal – und dann begriff sie.

Der Oktober ging zu Ende, kalter Wind blies, Nebel waberte jetzt bis in den frühen Nachmittag hinein. Im Lager gab es wenig zu essen. Am zweiten Novembertag kehrte der Kosak zurück; unverletzt und mit nur noch einem Waffenknecht. Die anderen beiden waren gefallen, auch der Vertraute der Kosakenfrau.

Im von Pulverdampf rußigen Gesicht des Kosaken las Kristina, dass ihre Schonzeit vorüber war. Sie wusste, was die Stunde geschlagen hatte.

Der Kosak und der überlebende Waffenknecht brachten Beute mit: Geld, Wein, Fleisch und Kohl. »Kochen«, verlangte er. »Festmahl.« Und der Waffenknecht sagte. »Die große Schlacht steht bevor, die Entscheidungsschlacht. Niemand weiß, ob er hinterher jemals wieder essen wird.«

Kristina nickte ergeben, lächelte dem Kosaken ins Gesicht und machte sich an die Arbeit. Sie gab ihr Bestes, bereitete ein Festmahl und servierte es den drei Männern. Sie schenkte ihnen Wein ein, wieder und wieder, und versäumte dabei nicht, dem Kosaken ins Gesicht zu lächeln, wieder und wieder.

Einmal, da war er schon sehr betrunken, packte er sie, riss sie an sich und küsste sie auf den Mund. Sie wehrte sich nicht, lächelte nur, dachte an Judith und den Feldherrn Holofernes, dachte an Olaf Larsson, dachte an ihr Bündel, das geschnürt unter ihrem Sattel im Zelt lag. Nach dem Mahl zog der Kosak sie hinter sich her ins Zelt. Kristina widerstrebte nicht. Die Nacht dämmerte bereits herauf. Schon wieder Nebel.

Drinnen im Zelt warf er sie auf sein Lager, zog erst sie aus, dann sich selbst. Ekel schnürte ihr die Kehle zu, als er sie begrapschte, wo keiner sie jemals berührt hatte. Sie lächelte tapfer, gab sich willig und zwang sich zur Ruhe. Dabei tobte ihr das Herz in der Brust, rebellierte ihr Magen. Innerlich betete sie. Oder sprach im Geiste mit Pit, mit Erik und mit ihrem Vater.

Endlich schob der Kosak sich auf sie und drängte sich zwischen ihre Schenkel. Kristina umarmte ihn mit der Linken, griff ihm von hinten ins Haar und tastete mit der Rechten nach dem Messer, das sie unter seinem Lager verborgen hatte. Sie schloss die Finger um den Griff, ganz fest, packte sein Haar, ganz fest, riss ihm den Schädel in den Nacken, und stieß ihm die Klinge tief in die Kehle.

Blitzschnell wollte sie ihn von sich kippen, um nicht von seinem Blut besudelt zu werden, doch er hielt sie fest und starrte sie an; sie sah es trotz des Halbdunkels, sah das Weiße in seinen Augäpfeln glänzen; sie hörte, wie er röchelte, als wollte er noch etwas sagen, sie spürte das warme, klebrige Nass, hörte es aus seiner Kehle gurgeln.

Irgendwann erschlaffte sein Körper, und sie konnte ihn von sich wälzen. Brechreiz würgte sie. Ihr Atem flog, ihr Körper bebte.

Sie wischte sich das Blut mit der Decke ab, zog sich an, nahm ihr Bündel und ihren Sattel und lauschte am Zelteingang ins Freie. Dunkelheit und Nebel lagen über den Zelten. Aus dem Nachbarzelt tönte das Schnarchen der beiden Waffenknechte.

Kristina huschte zur Pferdekoppel. Sie sattelte ihr Pferd und ritt zum Fluss hinunter. Trotz der Kälte badete sie darin, wusch sich zweimal, dreimal, viermal. Danach zog sie frische Kleider an und ritt nach Süden. Prag konnte nicht mehr weit sein.

Die Müdigkeit überwältigte sie, eingehüllt in zwei Pferdedecken schlief sie in der Flussböschung. Musketenschüsse weckten sie im Morgengrauen. Irgendwo am Horizont flackerte Feuerschein. Kanonendonner hallte durch die Morgendämmerung. Sie fror entsetzlich. Her mit Sattel, Bündel und Ledertasche und dann hinauf auf den Pferderücken und weiter nach Prag, immer weiter. Ihr war übel vor Erschöpfung. Sie sang laut, um wach und aufmerksam zu bleiben.

Eine Stunde nach Sonnenaufgang merkte sie, dass zwei Reiter hinter ihr ritten. Das konnten nur die beiden Waffenknechte des Kosaken sein, die sie verfolgten. Kristina beugte sich tief über die Mähne ihres Pferdes, hieb ihm die Sporen in die Flanken, ritt im gestreckten Galopp. »Bitte, Herr Jesus!«, betete sie. »Bitte, bitte …!«

Die Kosakenknechte rückten näher und näher, da mochte Kristina noch so schnell reiten. Sie heulte, brüllte ihre Gebete heraus und wusste doch, dass sie keine Gnade zu erwarten hatte.

Plötzlich ein Schuss, und das Pferd brach unter ihr zusammen. Kristina überschlug sich im Gras. Hufschlag dröhnte auf einmal von allen Seiten. Sie hob den Kopf – Reiter. Reiter, wohin sie auch blickte.

12

Tonda konnte nichts tun, konnte nur spielen. Musik füllte sein Hirn aus, Musik hüllte ihn ein wie ein Harnisch den verwundbaren Leib. Was spielte er denn da? Er wusste es nicht. Tonda griff in die Tasten, als gälte es sein Leben. Und stand denn weniger auf dem Spiel? Weniger als sein Leben? Weniger als das Leben seiner Mutter, seiner Schwester, seiner Brüder?

Das Entsetzen über Milanas Zustand war ein scharfer Hund, der sich an straffer Kette auf den Hinterläufen aufrichtete und die Reißzähne bleckte. Würde Tonda nur einen Augenblick nachlassen, in die Tasten zu greifen – die Kette gäbe nach und der hungrige Hund spränge ihn an und zerfleischte ihm die Brust.

Die Angst vor den bayrischen Reitern lag ihm wie eine Schlinge um den Hals. Nur einen Akkord auslassen, nur einen Augenblick aufhören zu spielen, und die Schlinge würde sich zuziehen und ihm die Luft abschnüren.

Der Schrecken über Jans Gefangennahme schwebte über ihm wie ein fauchender Greif – nur ein einziges Mal die Finger von den Tasten lösen, und das Fauchen würde zum Kreischen anschwellen und scharfe Fänge sich in seine Kopfhaut, seine Stirn, seine Augäpfel schlagen.

Also spielte er, spielte immer weiter, beugte sich immer tiefer über die Tasten, schlug sie härter an, spielte schneller, hieb Ton um Ton aus ihnen heraus, Akkord um Akkord. Mehr konnte er nicht tun, nur spielen.

Sie rückten ganz an den Rand seines Bewusstseins: die lauten Stimmen draußen vor dem Fenster, die zitternden Zwillinge neben dem Spinett, die bleiche Mutter irgendwo hinter ihm, die schluchzende Milana auf ihrem Schoß. Beiläufig nur nahm er die neue, hohe Stimme wahr, die sich scharf und kristallen in das Palaver draußen vor Tür und Fenstern mischte.

Ein Mann. Der Magister.

Nicht darum kümmern, weiterspielen, sie ganz hinausspielen aus dem Bewusstsein, die Schwester, die Mutter, die Stimme. Sein Atem flog, das Herz pochte ihm in den Schläfen.

Er riss beide Hände über die Tasten – nach oben, wo sie klingen wie klirrende Nadeln, und zurück, wo sie dröhnen wie dünnes Kupferblech. Und dann stimmte er eine neue Melodie an, eine noch wildere, sich ständig zu rasenderem Galopp steigernde; eine, die er bislang nur auf der Panflöte geblasen hatte. Er schloss die Augen, hämmerte in die Tasten, biss auf die Zähne.

Ein fremder Ton bohrte sich in sein Gehör, störte seine Melodie. Tonda riss die Augen auf – etwas Rotes und Weißes mit goldenem Haar lag rechts von ihm auf den Tasten, ein Engel.

Ein Engel?

Daneben dunkle, glühende Augen in einem knochigen, hohlwangigen Gesicht. »Es ist gut, mein Sohn, alles wird gut.« Tonda hörte auf zu spielen, riss sich vom Anblick der Handpuppe los, sah dem vor ihm knienden Kahlkopf in die Augen. »Hörst du, was ich sage, Antonín von Waldau? Alles wird gut.«

Tonda atmete schwer, rang die Hände, nickte hastig, starrte wieder den Erzengel Michael an. Sprach der? Sprach der Magister? Gleichgültig, die hohe, feste Stimme tat gut.

»Jetzt sieht es noch nicht so aus«, sagte der Erzengel, der Magister. »Überall Jammer, überall Gewalt, überall Tod. Gottes Gericht – gerecht und schrecklich zugleich, du weißt es doch.«

»Ja, ja, ich weiß es doch …« Tonda schielte nach Milana. Himmel, warum nur war ihr Kleid so blutig? »Ich weiß es, ich weiß, doch wie lange noch?«

»Hab Geduld, mein Sohn.« Der Erzengel hüpfte über die Tasten drei Töne tiefer und näher zu ihm. »Hinter der Maske von Zorn und Gericht verbirgt sich ein liebender Vatergott. Vertrau ihm.«

»Ja, Magister, ja doch Erzengel, aber wo ist denn der Jan?« Tonda drehte sich nach der Mutter und der Schwester um. »Und was haben sie denn der Milana angetan?« Er zitterte, Tränen rannen ihm über die Wangen.

»Ich will dir eine Geschichte erzählen, Antonín von Waldau.« Mit dem Schwert deutete der rot geharnischte Erzengel auf den vor ihm knienden Kahlkopf. »Siehst du diesen Mann?«

»Aber ja. Er ist gar kein Magister, nicht wahr?«

»Doch, Tonda. Ein Magister und Doktor der Theologie. Und ein Obristleutnant des Königs von Spanien ist er auch gewesen.«

»Ein Soldat des Königs von Spanien?« Tondas Blick flog zwischen dem Erzengel und den glühenden Augen hin und her. »Wann denn?«

»Zwanzig Jahr ist es her, da kämpfte er gegen Engländer und Franzosen um die Generalstaaten.«

»Um Holland? Hat er denn gesiegt?«

»Der wahre Glaube ist der, der siegt, Tonda – haben wir es dir nicht gesagt? Dieser Mann da stürmte als Obristleutnant des Königs von Spanien eine Festung der Holländer und eroberte sie, wahrhaftig. Doch der Splitter einer Kanonenkugel zerschmetterte ihm das rechte Bein. Man brachte ihn zum Sterben in ein Kloster bei Antwerpen.«

»Er starb nicht.« Tonda flüsterte. »Hätte ich ihm sonst auf meiner Nai vorspielen können? Würde er sonst hier vor dir und mir knien?«

»Richtig, Tonda. Gott wollte nicht, dass er stirbt. Gott schickte ihm einen Mönch, der ihn pflegte, der für ihn betete, der ihm die Beichte abnahm, der ihn durch drei Puppen schauen ließ, wie Gott in Gestalt des Erzengels Michael mit dem Tod und dem Schwarzen Kasper um seine Seele kämpfte.«

»Der Teufel ist der Schwarze Kasper?«

»Er hat viele Namen, doch so heißt er unter Landsknechten – Schwarzer Kasper.«

»Und der Magister …« Tonda starrte den Kahlkopf an. »Der Obristleutnant des Königs von Spanien, er wurde gesund?«

»Er war ein lauer, erbärmlicher, halbherziger Christ. Mit einem Bein stand er bereits im Fegefeuer, und glaube mir, Tonda: Tausend Jahre lang hätte er dort geheult und mit den Zähnen geknirscht. Doch auf dem Sterbebett bereute er und weihte Gott sein Leben. Und wurde gesund. Und ein Soldat Christi.« In das Gesicht des Mannes, den Tonda bisher für einen lutherischen Magister gehalten hatte, trat ein Lächeln, seine dunklen Augen leuchteten noch durchdringender als bislang schon. »Willst du auch ein Soldat Jesu Christi werden, Tonda?«

Tonda schluckte, konnte seinen Blick nicht mehr losreißen von diesem engelsgleichen Lächeln, von diesen glühenden Augen. »Aber der Jan, die Milana – was haben sie getan, dass Gott sie strafen musste?«

»Das Gericht Gottes, Tonda.« Der Kahlkopf richtete sich auf den Knien auf, hielt den Engel zwischen seinem Gesicht und Tonda. »Bis ins dritte und vierte Glied sucht Gott die Missetaten der Väter heim, hast du es nie gelesen in der Heiligen Schrift? Der Teufel hat Böhmen beherrscht, der böse Schwarze Kasper. Auch dieses Haus war in seiner Gewalt.«

»Den Vater haben die Ungarn am Weißen Berg erschlagen, heißt es.«

»Dein Stiefvater war ein Rebell, ein verstockter Ketzer, ein Diener des Teufels.« Der Engel sprach jetzt mit scharfer, zischender Stimme.

»Und warum trifft es die Milana und den Jan, das göttliche Gericht? Warum nicht mich?«

»Du bist nicht sein Sohn, Tonda, und du warst nicht auf dem Schlachtfeld. Und hat man dir nicht gesagt, welcher Glaube der rechte ist?«

»Der Glaube, der siegt …«

»Und welcher Glaube hat diese Stadt besiegt? Welcher Glaube

hat dieses Haus besiegt und deinen Stiefvater?« Tonda schwieg, starrte den Erzengel an und tat sich schwer mit der Antwort. »Der wahre Glaube, Tonda«, antwortete der Goldhaarige an seiner Stelle. »Der uralte, allein selig machende, katholische Glaube.«

Der Erzengel verschwand vor seinen Augen; der, den er »Soldat Christi« genannt hatte, rückte nahe an ihn heran und packte ihn bei den Oberarmen. »Hat er nicht auch dich längst besiegt, Tonda?«

Nun war es geschehen um Tonda – er brach in Tränen aus, beugte sich und lehnte die Stirn auf die Schulter des Kahlkopfs. »Sie werden wiederkommen«, schluchzte er. »Die Landsknechte werden zurückkommen und die Milana holen und die Zwillinge … Und was ist mit dem Jan, was werden sie ihm antun?«

»Armer Tonda.« Der Soldat Christi, der einmal Magister František gewesen war, zog ihn an sich, streichelte seinen Rücken, hielt ihn fest. »Der Teufel ist hinter ihnen her, hinter deiner ganzen Familie. Armer Tonda.«

»Könnt Ihr sie nicht retten?!« Tonda heulte laut.

»Du allein kannst sie retten.«

»Ich?« Tonda stieß sich von ihm ab, sah ihm ins knochige Gesicht, schniefte. »Aber wie denn?«

»Gehe mit mir. Werde ein Soldat Christi.«

Intermezzo 1

Meuchen, 16. November 1632

Natter! Satansbraten! Im Stillen verfluchte Erik den Jesuitenpater. *Elender Verführer!* Weit mehr noch jedoch als das, was er über den böhmischen Rittersohn hören musste, erregte ihn, was der Gefangene über seine Schwester erzählt hatte. Kristina als Sklavin auf einem polnischen Gutshof? Ausgeliefert einem grausamen und lüsternen Kosaken? Und hatten jene gewissenlosen Fischer sie etwa geschändet?

Um Antworten zu finden, blätterte er so leise wie nur möglich in Kristinas Tagebuch. Zwar trennte dickes Mauerwerk die Krypta von der Sakristei, doch durch den schmalen vergitterten Mauerdurchbruch würden die beiden Patres ihn womöglich ähnlich gut hören können wie er sie, wenn er nicht vorsichtig war. Das durfte um keinen Preis geschehen; nicht, bevor Erik erfuhr, was sich am Mittag des vergangenen Tages im Nebel auf dem Schlachtfeld ereignet hatte – ob der verfluchte Jesuit auf den König geschossen hatte oder sonst ein Verräter.

Mit einem Ohr immer bei den stöhnend und flüsternd ausgestoßenen Worten des Satanspriesters, fuhr Erik mit dem Finger über die Zeilen, überflog sie, blätterte weiter. War Kristina denn in ein Scharmützel am Rande der Schlacht am Weißen Berg geraten? Hatten sich etwa kaiserliche Soldaten über sie hergemacht? Er blätterte behutsam, las Zeile um Zeile, bewegte stumm die Lippen.

Plötzlich brach Franz von Trient nebenan in der Sakristei mitten im Satz ab, stöhnte, jammerte, rief einen Heiligen an. Erik ließ das Tagebuch sinken, hob den Kopf. »Schnell! Er blutet!« Die

Stimme des kleinen Beichtvaters. Er war vom Lateinischen ins Deutsche gewechselt. »Franz? Ist Euch nicht gut, Hochwürden?« Der Pater machte Lärm, klopfte scheinbar mit dem Trinkbecher gegen den Wasserkrug, um auf sich aufmerksam zu machen, und schlug mit der Kette auf den Tisch. »Sein Armstumpf! Die Wunde blutet stark!«

Nicht lange und Erik hörte, wie in der Sakristei ein Riegel zurückgerissen und die Sakristeitür aufgestoßen wurde. »Was ist los hier?« Schwere Stiefelschritte knallten über Steinfliesen, Sporen klirrten – Småländer Reiter stürmten in die Sakristei; Erik erkannte seine Leute an den Stimmen. Einer rief schon nach dem Wundarzt.

Erik stand auf, spähte durch Wandnische und Gitter, konnte aber nur Sturmhauben, bärtige Gesichter und die Scheitelkappe des Beichtvaters erkennen. Der Wundarzt trat in die Sakristei, die erregte Stimme des kleinen Beichtvaters schilderte ihm, wie der »herzlose schwedische Major Nilsson Thott« – so drückte der Pater sich aus – dem »wehrlosen und trotz schwerer Verwundung grausam gefesselten« Priester mit der flachen Degenklinge auf den verbundenen Armstumpf geschlagen hatte. Und er verlange den König zu sprechen, sofort, oder einen seiner Adjutanten.

Erik biss die Zähne zusammen. Ein wohl gezielter Hieb des Jesuitenpaters, kannte er doch das Gerücht, wonach der König schwer verletzt sei und keinesfalls imstande sein konnte einzugreifen.

Auf Anweisung des Wundarztes träufelte man nebenan dem Verletzten wohl ein schmerzstillendes Extrakt in den Wasserbecher und legte ihn auf den Tisch; jedenfalls hörte Erik Wasser plätschern und Ketten rasseln. Das Gejammer des Satansbratens verstummte nach und nach.

Mit dem Tagebuch unter dem Arm schlich Erik die schmale Stiege hinunter zum Sarkophag. Hundert Fragen schossen ihm durch den Kopf, hundert Bilder. Was hatten die Reitersoldaten seiner Schwester angetan? Hatte man sie wegen Mordes am Kosaken gefoltert und verurteilt? Wie hatte sie dergleichen nur überleben können? Er wollte unbedingt weiter in ihren Aufzeichnungen lesen, doch der Lichtschein von der Kerze hinter dem Wandgitter reichte bei weitem nicht aus hier unten.

Erik blickte sich nach einer Öllampe um, fand eine, tastete jedoch vergeblich nach Feuerschloss und Lunte in seinen Taschen und legte das Tagebuch schließlich auf den Sarkophagdeckel. In diesem Steinkasten hatte er ihn stundenlang einsperren lassen, den verfluchten Jesuiten mit seinem schwarzen Harnisch. Grimmige Befriedigung erfüllte Erik, als er daran dachte.

Er stieg die schmalen Stufen zum Kirchenschiff hinauf, um nach einer glühenden Lunte oder nach einem brennenden Kienspan zu suchen. Seine Schwester stand ihm vor Augen – arme Kristina! Hatte sich Lager und kärglichen Fraß mit Gesindel teilen, sich von einem lüsternen Pollacken begaffen und begrapschen lassen müssen. Hatte Mistkübel schleppen und Schweine füttern müssen, während er, Erik, am Königshof in Stockholm eine Sprosse nach der anderen seiner Offizierslaufbahn nahm.

Sicher, er hatte dergleichen geahnt, doch die Gewissheit tat weh, und die Vorstellung bereitete ihm Übelkeit. Seine geliebte Schwester eine Sklavin! Seine große Schwester bei den Schweinen! Seine starke Schwester womöglich geschändet! Auf halber Treppe blieb er stehen, stützte sich gegen die Wand, fasste sich an die Stirn, schüttelte den Kopf, rang um seine Fassung.

Auf einmal stand ihm der königliche Bote vor Augen, der nur wenige Wochen nach Kristinas Flucht auf den Hof des elterlichen Anwesens geritten kam. Er hatte dem Vater ein Schreiben der königlichen Kanzlei überreicht. Man habe eine Lösegeldforderung der Polen erhalten, stand im Brief des Kanzlers Oxenstierna zu lesen, für den ersten Offizier der holländischen Galeone, auf der auch Kristina Richtung Stralsund in See gestochen war; der war ein Schwede aus Norrköping gewesen. Alle anderen Seeleute seien ertrunken, auch der Kapitän und leider wohl auch der Sohn des Kaufmanns Nils Gustavson Thott; andererseits gehe die Rede, er sei in den letzten Wochen mehrfach in der Stadt und in den Gottesdiensten gesehen worden. Und ob der junge Thott denn nun lebe oder als vermisst gelte.

Erik, der aus Furcht vor dem väterlichen Zorn seine Rolle bei Kristinas Flucht verschwiegen und die verzweifelten Eltern mit dem Hinweis auf die Tante in Prag getröstet hatte, musste ihnen nun reinen Wein einschenken. Wehklagen und Geschrei erhoben sich im Hause Thott, und dem Geschrei folgten Schläge und den Schlägen wieder Geschrei. Bald hörte man Gebete statt Geschrei, und dann gab es nur noch stumme Blicke und heimliche Tränen.

Erik atmete tief. Hätte Kristina doch nur den alten Ritter geheiratet! Kaum drei Jahre nach ihrer Flucht stürzte Sakarias Bonde im Suff vom Pferd und brach sich das Genick. Da handelte der Vater längst erfolgreich mit Kupfer und Salpeter und war auf niemanden angewiesen, um Eriks Ausbildung zu finanzieren. Auch die Türen an den Königshof öffneten sich Erik ohne fremde Hilfe. War also nicht alles umsonst gewesen? Erik seufzte, schüttelte den Kopf. Immerhin, Kristina hatte überlebt. Gebe Gott, dass sie auch ihre Ehre hatte retten können …

Er ließ die Wand los, wischte sich die Augen aus. Über ihm knarrte die kleine Tür zum Kirchenschiff, Lichtschein fiel auf ihn und die Stiege. Er hob den Kopf: Olaf stand auf der Schwelle, hob die Öllampe. »Was ist mit dir?« Der ehemalige Pferdeknecht starrte das Tagebuch unter Eriks Arm an, nicht Erik selbst.

»Nichts«, flüsterte Erik, »gar nichts.« Er ging Olaf entgegen, streckte die Rechte aus. »Her mit der Lampe.«

Die ungleichen Männer hatten beide ihren Teil zu Kristinas Schicksal beigetragen – darüber waren sie Freunde geworden. Olaf wusste nur, dass Kristina lebte; irgendwann würde Erik ihm alles sagen müssen. Doch nicht jetzt.

»Der Jesuit hat einen Schwächeanfall.« Olaf überließ ihm die

Lampe. »Der Armstumpf blutet wieder, der Wundarzt ist bei ihm.«

»Ich weiß.« Erik wandte sich ab, stieg wieder in die Krypta hinab. »Gebt ihm zu essen und zu trinken, von mir aus auch ein wenig Wein. Gebt ihm alles, was er braucht. Ich will, dass er die Beichte fortsetzt. Ich muss mehr erfahren, muss wissen, wer auf Gustav Adolf geschossen hat.«

»Da ist noch etwas.«

Auf der untersten Stufe drehte Erik sich um – Olaf stand wie ein starrer, breitbeiniger Schemen über ihm in der niedrigen Tür. »Der König?« Erik sah den anderen nicken. Das Schweigen seines Freundes und Trabanten brachte sein Herz ins Stolpern und seinen Atem zum Fliegen. Er stieg wieder zwei Stufen hinauf, seine Knie drohten nachzugeben. »Hat man ihn gefunden? Ist er etwa gefallen?«

»Man weiß nur, dass es schlecht steht um ihn.« Olaf ließ sich auf die oberste Stufe sinken. »Pistolenkugeln hätten ihn schwer getroffen, heißt es.« Er zuckte mit den Schultern, seine kurzen kräftigen Arme hingen schlaff über seinen Knien. »Sein Page Leubelfing sei verletzt, der Obrist von Lauenburg, der in seiner Nähe gefochten hat, ebenfalls. Vom Leibknecht Jönsson und dem Kammerjunker Truchsees fehlt angeblich jede Spur. Und Streiff habe man reiterlos gefunden und den Sattel voller Blut.«

Streiff – so hieß das Pferd des Königs Gustav Adolf von Schweden. Dass finnische Dragoner es ohne seinen königlichen Reiter im Nebel des Schlachtfelds vor Lützen gesehen hatten, wusste Erik bereits. »Hat man den König also gefunden? So sprich doch endlich!« Er biss sich auf die Zunge, als er merkte, wie laut er wurde.

Olaf nickte. »Angeblich ist er auf dem Weg hierher nach Meuchen. Der Wundarzt weiß Bescheid, zum königlichen Leibarzt hat man einen Boten geschickt.«

Erik sog die modrige Luft ein, tief und scharf. »Gut.« Sein Körper straffte sich. »Sorgt dafür, dass der Satansbraten seine Beichte fortsetzen kann. Er hat auf den König geschossen, ganz gewiss, er oder sein verfluchter Soldat Christi. Hat man diesen Spielmann unter Pappenheims flüchtenden Kürassieren gefunden? Liegt er endlich in Ketten? Oder ist er tot auf dem Schlachtfeld gesehen worden?« Olaf zuckte mit den Schultern. »Den Jesuiten haben wir jedenfalls.« Erik spuckte aus. »Schicke dem Profos und seinem Henker Botschaft. Morgen nach Sonnenaufgang wird diese Natter zum Schwarzen Kasper in die Hölle fahren.«

Olaf bestätigte müde und stand auf. »Sollen wir die Beichte unterbrechen, wenn der König kommt?«

»Um jeden Preis. Ich will meinen König begrüßen.« Erik wandte sich ab und oben schloss sich die Tür.

Auf dem Sarkophag stellte er die Lampe neben Kristinas Tagebuch. Weg mit der Angst um den König! Solange noch Hoffnung bestand, wollte er hoffen. Er beugte sich über fleckige Seiten und teilweise verschwommene Zeilen. Von der anderen Seite der Wand, aus der Sakristei, drangen noch immer viele Stimmen.

Erik las hastig, blätterte geräuschlos um. Er las nach, was er in Stichworten schon aus der Beichte des Jesuiten wusste, las, wie Kristina mit knappen Worten den Tod des Kosaken schilderte. »Die Gurgel durchgeschnitten …«, flüsterte er kopfschüttelnd. Niemals hätte er seiner Schwester so etwas zugetraut. »Tatsächlich die Gurgel durchgeschnitten hast du ihm?« Neben grenzenlosem Staunen erfüllte ihn erneut grimmige Zufriedenheit. »Gut gemacht.« Er blätterte zurück, las über Kristinas böse Zeit auf dem polnischen Gutshof, über ihre Bedrängnis, über ihr Heimweh.

Erik war dort gewesen, kannte den Gutshof. Im Jahre 1623 hatte er als Cornet im Heer Gustav Adolfs an der Seite des Königs gegen die Polen gekämpft. Drei Jahre nach der Schlacht um Prag am Weißen Berg. Schon damals war der König ein Draufgänger gewesen, ein wahrer Krieger und immer in der ersten Schlachtreihe zu finden. So wie auch heute im Nebel. Schon damals hatte eine Kugel ihn getroffen und beinahe getötet. Doch einen von Gott gesegneten und behüteten König bringt so schnell keine Ketzerkugel um.

Erik verehrte den König mit glühender Liebe, hätte schon damals in Polen sein Leben für Gustav Adolf hingegeben.

Mit den Regimentern seines Königs drang er vor neun Jahren als Cornet ins Landesinnere Polens vor – bis zu jenem Gutshof, auf dem polnische Fischer von Gefangenen aus Mecklenburg, Böhmen und Österreich wussten; und von einer jungen Frau aus Schweden.

Erik ahnte damals, dass von seiner Schwester die Rede war, ja, er hoffte es sogar. Beweise erhielt er nie: Seine Reiter brannten den Hof nieder, bevor er selbst dort ankam, und töteten jeden, der nicht entkommen konnte. Und die Gutsherrin – die Einzige, die es genau hätte wissen müssen –, die starb unter der Folter.

Danach schrieb er den Eltern nach Stockholm, dass er mögliche Spuren ihrer Tochter entdeckt habe. Er erinnerte sich genau, denn in der Antwort unterrichtete der Vater ihn über Hochzeitsvorbereitungen: Der alte Thott hatte die Tochter eines adligen Großbauern für Erik ausgesucht. Die Hochzeit feierte man im Hause Thott drei Jahre später, nach dem Sieg über die Polen bei Wallhof. Da war der Vater schon todkrank. Kristinas Flucht hatte ihm das Herz gebrochen.

Eine brave Frau hatte er seinem Sohn ausgesucht. Sie zog Erik die Kinder groß, führte das Kommando über die Apfelpflanzungen im Süden Stockholms und, gemeinsam mit der Mutter, über die Manufakturen, die der Vater hinterlassen hatte. In halb Schweden ging das so: Die Männer stürmten fern der Heimat mit dem König von Sieg zu Sieg, und die Frauen machten zu Hause die Arbeit.

Vom Sarkophag aus lauschte Erik die Treppe zu seinem Versteck hinauf. In der Sakristei ging es nun leiser zu. Der Beichtvater und dieser verfluchte Franz von Trient sprachen schon wieder miteinander – lateinisch. Er stieg die Stufen hinauf, setzte sich unterhalb des Wandgitters auf den Hocker. Lieber hätte er weiter im Tagebuch seiner Schwester gelesen, und es fiel ihm schwer, sich auf die Beichte des verwundeten Jesuiten zu konzentrieren. Doch er musste erfahren, was im Nebel auf dem Schlachtfeld wirklich geschehen war.

Nebenan flüsterten sie noch über Wundschmerz, Blut und den Wein, sodass Erik der Versuchung nicht widerstehen konnte: Er blätterte im Tagebuch, suchte die Stelle, an der Kristina über die Schlacht am Weißen Berg berichtete und über die kaiserlichen Soldaten, denen sie vor die Musketen gelaufen war.

Als er die Aufzeichnungen aus jenen fernen Tagen fand, konnte er kaum glauben, was er las …

ZWEITES BUCH

Vom Schwarzen Kasper

1620 BIS 1622

I

Westböhmen, November 1620

Im Herd prasselte Feuer. Rauch staute sich unter dem Kaminabzug; die ganze Küche roch danach. Und nach Kienholz, Milchsuppe und gebratenem Fleisch. Der Feldwebel hatte den Bauersleuten ein Schwein und drei Gänse abgetrotzt und schlachten lassen. Dicht an dicht hockten oder lagen hungrige und erschöpfte Menschen um Kristina herum. Die Blicke der meisten hingen sehnsüchtig an den Suppentöpfen und Bratenspießen über dem Herdfeuer. Kristina beugte sich über ihr Tagebuch.

Kriegsknechte des Königs von Böhmen haben mich mitgenommen, schrieb sie, *an die fünfzig Kurpfälzer und Schotten mit beinahe genau so vielen Pferdejungen, Frauen und Kindern, und alle sind sie auf der Flucht vor den Kriegsvölkern des Kaisers und des bayrischen Herzogs. Einige haben gar nicht gekämpft, weil keiner ihnen Sold bezahlen wollte, weder der König noch die böhmischen Stände. Andere, die Schotten zumeist, haben gegen den bayrischen Feldherrn Tilly um die Stadt Pilsen gekämpft und verloren. Ihr Rittmeister und sein Cornet sind gefallen.*

Links von ihr verband eine Soldatenfrau das offene Bein ihres Mannes, rechts von ihr wickelte eine Soldatenfrau ihr Kleinkind, und daneben säugte ein Mädchen, jünger als Kristina, ihr Baby. Durch die offene Verbindungstür zum Stall hörte man das Vieh blöken. Um Kristina herum murmelten und tuschelten viele Stimmen. Jemand spielte Laute, jemand sang. Kinder jagten hinter einem Huhn her.

Wilde Kerle sind unter den schottischen Kriegsknechten, schrieb Kristina, *unter den Pfälzern jedoch auch brave Männer, vor denen keine Frau sich fürchten muss. Der Feldwebel ist jetzt ihr Oberster, ein Schotte. Es heißt, er habe früher für den schwedischen König gegen die Russen gekämpft und diene bereits seit zwei Jahren als Gardist auf der Prager Burg, und es heißt, die Frau, die bald das dritte Kind von ihm kriegt, sei gar nicht seine Frau. Jedenfalls hat er kluge Augen und spricht und versteht Böhmisch.*

Eine schnurrende Katze mit aufgerichtetem Schwanz rieb sich an Kristinas Knie. Gegenüber, an der Fensterwand der großen Bauernküche, legte der schottische Feldwebel den Arm um eine schwangere Frau und flüsterte ihr ins Ohr. Die Frau, eine dralle schwarzhaarige Böhmin, beobachtete die schreibende Kristina, und etliche Soldaten sowieso; eigentlich alle, die keine Frau hatten. Kristina achtete nicht darauf.

Drei Tage lang haben wir uns in einem Wald versteckt, schrieb sie. *Heute dann sind wir bis nach Sonnenuntergang geritten und gefahren. Sie wollen in ein Land, das sie ›Oberpfalz‹ nennen, und dann immer weiter nach Westen ins Reich hinein. Noch zwei oder drei Tagesreisen bis zur Grenze. Und Prag ist schon wieder über eine Tagesreise entfernt. Die Schotten haben die beiden Waffenknechte des Kosaken gefangen und erschlagen. Ich wollte allein nach Prag reiten, doch sie sagten, es sei zu gefährlich, und ließen es nicht zu. Morgen früh, wenn sie noch schlafen, werde ich mich davonmachen. Ich muss doch zur Tante. Immer denke ich an sie.*

Kristina fühlte sich beobachtet und blickte von ihrem Tagebuch auf: Der Feldwebel lächelte ihr zu. Sie wich seinem freundlichen Blick aus und begegnete dem mürrischen Blick der Bauersfrau am Herd. Je mehr hungrige Kinder sich um die scharten, desto finsterer wurde ihre Miene. So viele ungebetene Gäste an einem einzigen Abend hatte sie nicht erwartet.

Einige Schotten wollten über mich herfallen, danach hätte ich gewiss nicht mehr reiten können. Doch der Feldwebel hat mich gerettet. Dafür danke ich ihm und Gott. Ich habe Hunger. Es ist sehr kalt. Draußen riecht man bereits den Winter. Zuhause schneit es sicher schon. Wäre ich nur dort, könnte ich nur mit Erik sprechen und mit dem Vater! Doch nein, dann müsste ich ja Frau Bonde sein …

Das Stimmengewirr schwoll ein wenig an, Kristina hob den Kopf: Vor den Fenstern zu beiden Seiten der Tür drängten sich Pferdejungen und Soldaten. Kristina hörte Hufschlag und glaubte Fackelschein zu sehen. »Sie kommen zurück!«, rief einer, und noch mehr Männer standen auf, um zu den Fenstern zu eilen. »Der Jokrim!«, riefen sie. »Der Jokrim und seine Rotte kommen zurück!«

Der Feldwebel hatte um die Mittagszeit einen Corporal mit einer Schar Arkebusiere zurück nach Osten geschickt, weil die Nachhut seines Trosses zurückgefallen war.

Der Bauer beugte sich aus der Stalltür, ein hagerer Mann mit mürrischem, rotem Gesicht. Er schleppte einen Eimer Milch zum Herd. Sofort drängten sich Kinder mit Blechbechern in den Händen um ihn. Er fluchte, verteilte Tritte und Hiebe, guckte noch grimmiger. Sicher dachte er an seine Vorratskammer und wie die aussehen würde, wenn all die ungebetenen Gäste endlich wieder verschwanden: leer. Kristina beugte sich über ihr Tagebuch, wollte weiter schreiben.

Jemand stieß die Tür auf, und schlagartig verstummten Stimmengewirr, Gesang und als Letztes das Lautenspiel. Nur das Brodeln des Breis, das Zischen des Bratfetts und das Knistern des Herdfeuers hörte man noch. Drei Männer in hohen Reitstiefeln, langen Mänteln und Sturmhauben traten in die Küche. Sie wirkten abgekämpft und missmutig.

Der Missmutigste unter ihnen trug Fesseln und einen blutigen Verband an der Stirn. Kristina erschrak – sie hatte den Landsknecht schon irgendwo gesehen.

»Tillys bayrische Dragoner haben unsere Nachhut überfallen.« Der Corporal, ein großer, drahtiger Mann mit schwarzen Locken und lauerndem Blick, klang heiser und sprach einen deutschen Dialekt, der wie ein weicher Singsang klang; Schmutz- und Blutflecken bedeckten sein Rindskoller, ein schwarzer Federbusch zierte seine Sturmhaube. »Der hier ist ihr Anführer gewesen.« Er riss den Gefesselten zu sich. »Hat jetzt niemanden mehr, den er anführen kann. Alle tot. Leider auch vier von uns. Er sagt, er sei hinter der Mörderin seines Rittmeisters her.« Der Corporal stieß den Gefangenen ein Stück in die Küche hinein, Kinder wichen ihm aus. »Ist sie das, deine Mörderin?« Er deutete auf Kristina. »Hast du die gemeint?«

Sämtliche Blicke in der rauchverhangenen Küche hingen auf einmal an Kristina. Die erkannte den Gefangenen, und das Blut gefror ihr in den Adern: ein Cornet aus der Kompanie des Kosaken, ein Bayer. Der nickte. »Ja, die meint' ich.« Sein rechtes Augenlid zuckte, sein Unterkiefer mahlte. »Die hat den Rittmeister abgestochen. Eine ganz gemeine Mörderin ist das, sag ich.«

Der Corporal zog seinen Degen, trat neben ihn, suchte den Feldwebel unter den Leuten und sah ihn an, als wollte er fragen, ob man Kristina gleich aufhängen soll oder erst morgen früh. Eine große Stille herrschte auf einmal, und Kristina wurde heiß und kalt.

»Eine Mörderin also.« Der schottische Feldwebel schob die Schwangere von sich weg, zog die Brauen hoch, äugte erst zu Kristina herüber und dann in die Runde. »So passt sie also zu uns.« Niemand lachte, auch nicht der Corporal mit dem Degen in der Rechten.

»Sie hat den Rittmeister meiner Kompanie abgestochen, Kamerad.« Der gefangene Bayer sprach einen schwer verständlichen Dialekt. »Einen polnischen Edelmann, nachts im Zelt, auf seinem Lager, als er voll war. So richtig heimtückisch, mit einem Dolch.«

»Und das hast du mit eigenen Augen gesehen?« Der schottische Feldwebel tat überrascht und stand auf.

»Wir haben den Rittmeister doch gefunden.« Der Bayer zuckte mit den Schultern. »Nackig und mit aufgeschlitzter Kehle. Richtig heimtückisch, sag ich.«

»Womöglich bringt sie uns ein paar Taler, wenn wir sie den Kaiserlichen ausliefern.« Der Corporal dachte nicht daran, seinen Degen wegzustecken. »Doch wenn ihr mich fragt …« Er schüttelte den Schädel. »… hängen wir sie lieber auf. Mit so einer sollten wir uns nicht belasten.«

Zustimmendes Gemurmel wurde laut, und einer rief: »Recht hat er, der Jokrim!« Kristina stockte der Atem.

Der schottische Feldwebel sah dem Corporal ins Gesicht. »Sie hat also einen polnischen Rittmeister getötet, Veits. Das habe ich doch richtig verstanden?« Er stellte sich zwischen Kristina und seinen Corporal, blickte lächelnd in die Runde. »Einen Papisten, schätze ich doch.« Er war stämmig und breitschultrig und hatte dichte rotbraune Locken und einen struppigen Bart. »Sie hat also getan, was zu tun wir uns am Weißen Berg geweigert haben, weil man uns den Sold schuldig blieb.« Die Fäuste in die Hüften gestemmt, stapfte er zu Kristina, düsterer Spott lag in seinen Zügen. »Was hat man dir bezahlt, dass du unsere Arbeit erledigt hast, Frau?« Breitbeinig stand er vor ihr; er hatte Waden so bauchig wie Tonkrüge. »Und wer hat dich bezahlt?«

Keine Antwort wollte Kristina einfallen, viel zu aufgewühlt war sie; und so, wie der Schotte fragte, erwartete er möglicherweise gar keine Antwort. Sie konnte nur mit den Schultern zucken. »Was geschah zwischen dir und diesem Pollacken?« Breitbeinig blieb der Schotte vor ihr stehen. »Sag schon – hattet ihr Streit?«

»Ich musste auf seinem Hof schuften, zwei Jahre lang, ich und andere.« Kristina erzählte stockend. Ihre Stimme zitterte, die Angst verwirrte ihre Gedanken. »›Kosak‹ haben wir ihn genannt, seine Sklaven waren wir. Einmal hat er seine Hunde auf einen von uns gehetzt …« Ihre Stimme brach, sie schluckte die Tränen hinunter. »Ein Schinder war er, eine Sau. Mich wollte er mit Gewalt nehmen, und da hab ich's gemacht wie …« Sie verstummte, senkte den Blick.

»Wie?«, drängte der Feldwebel. »Wie hast du's gemacht?«

Kristina langte neben sich in die Ledertasche, zog Pits Bibel heraus und hob sie hoch. »Wie die Judith in diesem heiligen Buch.«

Ein Raunen ging durch die Menge. Die Soldaten und Frauen sahen einander an, Getuschel erhob sich. Viele schienen die Geschichte zu kennen, auch der Feldwebel offenbar: Das Lächeln auf seinem bärtigen Gesicht gefror. Aus sehr schmalen Augen musterte er Kristina. Ziemlich lange, so kam es ihr vor, und irgendwann nickte er, und das Lächeln kehrte in seine Züge zurück.

Schließlich drehte er sich um, betrachtete seelenruhig seine Schotten und Kurpfälzer und sagte endlich: »Da habt ihr's gehört, ihr tapferen Helden des Königs von Böhmen – wie die Judith hat sie's gemacht. Jetzt wisst ihr, was euch blüht, wenn ihr eure Wurstfinger nicht von ihr lasst.« Mit einer Kopfbewegung deutete er auf den gefesselten Bayern. »Hängt ihn auf.«

Der kaiserliche Reiter riss Augen und Mund auf, stand stocksteif. Kristina senkte den Kopf, konnte seinen entsetzten Blick nicht ertragen. Es wurde laut in der großen Bauernküche. Sie packten den Gefangenen und zerrten ihn in die Nacht hinaus.

Er jammerte, flehte um sein Leben, betete, heulte. Kristina musste es mit anhören, weil die Kinder und Frauen in der offenen Tür standen, in den offenen Fenstern hingen. Der Feldwebel machte sich am Herd zu schaffen, prüfte Braten und Suppe, kniff die Mägde in den Hintern, zog die Bäuerin am Zopf und beschimpfte sie auf Englisch, weil das Essen noch nicht fertig war. Seine schwangere Böhmin hockte in ihren Decken, hielt ihre beiden kleinen Kinder fest und schielte zu Kristina herüber.

Und draußen hängten sie den armen Bayern an der Linde neben dem Misthaufen auf.

Von jetzt auf gleich verstummten Heulen, Beten und Flehen, und nacheinander kehrten die Männer aus der Dunkelheit ins Haus zurück. Sie wirkten aufgekratzt und bestens gelaunt. Bald kreiste ein Weinkrug, und die Frauen verteilten Schüsseln mit Milchsuppe. Ein sehr junger pfälzischer Soldat sprach ein Tischgebet, dann machten sich alle erst über die Suppe her und danach über den endlich garen Braten. Schmatzen, Gelächter und Geplapper erfüllten die Bauernküche.

Kristina dachte an den Kanonendonner über der Ostsee, an die sinkende Galeone und den toten Kapitän Vanhouten. Mit Schaudern erinnerte sie sich an die herzlosen Fischer, die über sie, die Fiebernde, hergefallen waren, und daran, wie die Männer später ihren Retter, den Priester, totgeschlagen hatten. Sie dachte an Pit, an den Kosaken, an seine Hunde und seine gefallenen Waffenknechte. Auf wenige Augenblicke drängten sich zwei Jahre Angst, Tod und Grausamkeit in ihrer Erinnerung zusammen. Was hatte sie nicht alles erleben müssen! So vieles, was sie niemals für möglich gehalten hätte. Doch jetzt erst, hier, unter all den schmatzenden, rülpsenden, kichernden und plappernden Menschen, hier, diesseits der Fenster, hinter denen neben einem nächtlichen Misthaufen ein Mann tot an einer Linde hing, der eben noch lebendig vor ihr gestanden hatte – hier und jetzt erst begriff Kristina, was im Heiligen Römischen Reich Deutscher Nation ein Leben wert war. Nichts.

Kaum einen Bissen brachte sie herunter.

Nach dem Essen kramte der Feldwebel ein eigenartiges kleines Näpfchen mit einem sehr langen, dünnen Stiel daran aus seinem Gepäck. Aus einem kleinen Lederbeutel holte er braunes, trockenes Kraut und stopfte es in das Näpfchen. Kristina beobachtete ihn erstaunt und begriff schnell, dass der lange Stiel ein Rohr war, denn der Schotte saugte daran, während er einen brennenden Kienspan über das Näpfchen hielt. Das Kraut darin glühte auf, und dem Feldwebel quollen Rauchwölkchen aus Mund und Nase. Die fügten der eh schon schlimmen Luft in der Bauernküche noch eine weitere Gestanksnote hinzu.

»Sie soll uns vorlesen!«, rief der Corporal, den der Feldwebel »Veits« und die anderen »Jokrim« genannt hatten. Auch er stopfte sich ein Stilnäpfchen – eine Pfeife, wie Kristina bald erfuhr.

»Bloß nicht!« Gelächter und Widerspruch erhoben sich rings um ihn. »Sie verdirbt uns noch die Weiber!«

»Vorlesen soll sie.« Der Corporal erhob sich und entzündete einen Kienholzspan am Herdfeuer. Mit der Flamme brachte er zuerst das braune Kraut in seiner Pfeife zum Glühen und kam dann damit zu Kristina. »Hol schon dein Buch raus und lies. Wir wollen wissen, wie diese Judith es genau gemacht hat.« Er steckte den brennenden Span über Kristina in einen Wandhalter.

Kristina tat, als wäre er Luft; sie schraubte ihr Tintenglas auf, tunkte die Feder ein und schlug ihr Tagebuch auf. »Lesen sollst du, verflucht!« Der Corporal blies den stinkenden Rauch auf sie herab und schwankte mächtig dabei – er hatte schon fleißig mitgeholfen, die Weinvorräte des Bauern zu vertilgen. »Los, Weib! Raus mit dem Buch und lesen!«

Kristina musste husten und rieb sich die Augen. Schließlich hob sie den Kopf und sah zu ihm hinauf. Auf einmal waren ihre Züge kantig und hart, ihre schmalen Augen funkelten. Sie verabscheute den Kerl. Ein paar Atemzüge lang sahen sie einander an, und in der Bauernküche legten sich Gekicher und Getuschel. Wieder wurde es ganz still. Der Corporal wich schließlich Kristinas Blick aus und öffnete schon den Mund, um sie anzubrüllen, da rief hinter ihm sein Feldwebel: »Ist hier noch jemand, der lesen kann?« Der junge Gefreite, der das Tischgebet gesprochen hatte, meldete sich. Der Corporal atmete schnaufend ein und machte kehrt.

Kristina gab dem jungen Kurpfälzer die Bibel; der Gefreite hieß Ludwig, sein Vater war Prediger in einem Flusstal, das die Soldaten »Neckartal« nannten. Während er das Buch Judith vorlas, blieb es still in der Bauernküche. Die Kinder schliefen zuerst ein, bald hörte man auch die ersten Männer schnarchen. Die Frauen hörten bis zum Schluss zu. Manchmal stahl sich der eine oder andere Blick herüber zu Kristina. Die schrieb die ganze Zeit in ihr Tagebuch.

Später, als die meisten sich schon in ihre Decken und Mäntel gerollt hatten und nur noch die Glut im Herd und der Kienspan über Kristina für matten Lichtschimmer im Raum sorgten, kam der Feldwebel zu ihr. »Du bist keine Polackin, wo stand deine Wiege?« Sein Atem stank nach dem verbrannten Kraut.

Kristina zog die Atlasseite aus ihrer Ledertasche, entrollte sie, zeigte ihm die Schwedenkarte und deutete auf Stockholm. »Hier.«

»Da war ich auch schon.« Plötzlich sprach er Schwedisch; gebrochen zwar, doch Kristina wurde es ganz wehmütig ums Herz. Er nickte langsam, musterte sie neugierig. »Such dir einen aus, der dich wärmt in dieser Nacht, Lady Kristina«, flüsterte er schließlich auf Böhmisch. »Wirst kaum einen finden, der dich nicht fürchtet nach dieser frommen Geschichte, schätze ich.« Er grinste, langte in sein Koller und zog einen schönen roten Apfel heraus. »Ich fürchte nichts von dir. Selbst wenn du die Judith selbst wärst, nicht.« Er drückte Kristina den Apfel in die Hand. »Und meine Martha ist grad froh, wenn ich sie in Ruhe lass. Überleg's dir also. Meine Muskete und mein Degen können auch dich noch ernähren.« Sprach's und schlich zurück zur anderen Seite der Bauernküche, wo er sich und seiner Familie neben einer Truhe ein Lager errichtet hatte.

Kristina rollte sich neben dem Herd in ihre Decke. Nicht einen Gedanken verschwendete sie auf das Angebot des Feldwebels. Die Katze legte sich auf ihre Beine. Später kuschelte sich ein kleiner Junge an sie, der Sohn einer jungen Trosshure, die im Stall oder in der Gesindekammer mit einem Landsknecht zugange war. Sie gab dem Knaben den Apfel, und er verschlang ihn geradezu. Danach steckte er den Daumen in den Mund, drückte das Gesicht an ihre Brust und schlief sofort ein.

Kristina spürte seine Wärme und lauschte seinen Atemzügen. Zum ersten Mal, seit das Wasserfass sie von der sinkenden Galeone ins Meer gerissen hatte, war sie sich ganz sicher, keinen Albtraum, sondern die Wirklichkeit zu erleben.

»Rette mich, lieber Herr Jesus«, betete sie flüsternd. »Wie soll ich das alles noch länger ertragen? Rette mich und bring mich zur Tante, lieber Herr Jesus, ich flehe dich an …«

Betend schlief sie ein.

2

Im ersten Morgengrauen löste sie behutsam das schlafende Kind aus ihren Armen und deckte es zu. Leise suchte sie ihre sieben Sachen zusammen, zog Pits Hose unter ihre Röcke, packte ihr Bündel und schlich aus dem Haus. Die Venus im noch nachtblauen Himmel leuchtete strahlend schön. Viele Pferde standen im Stall, die meisten gehörten der kurpfälzischen Kompanie; Kristina sattelte das erstbeste.

Als sie es auf den Hof führte, wartete dort ein Mann mit bloßen Beinen und einer Decke um den nackten Oberkörper. »Soll ich dir erzählen, was mein Corporal Veits Jokrim mit Pferdedieben macht?« Der Feldwebel. Kristina stand wie festgewachsen. »Wohin willst du?«, fragte er.

»Zurück nach Prag. Meine Tante wartet auf mich. Schon seit zwei Jahren.«

»Wieso glaubst du das?« Er legte den Kopf auf die Schulter und runzelte zweifelnd die Stirn.

Kristina erzählte ihm von dem Brief, den Erik von Stockholm aus nach Prag geschickt hatte; auch, dass die Tante einen lutherischen Kaufmann geheiratet und seinetwegen Stockholm den Rücken gekehrt hatte, erzählte sie.

»Sie hat einen Böhmen geheiratet? Einen Adligen?« Er wechselte zwischen dem Schwedischen und dem Böhmischen hin und her. »Einen Lutheraner womöglich?« Kristina nickte, nannte ihm den Namen des böhmischen Onkels. »Ein angesehener Mann in Prag, jedenfalls vorige Woche noch.« Der Schotte schüttelte den Kopf; die Bitterkeit in seinem Feixen erschreckte Kristina. »Glaub mir, deine Tante hat ganz andere Sorgen in diesen Tagen.« Er nahm ihr die Zügel aus der Hand und führte das Pferd zurück in den Stall. »Bevor mein Corporal Jokrim dich damit sieht. Der lauert doch auf eine Gelegenheit, dich zu kriegen. Solltest dich gut mit mir stellen.«

Kristina folgte ihm zurück in den Stall. »Was meinst du denn, was die Papisten anstellen mit Leuten, die lutherisch glauben und den Pfälzer zum König gewählt haben?« Der Schotte drückte Kristina ihr Bündel in die Arme und löste die Sattelgurte. »Deine Tante muss sich jetzt um ihre Haut kümmern und um den Kopf deines Onkels. Außerdem wartet kein Mensch zwei Jahre lang.«

»Ganz gewiss wartet sie auf mich! Sie ist meine Patentante.«

»Sieh lieber zu, dass du bald wieder nach Hause kommst, schöne Frau. In Schweden kann man alt werden, habe ich gehört. In Prag hausen die Kaiserlichen, da bist du Freiwild als Unverheiratete, und als lutherisches Freiwild bist du so gut wie tot.«

Er warf den Sattel ins Stroh, machte das Pferd fest und wies zur offenen Stalltür. »Es steht dir natürlich frei, zu Fuß dorthin zu gehen und dich selbst davon zu überzeugen. Falls dich nicht eine Rotte Pollacken oder Wallonen erwischt und du es tatsächlich bis nach Prag schaffen solltest, werden sie dort sicher so frei sein, neben deiner Tante auch dich einen Kopf kürzer zu machen. Und was dir blüht, bevor das Henkersbeil dich erlöst, brauche ich dir nicht zu erzählen.«

»Ihr wollt mir Angst machen.«

»Angst ist kein schlechter Ratgeber in Zeiten wie diesen.« Er fasste ihren Arm, zog sie mit sich zur Stalltür. »Wie gesagt: Ich kann auch für zwei Weiber sorgen.«

Kristina machte sich los von ihm. »Ich gehe nach Prag.«

»Und wir reiten nach Heidelberg.« Er schloss die Stalltür. »Dorthin sind Kompanien aus England und Holland unterwegs, und dort mündet der Neckar in den Rhein, und der Rhein fließt erst einmal ein schönes Stück nach Norden, also in die Richtung, in der deine Heimat liegt. Und wer weiß? Wir Schotten und Engländer werden dem Friedrich sein hübsches Heidelberg beschützen, und wir kriegen unsere Befehle aus Frankfurt. Dort residiert der Gesandte des englischen Königs. Vielleicht nehmen dich ja eines Tages Boten mit hinauf an den Main? Und schon wärst du wieder drei Tagesreisen näher an Stockholm.«

»Heidelberg …?« Die Karte der Kurpfalz aus dem väterlichen Atlas stand Kristina plötzlich vor Augen; und alles, was sie bei den Mahlzeiten im Elternhaus über die kurfürstliche Residenz gehört hatte. »Nein.« Energisch schüttelte sie den Kopf. »Ich muss nach Prag. Lebt wohl.«

Kristina machte kehrt, lief zwischen die Wagen, die auf dem Hof standen. Unter einigen Planen schnarchten Landsknechte, die in der Bauernküche keinen Schlafplatz mehr gefunden hatten. An der Linde neben dem Misthaufen schwankte die Leiche des Bayern. Kristina starrte geradeaus, durchquerte das Tor, drehte sich nicht mehr um.

Der Weg lag voller Herbstlaub und war von Hufen und Wagenrädern zerwühlt. Am Horizont schob sich ein milchiger Lichtstreifen in den noch dunklen Himmel. In diese Richtung lief sie, immer nach Osten.

Nicht lange, dann näherte sich Hufschlag. Jemand verfolgte sie. Kristina lief schneller. Der Reiter holte sie ein, ritt an ihr vorbei und versperrte ihr den Weg. Ein paar Schritte vor ihr schwang er sich aus dem Sattel seines schweren Arbeitsgauls.

»Und?« Es war der Feldwebel; jetzt in Stiefeln und mit Koller und Hut. »Treibt dich immer noch die Wanderlust?« Kristina blieb stehen, antwortete nicht. »Und immer noch Prag?« Sie nickte, hielt trotzig seinem spöttischen Blick stand. »Ein mächtig harter Schädel, den du da unter deinem hübschen blonden Scheitel durch die Weltgeschichte trägst.« Der Schotte zuckte mit den Schultern und reichte ihr die Zügel des Ackergauls. »Wirklich schade um dich. In der Satteltasche findest du Reste des Bratens und ein paar Äpfel. »Gott segne dich.« Er nahm den Hut ab und verbeugte sich vor ihr. »Lebt wohl, schöne Frau.«

Kristina stand ganz verblüfft und staunte ihm hinterher. Bis seine stämmige Gestalt in der Morgendämmerung verschwamm. Sie stieg in den Sattel, tastete nach den Zügeln. Einen Moment stutzte sie und betrachtete das Tier unter sich – auf keinem Schlachtross der Kurpfälzer saß sie, sondern auf einem der vier Arbeitstiere des Bauern. Dem hätte sie lieber nichts gestohlen. Doch weg mit den Gewissensbissen – sie musste zur Tante. Außerdem: Nicht sie, der Feldwebel hatte das Pferd aus dem Stall geholt.

Sie trieb den schweren Ackergaul an und ritt weiter nach Osten. Dort schob sich bald flirrend und rot der Sonnenball in den Morgenhimmel. Schön sah das aus, und Kristina wurde ganz warm ums Herz. Sie dachte an die Sonnenaufgänge zu Hause in Stockholm, wenn sie morgens aus dem Erkerfenster ihrer Schlafkammer geschaut hatte. Wie schön war das immer gewesen …

Das Herz wurde ihr schwerer. Sie dachte an die Karte, an den Rhein und an Frankfurt. Das Innere ihrer Brust fühlte sich auf einmal ganz wund vor Heimweh an.

Weg damit, nicht daran denken! Nach vorn blicken, weiterreiten, die Morgensonne anschauen. Die löste sich gerade vom Horizont. In Prag sahen sie jetzt denselben schönen Sonnenball aufsteigen. Und in Stockholm auch. Wie rot er leuchtete, wie wunderschön er höher und höher in den Himmel hinaufstieg! Auch die Tante sah ihn jetzt, in diesem Augenblick. Auch Erik sah ihn und der Vater und die Mutter. Konnte denn unter dieser herrlichen Morgensonne ein Mensch an Böses denken? Konnten in diesem schönen Licht denn Menschen anderen Menschen all die widerlichen Grausamkeiten antun, vor denen der Feldwebel sie gewarnt hatte? Nein. Nur Frieden und Gutes schien Kristina möglich unter einer Morgensonne wie dieser.

Sie trieb den Ackergaul an.

*

In einem Waldstück kam ihr ein Tross aus Ochsenkarren, Reitern und Leuten zu Fuß entgegen; da stieg die Sonne schon ihrem Zenit entgegen. Kristina trieb ihren Ackergaul an den Wegrand ins Unterholz, um den Tross vorbeizulassen. Ein alter Mann auf einem Maultier ritt an seiner Spitze, zwei Halbwüchsige schritten neben ihm. Ihre bleichen und leeren Gesichter erschütterten Kristina.

Sie zählte mehr Frauen als Männer in der Kolonne. Flüchtlinge. Mütter zogen ihre Kinder in Leiterwagen hinter sich her. Kleinkinder ritten auf Hunden und Ziegen. Die Ochsenkarren trugen Kisten, Bündel und Hausrat. Dazwischen lagen Greise und Kranke. Einer stieß krächzende Laute aus wie ein verletzter Rabe; böhmische Flüche, wie Kristina bei genauerem Hinhören erkannte.

Auf den Kutschböcken hockten zusammengesunken Mädchen und junge Frauen. Manche in Lumpen, andere in Decken gehüllt. Und wieder blickte Kristina in starre, fahle Gesichter. Ein Mädchen mit der Gestalt einer Zwölfjährigen hatte das Gesicht einer Greisin. Auf zwei der letzten Wagen lagen ausschließlich Kranke: lauter Frauen und Mädchen. Einige stöhnten, andere wimmerten im Fieber. Wie mit Eisklauen griff das Entsetzen nach Kristinas Herz.

»Woher kommt ihr?«, fragte sie einen der vier jüngeren Männer, die am Ende des Trosses ritten; sie trugen Musketen, Piken und Degen.

»Aus Prag und den Weilern und Gutshöfen vor der Stadt«, antwortete einer. Trauer und Bitterkeit lag in seinen Zügen. »Und du?«

»Von einem Bauernhof vier Wegstunden westwärts.«

»Ein Bauernhof liegt am Weg?« Ein wenig hellte die Miene des Reiters sich auf. »Das ist gut. Und wohin willst du?«

Kristina wendete ihr Pferd und ritt neben ihm her. »Nach Prag.« Alle vier starrten sie an – erschrocken, mitleidig oder bitter.

»Hast du einen Strick oder ein Messer bei dir?« Kristina runzelte die Stirn, nickte aber. »Dann steig lieber ab, geh zwischen die Bäume und entleibe dich selbst. Das ist für eine junge Frau wie dich tausendmal besser, als nach Prag zu reiten.«

»Was redest du da?«

»Bist du denn blind?« Mit einer Kopfbewegung deutete der Mann auf den Tross vor ihnen. »Hast du nicht unsere Töchter und Frauen gesehen? Und einige haben wir beerdigen müssen, bevor wir aufgebrochen sind.« Kristina schluckte, bekam kein Wort mehr über die Lippen. »Prag ist eine ausgeraubte und geschändete Stadt«, fuhr der Mann fort. »Die Kaiserlichen hausen dort wie die wilden Tiere, schonen auch die Katholischen nicht. Und in der Umgebung der Stadt treiben sie's noch wüster.«

»Keine Jungfrau ist sicher vor diesen Säuen.« Ein junger Bursche, der hinter Kristina ritt, spuckte die Worte voller Bitterkeit aus. »Besser, du stirbst von eigener Hand und in Ehre, als dass du nach Prag reitest.«

»Doch noch besser, du tust keines von beidem und reitest lieber mit uns«, sagte der Mann neben Kristina.

Stumm ritt sie noch eine ganze Zeit neben ihm her. Ihre Gedanken und Gefühlte flatterten ihr durch Brust und Kopf wie in einem Stall die Hühner, wenn der Fuchs unter sie fuhr. Aus den Karren hörte sie das Wimmern der armen Frauen und Mädchen.

Irgendwann hieb sie ihre Fersen in die Flanken des Ackergauls und trieb ihn an. Sie überholte den Tross und ritt denselben Weg zurück, den sie gekommen war. Es gelang ihr, das Pferd zu einem leichten Galopp zu bewegen. Maultier, Karren, Pferde und Wagen hinter ihr wurden rasch kleiner und waren nach dem nächsten Waldstück schon nicht mehr zu sehen.

Am frühen Nachmittag erreichte sie den Bauernhof. Sofort sah sie, dass keine Wagen und keine kurpfälzischen Pferde mehr vor dem Haus standen. Sie folgte dem Weg entlang des Zaunes, wusste ja, wohin der Schotte seine Kompanie führen wollte.

Kristina hatte die Hälfte des Zaunes hinter sich, da rannte plötzlich die Bäuerin aus einem Stall und rief auf Böhmisch. Kristina verstand nicht gleich, hielt aber das Pferd lieber nicht an, denn die Bäuerin klang zornig und sah auch zornig aus. »Räuber, Diebe!« Jetzt erst verstand Kristina einzelne Worte. Ein Knecht überholte die Bäuerin, schwang einen Knüppel. »Her damit!«, schrie er. »Her mit unserem Pferd!«

Einen Atemzug lang zögerte Kristina, denn schmerzlich war es ihr bewusst: Sie ritt auf einem gestohlenen Pferd. Kristina kannte das siebte Gebot, und von Kindesbeinen an hatte sie gelernt, was von Dieben zu halten war und welche Strafe sie verdienten.

Einen Atemzug lang nur zögerte sie, dann traf die Angst die Entscheidung – die wüsten Beschimpfungen der Bäuerin, die grimmigen Gesichter, der Knüppel in der Faust des Knechtes und die Angst. Sie hieb dem Ackergaul die Fersen in die Flanken und die Zügel gegen Hals und Nüstern. Sofort fiel das schwere Tier in den Galopp und trug Kristina weg von Bauernhaus, Hof und wütenden Leuten.

Zurück blieb mit der fluchenden Bäuerin und dem knüppelschwingenden Knecht auch ein Stück der Kristina, die in Stockholm im Hause Thott groß geworden war, ein Stück des unschuldigen und wohlerzogenen Mädchens. Kristina spürte es genau: am Kloß im Hals, an der Enge in der Brust, am undeutlichen Gefühl, sich schmutzig gemacht zu haben.

Der Ackergaul trug sie den Weg hinunter nach Westen. Vielleicht sattelten sie ja Pferde hinter ihr auf dem Hof, um sie zu verfolgen, vielleicht machten sie ja die Hunde los; Kristina erfuhr es nie. Sie sah keine Reiter, wenn sie sich umblickte, keine Hunde. Nur vor ihr im Westen entdeckte sie dann einen Reiter, da dämmerte jedoch bereits die Nacht herauf.

Der Reiter, groß und drahtig, trug dunkle über den Knien geschnürte Hosen, Reitstiefel, ein gelbliches Rindskoller und einen schwarzen Federbusch auf der Sturmhaube. Unter deren Rand quollen ihm schwarze Locken heraus. Von seiner Hüfte hing an einem Riemen eine kurzläufige Muskete herab. Er rührte sich nicht, sah ihr nur entgegen und wartete.

Veits Jokrim, der pfälzische Corporal; Kristina erkannte ihn am vorgeschobenen Kinn und an der starren Haltung. Angst und Erleichterung rissen sie hin und her. Sie hielt ihren Ackergaul vor seinem Streitross an.

»Schau einer an«, sagte Jokrim mit bösem Feixen, »unsere böhmische Hure kommt zurück.«

Kristina stockte der Atem. Hatte sie sich denn verhört? Hure? Als hätte ihr jemand ins Gesicht geschlagen, so fühlte sie sich. Die Hitze des Zorns stieg ihr ins Gesicht, und endlich fasste sie sich. »Ich bin keine Hure!« Kristina rief es erst auf Schwedisch, dann auf Deutsch. »Ich bin keine Hure, hast du das verstanden?« Sie hielt seinem feindseligen Blick stand.

»Du machst es also nicht freiwillig?« Er trieb sein Pferd ganz nahe an ihres, packte ihren Arm, riss sie zu sich herüber. »Man muss dich also zwingen?«

»Wag es!« Obwohl ihr das Herz in der Kehle schlug, zischte sie ihn an. Der Kosak stand ihr plötzlich vor Augen, und wie er sie in der Waschküche überfallen hatte; ihr wurde übel. »Lass mich los!«

»Her zu mir …« Jokrim griff noch fester zu. Ganz nahe kam ihr sein Gesicht, sein saurer Atem, sein böser Blick; schweigend musterten sie einander.

Kristina dachte an den Kosaken, wie er über ihr geblutet hatte. »Du sollst mich loslassen!« Sie schrie ihn an, riss sich von ihm los und wich ihm aus, als er erneut zupacken wollte. Unter ihrem Mantel griff sie nach dem Messer.

Hufschlag näherte sich, drei Männer ritten heran – Soldaten des schottischen Feldwebels. Der Gefreite aus dem Neckartal – Ludwig, der Predigersohn – galoppierte an ihrer Spitze. »Du bist zurückgekommen?«, rief er. »Sehr klug.« Aus schmalen Augen musterte er den Corporal Jokrim. »Und den Feldwebel wird es auch freuen!« Seine beiden Begleiter lachten, der Corporal hörte auf, Kristina zu belauern.

Sie ritten nach Westen, es wurde dunkel. Kompanie und Tross lagerten zwischen den Ställen und Hütten eines Weilers. Lagerfeuer brannten in Höfen und Gärten. »Lass mich raten«, sagte der Feldwebel, als er sie begrüßte. »Ein Engel ist dir erschienen und hat dir den Weg versperrt.« Kristina antwortete ihm nicht. »Oder nein, warte – du hast Sehnsucht nach mir gehabt.«

Die Männer lachten. Kristina aber blieb stumm und wandte sich von ihm ab. Seine schwangere Böhmin Martha reichte ihr einen Napf mit heißer Suppe und führte sie zu ihrem Lager.

Später gab es Wein und Hühnerfleisch. Die Kompanie hatte sich einfach aus den Häusern und Ställen geholt, was sie brauchte. Der Heißhunger vertrieb Kristina das schlechte Gewissen. Der Feldwebel erzählte Geschichten aus seiner schottischen Heimat, aus Schweden, aus Böhmen und aus Polen, wo er mit dem jungen schwedischen König gegen die Russen gekämpft hatte. Lustige Geschichten waren das – er erzählte sie, als hätte er sie nicht im Krieg, sondern an irgendwelchen Festtagen erlebt – und die Männer und Frauen hatten ihren Spaß. Kristina bohrte ihr Gesicht in die Decken und weinte leise.

*

Zwei Nächte später wachte Kristina auf, weil jemand dicht an ihrem Ohr atmete und sich an ihr zu schaffen machte. Schrecken durchzuckte sie. Der ließ kaum nach, als sie die Stimme des Feldwebels erkannte. Sie brauche keine Angst zu haben, raunte der Schotte ihr zu, er sei schließlich kein Grobian, doch da sie nun einmal entschieden habe, von seinem Kriegsdienst zu leben und unter seinem Schutz nach Heidelberg zu gehen, wolle nun auch er endlich haben, was ihm zustehe.

Kristina schützte alles vor, was ihr gerade einfiel: Monatsblutung, Angst, Heimweh, Schmerzen, Übelkeit, und das meiste stimmte sogar. Vermutlich ließ er sich jedoch nur deswegen vertrösten, weil sie sich erst ziemlich steif und dann sogar ein wenig kratzbürstig gab.

Am Tag danach ging es über die böhmische Grenze, und eine Woche später erreichten sie in der Oberpfalz die Burg eines lutherischen Grafen, der dem Kurfürsten Friedrich von der Pfalz den Eid geschworen hatte. Dort überwinterten die Waffenknechte samt ihrer Frauen, Kinder und Tiere.

Gleich in der ersten Nacht im Winterquartier kroch der Feldwebel wieder zu Kristina unter die Decke. Diesmal ließ er keinen Zweifel daran, dass sie sich zu fügen hatte, und diesmal war sie wenigstens darauf gefasst. Das machte die Sache nicht leichter, doch immerhin war Kristina nun entschlossen, sie irgendwie hinter sich zu bringen.

In ihrem Schrecken wegen seines ersten nächtlichen Besuchs hatte sie sich einer der älteren Soldatenfrauen anvertraut. Neben wenigen Ratschlägen – »bete einen Psalm, Kind, bete ihn, bis es vorbei ist« – hatte die Frau ihr eine Salbe aus Honig, Olivenöl, Weihrauch und Akazienblättern gegeben, mit dem Kristina sich den Schoß einschmieren sollte, um Schmerzen zu dämpfen und eine Empfängnis zu verhüten.

So lag sie also stumm betend unter dem stöhnenden Schotten, gab sich so willig, wie es ihr möglich war, hielt mit der Rechten das Porträt ihres Vaters fest und biss sich in die linke Faust, als der Schmerz kam. Der fiel milder aus, als Kristina es erwartet hatte. Lag es an der Salbe? Bestimmt.

Sicher lag es auch am Feldwebel selbst: Der benahm sich wirklich nicht wie ein Grobian, flüsterte ihr, während er sie nahm, sogar ins Ohr, dass sie die schönste und klügste Frau sei, die er kenne.

Dann war es vorbei, und als sie sich in der Waschküche Blut und Samen abwusch, dachte sie zwar mit Bedauern an das, was ihr entgangen war – an Hochzeitsfeier, Traualtar und Hochzeitskleid –, doch sie dachte auch an den Ritter Sakarias Bonde, und merkwürdig: Die Erinnerung an ihn tröstete sie irgendwie. Es hätte viel schlimmer kommen können.

Ende Februar tobten Schneestürme. An einem düsteren Nachmittag, an dem man wegen des Schneetreibens kaum die eigene Hand vor Augen sah, suchte ein Postreiter Zuflucht auf der Burg. Der bis auf die Haut durchnässte Mann kam aus Nürnberg und wollte nach Prag; er hatte Nachrichten aus Antwerpen und Köln für die beiden obersten Jesuiten von Prag, den Propst und den Rector, und für zwei Edelmänner, deren Namen Kristina noch nie gehört hatte: Albrecht von Wallenstein und Karl von Liechtenstein; »Zeitung« nannte der Postreiter diese teils gedruckten, teils handgeschriebenen Nachrichten.

Die Kurpfälzer wollten sie ihm wegnehmen und verbrennen, doch ihr schottischer Feldwebel verbot es ihnen. Dafür musste der Postreiter daraus vorlesen, und so erfuhren Kristina und die Landsknechte, dass der Kaiser die Reichsacht über den Kurfürsten Friedrich von der Pfalz verhängt hatte, den ehemaligen König von Böhmen. Und über einige seiner Verbündeten ebenfalls. Keine gute Nachricht – einige Männer fluchten, einige pfälzische Frauen bissen sich auf die Unterlippe, und die Miene des auf einmal sehr schweigsamen Feldwebels wurde grimmig.

Auch andere Neuigkeiten erfuhren sie aus der »Zeitung« des Postreiters: Die protestantischen Hugenotten in Frankreich hatten wieder arg unter den Kriegsleuten ihres katholischen Königs zu leiden; im fernen Amerika hatten englische Auswanderer eine Kolonie gegründet und »Neu-England« genannt; und durch englische Soldaten verbreitete sich im ganzen Römischen Reich Deutscher Nation die seltsame Mode, sogenanntes »Tabakskraut« in sogenannte »Pfeifen« zu stopfen und zu »rauchen«.

Neu an dieser befremdlichen Sitte war für Kristina lediglich der Name. Leider. Der Gestank von all dem Krautrauch, den einige der Schotten und Kurpfälzer Tag für Tag ausstießen, wollte schon lange nicht mehr aus ihren Kleidern und Decken weichen. Sogar ihr Haar roch danach. Und der Feldwebel sowieso, wenn er zu ihr unter die Decke schlüpfte.

Und dann las der Postreiter eine Neuigkeit, die ihr durch Mark und Bein fuhr: Gustav Adolf, der schwedische König – Kristinas König! –, hatte geheiratet. Eine deutsche Prinzessin aus Brandenburg. Maria Eleonore hieß sie.

Hätte sie sich denn nicht freuen müssen über diese Neuigkeit? Stattdessen schossen ihr Tränen in die Augen. Ihr war, als säßen und stünden sie neben ihr: der geliebte Erik, ihre gute Mutter, der so sehnsüchtig vermisste Vater, sogar Olaf und Magister Heringstonne. Bereits das dritte Jahr musste sie fern ihrer Lieben leben – ehrlos, arm und in ständiger Gefahr. Konnte das denn wahr sein?

Der Feldwebel setzte sich neben sie, legte den Arm um sie, redete mit sanfter Stimme auf sie ein. Doch Kristina schob ihn weg, stand auf und lief in ihre Schlafkammer. Wie so oft lag sie stundenlang wach, drückte das Vaterporträt und die Schwedenkarte an ihren Busen, starrte in die Dunkelheit und dachte an zuhause.

Der Schotte legte sich zu ihr, behauptete, sie trösten zu wollen, und tat wieder mit ihr, was er »Liebe machen« nannte. Und tatsächlich fühlte sich Kristina hinterher besser.

Beinahe täglich entrollte sie in diesen Winterwochen die Schwedenkarte und das Porträt ihres Vaters. Meistens heimlich, in ihrer Kammer, manchmal jedoch auch am Feuer. In solchen Augenblicken konnte es vorkommen, dass sie plötzlich die Stimme des Vaters zu hören meinte. Dann schloss sie die Augen und lauschte ihr. *Du hast den Schiffbruch überlebt*, raunte die vertraute und geliebte Stimme, *die schlimmen Fischer, den Kosaken, die Flucht aus Heerlager und Krieg. Du schaffst es auch bis nach Hause*. Und dann hörte sie die Vaterstimme einen Satz sagen, der im Hause Thott so oder ähnlich öfter fiel: *Wer nur hartnäckig genug an seinem Ziel festhält, der wird es auch erreichen.*

Einmal sah der Feldwebel sie so mit Porträt und Karte auf dem Schoß. Er setzte sich an ihre Seite und fragte nach ihrer Heimat und ihrer Familie. Und Kristina erzählte: von der Mutter, vom Vater, von Erik. Auch von Flöckchen und Olaf Larsson; sogar von ihrem deutschen Hauslehrer, von Magister Heringstonne.

Kristina erzählte und erzählte, beschwor die geliebten Gesichter herauf, die schönen Bilder des friedlichen Stockholms, des väterlichen Hofes, des nach Stroh und Pferd duftenden Stalls, ihrer Kammer mit ihrem Kleiderschrank und der Apfelschale, des Musikzimmers mit dem Spinett, dem Globus und dem Bücherschrank des Vaters.

Sie erzählte und versank so tief in die Erinnerung an ihr erstes Leben, dass sie die lauschenden Männer und Frauen um sich herum vergaß; auch das Feuer und den düsteren Burgsaal vergaß sie. Sie vergaß sogar die lauernden Blicke des Corporals Jokrim, der es immer verstand, sich einen Platz in ihrer Nähe zu verschaffen.

Einmal machte der Schotte Witze über Magister Heringstonne, und Kristina musste lachen. Überhaupt brachte der Feldwebel Kristina immer öfter zum Lachen; und an einem anderen Abend, als das Heimweh ihr jäh die Lippen verschloss und die Augen wieder feucht werden ließ, legte er den Arm um sie und zog sie an sich. Sie heulte sich schier das Herz aus dem Leib an seiner Schulter. Er hielt sie einfach fest, streichelte ihr das Haar, und irgendwann stimmte er ein Lied an. Ein paar seiner Landsleute fielen mit ein, und bald erfüllte eine wehmütige Melodie den Burgsaal.

Kristina verstand kein Wort des Liedes, denn Englisch hatte sie nie gelernt. Doch der Chor der rauen Stimmen und die nie gehörte Melodie gingen ihr zu Herzen. Vor allem aber tat es unendlich gut, getröstet und festgehalten zu werden; so gut, dass sie immer tiefer in den Armen des Feldwebels versank. Eine Ahnung von Geborgenheit strömte ihr da durch Brust und Glieder. Himmel, wie lange hatte sie dergleichen nicht mehr empfunden!

Als der Feldwebel in dieser Nacht zu ihr kam, war er besonders zärtlich. Er küsste ihre Augen, ihre Lippen, ihre Brüste und streichelte sie lange. Kristina staunte über sich selbst, so sehr genoss sie es. Und als er dann zu ihr kam, geschah es zum ersten Mal, dass jenes Prickeln wie ein inneres Lachen aus ihrem Schoß brach und ihren ganzen Körper durchperlte.

Nach der Schneeschmelze brach die kurpfälzische Kompanie auf und zog weiter nach Westen. Der Burggraf schickte fünfzehn Reiter und dreißig Mann zu Fuß mit ihr nach Heidelberg. Auf dem Weg schlossen Reiter und Fußvolk evangelischer Freiherren, Grafen und Fürsten sich ihr an.

Die Landsknechte rechneten Kristina zur Familie des schottischen Feldwebels und ließen sie in Ruhe. Auch Veits Jokrim belauerte sie nur noch verstohlen und von fern, seit sich herumgesprochen hatte, dass der Kommandeur die Schwedin als sein Weib betrachtete.

Im Frühsommer 1621 erreichte man endlich die kurpfälzische Residenz. Deren Bauten und Mauerwerk überstiegen an Pracht alles, was Kristina sich vorgestellt hatte. Doch ihre Freude daran währte nicht lange: Mit Postreitern und versprengten Gruppen evangelischer Landsknechte gelangten schlimme Nachrichten aus dem Osten an den Neckar: In Prag, so hieß es, ließe der Kaiser ein fürchterliches Strafgericht über die böhmischen Stände niedergehen.

Lieber Gott, die Tante, dachte Kristina. Wieder lag sie nächtelang wach. Wie mag es nur der Tante gehen?

3

Prag, Juni 1621

Zum Erbarmen sah der Mann aus: zerschlagenes Gesicht, verdrehte Glieder, blutiger Mund und Brandwunden an Beinen, Bauch und Brust. Ein Haken, der an einer Kette von der Gewölbedecke herabhing, zog seine gefesselten Hände nach oben. Sie sahen aus wie die Hände eines Toten, und statt Adern und Sehnen schienen krumme Drähte unter der feucht glänzenden, graublauen Haut seiner Arme zu verlaufen.

Weit erbärmlicher als seinen Anblick fand Franz von Trient seinen unsichtbaren Zustand – den Zustand seiner Seele. Der große, breitschultrige Mann mit dem verfilzten Blondschopf wollte und wollte nicht Buße tun. Mit keinem Wort, mit keiner Geste deutete er auch nur an, der Häresie abschwören und in den Schoß der römisch-katholischen Kirche zurückkehren zu wollen. Dabei widmete Franz von Trient ihm bereits den zehnten Arbeitstag!

Der Pater presste die Lippen zusammen und ballte die Fäuste. So viel Verstocktheit, so viel Fanatismus – konnte das denn wirklich wahr sein? Er schickte ein stilles Stoßgebet zum Himmel, damit Gott ihm mehr Geduld schenkte für diesen armen, verirrten und zugleich doch so störrischen Geist.

Der Henkersknecht legte die Zange wieder auf die Esse ins Kohlenfeuer, denn die eisernen Backen glühten ihm nicht mehr genug. Franz trat näher an den nackten Mann am Deckenhaken heran; so nahe er es eben vermochte – ein unerträglicher Gestank umgab den böhmischen Rebellen. Er roch nach Harn und Kot, nach versengtem Haar, altem Blut, verbranntem Fleisch. Entsetzlich! Und dann all der Eiter auf all den Wunden von gestern und vorgestern und von letzter Woche.

»So gar keine Ehrfurcht vor dem allmächtigen Gott?« Franz schlug nun einen betrübten Tonfall an. Mit traurig gerunzelten Brauen blickte er in die entzündeten Augen des starrsinnigen Ketzers. »So gar keine Furcht vor dem ewigen Richter?« Er streckte Finger und Arm nach ihm aus, einem reichen Kaufmann aus dem böhmischen Herrenstand. »Und wenn Ihr schon den Dreieinigen Gott nicht fürchtet, so denkt doch wenigstens an Euer Seelenheil! Vom Henkerspodest direkt in die Hölle werdet Ihr fahren, wenn Ihr nicht Buße tut. Doch ein Wort nur, ein einziges Wort der Reue, eine einzige Bitte um Vergebung, und Eurer Seele wird die Reinigung im Fegefeuer gewährt und schließlich die Rettung.«

Der Mann rollte mit den Augen, grunzte, röchelte, als wollte er etwas sagen. Dann richtete er den Blick seiner trüben Augen auf Franz, spuckte Blut aus und krächzte: »Der Teufel soll dich holen, verfluchter Jesuit!«

Franz schrie auf, stürzte zur Esse, packte die Zange und stieß sie dem Ketzer in den blutenden Mund. Der bog den Kopf in den Nacken und warf ihn zur Seite, um dem quälenden Gluteisen auszuweichen. Er brüllte wie von Sinnen. Die Kette über ihm knirschte und quietschte unter seinen heftigen Bewegungen.

Franz ließ die Zange fallen, hielt sich die Ohren zu und stürzte aus dem Gewölbekerker. Unerträglich, diese starrsinnigen Ketzer! Wie sollte man denn so viel Blindheit aushalten, so viel Verstocktheit? Durch eine Kerkerflucht hinkte er der Kellertreppe entgegen. Raus, nur raus aus diesem Kellergewölbe! Seine Knie zitterten, er konnte einfach nicht mehr.

Erst an der Treppe nahm er die Hände von den Ohren, um nach der Geländerstange greifen zu können – und schon musste er es wieder hören, das störrische Geschrei und wehleidige Gestöhne hinter fast jeder Tür. Und kein Einziger wollte Buße tun! Kein Einziger schwor der lutherischen Häresie ab, nicht einer! Dabei arbeiteten Franz, Alban, die Dominikaner und die zurückgekehrten Ordenspatres der Gesellschaft Jesu bereits seit dem Christfest an der Rettung der verstockten Seelen. Und der Henker und seine Knechte sowieso. Es war zum Heulen.

Er zog sich die Treppe hinauf. Nur weg hier, nur hinauf! Die meisten böhmischen Direktoren hatten fliehen können, leider. Wer von den Angehörigen der böhmischen Stände in der Stadt geblieben war, hatte auf die Gnade des Kaisers gebaut. Also auf Sand. Denn Gnade gewährte einer wie Ferdinand nicht, und das völlig zu Recht.

Wie sollte man der Ketzerei auch Herr werden, wenn nicht durch Härte und Gerechtigkeit? Man sah ja jetzt, wie gründlich und gefährlich die lutherische Pest die Seelen verdarb: An die fünfzig böhmische Ritter und Herren lagen hier unten in Ketten, wurden seit Monaten aufs Peinlichste befragt, den meisten drohte ein grausamer Tod – und dennoch: Sie schworen nicht ab!

War es denn zu glauben? Schnaubend und ächzend nahm Franz Stufe um Stufe. Er stieß die schwere Tür in die Eingangshalle des Rathauses auf, verschnaufte einen Moment, hinkte dann an den Säulen vorbei zum offenen Portal. Raus hier, nur raus aus diesem Haus! Franz sehnte sich nach dem Anblick gesunder, normaler Menschen, nach der Gesellschaft von Katholiken.

Auf der Vortreppe blieb er stehen. Endlich frische Luft. Er atmete schwer. Eine warme Brise wehte Stimmengewirr, Hühnergackern, Wagenlärm und Hufschlag zu ihm herauf – und die Klänge einer Panflöte. Franz neigte den Kopf auf die Schulter, lauschte; er entspannte sich etwas, und der zornige Zug um seinen Mund wich einem Lächeln. Tonda. Welch ein Lichtblick! Tonda. Sein Trost und Ansporn bei all der mühseligen Arbeit mit den verstockten Ketzern. Wenigstens ihn hatte er retten können. Seine Blicke suchten den Platz nach der vertrauten Gestalt ab.

Fuhrwerke rollten über den Altstädter Ring, Reiter trieben ihre Pferde an Marktständen vorbei, Leute zu Fuß umringten Händler und ihre Auslagen. Und mitten auf dem Platz, um einen Pferdewagen, drängte sich eine Menschentraube. Auf dem Wagen, noch durch Tücher verhüllt, befand sich das Himmelreich – so nannte Franz nach Art des fahrenden Volks die Puppenbühne –, und daneben stand er und blies in seine Panflöte: Antonín von Waldau.

Wie bleich er doch immer noch war! Man sah es selbst auf diese Entfernung. Sein langes, schwarzes Haar wehte ihm um den Kopf. Er trug einen schmalkrempigen, schwarzen Hut mit gelbem Federbusch, einen dunkelroten Rock über weißem Hemd, eine schwarze, unter dem Knie gebundene Hose und gelbe Strümpfe.

Und wie schön er wieder spielte! Die Leute mussten nur die Klänge der Panflöte hören, dann stockten schon ihre Schritte. Wenn sie dann schließlich stehen blieben, über die Menge auf dem Altstädter Ring blickten und endlich das Himmelreich sahen, war es längst um sie geschehen. Franz beobachtete sie genau: Viele drängten sich in die Menschentraube vor dem Wagen und reckten die Hälse; erst nach dem Musikus und seinem rätselhaften Instrument und dann nach dem mit Tüchern bedeckten Puppentheater neben ihm. Der Jesuitenpater beobachtete es mit wachsender Freude.

Jetzt tauchte ein Birett hinter dem verhüllten Himmelreich auf, darunter ein blonder Bursche in schwarzem Rock: Nikolaus Bamberger. Er zog die Tücher von der Puppenbühne, und laute Vorfreude erhob sich in der Zuschauermenge. Nikolaus nahm sein Birett ab, verbeugte sich und verschwand wieder hinter der Puppenbühne. Inzwischen war er ein Pater, trug das Haar kurz geschoren und meistens schwarze Kleider.

Der junge Ritter von Waldau hörte auf, seine Panflöte zu blasen. Im nächsten Moment tauchte schon Meister Hein Klapperbein im Himmelreich auf. Angstrufe erklangen in der Menge vor dem Wagen, sie wogte zurück.

Franz lächelte. Pater Nikolaus und der angehende Novize Tonda machten ihre Sache gut. Ein halbes Dutzend frommer Stücke für

Puppentheater hatte Franz sie gelehrt, und inzwischen dachte Tonda sich selbst welche aus. Gelehriger Schüler.

Wenn nur diese Schreie aus dem Kerkerkeller endlich aufhören würden! Die Miene des Kahlkopfs verdüsterte sich wieder, er blickte nach rechts zu den Gittern vor den Kellerfenstern. Hinter einem der Gitter stand das Fenster offen, natürlich! Ungehorsame Henkersknechte! Soffen sich so voll mit Wein, dass sie nicht mehr hörten, was man ihnen befahl!

Zwei Landsknechte des Fürsten von Liechtenstein stiegen die Treppe herauf. Franz fasste einen am Arm, deutete auf das offene Kellerfenster. »Geht schnell runter, schließt das Fenster, macht schon! Und sagt dem Henkersknecht, dass er sich bei mir zu melden hat.« Die Männer nickten, liefen ins Rathaus. Von links fiel ein Schatten auf Franz – er zuckte erschrocken zusammen und fuhr herum.

»Du siehst krank aus, Pater Franz.« Alban von Lüttich stand vor ihm. »Ist dir nicht gut?«

»Mir ist sehr gut, mein lieber Alban.« Unwillig runzelte Franz die Stirn. »Wir gewinnen dem Heiligen Vater Land und Leute Böhmens zurück, wie sollte mir da anders als gut zumute sein?«

Unter hochgezogenen Brauen musterte der Pater Medikus ihn. »Du schläfst kaum noch, Franz. Und von Tag zu Tag kommst du mir ruheloser vor.« Ein ernster Zug lag auf Albans Miene. »Außerdem erscheinst du mir aufbrausender als sonst.«

»Wie soll ich schlafen bei so viel Arbeit?« Franz wies auf die Kellerfenster. »Wie soll ich schlafen, wenn so viele Seelen verloren zu gehen drohen? Wir sind die Sturmtruppe der katholischen Religion in diesem Land, mein lieber Alban! Schlafen können wir wieder, wenn die lutherische Ketzerei ausgerottet und die böhmische Jugend in den Schoß der Kirche zurückgekehrt ist. Die Befehle unseres Generals und des Heiligen Vaters dulden keinen Aufschub.«

»Ich sorge mich um Euch, Hochwürden.« Alban schlug einen

formellen Tonfall an. »Ich habe ein wirksames Beruhigungsmittel in meiner Apotheke, das kann ich Euch …«

»Beruhigungsmittel?« Franz deutete auf den Altstädter Ring hinaus. »Morgen fangen sie an, die Podeste für die Arbeit des Henkers aufzubauen! Übermorgen wird der Fürst von Liechtenstein die Urteile über die Rebellen verkünden!« Er deutete wieder zu den Kellerfenstern. »Und da unten hängen oder liegen sie und wollen nicht abschwören! Wie könnte ich mich da beruhigen?« Seine Stimme klang scharf, unwillkürlich wich Alban ein wenig zurück. »Ihre Köpfe haben die meisten von ihnen so gut wie verloren, doch uns bleiben noch sieben Tage, um dem Schwarzen Kasper wenigstens ihre Seelen zu entreißen. Geh also hinunter in die Kerker und tu deinen Dienst! Das wird dich auf andere Gedanken bringen.«

»Sieben Tage noch bis zu den Hinrichtungen?« Alban ließ den traurigen Blick seiner blauen Augen über den Altstädter Ring schweifen. Am Puppentheater verweilte er. »Ich bin froh, wenn es vorbei ist.« Er stieg die Treppe hinunter. Wie ein alter Mann, der eine große Last zu tragen hatte, schlurfte er auf den Platz hinaus.

»Was ist denn nur los mit dir, Paterchen?« Murmelnd stieg auch Franz die Treppe hinab. »Noch so jung und schon so müde? Es geht doch um die Rettung von Seelen.« Auch er hinkte in den Altstädter Ring hinein. »Hölle oder Fegefeuer, das möchte ich schon einen Unterschied nennen. Der Provinzial hat uns einen klaren Befehl erteilt.«

Provinziale hießen die Pater, die einer Ordensprovinz vorstanden. Von Wien hatte der auch für Böhmen zuständige Provinzial den gefährlichen Weg nach Prag auf sich genommen, nur um Franz von Trient und Alban von Lüttich zu sehen und zu belobigen und ihnen aus einem langen Schreiben des Generals vorzulesen, also des Obersten der Gesellschaft Jesu.

Der Pater Generalis – Mutio Vitelleschi hieß er in den Jahren des Großen Krieges – hatte Franz und Alban grüßen und seiner

Wertschätzung und Dankbarkeit versichern lassen. Männer wie sie seien der Gesellschaft Jesu unentbehrlich, hatte er geschrieben, und der arg bedrängten römischen Kirche sowieso, und beide Patres habe er, der Jesuitengeneral, auch künftig für schwierige Missionen und höhere Ordensämter im Auge.

Der Besuch des Provinzials und das Schreiben des Ordensobersten hatten sie beflügelt – Franz mehr als Alban –, und sie hatten ihre Anstrengungen verdoppelt seitdem.

Der Kahlkopf erreichte die Zuschauermenge vor dem Himmelreich. Neben Alban blieb er stehen, beobachtete das Treiben seiner beiden Zöglinge. »Sehr gut«, murmelte er, »wunderbar, gepriesen sei Gott in der Höhe.«

Eine Handpuppe hüpfte inzwischen über die Bühne, ein Landsknecht. Auf einmal versperrte der Tod ihm den Weg. Weil Alban ihn besorgt musterte, verstummte Franz und spähte nach links und rechts: Die Leute machten große Augen. Manche schlugen erschrocken die Hände vor den Mund und reckten die Hälse, um zu sehen, wie Meister Hein Klapperbein über den Landsknecht herfiel. Und dann tauchte auch schon der Teufel auf und forderte die Seele des Gefallenen. Der Erzengel Michael stellte sich ihm mit erhobenem Schwert in den Weg und forderte seinerseits die Seele des Landsknechtes für sich und Gott. Ein Gespräch zwischen Teufel und Engel entspann sich.

»Sie machen das gut, nicht wahr?«, flüsterte Franz nach links, wo Alban von Lüttich stand. »Sie machen das sehr gut, sag selber, Bruder.« Alban nickte stumm.

Nikolaus sprach den Part des Schwarzen Kaspers, Tonda den des Erzengels Michael. Der Teufel bestand darauf, alleiniger Eigentümer der Seele zu sein, denn der Landsknecht habe gelogen, gehurt, gesoffen wie ein Loch und sogar mit der lutherischen Ketzerei geliebäugelt.

»Du lügst, Satan!«, rief der Erzengel. »So wie du immer lügen musst und gar nicht anders kannst als lügen!« Sicher habe es der arme Landsknecht nicht ganz so genau genommen mit den Geboten Gottes, und tatsächlich habe er einmal die Ehe gebrochen und mehrmals die Unwahrheit gesagt. »Aber hat er nicht das Heilige Sakrament der Taufe empfangen? Ist er nicht wenigstens vor hohen Feiertagen zur Beichte gegangen?« Das Volk lauschte andächtig; sogar atemlos, wie es schien. »Und hat er nicht wenigstens hin und wieder die Eucharistie gefeiert und die Heilige Kommunion empfangen?«

Tatsächlich wurden jetzt sogar Rufe aus der Zuschauermenge laut. »Ja, ja!«, rief einer. »So ist es doch!« Und ein anderer: »Getauft bin ich, und den Leib des Herrn habe ich empfangen!« Andere stimmten mit ein oder klatschten in die Hände. Das Puppenspiel schlug die Leute ganz in den Bann, jedenfalls die meisten. Das gefiel Franz sehr gut – das, was er auf der Bühne sah, und das, was er aus der Menge der Zuschauer hörte.

»Im Fegefeuer sollen all die Schmutzflecken rein gewaschen werden, mit denen seine Seele sich durch die Übertretungen der Gebote befleckt hat«, erklärte der Erzengel am Schluss. »Und damit der gute Mann nicht zu lange in den Flammen leiden muss, sollen seine Angehörigen nur fest für ihn beten, nur fleißig Almosen geben und Messen lesen lassen.« Zurufe und Applaus aus der Menge wurden lauter.

»Hörst du sie?« Franz packte Alban am Arm, zog ihn zu sich. »Siehst du ihre Mienen?« Flüsternd beugte er sich an des Pater Medikus' Ohr. »In einem hatte Magisterchen Luther, der Satansknecht, recht gehabt: ›Man muss den Leuten aufs Maul schauen.‹ Jawohl – man muss ihnen die Lehre nach ihrem dummen, unbeholfenen Maul zurechtschneiden. Was soll diesen Tagelöhnern, Bauern, Handwerkern, Weibern und Kindern das lateinische Bibeldrama, das unsere Patres im ganzen Reich auf die Bühnen bringen? Verstehen diese einfachen Leute denn Latein? Nein! Aber das hier, das verstehen sie. Sieh doch nur, hör doch!«

»Die blanken Augen und erschrockenen Gesichter hier im Volk

geben dir recht, Franz«, flüsterte Alban dem Kahlkopf ins Ohr. »Besonders die Jungen sind ganz Ohr, will mir scheinen. Doch kann Pater Nikolaus solches Spektakel nicht zusammen mit einem anderen als Tonda aufführen?«

»Warum denn?« Franz sah den Ordensgenossen verständnislos an.

Alban beugte sich wieder an sein Ohr. »Es scheint mir doch eine grobe Verschwendung zu sein, einen Musikus und begabten Studenten wie Antonín von Waldau zu einem einfachen Spielmann zu machen, der umherzieht und Puppen seine Stimme leiht, um dem gemeinen Volk den Weg zurück zu Kirche und Glauben zu zeigen.«

»Einfacher Spielmann?« Franz lachte heiser. »Er wird viel mehr sein als nur ein einfacher Spielmann, verlass dich drauf! Antonín von Waldau ist Großes vorherbestimmt.«

4

Heidelberg, Sommer 1621

Der Krieg war allgegenwärtig: in den Worten der Menschen, auf ihren Gesichtern, in den Predigten von der Kanzel der Heilig-Geist-Kirche, in den neuen Flugblättern und Zeitungen, die Heidelberg beinahe wöchentlich erreichten. Man konnte dem Krieg nicht mehr ausweichen, nirgends. Angst und Heimweh raubten Kristina den Schlaf.

Mitte Juni hörte sie auf dem Markt einen Gemüsehändler von zwei Frachtkähnen erzählen, die in diesen Tagen an der Neckarmündung bei der Festung Mannheim vor Anker gehen würden, um Buchenstämme aus dem Odenwald und Wein aus dem Neckartal zu laden. Köln hieß das Ziel der Schiffe.

Köln lag schon ein kleines Stück näher an Stockholm als Heidelberg; in Köln war der Krieg noch nicht angekommen; zwischen Köln und Stockholm reisten manchmal schwedische Gesandtschaften und Kaufleute hin und her. Das wusste Kristina vom Vater. Sie überlegte nicht lange, suchte die wenigen Kreuzer zusammen, die sie sich durch Wäschewaschen und Botengänge für wohlhabende Häuser verdient hatte, und packte heimlich ihre Sachen.

Kristina wartete einen Abend ab, an dem ihr Feldwebel bei der Böhmin schlief. Sie zog ein graues, abgetragenes Kleid über die Beinkleider, die sie sich im Winterquartier in der Oberpfalz gestrickt hatte. Die Böhmin hatte ihr das Kleid geschenkt, weil es ihr selbst nach der Schwangerschaft an Brust und Taille zu eng geworden war. Vorn war es bis zum schwarzen Futter geschlitzt, und von der Hüfte abwärts weitete es sich glockenförmig bis zum

Saum, sodass eine Reiterin damit die Beine bedecken konnte, wenn sie rittlings wie ein Mann im Sattel saß. Und anders ritt Kristina nicht.

In diesen Kleidern ging sie schlafen. Noch vor dem ersten Morgengrauen stand sie leise auf. Ihren Ackergaul hatte sie heimlich schon am Vorabend gesattelt und gezäumt und Tasche und Bündel neben ihm im Stroh versteckt. Die Torwachen der alten Burg am Hang des Königsstuhls kannten sie gut und ließen sie aus dem Burghof, ohne Fragen zu stellen. Kurz vor Sonnenaufgang ritt Kristina durch das Speyerer Tor aus Heidelberg hinaus.

Am Neckar entlang trug der schwere Ackergaul sie über Wieblingen, Ladenburg und Freudenheim der Festung Mannheim entgegen. Unterwegs hörte Kristina die Leute mit furchtsamen Mienen von dem neuen spanischen General Córdoba erzählen, der für den Kaiser und gegen den Kurfürsten Friedrich kämpfe; auf den Wagen, die sie überholte, und auf den Märkten, wo sie rastete, sprach man von nichts anderem als von dem Spanier, den jüngsten Gräueltaten seiner Kriegsvölker, von brennenden Dörfern und verschleppten Frauen und Mädchen.

Nach Hause, dachte Kristina, so schnell wie möglich nach Hause! Sie versuchte zu vergessen, wovon ringsum alle Welt raunte, spornte ihren Ackergaul an, und bald ritt sie so schnell, als würde nicht die Festung Mannheim, sondern Stockholm selbst vor ihr am Rhein liegen.

Im Hafen angekommen, sah sie am späten Vormittag einen großen, mit Baumstämmen beladenen Lastensegler auslaufen. Zu spät, dachte sie. Doch dann entdeckte sie einen kleinen Zweimaster, auf den Männer volle Weinfässer rollten – das Schiff, das stromabwärts nach Köln segeln wollte! Kristina schickte ein Dankgebet zum Himmel.

Dem Kapitän bot sie an, zu kochen und zu putzen, wenn er sie und ihr Pferd nach Köln mitnahm. Dazu war der Mann sofort bereit – vermutlich, weil er sie für eine Hure hielt. Kristina kauerte sich am Bug zusammen und aß zwei Frühäpfel, die sie in Ladenburg gekauft hatte. Männer rollten ein Weinfass nach dem anderen an Bord; ihre Blicke gefielen Kristina nicht. Sie tastete nach ihrer Ledertasche und dem Messer darin.

Um die Mittagszeit lichtete der Kahn die Anker und setzte die Segel. Ein kräftiger Südwestwind wehte, und der Kahn kam gut voran. Der Kapitän rief sie in eine einfache Küche neben dem Ruderhaus, zeigte ihr, wo sie Mehl, Milch, Schmalz, Rüben und Speck fand, und verlangte, sie solle eine warme Mahlzeit kochen. Kristina machte sich an die Arbeit.

Flussschiffer, die nichts zu tun hatten, kamen zu ihr an die offene Küchentür; manchmal standen die Männer zu zweit oder dritt dort und konnten sich kaum an ihr sattsehen. Einige rissen Zoten und riefen dem Kapitän und dem Steuermann im Ruderhaus derbe Sprüche zu, die auf Kristina gemünzt waren.

Zuerst trieb es ihr die Schamesröte ins Gesicht, doch bald erregten die unverschämten Männer ihren Zorn, und sie schoss böse Blicke auf sie ab. Das gefiel den Schiffsleuten erst recht und sie antworteten mit rauem Gelächter und obszönen Gesten.

Das ging so lange, bis der Kapitän aus dem Ruderhaus stieg und zur Küche kam. Er schlug nach den Männern und schrie sie an. Danach konnte Kristina in Ruhe kochen. Die lüsternen Blicke der Männer allerdings konnte kein Befehl von ihr abwenden. Nach und nach begriff sie, warum ihr Feldwebel sie vor der Flucht auf eigene Faust gewarnt hatte.

Links zogen Wälder und Weiler vorbei, rechts die Wiesen der Rheinebene und in der Ferne die Städte der Bergstraße und die Hänge des Odenwaldes. Nach zwei Stunden brachte Kristina dem Steuermann und dem Kapitän ihre gut gefüllten Breischüsseln ins Ruderhaus. Eine lange nicht empfundene Leichtigkeit stieg in ihr auf, als sie neben dem Steuermann stand, über ihr das Segeltuch sich blähte, rechts und links die Wasser gurgelten und sie über den Bug hinweg den Rhein dahinströmen sah. *Es geht nach Norden!*, jubelte es in ihr. *Es geht nach Köln! Es geht nach Hause!*

Kurz nach Worms dann die Enttäuschung: Ein Schiff aus Mainz kam ihnen entgegen, lauter Landsknechte hingen über seiner Reling, und im Vorübergleiten rief ihr Hauptmann dem Kapitän eine Warnung zu. Kurz darauf drehte der Lastensegler bei.

»Was ist los?« Kristina war außer sich. »Warum fahren wir zurück?«

»Kein Durchkommen.« Der Kapitän zuckte mit den Schultern. »Die Spanier haben den Holzkahn gekapert, der vor uns losgefahren ist. Erschlagen, die ganze Besatzung.«

»Was?!« Kristina konnte es nicht glauben.

»Und zwei Stunden stromabwärts hat der verfluchte Córdoba seine Horde eine Schiffsbrücke bauen lassen, irgendwo vor Oppenheim.« Kristina hörte es, und alle Kraft wich ihr aus den Gliedern.

»Höllenhunde!« Der Steuermann spuckte vom Ruderhaus aus über die Reling. »Morgen beherrschen sie die Bergstraße, und übermorgen stehen sie vor Heidelberg.«

Weder in Worms noch in Frankenthal wollte der Kapitän vor Anker gehen; man munkelte, dass spanische Regimenter die Städte angreifen wollten. Also ließ er zurück zur Festung Mannheim segeln und rudern. Dort bot er Kristina Geld, damit sie über Nacht an Bord und bei ihm blieb. Doch sie verlangte so lautstark, den Landungssteg ans Ufer zu schieben, bis wenigstens der Steuermann tat, was sie wollte.

In der Dämmerung fand Kristina ein Ruderboot im Schilf eines Rheinarmes liegen. In ihm verbrachte sie die Nacht. Schlaflos starrte sie in den Sternenhimmel. Sie hatte den Krieg unterschätzt. Die ganze schöne Landschaft an Neckar, Rhein und Bergstraße hielt er fest in seinen Klauen; und sie selbst auch. Gab es denn gar kein Entkommen?

Mücken umschwirrten und stachen sie, Sternschnuppen zogen

ihre Leuchtspuren über den Nachthimmel. In Gedanken schrieb Kristina einen Brief nach Hause.

*

In der Festung Mannheim traf sie am nächsten Tag englische Dragoner, die zur kurpfälzischen Residenzstadt aufbrachen. Die Männer hielten sie zunächst für eine Hure, bedrängten sie und boten ihr Geld. Doch der Rittmeister, ein Kurpfälzer, hatte Erbarmen mit ihr. Er wies seine Männer zurecht und bot Kristina den Schutz seiner Kompanie an. So gelangte sie unbehelligt zurück nach Heidelberg.

In der ersten Abenddämmerung führte sie den Ackergaul in die Stallung der alten Burg über dem Heidelberger Schloss, wo die Kompanie einquartiert war, zu welcher der schottische Feldwebel inzwischen gehörte. Am Feuer im Burghof putzten ein paar schottische und pfälzische Arkebusiere ihre Reiterpistolen; die erkannten sie sofort, winkten und sparten nicht mit Spott. Kristina schämte sich. Der Corporal Jokrim musterte sie stumm und verächtlich. Kristina hasste ihn.

Später hockte sie am Tisch des Burgsaals und schrieb im Licht eines Kienholzspans den Brief an ihre Eltern und Erik, den sie sich in der Nacht zuvor zurechtgelegt hatte. Soldatenkinder spielten hinter ihr, Soldatenfrauen flickten Soldatenkleider, plauderten und schürten das Kaminfeuer; obwohl der Sommer längst begonnen hatte, drohte die Nacht kalt zu werden.

Schreibend versuchte Kristina, die Gründe für ihre Flucht aus Stockholm zu erklären, bat um Verzeihung, gestand sogar ein, wie oft sie bereute, schrieb aber auch, dass sie es wieder tun würde. Schreibend erzählte sie, wie sie mit dem toten Vanhouten auf der Ostsee getrieben hatte und von Pit und der Zeit auf dem Hof des Kosaken. Sie berichtete, wie sie es bis nach Heidelberg geschafft hatte und wie am Tag zuvor ihre Schifffahrt Richtung Norden schon nach wenigen Stunden endete. *Drei Jahre sind genug*, schloss sie, *ich werde es wieder versuchen. Das Heimweh macht mich krank, ich will zurück zu Euch nach Stockholm.*

Schritte näherten sich vom Eingang des Burgsaales her, ihr Feldwebel setzte sich zu ihr an den Tisch. Mit todernstem Blick musterte er sie. Kristina machte sich auf Vorwürfe gefasst.

»Sie haben gewettet«, sagte er.

»Wer?«

»Die halbe Kompanie. Die meisten setzten darauf, dass die Spanier dich erwischen. Nur Ludwig und Veits nicht.«

»Worauf wetteten die?« Kristina faltete den Brief zusammen.

»Ludwig hat für dich gebetet und allen verkündet, dass Gott dich heil bis nach Stockholm bringen wird. Und der Corporal glaubte, dass du bald zurückkommen würdest.«

»Und du? Was hast du geglaubt?«

Über den Tisch beugte er sich nahe zu ihr. »Ich konnte nicht schlafen, Kristina«, sagte er leise. »Aus Sorge um dich. Tu so etwas nie wieder, hörst du? Jedenfalls so lange nicht, wie kein Frieden herrscht.«

*

In der Woche darauf fuhr Kristina mit einigen Frauen auf einem Karren voller Körbe, Töpfe und Schüsseln zum Speyerer Tor. Die Kompanie des Feldwebels hatte Wachdienst dort und wartete auf eine warme Mahlzeit. Auf dem Marktplatz sahen sie die Heidelberger die Köpfe zusammenstecken, palavern und gestikulieren. Kristina hielt das Gespann an, und die Frauen mischten sich unter die Leute. So erfuhren sie, dass die katholische Liga unter dem General Tilly mit kroatischen, polnischen und bayrischen Kriegsvölkern im Anmarsch sei und dass der General Tilly die Heidelberger schriftlich aufgefordert habe, ihm ihre Stadt zu übergeben. Auch hieß es, der holländische Gouverneur der Stadt, van der

Merven, habe abgelehnt und dem Tilly ausrichten lassen, er wolle Heidelberg bis auf den letzten Tropfen seines Blutes verteidigen.

»Sie nehmen den Mund immer so voll, die hohen Herren«, schimpfte Martha, als Kristina das Gespann wieder Richtung Speyerer Tor lenkte. »Dabei ist es selten ihr eigenes Blut, das sie vergießen, wenn es hart auf hart kommt.«

Am Stadttor angekommen, hörten sie Geschrei auf der Wehrmauer. Gemeinsam trugen Kristina und die Böhmin einen großen Topf Gerstenbrei mit Schmalz und Speck zum Wehrgang hinauf und stellten ihn dort neben eine Kanone. Die Männer beachteten sie kaum, sie standen zwischen den Zinnen und drohten mit den Fäusten. Kristina entdeckte den Feldwebel, lief zu ihm und drängte sich neben ihn zwischen zwei Zinnen. Zwei Steinwürfe entfernt trabten Reiter an der Wehrschanze vor dem Tor vorüber. Auch sie schimpften und schüttelten die Fäuste.

»Spanier«, sagte der Schotte. »Die werden jetzt öfter hier auftauchen. Wenn es dein Brief noch nach Stockholm schaffen soll, muss du ihn bald auf den Weg bringen.«

Zwischen den Reitern entdeckte Kristina eine Frau. Gefesselt und mit einem Strick an ein Pferd gebunden, wankte sie zwischen den Reitern. »Jesus Christus!« Kristina schlug die Hände auf die Wangen. »Was ist geschehen?«

»Ein Bauer und seine Bäuerin haben es nicht mehr rechtzeitig vom Feld ins Tor geschafft«, sagte der Schotte. »Den Bauern haben sie totgeschlagen, und die Frau …« Er sprach den Satz nicht zu Ende, zuckte nur mit den Schultern. »So geht das im Krieg.«

Die spanischen Reiter ritten mit ihrer Beute den Neckar hinunter; der Rittmeister verzichtete darauf, ihnen hinterherzujagen, denn das wäre der sichere Tod der bedauernswerten Frau gewesen. So hatte sie wenigstens eine kleine Überlebenschance.

Während die Männer aßen, sprach sich die schlimme Geschichte unter den Frauen herum. Auf allen Gesichtern entdeckte

Kristina Schrecken und Angst. »Macht euch keine Sorgen!«, rief der Corporal Jokrim. »Solange ihr hinter diesen Mauern lebt, seid ihr sicher. Heidelberg werden die spanischen Hunde niemals erobern!« Die anderen Landsknechte nickten und bekräftigten ihre Zuversicht mit vielen und lauten Worten.

»Ist das so?«, fragte Kristina, als sie später neben ihrem rauchenden Feldwebel her von Zinne zu Zinne schlenderte. »Kann Heidelberg wirklich nicht eingenommen werden?«

»Schon möglich.« Mit der Pfeife deutete er hinunter auf die Wehranlagen vor dem Speyerer Tor. »Versuchen werden sie's schon. Entweder Córdoba oder Tilly. Vielleicht auch beide, warten wir's ab. Jedenfalls bist du hier sicherer, als du es in Prag gewesen wärst, das schwöre ich dir.«

Etwas in seiner Stimme erschreckte Kristina, und sie blieb stehen. »Was ist mit Prag? Gibt es etwa neue Nachrichten?«

»Schlechte Nachrichten für die Böhmen.« Er kramte einige zusammengefaltete Blätter aus dem Kasack. »Gute Nachrichten für dich, denn du bist hier und nicht in Prag.« Er reichte ihr die Blätter. »Eine Zeitung. Kam gestern mit einem Boten aus Durlach.«

Kristina entfaltete die Zeitung und las. Allen lutherischen Böhmen aus dem Herren- oder Ritterstand hatte der Fürst von Liechtenstein im Auftrag des Kaisers ihr Gut weggenommen, berichtete die Zeitung. Die nicht hatten fliehen können, seien nach vielen Qualen für immer in Kerker geworfen oder getötet worden. Die Angst um ihre Tante presste Kristina das Herz zusammen. Beinahe dreißig Edelleute, so musste sie lesen, habe der Kaiser durch seinen Kommissar von Liechtenstein zum Tode verurteilen und von dessen Henkern auf dem Altstädter Ring köpfen, vierteilen oder aufhängen lassen. Manchen angesehenen Männern seien zuvor die Zungen herausgeschnitten oder die Augen ausgestochen worden.

»Ist der Kaiser denn ein wildes Tier?«, platzte es aus ihr heraus.

»Hast du schon einmal ein wildes Tier ein anderes auf die

Streckbank fesseln sehen?«, entgegnete der Feldwebel mit bitterem Grinsen. »Oder aufs Rad flechten oder vierteilen, bevor es die Beute frisst? Oder ein Auge ausstechen?«

Kristinas Antwort war nichts als Schweigen.

5

Prag, Juni 1621

Tonda streckte Brot und Kuchen durch die Gitterstäbe, beides in feuchte Tücher gewickelt. Dazu Wein und eine mit Wachs versiegelte und weißem Pferdehaar umwickelte Papierrolle. »Ein Brief von Milana und den Zwillingen«, sagte er. »Mutter hat ihnen auch ein paar Worte diktiert. Den Kuchen und das Brot hat sie gestern Nacht gebacken.«

»Wie geht es ihr?« Mit dem Fuß schob Jan seinen Strohsack näher ans Gitter, ließ sich darauf fallen und wickelte den Kuchen aus. Tonda konnte kein Zeichen von Schwäche oder gar Krankheit an ihm entdecken.

»Es geht ihr gut«, log er. »Sie denkt viel an dich.« Die Mutter weinte täglich um Jan, tausend Ängste stand sie aus; und keine behielt sie für sich.

»Und Milana?« Jan brach ein Stück Kuchen ab und stopfte es sich in den Mund.

»Gut, doch.« Tonda zuckte mit den Schultern, wandte den Blick ab. »Sie ist noch ein wenig schwach, weißt du?« Milana sah einem nicht mehr in die Augen, sprach auch nicht mehr. Nur nachts redete sie, im Traum. Da schrie sie die Worte sogar heraus.

»Und die Zwillinge?« Blonder Flaum wucherte bereits um das Kinn des Sechzehnjährigen. Er war jetzt fast so groß wie Tonda, aber breiter als er.

»Die meiste Zeit in der Schule«, antwortete Tonda. »Im Clementinum. Sie kommen nicht mehr oft ins Gestüt.«

»Bei den Jesuiten also«, sagte Jan mit vollem Mund. »Dann siehst du sie ja täglich. Du studierst doch auch bei den Patres.«

»Nicht jeden Tag.« Tonda wich aus. »Pater Franz unterrichtet mich oft persönlich.«

»Der Magister?« Jan leckte sich die Finger ab. »War er es, der dafür gesorgt hat, dass der Sensenmann dich nicht auf dem Schlachtfeld erwischen konnte?« Er schob sich das nächste Kuchenstück in den grinsenden Mund. »Mich hat er auch nicht erwischt. Doch dafür hab ich selbst gesorgt.«

»Ein Ungar hat mich verleumdet«, sagte Tonda, »ich hätte ihm ein krankes Pferd verkauft, hat er behauptet. Dann hat der Bürgermeister mich in Ketten legen lassen.« So hatte der Pater Magister es ihm erzählt. Er beobachtete, wie sein Bruder sich die Hände an den zerschlissenen und schmutzigen Kleidern abwischte und nach der Briefrolle griff. »Du wirst bald ein freier Mann sein, Jan«, sagte Tonda mit fester Stimme.

»So?« Sein jüngerer Bruder lauerte zu ihm hoch. »Und du wirst bald ein Jesuitenpater sein, was?«

»Das geht nicht so schnell. Erst einmal wird man Novize.«

»Einer von deinen neuen Freunden war hier.« Jan beugte sich näher zum Gitter, spähte nach links, spähte nach rechts und senkte die Stimme. »Mit einem verfluchten Henkersknecht. Hat mich gefragt, ob ich dem lutherischen Glauben abschwören will.«

»Und was hast du geantwortet?«

»Ich überleg's mir, hab ich gesagt.« Jan hielt das Pferdehaar vor sein Gesicht und betrachtete es mit leuchtenden Augen. Seine Züge wurden plötzlich weich, seine Augen feucht. »Haare aus Engelchens Schweif …«

»Ja. Deiner Stute geht es auch gut.« Tonda ging in die Hocke, sodass sie einander auf Augenhöhe anschauen konnten. »Sag einfach Ja«, flüsterte er und umklammerte die Gitterstäbe. »Sag einfach, du willst abschwören und ein Katholik werden.«

»Und wenn ich es in Wirklichkeit gar nicht will? Dann ist es doch gelogen, dann hab ich doch ein Gebot Gottes übertreten.«

»Nicht wirklich.« Tonda überlegte fieberhaft. »Nicht, wenn du sagst: ›Ja, ich will ein Katholik sein‹, und dabei denkst: ›Wenigstens so lange, bis ich frei bin, und dann überlege ich mir alles noch einmal in Ruhe‹. So ist es nicht wirklich gelogen.«

»Versteh ich nicht.« Kopfschüttelnd betrachtete Jan Tonda. »Hat dir das der Magister beigebracht?«

Tonda antwortete nicht. Pater Franz nannte diese Art von Notlügen *reservatio mentalis* – man sagt etwas, denkt aber etwas anderes oder denkt sich etwas anderes dazu. So halte man es in der Gesellschaft Jesu, hatte Pater Franz ihm erklärt; wenn es um die Ehre Gottes ging, dürfe man das. Beinahe alles dürfe man, wenn es um die Ehre Gottes ging – der Zweck heilige die Mittel. Auch das lehrte Pater Franz.

Hier allerdings, in Jans Fall, traf das nicht wirklich zu, denn würde Jan Lutheraner bleiben, wäre ja nichts gewonnen für die Ehre Gottes; nur für ihn, Tonda, wäre etwas gewonnen: Er würde seinen Bruder behalten können. »Es ist jedoch auch gut für dich, wenn du abschwörst und katholisch wirst«, sagte Tonda, als ihm dies klar wurde. »Mutter will auch katholisch werden, und die Zwillinge sowieso.« Tonda hatte ihnen ein Puppentheater vorgespielt, zusammen mit Pater Nikolaus. Oben im Veitsdom hatte Pater Franz sie bald darauf getauft.

»Und Milana?«, fragte Jan. Tonda zuckte mit den Schultern. »Mir egal.« Jan winkte ab. »Katholisch, lutherisch, reformiert – mir ganz egal. Und soll ich dir etwas sagen, Bruderherz? Dem Herrgott wird's auch egal sein.«

Bevor Tonda zu einer Entgegnung ansetzen konnte, entrollte sein Bruder den Brief und bewegte flüsternd die Lippen, während er las. Als er fertig war, lehnte er den Kopf gegen die Wand und schloss die Augen. Tränen quollen aus seinen geröteten Lidern, rannen über seine Wangen und versickerten im blonden Kinnflaum. Tränen und noch mehr Tränen.

Tonda streckte die Hand durchs Gitter, berührte seine Schläfe, streichelte ihn. »Alles wird gut, alles, alles … Bald schon. Bald bist du frei, Jan. Bald wirst du wieder auf unserem Gestüt die Pferde pflegen.«

»Nicht unsere Pferde«, flüsterte Jan. »Nicht unser Gestüt. Die Pferde Roms auf dem Gestüt der Papisten.«

Tonda entgegnete nichts. Eine Zeitlang hockte er noch bei dem weinenden Bruder, dann verabschiedete er sich, versprach, bald wiederzukommen, und ging. Seine Brust fühlte sich wund an.

Im Laufschritt hastete er über die Zellenflucht. Pater Franz wartete sicher schon draußen auf dem Wagen. Für die vorletzte Stunde vor Sonnenuntergang standen Fechtübungen auf dem Programm. Ein anderer Gang kreuzte, Tonda hörte Stimmen, blieb stehen, blickte nach links. Pater Franz stand dort bei einer aschblonden Frau. Er bog in die kreuzende Kerkerflucht ab und ging zu ihnen.

»Um Jesu willen, helft ihm, Pater!«, hörte Tonda die Frau sagen; sie sprach mit eigenartig hartem Akzent. »Was hat mein Gatte denn Böses getan?«

»Er hat die Rebellion gegen den Kaiser unterstützt und dem Direktorium Geld gegeben. Eine ganze Dragonerkompanie hat man mit seinen Kronen aufgestellt.« Pater Franz sprach laut und in harschem Ton. »Gebietet Gott nicht, der Obrigkeit zu gehorchen?«

Tonda trat ein Stück näher, sodass er einen Blick auf den Gefangenen hinter den Gitterstäben erhaschen konnte: Ein großer Mann mit verfilztem Blondhaar lag dort auf dem Kerker, schmutzig und über und über mit Wunden bedeckt.

»Er wollte doch nur das Beste für Stadt und Land, Pater.« Die Frau flehte. Tonda hielt sie für höchstens dreißig Jahre alt. Ihre schöne Gestalt fiel ihm auf – und ihre bitteren und verhärmten Züge. »Bitte, Hochwürden!« Beschwörend streckte sie dem Pater die Arme entgegen. »Bitte, helft meinem Gatten!«

»Sprich nicht mit dem, Frau.« Tonda konnte den Blonden in der Zelle kaum verstehen; er sprach verwaschen und röchelte wie ein Erstickender. »Sprich bloß nicht mit diesem bösen Jesuiten …«

»Ich habe getan, was ich konnte, doch Euer Gatte zeigt sich von Tag zu Tag nur noch starrsinniger.« Die Gestalt des Kahlkopfs straffte sich, zu den harten Zügen in seinem knochigen Gesicht gesellte sich ein weiterer, ein zorniger. »Ihr hört es doch selbst. Helft Ihr ihm lieber und überredet ihn, der Ketzerei abzuschwören, damit wenigstens seine Seele gerettet wird!« Der Pater wandte sich ab, hinkte zu Tonda.

»Könnt Ihr wenigstens meiner Familie eine Nachricht zukommen lassen? Ich flehe Euch an! Der Kommissar von Liechtenstein gestattet nicht, dass wir Lutherischen dem Postmeister Briefe geben.«

»Einen Brief?« Der Pater Magister blieb stehen, drehte sich um. »Und wohin soll er gehen?«

»Du sollst nicht mit ihm sprechen«, krächzte es aus der Kerkerzelle. »Hör doch, was ich sage …«

»Nach Stockholm.« Die Frau spähte scheu zu ihrem Gatten. »Ich erfahre gar nichts mehr von meiner Familie dort. Meine Nichte wollte mich besuchen, schon vor zwei Jahren hätte sie ankommen müssen. Meine Familie soll mir schreiben, was aus ihr geworden ist. «

Pater Franz runzelte die Brauen. Fast schien es Tonda, als wäre er überrascht. »Und was hat euch hierher nach Prag getrieben?«

»Die Liebe.«

»Sprich nicht mit ihm, sag ich.« In der Zelle hob der Blonde sein zerschlagenes Gesicht. »Du sprichst mit dem Teufel selbst.«

»Die Liebe zu Gott gewiss nicht!«, sagte Franz scharf. Tonda sah, wie sein Lehrer die Frau musterte, prüfend und misstrauisch. Irgendetwas an ihr schien ihn zu überraschen. »Oder habt Ihr der Lutherei inzwischen abgeschworen? Habt Ihr inzwischen Zuflucht gesucht im Schoß der wahren Kirche?«

»Zu einer Kirche, die eine solche Quälerei gutheißt, soll ich umkehren?« Sie deutete auf ihren zerschlagenen Mann hinter den Gittern. »Ich soll einen Papst und einen Kaiser ehren, die all die

Gräuel dulden, die in dieser Stadt geschehen sind und noch geschehen?« Sie schüttelte den Kopf. »Niemals, Hochwürden!«

»Verirrte und verstockte Seelen auf Schritt und Tritt!«, zischte Franz. Er streckte Arm und Zeigefinger nach der Frau aus und schrie: »Betet und fastet! Damit Euch wenigstens die Gnade des Fegefeuers gewährt wird!« Der Kahlkopf fuhr herum. Tonda erschrak vor der Düsternis in seinen Zügen und dem dunklen Lodern in seinem Blick. Neben ihm stieg er die Treppe hinauf und verließ dann das Rathaus.

»Selbst angesichts des Todes wollen sie nicht abschwören, hast du's gehört, Tonda?« Franz stützte sich auf ihn, während sie die Stufen zum Platz hinuntergingen. »Das macht der Teufel selbst, dass sie so verstockt sind. Ganz und gar hat er sie im Griff, der Schwarze Kasper. Merkst du jetzt, wie gefährlich die lutherische Ketzerei ist?«

Tonda nickte. »Habt Ihr die Frau denn gekannt, Pater Franz?«

»Wie kommst du denn darauf?«, entgegnete der Kahlkopf schroff. Tonda zuckte mit den Schultern und blieb stumm.

Drei Kinder hockten auf dem Pflaster und sahen mit leeren Gesichtern zu ihnen herauf. Das älteste, ein aschblondes Mädchen, war höchstens fünf Jahre alt. Es hielt seine kleineren Geschwister fest und sang. Franz tat, als sähe er sie nicht, machte sich los von seinem Schüler und hinkte an ihnen vorbei; Tonda aber blieb stehen. Er erkannte sofort, dass es die Kinder der Schwedin sein mussten, und tatsächlich sah das Mädchen ihr ähnlich. Warum nur bleibt deine Mutter so stur?, dachte er. Jetzt muss sie in die Hölle, und ihre armen Kinder wohl auch.

Das Mädchen sang mit klarer dunkler Stimme, die Kleinen – halb sprechend, halb krächzend – versuchten mitzuhalten. Die Blicke ihrer großen Augen hingen an Tonda. Den packte das Erbarmen, und er ging vor ihnen in die Hocke und lauschte dem Liedchen. Sie sangen in einer Sprache, die er nie zuvor gehört hatte. Die Melodie erschien ihm von schlichter Schönheit, doch von den bekümmerten Stimmchen gesungen, klang sie traurig. Er holte seine Nai aus der Schultertasche, fand gleich den Ton, lauschte, spielte die Melodie nach; zuerst ähnlich getragen und traurig, wie die Kinder sie sangen, dann heller und immer munterer.

Das Mädchen ließ sich mitziehen von seiner Art, die Melodie zu blasen, sang nun lebendiger und lauter, und auch in seine Miene kehrte das Leben zurück. Die beiden kleineren Kinder verstummten, neigten die Köpfe, und über das Gesichtchen des jüngsten huschte ein Lächeln. Tonda spielte und vergaß Zeit und Ort. Doch dann drang ihm die Stimme seines Lehrers und Beichtvaters ins Bewusstsein. »Tonda! Wo bleibst du denn, Tonda? Komm schon, lass doch die Kinder!«

Tonda setzte die Flöte ab, nickte den Kindern noch einmal zu und lief dann zu Franz. Der hakte sich wieder bei ihm unter. »Wenn wir hier in Prag fertig sind, geht es erst richtig los, musst du wissen.« Er sprach einfach weiter, als hätte es keine Unterbrechung gegeben. »Das ganze Reich muss dem wahren Glauben zurückgewonnen, aus dem kleinsten Weiler die lutherische Pest ausgemerzt werden.« Pater Franz redete und redete. »Den wüsten Mansfeld hat Tilly verjagt, doch in Norddeutschland rüstet ein junger Wirrkopf bereits zehntausend Mann aus, um für Friedrich, den lächerlichen Winterkönig, zu kämpfen. Christian heißt er, Herzog Christian von Braunschweig-Wolfenbüttel.«

Nikolaus lenkte das Gespann zur Treppe und hielt an. Tonda half dem Pater hinein und setzte sich neben ihn. »Herzog Christian, ha! Bischof von Halberstadt! Bis jetzt verwaltet der Jüngling das Bistum Halberstadt – ein Ketzer verwaltet katholisches Gut, das musst du dir einmal vorstellen, Tonda! –, doch seit Neuestem will er Krieg spielen und dem Pfälzer Kurfürsten beistehen.« Nikolaus trieb die Pferde an. »Er verehrt den wüsten Mansfeld, wird es also bald noch wüster treiben als der. Doch wir werden ihn aufhalten, diesen vermessenen Ketzer!«

Vorbei an einem großen Podest rollte der Wagen Richtung Altstädter Tor. Waffenknechte richteten gerade ein großes Kruzifix auf dem Podest auf. Dort oben sollten morgen an die dreißig Edelmänner aus dem böhmischen Herren- und Ritterstand sterben. Alle Anführer der Rebellen und Ketzer, die im Vertrauen auf die Gnade des Kaisers nicht geflohen waren. Nikolaus lenkte das Gespann zurück zum Gestüt.

Am frühen Abend erteilte der Pater Tonda Unterricht im Schwertkampf. In den ersten Monaten hatten sie noch im Clementinum geübt, auf dem Hof hinter den Stallungen, doch nicht alle Patres der Universität sahen das gern. Also hatte Pater Franz den Unterricht im Schwertkampf hierher aufs Gestüt verlegt. Dazu hatte er einen jungen Leutnant der kaiserlichen Arkebusiere auf das ehemalige Rittergut bestellt, denn wegen seines lahmen Beines konnte er schwierige Schwertübungen nicht mehr selbst durchführen.

Zwischen Brunnen und Schmiede ging der Leutnant mit einem Holzschwert auf Tonda los, und der hatte sich seiner Haut zu erwehren. Der Pater lehnte die ganze Zeit am Zaun. Ununterbrochen rief er Tonda und seinem Übungsgegner Anweisungen zu.

Manchmal, wenn Tonda die Schmiede im Rücken und Brunnen und Herrenhaus vor sich hatte, erhaschte er einen Blick auf seine Mutter. Mit hochgezogenen Schultern stand sie halb im Schatten auf der Türschwelle des Herrenhauses. Bleich, mit verhärmten Zügen und ängstlichem Blick äugte sie zu ihm herüber.

Nach dem Unterricht, als der Leutnant schon ins Haus ging, um sich von der Mutter das Essen servieren zu lassen, winkte der Pater Tonda zu sich an den Koppelzaun. »Auch im Schwertkampf machst du Fortschritte, mein Sohn.« Er legte ihm die Hand auf die Schulter. »Wie in allen Fächern. Schon bald könntest du dein Novizengelübde ablegen. Denke darüber nach.«

»Ich wusste nie, dass auch der Schwertkampf zum Studium eines Mönches gehört«, sagte Tonda.

»Wir von der Gesellschaft Jesu sind auch nicht einfach nur irgendein Mönchsorden. Wir sind Soldaten Christi. Habe ich dir das nicht wieder und wieder gesagt?« Streng und forschend sah ihm der Pater jetzt ins Gesicht. »Doch selbst bei den Unsrigen tragen nur wenige Waffen.« Er griff unter sein schwarzes Gewand, wo in einer Lederscheide ein Dolch mit Korkgriff in seinem Gürtel steckte, wie Tonda wusste. »Auch ist es bei uns nicht üblich, dass ein Schüler oder gar ein Novize in der Kunst des Schwertkampfes ausgebildet wird. Doch du bist eine Ausnahme, Tonda. Du sollst sogar lernen, mit Karabiner und Muskete umzugehen. Bevor man dich nämlich zum Priester weiht und du mit Predigt und Sakramenten Krieg führen kannst, habe ich dir einen ganz besonderen Anteil im Kampf gegen die verfluchte Lutherei zugedacht.«

»Was soll ich tun?« Erwartungsvoll sah Tonda seinem Lehrer ins knochige Gesicht.

»Zunächst einmal weiter nichts, als einen lutherischen Prediger zur Strecke zu bringen, der heimlich die Ketzerei von Gehöft zu Gehöft trägt. Danach soll dein Bruder frei sein und du darfst ein Novize der Gesellschaft Jesu werden. Und dann …« Er verstummte, bohrte seinen lodernden Blick tiefer in Tondas Augen und nickte sehr langsam; gerade so, als bewegten ihn geheimnisvolle und schwerwiegende Gedanken.

»Und dann, Pater Franz?«

»Und dann geht es gegen mächtigere Feinde unserer katholischen Kirche und Religion. Gegen die werden wir allein mit Handpuppen, Beichte und Predigt nichts ausrichten.« Der Pater legte seine knochige Rechte auf Tondas Schulter. »Große Aufgaben warten auf dich, mein Sohn. Große und heilige Aufgaben. Da werden wir auch das Schwert nötig haben.«

6

Heidelberg, Spätsommer 1622

Sie suchten die Neckarauen nach essbarem Kraut ab – Löwenzahn, Klee, Sauerampfer, Gänsefingerkraut. Ein paar Schritte neben Kristina seufzte die Böhmin. »Schon wieder rückt das Kriegsheer des Generals Tilly näher.« Die Frau des schottischen Feldwebels sprach mit sich selbst; das tat sie oft in letzter Zeit. »Näher und immer näher. Und was für ein gewaltiges Kriegsheer!« Kristina versuchte nicht hinzuhören. »Tag für Tag muss man von widerlichen Gräueln hören, von Feuersbrünsten und Schändungen, rheinauf, rheinab; sogar am Neckar bereits.« Kristina hob den Blick und sah einen Reiter sein Pferd neben der Mönchsmühle anhalten. Veits Jokrim. Schon an der hölzernen Haltung hatte sie ihn erkannt. »Das Heer der Katholischen Liga nennen sie es, ich nenne es das Heer der höllischen Liga!« Kristina hörte die Böhmin den Rotz hochziehen und ausspucken. »Und den General Tilly, den nenne ich General des Teufels!«

»Lass gut sein, Frau!«, rief ihr Feldwebel, denn die Kinder starrten ihre Mutter aus schreckensbleichen Gesichtern an. Er stand mit den Kleinen im Ufergras und warf die Angel aus.

»Wie denn?« Die dralle Frau rutschte jetzt auf den Knien durchs Gras, zupfte hier ein paar Blättchen, rupfte da ein paar Halme aus. »Wo sie doch schon wieder Ortschaften ganz in der Nähe von Heidelberg erobern. Und vor den kroatischen Regimentern, die der Großherzog von Bayern seinem Teufelstilly mitgegeben hat, erzählt man sich Sachen, dass einem schon vom Zuhören die Knie schlottern.«

»So geht das im Krieg«, sagte der schottische Feldwebel und fuhr seinem erschrockenen Ältesten durchs Haar. »Und jetzt genug davon.« Nun entdeckte auch er seinen Corporal. Der schwang sich aus dem Sattel und stelzte heran.

»Der gütige und allmächtige Gott wird doch wohl zu verhindern wissen, dass diese Bestien auch über Heidelberg herfallen?« Die im Gras kniende Böhmin ließ ihren Korb los, rang die Hände und stierte flehend in den Himmel.

»Das wird er wohl«, sagte der Schotte und lächelte seinen Kindern in die Gesichter. Etwas leiser fügte er hinzu: »Wenn er nichts Besseres zu tun hat.« Kristina schwieg. Die Angst verschloss ihr die Lippen. Und die Nähe Jokrims. Keine vierzig Schritte entfernt blieb der stehen, feixte erst zu ihr herüber und winkte dann dem Feldwebel. Der Schotte überließ die Angel seinem Ältesten und ging zu ihm.

»Wer schlau ist und eine volle Dukatenschatulle unter der Bodendiele versteckt hat, der ist doch längst auf und davon.« Jetzt, wo ihr Mann sich entfernte, jammerte die Böhmin wieder hemmungsloser. »Nach Bretten. Oder Wiesloch. Oder Speyer. Oder gleich nach Durlach hinunter. Wer dumm ist oder arm oder ein Soldatenweib, der muss seine armseligen Hoffnungen an diesen schlimmen Söldnergeneral hängen, an den Ernst von Mansfeld.«

»Hör schon auf, Martha! Denk doch an die Kinder.« Was hatten die Männer denn so Wichtiges zu besprechen? Kristina ließ sie nicht aus den Augen. »Er ist ein Evangelischer, der Mansfelder«, sagte sie leichthin, »immerhin hat er dem Tilly Ladenburg wieder weggenommen.« Wieso guckte und deutete der Jokrim denn ständig nach ihr?

»Ein evangelischer Teufelsgeneral! Gott sei uns gnädig!« Die Böhmin setzte den Kräuterkorb ab, streckte schon wieder die Arme in den Himmel. »Hat dem Tilly Ladenburg weggenommen. Hat ihn bei Wiesloch besiegt und musste bei Wimpfen doch selbst Fersengeld zahlen. Und über evangelische Dörfer und Städte bringt er nicht weniger Herzeleid als die Spanier und Tillys

Soldaten.« Richtig laut wurde sie. »Gott bewahre uns vor unseren evangelischen Rettern!« Eines der kleinen Mädchen fing an zu heulen. Kristina eilte zu ihm, nahm es auf die Arme, tröstete es. »Ist's nicht mit dem Kriegsglück wie mit der Treue der Männer?« Die Böhmin hörte nicht auf zu zetern und zu heulen. »Hin und her wogt es, hin und her …!«

»Hier!« Kristina zischte sie an und drückte ihr das Mädchen in die Arme. »Kümmere dich um dein Kind! Hättest halt mit keinem Feldwebel buhlen sollen!«

»Und wo wäre ich gelandet ohne den Feldwebel? Im Hurenhaus!« Sie drückte ihre nasse Wange an die nasse Wange ihrer Tochter und heulte ähnlich laut wie die Kleine. »Im Hurenhaus, Gott ist mein Zeuge!«

»Was reden die da?« Kristina hörte schon nicht mehr zu, spähte nach den beiden Männern. Die stritten, und der Schotte wies Münzen zurück, die der Corporal ihm anbot. »Was treiben die da für einen Handel?«

»Einen gottlosen, du weißt's doch«, schluchzte die andere. »Du spürst's doch genau, wofür er zahlen will, der Hundsfott, der geile.« Sie schob sich näher an Kristina. »Hüte dich vor dem Jokrim«, flüsterte sie. »Er ist der Sohn einer Dieburger Hexe. Im Odenwald hat er gemordet und geschändet. Im Kurfürstentum Mainz hatten sie ihn längst dem Henker übergeben. Hüte dich vor dem Jokrim, sag ich – der nimmt sich, was er will.«

Ein Eiszapfen wucherte hinter Kristinas Brustbein. »Mich kauft keiner«, flüsterte sie.

»Nicht von meinem Feldwebel, das wird wohl wahr sein.« Die Böhmin seufzte und wischte sich die Augen mit dem Schürzchen des Kindes trocken. »Weil er einen Narren an dir gefressen hat. Weil du jung bist und klug und weil du so einen Dickschädel hast.« Mit einer herrischen Geste bedeutete Kristina ihr zu schweigen.

Der Corporal stapfte zurück zu seinem Pferd. Kristina hörte

ihn fluchen und sah, dass er die Fäuste ballte. Der Feldwebel kam zurück und fluchte ebenfalls. Er wich Kristinas Blick aus, und Wut sprühte aus seinen Zügen, was selten geschah. »Genug gejammert!« Er klatschte der Böhmin mit dem Handrücken auf den Hintern. »Ins Quartier mit dir! Dort kannst du dem Feuer im Herd was vorheulen. In zwei Stunden kommen wir mit Fisch.« Zeternd trollte sich seine Böhmin.

Am Abend lag Kristina neben dem Feldwebel wach und starrte in die Dunkelheit. Sie dachte an Tillys Kroaten, an den Mansfelder und immer wieder an Veits Jokrim. Was für ein widerlicher Kerl! Wäre er doch tot! Wäre sie doch ganz weit weg von dieser Stadt, wäre sie doch längst hoch oben im Norden des Reiches!

Sie dachte an den armen Postreiter, der im Frühling die Stadt Richtung Köln verlassen hatte; mit Kristinas Brief an Erik und die Eltern im Gepäck. Zwei Wochen später hörte sie, dass die Spanier ihn erschlagen und ausgeraubt hätten. »So geht das im Krieg«, hatte ihr schottischer Feldwebel gesagt. Und jetzt lag er wach neben ihr und schwieg.

Kristinas Gedanken kreisten um den geldgierigen Mansfeld, um die grausamen Spanier, um die wilden Kroaten und um den General Tilly, der im Frühsommer zum ersten Mal vor Heidelbergs Toren aufgetaucht war und die Belagerung aus unerklärlichen Gründen wieder abgebrochen hatte – nur, um im Hochsommer aufs Neue die Übergabe der kurfürstlichen Residenz zu fordern. Zum zweiten Mal wies der Stadtgouverneur van der Merven die Forderung zurück.

Etliche Bürger waren darüber erschrocken gewesen und wähnten den Untergang ihres schönen Heidelbergs besiegelt. Viele aber sagten: »Recht hat er!«, und verwiesen auf den Mansfelder, auf das von Norddeutschland heranrückende Heer des jungen protestantischen Herzogs Christian von Braunschweig-Wolfenbüttel, den sogenannten Halberstädter, und auf den Dänenkönig, der sich mit England, Frankreich und dem Pfälzer Kurfürsten Friedrich gegen den Kaiser verbündet hatte und nun seine Untertanen zu den Waffen rief. Und dann seien da ja auch noch die reichen Generalstaaten, hieß es, die freien Niederlande, die mit Geld und Soldaten die evangelische Sache unterstützten.

»Auf dem Markplatz erzählen sie, der Kurfürst sei bei seinen Truppen in der Pfalz gesehen worden und habe sich mit dem Mansfelder zusammengetan«, flüsterte Kristina.

»Ich hörte davon.« Der Schotte gähnte. »Schon länger her.«

»Sie nennen den Tilly ›Geharnischten Mönch‹, und die nächste Belagerung stehe kurz bevor.«

»Mönche in Harnisch sind mir lieber als Mönche in Kutten.« Der Schotte drehte sich zu ihr. »Auf Schädel mit Sturmhauben zu zielen fällt mir leichter als auf Schädel mit Tonsuren.«

»Ich habe nie von geharnischten Mönchen gehört, und wenn ich versuche, mir einen vorzustellen, graust es mir. Doch man solle bloß den Mut nicht sinken lassen, sagen die Leute. Der allmächtige Gott schicke ja Hilfe von allen Seiten, den Dänenkönig, den Halberstädter, den König von England.«

»Schon möglich«, flüsterte Kristinas Feldwebel. »Vielleicht hat er tatsächlich gerade nichts Besseres zu tun, der allmächtige Gott, als ausgerechnet uns zu helfen.« Sein Feixen klang bitter aus der Dunkelheit. »Das kommt schon mal vor im Krieg.«

Kristina wandte dem Schotten den Rücken zu. Der Mond ging auf überm Neckartal und streute ein wenig Licht in die Schlafkammer. Kristina schloss die Augen, versuchte zu schlafen. Doch Angstbilder blitzten ihr durch den Schädel: wilde Reiter, Flammen und Rauch über Dächern, der Tross aus Prag mit den fiebernden Mädchen und Frauen auf den Wagen, Mönche in Harnischen und immer wieder Jokrims lauernde Miene.

»Dein Corporal sei der Sohn einer Hexe, heißt es.« Sie öffnete die Augen.

»Martha schwatzt viel, wenn der Tag lang ist«, flüsterte es hinter ihr. »Dass du ihr überhaupt noch zuhörst …«

»Dann stimmt es also.«

»›Sohn einer Hexe‹ – was heißt das schon? Weißt du nicht, wie viele rechtschaffene Frauen durch Verleumdung als Hexen ins Feuer mussten?«

»Er habe gemordet und geschändet, sagt Martha. Und im Kurfürstentum Mainz suche ihn der Henker.«

Kristina hörte den Schotten die Luft durch die Nase einsaugen. Eine Zeitlang schwieg er. »Jokrim ist ein guter Reitersoldat«, sagte er schließlich. »Der beste, mit dem ich je im selben Fähnlein ritt.«

»Ein guter Soldat?« Kristina richtete sich auf, drehte sich zu ihm, stützte den Kopf in die Hand. »Wie die Spanier, von denen man so viele Gräuel hört? Wie die katholischen Krabaten, vor denen alle Welt zittert?« Der Schotte schwieg. Kristina atmete tief, gab sich einen Ruck. »Was wollte Jokrim von dir heute am Neckar?«

»Mir etwas abkaufen.«

»Was?«

»Dich.«

Kristina zuckte zusammen. »Dieser Teufel, dieses Tier.« Sie biss die Zähne zusammen. Das Bild des Ritters Bonde blitzte ihr durchs Hirn, und das ihrer Eltern, die sie ihm zur Frau geben wollten, um Eriks Ausbildung zu sichern. Und jetzt das. Was war aus ihr geworden, dass Kerle über den Besitz ihres Körpers feilschten wie über ein Stück Vieh? Plötzlich brannte ihr das Gewissen, weil sie neben einem Mann lag, der nicht ihr Gatte war. Was hatte sie getan? Wie sollte sie denn jemals wieder ihren Eltern in die Augen sehen können? Tränen strömten ihr über die Wangen, sie schluchzte leise.

»Jokrim ist in meiner Hand. Du hast nichts von ihm zu fürchten.« Der Schotte glaubte, sie würde wegen des Corporals weinen, und zog sie an sich. »Rührt er auch nur deinen Schatten an, schlag ich ihn tot.«

*

Täglich zeigten sich nun Reiter des Generals Tilly vor den Toren der Stadt: Bayern, Polen, Österreicher, Kroaten – waffenstarrende Männer aus allen katholischen Königreichen und Fürstentümern des Heiligen Römischen Reiches Deutscher Nation. Blanke Angst nistete unter den Dächern und auf den Straßen der kurpfälzischen Residenz.

Um die Zeit verließ die Kompanie aus Schotten und Kurpfälzern die alte Burg über dem Heidelberger Schloss und verteilte sich auf Häuser entlang der Stadtmauer, um diese besser verteidigen zu können. Der Feldwebel und neun seiner Männer quartierten sich in zwei Häusern an der Wehrmauer ein. Auch der Corporal Veits Jokrim und der Gefreite Ludwig, der Predigersohn, gehörten dazu. Mit ihrem Schotten und seiner Familie bezog Kristina die leer geräumte Werkstatt und das Stofflager eines Tuchmachers.

Der Feldwebel und seine Männer mauerten die Tore zu, über die man auf die Neckarwiesen gelangte. Sie besserten den Wehrgang auf der Mauer aus, bauten Stiegen und Rampen, schafften Kanonen auf die Dächer von Ställen und Häusern und schoben sie nahe an die Wehrmauer heran.

»Sollen sie doch kommen, die bayrischen Säue mit ihren kroatischen Hunden – wir schlagen ihnen aufs Maul!«, rief der Corporal Jokrim, und die anderen Männer bekräftigten seine Worte mit schottischen Flüchen und pfälzischen Stoßgebeten.

»Und wenn sie dann flennend Fersengeld geben, werden sie dem Tollen Halberstädter vor die Flinten laufen!« Jokrim sprach vom jungen Herzog Christian von Braunschweig-Wolfenbüttel, dem auch, obwohl evangelisch, das Bistum Halberstadt gehörte. »Nicht mehr lange, und er wird uns zur Seite stehen!« Der Corporal schüttelte die Fäuste.

»Mit zehntausend Mann ist er unterwegs!« In Ludwigs Augen leuchtete Begeisterung. »Man sagt, er verehre unsere Kurfürstin.«

»Es heißt sogar, die Liebe zu Elisabeth würde ihm den Schlaf rauben«, wollte ein anderer gehört haben. »Und auf seine Kriegsfahnen habe er sticken lassen: ›Für Gott und für sie‹.«

»Auf dem Helm des tollen Hechtes soll ein Handschuh von ihr flattern!« Der Corporal schlug sich wiehernd auf die Schenkel. »Wir schlagen die Bayern aufs Maul, danach verfüttert der Halberstädter ihr Fleisch an die Vögel unter dem Himmel, und zum Lohn darf er ihr vielleicht das königliche Händchen behauchen!« Die Männer stimmten in sein raues Gelächter mit ein.

Nur der Feldwebel lachte nicht. Er sagte auch nichts, kein Wort, die ganze Zeit nicht. Kristina wurde es angst und bange.

In der ersten Nacht im neuen Quartier küsste er Kristina und machte mit ihr, was er »Liebe« nannte. Meistens war er einigermaßen zärtlich dabei und meistens gefiel es Kristina, was er mit ihr tat. Eigentlich gefiel es ihr immer besser. Manchmal dachte sie dabei an den Ritter Sakarias Bonde und wie es mit ihm gewesen wäre, das Liebemachen. Dann überkam sie jedes Mal Ekel, und der Schotte kam ihr vor wie ein Traummann.

Manchmal zwang sie ihn, langsamer zu machen mit seiner Liebe, und zeigte ihm die Stellen an ihrem Körper, die sich nach Berührung sehnten. In jener ersten Nacht im Haus des Webers ließ er sich besonders viel Zeit und liebte sie so zärtlich wie selten. Noch hinterher küsste und streichelte er sie lange. »Ich werde dich vermissen, wenn du nicht mehr bei mir bist«, flüsterte er ihr ins Ohr.

Kristina stutzte, weil die in seinen Worten verborgene Liebeserklärung sie rührte; erwidern allerdings konnte sie die nicht. »Wie soll ich denn fortgehen?«, flüsterte sie schließlich. »Tillys Krieger kommen mir nicht so vor, als würden sie jemanden ungeschoren aus der Stadt lassen.«

»Ihr habt recht, Lady Kristina, leider. Wir sind längst eingeschlossen und müssen weit weg von zu Hause in dieser fremden Stadt verrecken.« Sie hörte ihn schlucken, und es klang ganz so, als schluckte er Tränen hinunter. »Hier kommt keiner mehr raus, der es nicht um jeden Preis will, Kristina. Einem Schädel wie deinem allerdings trau ich es zu.«

Tage später erhob sich herzzerreißendes Weinen und Wehklagen im Haus des Tuchmachers. Dessen Schwager sei tot, hieß es. Krabaten – so nannte man Tillys kroatischen Söldner – hätten den armen Mann, einen Schneidermeister, im Nachbardorf erschlagen. Seine Schwester, also die Ehefrau des Webers, und seine beiden Töchter, die im Heidelberger Haus Zuflucht gesucht hatten, heulten sich die Seelen aus dem Leibe. Tagelang beteten und weinten die Frauen des Hauses oben in einer kleinen Schlafkammer.

»So geht das im Krieg, Lady Kristina«, sagte der Feldwebel. »Glaubt bloß nicht, dass dieser Schneider der Letzte gewesen ist, den Meister Klapperbein holt.« Und während er das sagte, versuchte er sein Gesicht zu jenem bitteren Grinsen zu verziehen, das er so oft aufsetzte. Doch es wollte ihm nicht mehr recht gelingen.

Kristina jedoch drang die laute Trauer der Frauen und Mädchen tief in die Brust. Das Geheule oben in der Kammer wühlte ihre Seele auf, stülpte sie um und wühlte sie erneut auf. Alles, was darin eingeschlossen lag, wirbelte plötzlich an die Oberfläche ihres Bewusstseins und vertrieb jeden klaren Gedanken. Heimweh überfiel sie mit unerwarteter Macht; der angestaute Schmerz der letzten vier Jahre brach sich Bahn und überflutete ihren Verstand; wieder und wieder sah sie den toten Vanhouten in den Wellen schaukeln, und das Bild des toten Pit wollte gar nicht mehr vor ihrem inneren Auge weichen. Und natürlich quälte sie die Frage, wie es wohl ihrem eigenen Vater gehen mochte. Der Gedanke, sie könnte ihn nie mehr lebend wiedersehen, wollte ihr das Herz brechen. Und wie mochte es der Mutter gehen? Und Erik und den Tanten und Onkeln?

Die Sorge um ihre Lieben machte sie ganz wund; und die Sehnsucht nach ihnen sowieso.

Kristina konnte nicht anders: Die laute Trauer in jener Kammer im Obergeschoss des Tuchmacher-Hauses zog sie magisch an. Sie ging hinauf zu ihren unfreiwilligen Gastgebern – einmal, zweimal, wieder und wieder. Sie setzte sich dann jedes Mal auf den Boden neben die Tür, sang die lutherischen Kirchenlieder mit, manchmal auf Deutsch, oft in Schwedisch. Niemand schickte sie weg.

Einmal überkam es sie mit solcher Heftigkeit, dass sie in sehr lautes Heulen ausbrach. Sie schrie einfach heraus, was in ihr bohrte, brodelte und brannte, und weinte so bitterlich, wie nie zuvor in ihrem Leben. Irgendjemand nahm Kristina in den Arm, irgendjemand streichelte sie, irgendjemand flüsterte ihr Sätze auf Deutsch ins Ohr, die sie kaum verstand und die ihr dennoch guttaten. Und dann stimmte plötzlich, wie in ein leidenschaftliches Lied, die älteste Tochter des toten Schneiders in Kristinas Geschrei mit ein, und beide weinten, bis die Tränen versiegten.

Am Abend dieses Tages lag sie lange wach und fühlte sich seltsam erleichtert. Unerklärliche Zuversicht erfüllte sie. »Einem Schädel wie deinem«, flüsterte sie wieder und wieder. »Einem Schädel wie deinem. Einem Schädel wie deinem allerdings trau ich's zu.«

Von dieser Trauerstunde in der engen Frauenkammer an verknüpfte ein unsichtbares Band Kristina mit der ältesten Tochter des toten Schneidermeisters. Sie hieß Susanna Almut. Kristina schenkte ihr einen der Äpfel, die der Feldwebel ihr aus dem Weinkeller irgendeines Nachbarhauses gestohlen hatte. Sie schloss Susanna ins Herz. Doch ihre Freundschaft zu gewinnen, gelang ihr nicht.

Die erwachsenen Frauen im Tuchmacher-Haus verboten den jüngeren Frauen und den Mädchen den Umgang mit ihr. Weil sie beim Feldwebel schlief, ohne mit ihm verheiratet zu sein, nannten die Tuchmacher-Frauen sie hinter vorgehaltener Hand eine »böhmische Hure«; Kristina, die feine Ohren hatte, hörte es genau. Und es tat ihr weh. Doch sie presste die Lippen zusammen und schwieg.

Bald zog der Belagerungsring sich so dicht und eng um die Stadt, dass keiner sie mehr verlassen konnte. Und dann schlugen die ersten Kanonenkugeln in Heidelberg ein. Splittern, Krachen, Pfeifen und Donnern zermürbte die Tage und manchmal auch die Nächte. »So hört er sich nun einmal an, der Krieg«, sagte der schottische Feldwebel bitter. »Auch so.«

Bald darauf – der August war mit einem schweren Gewittersturm zu Ende gegangen – teilte Kristina abends das Essen aus und beobachtete, wie der Feldwebel und seine Männer kleine Zettel untereinander verteilten. Ein Napf mit erhitztem Tannenharz machte die Runde. Einige betrachteten die Zettelchen aufmerksam, andere rollten sie schon zusammen, steckten sie in den Kiel ihrer abgezogenen Hutfeder oder legten sie zwischen zwei Hälften einer leeren Walnuss, die sie dann sorgfältig mit dem Baumharz bestrichen, zusammenklebten und mit einem Lederriemen umwickelten.

»Was treibt ihr da?« Kristina legte gebratene Fische, geröstete Maiskolben und gekochte Rüben auf die Blechteller. »Was sind das für Zettel?«

Ludwig, den sie dabei anschaute, grinste verlegen und wich ihrem Blick aus. Der Corporal Jokrim aber sagte: »Passauer Sprüche.«

»Was ist das, ein ›Passauer Spruch‹?« Kristina stellte die Schüssel ab, richtete sich auf, stemmte die Fäuste in die Hüften. Die Männer grinsten nur, sahen einander verstohlen an und fuhren fort, ihre Zettel in Nussschalen und Federkielen verschwinden zu lassen. Kristina bückte sich und zupfte ihrem Feldwebel seinen Zettel blitzschnell aus der Hand.

»Was ist denn das für eine Tinte?« Kristina rümpfte die Nase – die schwarz-rote Tinte roch metallen und irgendwie faulig. Den Spruch zu entziffern war nicht ganz einfach.

»Fledermausblut«, sagte einer der Männer. Kristina glaubte, sich verhört zu haben.

»Oder noch wirksamerer Saft.« Feixend steckte Veits Jokrim seinen mit dem Spruch gefüllten Federkiel wieder in den roten Federbusch auf seinem Hut. »Schließlich haben wir doch so manchen Papisten gefangen genommen.«

»Was habt ihr …?« Fassungslos starrte sie die Schrift aus getrocknetem Blut an und entzifferte ein englisches Wort nach dem anderen. Nur wenige Worte standen auf dem Zettel: Rang und Name ihres Feldwebels und dass seine Seele dem Teufel gehören sollte, wenn er binnen drei Tagen starb.

Der Schotte sprang auf, nahm ihr den Zettel weg und rollte ihn zusammen. »Das sind gesegnete Zettel. Mit Blut geschrieben und von einem bayrischen Feldwebel nach Speyer zur Messe gebracht«, sagte er tonlos und schob das Papierröllchen in einen Federkiel.

»Nach Speyer? Mit einem Landsknecht der Papisten?« Kristina konnte kaum glauben, was sie da hörte. »Zur katholischen Messe?«

»Bei drei Messen hatte der gute Mann sie dabeigehabt. Drei Wandlungen des Messweines in Christi Blut haben die Sprüche erlebt.« Er war stolz, als wäre ihnen ein militärisches Bravourstück gelungen. »Heute haben sie Pferde und Bauern aus Speyer geholt, um ihre schweren Kanonen auf den Königsstuhl zu schaffen, und unser Feldwebel hat unsere Passauer Sprüche wieder mitgebracht.«

»Und jetzt sind sie geweiht«, erklärte ein anderer.

»Und ihr habt eure Seelen dem Teufel geweiht? Seid ihr denn von allen guten Geistern verlassen?«

»Nur für drei Tage«, sagte der Corporal Jokrim. »Stirbst du in dieser Zeit …« Er winkte ab und zuckte mit den Schultern. »Sicher, dann gehörst du dem Schwarzen Kasper. Überlebst du jedoch die drei Tage, bist du fest und bleibst du fest für alle Zeiten.«

»Fest?« Kristina verstand gar nichts mehr.

»So fest wie der Tilly, dieses Aas«, erklärte Jokrim. »Gegen Musketen und Pistolenkugeln. Gegen Klingen und Kanonenkugeln hilft auch kein Passauer Spruch. Erwischt dich zum Beispiel ein Schwert, gehört deine Seele dem Schwarzen Kasper.«

»Manchmal helfen sie auch gegen Steine und Schwerter!«, protestierte ein Schotte.

»Ich habe meine Seele nicht dem Teufel versprochen«, beteuerte Ludwig kleinlaut. »Ich trage ein Amulett mit einem Bibelspruch an der Brust.«

»Passauer Spruch ist Passauer Spruch!« Jokrim winkte ab. »Du wirst ein Fraß des Schwarzen Kaspers wie jeder andere hier, wenn du in den nächsten drei Tagen krepierst!«

»Genug geschwatzt.« Kristinas schottischer Feldwebel setzte seine Sturmhaube mit dem Satanszettel im Kiel des Federbusches auf. »Das ist Männersache, geht dich nichts an, Kristina.« Und dann an den Gefreiten gewandt: »Sprich endlich das Tischgebet, Ludwig.«

In dieser Nacht tat er zum letzten Mal das mit Kristina, was er »Liebe machen« nannte. Er tat es auf eine Weise, die Kristina verabscheute: schnell und hastig, ganz so, als säße ihm der Teufel im Nacken. Danach hielt er sie fest umschlungen. Weil sie seine Unruhe spürte, ließ sie sich ihren Missmut nicht anmerken. »Vielleicht erwischt's mich irgendwann trotz frommer Sprüche«, flüsterte er, »dann musst du dich vor Jokrim hüten.«

Ein Kloß schwoll in ihrem Hals. »Stimmt es also, was deine Böhmin geschwatzt hat.«

»Hüte dich vor ihm, sag ich.«

Zwei Tage später schlug eine bayrische Kanonenkugel in den Schweinestall ein, auf dessen Dach Kristinas schottischer Feldwebel Seite an Seite mit einem holländischen Gefreiten gerade eine kurpfälzische Kanone lud. Beide Männer starben in den Trümmern des Schweinestalls. Kristina und die Böhmin weinten gemeinsam um ihren Feldwebel.

»Und?«, raunte ihr der neue Feldwebel Veits Jokrim ins Ohr, als sie von der Beerdigung des gefallenen Feldwebels zurück ins Tuchmacher-Haus gingen. »Muss man die süße Hure immer noch zwingen? Oder schläft sie nun freiwillig bei mir?«

7

Prag, August 1622

Wenn er sich sehr konzentrierte, gelang es Tonda, nur das Gesicht des lutherischen Predigers zu betrachten: ein rundes Gesicht mit vollen Lippen und starkem, kantigem Unterkiefer; das schwarze Haar hatte man sorgfältig aus der glatten und hohen Stirn gekämmt, den schwarzen Bart sehr kurz gestutzt. Ein beinahe friedliches Gesicht. Fast hätte man meinen können, der Mann schliefe. Nur das wächserne, fahle Graublau der Haut störte diesen Eindruck.

Tonda fröstelte; hier unten in den Gewölbekellern herrschten niedrige Temperaturen. Dennoch roch der Mann bereits. Mit zwei Haken spreizte Nikolaus sein aufgesägtes Brustbein auseinander. Der Pater Medikus legte Skalpell und Pinzette auf einen Tisch neben der Bahre, beugte sich über den Toten und löste das freipräparierte Herz endgültig aus der Brusthöhle.

Der lutherische Prediger hatte eine tiefe, kräftige Stimme gehabt; glühende Leidenschaft hatte aus ihr und seinen Worten gesprochen. Wie in den Augen von Pater Franz hatte auch in seinem Blick ein Feuer gebrannt, als er aus der Heiligen Schrift las, als er predigte. Und ähnlich wie Tondas Beichtvater, ballte auch er die Fäuste während der Predigt, schüttelte sie oder schlug mit der rechten auf den Tisch oder in das aufgeschlagene Buch. Und dann der Ausdruck des Entzückens, der auf seine Züge trat, als er mit geschlossenen Augen betete – auch das kannte Tonda von Pater Franz.

Das macht die lutherische Pest, hatte sein Lehrer und Beichtvater ihn gewarnt, *bei den meisten dringt sie sehr tief in Herz und Hirn, ergreift die Leute ganz und gar und macht, dass sie völlig überzeugt sind von ihrem Irrtum und sich vollkommen im Recht fühlen.* Und darum sei es so wichtig, die Ketzerei mit Stumpf und Stiel auszurotten.

Das stimmte: Der Mann, dessen Herz Pater Alban jetzt in einen Eimer Wasser tauchte, zu einem kleinen, erhöhten Tisch trug und in die flache Glasschale darauf legte, dieser Mann war vollkommen überzeugt gewesen von dem, was er sagte; er sprach, schaute und gestikulierte wie einer, der sich ganz und gar auf dem rechten Weg wähnte.

Tonda konnte das beurteilen, er hatte den Prediger ja genau beobachten können, hatte ja nur drei Schritte entfernt von ihm am Spinett gesessen, um den Gesang der heimlich versammelten Gottesdienstgemeinde auf dem Tasteninstrument zu begleiten.

Nikolaus legte die blutigen Haken in den Wassereimer und griff zu einer schmalen Säge mit sehr feinem Blatt. Blutspritzer bedeckten seine Arme, sein Gesicht und sogar sein blondes, inzwischen kurz geschnittenes Haar. Er wirkte ruhiger und zugleich konzentrierter, seit er ein Pater geworden war. Und seit er im letzten Herbst bei Pater Alban die Medizin studierte, arbeitete und lernte er bis zu achtzehn Stunden am Tag.

Alban wusch sich die Hände in einer Blechschüssel. »Hochwürden von Trient macht mir Sorgen, Tonda«, sagte er. »Er redet wenig in letzter Zeit, und das Wenige mit seltsam kraftloser Stimme.« Seufzend schüttelte er den Kopf, während er seine Hände an einem grauen Tuch trocknete. »Nein, sein Zustand gefällt mir nicht. Wirkt er auf dich nicht auch melancholisch und teilnahmslos?« Der Medikus stellte Ölleuchter rechts und links der Glasschale auf, ging zur bereitgestellten Staffelei, nahm einen Rötelstift und begann, das Herz auf die Leinwand zu zeichnen.

Tonda schüttelte den Kopf. »Pater Franz ist nicht melancholisch, Pater Alban.« Das Herz des Predigers fesselte seinen Blick. »Im Gegenteil – er ist glücklich, weil er mithelfen konnte, Böhmen für unsere Religion und den Heiligen Vater zurückzugewinnen.« Er betrachtete den geöffneten Leib des Toten. Nikolaus hatte ihm die Stirnhaut gespalten und setzte ihm nun die Säge an den Schädelknochen. »Pater Franz ist einfach nur müde, wisst Ihr? Erschöpft vom Kampf und von der vielen Arbeit.«

»Sicher hast du recht, Tonda, aber ist dir denn nicht auch die rasche Veränderlichkeit seines Gemütszustandes aufgefallen?« Unter Albans flinken Fingern gewann das Herz auf der Leinwand schon Konturen und Gestalt.

Das letzte Mal, als Tonda den lutherischen Prediger mit schlagendem Herzen in der Brust gesehen hatte, feierte dieser gerade die heilige Kommunion. In seinem Kerker und mit Pater Franz. Zuvor hatte er widerrufen und gebeichtet. Und danach empfing er das Sterbesakrament. Aus Pater Franz' Händen.

Auch auf seinem letzten Weg hatte der Pater Magister ihn gestern betend und segnend begleitet. Nikolaus hatte davon erzählt. Hunderte Schaulustige hatten sich auf dem Altstädter Ring versammelt. Als man dem Mann die Schlinge um den Hals legte, rief er noch einmal für alle hörbar, dass er bereue und nun hoffe, durchs Fegefeuer hindurch in Abrahams Schoß zu gelangen.

Er habe der Lutherei abgeschworen und sei der Verdammnis entkommen, weil Pater Franz ihn überzeugt und der Geist Gottes ihn erleuchtet habe, sagten die einen. Falsch, sagten die anderen: Abgeschworen habe er einzig und allein, weil man ihm dafür angeboten habe, weder seine Familie noch seine Güter anzutasten.

Tonda hoffte, dass die sich täuschten, die Letzteres behaupteten. Ganz sicher war er allerdings nicht. Das hässliche Geräusch der Knochensäge hallte von den feuchten Wänden des Kellergewölbes wider, und dem feuchten, modrigen Geruch mischte sich jetzt eine bittere Note bei.

»Seine Stimmungswechsel beunruhigen mich, Tonda.« Alban arbeitete schnell wie immer – die Zeichnung war längst fertig, und er mischte bereits die Ölfarben. »Wochenlang schläft er kaum, redet ständig und laut und platzt schier vor Schaffensdrang. Und dann folgen wieder Wochen voller Albträume und Trauer, und er schleicht herum wie ein Schatten seiner selbst.« Der Medikus setzte den Pinsel an, zog die rötlichen Umrisse des Herzens mit dunklerem, fleischigerem Rot nach.

»Das geht schon wieder vorbei.« Tonda betrachtete das Herz des Toten und fragte sich, was es gefühlt haben mochte, als sein ehemaliger Besitzer so glühend gepredigt und so andächtig gebetet hatte; und was, als er widerrief oder als Tonda ihn gefangen nahm. »Jetzt, wo die Arbeit getan und Böhmen erobert ist, wird Pater Franz sich rasch erholen und bald wieder der Alte sein.« Er deutete auf das Herz. »Hat die Seele des Predigers in diesem Fleischklumpen gelebt?«

Alban blickte sich überrascht nach ihm um. Dann lachte er trocken. »Über diese Frage streiten die Gelehrten sich schon seit zweitausend Jahren.« Unter Albans Pinselstrichen entstand ein Herz auf der Leinwand, doppelt so groß wie das in der Glasschale. »Ich habe Medizin, die Pater Franz helfen könnte, doch er will sie nicht einnehmen. Er sei nicht krank, sagt er.«

»Was glaubst du, Pater Alban – wo steckt seine Seele?«

»Schwer zu sagen.« Alban tunkte den Pinsel in den roten Farbklecks auf der Palette. »Sicher ist nur, dass sie nun im Fegefeuer weilt und für das ewige Leben gereinigt wird.« Er drehte sich zu Tonda um. »Ich bitte dich, Tonda, sprich mit Franz. Sag ihm, er soll meine Medizin nehmen. Er liebt dich wie seinen eigenen Sohn – auf dich wird er hören.«

»Ist gut, Pater Alban, ich werde ihn bitten, deine Medizin zu nehmen.« Tonda lauschte in sich hinein: Albans Worte erregten eine Aufwallung von Wärme und Freude hinter seinem Brustbein. *Er liebt dich wie seinen eigenen Sohn ...* Die Wärme perlte hinunter in seinen Bauch und stieg herauf in seine Kehle. »Die Seele wohnt im Herzen, ganz bestimmt.« Tonda presste die Fäuste gegen die Brust. »Unvorstellbar, wenn man diesen armseligen Fleischklumpen in der Glasschale da betrachtet, doch es kann nicht anders sein, oder? Hier drinnen fühlt man sie doch. Hier drinnen spürt man doch Freude, Angst und Hoffnung.«

Alban drehte sich wieder nach ihm um und musterte ihn aus erstaunten blauen Augen. Auch in seinem langen Grauhaar klebte Blut. »Sicher«, sagte er. »Manche der griechischen Philosophen glaubten das auch. Und vor ihnen die Weisen des alten Ägyptens. Der große griechische Arzt Galen hingegen war überzeugt, dass die Seele im Gehirn wohnt.« Er deutete auf den Kopf des Toten, von dem Nikolaus gerade die Schädeldecke abhob. Tonda sah ein weißgraues, vielfach verschlungenes Etwas, das ihn entfernt an eine riesige Walnuss erinnerte. »Nachher, wenn ich es gemalt habe, werde ich es aufschneiden und die Kammern suchen, die Galen als Wohnung des Geistes beschrieben hat.«

»Du glaubst, dass die Seele des Predigers aus diesen grauen, ekelhaften Windungen ins Fegefeuer gefahren ist?« Tonda deutete auf das Gehirn des Toten; Nikolaus befreite es gerade von Knochensplittern und Haaren.

»Nein.« Alban fuhr fort, das Herz zu malen. »Ich halte das Herz als Seelensitz für wahrscheinlicher. Mit dem Skalpell werde ich es mir nachher ebenfalls genauer ansehen. Vielleicht gibt es ja Spuren der Predigerseele darin; vielleicht sogar Spuren seiner Buße und Rettung. Wer weiß?«

»Ich glaube, dass die Seele im Blut durch den Körper fließt.« Ungefragt ergriff nun Nikolaus das Wort. »Den ganzen Tag, die ganze Nacht, das ganze Leben lang. Immer.« Er ließ die Hirnschale des Predigers in den Wassereimer fallen, ging in die Hocke und wusch sich die Hände im blutigen Wasser. »Und wenn es nicht mehr fließt, ist sie weg, die Seele. Das sagen doch auch die Juden.«

»Ja«, bestätigte Tonda. »So steht es im Alten Testament.« Nachdenklich betrachtete er den geöffneten Schädel des Predigers und sein freigelegtes Gehirn. Der Gedanke, dass er den Mann, der dort mit geöffnetem Leib auf der Bretterbahre lag – ohne Herz und bald auch ohne Gehirn – vor wenigen Tagen noch predigen, beten und singen gehört hatte, dieser Gedanke machte ihn ganz schwindlig. Und wie dieser Mann ihn angefahren hatte, als er ihn später, auf dem Weg nach Pilsen, gestellt und mit gezückter Reiterpistole aufgefordert hatte, vom Pferd zu steigen. So viel Leben war in ihm gewesen, so viel Leidenschaft. So viel Wut. »Verräter!«, hatte er gebrüllt mit seiner dunklen, kräftigen Stimme. Und dann hatte er seinen beiden bewaffneten Begleitern befohlen, ihn niederzuhauen. »Einen Verräter des wahren Glaubens zu töten sei euch erlaubt!«, hatte er gebrüllt. »Der Allmächtige wird es euch als Gottesdienst anrechnen!«

Tondas eigenes Herz umklammerten Eisfinger, als er daran dachte. Er zog die Schultern hoch und erschauerte.

»Warum bei der Heiligen Jungfrau starrst du denn dauernd die dumme Leiche so an?«, fragte Nikolaus. Sein Grinsen hatte etwas Ratloses. »Dich beißt doch nicht etwa das schlechte Gewissen, weil du dem Ketzer erst in den Kerker und dann zum Treffen mit dem Henker geholfen hast?«

»Wie kommst du nur darauf!«, zischte Tonda. »Habe ich dem Prediger nicht einen guten Dienst erwiesen? Besser jung sterben und gerettet, denn als Greis und Verdammter in die Hölle fahren!« Er sah, wie Alban plötzlich herumfuhr und ihn anstarrte.

»Du warst es?« flüsterte Alban und war auf einmal ganz bleich. »Du hast ihn gestellt? Ich wusste ja nicht ...« Erst am Abend nach der Hinrichtung des Predigers war der Pater Medikus von einer längeren Reise durch den Norden Böhmens zurückgekehrt. »Aber es heißt doch, er habe Bewaffnete bei sich gehabt.« Alban schluckte und deutete mit einer Kopfbewegung auf den Toten. »Und es heißt, die seien bei seiner Gefangennahme getötet ...« Er unterbrach sich, wurde noch fahler und heftete seinen erschrockenen Blick erneut auf Tonda.

»Auf einen habe ich die Reiterpistole abgefeuert«, sagte Tonda mit fester Stimme. »Den anderen mit dem Degen durchbohrt.« Er presste die Lippen zusammen. »Für Gott hab ich's getan und für die heilige Kirche.« Und für Vater Franz, fügte er in Gedanken hinzu.

Pater Alban aber öffnete den Mund, als wollte er etwas entgegnen, aber er blieb stumm. Allein sein Blick sprach Bände. Entsetzen und Verwirrung las Tonda darin. Und auch Abscheu, oder nicht?

8

Heidelberg, August 1622

Kristina nahm die Warnung des neuen Feldwebels ernst. So ernst, dass sie ihr Schlaflager an die Treppe ins Obergeschoss verlegte und nicht einmal die Stiefel auszog, bevor sie sich am Abend nach der Beerdigung des Schotten in ihre Decken rollte. Kein Auge tat sie zu. Und tatsächlich drang noch vor Mitternacht der ehemalige Corporal in die Tuchmacher-Werkstatt ein und suchte nach ihr. Kristina sah nur die Konturen eines Schattens, doch sie erkannte Jokrim an seiner schlanken, großen Gestalt und an der hölzernen Art sich zu bewegen. Sie wickelte sich in ihren Umhang.

Weil Jokrim sie nicht gleich fand, weckte er Martha. »Wo ist die junge Hure?«, fragte er. Eines der Kinder wachte auf und weinte. Kristina erhob sich leise, griff nach ihrem Messer und huschte die Treppe hinauf. Sie hörte erst das Gezeter der Böhmin und dann seine Schritte auf der Treppe. So leise es ihr möglich war, öffnete sie das Fenster neben der Kammer, wo die Frauen schliefen, stieg hinaus aufs Dach einer Werkstatt und zog das Fenster wieder hinter sich zu. Vom Werkstattdach aus führte eine Stiege zur Wehrmauer hinauf.

Obwohl sie auf Zehenspitzen schlich, knarrten alte Holzdielen unter ihren Stiefelsohlen. Hinter sich hörte sie die Fensterscharniere quietschen und dann den Fluch einer Männerstimme. Jokrim stieg schon aufs Dach! Kristina raffte den Umhang hoch, rannte los. Zwei Schritte vor der Stiege stolperte sie über die Beine eines Mannes, torkelte gegen die Wehrmauer, schlug sich den Kopf an.

»Hab ich dich, meine süße Hure!« Wie von sehr weit weg drang die feixende Stimme hinter ihr in ihren schwindeligen Geist. Und sie klang so siegesgewiss, dass es Kristina durch Mark und Bein fuhr. Das half ihr, der drohenden Ohnmacht zu widerstehen. »Her mit dir!«, brüllte Jokrim.

Mit dem Rücken drückte Kristina sich an die Mauer neben der Stiege, versuchte, ihre Benommenheit zu überwinden. Ihr Kopf dröhnte. Sie wischte sich Blut aus dem Auge, blinzelte in die wolkenverhangene Mondnacht. Ein schmächtiger Mann baute sich auf vor ihr auf und stellte sich dem Feldwebel Jokrim in den Weg. »Lass sie gehen, Veits! Sie ist doch gerade erst Witwe geworden …« Kristina erkannte die Stimme Ludwigs, des Predigersohns. Hatte er denn hier auf dem Dach geschlafen?

»›Witwe‹, ich lach gleich!« Der frischgebackene Feldwebel versuchte den Jüngeren und Kleineren zur Seite zu schieben. »Aus dem Weg, Hundsfott! Aus dem Weg in drei Teufels Namen!« Der Feldwebel Jokrim riss seinen Degen aus der Scheide.

Kristina schwang sich auf die Stiege, kletterte auf die Mauer, rannte los. Der Kopf schmerzte, Blut sickerte ihr in die Augen, die Knie gaben nach, Brechreiz würgte sie. Doch sie wusste: rennen oder Jokrims Gewalt ausgeliefert sein. Der hatte einen Degen und war ein Mann – sie hatte nur ein Messer und war nur eine Frau. Nur Freiwild.

Über die Schulter blickte sie zurück: Ludwig wehrte Jokrims Hiebe mit dem eigenen Degen ab, stolperte dabei rücklings die Stiege zur Mauer hinauf. Das zu sehen erschütterte Kristina – der Gefreite hatte es gewagt, gegen den Ranghöheren blankzuziehen! Um ihr zu helfen. Konnte das denn wahr sein?

Sie wich den Trümmern des zerschossenen Schweinestalls vom Nachbaranwesen aus, die Mauer und Wehrgang bedeckten. Auf Brettern, die man über die Ruine hinüber zum Dach des Wohnhauses und von dort zurück zur Mauer gelegt hatte, erreichte sie wieder den Wehrgang. Dann eine Gasse, und dann wieder ein von Kanonenkugeln zertrümmertes Dach.

Dass einer ihr half, gab ihr Kraft, machte sie hellwach. Niemals sollte er sie bekommen, der verfluchte Jokrim! Lieber wollte sie sterben. Oder noch besser – den geilen Hund töten.

Erneut ein Blick zurück: Veits Jokrim balancierte gerade auf den Brettern über dem zerstörten Schweinestall. Kristina stieß einen Fluch aus. Weiter. Nach vorn geschaut, schneller! Weiter und immer weiter. Verfluchter Landsknecht, du kriegst mich nicht!

Schritte und Stimmen rückten näher, und zwar von vorn. »Haltet ihn!«, schrie dort einer auf Deutsch und mit schottischem Akzent. »Ein Feind!« Männer liefen ihr entgegen. »Haltet Tillys verfluchten Spion!« Fackeln zuckten zweihundert Schritte voraus auf der Mauer und ein Schatten riss einen wehenden Umhang hinter sich her. »Haltet den Spion!«

Erschrocken blieb Kristina stehen, ging in die Knie, spähte in die Dunkelheit. Im nächsten Moment duckte einer sich vor ihr – kurze Locken, kein Helm, kurzgeschorener Bart, ein Ohrring, gelbes Koller, darüber einen schwarzen Kasack. Von seinem schmalen Gesicht sah sie nur das Weiße seiner Augäpfel. Er atmete schwer und richtete eine Reiterpistole auf sie. Die Zündlunte glühte.

So verharrten sie drei Atemzüge lang; Kristina mit dem Messer in der Faust, er mit der Reiterpistole. Im Glutschein der Lunte sah sie Schweißperlen glänzen, sah sie sein rotbraunes Barthaar. Hinter ihr polterten Jokrims Schritte heran, hinter dem Fremden näherten sich die Schreie der Wachen. »Ein bayrischer Spion! Haltet ihn!«

»Hinein!« Kristina handelte, ohne nachzudenken. Sie deutete auf einen Birnbaum, der zwei Schritte weiter sehr dicht an der Mauer wuchs und sein Geäst über den Wehrgang streckte. »Aus die Lunte und hinein! Und ganz still dann.«

Der Fremde riss die Lunte aus dem Pistolenschloss, erstickte sie in der behandschuhten Faust und sprang in die dicht belaubte Baumkrone hinein. Unreife Birnen prasselten unten aufs Pflaster, Laub raschelte. Danach verharrte er mucksmäuschenstill.

Kristina griff über sich ins Geäst, packte einen Zweig, hielt sich fest und drückte sich mit dem Rücken zu Gasse und Birnbaum hin gegen das Geländer des Wehrgangs. »Dort läuft er!« Sie schrie und winkte. »Ich sehe ihn! Schnell!« Ein Musketier tauchte aus der Dunkelheit auf, ein Pikenier folgte ihm. »Da läuft er doch!« Kristina deutete auf Jokrim – kaum zwanzig Schritte trennten sie noch von ihm. »Er hat mit dem Degen nach mir geschlagen!« Sie zeigte auf die Platzwunde an ihrer Stirn und winkte die Männer an sich vorbei.

Der Musketier schoss auf Jokrim, der Pikenier richtete seine schwere Pike aus und stürmte Kristinas Feind entgegen; der Musketier hinterher, und mindestens vier weitere Wachen folgten. Kurz darauf wieder ein Schuss und dann Kampflärm und Männergebrüll.

Kristina winkte dem Fremden, half ihm aus dem Baum. Hinter ihr her rannte er den Wehrgang entlang in die Richtung, aus der die Wachen gekommen waren. In einer Mauernische unter einer Zinne knoteten sie ihren Umhang, ihre Strümpfe und seinen Kasack zu einem Tau zusammen und befestigten es am Wehrgang. Beide atmeten schwer.

»Merci, merci. Das tut Ihr nicht umsonst …« Der Fremde streifte den Handschuh von der Linken, zog einen seiner vielen Ringe ab, nahm Kristinas Hand, drückte ihn hinein. Dann schloss er ihr die Finger zur Faust, beugte sich darüber, als wollte er ihren Handrücken küssen. »Merci, Mademoiselle. Merci bien! Die Heilige Jungfrau segne Euch.«

An den zusammengeknoteten Stoffen kletterte er die Außenmauer hinunter. Auf halber Höhe endete das Stoffseil, und er musste springen. Kristina sah ihn im Mondlicht durch die Uferwiese zum Neckar humpeln.

Sie zog den Kleiderstrick hoch, entknotete ihn, legte sich die Stücke um die Schultern: ihre Strümpfe, seinen Kasack und darüber ihren Umhang. Schüsse fielen weiter vorn, irgendwo beim Schweinestall. Kristina ballte die Faust um den Ring.

Veits Jokrim war die Mauer hinuntergestürzt, zwei Kugeln hatten ihn erwischt. Das erfuhr sie wenig später, und sie musste an den Passauer Spruch denken, den er auf seinem Hut trug. Offensichtlich hatte er Sturz und Kugeln überlebt, denn die Wachen schossen noch auf ihn, als er sich stöhnend unten im Gras wälzte; sie schossen auch auf bayrische Dragoner, die den Abgestürzten bargen, und bald musste man auf der Mauer vor dem Gegenfeuer in Deckung gehen.

Kristina hockte auf dem Wehrgang, presste sich gegen eine Zinne und zitterte am ganzen Leib. Die Kugeln flogen rechts und links an ihr vorbei. Auf der Mauer glaubten sie, den Spion getroffen zu haben; unten, in der Neckarwiese, glaubten sie, ihren Kundschafter zu retten. Kristina hoffte, Veits Jokrim würde tot genug sein, um die Verwechslung niemals aufklären zu können. Der Gedanke an seinen Tod tat gut und erleichterte sie. Und schlug ihr gar nicht das Gewissen? Sie lauschte in sich hinein – nein, nicht die Spur eines schlechten Gewissens regte sich da.

Ein schottischer Musketier verband später ihre Kopfwunde und führte sie zurück zum Mauerabschnitt beim Weberhaus. Dort lag ein Toter auf dem Wehrgang. Der Schotte beugte sich über ihn. »Dem hier hat er das Licht ausgeblasen, der verfluchte Spion!«, zischte er. Kristina ging vor der Leiche in die Hocke. Schrecken und zärtliche Dankbarkeit erfüllte sie. Mit zitternder Hand drückte sie Ludwig die Augen zu.

9

Prag, August 1622

Es regnete in Strömen. Draußen, auf dem Garnisonshof, vereinigten die Pfützen sich nach und nach zu einem kleinen Teich. In zwei Rinnsalen floss das Wasser bereits zum Stall herein. Tonda saß im Stroh und lehnte an der hinteren Stallwand zwischen Sultan und Engelchen, Jans weißer Stute. Die Stiefelabdrücke der Waffenknechte im Schlamm jenseits der Stalltür füllten sich mit Regenwasser. »Warte hier«, hatten sie gesagt. »Wir bringen deinen Bruder herauf zu dir.«

Am Morgen hatte Tonda den Pater Magister im Exerzitienhaus des Clementinums besucht. Hohlwangig und mit dunklen Schatten unter den Augenhöhlen hatte sein Beichtvater in dem Lehnsessel gesessen, den man ihm in seine Exerzitienzelle gestellt hatte. In diesem Sessel hockte er von morgens bis abends, erfuhr Tonda von den anderen Patres. Hockte und starrte in den Garten hinaus. Seit drei Wochen nun schon.

»Spiele für mich«, bat Franz, und Tonda hatte seine Nai herausgeholt und das Lieblingsstück seines Lehrers gespielt. Zweimal, dreimal – so lange, bis Franz zu weinen anfing. Danach hatte er Tonda in den Arm genommen und an sich gedrückt.

Ja, er wolle Pater Albans Medizin nehmen, hatte Franz versprochen, und ja, er werde sich auch die Bäder gefallen lassen, die der Medikus ihm verordnete, und wie dankbar er sei, dass Gott ihn, Tonda, gerettet und ihm als künftigen Soldaten Christi zur Seite gestellt habe. Und in einer Woche dürfe Tonda sein Novizengelübde ablegen und mit seinem ersten Exerzitium beginnen. Und danach werde man ihn mit einigen anderen Novizen nach

Ingolstadt senden, wo er sein zweijähriges Noviziat verbringen werde. Und noch heute solle er hinauf zum Hradschin reiten und seinen Bruder aus dem Kerker der Prager Burg holen; der Kerkermeister habe schon entsprechenden Befehl erhalten. Und danach: Abschied von Mutter, Bruder und Schwester und vom väterlichen Gestüt.

Nach der Beichte, als Tonda sich verabschiedete, hatte er wieder das vertraute Lodern in den dunklen Augen des Paters entdeckt.

Es tat ihm gut, an die beiden Stunden mit Pater Franz zu denken. Ja, es tat gut, in Gedanken bei ihm zu verweilen – es machte Tonda das Herz warm und verjagte die Beklemmung, die ihn befiel, wenn das Bild des lutherischen Predigers sich in sein Bewusstsein drängte.

Und das Bild seiner beiden sterbenden Leibgardisten.

Zum ersten Mal in seinem Leben hatte Tonda getötet. Einer der Gardisten war in seinem Alter gewesen, ein großer, kräftiger Bursche mit rotbraunem Haar, grünen Augen und wildem, leidenschaftlichem Blick. Seine ganze Verachtung hatte er herausgeschrien, als er auf Tonda losgegangen war. An alles Mögliche mochte er gedacht haben in jenem Augenblick – daran, dass es sein letzter sein könnte, ganz gewiss nicht.

Im Geist sah Tonda sich dem Stoß des anderen ausweichen, sah sich selbst zustoßen, hörte das hässliche Geräusch zerreißenden Fleisches. Ihn schauderte, und er warf den Kopf zur Seite, als könnte er dadurch dem brechenden Blick des Sterbenden ausweichen. Doch es half nichts, schon standen wieder alle drei Männer vor seinem inneren Auge; stierten ihn an und wollten gar nicht mehr gehen.

»Es war ein Gottesdienst, ein Akt des Gehorsams.« Tonda sprach laut zu sich selbst, um die Toten zu verscheuchen. »Und jetzt holen sie den Jan aus dem Kerker.« Engelchen richtete die Ohren auf, wandte ihren schönen weißen Schädel und äugte zu ihm herunter; der graue Sultan schnaubte, als wollte er Tondas

Worte bestätigen. »Die Wächter wollten mich nicht mit zu Jan hinunter in das Kellergewölbe nehmen. Warten soll ich.«

Aus seiner schwarzen Katzenfelltasche, die er an einem Riemen über der Achsel zu tragen pflegte, holte er die Engelspuppe und den grinsenden roten Teufel. In den Erzengel Michael schlüpfte er mit der rechten Hand, in den Teufel – den Schwarzen Kasper, wie der Vater Magister ihn nach Landknechtsart nannte – mit der linken.

»Natürlich wollten sie dich nicht mit hinunternehmen.« Wie immer gab Tonda dem Satan eine schmeichelnde, hohe und ein wenig heisere Stimme. »Du könntest ja sonst lauter arme Seelen dort unten sehen, gequälte Männer wie dein Predigerfang, zerschlagen und zerbrochen und ebenso verloren wie der.«

»Nicht verloren!« Der Erzengel Michael bekam wie üblich die kräftige, kommandierende Stimme eines Reiteroffiziers. »Gerettet ist der Prediger! Dank Tonda reinigt der allmächtige Gott ihn nun im Fegefeuer der Liebe! Dank Tonda muss er nicht zu dir in die Hölle fahren, verfluchter Lügner!« Der Erzengel drohte mit dem Schwert.

»Ha!« Der Schwarze Kasper wich zwar zurück, lachte aber höhnisch. »Und da bist du dir ganz sicher?« An Tonda wandte er sich, nicht etwa an den Erzengel.

»Ich habe die wahre Theologie studiert«, sagte Tonda mit seiner eigenen Stimme; sie kam ihm fremd vor. »Ich weiß, dass der lutherische Prediger verdammt war und nun gerettet wird.«

»Hört, hört, er weiß es!«, höhnte der Gehörnte. »Und wer war dein Lehrer, du Wissender?«

»Gelehrte Priester und Magister der Gesellschaft Jesu«, antwortete Tonda. »Vor allem der hoch angesehene Hochwürden Franz von Trient. Der ist sogar mehr als nur mein Lehrer, der ist mein geliebter Vater.«

»Ach. Der berühmte Magister Franz? Der gestrenge Examinator der Gesellschaft Jesu?« Vor seinem Gesicht spreizte der Teufel sich und neigte den gehörnten Grinseschädel, als würde er Tonda ganz genau betrachten. »Ich habe Menschen hier unten in der Hölle begrüßt, die sagen, der sei wie ich, der Pater Franz. Manche hier rufen mich sogar ›Franz, den Schwarzen Kasper‹. Und ja, das gefällt mir. Das gefällt mir gut.«

»Darum sind sie ja zu dir in die Hölle gefahren!«, schrie nun der Erzengel und schlug dem Satan das Schwert gegen die Hörner. »Weil sie eine böse Zunge haben! Weil böse Lügen aus ihren bösen Herzen steigen!« Und an Tonda gewandt rief er: »Höre nicht auf den! Nennt man ihn nicht einen Lügner von Anbeginn? Zweifel und Zwietracht will er säen, weiter nichts.«

»Wer nicht zweifelt, wird niemals vordringen zur Wahrheit.« Leise und schmeichelnd sprach der Schwarze Kasper. »Ist es nicht so, Antonín von Waldau? Ist es nicht so, du wissender Magister der Theologie?«

»Lass dich nicht verführen!« Die scharfe Kommandostimme des Erzengels Michael hallte von den Stallwänden nieder. Alle Pferde äugten zu Engel und Teufel. »Es ist gut gewesen, was du getan hast, Tonda! Sehr gut!«

»Oh ja!«, zischte der Teufel. »Sehr gut für mich. Weiter so. Möge die Hölle sich noch rascher füllen.«

»Was für ein erbärmlicher Lügner du bist!« Michael schlug nach Satan. »Zitterst ja schon um deine flüchtige Macht, um dein brüchiges Reich.« Seine harte Erzengelsstimme überschlug sich.

»Muss ich zittern, solange sich Verräter finden, die fromme Lieder auf dem Spinett begleiten, nur um einen braven Prediger in Sicherheit zu wiegen? Muss ich wirklich um meine Macht zittern, solange es angehende Novizen gibt, die bereit sind, einen ahnungslosen Vater und Gatten in die Falle zu locken, und seine Freunde töten, ohne mit der Wimper zu zucken?« Der Teufel lachte siegesgewiss.

»Für die Ehre Gottes hat er es getan, für die wahre Kirche!«

»Lug, Verrat und Mord für die Ehre Gottes?«

»Alle Mittel sind dem Soldaten Christi gestattet, wenn es um die Rettung der allein selig machenden Kirche und des wahren Glaubens geht!«

»Selbst die Lüge? Mit einer Lüge hat er sich unter die verirrten Lutherischen geschlichen.« Der Teufel deutete auf Tonda. »›Ich glaube lutherisch‹, hat er gesagt, dabei ist er längst ein strammer Katholik inzwischen.«

»Gesagt hat er's: ›Ich bin ein Lutherischer‹. Und in Gedanken hinzugefügt hat er: ›gewesen‹. Gesagt hat er auch: ›Ich will dich begleiten und beschützen, Prediger‹. Und in Gedanken hinzugefügt hat er: ›um dich zu kriegen‹.« Der Erzengel schwang das Schwert. »Nicht gelogen ist das, sondern klug geredet um der Ehre Gottes willen!«

»Klug geredet, aha!« Der Teufel wich den Schwerthieben des Erzengels aus. »Und die beiden Burschen, die jetzt bei mir in der Hölle schmoren? Mir soll's ja recht sein, doch darf man in der Gesellschaft Jesu denn Löcher in Menschenköpfe schießen? Nicht, dass ich etwas dagegen hätte, doch darf ein angehender Novize der Gesellschaft Jesu ein Schwert in eine Menschenbrust stechen?«

»Es geht um Größeres, du dummer, verstockter Teufel du!« Seine Fragen brachten dem Satan ein paar Schwertstreiche des Erzengels ein. »Weißt nichts von der Ehre Gottes, du! Ahnst nichts von der Heiligkeit der Kirche! Außerdem haben sie Tonda angegriffen.«

»Um ihren väterlichen Freund, den Prediger, zu schützen.« Satan versuchte, den Hieben auszuweichen.

»Um Gerechtigkeit zu verhindern und die Lutherpest zu schützen!«

»Ist ja gut, ist ja gut …« Der Teufel versteckte sich unter Tondas Knie. »Nur eine Frage noch«, sagte er aus seiner Deckung heraus. »Das alles hat der Pater Franz dich gelehrt?« Und wieder belauerte er Tonda. Der nickte nur. »Gute Lehre«, sagte der Satan. »Sehr gute Lehre!« Er streckte den Kopf zwischen Tondas Knien heraus. »Sie könnte von mir sein!«

Der Erzengel Michael schlug ihm mit dem Schwert auf den Kopf und setzte zu einer strengen Entgegnung an – doch plötzlich fiel ein Schatten auf Tonda. Beine in schmutzigen Stiefeln ragten vor ihm auf. Er hob den Blick.

Jan. Lumpen hüllten den Bruder ein, ein löchriger Hut bedeckte sein verfilztes Blondhaar, blondes Bartgestrüpp überwucherte sein eingefallenes Gesicht. Aus müden Augen blinzelte er auf Tonda herab. Und wirkte irgendwie fassungslos.

Hastig steckte Tonda die Puppen zurück ins Katzenfell zu Panflöte, Dolch und Reiterpistole.

Nicht weit hinter Jan standen zwei Waffenknechte. Der eine beäugte Tonda mit ängstlicher und misstrauischer Miene. Der andere feixte verächtlich, kam zu Jan und legte ihm die Rechte auf die Schulter. »Dein Bruder scheint wahnsinnig geworden zu sein in der kurzen Zeit des Wartens. Was wäre erst aus ihm geworden, wenn er an deiner Stelle zwei Jahre im Kerker hätte zubringen müssen?«

Regen prasselte auf Reiter und Pferde. Sie preschten den Hradschin hinunter, über die Karlsbrücke und durch die Stadt. Tonda auf seinem alten Grauen hatte Mühe, Jan zu folgen. Nach dem Stadttor, im freien Gelände, wuchs der Abstand zu Jans weißer Stute dann mit jeder Minute. Bald erschienen ihm der Bruder und sein Pferd hinter der Regenwand nur noch als zwei miteinander verschwimmende Flecken; der obere schwarz, der untere weiß.

Tonda barg den Tragsack aus Katzenfell zwischen Brust und Mantel, um Flöte, Pistole und Puppen vor Nässe zu schützen. Tief beugte er sich über Sultans Mähne. Der alte Hengst musste die Stute ziehen lassen. Als Tonda ins Gestüt trabte, führte Jan sein Engelchen bereits in den Stall. Knechte umringten ihn, lauter jesuitische Novizen, Schüler und Laienbrüder. Tonda selbst lenkte den Grauen unter das Vordach der Schmiede, band ihn dort fest und eilte ins Haus.

Seine Mutter umarmte ihn. Sie und Milana wussten ja, dass er kam, um Abschied zu nehmen. »Wohin wird man dich schicken?«, fragte Milana, eine hübsche Sechzehnjährige inzwischen. Das zum strengen Knoten geflochtene Weizenhaar und ein verbissener Zug um Augen und Mund ließen sie älter aussehen. »Und wann wird man dich zum Priester weihen?«

»In vielen Jahren erst. Die nächste Zeit werde ich in meiner Exerzitienzelle im Clementinum verbringen. Danach lege ich ein Gelübde ab, nach den Regeln der Gesellschaft Jesu zu leben, und danach …« Tonda zuckte mit den Schultern. »Ein Novize fragt nicht, ein Novize gehorcht.« Franz hatte ihn gebeten, niemandem zu sagen, wo er sein Noviziat verbringen würde. Eine »Bitte« galt in der Gesellschaft Jesu als anderes Wort für »Befehl«.

Er umarmte und küsste nacheinander Mutter und Schwester. »Ihr müsst euch keine Sorge machen, euch wird nichts geschehen. Ihr dürft hier leben, solange ihr wollt, niemand kann euch vertreiben. Pater Franz hat mir sein Wort gegeben.«

In der Haustür blieben sie stehen und sahen ihm hinterher, als er durch den Regen zur Schmiede stapfte. Dort stand Jan mit einem Rappen, einem jungen Hengst, und wartete. »Du wirst weggehen, nicht wahr?« Tonda nickte. »Dann solltest du ein gutes Pferd haben.« Er wies auf den schwarzen Hengst. »Sultan macht's nicht mehr lange, und der hier ist nach Engelchen der Schnellste und Kräftigste im Gestüt.«

Tonda öffnete die Lippen, blieb jedoch sprachlos vor Dankbarkeit. Er streichelte den Hals des Rappen und bestaunte den hohen, kräftigen Hengst. Er hatte langes Schweif- und Mähnenhaar und eine strahlend weiße, lanzenförmige Blesse, die unter der Stirnmähne begann und spitz zulaufend bis hinunter zwischen die Nüstern verlief.

»Danke.« Tonda umarmte seinen Bruder. Mit Tränen in den Augen verabschiedete er sich von Sultan und sattelte sein neues Pferd. »Wie heißt er denn?«

»Ich habe ihn einfach nur den ›Schwarzen‹ genannt.« Jan half ihm mit dem Sattel und reichte ihm schließlich die Zügel.

Die Brüder sahen einander an. Bis Jan seinem Blick auswich und ihn von den Stiefeln bis zur Hutkrempe musterte. »Schöne Kleider hast du.« Er strich ihm über Mantel und Kragen. »Und studiert hast du, nicht wahr?« Tonda nickte. »Bist du schon ein Jesuit?« Tonda schüttelte den Kopf. »Man muss lange dienen, bis sie einen in den innersten Kreis aufnehmen, nicht wahr?« Tonda zuckte mit den Schultern. »Was hast du bezahlt für all das?«

»Wie …?« Tonda verstand nicht recht und wusste nichts zu antworteten.

»Hast du mit deiner Seele bezahlt?« Etwas Lauerndes trat in die Gesichtszüge seines Bruders. »Hast du sie dem Teufel verschrieben?«

»Was redest du denn da?« Tonda schlang die Arme um den Bruder und riss ihn an sich. »Ich diene Gott und der Kirche, ich diene dem Orden und dem Pater Magister.«

»Vielleicht spreche ich ja von dem«, flüsterte Jan dicht an seinem Ohr. »Ich habe Angst um dich, Tonda.«

10

Heidelberg, September 1622

Der August ging, Tillys Truppen blieben. Der »geharnischte Mönch« zog den Belagerungsring enger und enger. Zu manchen Stunden schlugen die Kugeln seiner Kanonen im Minutentakt auf den Gassen und in den Dächern Heidelbergs ein.

Das waren schlimme Tage, doch es sollten noch schlimmere über Heidelberg hereinbrechen. Als es so weit war, stand Kristina mit der Tuchmacherfamilie in deren Weinkeller. Ein Student der Theologie las aus einem Psalm, alle weinten, und auf zwei Türen über vier Weinfässern lagen zwei Tote: der Hausherr selbst, der Weber, und die jüngere seiner beiden Nichten, Susannas Schwester. Wenigstens hatte sie einen schnellen Tod und wenigstens starb sie als Jungfrau; das war längst nicht allen Mädchen vergönnt in diesen bösen Zeiten.

Jeder trug das Nötigste an Habseligkeiten bei sich, in einem Tornister, einer Tasche, einem Sack; jeder war zur Flucht bereit. Draußen auf der Gasse und in den Häusern schlugen Kanonenkugeln ein. Und noch während der angehende Magister den Psalm las, schwollen über der kleinen Trauergemeinde zwischen den Einschlägen plötzlich Schrittlärm und Stimmengewirr an. Da wusste Kristina: Es ist vorbei. Alle wussten das in diesem Moment.

Heinrich van der Merven, der holländische Stadtgouverneur, hatte alte Wehranlagen neu aufbauen lassen, hatte tiefe Gräben vor der Westmauer ziehen und befestigen lassen, hatte eine große, sternförmige Schanze vor dem Speyerer Tor errichten und im Waldhang des Gaisberges eine ganz neue Wehranlage bauen lassen; er hatte sich Verstärkung beim König von England bestellt, hatte genügend Vorräte für eine lange Belagerung einlagern und die Straßen und Gassen mit Tüchern verhängen lassen, damit die Kanoniere keine lebenden Ziele erkannten; und jeden Jungen und jeden Mann, der eine Waffe halten konnte, schickte er zur Verteidigung auf die Wehrmauer, um Tillys Landsknechte zurückzuwerfen.

An alles hatte er gedacht, der schlaue Holländer, der getönt hatte, Heidelberg bis zum letzten Blutstropfen verteidigen zu wollen; nur dass der Neckar, dem er in seinem perfekten Plan die Rolle eines natürlichen Festungsgrabens übertragen hatte, dass der gute alte Neckar mitunter sehr wenig Wasser führte, das hatte er nicht bedacht. Und genau das war der Fall nach einem langen und trockenen Sommer: So wenig Wasser strömte in jenen verhängnisvollen Septembertagen des Jahres 1622 an Heidelberg vorbei dem Rhein entgegen, dass ein paar verwegene Kroaten einfach ihre Pferde in den Fluss treiben und hinüberreiten konnten. Das Wasser reichte ihnen nur bis knapp über die Knie, hörte man später. Andere kroatische Reiter folgten, und im Nu fiel die westliche Vorstadt in Feindeshand.

Auf den Mauern herrschte blankes Entsetzen, die Verteidiger gerieten in Panik, und der General Tilly ließ zum Sturm auf Heidelberg blasen. Von allen Seiten berannten Bayern, Polen, Kroaten, Österreicher und Spanier die Mauern der schönen Stadt, und dann war es vorbei.

Die Tuchmacherleute flohen aus dem Keller, wollten zum Neckar und das Niedrigwasser für die Flucht nutzen. Kristina versteckte ihr aschblondes Haar unter einem Kopftuch, warf Kasack und Tasche über die Schulter und lief mitten unter ihnen. Doch man verlor sich rasch, denn alle in Heidelberg wollten fliehen; und kreuz und quer rannten Männer, Frauen und Kinder die Straßen und Gassen herauf und hinunter, hetzten durch Höfe und über Plätze. Kaum einer behielt einen klaren Kopf, kaum einer hatte einen Plan.

Irgendwann fand Kristina die Nichte des toten Webers wieder, Susanna. Die war gestürzt, lag auf dem Marktplatz am Ostflügel der Kirche, verstört und mitten im Menschengewimmel. Kristina hob sie hoch, drückte mit der Linken ihre Ledertasche an die Brust, fasste mit der Rechten nach Susannas Hand und riss sie hinter sich her. »Zum Schloss hinauf!«

Den von überall her schwirrenden Satzfetzen hatte Kristina abgelauscht, dass van der Mervens Soldaten sich auf das Schloss zurückziehen und nur noch dessen Mauern verteidigen wollten. »Die Stadt ist verloren, rettet euch zum Schloss!«, schrie irgendjemand. Hunderte Musketiere, Kanoniere und Reiter flohen bereits den Schlossweg hinauf, und unter ihnen rannten genauso viele Bürger der Stadt, überwiegend Frauen. »Hinterher! Immer hinter den Soldaten her!«, rief eine.

Kristina packte Susannas Hand fester, zerrte und zog an ihr, versuchte, Anschluss an die Hauptgruppe der Flüchtenden zu gewinnen. Rechts und links stolperten die Menschen oder sanken kraftlos und betend in die Knie.

Plötzlich kreischten Frauen, brüllten Männer, klirrten Degen, krachten Schüsse. Die Kolonne kam jäh ins Stocken. Schlachtrufe bayrischer Soldaten wurden laut: »Sancta Maria! Sancta Maria!« Kristina stand still, die andere stieß gegen sie.

»Sancta Maria!« Zweihundert Schritte vor ihnen stürmten Soldaten aus einer ansteigenden Gasse und fuhren unter die Flüchtlinge. »Sancta Maria! Sancta Maria!« Kristina sah dreckige Männer mit roten Bändern um Hüte und Helme, und sie sah wehende Fahnen, fleckig und mit aufgemalten Kreuzen oder Marienbildnissen. Tillys Soldaten! »Sancta Maria! Sancta Maria!« Unter ihren Hieben, Schüssen und Hellebardenstößen ging Mann für Mann der kurpfälzischen Nachhut zu Boden. Schon machten sich die ersten Eroberer über die Frauen her.

Kristina sah sich um, entdeckte ein offenes Hoftor, zerrte an Susanna. Doch die stand wie festgewachsen, riss die Augen auf wie ein Kalb vor der Schlachtung und stammelte Gebete. »Du wirst jetzt stark sein!« Kristina fuhr sie hart an und meinte doch zugleich sich selbst. »Ganz stark wirst du sein, hörst du …« Über die Gasse zog sie die Schneiderstochter durch den Torbogen in einen Hof und dort durch eine Hintertür in ein zweistöckiges Haus.

Schon vernahmen sie das Gepolter von Schritten und das Kriegsgebrüll der Bayern. »Komm schon!« Kristina zerrte Susanna aus der verlassenen Küche, in einen menschenleeren Gang, zu einer Treppe, an einer Haustür vorbei, die ersten drei Stufen hinauf – dann entglitten die feuchten Finger der anderen ihrer Hand. Susanna schlug lang hin, Kristina stürzte allein die Treppe hinauf. »Komm schon, Susanna!« Sie winkte und flüsterte. »Komm doch!«

Es krachte und polterte, und dann sprang hinter Susanna die Haustüre auf. Kristina warf sich auf ihre Tasche, hielt den Atem an. »Was für ein süßes Täubchen haben wir denn da eingefangen?« Landsknechte lachten höhnisch.

Kristina senkte den Kopf, biss in die Faust, rührte sich nicht. Sie hörte, wie sie die junge Frau ins Innere des Hauses schleiften, sie hörte ihr Flehen und Weinen. »Höllenhunde, verfluchte!« Kristina zischte in sich hinein.

Sie fühlte sich schlecht, wie eine Verräterin. Hätte es nicht sie treffen müssen? Sie, die ihre Eltern in Angst und Schande gestürzt hatte? Sie, die den Kosaken getötet hatte? Sie, die redlichen Bauern einen Ackergaul gestohlen hatte? Sie, die mit einem Mann Liebe gemacht hatte, den kein Prediger an keinem Altar ihr als Gatten zugesprochen hatte? Doch nicht sie, die Schuldige, traf das Verhängnis, sondern die verträumte und unschuldige Schneiderstochter. Eine Ungerechtigkeit! Ein Irrtum Gottes! Sie hörte Würfel auf Holz klappern, sie hörte Dielen knarren, sie hörte dreckiges Gelächter, sie hörte Stoff zerreißen, sie hörte ein Bett quietschen – sie hielt sich die Ohren zu.

Plötzlich wieder Schritte – laut und polternd. Ein einzelner Mann stürmte unten durchs Haus. Die Landsknechte stritten mit ihm, es ging um die Schneiderstochter. Kristina äugte nach rechts, eine Stiege führte dort zum Speicher hinauf. Sie packte ihre Ledertasche, stand auf, nutzte den Kampflärm im Untergeschoss, um zum Speicher hinauf unter den Dachstuhl zu steigen. Nur noch gedämpft drang dort der Kampflärm zu ihr herauf. Doch der wollte einfach nicht verstummen, wurde eher noch heftiger. Gebrüll wie von einer Bestie mischte sich in die Flüche und Schreie der Männer. Kristina lauschte zitternd, wusste keine Erklärung für all die unheimlichen Geräusche.

Als es endlich stiller wurde, schlich sie zum Giebelfenster und spähte in den Hof hinunter. Auf der Straße lagen Tote und Verwundete, in den Nachbarhöfen und -gärten fielen Soldaten über Frauen her, aus offenen Fenstern drangen Schmerzensschreie von Männern, denen die Eroberer das Versteck ihrer ersparten Gulden und Taler durch Schläge zu entreißen versuchten. Der Hof unter ihr jedoch blieb still.

Bis auf einmal ein Bär aus dem Haus trottete. Ein Bär? Kristina traute ihren Augen nicht. Doch dann erkannte sie den jungen Mann, der dem Tier folgte: ein junger Gaukler, der schon seit Monaten mit anderen Gauklern und einem kroatischen Zahnbrecher draußen am kurfürstlichen Turnierplatz hauste. Die Frau, die er am Arm führte, erkannte sie erst auf den zweiten Blick. Die Schneiderstochter.

Arme Susanna! Eine Decke hüllte sie ein. Das Blut an ihren Beinen sah Kristina dennoch. Sie torkelte, schien zu zittern, ging gebückt und wie eine Verwirrte; ein ganz und gar zerbrochenes Frauengeschöpf. Kristina biss sich die Unterlippe blutig und kniff die Augen zu.

Als sie wieder hinsah, schob der Gaukler die Verwundete in einen kleinen Stall. Niemand hatte das Paar und den Bären beobachtet – niemand, außer ihr –, und in den folgenden zwei Tagen drang auch niemand in ihr Versteck ein. Nur durch den Hof liefen später bayrische Waffenknechte, machten sich im Untergeschoss zu schaffen und trugen tote und verletzte Landsknechte aus dem Haus.

Kristina knöpfte ihren Mantel zu, zog sich den Kasack über den Kopf, vergrub sich im Gerümpel, das den Speicher ausfüllte. Eine Schreckensnacht folgte. Ringsum aus dunklen Höfen und von Öllampen und Kerzen erleuchteten Häusern drang der schlimme Lärm einer eroberten Stadt in Kristinas Versteck: das Gejammer und Geschrei der Gequälten und Geschändeten genauso laut wie das Gelächter und die berauschten Gesänge der Sieger.

Kristina kauerte in einer Kuhle aus alten Kleidern und Säcken. Meistens hielt sie sich die Ohren zu, murmelte Gedichte und Liedverse, betete Bibelsprüche und Psalmen herunter. Einmal, mehr aus Versehen, begann sie auch das Lied vom *Horn der Glückseligkeit* herauszukeuchen: »Schöne Früchte: Blumen, Korn, Kirschen, Äpfel, Birn' und Wein, was immer köstlich könnte sein …« Weiter kam sie nicht; die früher so vertrauten Worte fielen ihr plötzlich nicht mehr ein, waren einfach weg.

So wie ein Teil meines Lebens, dachte Kristina, einfach weg …

Früh am Morgen des nächsten Tages wurde es für ein paar Stunden stiller. Die Landsknechte schliefen ihren Rausch aus, ihre Opfer dämmerten den nächsten Qualen entgegen. Kristina kramte einen Apfel und das gerollte Porträt ihres Vaters aus ihrer Ledertasche. Während sie den Apfel aß, betrachtete sie das Bild des blonden, schnurrbärtigen Mannes. Mächtig mitgenommen sah es aus: Schlitze von Messerschnitten, Flecken und verschwommene Ränder vom Meerwasser, Knicke und Farbschäden vom vielen Auf- und Einrollen. Das vertraute, kantige Gesicht jedoch war unverwechselbar geblieben, und die heitere Zuversicht, die von ihm ausging, strahlte ihr bis ins Herz.

Auf unerklärliche Weise getröstet, zog sie danach ihr Tagebuch heraus, um zu schreiben. Dabei fiel der Ring des bayrischen Spions aus der Tasche. Sie klaubte ihn auf, sah ihn sich genauer an: ein breiter, goldener Ring mit einem schwarzen Stein.

Das im Stein eingelassene Wappen zeigte einen Engel mit goldenem Kreuz auf dem Kettenhemd, rotem Schwert in der Rechten und einer Waage in der Linken. Der Engel stand auf einem Drachen. Sie betrachtete das kleine, fein gearbeitete Wappen so lange, dass ihr am Ende die Augen wehtaten.

Von Engeln und Drachen hatte weder der Vater noch Magister Heringstonne ihr erzählt, doch dass sie einen kostbaren Ring in der Hand hielt, begriff Kristina auch, ohne das Wappen zu verstehen. Er passte ihr an keinen Finger. Also steckte sie ihn an den linken Daumen.

Irgendwann fiel sie in einen unruhigen Schlaf, irgendwann drang der böse Lärm des Kriegs in ihre Albträume und weckte sie wieder. Sie zog die Beine an, kauerte sich in modrige Decken und alte Kleider und hielt sich die Ohren zu. Der ersten Schreckensnacht folgte die zweite. Manchmal schlief sie ein, bis Schreie aus den Nachthäusern oder den Höfen ringsum sie nur wenige Stunden später wieder weckten. Meistens gelang es ihr, sich die Finger tief in die Ohren zu stecken, doch hin und wieder schälten sich einzelne Worte und Sätze aus Heulen und Jammern, und sie konnte nicht anders, als atemlos zu lauschen. Sie biss sich Lippen und Nägel blutig.

Dazu quälten sie Hunger und Durst. Sie durchsuchte ihre Tasche nach weiteren Äpfeln, die sie eingesteckt zu haben glaubte. Verloren. Sie durchwühlte Kisten und Körbe, fand nichts Essbares, fand nur einen alten, verstaubten Atlas. Darin blätterte sie mit großen Augen, dachte an ihren Vater und seinen Bücherschrank, weinte, blätterte weiter, blätterte vor und zurück.

Eine Landkarte des Heiligen Römischen Reiches Deutscher Nation fiel ihr ins Auge. Die reichte im Süden von Wien bis hinauf an die Ostsee im Norden. Sogar ein Stück der schwedischen Küste konnte man noch erkennen. »Da muss ich hin.« Mit dem Finger fuhr sie der Küstenlinie nach, zärtlich fast, bis sie am Seitenrand abbrach. »Da will ich hin.« Sie malte die Küstenlinie in den Staub auf der Holzdiele, zog sie bis zum geliebten Stockholm, und als dunkle Flecken streuten ihre Tränen die Schären in die heimatliche Bucht.

Behutsam trennte Kristina das Blatt aus dem Atlas, holte ihr Tagebuch aus der Ledertasche und legte die Karte zu jener aus dem Atlas ihres Vaters.

Im Morgengrauen des dritten Tages verstummte auch der letzte Lärm. Der Durst brachte Kristina beinahe um. Auf den Knien robbte sie ans Erkerfenster, lauschte und spähte. Es wurde schon hell. Niemand zeigte sich auf Straßen und Höfen, niemand schrie. Sie spähte hinüber zu dem kleinen Stall, in den sie den Gaukler und Susanna hatte schlüpfen sehen. Ob sie noch dort waren? Gewiss nicht.

Kristina wagte es, verließ ihr Versteck, schlich über die Treppen hinunter in die Küche. Kein Mensch im Haus. In der Küche fand sie altes Brot, steinhart. Sie steckte es ein. In einem Krug stand noch Wasser. Sie trank sich satt daran. Sie fand angefaulte Sommeräpfel, steckte die ein, die ihr essbar erschienen, fand auch ein paar Pflaumen, die noch nicht faulten. Die stopfte sie in den Mund.

Vor dem Fenster zum Hof verharrte sie. Das Tageslicht sickerte bereits in den Himmel über der verwüsteten Stadt. Sollte sie es wagen? Sie schluckte die Pflaumen hinunter, spuckte die Steine auf den Küchenboden. »Hier kommt keiner raus, der es nicht um jeden Preis will, Lady Kristina«, sagte sie laut. Das Herz pochte ihr in der Kehle. »Einem Schädel wie deinem allerdings …«

Sie band ihr Kopftuch fester, hängte ihre Tasche um und trank den Wasserkrug leer. Danach wagte sie es: Sie öffnete das Fenster, kletterte in den Hof und rannte zur Mauer vor dem Nachbaranwesen.

Dort blickte sie um sich. Niemand zu sehen. Sie stieg über die Mauer, huschte durch einen Gemüsegarten, sprang in einem Hof über Tote hinweg, erreichte schließlich einen Weg, der in eine Ziegenkoppel und danach hinauf zur Südmauer führte und dahinter in den Waldhang des Königsstuhls.

Irgendwo hier musste es doch einen Reitweg zum nächsten Dorf und in die Rheinebene geben! Sie rannte los. Wilde Freude erfüllte sie. »Einem Schädel wie deinem trau ich es zu, Lady Kristina!« Triumphgefühl sprengte ihr schier die Brust. Wie lange hatte sie so etwas nicht mehr gespürt? Wieder und wieder blickte sie hinter sich – keiner verfolgte sie.

Die Sonne ging auf, rötliches Licht flutete den Dunst über den Weiden, auf den Mauerkronen und in den Baumwipfeln. Kristina rannte schneller. Die Glocken der Heilig-Geist-Kirche begannen plötzlich zu läuten. Wie es dröhnte, wie es hallte! War es denn Sonntag?

»Ja, es ist Sonntag!«, rief Kristina. »Und die wilden Tiere ruhen aus von Schlachten, Schänden, Rauben und Quälen! Die wilden Tiere versammeln sich zur Dankesmesse! Und der Teufel bringt seine Beute in die Hölle.« Sie schrie und heulte dabei. »Und ich will um jeden Preis raus hier, und einem Schädel wie meinem trau ich es zu!«

Sie fand den Fahrweg nach Süden, verschnaufte einen Augenblick, lief dann langsamer der Mauer entgegen. Das kleine Südtor stand weit offen. Schatten bewegten sich, gebeugte Gestalten schlurften aus dem Wald des Gaisberges ins Tor.

Sie erschrak und blieb stehen. Landsknechte. Dreckige, abgerissene, struppige Kerle mit vom Saufen roten Augen. Sie versperrten ihr den Weg. Kristina fuhr herum, wollte in die andere Richtung davonrennen, doch auch dort standen auf einmal vier Landsknechte, senkten ihre Hellebarden, zogen ihre Degen, hoben ihre Reiterpistolen.

Kristina blieb stehen, gab auf. Jetzt war es wirklich vorbei.

Die Landsknechte schlurften näher, umzingelten sie, feixten und lachten höhnisch. Und einer sagte: »Was für ein süßes Täubchen haben wir denn da eingefangen?«

11

Prag, September 1622

Wie ein Mann, der seinen Wert genau kannte, trat Franz von Trient an die Tafel. Er lächelte in die hochkarätige Runde. Die wohlwollenden Blicke des Provinzials, des Rektors, des Propstes und des Abgesandten des Ordensgenerals entgingen ihm nicht. Pater Wilhelm zog den Stuhl neben sich vom Tisch, sodass Franz an seiner Seite Platz nehmen konnte. Tee, Nüsse und Gebäck wurden gereicht, als alle saßen. Der Pater Rektor wandte sich an die Gäste unter den Ordensmännern: »Nun sollt Ihr die neuen Novizen unseres Institutes näher kennenlernen, Hochwürden.« Gemurmel und Getuschel ebbten ab, er nickte dem jüngsten Pater unter den Professoren zu.

Im Clementinum feierte man den Abschluss des Studienjahres. Nach einer Messe mit dem Erzbischof, etlichen böhmischen Priestern und einfachen Ordensmitgliedern war die Elite der böhmischen Jesuiten nun endlich unter sich. Neben dem Propst, dem Rektor und drei Professoren des Kollegiums hatten sich mit Alban und Franz auch drei Patres aus Wien, Graz und Rom in dem kleinen Lehrsaal des Westflügels versammelt.

Zehn schwarz gewandete Ordensleute des höchsten Ranges, den man in der Gesellschaft Jesu erreichen konnte; Patres also, die nicht nur Gehorsam, Keuschheit und Armut gelobt, sondern, nach vielen Jahren der Bewährung und Prüfung, auch das vierte Gelübde abgelegt hatten – jenes, das den vollkommenen Jesuiten vom gewöhnlichen Mönch unterschied: das Gelübde, jeder Anordnung des Papstes bedingungslos zu gehorchen.

»Professen« nannte man in der Gesellschaft Jesu diese Patres des höchsten Ranges. Nur wenige Ordensmitglieder erreichten ihn. Von nicht einmal dreihundert Professen wusste Franz; dabei gehörten zu jener Zeit schon beinahe fünfzehntausend Männer dem Orden an.

Der Pater Professor holte den ersten der vier Novizen herein, die draußen warteten. Er führte den jungen Mann vor die Tafel, an der die anderen Patres saßen, und forderte ihn auf, sich ihren Fragen zu stellen. Er war blass, dürr und hohlwangig; und ständig blinzelten seine rotgeränderten Augen.

Franz wunderte sich nicht über die ausgezehrte Erscheinung – so sahen die meisten aus nach vier Wochen Exerzitium. Er selbst dagegen fühlte sich ausgeruht und voller Tatendrang; dabei hatte er die geistlichen Übungen des Ordensgründers während der gesamten vier Wochen als Exerzitienmeister geleitet.

Alban von Lüttich allerdings – er saß am anderen Ende der Tafel neben dem Rektor –, der brave Pater Medikus also, führte seinen guten Gesundheitszustand auf die Lindenblüten-Bäder und die Tees zurück, die Franz sich gemäß seiner Verordnung seit fünf Wochen gefallen ließ.

Alban mochte schon recht haben, doch Franz erklärte sich seine Genesung lieber mit den strengen Klausurwochen, die hinter ihm lagen: Er liebte den Dienst als Exerzitienmeister; er liebte es, mit einem Novizen in die Empfindungen der Liebe Gottes einzutauchen, in die fantasierten Höllenqualen der Verdammten, in die schrecklichen Leiden Christi und schließlich in die überwältigenden Gefühle, die jeden Übenden beflügelten, der sich in den Geist des Auferstandenen hineindachte.

Tapfer und ohne auch nur einmal ins Stocken zu geraten, beantwortete der Novize die Fragen der Patres. Theologische Lehrgegenstände spielten eine untergeordnete Rolle bei solchen Versammlungen mit frisch gebackenen Novizen, im Vordergrund standen Verfassung, Sittenlehre, Regeln und Gepflogenheiten der Gesellschaft Jesu. Und selbstverständlich sprach man lateinisch.

Die Patres zeigten sich unerwartet schnell zufrieden mit dem Wissensstand des Novizen. Der junge Pater Professor führte den erleichterten Jüngling hinaus und holte den nächsten und nach diesem schon bald den dritten Novizen hinein. Auch der stand tapfer Rede und Antwort und wurde nach nicht allzu langer Examinierung mit freundlichen Worten wieder entlassen.

Im Grunde waren sie alle gespannt auf den vierten Novizen, auf Franz' Lieblingsschüler. »Verrate uns deinen Namen«, forderte Wilhelm Lamormaini diesen auf, als er schließlich vor den Patres stand.

»Antonín von Waldau«, antwortete er. Tondas Stimme klang heiserer und tiefer als noch vier Wochen zuvor, fand Franz, und sie klang müde. Doch er wich dem Blick des Fragenden nicht aus; dabei wusste er, dass er mit Wilhelm Lamormaini einen wichtigen und einflussreichen Mann vor sich hatte: den neuen Beichtvater des Kaisers Ferdinand.

»Man sagt uns, du seiest der beste Student der Grammatik und der Theologie im Clementinum.«

»Es freut mich, Hochwürden, wenn man so über mich spricht. Doch es ist nicht mein Verdienst – Gottes Geist und Gnade schenkten mir Kraft, und ich habe sehr gute Lehrer gehabt.«

»Du hast gestern geschworen, dich den Regeln der Gesellschaft Jesu zu unterwerfen, und somit das Gelübde eines Novizen abgelegt.«

»Ja, Hochwürden«, bestätigte Tonda.

»Mindestens zwei Jahre wird dein Noviziat dauern. Harte Jahre werden das. Wirst du sie denn durchstehen, um danach das einfache Mönchsgelübde ablegen zu können?« Streng musterte Lamormaini den jungen Novizen von Waldau. »Willst du nach diesen zwei Jahren denn tatsächlich Keuschheit, Armut und Gehorsam schwören?«

Franz biss die Zähne zusammen – sie prüften den Sohn des Ketzers und Rebellen härter als die anderen, er hatte es geahnt.

Dennoch schmerzte es ihn. »Ich bin fest entschlossen, Hochwürden«, antwortete Tonda. »Möge Gott mir beistehen.«

Lamormainis leicht nach oben gezogene linke Braue verriet Franz, dass dem kaiserlichen Beichtvater die Antwort gefiel. »Unserem verehrten Ordensgründer und ersten General, dem Heiligen Ignatius von Loyola, lag besonders der Gehorsam am Herzen«, fuhr er fort. »Sage uns doch, was er darüber geschrieben hat.«

»Der Heilige Ignatius unterscheidet den einfachen Gehorsam der Tat, der nicht nach dem Sinn eines Befehls fragt, vom besseren Gehorsam des Willens, der immer glaubt, dass der Ordensobere, der befiehlt, nur das Beste will mit seinem Befehl. Auf der dritten und höchsten Stufe des Gehorsams jedoch, im noch besseren Gehorsam aus Einsicht, hat sich der Gehorchende den Willen und das Urteil des Befehlenden ganz zu eigen gemacht, so als würde er selbst …«

»Ganz und gar zu eigen?« Der römische Gesandte des Ordensgenerals unterbrach die konzentrierte Stille. »So als hätte man selbst weder eigenes Urteil noch Willen?« Tonda nickte.

»Wie lautet denn der Wortlaut unserer Ordensverfassung zu diesem Gegenstand?«, hakte der Provinzial nach.

»Wer unterm Gehorsam lebt, der muss sich durch die Oberen so leiten und regieren lassen, als ob er ein Leichnam wäre, der sich hin und her wälzen und legen lässt.« Tonda zitierte, ohne zu stocken. »Oder als ob er der Stab eines Greises wäre, der sich überall und auf beliebige Weise gebrauchen lässt, so wie es dem, der ihn in der Hand hält, gefällig ist.«

»Brav«, lobte Lamormaini, und alle nickten anerkennend. »So halten wir es in der Gesellschaft Jesu, nur so gewinnen wir der Kirche die Seelen und Länder zurück, die an die lutherische Pest verloren gegangen sind.« Der Beichtvater des Kaisers beugte sich über den Tisch und fasste Tonda scharf ins Auge. »Und bist du denn bereit, eines fernen Tages, wenn du alle Prüfungen bestanden und alle Studien abgeschlossen hast, auch das vierte und höchste Gelübde abzulegen und dem Heiligen Vater eben solchen Gehorsam zu schwören und zu leisten?«

Ein langer Weg bis dahin. Franz presste die Lippen zusammen. Ein langer Weg besonders für Tonda, den Ketzersohn. Daraus hatten Lamormaini, der Probst und der Römer kein Geheimnis gemacht. Der junge von Waldau würde mehr leisten und länger Gehorsam beweisen müssen, bevor man ihn überhaupt zur Priesterweihe zulassen würde; vom höchsten Gelübde ganz zu schweigen.

»Ja, Hochwürden«, antwortete Tonda, »danach strebe ich mit aller Kraft.« Wieder beifälliges Nicken an beiden Enden der Tafel, wieder anerkennende Mienen. Nur Alban erschien Franz seltsam steif und unbeteiligt.

Der Provinzial ergriff das Wort, wollte von Tonda Einzelheiten der Ordensverfassung wissen, fragte sogar nach deren erstem Entwurf, den der Heilige Ignatius achtzig Jahre zuvor dem Papst Paulus III. zur Bestätigung vorgelegt hatte.

»Die Gesellschaft Jesu ist eine gerüstete Schar, allzeit bereit zu kämpfen für Gottes Stellvertreter auf Erden, den Heiligen Vater in Rom, und für die allein selig machende katholische Kirche.« Tonda konnte den alten Verfassungsentwurf tatsächlich auswendig, und alle Patres staunten ihn an.

Stolz erfüllte Franz, während er Tondas Worten lauschte und aus den Augenwinkeln in die Runde spähte. Stolz und Dankbarkeit.

Er dachte an die erste Begegnung mit dem jungen von Waldau auf jenem Gutshof, wo er als lutherischer Magister getarnt die Herzen junger Böhmen für die katholische Kirche eroberte; bei Tonda und seinen jüngeren Zwillingsbrüdern war ihm das gelungen. Er dachte an Tondas Flötenspiel, an seinen scheuen Blick und an die Verehrung, die ihm aus Gesten und Worten des Jungen schon beim ersten Abschied entgegenschlug. Vier Jahre war das nun her.

»… damit dieser Zweck erreicht werden kann, ist strenge Ordnung nötig, wie bei einem Kriegsheer …«, zitierte Tonda die alte Verfassung.

Neunzehn Jahre alt war er inzwischen und noch ein ganzes Stück gewachsen und kräftiger geworden. Das schwarze Haar trug er nun kurzgeschoren. Er hatte einen großen Mund mit vollen Lippen. Bartflaum rahmte sein immer noch weiches Gesicht ein. Nur etwas wächsern und hohlwangig erschien er Franz. Natürlich – die Exerzitien hatten auch ihn erschöpft.

»… und jedes Mitglied der Gesellschaft Jesu muss ihrem Oberen blind gehorchen, wie ein Soldat seinem Feldherrn …«

Franz sah, wie der Gesandte des Ordensgenerals besonders beifällig nickte. Er selbst senkte den Blick und betrachtete seine knochigen Hände; niemand sollte ihm seine Genugtuung und seinen Stolz ansehen. Seine Gedanken kreisten um die zurückliegenden Wochen im Exerzitienhaus.

Novizen, die sich wie Tonda zum ersten Mal den strengen geistlichen Übungen des Ignatius' unterzogen, zeigten sich in der Regel während der zweiten Woche am tiefsten erschüttert. In ihr ging es nämlich darum, sich in einen Verdammten hineinzuversetzen, dessen Qualen zu spüren, wenn die Flammen des höllischen Feuers ihn heiß umzüngelten und sich in seinen Leib brannten, ohne ihn jemals ganz zu verzehren, und seinen Ekel, seine Angst und seine Schrecken zu spüren, wenn die abscheulichsten Dämonen Satans ihn auf jede nur denkbare Weise marterten.

Bei Tonda war es anders gewesen.

Ihn ergriff die größte Erschütterung gleich in der ersten Woche, als Franz ihm die Liebe Gottes, des Vaters, vor Augen stellte. Er hatte geweint wie ein kleines Kind, geschrien und gejammert wie ein Säugling, den man in der Wildnis sich selbst und den gefräßigen Wölfen und Bären überlassen hatte. Und war er nach dem Tod seines leiblichen Vaters nicht tatsächlich einem wilden Tier ausgeliefert gewesen? Oh ja – ein grausamer Wolf, ein gewalttätiger Bär, nichts anderes war der Stiefvater für den armen Jungen gewesen.

Die Professen an der Tafel fanden wohl zunehmend Gefallen an der eifrigen Gelehrsamkeit des neuen Novizen, deckten ihn mit Fragen zu, deren Antworten sie wohl selbst nicht mehr genau kannten. Nur Alban hielt sich auffällig zurück. Er wusste, dass Franz den jungen Waldau auch an Degen und Karabiner schulte. Die anderen wussten es auch zum Teil, wollten aber nichts davon hören.

Gott, so hatte Franz während der Exerzitien herausgefunden, trug in Tondas Vorstellung die liebevollen Gesichtszüge seines leiblichen Vaters; seinen grausamen Stiefvater dagegen dachte er sich am liebsten inmitten von Höllenflammen, wo er schrie und sich krümmte vor Schmerzen. Das hatte Tonda ihm in einer der vielen Beichten während der Exerzitien gestanden.

In der Zweiten, der Hölle und den Verdammten gewidmeten Woche, zwang Franz ihn, sich erst seine Mutter und seine Schwester Milana von Flammen und Dämonen gepeinigt vorzustellen und dann ihn, seinen Beichtvater. Tonda hatte schlaflos gelegen, hatte getrauert und geweint. Am Ende der Woche befielen ihn Fieber und Schüttelfrost.

Wilhelm Lamormaini, der künftiger Beichtvater des Kaisers, wollte wissen, ob es auch statthaft sei, für die Ehre Gottes und das Wohl der Kirche Dinge zu tun, die unwissende Menschen auf den ersten Blick für sündhaft halten könnten, zum Beispiel eine Notlüge zu gebrauchen. Ja, lautete Tondas Antwort, das sei statthaft, denn der Zweck heilige die Mittel.

Der Gesandte des Ordensgenerals hakte nach, was denn von einem Tyrannenmord zur Ehre Gottes zu halten sei, und Tonda zitierte ein vierzig Jahre altes Gutachten der päpstlichen Kurie, das es gestattet hatte, die ketzerische Königin Elisabeth von England zu töten, weil sie dem katholischen Glauben Schaden zugefügt und den Verlust vieler Millionen Seelen verursacht habe. Wer diese schuldbeladene Frau aus der Welt geschafft und so das englische Königreich von der Ketzerei befreit und für die katholische Kirche gerettet hätte, der hätte nicht gesündigt, sondern Gott einen Dienst erwiesen, erläuterte Tonda das immer noch aktuelle Gutachten. Elisabeth I. war dann allerdings doch eines natürlichen Todes gestorben.

An dieser Stelle verdüsterten sich die Mienen der meisten Patres an der Tafel des kleinen Lehrsaals, denn auch Jakob I., Elisabeths katholischer Nachfolger, dachte bis zum heutigen Tag nicht daran, sein Volk zurück in den Schoß der allein selig machenden römischen Kirche zu führen.

England hielt starrsinnig an der lutherischen Ketzerei fest. Hunderte von Männern der Gesellschaft Jesu, die seit drei Generationen als Ärzte, Kaufleute oder Gelehrte getarnt das Inselreich unterwanderten, hatten bis zum heutigen Tag nichts daran ändern können. Nicht wenige hatten ihre Missionsarbeit sogar mit dem Leben bezahlt.

Die Patres wichen auf weniger betrübliche Themen aus, fragten nach Rangordnung und Geschichte der Gesellschaft Jesu und nach der Missionsarbeit des Ordens in Asien und der neuen Welt. Tonda stand Rede und Antwort.

Franz freute sich an der Verblüffung, die er hier und da auf den Gesichtern seiner Ordensgenossen zu erkennen glaubte. Einige hatten Tonda noch nicht einmal für das Noviziat zulassen wollen; der Propst etwa oder der Provinzial. Nein, er war ihnen nicht geheuer gewesen, der Sohn eines böhmischen Rebellen und Ketzers, eines Ritters und Direktors sogar.

Vor Tonda hatte Franz das Misstrauen, das man im Orden ihm gegenüber hegte, verbergen können. Jetzt, wo die wichtigsten Patres Böhmens sich mit eigenen Augen und Ohren davon überzeugen konnten, welch ein Gewinn der junge Mann für die Gesellschaft Jesu sein würde, jetzt genoss Franz seine Genugtuung in vollen Zügen.

Die Fragen der Patres schweiften nun doch auf theologisches

Gebiet ab. Angeregt durch eine Antwort Tondas, disputierten sie schließlich über die Rangordnung der Engel und die Entstehung des Bösen im Allgemeinen und des Teufels im Besonderen. Franz wurde allmählich ungeduldig. Endlich ergriff der Rektor das Wort, und Franz glaubte schon, es sei geschafft und Tonda werde nun entlassen – da stellte doch noch jemand die Frage, die keiner mehr hören konnte. »Und nun soll uns der junge Bruder noch sagen, wie viele Engel auf einer Nadelspitze tanzen können.« Mit einem selbstzufriedenen Lächeln lehnte der Gesandte des Generals sich zurück; erwartungsvoll musterte er Tonda.

Er blieb der Einzige, der das tat. Die anderen blickten verstohlen zur Seite oder musterten angestrengt die Tischplatte. Franz verdrehte innerlich die Augen. Zu viele Generationen von Theologen hatten sich über diese unsinnige alte Frage den Kopf zerbrochen, zu viele Abhandlungen waren darüber geschrieben, zu viele Dispute geführt worden. So viele, dass darüber jenes freche Mönchlein in Wittenberg seine lästerlichen Thesen in die Welt hinausposaunen und die lutherische Pest aus der Hölle heraufbeschwören konnte.

In Zeiten wie diesen gab es drängendere Probleme für die Kirche als derartige scholastische Spitzfindigkeiten. Jeder an der Tafel – vom Gesandten des Paters Generalis einmal abgesehen – dachte es, keiner sprach es aus.

Tonda spürte natürlich, wie die Stimmung im Raum sich veränderte. Er schien ein wenig verunsichert und schwieg zunächst. Franz sah ihm ins Gesicht und nickte ihm zu. Und endlich antwortete Tonda: »So viele Gott will, Hochwürden.«

Die Mienen hellten sich schlagartig auf, erstauntes oder gar vergnügtes Lächeln huschte über die Gesichter, die Patres entspannten sich, und selbst der Gesandte des Generals schien zufrieden. Und Franz hätte seinem Schüler am liebsten applaudiert.

Der Rektor belobigte Tonda und ließ ihn hinausführen. Anschließend gab es ein paar anerkennende Worte des Propstes in

Richtung Franz, und am Schluss ergriff noch einmal Wilhelm Lamormaini das Wort. »Danken wir Gott für Novizen wie diese. Große und schwere Aufgaben liegen vor uns, doch mit solchen Männern in unseren Reihen braucht uns nicht Angst zu sein vor der Zukunft.«

»Wohl wahr, Hochwürden«, stimmte der Provinzial zu, der ranghöchste Jesuit unter den zehn. »Viel Arbeit und einen harten Kampf um das Heilige Römische Reich Deutscher Nation hat Gott uns und der nachfolgenden Generation unseres Ordens auferlegt. Doch lasst uns auch zurückblicken, um Mut zu gewinnen und die Dankbarkeit nicht zu verlernen. Galt nicht vor siebzig Jahren noch das ganze Deutsche Reich an die lutherische Pest verloren? Inzwischen jedoch spricht man von München als vom deutschen Rom, und Ingolstadt ist fest in unserer Hand. Köln, ehemals eine Festung der Ketzer und Rebellen, gehört wieder uns. Genauso Freiburg und seine Universität – die Unsrigen regieren auch dort, und Gleiches werden wir bald auch über Heidelberg sagen können, denn nach den neuesten Nachrichten aus der rheinischen Kurpfalz lässt unser treuer und gehorsamer Ziehsohn Johann Tilly in diesen Stunden zum Sturm auf die Residenzstadt des Ketzerfürsten blasen.«

Reihum sah Franz von Trient seine Mitbrüder anerkennend nicken oder voller Ergriffenheit die Augen schließen. Manche murmelten auch Sätze eines Dankgebetes.

»Und wer hätte vor einem Menschenalter gedacht, dass Österreich noch einmal katholisch werden wird?« Der Propst ergriff nun das Wort. »Wien, Graz und Salzburg mussten doch schon verloren gegeben werden für die Kirche, als Ferdinand der Erste ins Grab sank! Und nun regiert mit Ferdinand dem Zweiten einer, der fünf Jahre lang in unserem Kollegium in Ingolstadt erzogen wurde und noch heute bei einem der Unsrigen zur Beichte geht.« Sein zufriedener Blick ruhte auf Wilhelm Lamormaini, dem Beichtvater des neuen Kaisers.

»In spätestens zehn Jahren werden wir die Evangelischen in Österreich endgültig ausgerottet haben«, bestätigte der. »Schon jetzt gehen die meisten Untertanen Ferdinands wieder zur Heiligen Messe statt zu den Ketzerpredigern. Und dank unserer tapfersten Männer ist nun auch Böhmen gerettet.«

Franz sah, wie der Beichtvater des Kaisers erst Alban und dann ihn anschaute. Die Anerkennung tat ihm gut. Er wusste ja, wie gewissenhaft der General in Rom Buch führte über jeden Ordensmann und seine Leistungen. Nur die Besten würden die Gesellschaft Jesu einst als Provinzial oder gar als General führen. Franz richtete sich auf und sagte: »Lasst uns Gott preisen für diese Erfolge, Brüder, doch dann wollen wir den Blick wieder nach vorn richten. England muss der römischen Kirche zurückgewonnen werden, Frankreich wartet auf die Segnungen unserer Arbeit. Und denkt etwa irgendeiner von uns daran, Dänemark und Schweden endgültig der lutherischen Pest zu überlassen?« Er blickte in die Runde, sah die meisten anderen energisch die Köpfe schütteln, sah in entschlossene Gesichter. »Frevelhafte Kriegsleute haben sich an die Spitze der Ketzer gestellt, um den wahren Glauben zu bekämpfen«, fuhr Franz fort. »Ich spreche vom räuberischen Grafen von Mansfeld und seinem gelehrigen Verehrer, dem jungen Herzog Christian von Braunschweig. Der hat uns zu Paderborn großen Schaden zugefügt, sogar einige der Unsrigen getötet. Doch auch vom dänischen König spreche ich und seinen Generälen und Obristen. Mit Gottes Hilfe werden unsere frommen Feldherren und wir sie in den Staub stoßen und zur Hölle schicken.«

»Vor fünf Jahren haben die Lutherischen das hundertste Jahr ihrer Ketzerei gefeiert.« Der Gesandte des Generals sprach natürlich von den 95 Thesen jenes Wittenberger Mönchleins Martin Luther. »Vor fünf Monaten haben wir die Heiligsprechung unseres Ordensstifters Ignatius gefeiert. Lass uns Pater Franz' Worte zu Herzen nehmen und alle bis aufs Blut kämpfen für die allein selig machende Kirche und die Wiederherstellung des katholischen

Glaubens. Dann werden unsere Nachkommen ja sehen, wen man in hundert Jahren feiert – das verwirrte Magisterchen Luther oder den Heiligen Ignatius und uns, seine Gesellschaft Jesu. Und nun lasst uns beten und Gott danken.« Er faltete die Hände und senkte das Haupt.

»Ich fürchte, in diesem Kampf wird viel unschuldiges Blut vergossen werden«, meldete plötzlich der Pater Medikus sich doch noch zu Wort. »Hat nicht schon der Krieg um Österreich und Böhmen unendliches Leid über die Christenheit gebracht?« Albans Stimme klang heiser, und Franz, der ihn so gut kannte wie kein Zweiter an der Tafel, sah es seinen angespannten Zügen an, wie schwer es ihm fiel, Wasser in das Feuer der Euphorie zu gießen. »Und jetzt fressen die Flammen des Krieges schon die Städte an Neckar und Rhein, wie man hört. Mir ist bange, sie könnten sich schnell zu einem Flächenbrand ausbreiten, der das gesamte Heilige Römische Reich Deutscher Nation erfassen und verzehren wird.«

Sekundenlang herrschte angespannte Stille im kleinen Lehrsaal. Schon zum Gebet gefaltete Hände lösten sich wieder, manch einer räusperte sich, betreten guckten die Patres einander an. Franz aber bedachte Alban mit einem zornigen Blick und wollte ihm schon antworten, doch Wilhelm Lamormaini kam ihm zuvor. »Ich verstehe Eure Besorgnis, Hochwürden von Lüttich, und glaubt mir: Ich teile sie. Selbstverständlich spreche ich auch mit meinem Beichtkind, dem Kaiser, über die Gefahr eines großen und langen Krieges. Und wisst Ihr, wie Ferdinand sich mir gegenüber erst kürzlich dazu äußerte?« Alle Blicke richteten sich auf Lamormaini. »›Ich will lieber ein verwüstetes als ein verdammtes Reich‹, sagte der Kaiser.«

*

Auf dem Herd kochte das Wasser. Tonda griff in die bereitgestellten Kräutergläser: Birkenblätter, Melisse, Hanffasern, Schachtelhalm, Brennnessel, Schafgarbe und vor allem Johanniskraut. Er streute die Kräuter in einen Tonkrug. Im Hof zwischen Badehaus, Hühnerstall und Küche tönte die hohe Stimme des Pater Magisters. Er hatte ein Lindenblütenbad genommen und sprach nun draußen mit den Knechten und den Brüdern, die für die Pferde zuständig waren. Tonda lauschte – die Stimme seines Lehrers klang schon wieder so kräftig und voller Tatendrang wie zu Jahresbeginn. Das machte ihn froh.

Er brühte den Tee auf, und als Vater Franz in die große Küche des Kollegiums hinkte, zog er ihm den Stuhl vom Tisch, damit er Platz nehmen konnte. »Setz dich zu mir, mein Sohn«, sagte Franz. Tonda servierte ihm den Heiltee, stellte einen Topf Honig neben Becher und Krug und nahm Platz.

»Morgen müssen wir vorläufig voneinander Abschied nehmen. Eine bayrische Dragonereskorte wird euch Novizen nach Ingolstadt bringen.« Der Pater legte die Hand auf Tondas Arm. »Das Herz wird mir schwer, wenn ich daran denke, wie selten wir uns in den kommenden beiden Jahren sehen werden.«

»Ihr werdet nicht mit nach Ingolstadt kommen?« Die Enttäuschung drohte Tonda die Stimme zu rauben. Er versuchte, sich nichts anmerken zu lassen.

»Der General schickt mich nach Schweden. Ich soll Möglichkeiten auskundschaften, unseren Kampf erneut in dieses Ketzerreich zu tragen. Der Vorsteher des Ingolstädter Novizenhauses wird in dieser Zeit dein Beichtvater sein. Doch wenn ich irgend kann, werde ich dich wenigstens einmal besuchen.«

»Dafür wäre ich von Herzen dankbar, Pater Franz.« Tonda schluckte seine Tränen hinunter, legte das Sieb auf Franz' Becher und schenkte ihm Tee ein. »Und jetzt müsst Ihr Albans Tee trinken. Der tut Euch gut.«

»Der Pater Medikus sollte selbst einmal von seiner Medizin

nehmen.« Franz löffelte Honig aus der Glasschale und süßte seinen Tee. »Er kommt mir bedrückt vor in letzter Zeit. Die Reise nach Norden wird ihn hoffentlich auf andere Gedanken bringen.«

»Er begleitet Euch?« Selbst in Tondas Ohren klang das beinahe neidisch.

»Er und Nikolaus. Wir werden unser Glück wieder als Ärzte und lutherische Magister versuchen.«

»Wie gern würde auch ich Euch begleiten.«

»Ich weiß doch, mein Sohn.« Der Pater drückte Tondas Hand. »Nur zwei Jahre musst du dich bewähren. Sobald du das Gelübde abgelegt hast, darfst du dich uns anschließen.«

»Ich werde mit Euch nach Schweden gehen?«

»Nein. Nach deinem Noviziat werden wir uns nach dem Willen des Generals in einem anderen, besonders schwierigen Auftrag bewähren.« Er nahm einen Schluck Tee, griff dann in seine Rocktasche und zog eine Münze heraus. »Schau sie dir genau an.«

Tonda nahm die Münze und betrachtete sie. Ein Goldtaler. Die Prägung auf seiner Rückseite zeigte das scharf geschnittene und dennoch jugendliche Konterfei des Herzogs Christian von Braunschweig-Wolfenbüttel. Unter dessen Bildnis eingeprägt, las Tonda den Schriftzug: GOTTES FREUND – DER PFAFFEN FEIND.

»Ein Christianstaler.« Franz beobachtete ihn über den Rand seines Teebechers hinweg. »Und den, der ihn prägen ließ, nennt man auch den ›Tollen Halberstädter‹. Ich erzählte dir schon von ihm.« Tonda nickte und wollte dem Pater die Münze zurückgeben. »Steck sie ein«, sagte Franz. »Sie soll dich während deines Noviziats an unseren nächsten Auftrag erinnern.«

»Was werde ich tun?«

Franz nippte an seinem Tee, ließ Tonda nicht aus den Augen und stellte schließlich den Becher ab. »Wir leben in schweren und außergewöhnlichen Zeiten, mein Sohn, und wir müssen, um Gottes Willen zu tun, schwere und außergewöhnliche Wege gehen.«

»Das weiß ich, Pater Franz.«

»Wege, wie wir sie bereits beschritten haben, als wir den lutherischen Prediger einfingen.«

»Ich verstehe.«

»Das freut mich.« Franz beugte sich über den Tisch, näher zu Tonda. Er senkte die Stimme, als er weitersprach. »Du weißt von den Kriegsgräueln, die der lutherische Feldherr Ernst von Mansfeld überall dort verübt hat, wo seine Söldner einfielen.« Franz deutete auf die Münze. »Dieser Ketzerfürst hier ist sein eifriger Schüler, treibt es bald noch schlimmer als der Mansfelder. Brennt nieder, schändet und plündert allerorten und kennt keine Gnade. Und sein Regimentsführer Pape hat sich durch seine Grausamkeit katholischen Priestern gegenüber einen schlimmen Ruf erworben. Von zwei Jesuiten weiß man gewiss, dass er sie ermordet hat. Nicht einmal Nonnen schont er in seiner wilden Gier.«

Franz griff zum Teekrug, legte das Sieb auf seinen Becher und schenkte sich nach. Danach stellte er den Krug weg, legte das Sieb darauf und griff nach seinem Becher. Wieder musterte er Tonda über dessen Rand hinweg. Dem schlug das Herz plötzlich bis in die Kehle hinauf.

»Was meinst du, Tonda?« Franz nippte an seinem Tee. »Was haben Wüstlinge und Mörder wie solche fanatischen Ketzer verdient?«

»Höllenqualen und die ewige Verdammnis«, flüsterte Tonda.

»So ist es.« Franz nickte. »Tragen wir also unseren Teil dazu bei, dass die gerechte Strafe Gottes diese schuldbeladenen Männer so schnell wie nur irgend möglich trifft.«

12

Heidelberg, September 1622

Feixende Landsknechte umzingelten sie. Sieben Kerle. Alle schmutzig, abgerissen und mit verfilzten Haaren und Bärten; und einer stank widerlicher als der andere. Näher und näher rückten sie. Der Erste streckte seinen Arm aus, berührte sie schon, riss ihr das Tuch vom Kopf. Das lange, aschblonde Haar fiel ihr über Schultern und Rücken.

»Wie hübsch aber auch.« Der Landsknecht wickelte eine Haarsträhne um sein Handgelenk, zog Kristina zu sich. Weil er klein war, sah sie ihm direkt in die geröteten Augen und sein Atem wehte ihr in die Nase. Er stank nach Wein und faulem Zahn.

»Nun wollen wir aber auch sehen, was sich noch so verbirgt unter all dem Tuch«, lallte ein anderer mit vom Wein schwerer Zunge, und im nächsten Moment spürte Kristina, wie grobe Hände an ihrem Kasack zerrten, an ihrem Mantel, ihrem Kleid. »Runter damit«, rief einer. »Zeig schon her«, grölte ein anderer und riss ihr den viel zu großen Kasack vom Leib.

Kristina zog die Schultern hoch, schlang die Arme um sich, hielt Mantel, Tasche und Kleid fest. Der ihre Haarsträhne gepackt hatte, riss daran, bis es wehtat. *Mach dich hart, Lady Kristina, kalt und hart.* Die Landsknechte grapschten nach ihr, rissen sie hin und her. *So hart, wie der Schädel, den man braucht, um hier rauszukommen.*

Einer schlug sie in den Bauch, sodass ihr die Luft wegblieb und sie sich krümmte und den Mantel samt Tasche loslassen musste. Im nächsten Moment rissen sie ihr beides vom Leib. Schon fummelten sie an den Knöpfen ihres Kleides herum, am Kragen, am

Saum, schon spürte sie die rauen Finger auf ihrer Haut. Hinter ihrem Brustbein wuchs ein Eisberg, der füllte ihren ganzen Körper aus, würde gleich auch ihren galoppierenden Herzschlag gefrieren lassen.

»Ich krieg sie zuerst«, tönte einer und baute sich vor ihr auf. »Ich hab sie zuerst gesehen.«

»Blöder Hundsfott, du!« Ein anderer packte ihren Gurt, riss sie zu sich. »Ich bin euer Feldwebel! Natürlich gehört sie erst einmal mir. Und was ich von ihr übrig lasse, könnt ihr euch von mir aus teilen.«

Kristina holte tief Luft, stemmte sich mit aller Kraft gegen Panik und Schwindel. »Nur einer von euch kriegt mich!«, rief sie. Eisige Kälte kroch ihr aus der Brust in den Kopf. »Ein Einziger!«

»Wassis?« Mit blödem Grinsen stierte der Feldwebel sie an.

»Das Luder hat ein Messer!«, rief ein anderer. »Gib nur Acht, Joseph! Nicht dass sie dir den Butzelmann abschneidet!« Die Landsknechte grölten.

Nur der Feldwebel nicht, der langte nach ihrem Gurt und dem Messer darin. Kristina rammte ihm die linke Faust vor die Brust. Wieder tönte höhnisches Gelächter um sie herum. »Seht an, seht an – das Täubchen wehrt sich! Hatten wir schon lange nicht mehr, diesen Spaß!«

»Nur einem Einzigen von euch will ich gehören!« Kristina schrie, um ihre zitternde, keuchende Stimme zu bezwingen. »Dem dieser Ring, dem dieses Wappen gehört.«

Der Feldwebel, der sie am Kragen hielt, verdrehte die Augäpfel, lugte auf Kristinas Faust herab, auf den Ring an ihrem Daumen. Seine entzündeten Augen weiteten sich. »Potzhunderttausend Sackvoll Enten«, flüsterte er. Er ließ Kristina los, stierte in die Runde. »Sie trägt den Wappenring des Rittmeisters von Heiligenstadt …«

»Und seinen Kasack.« Kristina deutete auf den Boden, wo ihr

Mantel und ihre Tasche neben dem Kasack jenes Spions lagen, dem sie auf der nächtlichen Stadtmauer begegnet war.

Betretenes Schweigen herrschte plötzlich. Aus den Augenwinkeln beobachtete Kristina die anderen. Mit verstohlenen Blicken belauerten sie einander. »Der Ring des Capitaines?« Der sie an den Haaren gerissen hatte, sprang nun herbei, packte ihre Linke und starrte den Ring an ihrem Daumen an. »Es ist wahr, potztausend Sakrament – der Ring des Rittmeisters, es ist wirklich wahr!« Ein anderer hob den Kasack auf und beäugte ihn verdrossen.

Wieder Schweigen, wieder Blicke. Das Herz galoppierte Kristina in der Kehle herum, dass sie glaubte, ihre Halsschlagader müsste jeden Augenblick platzen.

»Und wenn schon«, sagte einer leise und sehr heiser. »Wir nehmen sie uns, das haben wir uns verdient, in drei Teufels Namen. Und wenn wir fertig sind mit ihr, stechen wir sie ab, werfen sie in den Neckar und fertig.« Kristina hielt den Atem an.

»Und was machen wir mit dem Ring des Capitaines?«, fragte ein anderer.

»Den schmeißen wir auch in den gottverdammten Neckar«, sagte der, der sie abstechen wollte.

»Der Franzos wird's erfahren.« Der sie am Haar gerissen hatte, ließ ihre Faust los und wich zurück. »Einer von euch wird plaudern, und er wird's erfahren. Schon, wenn er das hier zu hören kriegt, wird er dem Obristen Meldung machen.«

»Wir halten dicht, Joseph!« Ein anderer schlug ein Kreuz und hob die Schwurhand. »Wir schwören, dass wir schweigen werden. Alle schwören wir. Ich will sie haben, verflucht!« Kristina sah die meisten nicken.

»Hat euch denn der Schwarze Kasper in die Schädel geschissen?!« Ganz unerwartet schrie er los, der Feldwebel. »Dass euch der Donner und der Hagel miteinander erschlage!« Er riss Kristina zu sich, stellte sich zwischen sie und die anderen Landsknechte. »Finger weg von der Hure des Capitaines, ihr Hundssappermentbluthunde! Dem schlag ich den Schädel ein, der sie anrührt! Der ist des Teufels!«

Sprach's, riss den Kasack an sich, bückte sich auch nach Mantel und Tasche und hakte sich bei Kristina unter. Brav wie ein Kavalier führte er sie dann zum Tor, das in den Wald des Gaisberges hinausführte. Kristina konnte es nicht glauben, blickte hinter sich, traute keinem ihrer Sinne. Doch die Landsknechte blieben zurück, glotzten ihr und dem Feldwebel hinterher.

An der Seite des stinkenden Landsknechts stolperte Kristina den Waldweg entlang. Sie weinte, sie zitterte, sie verlor die Kontrolle über ihren Körper. Sie strauchelte, fiel hin, ließ sich wieder aufhelfen. »Der Herr ist mein Hirte, so geht das im Krieg, hier kommt keiner mehr raus …« Sie brabbelte vor sich hin, wusste nicht mehr, was sie sagte. »… schöne Früchte, Blumen, Korn um jeden Preis, Lady Kristina, das kommt schon mal vor im Krieg, Amen …«

»Schnappst du jetzt über, oder wassis los?« Wieder zog der Feldwebel sie aus Gras und Gestrüpp. Zelte kamen in Sicht. »Du stinkst ja, als hättest du in die Hosen gepisst!« Der grobe Kerl zog sie an lauter kleinen Zelten und Unterständen vorbei und hin zu einem großen, zylinderförmigen Zelt, über dem eine Fahne wehte. »Capitaine!«, rief der Feldwebel. »Heraus mit Euch!«

Durch einen Tränenschleier hindurch blinzelte Kristina zur Fahne hinauf. Ein Engel mit goldenem Kreuz auf dem Kettenhemd war darauf zu sehen, der stand mit gezücktem Schwert auf einem Drachen. Ein Mann in gelbem Koller bückte sich aus dem Zelt – kurze rötliche Locken, blaue Augen, kurzgeschorener Bart, rechts einen Ring, links eine Perle im Ohr. Ein großes silbernes Kruzifix hing ihm an einer silbernen Kette aus dem weißen Seidenhemd unter dem Koller.

»Hier bring ich Euch eine, Capitaine!«, rief der Feldwebel. »Die hat Euern Kasack. Die hat sogar Euern Wappenring. Gehört die zu Euch?«

Der Mann vor dem Zelt richtete sich auf. Erst glitt ein Staunen über sein schmales Gesicht, dann ein freudiges Lächeln des Wiedererkennens. »Mon Dieu!«

Er eilte ihnen entgegen, fasste Kristinas Hände. »Wie seht Ihr denn nur aus, Mademoiselle?« Er sprach einen deutschen Dialekt, weich und melodiös. »Geht es Euch denn nicht gut?« Er drehte sich um, schnippte mit den Fingern. »Galopin! Eine Decke! Frische Kleider und ein Frühstück! Dépêche-toi!«

Ein Halbwüchsiger sprang aus dem Nachbarzelt, nickte hastig, schnürte seine Hose und stieg in seine Stiefel.

Der Capitaine aber beugte sich über Kristinas Hände, warf erst einen Blick auf den Ring an ihrem linken Daumen und hauchte ihr dann einen Kuss auf den rechten Handrücken. »Wie schön, Euch lebend wiederzusehen, Mademoiselle. Darf ich Euch einen Kaffee anbieten?«

Kristina wollte nicken, doch alles um sie herum begann sich zu drehen, als sie den Kopf bewegte: die Zelte, der Wald, der fremde Offizier. Ihr wurde schwarz vor Augen, ihre Knie gaben nach. Sie bekam noch mit, wie er seine Arme nach ihr ausstreckte, dann brach sie ohnmächtig zusammen.

Intermezzo II

Meuchen, 16. November 1632

Auf der anderen Seite des Gemäuers, in der Sakristei, hämmerte jemand mit einem Pistolenkolben oder dem Knauf eines Degens gegen die Tür. Erik schreckte hoch von dem unerwarteten Lärm. Die Stimme des Satansbratens verstummte jäh. »Ihr stört das Sakrament der Heiligen Beichte!«, rief der andere Pater, und es klang durchaus zornig. Die Tür wurde dennoch aufgestoßen, Erik hörte Männerstimmen, jemand trat in die Sakristei. Er runzelte die Stirn. Was geschah dort drüben? Er hatte keinen Befehl gegeben, die Beichte zu unterbrechen.

»Der Major Thott schickt mich«, hörte er den Wundarzt sagen. »Er will, dass ich nach dem Armstumpf von dem da schaue.«

Niemanden hatte Erik geschickt. Etwas Schwerwiegendes musste vorgefallen sein, dass seine Leute ohne Befehl in die Sakristei eindrangen. Brachten sie etwa den König? Ausgerechnet jetzt, wo dieser unselige Franz von Trient im Begriff war, einen weiteren Mordkomplott gegen tapfere Heerführer der Evangelischen zu beichten?

Erik unterdrückte einen Fluch. Wehe dem Wundarzt, wenn er ohne triftigen Grund die Beichte gestört hatte!

Er hob das aufgeschlagene Tagebuch seiner Schwester von den Knien, hielt es ins Kerzenlicht aus der Wandnische, las die Stelle, nach der er leise blätternd gesucht hatte – die Stelle, an der Kristina über jenen kaiserlichen Spion berichtete, dessen Ring und Kasack ihr offensichtlich Ehre und Leben gerettet hatten.

Er heißt Leopold von Heiligenstadt, las Erik, *und er betet jeden Tag zur Jungfrau Maria. Außerdem kommandiert er als Rittmeister zwei Kompanien im Regiment des Salzburger Obristen von Mortaigne, eines der mächtigsten Offiziere im Heer des Generals Tilly. Hätte ich Leo nicht auf der nächtlichen Mauer getroffen und vor seinen Verfolgern gerettet, wäre ich jetzt tot.*

Tränen der Rührung traten Erik in die Augen. Was für ein gnädiger Gott, dass er Kristina einen solchen Mann geschickt hatte! Welch ein Wunder, dass seine Schwester durch diese Fügung den verwilderten Landsknechten entgangen war!

Erik las weiter. *Leo ist ein charmanter Edelmann mit guten Manieren. Manche Frauen im Tross nennen ihn einen Kavalier. Hätte der Ritter Sakarias Bonde doch nur einen Bruchteil von Leos Manieren und von seinem Charme gehabt! Viele nennen ihn auch den ›Franzosen‹, weil er mit der französischen Mode geht. Doch er ist Österreicher und stammt aus Heiligenstadt bei Wien. Niemand hier spricht ihn mit ›Rittmeister‹ an, alle sagen ›Capitaine‹ zu ihm, sogar sein Obrist. Man muss es französisch aussprechen, das hat Leo gern.*

Erik stutzte, las die Sätze ein zweites und drittes Mal. Ihr vertraulicher Ton überraschte ihn. Er las langsamer und aufmerksamer.

Leo ist sehr freundlich zu mir, freundlicher noch sogar, als es mein schottischer Feldwebel gewesen ist, Gott hab ihn selig. Er schützt mich vor den verwilderten Männern hier im Heereslager, er versorgt mich mit guten Kleidern, Essen und Trinken. Letzte Woche, nach der Eroberung Mannheims, hat er mir bei der besten Marketenderin im Tross Parfüm gekauft und einen schönen Hut.

Eine Tür knarrte, Lichtschein fiel auf den Sarkophag unten; auf der anderen Seite der Krypta stieg jemand die Treppe aus dem Kirchenschiff herunter. Erik schlug das Tagebuch seiner Schwester zu. Unten, am Sarkophag, tauchte sein Trabant Olaf auf. Dampf stieg aus einem großen Becher in seiner Linken. Erik ging zu ihm hinunter.

»Eine Rotte Hakkapeliten ist ins Dorf geritten.« Olaf streckte ihm den Becher mit dampfender Brühe entgegen. »Ein Leutnant und ein Corporal mit einigen Gefreiten.« Olaf flüsterte. »Der Tross, der den König bringt, sei nicht mehr weit, sagen sie.«

Hakkapeliten – so nannte man im schwedischen Heer die finnischen Bauernreiter, die unter der Fahne des schwedischen Königreiches kämpften.

Die Brühe roch nach Huhn und Fett. Erik zog es den Magen zusammen. Abwehrend hob er die Rechte und schüttelte den Kopf. »Der König lebt?«

Olaf zuckte mit den Schultern. »Sie wissen es nicht.« Er zog den Becher zurück. »Jedoch wollen sie gesehen haben, wie die schwarzen Kürassiere unseren König angegriffen haben.« Er hob die Brühe an die Lippen und schlürfte vorsichtig.

»Deswegen habt ihr die Beichte unterbrochen?«, flüsterte Erik.

»Der Feldwebel der Smäländer Dragoner hat's befohlen. ›Der Major Thott will bestimmt die neusten Nachrichten vom Schlachtfeld erfahren‹, hat er gesagt.« Olaf nippte an der Brühe.

»Wo sind die Finnen?«

Mit einer Kopfbewegung deutete Olaf die schmale Treppe hinauf. »Warten in der Kirche.«

»Gehen wir zu ihnen.« Erik legte das Tagebuch auf den Sarkophagdeckel und folgte Olaf die Stufen hinauf. Auf halbem Weg sah er das blaue Buch unten im Lichtschein der Öllampe. Sie ist seine Ehefrau, dachte er. So vertraut schreibt man nur über einen Bruder, einen Vater oder sonst einen Mann, der einem nahe ist. Dieser Österreicher hat meine Schwester geheiratet.

Einerseits erbitterte ihn dieser Gedanke. Wie konnte die Tochter eines lutherischen Untertanen des schwedischen Königs denn das Eheweib eines katholischen Rittmeisters sein? Unvorstellbar!

Andererseits erleichterte der Gedanke ihn – zumindest wäre seine Schwester durch eine solche unziemliche Ehe immerhin in nicht ganz schlechte Hände geraten, hätte ihre Ehre bewahrt und womöglich sogar ausgesorgt. Und wer wusste denn, ob Kristina diesen Götzendiener – wie sonst sollte man denn einen nennen, der zur Jungfrau Maria betete? –, wer wusste denn, ob sie ihn im Laufe der Zeit nicht zum rechten Glauben bekehrt hatte?

Sie erreichten die niedrige Tür ins Kirchenschiff. An Olaf vorbei bückte Erik sich in den Altarraum. Finnische Arkebusiere hockten dort auf einem Tisch und am Boden, sieben gedrungene Gestalten mit zerzausten Bärten, in fleckigen, grauen Röcken und in dunklen, unter dem Knie gebundenen Hosen. Sie hatten muskulöse Waden, breite Gesichter mit kräftigen, vorspringenden Unterkiefern, und fast allen quoll flachsblondes Haar unter den Rändern der Sturmhauben heraus.

Die Finnen standen auf und grüßten, als Erik in den Altarraum trat. Zwei kamen näher. Olaf schloss die Tür zur Krypta und stellte die beiden Obersten vor: einen Leutnant und einen Corporal. Geruch nach Pferd, Pulverdampf und Schweiß umgab die Männer.

»Ihr kommt vom Schlachtfeld?«, fragte Erik.

»Aus den Wäldern im Süden von Leipzig«, sagte der Ältere, der Leutnant. »Bis dorthin haben wir zerstreute Kürassiere aus Wallensteins Armee verfolgt.« Mit einer Kopfbewegung bedeutete er dem Corporal zu berichten; vielleicht, weil der Jüngere ein flüssigeres Schwedisch sprach.

»Unser Rittmeister war es, der Euch den Priester geschickt hat, den ›Soldaten Christi‹.« Bei den letzten Worten feixte er bitter. »Den, dem ich den rechten Arm abgeschlagen hab.«

»Er beichtet gerade seine Sünden.« Mit einer Kopfbewegung deutete Erik Richtung Sakristei.

»Wird er denn damit fertig werden bis zum Jüngsten Gericht?«, fragte der Leutnant und grinste spöttisch.

Sein bleiches Gesicht war kantig und verwittert. Doch so sahen sie ja beinahe alle aus, auch die jüngeren Hakkapeliten – faltig, bleich, misstrauisch. Finnische Bauern eben. Das harte Leben in den Wäldern Finnlands, wo es seit einer Generation nicht mehr richtig Sommer werden wollte, bot ihnen kaum mehr Überlebenschancen, als der Krieg hier im fernen Deutschland, der sie nichts anging.

»Ich habe ihm bis Mitternacht Zeit gegeben.« Erik sah dem Corporal in die müden grauen Augen. Ein gewaltiger Schnauzbart verdeckte fast die gesamte untere Gesichtshälfte des Mannes. Mit einer herrischen Kopfbewegung forderte Erik ihn auf zu sagen, was er zu sagen hatte.

»Unser Rittmeister hat die Verfolgung von Wallensteins Reitern kurz vor Sonnenuntergang aufgegeben«, sagte der Arkebusier. »Jetzt schickt er uns zu Euch. Wir sollen berichten, was wir auf dem Schlachtfeld gesehen haben. Den Angriff auf den König.«

Die wenigsten dieser Männer waren König Gustav Adolf aus Liebe gefolgt. Ihre Frauen, Mütter und Schwestern rodeten und pflügten die Felder, säten, hielten die Dächer instand, verteidigten das Vieh gegen wilde Tiere und ernteten hoffentlich auch ein wenig, während sie, die Gatten, Söhne und Brüder, hier gegen Kaiser und katholische Liga kämpfen mussten, die ihnen nichts getan hatten – und gegen die ungarische Krankheit, die Pest und das Fleckfieber, die sie ohne diesen Krieg wohl nie kennengelernt hätten. Und von den wenigen, die der gütige Gott einst nach Hause zurückkehren ließ, würden etliche nur noch Bären, Gestrüpp, Wölfe und Gräber finden, wo sie beim Abschied Hütten, bestellte Felder und Koppeln voller Vieh zurückgelassen hatten. All das wusste Erik.

»Und?« Er mühte sich um Geduld und schlug den gleichen spöttischen Tonfall an wie die beiden Finnen. »Hat der Soldat Christi geschossen, oder hat er nicht geschossen. Red schon, Corporal.«

»Unsere Kompanie gehört zum Regiment des finnischen Obristen Stålhandske. Auf dem rechten Flügel der Schlachtformation, nicht weit vor den Leuten des Königs, haben wir seit Sonnenaufgang auf freie Sicht gewartet. Die Schlacht hat lange nicht anfangen können wegen des verdammten Nebels. War nicht ganz leicht, die Pferde ruhig zu halten all die Stunden. Gegen elf lichtet sich endlich der Nebel, und der König lässt zum Angriff blasen. Gleich darauf donnert's und kracht's und die Luft ist voller Kanonenkugeln und Pulverdampf. Den Fußsoldaten unter General Brahe gelingt's, die Straße nach Leipzig und die Gräben der Kaiserlichen zu überrennen, und unsere Reiterei überflügelt schon den Feind auf der rechten Seite. Gut hat's ausgesehen, der Sieg hat gewunken. Doch gegen zwölf heißt's plötzlich, Pappenheims Regimenter seien doch noch aus Halle gekommen, und auf einmal sieht man sie überall, die schwarzen Kürassiere. Und Pappenheims verdammte Krabaten – der Teufel soll sie holen! – fallen unsere Flanken an, gehen sogar auf den Tross los. Wir, um unseren Obristen geschart, halten stand, was man von Euren hinteren Angriffsreihen nicht sagen kann: In arge Bedrängnis sind die geraten, weiß Gott! Dann heißt's auf einmal, euer Östergötländer Major Nilsson sei gefallen, euer Småländer Obrist Stenbock schwer verwundet, keine Führung mehr hinter uns, und plötzlich beginnt in der Mitte der Gegenangriff der kaiserlichen Infanterie.« Der Corporal unterbrach sich, wischte sich mit dem Handrücken den Speichel aus dem Schnurrbart.

»Und?« Erik lauschte atemlos.

»Der König hat eingreifen müssen, sonst wäre der ganze rechte Flügel zusammengebrochen.« Der Mann sprach jetzt tonloser, wurde immer einsilbiger. »Wir wären erledigt gewesen. Die ganze Meute Stålhandskes – erledigt. Und dann, ohne uns, wäre Brahes Fußvolk in der Mitte schutzlos dem Feind ausgeliefert gewesen. Das sieht er wohl, der König, setzt sich an die Spitze einiger Småländer Kompanien und geht auf Pappenheims Reiterei los. Und dann kommt der Nebel zurück.« Der Corporal verstummte erneut, suchte den Blick seines Leutnants; der aber senkte nur betreten den Kopf.

Erik atmete schwer. So war er, der König, so war er immer schon gewesen. Immer in der ersten Schlachtreihe, immer dort, wo der

Kampf am heftigsten tobte. Mehr als einmal schon hatte er sich deswegen eine Kugel gefangen. Von den Dänen, von den Polen und zuletzt am Rhein von Tillys Musketieren. Ständig lagen ihm die Königin und Oxenstierna, der Kanzler, in den Ohren, doch ja sein für das Königreich so kostbares Leben nicht leichtfertig aufs Spiel zu setzen. Vergeblich.

Erik musste seufzen. »Und dann?«, fragte er heiser. »So rede doch, Mann!«

Der Corporal räusperte sich. »Unser Rittmeister gab mir Order des Obristen. Sollte Botschaft zu Euerm General bringen, zu Nils Brahe. Auch wollte Stålhandske wissen, wie es steht in der Mitte. Unser erster Trompeter und unser Quartiermeister reiten mit mir. Im Nebel verlieren wir die Orientierung, potzhunderttausend sapperlot …«

»Und dann?«

»Und dann entdecke ich den König mit seinem Pagen, dem Leubelfing, mit dem Herzog von Lauenburg und anderen. Der Lauenburger reitet vorneweg. Sieht ganz so aus, als hätten auch die sich im Nebel verirrt, denn statt zurück zu euern Östergötländern und Småländern führt der Lauenburger sie den feindlichen Linien entgegen. Wir wollen sie warnen, wir schreien und winken, doch die hören uns gar nicht. Und auf einmal galoppieren schwarze Kürassiere aus dem Nebel. Schüsse krachen.«

Erik presste die Lippen zusammen. Im Nebel verirrt – das tat weh. Und passte: Jeder wusste, wie kurzsichtig der König war, und jeder wusste, wie hartnäckig er sich weigerte, eine Brille zu tragen. Aus purer Eitelkeit. »Weiter.«

»›Auf den da!‹, hör ich einen schreien, und der deutet auf den König. ›Ziel auf den!‹« Der Finne zeigte auf den Altar. »An der Kleidung und am Pferd haben die Kürassiere wohl erkannt, dass da ein besonders Edler reitet. Und gleich der erste Schuss trifft den König am Arm.«

»An welchem?«

»Links. Ich hab gesehen, wie der Knochen sich durch sein Elchkoller bohrt. Muss höllisch wehgetan haben. Wir wollen ihm zur Hilfe eilen, doch Wallensteins Reiter schneiden uns den Weg ab.«

Gustav Adolfs Elchkoller. Erik schluckte trocken. Ein bitterer Geschmack kroch ihm auf die Zunge. Wegen einer Schussverletzung, die er sich in einer Schlacht gegen die Polen zugezogen hatte, konnte der König keinen Harnisch mehr tragen. »Und dann?« Seine eigene Stimme hallte Erik in den Ohren wie die eines Fremden.

»Obwohl ein Steinwurf uns von ihm trennt, hören wir ihn aufstöhnen. Ich seh noch, wie er den Degen fallen lässt, um mit der Rechten nach dem Zügel zu greifen. Muss sich ja irgendwie im Sattel halten. Vier seiner Leute umringen ihn plötzlich: Von Lauenburg, Leublfing, Jönsson und der königliche Kammerjunker Truchsees. Die haben versucht, mit ihm und Streiff den Anschluss an die eigene Reiterei zu halten, denn die hat sich wegen des Nebels schon wieder zurückgezogen, sodass der König in die letzte Reihe geraten ist. Immer mehr schwere Reiter tauchen aus dem Nebel auf, alle in schwarzen Rüstungen. Und nur wenige Småländer Reiter noch, die sich ihnen entgegenwerfen und den Rückzug des Königs decken können. Und überall Nebel, Nebel, Nebel. Uns hat er geholfen zu entkommen, doch als wieder einmal die Schwaden aufreißen, sehe ich den verwundeten König und seine Leute, bedrängt von schwarzen Reitern. Einer richtet seine Reiterpistole auf seinen Rücken und drückt ab, von ganz nah, und ein zweiter schwarzer Kürassier rammt ihm den Degen in den rechten Arm. Da geht des Königs Pferd durch, Streiff. Der Leubelfing ist schon gefallen, Truchsees im Gewühl verschwunden, Jönsson und von Lauenburg können das Tier nicht halten, müssen sich ja selber wehren, und statt zurück zu den Småländern und Östergötländern und hinterher zu den eigenen Regimentern trägt Streiff den getroffenen König den feindlichen Reihen entgegen in den Nebel hinein …«

Die Stimme des Corporals drang jetzt wie von sehr weit entfernt an Eriks Ohr, in Eriks Herz. Ihm war übel, der Geruch von Olafs Hühnerbrühe verursachte ihm Brechreiz. *Den feindlichen Reihen entgegen in den Nebel hinein* … Alle Kraft zur Hoffnung verließ ihn. Er griff in die Tasche seines Reitermantels, um nach dem Apfel zu tasten, nach dem Loch, in dem die Kugel steckte. Er griff ins Leere und ihm fiel ein, dass er den Apfel ja den Säuen auf dem Dorfplatz zum Fraß vorgeworfen hatte.

»Und weiter?«, fragte er leise.

»Nichts weiter.« Der Corporal zuckte mit den Schultern und breitete die schwieligen Hände aus. »Wir haben uns zu Brahes Musketieren durchgeschlagen, und später hat's geheißen, der König und Pappenheim seien gefallen, und Pappenheims Reiter in Panik geflohen. Gegen Abend jedoch ist ein Cornet aus Stålhandskes Reiterei zu uns gestoßen, der hat behauptet, nur der Pappenheim sei tot und Gustav Adolf lebe noch, sei aber von mindestens fünf Kugeln schwer verwundet und auf dem Weg hierher nach Meuchen. Andere jedoch trafen wir, die sagten, der König sei gestorben und eine schwedische Eskorte bringe ihn nach Weißenfels.«

»Und der den ersten Schuss abgab oder den zweiten in des Königs Rücken – war das der Jesuit, den ihr später gefangen habt, der Satansbraten?«

»Schwer zu sagen – der Nebel, die Entfernung …« Der finnische Corporal schabte sich den verfilzten Backenbart. »Schwarze Harnische trugen sie doch alle, die auf ihn losgegangen sind, und geschossen haben viele. Der den König in den Arm geschossen hat, schien mir jünger, und der ihn in den Rücken traf, ritt einen Rappen mit weißer Blesse über den Nüstern und kam mir größer vor als der Jesuit. Vorn an seiner Sturmhaube habe ich ein rotes Zeichen gesehen, vielleicht ein Kreuz.«

»Und der mit dem Degen auf ihn losging?«

Der Finne zuckte mit den Schultern. »Das könnte unser Soldat Christi gewesen sein. Schon möglich.«

»Ein Soldat des Schwarzen Kaspers ist er!«, zischte Erik. Er sah dem Mann in die verunsicherte Miene, blickte zu seinem reglos lauschenden Leutnant, nickte schließlich. »Danke. Geht in eines der Häuser, man soll euch Wein und eine Mahlzeit geben.«

Er wandte sich an Olaf. »Ein paar Minuten noch, dann lasst die Jesuiten wieder allein.« Er blickte auf den Becher mit der Hühnerbrühe, die dampfte längst nicht mehr. Erik rümpfte die Nase. »Nur, falls der König kommt, dürft ihr die Beichte noch mal unterbrechen.« Sprach's und stieg wieder hinab in die Krypta.

Was der Finne erzählt hatte, passte zu den Berichten schwedischer Reiter. Beim Rückzug wollten sie den hohlwangigen Franz von Trient unter den kaiserlichen Kürassieren gesehen haben; unter lauter schweren Reitern in schwarzen Helmen und schwarzen Rüstungen, die aus dem Nebel galoppiert waren, um gegen den König und seine Begleiter zu stürmen. Man hatte sie schießen und stechen sehen, angeblich auch einen, der dem Satansbraten glich. Und später, als Wallenstein zum Rückzuck blasen ließ, hatten Stålhandskes Finnen die schwarzen Kürassiere verfolgt.

Am Sarkophag schlug Erik wieder das Tagebuch seiner Schwester auf. Mehrere Todesschützen kamen also in Frage. An die zwanzig Reiter Wallensteins hatten die Finnen gefangen. Und die meisten von ihnen erschlagen. Unter den Überlebenden: Franz von Trient.

Von oben, aus der Sakristei, hörte Erik die Stimmen des Wundarztes und des Satansbratens. Todesschütze oder nicht – er war unter den Angreifern gewesen. Nach der Beichte, gleich morgen früh, musste der Jesuit den Kopf unter das Henkersbeil legen. Herzog Bernhard hatte Erik die Vollmacht erteilt, die Hinrichtung anzuordnen.

Er blätterte im Tagebuch, wollte mehr über Kristinas Ehe mit dem österreichischen Rittmeister erfahren, doch es fiel ihm schwer, die Erschütterung und Beklemmung abzustreifen, die ihn beim Bericht des Hakkapeliten befallen hatten. Was sollte denn aus dem Krieg gegen die Papisten werden, wenn der König gefallen war? Was aus Schweden? Unvorstellbar! Unvorstellbarer noch als Kristinas Ehe mit einem katholischen Götzendiener.

Er schob die düsteren Gedanken beiseite, konzentrierte sich auf Kristinas Tagebucheinträge, suchte Notizen über ihre Hochzeit, fand keine, fand nur Aufzeichnungen über das Leben im Heerlager, im Tross und mit dem Rittmeister.

Wenn ich ihm seinen Mantel flicke, bedankt er sich überschwänglich, hieß es da an einer Stelle, *wenn ich ihm seine Stiefel putze und seine Wäsche wasche, besorgt er mir aus lauter Dankbarkeit Äpfel und Honig. Was für ein Glück, ausgerechnet so einer guten Seele begegnet zu sein. Manchmal tue ich Leo den Gefallen und begleite ihn zur Messe.*

Erik runzelte die Stirn. Zur Messe? Kristina? Und tatsächlich schrieb sie über den papistischen Offizier, wie über ihren vertrauten Gatten. Doch nirgends ein Wort über Hochzeitsfeier oder Trauung.

Mein Essen schmeckt ihm, las er stattdessen, *und dafür, dass ich ihm Haushalt, Zelt, Kleider und Waffen in Ordnung halte, hat er mir versprochen, mich auf meinem Weg nach Norden und nach Hause zu beschützen. Ja, er will mich sogar nach Stockholm geleiten. Vor zwei Wochen hat er gesagt, er würde mich in einer Kutsche in unseren Hof fahren und beim Vater um meine Hand anhalten.*

Erik erschrak. Also doch nicht verheiratet?

Wir leben wie Mann und Frau zusammen, las er, *und wenn ein anderer Offizier es wagt, mir Geld anzubieten, damit ich mit ihm in sein Zelt gehe, dann zeige ich ihm den Ring mit dem Wappen meines Capitaines und der geile Soldat weiß, dass ich zum Freiherrn von Heiligenstadt gehöre. Nur mit Leo teile ich das Lager. Was bleibt mir denn anderes übrig?*

Erik hielt den Atem an. Verstand er recht? Kristina hat mit diesem Papisten das Nachtlager geteilt? Er las noch einmal, las hektisch, blätterte hastig um. »Sie ist eine Hure geworden«, flüsterte er. Er las und las, und das Entsetzen schnürte ihm die Brust zusammen. »Kann das denn wahr sein? Eine Thott macht sich zur Hure?« Er schlug das Tagebuch zu, ließ sich nach hinten auf die unterste Stufe der schmalen Treppe sinken und verbarg das Gesicht in den Händen. »Meine Schwester, eine Hure«, flüsterte er.

Wie angefroren saß er und versuchte zu fassen, was er gelesen hatte. Und wieder und wieder bewegten sich stumm seine Lippen. *Meine Schwester, eine Hure …, die Tochter eines Thotts, eine Hure …*

So hockte er noch, als drüben in der Sakristei die Tür zugezogen und krachend der Riegel vorgeschoben wurde. Erik zuckte zusammen, nahm die Hände vom Gesicht, lauschte nach oben. Die Patres tuschelten schon wieder miteinander. Auf Latein.

Er musste hinauf, musste an der Wandlücke lauschen, es nützte alles nichts. *Meine Schwester hat sich zur Hure erniedrigt.* Er stemmte sich hoch, seine Beine fühlten sich schwer wie Blei an, während er Stufe um Stufe nahm. Die Strafe für deinen Ungehorsam ist das, dachte er. Er ließ sich auf den Hocker sinken. Kristina, Kristina. Die Strafe dafür, dass du nicht dankbar genommen hast, was Gott für dich beschlossen hatte: den Ritter Bonde.

Auf der anderen Seite des Mauerwerks redeten sie schon wieder lauter. Erik konzentrierte sich auf die lateinischen Sätze des Satansbratens, versuchte es wenigstens. »… der junge von Waldau entwickelte sich zu einem gehorsamen Soldat Christi«, hörte er ihn sagen. »Im Spätsommer 1624 hat er in meiner Anwesenheit das Gelübde eines Paters der Gesellschaft Jesu abgelegt. Da war er einundzwanzig Jahre alt. Danach zogen wir dem katholischen Kriegsheer hinterher. Unser Zögling Johann Tilly war dem Grafen von Mansfeld hart auf den Fersen zu jener Zeit. Eines Tages kam ein Auftrag von ganz oben, und ich schickte Tonda mitten hinein in das Schlangennest, um zwei weitere Ketzer aus der Welt zu befördern. Der Pater Nikolaus Bamberger, ein gestandener Mann Gottes inzwischen, blieb bei ihm; mich rief der General nach Rom. Um diese Zeit muss es geschehen sein, dass der Satan seine Schlingen auswarf …«

DRITTES BUCH

Von Meister Hein Klapperbein

1624 BIS 1627

I

Hersfeld, Oktober 1624

Auf Wagen und unter freiem Himmel hatten sie in einem Dorf im Stift Fulda übernachtet. Im Morgengrauen des Sonntags brachen sie auf, gegen Mittag erreichten sie den Lauf des Fuldaflusses, und schon zwei Stunden später erkannten die Huren auf dem vorderen Wagen Turmspitzen zwischen den Hügelkuppen im Nordwesten: Hersfeld. Das Ziel.

In Hersfeld lagerten die Kriegsvölker der Katholischen Liga – die Armee des unbesiegbaren Generals Tilly. Dort winkte Geld, dort boten Marketender Stoffe, Proviant, Schuhe und Werkzeug feil, und vor allem: Dort gab es Publikum, das nach Zerstreuung lechzte.

Einer holte seine Sackpfeife heraus, ein anderer seine Fidel, ein dritter seine Trommelschlegel. Der Zeitungssänger auf seinem Eselskarren stimmte ein Lied an; die Musikanten nahmen Takt und Melodie auf; die Huren auf dem Wagen des einäugigen Quacksalbers und Fechtmeisters fielen mit ein; dann die böhmischen Bettler, dann die Hundeführer aus der Lausitz, dann die alpenländischen Kaminfeger, schließlich die österreichischen Flüchtlinge am Ende des Zugs. Und zuletzt der Puppenspieler auf dem Bock des zweiten Wagens; der sang am lautesten.

Die Frauen und Töchter der venezianischen Seiltänzersippe sprangen von den Karren und tanzten neben den Wagen her im Gras, die Kinder im Tross und die Huren des Einäugigen taten es ihnen gleich. Für kurze Zeit – ein paar Augenblicke nur – vereinte die plötzliche Hochstimmung all die unterschiedlichen Menschen im Tross zu einem einzigen Körper, zu einem einzigen großen Gefühl: zur Freude, noch am Leben zu sein, und zur wilden Entschlossenheit, es zu bleiben.

»Das musst du verstehen«, ließ der hagere Spielmann auf der Ladefläche des vorderen Wagens seine Teufelspuppe sagen. »In Bamberg hat man sie aus der Stadt gejagt, in Coburg mit Rindermist beworfen und in Fulda für ihre Künste schlecht gezahlt.« Sein singender Gefährte auf dem Kutschbock drehte sich nach ihm um, forderte ihn mit ausgelassenen Gesten auf, doch wieder mitzusingen. Der Puppenspielmann merkte es gar nicht. »Tillys Leute in Hersfeld jedoch werden das bunte Pack mit offenen Armen begrüßen«, behauptete der Teufel über seiner Linken. »Die Landsknechte langweilen sich zu Tode, sagt man.«

Der blutrot Gekleidete wandte seinen rubinroten Grinseschädel nach rechts, wo neben dem Karren eine schöne Tänzerin den Kopf in den Nacken und die Arme in die Luft warf. Der Blick des Puppenspielers folgte dem des Gehörnten – die junge Frau gehörte zu den Huren des Einäugigen, ihre Nähe machte ihm das Atmen schwer.

Fahrendes Volk, was da nach Norden zog. Um die dreißig Gaukler und Spielleute aus allen Teilen des Reiches, die meisten seit Wochen unterwegs, manche schon seit der Schneeschmelze. Die Letzten waren erst in Fulda zum Tross gestoßen, andere bereits in Ingolstadt, wie die beiden Puppenspieler. In Hersfeld schlug der General Tilly bereits zum zweiten Mal sein Winterquartier auf, seit er im Hessischen Krieg führte gegen den Halberstädter und den Grafen von Mansfeld; das hatte sich bis ins Herzogtum Bayern herumgesprochen. Ja, sogar bis in die Republik Venedig.

Die Tänzerin an der rechten Wagenseite lachte den Puppenspieler an. Gott, was für schöne Augen sie hatte! Groß und glühend und dabei so nachtschwarz wie der dichte Schleier ihres Haares. Und wie sie sprang, wie ihr schlanker Hals sich bog, und wie ihre Brüste wogten unter dem gelben Kleid! Es durchperlte den Puppenspieler wie flüssige Glut.

»Eine Verführerin«, ließ er den Erzengel über seiner Rechten flüstern. »Sieh nicht hin!« Der junge Mann senkte den Blick.

Durchs Fuldatal zog der Tross der Stadt entgegen. Vorbei am Schloss Eichhof und dann entlang am Fuß des Johannesberges der Haunemündung entgegen. Die Tänzerinnen sprangen wieder auf Pferderücken und Wagen, der Gesang verebbte, die Musikanten jedoch hörten nicht auf zu spielen. Schon erkannte man die Brücken über Haune und Fulda und bald auch die ersten Zelte des Heerlagers.

»Kein Wölkchen am Himmel.« Der Blonde auf dem Kutschbock schnalzte mit der Zunge. »Ist das denn zu fassen, Brüder?«

Der einäugige Fechtmeister drehte sich nach ihm um. »An dir wird's nicht liegen, Bamberger!«, rief er. Er ritt neben dem Wagen mit seinen Huren. »So geil wie du schon seit Sonnenaufgang meine Weiber beglotzt, müsste der Herrgott längst Hagel und Donner vom Himmel geschickt haben!«

Der Blonde errötete und blieb stumm, doch wer es sonst hörte, lachte – die Huren spitz und kichernd, die Seiltänzerinnen verschämt, die Kaminfeger brüllend und der Einäugige trocken und heiser.

Erzengel und Teufel betrachteten den Mann aufmerksam. Von Anfang an war ihrem Puppenspieler der Fechtmeister unheimlich vorgekommen; seit er eine Tagesreise südlich von Fulda zum Tross gestoßen war. Silberne Strähnen durchzogen seine langen, schwarzen Locken. Was für ein fahles, knochiges Gesicht, was für ein füchsischer Zug um den schmalen Mund!

Er trug eine schwarze Lederkappe über dem linken Auge und die verkrüppelte linke Hand in einer Schlinge. Abgesehen von der rostigen Kette um seine Hüften, war er recht ansehnlich gekleidet: grüner Rock über dunklem Lederkoller, Reitstiefel, dunkle, mit rotem Band unter dem Knie gebundene Hosen, die Stiefelstulpen mit nicht mehr ganz weißem Batist gefüllt und einen großen Hut mit schwarzem Federbusch auf dem Kopf. Er reiste mit zwei

Knechten, jungen Burschen; die Huren standen wohl unter seinem Schutz. Er treibe Zauberei, behauptete die Großmutter der Seiltänzer aus Venedig.

»Er gefällt mir nicht«, ließ der Puppenspieler den Erzengel murmeln.

»Mir kommt er ganz brauchbar vor«, erklärte der Teufel.

Der Tross überquerte die Fuldabrücke, steuerte das Tor unter dem wuchtigen Eckturm an, das Peterstor, wie einer der Bettler wusste. Dahinter lag die Vorstadt von Hersfeld. Irgendwo am Ufer krachten Schüsse.

»Am Tag des Herrn gönnen die Obristen ihren Schützen ein paar Extrakugeln!«, rief Nikolaus Bamberger, denn etliche Spielleute hielten es für Kampflärm und waren erschrocken. »Damit sie nicht aus der Übung kommen!« Die Puppenspieler kannten das aus Prag und Ingolstadt, und tatsächlich schossen die Musketiere auf Enten oder auf Zielscheiben, die sie in der Uferböschung aufgestellt hatten. Auf den Wagen reckten die Kinder die Hälse.

Noch bevor das fahrende Volk den Torturm zur Vorstadt erreichte, liefen Landsknechte vor einem großen Gebäude zusammen, das noch außerhalb der Vorstadt am Flussufer lag; dem Siechenhaus, wie später zu hören war. Aus seinem Eingang trat ein Mann mit großem Gefolge, ein hoher Offizier – der Puppenspieler auf dem zweiten Wagen schloss es aus seinem teuren Mantel, der Halskröse und den schneeweißen Spitzen, die aus seinen Stiefelstulpen quollen.

Der Einäugige trieb sein Pferd zu ihm und stieg ab; kurz darauf gesellten sich auch Nikolaus und der Patriarch der Seiltänzersippe zu ihnen. Ein paar Landsknechte umringten die Musikanten, einige das Gespann der venezianischen Seiltänzerinnen, viele die Wagen mit den Huren. Schon streckten zwei Bayern die Arme nach der glutäugigen Tänzerin aus. Die zierte sich und äugte zum Puppenspielmann herüber.

Hochstimmung kam wieder auf, als es hieß, man bekomme

Plätze am Flussufer zugewiesen, könne dort Zelte, Hütten und Podeste aufschlagen. Der Tross setzte sich wieder in Bewegung, rollte ein Stück flussaufwärts. Nur der Karren der Kaminfeger scherte aus und hielt auf das Vorstadttor zu. Eine Handvoll Fußgänger schloss sich ihm an: die böhmischen Bettler und die Flüchtlinge aus Oberösterreich vor allem.

Der Puppenspieler behielt das Siechenhaus im Auge, während sein Gefährte den Wagen ans Flussufer lenkte – der Einäugige und der Offizier steckten dort die Köpfe zusammen. »Was hat denn unser Fechtmagier so überaus Wichtiges mit Tillys Kriegsmann zu besprechen?«, ließ der Spielmann den Erzengel grübeln.

»Die treffen sich nicht zum ersten Mal«, raunte der Teufel. »Jetzt gehen sie auch noch zusammen ins Haus hinein.«

Landsknechte liefen neben Pferden und Wagen her, vor allem neben dem Hurenwagen; wollten angeblich alle beim Abladen helfen, beim Hütten-, Zelte- und Bühnenbauen. Die Männer lachten unnatürlich laut, überboten sich mit schlüpfrigen Scherzen, machten obszöne Gesten, und ihre glänzenden Augen konnten gar nicht mehr von den Frauen lassen.

Die schenkten jetzt Wein aus und reichten die Becher vom Wagen in einen Wald aus hochgereckten Soldatenarmen hinein. Schusslärm rückte näher. Die schwarzäugige Tänzerin warf einem Landsknecht eine Kusshand zu. Der Puppenspieler sah es genau.

»Da!« Eine der Huren auf dem vorderen Wagen richtete sich plötzlich auf. »Ein Weib!« Sie schnitt eine erstaunte Miene und deutete zum Flussufer. »Ein Weib ist ja unter den Musketieren!«

Alle Köpfe fuhren herum, auch der Spielmann mit Erzengel und Schwarzem Kasper spähte nun nach links zur Fulda. Tatsächlich – auch eine junge Frau in grauem Kleid zielte dort aus einer Radschlosspistole nach Enten und auf bemalte Holzscheiben, die man im Ufergras an in den Boden gerammten Stangen aufgehängt hatte. Der Mann neben ihr trug ein weißes Hemd mit Spitzenkragen unter gelbem Koller und einen auffallend großen

Kavaliershut mit rotem Federbusch. Sein rötliches Haar und sein Bart waren ungewöhnlich lang und struppig.

»Die Hure unseres Capitaines«, rief ein Feldwebel unter den Landsknechten. »Vor den Toren Heidelbergs hab ich sie ihm gepflückt. Vorletzten Herbst. Hätt sie lieber selbst vernascht.«

»Bist du des Teufels?«, rief ein anderer ins raue Gelächter hinein. »Sein Weib, nicht seine Hure!«

Der Puppenspielmann beobachtete, wie der, den sie »Capitaine« nannten, am Flussufer die Arme der Frau neben sich hielt und sie samt ihrer Reiterpistole stützte, als wollte er ihr zielen helfen. Die Frau war mittelgroß, schlank und hatte aschblondes Haar.

»Als wir die Festung Mannheim ausräucherten, da nannten alle im Heerlager sie noch seine Hure«, wusste ein anderer. »Doch ein paar Monate später, als wir bei Stadtlohn den Halberstädter aufs Maul schlugen, da hat der General Tilly ihn zum Obristwachtmeister gemacht und der Capitaine seine Hure zu seinem Weib.«

»Klar doch – das tät ihm gefallen, dem Franzos, ist aber ein frommes Märchen.« Der Feldwebel winkte ab. »Die Schwedische will ums Verrecken keinen Papisten zum Mann haben! Deswegen versucht er jetzt, seine Hure zu bekehren, damit sich's auf ihr bequemer liegt.« Wieder Gelächter. Am Ufer, kaum noch vierzig Schritte entfernt, hob der Capitaine jetzt die ausgestreckten Arme seiner Hure samt der Reiterpistole in ihren Händen.

»Du bist ja des Teufels, Joseph!«, rief einer der Männer. »Nix ›Hure‹! Französisch musst du's sagen, dann klingt's schöner.«

»Von mir aus.« Der Feldwebel zuckte mit den Schultern. »Dann versucht er halt seine Mätresse zu bekehren, damit er sie heiraten kann und sein Gewissen nicht mehr sticht, wenn er auf ihr liegt.« Und schon wieder schallendes Gelächter. Der Tross rollte am Schießplatz vorbei, wo der Capitaine Arme und Pistole seiner Mätresse losließ; auf sein Kommando hin drehte die Aschblonde die Waffe jetzt zur Seite und zielte über Pulverpfanne und Lauf auf eine der Scheiben.

Auf einmal sah der Spielmann einen jungen Landsknecht die Tänzerin mit den glühenden Schwarzaugen vom Wagen heben. Dabei traf sich sein Blick wieder mit ihrem, wenn auch nur für einen Moment. Rasch senkte er den Kopf. Als er ihn wieder hob, schlenderte das Paar Arm in Arm zwischen die Zelte des Heerlagers. Der Puppenspielmann stand auf, eine Erregung packte ihn, die er sonst nicht an sich kannte – er hielt die Erzengelpuppe und den gehörnten Grinseschädel über die Schultern; so sahen sie dem Paar zu dritt hinterher. »Sündiges Pack!«, zischte der Erzengel. »Kennen keine Scham.« Der Teufel wusste nichts zu antworten; der Spielmann ließ sich wieder auf die Wagenplanken sinken, streifte die beiden Handpuppen von den Händen, kramte eine dritte Puppe aus seiner schwarzen Katzenfelltasche und flüsterte dabei: »Sündiges Pack, schamloses …«

Plötzlich krachte es mächtig. Eine Kugel pfiff heran, durchschlug die zurückgeraffte Plane, fauchte dicht an seinem Lockenkopf vorbei und blieb einen Schritt weiter im Seitenverschlag stecken. Holz splitterte.

Nikolaus hielt den Wagen an, der Spielmann sprang auf, stand breitbeinig und äugte zum Ufer. Dort stieg eine Pulverwolke auf über der Aschblonden und dem Obristwachtmeister, den sie »Capitaine« nannten. Die junge Frau, keine zwanzig Schritte entfernt, ließ die Reiterpistole sinken und riss Mund und Auge auf. Sie schien tief erschrocken und stieß Worte in fremder Sprache aus; die klangen nach einem Stoßgebet.

»Mon Dieu!« Der Capitaine schlug die Hände gegen die Wangen. »Heilige Jungfrau …!« Dann riss er sich den Hut vom Kopf, schwenkte ihn und kam herangelaufen. »Verzeiht, Monsieur! Ich bitt Euch, verzeiht uns …«

*

… sie hörte das metallene Ratschen des Radschlosses, sah Funken von der Pulverpfanne auf die nackte Haut ihres Unterarms sprühen, schrie auf wegen des jähen Schmerzes, verriss die Waffe – und dann war es geschehen: Es krachte, Pulverdampf waberte, die Kugel pfiff und schlug in einen der Wagen ein, die nicht weit vom Ufer entfernt am Rand des Heerlagers vorbeirollten.

Der Schusslärm verhallte, einen Atemzug lang blieb es still.

Dutzende Augenpaare hingen auf einmal an ihr, und breitbeinig stand er plötzlich auf der Ladefläche, der Lockenkopf, der Spielmann, der Fremde in Schwarz. Er war aschfahl, Todesangst zeichnete seine Züge. Sie hatte ihn doch nicht etwa getroffen? Kristina biss sich auf die Unterlippe.

»Ja, bist du denn von allen guten Geistern …!« Leopold von Heiligenstadt riss sich den Hut vom Kopf, rannte los, brüllte Entschuldigungen, und vorbei war es mit der Stille: Die Landsknechte lachten, die Frauen auf den Wagen stießen spitze Schreie aus, die Pferde schnaubten, bei der Brücke erhob sich quakend und flügelschlagend ein Schwarm Enten aus der Fulda, und die schwere Pistole rutschte Kristina aus der Hand und schlug im Ufergras auf.

Der Spielmann stand noch immer im Wagen, fiel noch immer nicht um, antwortete jetzt sogar auf Leopolds Fragen. Nicht getroffen – Jesus Christus sei Dank! Sie schloss die Augen, ihr war schwindlig.

»Bring mir das bei«, hatte sie zu Leo gesagt. »Bring mir bei, Bleikugeln mit so einem Ding zu verschießen.« Und jetzt das. Sie öffnete die Augen, rieb sich die versengte Haut des rechten Unterarms. Rechts und links von ihr fuhren die Musketiere und Arkebusiere fort, auf die Scheiben zu feuern; Enten zeigten sich nirgendwo mehr.

Bei Stadtlohn hatte sie ja gesehen, wie es dem Tross Christian von Braunschweigs ergangen war: Die siegreichen Truppen der katholischen Liga – die Regimenter des Generals Tilly – waren über die Wagenkolonnen des protestantischen Herzogs hergefallen, hatten alles an sich gerafft: Pferde, Wagen, Zelte, Waffen, Proviant und das gesamte Raubgut des Halberstädters – und die Frauen des Trosses.

Nein. Niemals wollte sie wehrlos einer solch unwürdigen Lage ausgeliefert sein auf dem langen Weg nach Norden, nach Hause. Nie! Also hatte sie ihren Capitaine gedrängt: »Zeig mir, wie man mit einer Radschlosspistole schießt.«

Lange genug hatte sie ihm in den Ohren liegen, lange genug sich anhören müssen, dass eine Frau und eine Reiterpistole zusammenpassen wie eine Träne der Heiligen Jungfrau und die Flammen des Fegefeuers. Mit Engelszungen hatte sie auf ihn eingeredet, hatte gedroht, ihn nicht mehr bei sich schlafen zu lassen, hatte gelockt und sogar versprochen, über seine Bitte nachzudenken, ihn im Winter nach Wien zu begleiten – wenn er nur einmal mit ihr ans Flussufer zu den sonntäglichen Schießübungen reiten würde. Endlich hatte sie ihn mürbe geschwatzt. Und jetzt das …

Ihr Capitaine stand vor dem Wagen des Spielmanns, gestikulierte, redete auf den Lockenkopf ein, zeigte hierher, zeigte dorthin, rang dem Erschrockenen endlich ein Lächeln ab. Dessen Gefährte war längst vom Kutschbock gesprungen, hatte die Pferde beruhigt, umkreiste jetzt den Wagen, inspizierte kopfschüttelnd das Loch in der Plane und den Einschuss im Seitenverschlag; und wollte gar nicht mehr aufhören, sich zu bekreuzigen.

Der Spielmann auf der Ladefläche nickte, lächelte tapfer, blinzelte zu Leo hinab, spähte zu ihr, zu Kristina, herüber, lächelte scheu und blinzelte wieder zu Leo hinab. Er trug einen schwarzen Überrock über dunkler Lederweste, schwarze Hosen und weiße Strümpfe darunter. Weiß auch sein Hemd und sein flacher Spitzenkragen unter dem Rock. Sah er nicht ein wenig aus wie ein Prediger oder ein Priester? Doch etwas lag in seinen Gesichtszügen, das schien ihr gar nicht zu einem geistlichen Herrn zu passen. Seine schwarzen Locken quollen ihm über den Ohren unter einem schwarzen Barett hervor. Schon wieder spähte er zu Kristina herüber. Er konnte nicht wesentlich älter sein als sie selbst.

Sie bückte sich nach der Radschlosspistole im Gras. Wo kam es überhaupt her, dieses bunte Volk mit seinen Gespannen? Fremde waren das, ohne Zweifel. Was hatten sie überhaupt hier verloren? Sie hob die Waffe auf, ein nagelneues Stück aus einer Manufaktur im sächsischen Suhl, mit Schnitzereien am Kolben verziert und mit Gravuren an Pulverpfannendeckel, Hahn und Beschlag. Sie hatte gehofft, der Capitaine würde ihr das Stück schenken; Macht genug über ihn, das zu erreichen, hatte sie ja, Frauenmacht – aber jetzt? Nach diesem Fehlschuss?

Sie richtete sich auf, ihr Blick fiel wieder auf den Wagen und den Spielmann darauf. Jetzt sah er nur noch zu ihr herüber. Was fiel ihm denn ein, diesem Kerl? Sie runzelte die Stirn. Andererseits: Ein schöner Mann eigentlich mit seinen schwarzen Locken, seiner schlanken Gestalt und seinem blassen, kantigen Gesicht. Und plötzlich gefiel es ihr, dass sein Blick nicht von ihr lassen wollte, während doch unter ihm Leopold auf ihn einredete. Ihre Züge entspannten sich etwas, sie erwiderte sein verlegenes Lächeln.

Es verging ihr jedoch gleich wieder, als sie die Handpuppe bemerkte, die er halb über seine Rechte gestülpt festhielt. Sah sie denn recht? Hielt er wirklich ein Gerippe mit einer Sense fest? Sie kniff die Lider zusammen, schirmte die Augen gegen die Sonne ab, versuchte, das schwarz-weiße Ding ins Auge zu fassen und genauer zu erkennen; es blieb dabei: ein weißer Totenschädel, ein schwarzes Kleid mit weiß aufgemaltem Gerippe, eine Sense.

Der Tod! Der Tod als Puppe.

Ihr Capitaine machte kehrt, lief zurück zu ihr. »Du hättest ihn beinahe getroffen! Noch einmal gut gegangen. Der Heiligen Jungfrau sei Dank!« Er fasste ihre Rechte, begutachtete ihre Brandwunden. »Das hast du jetzt von deinem Eigensinn! Tut's weh?« Er spitzte die Lippen, blies die geröteten Stellen an. »Komm, ich habe eine Salbe im Quartier.« Wie fürsorglich er war! Kristina ließ sich von ihm zu den Pferden ziehen.

»Wer ist der Mann? Was hat er gesagt?«

»Ein böhmischer Spielmann, Monsieur de Waldau. Nichts hat er gesagt.« Fordernd streckte er die Rechte aus, wollte die Pistole zurück.

»Lass sie mir, Leo.« Sie versteckte die Waffe hinter dem Rücken. »Bitte! Und am nächsten Sonntag üben wir wieder.«

»Ich mache mich ja lächerlich vor den Offizieren!« Der Capitaine blickte sich um. Wie ein Waldschrat sah er aus mit seinem inzwischen brustlangen Haar und seinem wuchernden Bart, wie ein Einsiedler – er schor sich nicht mehr seit Stadtlohn; seit er das Gelübde getan hatte. »Und vor den Gemeinen sowieso!« Er nahm ihr die Pistole weg. »Gib schon her! Mit der kannst du sowieso nicht mehr schießen, bevor nicht ein Büchsenmacher sie inspiziert hat. Ich will nicht, dass du dir noch einmal wehtust.« Er betrachtete die Waffe von allen Seiten, fingerte an einer Ausbeulung am Beschlag der Pulverpfanne herum, steckte die Pistole schließlich in eines der beiden leeren Holster vor seinem Sattel und machte dann Anstalten, Kristina aufs Pferd helfen.

»Nichts hat er gesagt?« Sie wehrte seine Arme ab und stieg aus eigener Kraft auf ihren Schimmel; ein Geschenk des Capitaines. Kristina trug ein langes, dunkelgraues Samtkleid, seitlich geschlitzt bis zu den roten und weißen Unterkleidern und weit genug, um beim Reiten ihre leinenen Beinkleider und dunkelroten Stiefeletten zu verdecken; alles Geschenke des Capitaines. »Hast du ihm denn keine Entschädigung angeboten?« Kristina schirmte ihre Augen wieder gegen die Nachmittagssonne ab und spähte dem Wagentross des fahrenden Volkes hinterher. Täuschte sie sich, oder stand der Puppenspieler noch immer auf der Ladefläche und sah zurück zu ihr?

»Ich habe ihn für morgen Abend zum Mahl eingeladen. Mon Dieu! Das sind wir ihm schuldig, nach dem Schrecken!« Der Capitaine kletterte in den Sattel. »Getötet hätte ihn die Kugel allerdings kaum auf die Entfernung, doch eine tiefe Fleischwunde hätte sie ihm wohl gerissen oder wenigstens eine Brandwunde …«

»Nicht getötet?« Kristina trieb ihr Pferd an. »Soll das heißen, dass mir eine Reiterpistole gar nichts nützt, wenn es drauf ankommt?«

»Das nun nicht gerade.« Er räusperte sich, druckste herum, lenkte seinen Wallach an ihre Seite. Sein Pferdejunge und seine beiden Trabanten schlossen sich ihnen an. »Aus fünf, sechs Schritten Entfernung abgefeuert kann so eine Pistolenkugel schon tödlich sein, es sei denn, sie trifft auf starkes Leder.« Er schlug sich auf sein Elchlederkoller. »Oder einer trägt einen Harnisch, dann zielst du besser gleich auf sein Pferd.« Seite an Seite ritten sie Richtung Vorstadt. »Am sichersten ist's, du setzt die Waffe am Körper des Feindes auf, bevor du abdrückst.«

»Dann kann ich ja gleich meinen Dolch benutzen!« Unwillig runzelte sie die Brauen.

»Damit wirst du deine Ehre nicht allzu lang gegen einen Dragoner oder einen Arkebusier verteidigen können.«

Kristina blies die Backen auf. »Du weißt ja nicht, was ich alles kann, wenn ich nur will.« Sie schlug einen trotzigen Tonfall an, doch der Capitaine hörte nur noch mit einem Ohr zu: Beim Siechenhaus hatte er seinen Beichtvater entdeckt, einen fettleibigen Dominikaner und Feldkaplan; der bückte sich gerade mit zwei anderen Männern aus der Tür – einem Rittmeister seines Arkebusier-Regiments und einem Fremden, dem eine Klappe das linke Auge verdeckte.

Kristina nahm ihn nur beiläufig wahr, sie dachte an den Spielmann. Diese schreckliche Puppe in seiner Hand. Doch hübsch war er gewesen, und so ein kluges Gesicht. Und wie erschrocken er geguckt hatte. Dennoch hatte ihr Capitaine ihn gleich zum Lächeln gebracht. Typisch Leopold – mit seinem Charme und seinen liebenswürdigen Manieren gewann er die Herzen im Handumdrehen. Auch sie selbst konnte ihm nie lange böse sein.

So freundlich und hilfsbereit er sie nach den Höllentagen von Heidelberg aufgenommen hatte, so benahm er sich seitdem beinahe immer. Niemals vergaß er ihr, dass sie ihn auf der nächtlichen Mauer vor den Wächtern gerettet hatte. Und als man ihn nach der Schlacht bei Stadtlohn erst nach zwei Tagen mit einem durchschossenen Bein zurück ins Zelt brachte und sie ihn wochenlang pflegte, statt die Flucht nach Köln oder Frankfurt oder Magdeburg auf eigene Faust zu wagen, als sie treu bei ihm ausgeharrt hatte – da hatte er ihr feierlich geschworen, sie persönlich nach Stockholm zu eskortieren und beim Vater um ihre Hand anzuhalten.

Nun, in Stockholm würde sie lieber heute als morgen an Land gehen. Doch einen wie Leopold von Heiligenstadt zum Mann nehmen? Einen Papisten? Der Vater würde sowieso ablehnen.

Kein armer Mann, ihr Capitaine, wahrhaftig nicht. Und ein Edelmann obendrein; und mit guten Manieren, wie gesagt. Nicht zu vergleichen mit einem ungehobelten Rüpel wie Sakarias Bonde. Aber leider Papist; er betete sogar zur Jungfrau und zu allen Heiligen, die er kannte. Zu Dutzenden also. Wenn man das nicht Götzendienst nannte, was dann?

Sie betrachtete seinen Wappenring an ihrer Rechten. War sie nicht längst seine Verlobte? Er hatte ihr den Ring verkleinern und ihr ein passendes Armband aus Gold dazu machen lassen. Auch die Perlenkette, die sie trug, hatte er ihr geschenkt. War sie, genau betrachtet, nicht längst auch sein Weib? Zwar wimmelte sie ihn ab, wann immer sie konnte, doch wenigstens zweimal im Monat kroch er zu ihr ins Bett, und was blieb ihr übrig, als es geschehen zu lassen? Vorher bekreuzigte er sich jedes Mal, und hinterher betete er einen Rosenkranz. Dafür brauchte er länger als für das Gekeuche und Gezappel zwischen ihren Schenkeln. Schamesröte stieg ihr ins Gesicht, als sie daran dachte.

Vom Siechenhaus aus sahen ihnen Bruder Gregor und die beiden anderen entgegen; der Einäugige trug seine seltsam verkrümmte Linke in einer Schlinge. Was hatten die Kerle zu gaffen? »Noch zwei Wochen, dann geht der Oktober zu Ende«, sagte der Capitaine. »Spätestens dann brechen wir nach Wien auf.« Von der Seite spürte sie seinen fragenden Blick.

»Was soll ich in Wien, Leo? Nach Schweden will ich, nach Hause.« Schon seit seinem Gelübde nach der Schlacht von Stadtlohn plante er diese lästige Reise nach Wien. Und seit vor sieben Tagen ein Briefbote aus Heiligenstadt in sein Zelt gekommen war, redete er von nichts anderem mehr.

»Ich muss nach Wien, das weißt du doch.« Er zog die defekte Pistole aus dem Holster. »Ich werde die Waffe inspizieren und reparieren lassen. Danach gehört sie dir.«

Einmal behauptete er, eine geheime Botschaft des Generals Tilly müsse dem Kaiserhof überbracht werden, dann wieder hieß es, er müsse eine Kapelle einweihen, die er in Heiligenstadt zu Ehren der Jungfrau Maria bauen ließ, und vorher könne er Bart und Haupthaar nicht scheren. Das hatte er nach der Schlacht von Stadtlohn geschworen, wo er einen Braunschweiger Obristen erschossen hatte, einen frommen Mann, wie er später erfuhr. Deswegen das Gelübde?

Wie auch immer: Kristina zweifelte nicht daran, dass er diesen schwachsinnigen Schwur getan hatte, denn sie hielt Leopold von Heiligenstadt für einen unverbesserlichen papistischen Götzendiener; für einen schlimmeren noch als Bruder Gregor, seinen Beichtvater. Sie hatte den Verdacht, dass Pater Weinfass – so nannte sie Leos Beichtvater und Feldkaplan im Stillen – ihm diesen Floh ins Ohr gesetzt hatte. Andererseits spürte sie, dass weit mehr ihn nach Wien zog, dass er ihr die ganze Wahrheit noch verschwieg.

»Dann werden wir bald Abschied feiern müssen, Leo«, sagte sie mit fester Stimme. »Wenn du dein Versprechen brichst und nach Wien reist, muss ich mich allein zur Ostseeküste durchschlagen.«

Mit herrischer Geste winkte er ab. »Für mich gäbe es da nichts zu feiern, das weißt du!« Seine Stimme klang plötzlich streng. »Ich bin dein Schutzschild. Schweden ist weit, und als Frau wärst du verloren ganz allein und mitten im Krieg.« Mit verächtlicher Kopfbewegung deutete er auf die Zelte des Heerlagers. »Du hast sie doch kennengelernt, diese wilden Landsknechte. Tiere sind die meisten, Diebe und Mörder! Allein auf dich gestellt gerätst du unter sie und bist verloren.«

»Darin bin ich geübt.« Kristina stieß ein bitteres Lachen aus. »Verloren sein und mich dennoch retten – darin bin ich geübt, das kannst du mir glauben!« Zugleich wusste sie, dass er recht hatte: Ohne ihn wäre sie längst die Beute verkommener Söldner geworden; tot wäre sie ohne ihn!

Er trieb sein Pferd noch näher an ihres. »Geht mit mir, ich bitte Euch, Mademoiselle du Thott.«

Immer, wenn ihm etwas sehr dringend war, nannte er sie so und schlug diesen förmlichen Tonfall an. Häufig auch, wenn er sie höflich aufforderte, Liebe mit ihm zu machen. So wie der Schotte nannte er das natürlich nicht – »Liebe machen« –, er bat sie dann, ihre »Bettstatt mit ihm zu teilen« oder seine »Not zu lindern« oder ihn tun zu lassen, »was selbst die Vögelein unter des Herrgotts Himmel zu tun pflegen«.

»Sobald wir aus Wien zurückkehren, gleich nächsten Sommer, geht es dann zügig hinauf nach Norden. Versprochen.« Er schob seine Rechte unter das Elchlederkoller und legte sie aufs Herz. »Ich gebe Euch mein Ehrenwort, Mademoiselle.«

Wenn er so redete – so weich, heiser und zugleich so feierlich und förmlich –, dann fehlten ihr immer die Worte. Leopold liebte sie. Mehr als einmal hatte er ihr das gestanden. Und auch jetzt spürte sie wieder, wie ernst es ihm war mit seiner Bitte. Doch was meinte er denn mit »Liebe«? Das Verlangen nach ihrem Körper?

Sie selbst empfand Dankbarkeit dem Capitaine gegenüber, das schon; vielleicht noch Zuneigung, vielleicht sogar freundschaftliche Gefühle manchmal; weitaus öfter allerdings erbitterte es sie, dass sie mit ihm schlafen musste, um sich seine Freundschaft und seinen Schutz zu erhalten. Selten ließ er sie diesen Zwang spüren – dazu pflegte er zu höfliche Umgangsformen –, und dennoch verhielt es sich genau so.

Nein, von Liebe dem Capitaine gegenüber hätte Kristina niemals sprechen können, und wenn sie je freundschaftliche Gefühle für ihn hegte, dann fühlte sie die nicht annähernd so tief wie damals Pit gegenüber. Überhaupt: Liebe. Was musste man sich darunter denn vorstellen? Wie fühlte sich das überhaupt an?

»Als wir vor beinahe zwei Jahren Heidelberg hinter uns ließen, da hast du gesagt, du müsstest dem Tilly erst noch Mannheim erobern, danach würden wir weiter nach Norden ziehen …«

»Das haben wird doch getan!«, brauste er auf. Er blickte hinter sich zu den Dienern und Trabanten und bedeutete Kristina, leiser zu sprechen.

»… nach Mannheim hieß es dann, zuerst müsse man den Halberstädter schlagen, danach erst könne man weiter nach Norden ziehen. Und jetzt …«

»Hat es denn nicht gestimmt? Immer ging es weiter nach Norden!« Er ereiferte sich. »Immer weiter, genau wie ich's versprochen habe …«

»… nach der Schlacht von Stadtlohn hast du verkündet, erst müsse man noch den Mansfelder schlagen, dann ginge es ganz bestimmt weiter Richtung Schweden. Und jetzt …« Sie machte eine weit ausladende Geste und ahmte seine schmeichelnde Stimme nach. »Jetzt soll es plötzlich nach Wien gehen und danach selbstverständlich zügig nach Norden.«

»Ich schwöre es, Mademoiselle du Thott! Die Heilige Jungfrau sei meine Zeugin!« Er beugte sich zu ihr herüber, griff nach ihrem Zügel und zog ihr Pferd näher an seines. »Es muss sein, Kristina.« Nun flüsterte er auf einmal. »Nicht nur wegen meines Gelübdes. Ich flehe dich an. Es ist auch für dich von Vorteil, glaub mir. In

Wien könnte sich mir eine Möglichkeit bieten, schneller an die Ostseeküste zu gelangen, als du es dir jemals hast träumen lassen.«

»Und wie soll das zugehen?«

»Der Kaiser denkt an einen eigenen Heereszug, da braucht es tüchtige Offiziere …«

»Der Kaiser hat doch längst kein Geld mehr!« Sie blies verächtlich die Backen auf. »Verkleinert sogar schon seine Regimenter.«

»Es heißt, man habe ihm die nötige Menge Reichstaler in Aussicht gestellt, um eine eigene Armee unter einem eigenen General aufzustellen. Mehr darf ich darüber nicht sagen. Noch nicht.« Er langte nach ihrem Kinn, drehte ihren Kopf zu sich, sah ihr ins Gesicht. »Bitte!«

Wie weich und zärtlich er sie anschaute mit seinen himmelblauen Augen, wie gut er es mit ihr meinte. Sie hatte es weit besser getroffen als die meisten anderen Frauen in Tillys Armee, weiß Gott! Unzählige wurden hart und rau gehalten, galten als Arbeitssklaven und Näherinnen, hatten die Beine breit zu machen, wenn ihre Männer es verlangten. Viele wurden geschlagen, und nicht wenige mussten sich für Geld in fremde Zelte verleihen lassen. Gott hatte es gut mit Kristina gemeint, das wusste sie; Himmel, das wusste sie doch!

»Und in Wien heiraten wir«, flüsterte er lächelnd.

»Ach! Du willst also der Ketzerei den Rücken kehren und den wahren Glauben annehmen?« Sie fragte das mit durchaus spöttischem Unterton. »Dann könnte ich mich vielleicht entschließen, dich zu begleiten.«

Sofort ließ er sie los. »Femme entêtée!« Seine Miene verschloss sich. »Sturschädel!« Er befahl einem seiner Trabanten – einem blonden Leutnant –, sie in die Stadt zu begleiten, und winkte den anderen zu sich. »Überleg's dir! Und jetzt reite mit den Männern ins Quartier! Ich komme später!« Er trieb sein Pferd fort von ihrem und dem Siechenhaus zu. Der zweite Trabant, ein Corporal, ritt ihm hinterher. Vor dem Siechenhaus stiegen sie kurz darauf aus den Sätteln und gesellten sich zu den drei Männern dort.

Der blonde Leutnant trieb sein Pferd an ihre Seite. Wie immer übersah sie sein charmantes Lächeln. Sie spähte zurück zu ihrem Capitaine – niemals würde einer wie Leopold von Heiligenstadt dem Papst und seiner Kirche den Rücken kehren, niemals von seiner bigotten Marienverehrung lassen!

Sollte er doch tun, was er wollte. Sie würde es ja ebenfalls tun.

Kristinas Blick blieb an dem Einäugigen hängen. Seltsamer Mann. Seltsam auch, dass er ihr so bekannt vorkam. Jetzt erst fiel ihr auf, dass er unentwegt zu ihr herüberstarrte. Abrupt wandte sie sich ab.

Sie hielt aufs Stadttor zu; der blonde Leutnant und der Pferdejunge folgten. Sie wohnten im Haus eines Hersfelder Stadtkämmerers nahe der Stiftskirche. Dort gab es sogar ein Spinett und ein Kaminzimmer. Als Obristwachtmeister stand ihrem Capitaine ein festes Quartier zu. Auch eine solche Bequemlichkeit genossen nicht allzu viele Frauen im Heerlager.

Gegen ihren Willen kehrten Kristinas Gedanken zu dem Einäugigen zurück. Warum kam ihr der Mann so bekannt vor? War sie denn je einem Einäugigen mit einer verkrüppelten Hand begegnet? Sie erinnerte sich nicht, grübelte, ritt langsamer. Auf einmal wogte eine Welle von Übelkeit durch ihren Körper, und sie riss am Zügel, machte kehrt, trieb ihren Schimmel ein Stück zurück.

Vor dem Siechenhaus standen sie und steckten die Köpfe zusammen: Leo, der Offizier, Bruder Gregor und dieser Einäugige. Jetzt ließen die Männer Leos Trabanten stehen und wandten sich zu viert der Haustür zu. Pater Weinfass schaukelte mehr, als dass er ging. Und der Krüppel – wie hölzern er sich bewegte! Und dann durchfuhr es Kristina wie ein Eisschauer: Veits Jokrim!

2

Sie hatten das Zelt hinter ihrem Wagen aufgeschlagen, sodass man auch von der Schmalseite der Ladefläche aus über eine Stiege hineingelangte. Mit seiner großen Truhe vor der Brust nahm Tonda Sprosse um Sprosse – behutsam und tastend, denn ihm war noch ganz schwindlig vom Schrecken. Morgen Nachmittag würden sie ihr Himmelreich auf dem Wagen aufbauen und ihre Puppen sprechen lassen.

Tonda setzte die schwere Truhe ab und klappte den Deckel hoch. Seine Knie fühlten sich an, als wären sie mit frisch gestampfter Butter gefüllt, in seinen Ohren hallte noch der Pistolenschuss nach, und in seinem Kopf leuchtete das Abbild der Schützin, der Frau mit dem blauen Reitkleid. Er wollte nicht an sie denken.

»Ein Zeichen«, sagte Nikolaus draußen auf dem Wagen. Er hatte Hafer gekauft und die Pferde gefüttert; vier Tiere besaßen sie. »Ein Zeichen des Himmels.« Jetzt flickte er das Einschussloch in der Plane. »Wenn ich nur wüsste, was Gott uns damit sagen will.«

Tonda beugte sich über die Truhe, schob Weißzeug, Wäsche und Decken zur Seite – ein Bandelier, Reitstiefel, eine Sturmhaube, ein schwarzer Harnisch und Waffen kamen zum Vorschein. Im Stillen betete er gegen das Frauenbild in seinem Kopf an. »Seit wann spricht Gott durch Pistolenkugeln zu uns?« Er zog Parierdolch, Degen und Bandelier aus der Truhe und breitete Decken und Wäschen, wieder über den Rest der militärischen Ausrüstung.

»Noch dazu durch eine Kugel aus der Pistole einer Hure, nicht wahr?« Draußen lachte sein Gefährte. »Recht hast du, Tonda! Hätte ein Engel sie abgefeuert oder wenigstens ein geweihter

Priester, dann würde ich sagen: Meister Klapperbein klopft an. Aber eine Hure?«

Tonda befestigte die Scheide mit dem Rapierdolch an der rechten Hüfte. »Du nennst sie eine Hure?« Er legte das Bandelier an – den Brustgurt, an dem der Degen getragen wurde. Ihr Bild stand ihm vor Augen und wollte nicht einem Einzigen der stillen Gebete weichen, mit denen er sonst immer die Fleischeslust bekämpfte.

»Wie nennst du denn ein Weib, das ohne Ehesakrament mit einem Mann unter einem Dach haust?« Der Bamberger streckte den Kopf herein. Sein Gesicht war voller und rötlicher geworden während seiner Zeit in Schweden; Blondhaar und Bart trug er kurzgeschoren. Ein guter Wundarzt war aus ihm geworden, und sobald der Krieg es zuließ, sollte er zum Priester geweiht werden. »Und haben nicht auch die Landsknechte sie so genannt?«

»Sicher.« Tonda befestigte die Scheide mit der neuen Klinge am Brustgurt, ein Geschenk seines Lehrers und Beichtvaters. Im Sommer hatte er Franz in Ingolstadt getroffen. Der Pater war gleich weiter nach Süden gereist, denn der Ordensgeneral hatte ihn und Alban von Lüttich nach Rom gerufen. Sein angekündigter Brief lag hoffentlich schon beim Abt des Hersfelder Klosters.

»Du bist so still.« Fragend musterte Nikolaus ihn von der Stiege aus. »Woran denkst du?«

»An gar nichts.« Tonda schlüpfte in den schwarzen Überrock. An den herben Zug um den Mund der Aschblonden musste er denken. Er steckte seine Nai – seine Panflöte – in die Katzenfelltasche und wandte sich dem vorderen Zeltausgang zu. An ihren Mund musste er denken und an die Art, wie sie dagestanden hatte: So gerade, so stolz; und das trotz Fehlschuss und Schreck. Ja – etwas Unbeugsames war von ihr ausgegangen. »Ich gehe in die Stadt und zum Kloster.« Etwas, das Menschen ausstrahlten, die ein starker Wille beseelte. Und am Schluss hatte sie ihn angelächelt. Ohne sich noch einmal umzudrehen, winkte er Nikolaus einen Gruß zu und bückte sich aus dem Zelt.

Er wollte zum Abt und zur Abendmesse in die Stiftskirche; und auf dem Rückweg wollte er das abendliche Heerlager erkunden und die Ohren nach Neuigkeiten über die militärische Lage spitzen. Vom Herzog Christian von Braunschweig – dem Tollen Halberstädter – wusste Tonda, dass er zwei Jahre zuvor seinen linken Unterarm im Schlachtgetümmel eingebüßt hatte; leider nicht sein Leben.

Nach der verlorenen Schlacht von Stadtlohn hatten sich der junge Herzog und seine letzten Getreuen in den Generalstaaten verkrochen und leckten dort ihre Wunden; vermutlich im Haag bei der verehrten Elisabeth Stuart und ihrem Pfälzer Gatten, dem unglücklichen Winterkönig. Und der Graf von Mansfeld hielt sich angeblich am französischen Königshof auf und schmiedete neue Bündnisse. Das war das Letzte, was Tonda von den protestantischen Söldnergenerälen gehört hatte, deren Tod beschlossene Sache war.

Und während er die Ohren spitzte, wollte er natürlich an verschiedenen Stellen des Lagers Musik auf seiner Nai machen und die Leute für morgen zum Puppendrama einladen.

Links vom Himmelreich hatten die Venezianer ein halbes Dutzend Zelte um einen Platz gruppiert, auf dem zwei ihrer Pferde von Sattel zu Sattel mit einer Pike verbunden waren. Auf dem annähernd zwanzig Fuß langen Pikenstil balancierten die beiden jüngsten Töchter der Sippe, während eines der Pferde im Kreis lief und das andere sich in der Mitte des Kreises auf der Stelle drehte. Zwei größere Schwestern der Mädchen schritten unter ihnen im Gras, riefen ihnen Kommandos zu, lenkten die Pferde und hielten sich bereit, die kleinen Mädchen notfalls aufzufangen.

Gegenüber dressierten die Lausitzer ihre Dachshunde und Wolfsspitze und verführten sie mit Rindsknochen, durch einen Holzreif zu springen. Vor dem Wagen rechts sangen die Nürnberger Musikanten ein Soldatenlied und putzten dabei ihre Stiefel und Instrumente.

Tonda winkte nach allen Seiten, machte sich auf den Weg ins Lager und marschierte am Wagen und an den Zelten des Einäugigen und seiner Huren vorbei. Den Fechtmagier selbst und sein Pferd konnte er nirgends entdecken. Doch vier Frauen saßen vor den Zelten und nähten oder stopften. Zwei Hähne pickten zwischen ihnen im Gras. Andere Frauen hörte Tonda innerhalb der Zelte kichern. Er hatte das letzte beinahe hinter sich, da stand sie plötzlich vor ihm: die anmutige Tänzerin, die glutäugige Hure mit dem langen schwarzen Haar. »Wann lässt du deine Puppe zu uns sprechen, schöner Spielmann?«

Tonda erschrak, fast mehr wegen der Anrede als wegen ihrer unverhofften Nähe. »Morgen Nachmittag.« Himmel, diese Augen! Ganz schnell wollte er an ihr vorbeigehen, stand aber wie gelähmt.

»Auch Meister Hein Klapperbein?« Sie streckte die Hand aus, berührte seine schwarze Felltasche, streichelte sie. »Er steckt hier drinnen, nicht wahr? Darf ich ihn sehen?«

Ich habe es eilig, wollte er sagen, *man erwartet mich in der Stadt*, wollte er sagen. Stattdessen sah er in ihre Augen, lauschte dem Klang ihrer hellen Stimme und ließ seinen Blick nach unten wandern, über ihr nur lose unter dem Schlüsselbein zusammengebundenes gelbes Kleid, über die Wölbungen ihrer Brüste und Hüften. »Den Tod willst du sehen?«, fragte er heiser. »Wirklich?« Vergeblich mühte er sich, den Blick von ihrer Gestalt zu lösen. »Kein schöner Anblick.«

»Ich grusele mich gern, weißt du?« Sie fasste seine Linke und zog ihn hinter sich her ins Zelt. »Zeig ihn mir. Lass ihn zu mir reden.«

Plötzlich umgab ihn Halbdunkel, er wusste kaum, was er tat, als er sich vor ihr niederließ, in seiner Tasche kramte und Meister Hein Klapperbein herauszog. Sie kicherte, während er die Puppe über seine Rechte zog, sie biss sich auf die Lippen, als er ihr den bleichen Totenschädel vors Gesicht hielt. »Ich hol dich!«, ließ er den Tod mit tonloser Stimme zischen. »Morgen oder übermorgen. Nächstes Jahr oder in zehn Jahren. Wirst du bereit sein, vor Gottes Angesicht zu treten? Wirst du bereit sein, Rechenschaft abzulegen?«

»Hör auf, hör auf!« Sie schlug sich die Hände an die Wangen. »Ich fürchte mich, hör auf! Und weg mit ihm!« Sie drückte ihm den Arm mit der Puppe hinunter. »Fürchtest du ihn denn gar nicht?«

»Nein.« Seelenruhig zog Tonda die Puppe von den Fingern und versenkte sie in der Tasche. »Warum sollte ich mich fürchten? Ich komme in den Himmel.« Er fühlte sich jetzt sicherer, und schon hatte er sich den Schwarzen Kasper über die Linke gestreift. »Auch den hier muss ich nicht fürchten.« Blitzschnell wechselte er Tonlage und Mimik und hielt ihr den gehörnten Rotschädel vors Gesicht. »Du aber musst mich fürchten«, ließ er den Teufel feixen und höhnen, »denn du wirst mit mir zur Hölle fahren, wenn du dein Leben nicht änderst!«

»O Gott, o Gott!« Die Hure bekreuzigte sich. »Heilige Jungfrau, hilf!« Sie bedeckte die Augen mit der Linken und wehrte mit der Rechten die Teufelspuppe ab. »Nicht in die Hölle! Ich will doch auch in den Himmel …«

Noch nie hatte Tonda seine Puppen einem Einzelnen gegenüber auftreten lassen, und ihre Wirkung auf die junge Hure verblüffte ihn. Er ließ den Gehörnten sinken, setzte zu einer Bußpredigt an, doch die Schöne schnitt ihm das Wort ab. »Aber was geschieht vorher? Ich meine …« Sie langte in seine Tasche und fischte Meister Klapperbein wieder heraus. »Stell dir vor, der hier holt dich, bevor du auch nur ein einziges Mal glücklich warst.«

»Glücklich bist du nur im Himmel, Weib!« Tonda ärgerte sich über die vorlaute Frau, nahm ihr die Puppe weg.

»Stell dir vor, er holt dich, und du hast zuvor niemals die Freuden der Liebe genossen.« Tonda sperrte den Mund auf, die Worte fehlten ihm plötzlich. »Oder hast du sie schon kennengelernt?«

»Was?«

»Die Freuden der Liebe – kennst du sie denn schon?« Die Frau rückte näher, fasste seine Hand mit der Linken und zog sie zu sich.

»Ich … ich habe ein Gelübde getan, das verheißt mir Größeres und Besseres als die Freuden der Liebe.«

»Du kennst sie also noch nicht.« Dicht vor ihm richtete sie sich auf den Knien auf und löste mit einer einzigen flinken Bewegung ihrer Rechten die Verschnürung ihres Dekolletees. »Auch ein Spielmann braucht doch ein Weib.« Im nächsten Moment spürte Tonda ihr weiches rundes Fleisch unter seinen Fingern, und etwas Hartes kitzelte seine Handfläche. »Oder bist du gar kein Spielmann? Bist du am Ende ein Mönchlein?« Sie kicherte. Tonda aber starrte ihre Brüste an, starrte seine Hand auf der weißen, warmen Wölbung an und vergaß zu atmen. Merkwürdig eng wurde es ihm im Hals und in der Hose. Er wollte die Hand von ihrem Busen nehmen, aber die gehorchte ihm nicht. Und schon zog die entblößte Frau ihn noch näher an sich, beugte sich zu ihm herunter und drückte ihre Lippen auf seinen Mund.

Erst hielt er still. Doch als ihre Zunge in ihn eindrang und ihr schlechter Geruch ihm in die Nase stieg – ein Geruch nach altem Fett und faulem Zahn –, da zerriss der Zauber der Lust, und er konnte zurückweichen. Sie aber lächelte wie ein Kind im Halbschlaf und raffte sich das Kleid über die Schenkel. »Ich will dein sein«, flüsterte sie, und ihre schwarzen Glutaugen schienen ihn aus einem See heraus anzuschauen. »Auch ein Spielmann braucht doch …«

»Lass mich!« Er stieß sie weg, packte seine Tasche, sprang auf und stürzte aus dem Zelt.

*

Später, in der alten Stiftskirche, wühlte ihm noch immer die Lust in den Gliedern. Ohne lange nachzudenken, hatte er sich einer

Menschenmenge angeschlossen, die aus dem Heerlager durchs Peterstor in die Vorstadt gepilgert war und von dort hinter die Wehrmauern in die Hersfelder Altstadt und zur Abtei. Dort hatten die Glocken geläutet. Am Ende seiner Flucht drängte er sich jetzt mit beinahe zweihundert Menschen in der Stiftskirche; mit vielen Männern und einigen Frauen, deren Wiegen genau wie seine weit weg von hier gestanden hatten – in Bayern, Österreich, Burgund, Tirol, Venedig, Ungarn, Kroatien oder der Eidgenossenschaft – und denen eine Messe nach katholischem Ritus ein Stück Heimat bedeutete.

Ganz vorn in den ersten Reihen standen Edelmänner und Offiziere. Die alte Kirche der Abtei hatte kein Gestühl, und nur einige wenige Männer in den vorderen Reihen saßen auf Hockern oder thronten in Sesseln. Zwischen einem Blondschopf und der massigen Gestalt eines graubärtigen Feldkaplans entdeckte Tonda die wilde, rotblonde Mähne des Obristwachtmeisters, der Stunden zuvor seine Mätresse so kläglich an der Reiterpistole unterrichtet hatte. Ihren aschblonden Haarschopf allerdings suchte er vergebens. Natürlich – anders als ihr Offizier hing die Mätresse ja der lutherischen Ketzerei an.

Es duftete nach Weihrauch, vor dem Altar las der Abt aus dem Evangelium, ein Mönchspriester sprach Gebete, rings um Tonda tönte es »Amen!«, im Chorgestühl sangen Mönche das *Kyrie* und das *Halleluja*, und vor Tondas innerem Auge prangten die entblößten Brüste der Hure. Zu allem Überfluss stand ihm jetzt auch noch das Bild der Pistolenfrau wieder im Schädel, und seine Gedanken eilten zum nächsten Abend voraus, ins Haus des Capitaines, wo er die aschblonde Mätresse kennenlernen würde. Ausgeschlossen, der Abendmesse auch nur mit einer Spur von Andacht zu folgen!

Als sie vorbei war, schlüpften Mönchspriester und Feldkaplane in den Mittelteil der Beichtstühle; die waren hier nach alter iroschottischer Weise gebaut, auf zwei Seiten hinter Vorhängen mit

Sprechgittern und Kniebänken ausgestattet und für Beichtkinder zugänglich. Rechts und links eines jeden Beichtstuhls bildeten sich Warteschlangen, denn viele Menschen aus Heer und Tross der katholischen Liga wollten beichten: Pferdejungen, Soldatenfrauen, Gemeine, Offiziere, Huren, Marketender; auch einige Venezianer und einen Musikanten entdeckte Tonda. Das Gefühl, nicht der Einzige zu sein, der Sünden zu beichten hatte, tröstete ihn in seiner Verwirrung.

Er stellte sich vor dem Beichtstuhl an, in den sich der dicke Feldkaplan bückte, den er während der Messe bei dem langmähnigen Obristwachtmeister hatte stehen sehen; unter seinem Reitermantel trug er eine Dominikanerkutte. Als Erster verschwand dann auch der Capitaine hinter dem rechten Vorhang. Ob er jetzt beichten würde, dass er mit einer lutherischen Hure das Lager teilte? Oder beinahe den Tod eines Spielmanns verursacht hatte?

Das Holz der Beichtstühle sah fleckig aus und schimmelte an einigen Stellen; die Vorhänge vor den seitlichen Kniebänken wirkten zerschlissen. Tonda blickte sich im Kirchenschiff um, während er in der Warteschlange stand – überall entdeckte er Spuren des Zerfalls: zerbrochene Fenster an der Wetterseite, verblasste Farben in den Gewölbegemälden, zerbröckelnder Stein im Gemäuer und an den Säulen. Und auf einmal erschien ihm das alte Gotteshaus als Abbild seiner erschütterten Seele.

Der Zustand der Stiftskirche war leicht zu erklären: Jahrzehnte lang hatten keine Mönche im Kloster gelebt, erst im Gefolge Tillys, der seit letztem Jahr hier in Hersfeld sein Winterquartier aufschlug, waren sie in die Stadt zurückgekehrt. In der Landgrafschaft Hessen-Kassel und im Stift Hersfeld nämlich glaubte man reformiert und ein paar Gassen weiter, in der Stadtkirche, pflegte man den reformierten Gottesdienstritus. Der General beließ es vorläufig dabei; er wollte wohl den Landgrafen von Hessen-Kassel nicht vor den Kopf stoßen, denn der verhielt sich militärisch neutral und vermied alles, was den Kaiser hätte erzürnen können.

Ganz anders sein eigener Zustand – der erschien Tonda unerklärlich: Zwei Jahre geistliche Studien im Ingolstädter Novizenhaus, zwei Jahre Exerzitien, tägliche Beichten und unablässige Betreuung durch erfahrene Professen – hätte ihn das nicht unempfänglich machen müssen für eine läppische Versuchung durch ein loses Weib? Stattdessen war die Lust über ihn hergefallen wie ein starkes Heer über eine unbefestigte Stadt.

Wie, um alles in der Welt, war das möglich? Vielleicht der Todesschrecken durch den Schuss? Wahrhaftig! Der mochte schuldig sein; ja, die Aschblonde mit ihrer verdammten Reiterpistole, die lutherische Mätresse des Obristwachtmeisters, die hatte ihn sturmreif geschossen, sturmreif für die Versuchung …

Plötzlich gerieten die Warteschlangen in Bewegung, Tonda wurde mit anderen zur Seite gedrängt, und die Menge bildete eine Gasse. Durch die zog ein Tross von Offizieren und geistlichen Herren dem Kirchenportal entgegen. Tonda sah mit Spitzen, Bändern und eleganten Hüten geschmückte Männer in teuren Überröcken, zwei hochrangige Kroaten in pelzverbrämten Mänteln, den Abt in Mönchskluft und einen Greis mit schwarzem Birett und in priesterlichem Ornat, in dem er sofort einen Ordensbruder erkannte, einen Jesuiten. Und mittendrin ein dünner, kleiner Mann in dunkler, spanischer Tracht mit blütenweißer, steifer Halskröse. Das kurze Grauhaar trug er streng zurückgekämmt, seine schmale Stirn wirkte ungewöhnlich hoch dadurch; der Kinnbart und der dünne, nach oben gezwirbelte Schnurrbart ließen sein knochiges Gesicht spitz erscheinen. Seine Augen blickten ernst und starr geradeaus.

War er das? Tonda hielt den Atem an. War das etwa der berühmte Jesuitenzögling, Feldherr und Reichsgraf Johann Tserclaes von Tilly? Der fromme General, den seine Soldaten liebevoll »Vater Johann« nannten? Tonda blieb keine Zeit, darüber nachzudenken, denn von hinten schob man ihn zum Beichtstuhl. Auf dessen linker Seite schlüpfte er hinter den Vorhang. Als er ihn hinter sich zuzog, sah er noch aus den Augenwinkeln, wie sich auch der langmähnige Capitaine der hochrangigen Schar anschloss.

Vor dem Sprechgitter ging er auf die Knie, bekreuzigte sich und sprach die üblichen Eröffnungsworte auf Latein. Geruch nach Wein, feuchtem Leder und altem Schweiß wehte ihn von der anderen Seite des Sprechgitters an. Der Feldkaplan atmete schnaufend, wie einer, der einen Turm hinaufstieg. Oder wie einer, der gerade einnickte? Auch das Gemurmel des Beichtenden auf der rechten Seite des Beichtstuhls war deutlich zu hören. Weil der Feldkaplan sich nicht rührte, wiederholte Tonda die Eingangsworte auf Deutsch. Doch erst, als er ans Sprechgitter klopfte, verstummte das Schnaufen und ein grauer Bart drückte sich raschelnd gegen die andere Seite des Holzgitters. Tonda wich zurück vor dem Weinatem, der ihm entgegenschlug. »Gott, der unser Herz erleuchtet, schenke dir wahre Erkenntnis deiner Sünden«, murmelte hinter dem Gitter eine gleichmütige, leicht verwaschene Stimme auf Latein.

Tonda begann stockend; der Weinatem des Beichtvaters und das Gemurmel auf der anderen Beichtstuhlseite dämpften zunächst seine Andacht. Aber bald kam es wie ein Sturzbach über seine Lippen, und er beichtete, was er zu beichten hatte: seine Lust am Körper der tanzenden Hure, dass er sich in ihr Zelt hatte locken lassen, den Kuss, die Berührung der Frauenbrüste, und dass die ihm gar nicht mehr aus dem Schädel wollten.

Über die Aschblonde verlor er kein Wort.

Der Feldkaplan legte ihm ein Vaterunser als Bußübung auf – viel zu wenig in Tondas Augen – und erteilte die Absolution. Er sprach ein schreckliches, von österreichischem Dialekt gefärbtes Latein. Tonda betete und verließ fluchtartig Beichtstuhl und Stiftskirche.

Draußen dämmerte bereits die Nacht herauf. Eine Zeitlang lief Tonda den Abteiweg auf und ab, betete im Stillen seine Bußgebete und beschwor das Bild des Gekreuzigten herauf, wie er es von Pater Franz gelernt hatte. Doch erst, als er beschloss, am kommenden Abend nicht das Quartier des Capitaines zu besuchen und außerdem bis nach dem Puppendrama weder zu essen noch zu trinken – erst dann lockerte die Lust ihren Klauengriff um seinen Geist, und seine Gedanken fanden wieder in ruhigere Bahnen.

Ein wallonischer Mönch führte ihn ins Haus des Abtes. Dort empfing ihn der Sekretär des Abtes; der wusste bereits von Briefen eines Franz von Trient und beschied ihm zu warten, denn der Abt speise gerade mit dem General des Großherzogs von Bayern und seinem Gefolge. Man würde ihn rufen, sobald die hohen Gäste verabschiedet seien.

Vor der schweren Tür zum Speisezimmer der Abtei warteten zahlreiche Männer auf Zutritt zum Abt. Tonda erkannte die alpenländischen Kaminfeger unter ihnen und den blonden Trabanten des Capitaines. Der betrachtete ihn neugierig aus hellen, blauen Augen. Weil er sich nicht unter die Menge mischen wollte, ging Tonda in die Dunkelheit hinaus und unter den drei erleuchteten Fenstern des Raumes auf und ab. Das mittlere stand offen, Stimmen drangen aus dem Saal nach draußen. Eine heisere, manchmal krächzende Männerstimme erregte seine Aufmerksamkeit; lauschend blieb er unter dem Fenster stehen.

Die beinahe tonlose Männerstimme sprach einen deutschen Dialekt, der wie ein weicher Singsang klang. In Tondas Geist verstummten die Bußgebete, und die letzten Erinnerungsspuren an Frauenlippen, Frauenhaut und Frauenbrüste verblassten endgültig – er glaubte die Stimme zu kennen.

Ein paar Schritte weiter entdeckte er die Umrisse eines Leiterwagens. Ein paar Kisten Birnen waren darauf gestapelt. Tonda hob sie ins Gras, zog den Wagen unters erleuchtete Fenster und stieg auf die Ladefläche. Er brauchte Gewissheit.

Sein Kinn reichte jetzt knapp über den Fenstersims; vorsichtig spähte er um die Ecke der Mauerfassung in den Speiseraum hinein. Der war viel kleiner, als er erwartet hatte. Vielleicht zehn Männer tafelten darin an einem langen Tisch, die meisten Offiziere. Zuerst erkannte Tonda einen grauhaarigen Hinterkopf – den des kleinen, ernsten Mannes, dem sie vorhin in der Kirche so bereitwillig Platz gemacht hatten. Tilly! Tonda hielte den Atem an.

Da saß er also, zwischen seinem jesuitischen Beichtvater und dem Abt und keine vier Armlängen von Tondas heimlichem Spähposten entfernt – da saß der siegreiche Gottesdiener, der geharnischte Mönch, der unbezwingbare Asket! Tonda erschauerte. Wie konnte er es wagen, einen solchen Mann zu belauern? Schnell hinunterbücken, schnell wieder aus dem Wagen steigen und geduldig warten, bis man ihn empfangen wollte!

Doch Tonda konnte sich nicht überwinden, das einzig Richtige zu tun. Dem berühmten Feldherrn gegenüber nämlich saß jener Obristwachtmeister, den sie »Capitaine« nannten, und neben diesem – der Einäugige. Was hatte er hier zu suchen, der Fechtmeister, der Quacksalber, der Magier und Beschützer der Huren? Tonda konnte nicht anders, er musste lauschen und spähen.

Der Einäugige beugte sich weit über den Tisch zum General hin, machte dringende Gesten mit der Rechten und redete mit der Miene eines Verschwörers. Der Name Mansfeld fiel und der Name des Halberstädters. Tonda lauschte aufmerksam.

»… seinen Arm mag der Krieg dem Tollen Christian genommen haben«, hörte er den Einäugigen raunen. »Seine Lust auf Beute, Blut und Kampf jedoch nicht. Und der Graf von Mansfeld hält sich schon wieder in London am Königshof auf.« Seine verkrüppelte Linke lag vor ihm auf der Tafel, so reglos, als würde sie nicht zu ihm gehören. Ringfinger und kleiner Finger fehlten an ihr. »Herzog Christian von Braunschweig sticht in diesen Tagen vom Haag aus in See, um ihm dorthin zu folgen. Jakob von England will dem Halberstädter den Hosenbandorden verleihen, wie es heißt …«

Seine Worte gingen in empörtem Geraune unter, das sich plötzlich erhob. Der Obristwachtmeister von Heiligenstadt schnitt eine entrüstete Miene, die Männer neben ihm schüttelten die Köpfe.

Auf eine Geste Tillys hin kehrte wieder Ruhe ein, und der General wandte sich mit Worten an den Einäugigen, die Tonda nicht verstand. Dessen Antwort jedoch verstand er genau: »Ihr habt recht, Durchlaucht – nicht wegen des Ordens segelt Euer Feind nach London, obwohl ich dem eitlen Halberstädter das schon zutrauen würde. Doch nein: Er segelt natürlich, weil Jakob von England ihm und dem Grafen von Mansfeld Geld und ein großes Söldnerheer in Aussicht gestellt hat.«

Jetzt herrschte Stille, und Tonda konnte jedes Wort des Grafen von Tilly verstehen: »Woher wisst Ihr das, Leutnant?«

»Herzog Christians Regimentsführer, der Obristleutnant Heinrich Piper, hat es mir erzählt. Ein schlimmer Finger übrigens; seine Reiter nennen ihn ›Pape‹. Doch Pape vertraut mir und ist immer auf dem Laufenden. Er war dabei, als der Halberstädter Kammerjunker, der Haubold Rude, dem Herzog den königlichen Brief vorlas.«

»Und kennt der Leutnant Jokrim auch genaue Zahlen?«, fragte nun der Obristwachtmeister von Heiligenstadt.

»Eine Summe stand nicht in dem Brief aus London.« Der Einäugige zuckte mit den Schultern. »Doch von viertausend deutschen und fünfzehntausend schottischen Landsknechten war die Rede.«

*

Und wieder änderte sich Kristinas Leben. Diesmal trat das Neue auf leisen Sohlen bei ihr ein – kein schwatzender Säufer machte ihr den Hof, kein Schiff ging mit ihr unter, kein Kosak fiel über sie her, keine Musketiere schossen das Pferd unter ihr zusammen, und keine Landsknechte beschlossen, sie erst zu schänden und dann zu ersäufen. Ohne Angst und Schrecken zu verbreiten, trat es ein, ohne Donner, Blitz und Hagel. Sie merkte kaum, wie es geschah.

In der Nacht stritten sie wegen Jokrim; am Morgen schwor sie ihrem Capitaine bei der Ehre ihrer Mutter, ihn nie wieder in ihr Bett zu lassen, wenn er den Pfälzer nicht in Ketten legen ließ; gegen Mittag nötigte der Capitaine sie, mit ihm ins Heerlager zu einem Marketender zu reiten, damit sie sich ein Versöhnungsgeschenk aussuchte; am frühen Nachmittag beugte sie sich dort über Stoffballen, während der Capitaine draußen mit zwei Rittmeistern seines Regiments plauderte und der Marketender unablässig grinsend neben ihr stand und jedes Mal, wenn ihre Blick sich begegneten, meinte, sich verneigen zu müssen; und dann geschah es.

Zunächst hörte sie nur ihren Capitaine rufen: »Komm, Kristina!« Er hastete herein und fasste ihren Arm. »Komm schnell, das wird dir gefallen!«

Sie machte sich los, blitzte ihn an. »Lass mich!« Wirklich versöhnt fühlte sie sich nicht, und ihre Nerven lagen blank: Albträume von Veits Jokrim hatten ihr die wenigen Stunden Schlaf zur Hölle gemacht. »Ich habe mich noch nicht entschieden.« Sie fuhr fort, die Stoffe zu prüfen.

»Komm doch mit mir.« Wieder nahm er ihre Hand. »Wir schauen nachher noch einmal herein. Lass dir den Stoff so lange zurücklegen und komm.« Mit einer Verbeugung deutete der grinsende Marketender, ein polnischer Jude, sein Einverständnis an; im ganzen Lager bot er das beste Tuch feil. »Zwei böhmische Spielleute führen gleich eine Puppenkomödie auf«, sagte der Capitaine. »Biblische Geschichten, wie man hört. Die muss man gesehen haben.«

Kristina betrachtete die Stoffe, die der Pole vor ihr ausgebreitet hatte – cremefarbenes englisches Leinen, blauer Barchent und rote Seide. »Wer sagt das?« Beinahe zärtlich strich sie mit der Rechten über Leinen und Barchent. Sehr schöne Farben waren das, und vor allem erinnerte sie diese Kombination an das Kleid, das der Vater ihr einst aus Amsterdam mitgebracht hatte.

»Der Profos und der Hurenweibel sagen das, sie haben die Spielmänner proben sehen.«

»Wie kann man nur mit Puppen das Evangelium nachspielen? Geschmacklos!« Wieder blitzte sie ihn an. Wie sollte sie sich denn versöhnt fühlen, wenn er sich doch weigerte, den Satan Jokrim festzunehmen?

Dragoner eines bayrischen Regiments trugen den Corporal damals von der Heidelberger Wehrmauer weg, hatte Leo erzählt. Eine Kugel habe Jokrims Arm zerschmettert, der eigene Dolch ihm beim Sturz von der Mauer sein Auge durchbohrt. Im Sterben sei er gelegen, mit Fieber und Wundbrand, und nur, weil er freiwillig Einzelheiten über die Heidelberger Festungsanlagen preisgab, habe der General Tilly ihn begnadigt.

Angeblich wusste der Capitaine sonst nichts über Jokrim; nur, dass er nach der Eroberung Mannheims verschwunden sei. Dass Veits Jokrim der Mann gewesen war, den Kristina dem Tod preisgegeben hatte, um ihn, Leopold von Heiligenstadt, zu retten, davon wollte er zum ersten Mal gehört haben. Und es schien ihn ehrlich zu verblüffen; Kristina war geneigt, ihm zu glauben.

»Diese Stoffe hätte ich gern.« Sie griff nach einem Tuch, das großflächig mit Rosen bestickt war, und dann nach dem englischen Leinen, dem Barchent und der Seide. »Diese vier. Ich will ein Kleid davon machen lassen.«

»Zwei Kleider, wenn Ihr wollt, Mademoiselle«, sagte der Capitaine, und an den Juden gewandt: »Leg das zurück.« Der Marketender lächelte und verneigte sich. »Kommt mit mir, suivez-moi!«

»Ich will aber nicht!« Ein Kleid wie das vom Vater wollte sie. Und Jokrims Tod; oder wenigstens, dass der Capitaine ihn in den Hersfelder Kerker werfen ließ. Das Kleid schien zum Greifen nahe, doch an Jokrim wagte Leo sich nicht. Der sei jetzt ein Offizier des bayrischen Heeres und diene dem Grafen von Tilly in geheimer Mission. Er wisse nicht, wie er es anstellen sollte, ihn dem Profos und seinen Henkern zu überliefern.

Dann eben nicht. Das Versöhnungsgeschenk wollte sie dennoch. Wusste man denn, was ein Kleid, das etwas hermachte, ihr noch nützen würde, wenn der Capitaine nach Wien abgereist und sie den Weg nach Norden allein gehen musste? Der Gedanken an den gefährlichen Weg mitten im Krieg schnürte ihr die Kehle zu. »Pack mir diese Stoffe ein.« Sie nannte dem Händler die Maße.

»Später, Mademoiselle, später! So hört doch!« Der Capitaine zog die Tür der geräumigen Holzhütte ganz weit auf. »Hört Ihr diese Musik, Mademoiselle du Thott?« Er neigte den langmähnigen Kopf zur Schulter und lauschte. »Der Puppenspieler, der heute Abend unser Gast sein wird. Hört Ihr? Er bläst auf einer eigenartigen Flöte, um die Leute zu seiner Puppenkomödie zu locken.«

Tatsächlich – noch nie hatte Kristina einen derartigen Flötenklang gehört. Widerstrebend lauschte sie nun doch. »Eine Panflöte«, erklärte der Marketender und verbeugte sich. »Ich habe osmanische Spielmänner dieses Instrument blasen hören. Am Schwarzen Meer nennen sie es Nai und …«

Mit einer unwilligen Geste bedeutete Kristina ihm zu schweigen. Weil er einfach weitersprach, trat sie aus der Tür und lief ein Stück zwischen die Zelte. Überall standen dort Leute und spitzten die Ohren. Kristina konnte sich den näher rückenden Klängen nicht mehr entziehen. Heiser und wehmütig hörten die sich an und dann wieder wild und herausfordernd. Und was für eine Melodie! Wo hatte sie die bloß schon mal gehört? Sie hielt den Atem an und lauschte. Warum griff ihr die Melodie denn so ans Herz?

Hundert Schritte entfernt tauchte ein Reiter zwischen den Zelten auf. Dutzende Landsknechte folgten ihm. »Wenn er so schön mit seinen Puppen spielen kann, wie er seine Flöte bläst, dann sollten wir uns das unbedingt anschauen.« Der Capitaine stand plötzlich neben Kristina und legte den Arm um ihre Schulter. Sie merkte es kaum, hatte nur Ohren für die Flötenklänge.

Reiter und Landsknechte kamen näher. Ein blonder Mann in

grünem Wams und mit roter Feder auf schwarzem Hut eilte zwischen den Landsknechten hinter dem Reiter und den Leuten vor den Zelten hin und her. Er fuchtelte mit etwas herum, das Kristina erst auf den zweiten Blick erkannte: mit Handpuppen.

Die Musik ging vom Reiter aus, von dem Spielmann, dem sie gestern eine Kugel durch die Plane gejagt hatte und den Leo als Entschädigung für den Abend zum Mahl geladen hatte. Er ritt einen großen, kräftig gebauten Rappen mit strahlend weißer, lanzenförmiger Blesse zwischen Stirnmähne und Nüstern. Die Flöte, auf der er blies, bestand eigentlich aus mehreren unterschiedlich langen Flötenrohren, die nebeneinander zu einem flachen Bogen angeordnet waren. Kristinas Blicke konnten Kopf und Lippen des Musikanten kaum folgen, so schnell wechselte er das Rohr, in das er blies. Dennoch hörte die Melodie sich flüssig und weich an.

Jetzt ritt er an ihr vorbei, jetzt traf sein Blick wie zufällig ihren, jetzt schien die Melodie einen Wimpernschlag lang zu stocken – um dann lauter anzuschwellen und munterer und verspielter zu fließen. Und plötzlich erkannte Kristina die Melodie – das Lied vom *Horn der Glückseligkeit*. Doch das konnte ja nicht möglich sein, die Tante hatte die Melodie doch komponiert, vor bald zehn Jahren in Stockholm, wie sollte denn ein Fremder sie kennen! Nein, nein, sie musste sich täuschen, ganz gewiss: Ihre Ohren spielten ihr einen Streich …

»Wen fürchtet der brave Landsknecht?« Plötzlich stand er vor ihnen, der blonde Mann in Grün, und streckte dem Capitaine eine Puppe mit Totenschädel und aufgemaltem Gerippe hin. »Den Meister Hein Klapperbein? Dreimal nein in Gottes Namen!« Nun hielt er ihm eine Puppe mit blauen Kleidern unter die Nase, die wie ein Landsknecht gestaltet war. »Was macht ihn fest, den frommen Landsknecht? Passauer Zettel in der Hutfeder? Die Seele dem Schwarzen Kasper überschreiben? Dreimal nein in Gottes Namen! Die Furcht des Herrn macht ihn fest! Der Glaube und die heiligen Sakramente machen ihn fest! Kommt mit, wir zeigen es Euch!«

Er fuchtelte mit den Puppen, tänzelte zurück zum musizierenden Spielmann auf dem Pferd und zu den Landsknechten, die ihm folgten. Die palaverten und winkten nach allen Seiten.

»Komm.« Der Capitaine ergriff Kristinas Hand und zog sie mit sich. »Das müssen wir gesehen haben.« Kristina dachte gar nicht mehr daran, ihm Widerstand zu leisten. Willig ging sie mit ihm, vergaß sogar ihre Stoffe, hörte nur noch das bezaubernde Flötenspiel: das Lied vom *Horn der Glückseligkeit*.

Es konnte gar nicht möglich sein, und dennoch war es das. Der Spielmann spielte genau die Melodie, die einst die Tante zu den Versen aus Magdeburg komponiert hatte. Unmöglich, dass er das Lied kannte, und dennoch spielte er es! Die Härchen in Kristinas Nacken stellten sich auf.

Später, auf dem Wagen und neben dem Gestell, das ein alter Landsknecht hinter ihr »Himmelreich« nannte, spielte er dann eine andere Melodie. Kristina stand in der ersten Reihe zwischen ihrem Capitaine und seinem blonden Leutnant und beobachtete den hageren Mann mit den schwarzen Locken. Wie seine dunklen Augen leuchteten, wie er sich wiegte im Rhythmus seiner Flötenklänge! Und immer wieder trafen sich ihre Blicke. Etwas in ihrer Brust weitete sich, ihr Herz schlug höher. Müdigkeit und die Beklemmung durch die Albträume fielen von ihr ab, und eine seltsam heitere Stimmung durchdrang sie – ein Flattern im Bauch, ein halb wehmütiges, halb ungläubiges Staunen hinter den Augen und in Mund und Nase, ein inneres Lachen, das ihr tief aus der Brust heraufperlte. Kristina kannte sich selbst nicht mehr in diesem Moment.

Irgendwann setzte er die Flöte ab, legte den Zeigefinger auf die Lippen und verschwand dann hinter dem Gestell namens Himmelreich. Dort tauchten nun nacheinander die Puppen auf: Tod und Teufel, Jungfrau und Landsknecht, Erzengel und Priester. Es ging um Leben und Tod, um Himmel und Hölle. Kristina erkannte die Geschichte vom reichen Mann und vom armen Lazarus und danach das Gleichnis vom verlorenen Sohn. Ständig flüsterte der Capitaine ihr ins Ohr – »Hörst du's? Siehst du's? Merkst du's?« –, und seine vor Aufregung feuchte Hand schloss sich wieder und wieder um ihre. Kristina nickte einfach, dachte an den Flötenspieler und glaubte, seine Stimme in der des Teufels und des Erzengels zu erkennen.

Ein Papist, so viel verstand sie immerhin, einer, der die Leute mit den Schrecken des Todes und der Hölle zurück in die Arme der römischen Kirche treiben wollte, oder noch tiefer hinein. Es störte sie nicht. Nach der Puppenkomödie trat er wieder neben seinen Bühnenkasten, sprach ein paar fromme Ermahnungen und verhaspelte sich jedes Mal, wenn der Blick seiner schönen dunklen Augen sich in ihr lächelndes Gesicht verirrte.

Den Rest des Tages erlebte Kristina Aufregung, Tagträume, Verwirrung und Bauchschmerzen. Sie fieberte dem Abend entgegen. Der Capitaine redete und redete, wiederholte das Puppenspiel und die Mahnungen des Spielmanns in immer wieder anderen, eigenen Worten; und Kristina begriff nach und nach, warum er so wild darauf gewesen war, sie zur Puppenbühne zu schleppen, und worauf er letztlich hinauswollte: Alles würde gut, wenn sie nur erst ihren lutherischen Glauben fahren lassen würde. Leopold von Heiligenstadt wollte sie zur Ketzerei bekehren. Es störte sie nicht.

Es störte sie auch nicht, als er am Abend nach dem Essen den Spielmann aufforderte, eine heilige Komödie nur für ihn und »Mademoiselle du Thott« zu spielen. Im Gegenteil: So konnte sie den schönen Mann in Ruhe betrachten, ohne das Misstrauen ihres Capitaines zu erregen.

Der böhmische Lockenkopf tat ihm den Gefallen. Er packte seine Puppen aus, ließ Meister Hein Klapperbein Kristina ihr letztes Stündlein vor Augen stellen, beschwor durch den Mund des Teufels ihre Höllenqualen herauf, sollte sie ihr Leben nicht ändern, und lieh dem Erzengel Michael seine Stimme, um sie zur Beichte und in den Schoß der wahren Kirche einzuladen.

All das störte sie nicht. Oh nein, es amüsierte sie vielmehr, dass der adlige Spielmann so gehemmt auftrat, sich so häufig verhaspelte und aus der Kommandostimme des Erzengels und der höhnenden Stimme des Teufels immer wieder in seine wahre Stimme fiel. Weil er natürlich sein »Himmelreich« nicht mitgebracht hatte, konnte Kristina seinen Mund und seine Augen studieren, seine bleiche Stirn, die hohen Wangenknochen und den weichen und etwas scheuen Zug in seinem Gesicht, der sich ihr erst auf den zweiten Blick zeigte. Er wärmte ihr das Herz.

Irgendwann, sehr spät schon, klopfte es an der Tür, und Bruder Gregor führte einen einäugigen Mann herein. Veits Jokrim. Jäh kehrten Angst und Hass in Kristinas Herz zurück und drängten Heiterkeit, Staunen und wehes Sehnen ganz weit in den Hintergrund.

Wenigstens schien es dem Capitaine peinlich, unverhofft jenen Mann im Haus zu haben, den seine Geliebte sich tot oder wenigstens in Ketten wünschte. Er sprang auf, nahm Jokrims Arm und bugsierte ihn nach draußen. Der Dominikaner ging mit ihnen. Offenbar gab es Wichtiges zu besprechen.

Kristina führte den Spielmann aus dem Kaminzimmer in die kleine Bibliothek des Hauses, wo auch das Spinett stand. Seine Blicke wanderten forschend über ihr Gesicht. Sie gab sich Mühe, Angst und Unruhe zu verbergen, versuchte zu lächeln; doch sie spürte, dass er sie durchschaute. »Ich spiele Euch etwas vor«, sagte er, und seine sanfte Stimme ging ihr durch und durch. »Das wird Euch beruhigen.« Er setzte sich ans Spinett und stimmte die Melodie der Tante an, das Lied vom *Horn der Glückseligkeit*. Träumte sie?

Wer war dieser Mensch? Sie lauschte. Ein verarmter Edelmann? Ein Vertriebener, entwurzelt wie sie? »Woher kennt Ihr das?«

»Aus Prag.« Er improvisierte ein paar weiche Mollakkorde, und die verspielte Melodie klang auf einmal tief und schicksalhaft. »Ein kleines Mädchen hat es gesungen, drei Jahre ist das her.«

»Ein kleines Mädchen …?« Kristinas Augen wurden feucht, und sie schluckte. »Erinnert Ihr Euch an die Worte des Liedes?«

»Ich verstand gar nichts.« Seine Finger pflügten durch die Tastatur, hinauf und herunter, hinauf und herunter. Der Raum füllte sich mit vertrauten Klängen, mit dem *Horn der Glückseligkeit*. »Sie sang in einer fremden Sprache, wisst Ihr? Schwedisch, glaube ich.«

Kristina zog einen Stuhl zu ihm ans Spinett, denn ihre Knie drohten nachzugeben. Sie erinnerte sich, dass die Tante die deutschen Verse jenes Johann Steinmanns ins Schwedische übertragen hatte. Aber konnte es denn möglich sein, dass er ihr begegnet war? Neben dem Spielmann setzte sie sich ans Spinett, achtete auf seine Finger, ließ ihre Hände einen Atemzug lang über den hohen Tasten schweben und griff dann selbst hinein. Ohne Bruch fanden beiden Händepaare zum gemeinsamen Spiel.

So saßen sie eine Zeitlang nebeneinander, spielten und gaben sich den Akkorden und Melodieläufen hin; sie merkten nicht, wie die Zeit verging. Tränen liefen Kristina über die Wangen, doch sie hätte nicht sagen können, ob sie lachte oder weinte. Als sie sich gefasst hatte und ihre Stimme wieder gehorchte, sang sie auf Deutsch:

»Schöne Früchte: Blumen, Korn,
Kirschen, Äpfel, Birn' und Wein,
was immer köstlich könnte sein,
ist alles hier in diesem Horn.«

3

Rom, Herbst 1624

Endlich wieder in Rom! Ein tiefes Glücksgefühl trug Franz von Trient durch seine ersten Tage in der Hauptstadt der Welt; die Erschöpfung von der langen Reise durchs halbe Reich und über die Alpen fiel von ihm ab, sodass er sich schon am dritten Tag kaum noch daran erinnerte. Selbst die Sorge um Tonda trat in den Hintergrund. Franz pilgerte von Kirche zu Kirche, von Reliquienschrein zu Reliquienschrein, ließ Messen für seine verstorbenen Eltern, Geschwister, Onkel und Tanten lesen, betete für Alban und Nikolaus und immer wieder für seinen geliebten Tonda.

Um ein für alle Mal Ablass seiner Bußstrafe im Fegefeuer zu gewinnen, kroch er auf Knien die Heilige Treppe zur Basilika des Bischofs von Rom hinauf, hielt auf jeder der achtundzwanzig Stufen inne und betete ein Vaterunser. Und selbstverständlich besuchte er das Zentrum des Vatikans, die neue Basilika Sankt Peter.

Der gewaltige Dom, obwohl noch unvollendet, war inzwischen wieder zugänglich für Pilger. Nur das Grab des Heiligen Petrus selbst glich noch immer einer Baustelle. Über dem Sarkophag – direkt unter der mächtigen Domkuppel – errichtete man in jenen Monaten auf vier beinahe hundert Fuß hohen Säulen einen Baldachin aus Bronze. Die Bronze, ließ Franz sich erzählen, stammte aus dem römischen Pantheon der Heiden; so mussten auch deren Götter ungewollt dem Apostel Petrus huldigen. Noch zwei Jahre, so erfuhr Franz, dann sollte nach hundertzwanzig Jahren Bauzeit die neue Basilika Sankt Peter endlich eingeweiht werden.

Franz von Trient besuchte Rom zum zweiten Mal. Das erste

Mal hatte er die Stadt am Tiber vor dreizehn Jahren gesehen, als der Ordensgeneral ihn zum vierten Gelübde zuließ, zum Gehorsamsschwur auf den Heiligen Vater. Damals stieg Franz zum kleinen handverlesenen Kreis der Ordenselite auf und wurde ein Profess. Damals hieß der Papst noch Paul V., heute saß Urban VIII. auf dem Thron des Apostels Petrus, und zwischen beiden trug für kurze Zeit Gregor XV. die Tiara.

Päpste kamen und gingen, ihre Namen spielten für die Männer der Gesellschaft Jesu keine Rolle. Franz von Trient würde jedem Befehl eines jeden Papstes gehorchen, der ihn über den Ordensgeneral erreichte; und wenn er ihn das Leben kostete.

Wilhelm Lamormaini traf erst sieben Tage nach ihm in Rom ein. Wie so oft schon hatten Kaiser und Kaiserin auch diesmal alle denkbaren Gründe vorgetragen, um den Unentbehrlichen in Wien zu halten. Doch noch vor dem Kaiser hatte ein Mitglied der Gesellschaft Jesu dem Ordensgeneral zu gehorchen, und der hatte beide nach Rom gerufen: Wilhelm Lamormaini, um von ihm die Fortschritte der Gegenreformation zu erfahren und den Stand der Dinge am Hof ihres wichtigsten Dieners, des Kaisers, und Franz von Trient, damit er berichtete, wie es in Schweden um die katholische Sache bestellt war. Und wie der Ketzersohn und Jungpater Antonín von Waldau sich bewährte.

Sie trafen sich zum mittäglichen Angelusgebet in Il Gesù, der Kirche der Gesellschaft Jesu. Zwischen Prachtsäulen, unter vergoldeten Bögen, vor überlebensgroßen Marmorskulpturen und unter üppigen Deckengemälden gaben sie sich der Betrachtung der Leiden Christi hin. Nach dem Gebet beichtete Franz bei Wilhelm Lamormaini, danach fuhren sie auf Lamormainis Wagen zum General. Der erwartete sie im *Collegio Romano*, der Ordensuniversität, die noch der Heilige Ignatius selbst als Jesuitenschule gegründet hatte.

»Ist es nicht ein herrliches Gefühl, hier zu sein, wo die Geschicke der Welt nach Gottes Willen gelenkt werden?« Lamormaini seufzte tief, und das Glück, Rom zu sehen, leuchtete aus seinem kantigen Gesicht. Und wie recht er hatte – auch Franz erfüllte Ehrfurcht und Freude, während die prächtigen Fassaden der Stadt an ihnen vorüberzogen und er zu allen Seiten die Türme der Kirchen aufragen sah, die er in den letzten Tagen besucht hatte. Wie klein er sich vorkam – wie ein winziges Rädchen in einer jener Maschinen, mit denen man etwa Papiermühlen betrieb; und das war er ja auch: ein kleiner Soldat im großen Heer Gottes, wenn auch kein ganz unwichtiger mehr.

»Warum kommst du allein?«, wollte Lamormaini wissen. »Wo ist Alban von Lüttich?«

»Er ist schwer erkrankt auf dem Weg durch Bayern. Ich musste ihn in St. Gallen zurücklassen.«

Lamormaini runzelte die Stirn. »Die Pest?« Aus etlichen Städten des Reiches hörte man, dass die gefürchtete Seuche wieder ihr Haupt erhoben hatte.

»Wahrscheinlich die ungarische Krankheit. Das jedenfalls glaubte Alban selbst.« Franz zuckte mit den Schultern. »Ich habe ihm das Sakrament der Krankenölung erteilt und ihm die Beichte abgenommen. Bevor der Arzt der Abtei mir Sicheres sagen konnte, musste ich weiterreisen. Doch ich habe wenig Hoffnung, den braven Pater Medikus noch einmal lebend zu sehen.« Lamormaini nickte nur und schwieg. Schweigend verlief auch der Rest der Fahrt.

Im *Collegio Romano* empfing sie der Ordensgeneral Mutio Vitelleschi in seinem persönlichen Studierzimmer. Franz, der ihn vor dreizehn Jahren zum letzten Mal gesehen hatte – da hatte man Vitelleschi noch nicht zum General gewählt –, erkannte ihn kaum wieder: Vitelleschi, ein weißhaariger Aristokrat Anfang sechzig, mit langem Gesicht und großer, weit zur Oberlippe hinabgebogener Nase, war alt geworden.

Ein junger Priester, der ihm als Sekretär diente, und der Rektor des Kollegiums waren bei ihm. Beides Jesuiten natürlich. Wein und Nüsse wurden aufgetragen, und der Pater Generalis erkundigte sich bei den beiden Besuchern nach ihrem Ergehen während der Reise. Sie erzählten, und Franz erwähnte auch das Schicksal Albans, worauf der General sich bekreuzigte und ein Gebet sprach.

Danach forderte er Larmormaini auf, seinen Bericht zu geben. »Böhmen ist fest in unserer Hand, Hochwürden, um mit den guten Nachrichten zu beginnen«, sagte der Beichtvater des Kaisers auf Latein. »Die lutherischen Prediger sind überall auf dem Rückzug: in Prag, Wien, Graz, in ganz Oberösterreich. Wir haben Gott zu danken. Nur in Kärnten zeigen die Ketzer sich starrsinnig.«

»Wir sind glücklich zu hören, was die Unsrigen geleistet haben und noch leisten.« Vitelleschi, gebürtiger Römer, antwortete in klarem, auch für den Wallonen Lamormaini gut verständlichem Italienisch. »Besonders freuen wir uns für unseren treuen Zögling Maximilian von Bayern. Wie klug und gerecht von Ferdinand, ihm die Kurwürde des Pfälzer Verräters zu verleihen.« Wie Kaiser Ferdinand und der General Tilly war auch der bayrische Großherzog von Jesuiten erzogen worden. »Wie steht es an Rhein und Neckar mit unserem Werk?«

Lamormaini schilderte die Fortschritte der Rekatholisierung in der Pfalz. Etliche Männer der Gesellschaft Jesu waren dorthin gereist, um mit Hilfe kaiserlicher Soldaten die reformierten Prediger zu vertreiben, katholische Priester einzusetzen und den romischen Ritus wieder aufzurichten. Der Pater Generalis nickte zufrieden. Schließlich räusperte Lamormaini sich, und nicht nur Franz wusste, dass er nun zu den weniger guten Nachrichten kam.

»Der Krieg in Hessen-Kassel und in Niedersachsen steckt fest. Zwar konnte unser tapferer Sohn Graf von Tilly seinen Feinden empfindliche Niederlagen beibringen, doch seit der Kardinal Richelieu im französischen Thronrat den Ton angibt, gewinnen die Ketzer wieder Oberhand. Ihre Anführer, der schlimme Halberstädter und der wüste Graf Mansfeld …«

»Die sind noch am Leben?«, entfuhr es dem Ordensgeneral. Sein erstaunter Blick traf Franz von Trient.

»Nicht mehr lange, so Gott will.« Franz deutete eine Verneigung an. Sein geistlicher Sohn stand ihm jäh vor Augen: Wo mochte Tonda sich aufhalten in diesen Tagen? Würde er sie noch tragen können, die Last des schweren Auftrags? »Sein linker Arm allerdings ist dem Halberstädter schon voraus in die Hölle gefahren.« Er sagte es so dahin, doch in Wahrheit musste er sich selbst Mut machen mit solchen Worten. Die Sorge um Tonda riss ihn bald jede Nacht aus dem Schlaf.

»Leider nur der Arm«, sagte Lamormaini, »und leider versorgen die Könige von England und Frankreich den tollwütigen Halberstädter und den wüsten Mansfelder mit neuem Geld, um Söldner zu werben.«

»Ich hörte von dem Bündnis, das der unselige Richelieu im Namen seines Königs mit Savoyen, Venedig und den freien Niederlanden geschlossen hat. Stimmt es denn, dass auch Dänemark zu diesem Freundschaftspakt stoßen will, Hochwürden Lamormaini?« Sorgenfalten türmten sich auf Vitelleschis Stirn.

»Nicht nur den Dänen hat der Fuchs Richelieu zu einem Freundschaftsvertrag gegen die Katholische Liga und das Haus Habsburg überredet, auch den Kurfürsten von Brandenburg und dessen Schwiegersohn, Gustav Adolf von Schweden, konnte er für das Bündnis gewinnen.« Lamormainis Stimme klang nun heiser und dumpf. »Und es ist ihm nicht schwergefallen, wie man hört.«

»Eine starke Front.« Vitelleschi wechselte ins Lateinische. »Eine schier unbesiegbare Front.« Er drückte die gefalteten Hände ans Kinn und schloss die Augen.

»Es kommt noch schlimmer, Hochwürden General – Maximilian von Bayern sind die Mittel ausgegangen, dem guten Tilly neue Landsknechte zu werben. Und ein paar Söldner mehr würden auch gar nicht reichen, wie Ihr selbst erkannt habt – es bräuchte eine zweite starke Armee im Norden, um einerseits den wüsten Mansfeld und den lästerlichen Halberstädter in Schach zu halten und gleichzeitig die Dänen anzugreifen.«

»Ruft er sein Volk denn schon zu den Fahnen, der Dänenkönig?« Der General sprang auf.

»Schon lange, und eine Menge Schotten, Niederländer und Deutsche halten es mit ihm. Und der Kaiser hat kein Geld für eine Armee. So geht ein unglückliches Jahr für uns zu Ende und ein noch unglücklicheres droht über die katholische Sache hereinzubrechen.«

»Ich wusste, dass es schlecht steht. Doch so schlecht?« Der Ordensgeneral schüttelte fassungslos den Kopf, sein Sekretär und der Rektor bewegten die Lippen in stummem Gebet. »Gibt es denn gar keinen Hoffnungsschimmer?«

»Doch, und Gott sei gepriesen dafür«, antwortete Lamormaini. »Und er trägt einen Namen: Albrecht von Wallenstein.«

»Wallenstein? Der böhmische Freiherr?« Der Ordensgeneral runzelte die weißen Brauen. »Ich habe von ihm gehört.« Er verschränkte die Arme auf dem Rücken und schritt zum Fenster. »Hat man ihn nicht auf protestantischen Schulen erzogen?«

»Inzwischen ist er Herzog von Friedland. Und dazu ein treuer Sohn der Kirche. Übrigens hat er auch in Padua und Bologna studiert, Hochwürden General. Vor allem aber hat er sich bei der böhmischen Gegenreformation einen Namen gemacht. Keiner tat sich mit so viel Fleiß hervor wie er, als es darum ging, die Güter der böhmischen Ketzer in den Besitz des Kaisers und der römischen Kirche zu überführen. Und: Er ist reich.« Lamormaini zog die Brauen hoch und machte eine bedeutungsschwangere Pause. »So reich, dass er in den letzten beiden Jahren bereits zweimal in Wien war und dem Kaiser angeboten hat, ihm ein großes Heer zu werben und zu finanzieren.«

»Auf eigene Kosten?« Am Fenster fuhr der General herum. »Ist das wirklich wahr?«

»Nun, Pater Generalis, ich bin nicht nach Rom gekommen,

um Gerüchte zu verbreiten.« Um Lamormainis kleinen Mund erschien jener gleichmütige Zug, der leicht zu einem spöttischen Lächeln geriet, wenn er mit weniger hochgestellten Männern sprach. »Wallenstein hat dem Kaiser sein Angebot vor meinen Ohren unterbreitet. Zwei Mal.«

»Und warum, um alles in der Welt, nimmt Ferdinand nicht an?« Der General wurde laut.

»Wichtige Männer unter seinen Beratern fürchten, von Wallenstein könnte gar zu mächtig werden. Der Herzog von Friedland strebe ein weiteres Herzogtum an der Ostseeküste an, heißt es. Unter vier Augen vertraute der Kaiser mir an, Wallenstein verlange Mecklenburg für seine Dienste.« *Unter vier Augen* – jeder im Raum wusste, was das bedeutete: *im Beichtstuhl.* »Außerdem fürchtet Maximilian von Bayern um den Oberbefehl seines Feldmarschalls Tilly«, schloss Lamormaini.

Vitelleschi musterte ihn mit dem nur scheinbar müden Blick eines Greifvogels. »Und wie schätzt Ihr Eure Chancen ein, den Widerstand im Rat zu brechen und den Kaiser umzustimmen, damit er Wallensteins Angebot annimmt, Hochwürden Lamormaini?«

Der Beichtvater des Kaisers wiegte nachdenklich den Kopf. »Die Feinde Wallensteins sind mächtig, weiß Gott! Zum Glück jedoch nicht besonders klug. Verlasst Euch auf mich, Pater Generalis: Ich werde mein Bestes tun.«

»Viel Zeit bleibt Euch nicht mehr«, antwortete der Ordensgeneral mit sorgenvoller Miene. »Wir werden für Euch beten. Übrigens ist der Heilige Vater sehr dankbar für Eure Arbeit. Erst neulich hat er es wieder betont.« Lamormaini neigte den Kopf, zeigte sonst aber keinerlei Regung.

Vitelleschi verharrte noch einen Augenblick, als würde er nachdenken. Dann gab er sich einen Ruck, verließ seinen Platz am Fenster und schritt zu Lamormaini. »Eine Bitte noch, Hochwürden.« Vor dem kaiserlichen Beichtvater blieb er stehen und sah ihm ins Gesicht. Franz hielt den Atem an – eine *Bitte* galt in der Gesellschaft Jesu als ein gefälligeres Wort für *Befehl.* »Es hat sich bis nach Rom herumgesprochen und wie ich fürchte auch bis in andere Städte des Reiches, dass sich in Eurer Wiener Wohnung kaiserliche Korrespondenz, Verwaltungsakten und Regierungsdokumente stapeln, sodass man gar nicht anders könne, als sie zu betrachten. Man müsse all den Papieren ja irgendwie ausweichen, wie es ein Wienreisender kürzlich formulierte. Seid so gut und sorgt für Abhilfe. Bei Eurer Stellung am Kaiserhof wird man Euch sicher gern die Mittel für Vorhänge und Schränke zur Verfügung stellen.«

Wieder neigte Lamormaini den Kopf, und wieder zeigte sich keine Regung auf seinem schmalen Gesicht. Der General aber wandte sich jetzt an Franz. »Wie steht es im Königreich Schweden um den heiligen Kampf für unsere Sache, Hochwürden von Trient?«

»Das Land ist weitgehend der lutherischen Pest verfallen«, begann Franz. »Doch selbst in Uppsala und Stockholm findet man immer noch Familien, die dem wahren Glauben anhängen und der Kirche treu geblieben sind. In einigen Häusern konnten Hochwürden von Lüttich und ich die Heilige Messe feiern, und ich habe gehört, dass einige der Unsrigen es sogar in den abgelegensten Gehöften tun. Und das seit Jahren.«

Rektor und Sekretär bekreuzigten sich, und dem General wurden die Augen feucht. »Gott segne und stärke diese treuen Soldaten Christi«, sagte er mit belegter Stimme. Er zog ein Spitzentüchlein aus der Tasche seines schwarzen Überrocks und tupfte sich die Augen trocken.

»Gott segne sie, ja.« Franz deutete eine Verneigung an. »Allerdings scheint beim derzeitigen König der Schweden jede Mühe vergeblich, so tief ist er in der Ketzerei gefangen. Von ihm macht im Königreich Schweden ein Wort die Runde, das den meisten seiner Untertanen gut zu gefallen scheint.« Mit bedauernder Geste verbeugte Franz sich in Lamormainis Richtung. »Es lautet: ›Drei L will ich hängen sehen: den Jesuiten Lamormaini, den Jesuiten Lamayn und den Jesuiten Laurentius Forer.‹«

Vitelleschis Züge gefroren, der Rektor schnalzte entrüstet mit der Zunge, der Pater Sekretär bekreuzigte sich, und Lamormaini lächelte, und das nicht einmal spöttisch, sondern so, als hätte er gerade ein Kompliment gehört.

»Schändliche Reden eines Gottlosen«, fuhr Franz fort. »Möglicherweise jedoch müssen wir sie nicht mehr lange ertragen, denn wie man hört, hat es Gott gefallen, Gustav Adolf mit einer Verwundung zu warnen. Ich will ganz ehrlich sein: Meine Hoffnung, dass die nächste Kugel ihn töten wird, ist größer als die, dass er die göttliche Warnung hört. Er kämpft gern in vorderster Schlachtreihe, wie man weiß.«

»Beten wir also.« Der General sagte nicht, wofür man beten solle, tupfte sich nur den Schweiß von der Stirn. »Beten wir …«

»Es geht die Rede von einem Sohn Gustavs«, sagte Lamormaini.

»Ein Bastard, in Sünde gezeugt«, bestätigte Franz. »Mit einer Mätresse im Feldlager. Gustav Adolf behandelt ihn zwar väterlich, jedoch nicht als Prinzen. Mit Gottes Gnade wird den Ketzerkönig die nächste Kugel töten, bevor er einen Nachfolger zeugen kann, der uns noch mehr Kummer machen wird als sein Vater. Und sollte Gustav Adolf es doch gelingen, schwebt mir ein Plan vor, wie man einen der Unsrigen als Hauslehrer für einen möglichen Prinzen nach Stockholm schmuggeln könnte.« Franz dachte an Tonda, wenn er solche Pläne ausbrütete.

Den General erfreute diese Idee sichtlich, und er bat den Pater Sekretär, sofort entsprechende Notizen anzufertigen. »Unsere Sache in Oberdeutschland steht schlimm genug«, sagte er. »Hoffen wir, dass Gustav Adolf noch lange in Polen Krieg führt. Und beten wir, dass ihn rasch das Schicksal eines Kriegers ereilen wird.«

»Hoffen wir, dass er sich so schnell nicht einmischen kann in den deutschen Krieg«, sagte Franz. »Noch glühen überall in

Schweden die Essen und rauchen die Schlote der Militärmanufakturen, und so Gott will, wird der jüngste Waffenstillstand mit Polen bald zerbrechen.«

Diese Aussicht gefiel Vitelleschi. Sie diskutierten die Gefahr eines drohenden Friedensvertrages zwischen Polen und Schweden, und am Ende richtete der General die Bitte an Franz, nach Polen zu reisen, um mit dem Beichtvater des polnischen Königs Kontakt aufzunehmen. »Vielleicht gelingt es, und Gott schenkt Euch eine offene Tür und offene Ohren, Hochwürden von Trient. Vielleicht könnt Ihr als Berater des polnischen Königs dazu beitragen, einen neuerlichen Friedensvertrag mit dem schwedischen Ketzer so lange wie möglich zu verhindern.«

Franz neigte den Kopf und lächelte ergeben. Doch durch sein Herz ging es wie ein Stich: Nicht zu Tonda nach Norddeutschland? Ins ferne Polen sollte er reisen? Wie sollte er denn von Warschau aus dem geliebten Ziehsohn bei seinen hochgefährlichen Aufträgen beistehen? Es kostete ihn alle Selbstbeherrschung, sich seine Enttäuschung nicht anmerken zu lassen.

Die geheime Besprechung neigte sich dem Ende. Die Patres leerten ihre Weinkelche, trugen einander Grüße nach Wien, Warschau und in den Vatikan auf. Am Schluss sprach Vitelleschi ein Gebet und führte seine Gäste anschließend zur Tür.

»Man erzählte mir von jenem vielversprechenden jungen Pater, dem Ihr aufgetragen habt, sich erst einmal außerhalb unserer Ordensregeln zu bewähren«, flüsterte er Franz zu und zog ihn ein wenig abseits. »Befindet er sich denn bereits am Ort seiner Prüfung?«

»Das tut er, Hochwürden.« Der Gedanke an den fernen Tonda schnürte Franz das Herz zusammen. »Nach seinem Noviziat hat er sich ähnlich entschlossen gezeigt, die Ketzer zu bekämpfen, wie dieser Wallenstein.«

»Gott segne und behüte unseren treuen Soldaten Christi.« Der Ordensgeneral bekreuzigte sich. »Gott schenke seinen Plänen Gelingen.«

4

Anfang November 1624

Lust, einzig lächerliche Lust raubte ihm die Seelenruhe und den Schlaf; das jedenfalls redete Tonda sich ein. »Es ist Fleischeslust und sonst gar nichts«, sagte er sich. Nahezu jeden zweiten Tag trieb es ihn in die Nähe der Zelte, in denen die Frauen in Gelb und mit den Hähnen – beides Erkennungszeichen von Huren – hausten und ihre Freier empfingen. Und täglich lief er hinauf in die Stadt zur Abtei und in einen Beichtstuhl der Stiftskirche, wo er sich das Verlangen von der Seele redete und betete und es dabei jedes Mal als unverzeihlichste aller Sünden geißelte.

Er passte dann immer die Stunde ab, in denen der Regimentskaplan die Beichte abnahm, jener fettleibige Österreicher. Nur nicht noch einem fremden Priester diese unsägliche Lust gestehen müssen; außerdem neigte der weinselige Dominikaner meistens zu einem Nickerchen, wenn er die Beichte abnahm.

Im Innersten wusste Tonda, dass viel mehr ihn umtrieb als nur Lust. Ja, er begehrte die Schwedin; »begehren«, so nannte man das wohl. Doch wenn es nur das gewesen wäre …

Wie man die Lust besiegte, hatte er gelernt, aber was ihm in jenen ersten Novembertagen nach Ende seines Noviziates widerfuhr, brannte unwiderstehlicher in seinem Körper als bloße Lust. Etwas ging von der Schwedin aus, das ihm völlig fremd war, das er nicht begreifen und nicht fassen konnte.

Ihr Bild durchtränkte sein Hirn, ihre Stimme pulsierte in seinem Blut, ihr Geruch schlug ihm unerwartet aus fremden Räumen und Zelten entgegen, und wenn er in den Gassen der Stadt oder zwischen den Zelten des Heerlagers die sehnige Gestalt einer aschblonden Frau entdeckte, stockten ihm Atem und Schritt – bis sie sich umdrehte und sich dann doch als eine andere erwies.

Die Mätresse des Wiener Obristwachtmeisters war es, die ihn bedrohte; die aschblonde Schwedin war es, die ihm gefährlich wurde, viel gefährlicher, als bloße Fleischeslust es jemals hätte werden können.

Je deutlicher Tonda das sah, desto tiefer verschloss er die Wahrheit in seinem Herzen. Es nützte nur nichts – manchmal glaubte er, ihre Gesichtszüge im fallenden Herbstlaub zu erkennen oder in den Wolkenformationen, die der Herbstwind in den Himmel blies.

»Was ist los mit dir?« Wohl einmal am Tag stellte Nikolaus ihm diese Frage. Und wenn er sie nicht stellte, fühlte Tonda sich von ihm belauert. »Bist du etwa krank?«, fragte Nikolaus zehn Tage, bevor sie ging.

»Ja, krank.« Tonda fasste sich ans Herz. »Mit meinem Bauch stimmt etwas nicht.« Tatsächlich aß er kaum noch etwas.

»Hoffentlich nicht die Seuche.« Der Bamberger wich einen Schritt zurück; er sagte nicht, ob er die Pest meinte oder die ungarische Krankheit; so nannten viele den mit Fieber und Benommenheit einhergehenden Durchfall, der in manchen Lagern des bayrischen Winterquartiers grassierte und Soldaten und Tross auszehrte. Manche sagten auch »Hauptkrankheit« dazu, weil sie häufig mit Kopfschmerzen und Schläfrigkeit begann.

Tonda fühlte sich alles andere als schläfrig. Allerdings fieberte er – nämlich den Himmelreichstunden entgegen: Vier Mal die Woche ließen sie die Puppen zu den Leuten sprechen, und die Schwedin ließ anfangs keine einzige Vorstellung aus.

Kristina hieß sie. Tonda verbot sich, den Namen auch nur zu denken. Doch je wütender er sich das verbot, desto lauter riefen innere Stimmen diesen Namen in seinen aufgewühlten Geist hinein: *Kristina, Kristina, Kristina.*

Das Lied habe ihre Tante geschrieben, jedenfalls die Melodie und den schwedischen Text. Die lebe in Prag und habe mindestens zwei Kinder. Tonda hatte ihr nichts von der Frau vor dem Kerker des geschundenen Kaufmanns erzählt, doch je länger er darüber nachdachte, desto größer erschien ihm die Ähnlichkeit zwischen ihr und der Mätresse des Obristwachtmeisters.

Nach den Puppenspielen blieb sie meistens vor dem Wagen mit dem Himmelreich stehen und sah zu ihm herauf. So lange, bis er seine Nai ansetzte und spielte. Sie neigte dann den Kopf, schloss die Augen und lauschte. Wie schön sie dann aussah! Sogar der bittere Zug um ihren Mund glättete sich in solchen Augenblicken.

Zu ihr hinunterzuklettern, wagte er nicht. Wegen Nikolaus. Wegen seines viel zu schnell klopfenden Herzens. Wegen der strengen Miene und der glühenden Augen von Vater Franz, die ihn in solchen Momenten aus einem unbegreiflichen Halbdunkel in seinem Hirn musterten.

Nach der dritten Puppenkomödie, die sie besuchte, zog sie einen Apfel aus einer abgewetzten Ledertasche, die sie manchmal bei sich trug, und schenkte ihn Tonda. Die Geste wärmte ihm das Herz. Ein wertvolles Geschenk außerdem: Trotz üppiger Blüte und eines seit langem wieder heißen Sommers waren Äpfel teuer in diesem Herbst, denn Unwetter und Hagel hatten vielerorts die Obstbäume zerschlagen. Er bedankte sich und nahm den Apfel an. Wahrscheinlich ein Fehler – hatte nicht auch Eva den Adam mit einem Apfel verführt? Ja, das hatte sie, und die schwedische Eva brachte ihm nun jedes Mal einen Apfel mit. Und jedes Mal tat Tonda, was Adam getan hatte: Er nahm ihn an.

Sie redeten nicht viel miteinander, Kristina und er; eigentlich redeten sie nur, wenn keiner zuhören konnte, und dann sprachen sie Böhmisch. Woher er käme, wer sein Vater sei, wo er gelernt habe, auf dem Spinett zu spielen, woher er die Panflöte habe und ob sie die einmal berühren dürfe. Solche Sachen fragte sie ihn. Und saß dabei auf der Deichsel des Wagens, während er auf der Ladefläche an der Heckklappe stand.

Er gab knappe Antworten, fragte sie lieber gar nichts, und nur, als sie einmal die Hand ausstreckte, verließ er seinen sicheren Platz am Wagenheck und beugte sich zu ihr hinunter, um ihr die Nai zu reichen. Ihre grauen Augen verfolgten jede seiner Bewegungen, erforschten jeden Winkel seines Gesichtes.

Eine Woche, bevor sie fortging, erhob sie sich von der Deichsel, als er nach dem Puppenspiel die Nai absetzte. Nikolaus scherzte irgendwo hinter dem Zelt mit den Venezianern. Sie kam zu ihm ans Wagenheck und reichte ihm den Apfel. Er bedankte sich, und sie griff nach dem hochgeklappten Seitenverschlag und stellte sich auf die Zehenspitzen. »Wohin geht Ihr, wenn Ihr Hersfeld nach dem Winter verlasst?«, flüsterte sie. »Zieht Ihr nach Norden weiter?« Tonda dachte an den Brief von Vater Franz, den der Abt ihm übergeben hatte, und schüttelte den Kopf. »Und wenn ich Euch darum bitte, mit mir nach Norden zu ziehen? Zur Ostsee?« Ein Flehen lag in ihrem Flüstern, ein Flehen, das ihn erschreckte; ein unbedingter Ernst sprach aus ihren Zügen, ein Ernst, vor dem er innerlich zurückwich; und die Bitterkeit um ihren Mund erschien ihm einen Wimpernschlag lang wie Verzweiflung. »Ich spreche nur von mir«, flüsterte sie. »Nicht vom Capitaine.«

Er schluckte, suchte nach Worten, fühlte plötzlich wieder den brennenden Blick seines Beichtvaters Franz auf sich gerichtet. »Ich kann nicht«, sagte er. *Ich will, ich kann nicht, ich will …* »Ich kann's nicht.«

Ihre Hände rutschten ab vom Verschlag, ihre Schultern sackten nach unten, ihre Gesichtszüge erschlafften. Sie senkte den Kopf, nickte, drehte sich um und lief Richtung Vorstadt davon.

In der folgenden Nacht lag Tonda schlaflos. Er warf sich von einer Seite auf die andere, hörte sie flüstern, hörte sich antworten: *Ich will, ich kann nicht, ich will.* Die Gewissheit, einen Fehler gemacht zu haben, fühlte sich an wie eine Stichwunde im Bauch. Aus der Dunkelheit ahnte er die sorgenvollen Blicke seines Ordensbruders Nikolaus.

Fünf Tage lang sah er die Schwedin danach nicht mehr. Am letzten Tag vor ihrer Abreise entdeckte er sie kurz vor dem Puppenspiel in der letzten Reihe unter ein paar Huren und Marketenderinnen. Vor Freude blies er nur für sie auf der Nai, so lange, bis die Landsknechte ungeduldig wurden und laut nach dem Schwarzen Kasper und dem Erzengel Michael verlangten.

Nach der Puppenkomödie trat sie zu ihm ins Zelt, während Nikolaus draußen wegen des einsetzenden Regens das Himmelreich abbaute und dabei mit den Landsknechten plauderte. »Der Capitaine lässt Euch seine Grüße ausrichten und dass es ihm eine Ehre wäre, Euch heute Abend beim Abschiedsmahl begrüßen zu können«, sagte sie.

»Abschied?« Tonda spürte, wie ihm das Blut aus dem Gesicht und die Kraft aus den Knien wich. Seine Stimme klang ganz heiser.

Sie nickte und nahm seine Hand. »Ich muss mit nach Wien, kann nicht ohne Schutz nach Norden. Jetzt, wo der Einäugige im Heerlager und in der Stadt herumschleicht, gleich gar nicht. Doch Ihr sollt wissen, wie schwer mir der Abschied fällt. Der Abschied von Euch.« Sie führte seine Hand an die Lippen und küsste sie. Im nächsten Moment machte sie kehrt und verließ das Zelt; so fluchtartig, als hätte er sie fortgejagt.

Davon war Tonda weit entfernt. Eine Ewigkeit weit. Er stand wie betäubt, wünschte, sie wäre noch geblieben, starrte auf die wogende Eingangsplane, spürte ihren brennenden Kuss auf dem Handrücken.

Am Abend im Quartier des Obristwachtmeisters kam Kristina ihm krank vor und sehr blass. Tonda bekam kaum einen Bissen herunter. Sie wechselten nur selten einen Blick. Und keiner richtete das Wort an den anderen. Dass nur der Capitaine nicht merkte, was mit ihnen geschah! Dass nur der Feldkaplan nichts merkte!

Als nach dem Essen die Weinbecher immer rascher geleert wurden, ging Tonda in die Bibliothek und setzte sich ans Spinett. Er spielte das Lied vom *Horn der Glückseligkeit.* Rechts in den dunklen Fenstern spiegelten sich Menschen, die hereindrängten. Meistens Ehefrauen oder Mätressen von Offizieren, die zum Abschiedsmahl geladen waren; darunter ein paar Kinder und wenige Männer. Nicht lange und jemand schob einen zweiten Hocker vor das Instrument. Kristina setzte sich neben ihn und griff in die Tasten.

Aus irgendeinem Grund fühlte Tonda sich plötzlich in jene Stunde vier Jahre zuvor zurückversetzt, als er nach dem Überfall auf das väterliche Gestüt seine Angst und Verzweiflung ins Spinett hämmerte und plötzlich der Magister mit dem Erzengel sich von den Tasten mit den hohen Tönen aus in seine Musik mischte. Ähnlich dringend und wild spielte er jetzt die schlichte Melodie aus Schweden, unterlegte sie mit immer neuen Akkorden, variierte und veränderte sie. Und Kristina, neben ihm, spielte sie genauso wild und mit vielen Molltönen. Und der kleine Raum füllte sich mit Menschen. Und Tonda wartete darauf, dass die Frau neben ihm zu singen begann, auf Deutsch. Das Lied vom *Horn der Glückseligkeit*, das sie ihm beigebracht hatte. Sie sang es aber nicht. Nicht auf Deutsch und nicht auf Schwedisch. Und er sang es auch nicht.

*

Höchstens eine Stunde lang fand er Schlaf in dieser Nacht; und das, obwohl er im Quartier des Capitaines mehr Wein getrunken hatte als während der ganzen zwei Jahre seines Noviziats. In dieser Stunde träumte er, wie der einäugige Jokrim die Schwedin in eines der Hurenzelte zerrte. Sie trug ein gelbes Kleid, auf ihrer linken Schulter krähte ein fetter Hahn, und ihr Gesicht war das Puppengesicht von Meister Hein Klapperbein. Der Traum riss ihn aus dem Schlaf. Etwas schnürte seine Brust ein, und das Herz schlug ihm bis in den Hals hinauf.

Jokrim, der einäugige Magier – hatte Tondas feines Gespür

für Stimmungen ihn also doch nicht getäuscht. Gleich am ersten Abend hatte er es ja gemerkt, und gestern hatte sie es zugegeben: Sie fürchtete Veits Jokrim. Aber warum?

Beim ersten Sonnenlicht kroch Tonda aus dem Zelt. Nikolaus schnarchte und merkte nichts.

Tonda wusste fast nichts über Jokrim, kannte nur die Gerüchte, die alle kannten: Er stünde mit dem Teufel im Bunde, könne fechten wie dieser, sei fest und verkaufe im Übrigen heilige Sprüche, die fest machten. Eines allerdings hatte er oben in der Abtei mit eigenen Ohren aus Jokrims eigenem Mund gehört: Der Mann hatte Verbindungen zu den Männern, deren Tod beschlossene Sache war – zu Ernst von Mansfeld und zum Halberstädter. Wie war das möglich? Gab er sich nur zum Schein als Fechtmagier, Hurenbeschützer und Quacksalber aus?

Zwischen den Zelten der Huren krähten die Hähne. Tonda ging zur Fulda hinunter, zog sich aus, sprang ins Wasser, wusch sich und trank. Danach lief er zu den Hurenzelten. Wenn jemand wusste, wer dieser Jokrim war, dann diese Frauen.

Drei saßen schon draußen vor einem Feuer, bürsteten ihr Haar, kochten Brei. Sie lächelten ihn an, zwinkerten ihm zu und deuteten mit Kopfbewegungen auf ihre Zelte. Tonda stelzte an ihnen vorbei, fand nicht den Mut, sie anzusprechen.

Schließlich stand er vor dem Eingang zum Zelt der glutäugigen Tänzerin, die versucht hatte, ihn zu verführen. In ihrem Zelt brannte eine Öllampe, das konnte er sehen, und schattenhafte Umrisse, die sich drinnen bewegten, sah er auch. Sein Mund wurde trocken, er atmete schneller. Endlich überwand er sich, schob die Eingangsplane beiseite und bückte sich ins Zelt.

Eine Öllampe erhellte das Zeltinnere. Es roch so fremdartig, dass Tonda glaubte, eine verbotene Welt zu betreten. Und was Tonda sah, katapultierte ihn tatsächlich drei Atemzüge lang aus allem, was er kannte: Er sah einen Hintern unter hochgeraffter Kutte – massig, haarig und bleich wie ein totes Hausschwein.

Nur war der Hintern lebendig und bewegte sich rhythmisch. Und dieser große Hintern war nicht allein: Frauenbeine verschränkten sich über ihm, weiße Frauenschenkel, spitze Frauenknie, plattgedrückte Frauenwaden und liebliche Frauenfüße, deren zierliche Zehen sich spreizten.

Tonda stand wie festgefroren. Noch nie hatte er derart Sündiges gesehen. Derart Aufregendes, derart Obszönes, derart Verlockendes. Und wie das bleiche, tote Hausschwein sich bewegte, und wie es ächzte, und wie eine Frauenstimme unter ihm im Rhythmus seiner puppenartigen Stöße stöhnte …

Das war die Hölle! Das war der Tod! Das war der verbotene Blick in den wilden Garten der Lüste!

Schwindel erfasste Tonda. Das fette, gespaltene Schwein tanzte auf und ab, die Frauenstimme juchzte und stöhnte, und er starrte und fühlte sich wie gelähmt.

Eine Hand packte ihn schließlich von hinten, zog ihn an der Schulter aus dem Zelt. »Einfach nur gucken gibt's nicht!« Die zischende Frauenstimme klang energisch, und die kräftige Frauenhand zog ihn zum Zelt gegenüber und dort durch die Eingangsplane ins Halbdunkle. »Und selber machen kostet schon ein paar Heller. Wie viele Münzen warten denn in deinen Taschen aufs Licht des hellen Tages, Spielmann?«

Die blonde, kräftig gebaute Frau schlug ihm auf die Rocktasche, und als sie es klimpern hörte, kicherte sie, griff ihm herzhaft in den Schritt und raffte ihr Kleid über die Knie. Sie schälte ihn aus seinem schwarzen Überrock und löste seinen Hosenbund. Doch da war es längst geschehen und alles klebrig und feucht.

Tonda schob ihre Hand weg. Er wäre gern im Erdboden versunken, und die Hure, die schnell merkte, dass er keine Erfahrung hatte, lächelte mitleidig und strich ihm tröstend über die Locken. »Dir fehlt's an Übung, Spielmann«, erklärte sie. »Nur Übung macht den Meister.« Sie befahl ihm, am Mittag noch einmal zu kommen.

Tonda versprach es. Dann lächelte die Hure ihn an, strich ihm noch einmal durchs Haar und reichte ihm ein Schüsselchen Gerstenbrei mit Gänseschmalz. »Iss.«

Gehorsam wie ein kleiner Junge nahm Tonda die Schüssel und löffelte den heißen Brei. »Was ist los mit Jokrim, eurem Fechtmagier«, fragte er, als er fast fertig war. »Ist er ein Mensch oder ein Dämon?«

»Frag ihn doch selbst, wenn du dich traust.« Sie schnitt eine verschwörerische Miene. »Er kann zaubern, so viel ist klar. Mit dem Degen kann er zaubern.« Ihre Miene nahm einen spitzbübischen Ausdruck an. »Und mit seinen geweihten Zetteln auch. Die machen nämlich wirklich fest. Das kannst du jedem versichern, der dich fragt. Hörst du?«

Tonda nickte und kratzte die Schüssel aus. Offenbar unterstützte sie seine Quacksalberei; wahrscheinlich verdiente sie mit daran. »Wo kommt er her?«, wollte er wissen.

»Weiß man's?« Sie zuckte mit den Schultern. »Aus der Gefangenschaft bei den Osmanen, sagt er. Zehn Jahre habe er dort in Ketten schuften müssen. Durch seinen Zauber kam er frei. Zur Erinnerung trägt er bis heute einen Teil der Kette.« Sie beugte sich näher zu Tonda. »In mein Zelt allerdings kam er zum ersten Mal, als ich im Haag war.«

»In Holland?«

Sie nickte. »Er verkehrte dort mit hohen Herren. Mit dem Herzog von Braunschweig und dem evangelischen General, der dem Tilly so viel Kummer macht, einem Grafen.« Die genauen Namen der Männer kannte sie angeblich nicht, doch Tonda zweifelte nicht daran, dass sie vom Tollen Halberstädter und vom Grafen von Mansfeld sprach.

»Einen Landsknecht habe ich erzählen hören, dass der Veits im Odenwald geboren ist und dass fromme Leute seine Mutter und seine älteste Schwester wegen Hexerei vor den Richter gezogen haben. Seine ganze Familie hat dann sterben müssen, auf dem

Scheiterhaufen, auch die kleinen Brüder, stell dir das nur einmal vor!« Weit riss sie die Augen auf und flüsterte auf einmal so leise, dass Tonda den Kopf zu ihr neigen musste, damit ihm keines ihrer Worte entging. »Allein er, der Veits, hat flüchten können – stell dir das nur einmal vor. Und der hat sich gerächt, ganz furchtbar soll der Veits seine Familie gerächt haben.« Sie verstummte und bekreuzigte sich. »Böse Geschichten«, flüsterte sie, »ganz böse Geschichten.«

Eine Gänsehaut rieselte Tonda über Nacken und Schultern. »Ja«, krächzte er, »böse Geschichten.« Sein Hals war wie zugeschnürt, seine Brust auf einmal wie gepanzert. Er stand auf und machte Anstalten, sich aus dem Zelt zu bücken.

»Übung brauchst du, hörst du?« Sie hielt ihn am Rockschoß fest. »Heute Nachmittag, Spielmann«, flüsterte sie und lächelte schon wieder. »Und vergiss deine Heller nicht.«

Er nickte, nuschelte einen Gruß. Als er aus ihrem Zelt wankte, sich aufrichtete und die kühle Morgenluft einatmete, sah er den fettleibigen Feldkaplan, seinen Beichtvater. Der kroch ächzend aus dem Zelt der Glutäugigen. Er, der geweihte Priester, er, der Armut, Gehorsam und Keuschheit geschworen hatte – aus dem Zelt der jungen Hure wälzte er sich! Tonda stand still, sperrte Mund und Augen auf, traute seinen Sinnen nicht.

Der Dominikaner richtete sich ächzend auf, strich seelenruhig seine Kutte glatt und sah sich um. Als er Tonda entdeckte, versteinerte seine Miene sich und ein Ruck ging durch seinen massigen Leib. Er fuhr herum, schaukelte zwischen die Zelte und verschwand Richtung Siechenhaus.

*

Eine Stunde später wartete Tonda im Sattel seines Schwarzen vor dem Siechenhaus. Das Peterstor wurde geöffnet und ein von sechs Arkebusieren flankierter Cornet ritt aus der Vorstadt. Er trug die

Fahne Leopolds von Heiligenstadt, auf der der Erzengel Michael rot und golden prangte, mit gezücktem Schwert und über einem erlegten Drachen.

Hinter den Reitern her zogen vier Pferde den ersten Wagen aus dem Tor. Der Dominikaner hockte auf dem Kutschbock. Er stierte gleichmütig an Tonda vorbei zur Fuldabrücke und bewegte die Lippen seines kleinen Schmollmundes, als würde er beten. Tonda verabscheute ihn.

Zwei weitere Wagen, etliche daran angebundene Reservepferde und eine Eskorte folgten, eine halbe Kompanie Arkebusiere; der blonde Leutnant führte sie an. Alle hielten vor dem Siechenhaus. Tonda saß vom Pferd ab, der Obristwachtmeister und seine Mätresse stiegen aus dem Wagen. Von Heiligenstadt verabschiedete ihn wie einen guten Freund.

»Merci, Monsieur, merci beaucoup, und die Heilige Jungfrau sei mit Euch.« Der Capitaine hielt Tondas Rechte mit beiden Händen fest und strahlte ihn an. Dann, ganz unerwartet, beugte er sich nah an Tondas Gesicht und flüsterte: »Es arbeitet in ihr, glaubt mir. Der Heilige Geist arbeitet in ihr – Eure Puppenpredigten waren nicht vergeblich.« Tonda nickte, brachte sogar ein Lächeln zustande, wenn ihn nicht alles täuschte. Der Obristwachtmeister von Heiligenstadt deutete auf seine Fahne: »Der Erzengel Michael kämpft um Mademoiselles Seele.«

Endlich ließ er Tondas Hand los und machte seiner Mätresse Platz. Schweigend trat sie vor Tonda, schweigend sah sie zu ihm herauf. Ihre alte, unansehnliche Ledertasche hing ihr um die Schulter und wollte so gar nicht zu ihrem schönen Kleid passen. »Gott segne und behüte Euch«, sagte Tonda leise.

Da stand sie vor ihm, die Schwedin, die Eva, die ersehnte Kristina. Hörte sie ihm überhaupt zu? Sie sah ihn an, weiter nichts. Hatte sie überhaupt zugehört, wenn Meister Hein Klapperbein auf der Puppenbühne ihr das nahe Ende verkündete? Wenn der Schwarze Kasper sie in die Hölle winkte, wenn der Erzengel

Michael sie zur Umkehr aufforderte? Zum ersten Mal zweifelte Tonda daran.

»Ich will Euch wiedersehen«, sagte sie leise auf Böhmisch. Tonda konnte nicht antworten, ein Kloß im Hals knebelte seine Stimme. »Ich will Euch schreiben – wohin?« Ihr Capitaine stand lächelnd dabei und gestikulierte mit dem Leutnant seiner Reitereskorte. Sie musste verrückt sein.

»Hierher nach Hersfeld«, krächzte Tonda. Ganz gewiss wollte sie schreiben, weil es in ihrer Seele arbeitete, weil der Geist Gottes sie trieb, weil sie zurückkehren wollte in den Schoß der wahren Kirche. Warum sollte der Österreicher das nicht hören? »An die Abtei.« Alles in Tonda war in Aufruhr. Und in ihr? Oh ja, er sah es doch in ihren grauen Augen! Und versuchte sich einzureden, dass es einzig und allein der Geist der Buße sei, der sie aufwühlte.

Sie nickte, drehte sich um, kletterte zurück in den Wagen. Der Capitaine band sein Pferd vom Wagen, winkte noch einmal gut gelaunt und schwang sich dann in den Sattel. Der kleine Tross setzte sich in Bewegung und rollte auf die Fuldabrücke. Über Land sollte es nach Ulm gehen. Und von dort auf der Donau weiter bis nach Wien.

Tonda stieg auf seinen Schwarzen, trieb ihn an und folgte dem Tross über die Fuldabrücke und die Haunebrücke; und danach noch ein ganzes Stück nach Südosten. Eva, dachte er. Kristina, dachte er. Er hielt den Schwarzen an und sah dem Tross hinterher, bis Wagen und Reiter mit der herbstlichen Landschaft verschwammen. »Gib, dass sie mir niemals schreibt«, betete er. »Gib, dass sie mir gleich morgen einen Brief schreibt.«

*

Vor dem Wagen des Einäugigen herrschte weit größeres Gedränge als vor dem Himmelreich, wenn Tonda und Nikolaus ihre Puppen predigen ließen. Das lag nicht allein an den Huren. Die eigene

Haut war den meisten Landsknechten mindestens so viel wert wie käufliche Frauenhaut, und Jokrim, so hieß es im Heerlager, habe ein Mittel, das Landsknechtshaut fest mache gegen Kugeln.

»Nicht allein gegen Kugeln«, verkündete der Einäugige von seinem Wagen herab. »Auch gegen andere Verwundungen. Meine heiligen Sprüche können ungeahnte Wunder tun, wenn du nur recht glaubst und zu den Gesegneten Gottes gehörst.« Mit der Rechten löste er die rostige Kette von seinen Hüften und hob sie über den Kopf. »Anno 1605 habe ich für den Kaiser Rudolph in Ungarn gegen die Osmanen gekämpft und bin in Gefangenschaft geraten. Bald zehn Jahre musste ich diese Kette an den Knöcheln tragen!«

Tonda horchte auf. Anno 1605? Ein schwarzbärtiges Gesicht tauchte vor seinem inneren Auge auf, verschwommen und geliebt, so geliebt …

Im Sommer des Jahres 1605 gelang seinem leiblichen Vater die Flucht aus osmanischer Gefangenschaft. Auf Sultans Rücken. War Jokrim tatsächlich schon so alt?

Er blickte um sich: An die hundert Landsknechte reckten die Hälse; Tonda entdeckte einige Offiziere unter ihnen. Sogar einen Obristen glaubte er zu erkennen. Eine Woche war vergangen seit dem Abschied von der schwedischen Eva. Der November blieb ungewöhnlich mild.

»Im Steinbruch sprach eines Tages ein Eremit mich an«, erzählte Jokrim. »Ein geweihter Priester. Ich klopfte gerade Steine für die neue Moschee in Hermannstadt.« Der Einäugige ließ die Kette los und kehrte die Handfläche der Rechten nach außen. Die rostige Kette krachte klirrend auf die Holzbohlen. »Er trug die Wundmale unseres Herrn Jesus Christus an Händen und Stirn, wandelte unerkannt durch osmanisch besetztes Land, stand drangsalierten Christenmenschen bei, sprach gefangenen Landsknechten Trost zu.«

»Wundmale an der Stirn?«, fragte ein Mann aus der Zuschauermenge.

»Von der Dornenkrone, du Lausebart!« Finster stierte Jokrim auf den Fragesteller hinunter; der zog den Kopf ein. »Von diesem heiligen Mann erhielt ich den heiligen Spruch, und sieben Tage später zerriss meine Kette, und ich konnte fliehen. Seitdem verkünde ich überall im Reich zur Ehre Gottes, was mir widerfahren ist.«

»Was für ein Spruch?«, rief einer, und ein anderer forderte: »Vorlesen!« Tatsächlich kramte Jokrim einen Zettel aus seinem Wams. Tonda, der ihm kein Wort glaubte, beobachtete ihn gespannt.

»Hergehört und hingesehen!« Der Einäugige streckte den Arm mit dem Zettel vor sich aus und rief scheinbar lesend: »Du bist mein Hüter, nichts kann mir schaden! Ob ich wandere durch die Hitze der Schlacht, ob ich durch den Kugelhagel reite – wer könnte mir ein Haar krümmen? Keiner!« Schlichte Sätze, aber Jokrim trug sie wortgewaltig vor, und seine heisere Stimme klang wie das Rascheln des Vorjahrslaubes unter Stiefelschritten.

Niemand rings um Tonda sprach ein Wort, niemand rührte sich, alle starrten hinauf zu Jokrim. Die Männer kamen Tonda wie gefesselt vor. Der Einäugige aber hob den Zettel, beugte sich zu einem Kienholz hinunter, das in einem Ständer vor ihm brannte, und hielt das Papier in die kleine Flamme. Es fing Feuer und rauchte. Jokrim richtete sich auf, und als der Zettel halb verbrannt war, blies er die Flamme aus und steckte das angekohlte Papier in den Mund. Er kaute ein paarmal, dann schluckte er.

Tonda sah die Männer links und rechts mit offenen Mündern staunen. Der Einäugige griff nun nach seiner verkrüppelten Linken und hob sie aus der Schlinge. Danach zog er mit der Rechten seinen Degen und legte ihn sich in die linke Hand, in die lahme. Seine beiden Finger und der Daumen schlossen sich um den Knauf. Zum ersten Mal sah Tonda die verstümmelte Hand sich bewegen. Schließlich hob der Einäugige die Klinge. Ein Raunen ging durch die Menge.

»Wer wagt's gegen mich?« Breitbeinig und mit erhobenem

Degen stand Veits Jokrim und spähte aus einem Auge auf die Landsknechte herab. »Ihm schenke ich einen Schutzzettel, alle anderen zahlen einen Reichstaler dafür.«

Das Raunen wurde lauter, denn ein Reichstaler war vier Gulden wert zu jener Zeit, beinahe den halben Monatssold eines Gemeinen. Die Landsknechte tuschelten und palaverten. Alle wollten es wissen, doch keiner traute sich. Einer schlug dem anderen auf die Schulter, einer versuchte den anderen, Richtung Wagen zu schieben, doch am Ende fand sich nicht einer, der zu dem Einäugigen hinaufwollte.

»Sehr gut!«, rief der mit seiner krähenden Stimme. »Ich sehe schon: Fast alle hier vertrauen auf die Kraft meines Schutzzettels. Keiner ist so vermessen, seine sichere Wirkung auf die Probe stellen zu wollen. Kluge Landsknechte, sag ich!« Er trat an den Wagenrand, streckte seine Degenspitze Richtung Tonda und rief. »Du da! Ich seh's deiner Nasenspitze an, Spielmann: Du zweifelst! Steig herauf zu mir und werde gläubig!«

Alle Köpfe fuhren herum, alle Augen richteten sich auf Tonda. Die Männer um ihn herum klopften nun nur noch ihm auf die Schulter, redeten allein ihm gut zu. Im Nu bildete sich eine Gasse in der Menge der Zuschauer, und sie schoben ihn bis zum Wagen des Einäugigen. Dort hoben sie ihn mehr hinauf, als dass er freiwillig auf die Ladefläche kletterte.

Was geschah hier? Welcher Dämon ritt ihn denn? Erschrocken blickte Tonda über die Hüte und Helme der Männer vor dem Wagen. Am Obristen blieb sein Blick hängen; eigentlich müsste der dazwischengehen, stattdessen beobachtete er den Spielmann halb bewundernd, halb amüsiert. Dann fasste Tonda die lauernde Miene Jokrims ins Auge. Er dachte an die Schwedin und ihre Furcht vor diesem Mann. Tonda warf Mantel und Hut zur Seite und zog blank.

»Sieh an, sieh an.« Mit dem Degen deutete Jokrim auf Tondas Waffe und betrachtete sie. Spiegelte sich Verblüffung in seinen harten Zügen, oder war es Spott? »Mehr als nur einen Kavaliersschmuck trägt er da mit sich herum, unser Spielmann, ein echtes Kriegsgerät hat er gezogen, einen Felddegen von Meister Wundes aus Solingen sogar! Nun denn, kann er ihn auch führen?« Plötzlich blitzte seine leichte spanische Klinge über seinem Kopf in der Nachmittagssonne und fuhr auf Tonda herab. Der wich zur Seite, parierte und führte einen Stoß gegen Jokrims Schenkel.

Der Einäugige sprang zurück und griff sofort mit einem Stoß unter Tondas Klinge hindurch an. Tonda schlug ihm den Degen nach oben, und während ihre Klingen sich über ihren Köpfen kreuzten, packte Jokrim ihn bei der Weste und riss ihn an seine Brust. »Mir scheint, du willst mehr mit deinen Puppen gewinnen als nur eine Weiberseele. Du willst ihren Leib. Könnte gelingen, sie ist ja nur eine Hure. Und warum soll allein der Capitaine sich zwischen ihren Schenkeln suhlen, was?«

Tonda stieß ihn von sich, die Wut schoss ihm heiß in den Schädel. Er täuschte einen Hieb von links nach rechts an und führte dann eine kräftige Rückhand von rechts gegen Jokrims Oberkörper, mit der er dessen rechten Jackenärmel glatt durchbohrte. Die Männer vor der Bühne feuerten ihn an, er hörte es kaum.

Jokrim wich zurück, geriet beinahe ins Straucheln, fing sich aber gleich wieder und feixte ihm ins Gesicht. »Warum nicht auch wir beide, was, Spielmann?« Sein Ausfallschritt geriet so weit, dass sein Knie fast gegen Tondas stieß und sein Degen knapp an Tondas Hüfte vorbeifuhr. »Warum soll sie nicht auch unsere Hure sein, was?« Blitzschnell sprang Tonda an ihm vorbei, rammte ihm den Ellenbogen in den Rücken, doch statt zu stürzen, tänzelte Jokrim einmal um sich selbst, stand sofort wieder fest und schlug sofort wieder zu.

Nichts Hölzernes war mehr an ihm, nichts Steifes, und Tonda fragte sich, wie er mit den vier Fingern seiner als verkrüppelt geltenden Hand derart kräftige Hiebe führen konnte. Womöglich doch ein Hexer? Doch einer, der es mit dem Schwarzen Kasper hielt? Und wie er feixte, und wie füchsisch er ihn belauerte. »Hast du nicht genug Groschen übrig, die schwedische Hure zu kaufen?«, höhnte Jokrim schon wieder. »Oder fürchtest du den frommen Obristhansel? Den struppigen Heiligenstädter?«

Tonda riss den Mund auf, wollte seine Wut hinausbrüllen, aber der nächste Blick in die verschlagene Miene des Fechtmagiers riss ihm den heißen Schleier von Verstand und Augen. Er begriff: Dieser Fuchs wollte ihn reizen; er wollte seine Wut anfeuern, damit Tonda einen Fehler beging, damit er eine schwache Stelle entblößte. »Satan!«, zischte Tonda, wich zurück und atmete tief. Dann sprang er los und hieb und stach mit aller Kraft auf den Einäugigen ein.

Vor der Bühne tobten die Landsknechte, und der einäugige Veits Jokrim musste schuften, musste sich ducken und biegen, um die hart und gezielt geführten Attacken des Spielmanns zu parieren. Das Feixen verging ihm bald, das Flüstern und Höhnen sowieso, denn er geriet allmählich außer Atem.

Der Spielmann merkte es und merkte auch, dass der Quacksalber vor allem die deutsche Fechtweise beherrschte, während Tonda beides gelernt hatte von Pater Franz – sowohl das deutsche Hiebfechten als auch das südländische Stoßfechten, das diesseits der Alpen als hinterlistig galt. Das verschaffte ihm einen Vorteil gegen die Erfahrung des abgebrühten Fuchses.

»Du bist kein Spielmann!«, zischte der ihm zu, während er einen Stoßangriff Tondas ins Leere laufen ließ.

»Und du kein Quacksalber. Bring mich zum Halberstädter.« Tonda hieb ihm die Klinge nach oben weg, hielt sie dort mit seiner eigenen fest und riss den Einäugigen am Kragen zu sich. »Ich helf dir, die Wunderkraft deines Zettels zu beweisen, und du bringst mich zum Halberstädter.«

»Was willst du von Herzog Christian, diesem wüsten Ketzer?« Jokrims einäugiger Blick schien seine Stirn durchbohren zu wollen.

»Mir brauchst du nichts vorzumachen«, flüsterte Tonda. »Ich weiß, dass du als Spion bei ihm ein und aus gehst. Und ich hab dem Halberstädter und seinem Obristleutnant Pape viel zu verdanken. Den Dank würde ich gern persönlich abstatten.«

Jokrim drückte ihm die Klinge zur Seite, stieß ihn von sich. »So, wie du den Degen führst, nimmt der Tolle Christian dich mit Handkuss«, zischte er und führte einen blitzschnellen Stoß gegen Tondas linkes Knie, dem der gerade noch ausweichen konnte. Dann ein Hieb gegen Tondas rechte Seite, dann eine Rückhand gegen die Schläfe. Tonda strauchelte – tat wenigstens so –, ging in die Knie und ließ den Degen aus seiner Faust gleiten.

Die Männer vor der Bühne klatschten oder schüttelten die Fäuste, jubelten oder fluchten – je nachdem, auf wen sie gewettet hatten. Tondas Rechte schwebte über seinem Degenkorb, während er den Blick nach oben richtete: Mit erhobener Klinge stand Jokrim über ihm. Doch er ließ die Waffe sinken, half Tonda auf die Beine, reichte ihm einen seiner Wunderzettel. »Wacker gefochten, Spielmann!« Er klopfte ihm auf die Schulter und flüsterte: »Wir hören voneinander.«

Danach standen sie Schlange bei Veits Jokrim und zahlten für seinen Zettel, denn wer etwas vom Fechten verstand, hatte gemerkt, dass Tonda seine Kunst beherrschte, so gut wie die des Puppenspiels und besser als die meisten von ihnen. Von diesem Tag an begegnete man ihm mit Respekt im Heerlager.

Das Jahr ging zu Ende, wie Sommer und Herbst es verheißen hatten: mild und ohne Schnee. Tonda ging es schlecht. Er fühlte sich schon zerschlagen und müde, wenn er morgens aufwachte. Der Kopf tat ihm weh, und bald kam er gar nicht mehr recht zu sich.

Die ungarische Krankheit streckte ihn nieder.

Der Einäugige und seine Huren packten ihre Sachen. »Ich fahre zum Haag, dort wird der Halberstädter landen, wenn er mit seinen Seglern voller Söldnern von Dover kommt.« Jokrim hatte es eilig; wahrscheinlich wollte er über alle Berge sein, bevor das nächste Scharmützel mit den Dänen oder den Mansfeldern seine Wunderzettel entzauberte. »Eine Hand wäscht die andere, und du bekommst Nachricht von mir. Vielleicht überlebst du ja bis dahin.«

Tonda traute ihm nicht. Viel lieber wäre er mit ihm in die Generalstaaten gefahren. Doch dazu war er viel zu krank. Über Weihnachten fieberte er, kackte sich die Seele aus dem Leib, vergaß, wie er hieß, vergaß, wo er war. Bald sah er eine aschblonde Frau neben sich sitzen, die flüsterte mit ihm, sang ihm vor, hielt seine Hand und trocknete und kühlte seine nasse, glühende Stirn.

In seinen klaren Momenten sah er den Pater Nikolaus Bamberger neben seinem Lager sitzen, hörte ihn beten und spürte, wie er ihm die Stirn trocknete. Keine aschblonde Frau, nur Nikolaus sah er, und sonst niemanden.

Das Jahr wechselte mit heftigen Stürmen, der Januar zeigte sich mild wie ein Frühlingsmonat. Die ungarische Krankheit riss Hunderte im Winterquartier aus dem Leben, doch den Spielmann gab sie wieder frei.

Der Februar klirrte vor Kälte, und als er ebenso eisig zu Ende ging, brachte Nikolaus einen Brief ins Zelt. »Hat man oben in der Abtei für dich abgegeben«, sagte er. »Aus Wien.«

*

Traurige Reise nach Süden; mit jedem Tage wurde Kristina das Herz ein Stück schwerer. Weil sie sich wieder eine Tagesreise weiter von Schweden entfernte? Oder eine Tagesreise weiter von ihm? Vom Spielmann?

Es war ein Fehler, mit Leo nach Wien zu gehen. Sie hatte es gleich gewusst. Warum tat sie es dann? Aus Angst vor Jokrim. Aus Angst vor dem Krieg, aus Angst, als Frau in all den Wirren aus Gewalt und Verrohung verloren zu gehen. Ungläubige Kristina. Und ja, auch weil Leo geschworen hatte – bei seiner Mutter und bei der Mutter Gottes –, sie nach Wien ganz gewiss zur Ostseeküste hinaufzubringen. Und von dort nach Stockholm.

Doch konnte sie ihm glauben? Und zog es sie überhaupt noch nach Stockholm? Wollte sie überhaupt noch nach Hause? Man würde sie dort für eine Hure halten. Sie schämte sich, wenn sie an ihre Eltern dachte. Die würden fragen, wie sie überlebt hatte all die Jahre. Was sollte sie ihnen dann erzählen?

Leopold von Heiligenstadt war entschlossen, sie zu heiraten. Daran gab es keinen Zweifel mehr. Doch Kristina ließ ihn nicht mehr zu sich aufs Nachtlager, während der ganzen Reise hinunter nach Ulm nicht. »Ich bin krank«, sagte sie. »Lass mich in Ruhe.« Und danach, auf der Donau, versuchte er es schon gar nicht mehr.

Sie war ja wirklich krank. Oder wie sollte man das nennen, wenn einem Bauch und Kopf schmerzten, wenn man keinen Appetit mehr hatte und nicht mehr schlafen konnte? Ein Arzt, der sie untersuchte, fand keinen Namen für ihre Krankheit. Kristina schon. Tonda, so hieß ihre Krankheit. War es denn möglich, dass die Sehnsucht nach einem Menschen einen krank machte?

Stürme verzögerten ihre Abreise aus Ulm, die Donau führte Hochwasser. Erst eine Woche nach dem Jahreswechsel betrat Kristina zum ersten Mal seit drei Jahren wieder ein Schiff – und sofort wurde sie von bösen Erinnerungen umzingelt: Der tote, mit seinem Ärmel an eine Planke genagelte Kapitän Vanhouten; Flöckchen, ihr Schimmel; die verfluchten Fischer; der arme Pit; der Kosak, den sie eigenhändig zur Hölle geschickt hatte.

Wie viel Angst sie schon erlebt hatte! Was für ein Leben schon hinter ihr lag!

Und was für ein Leben lag vor ihr?

Sie fürchtete sich.

Das Winterwetter gebärdete sich so außer Rand und Band, wie ihre Seele sich anfühlte: Wilde Stürme Anfang Januar, danach erhitzte die Sonne die Luft, als wollte es schon Frühling werden, und keine Spur von Eis oder Schnee. Tagsüber stand Kristina die meiste Zeit an der Heckreling und blickte mit wundem Herz auf die Donau und die zurückbleibende Landschaft.

Ende Januar dann Wien. Eine Kutsche brachte sie nach Heiligenstadt. Frühlingswind wehte, die Plane war hochgeschlagen, Kristina trug keinen Mantel über dem Kleid, und der Capitaine zog sogar sein Koller aus. Als sie ihr Zimmer im Familienschloss bezogen hatte – sie galt als Leos Braut –, ließ sie sich Papier, Feder und Tinte geben und schrieb einen Brief: an Antonín von Waldau in der Abtei von Hersfeld. *Es ist Januar*, schrieb sie. *Morgen springen die Knospen der Kirschbäume auf. Vögel zwitschern. Blumen blühen. Der Freiherr von Heiligenstadt hält das für ein gutes Omen.*

5

Trient und Wien, Januar bis Mai 1625

Weihnachten feierten sie in Trient am Hof des Fürstbischofs. Über die Festtage besuchte Franz seine Verwandtschaft. Er war lange nicht in seiner Heimatstadt gewesen, und wieder erging es ihm wie schon in Rom, als er nach so vielen Jahren dem alt gewordenen Vitelleschi begegnete: Der gnadenlose Flug der Zeit wurde ihm schmerzlich bewusst.

Man stellte ihm kleine Kinder als Familienmitglieder vor, von deren Existenz er nichts wusste; er sah junge Männer und Frauen, die in seiner Erinnerung noch als Kinder lebendig waren; er umarmte Greise, die in der Blüte ihrer Jahre standen, wenn er an sie gedacht hatte, und jetzt konnten zwei von ihnen sich nicht einmal mehr erheben, um ihn zu begrüßen; und etliche, deren Stimmen und Gesichter im Geist heraufzubeschwören ihm noch mühelos gelang, sah er gar nicht mehr. Sie waren gestorben.

Von einer uralten Schwester seines Vaters ließ er sich die letzten Lebensjahre der Verstorbenen schildern. Zwischen einem Neffen und einem seiner Vettern schlichtete er Erbstreitigkeiten. Einer Base und ihrem Mann nahm er die Beichte ab. An Silvester besuchte er das Grab seiner Eltern, an Epiphanias ließ er eine Messe für sie lesen.

Das Herz wurde ihm schwer, als er sich im Haus seines Neffen zum Fasten und Beten in eine Mansarde zurückzog und er Kinder in Haus und Hof toben hörte; er dachte an die Toten in seiner Verwandtschaft.

Mit dem Kerzenleuchter in der Rechten hinkte er zu einem kleinen, halbblinden Spiegel. Dort betrachtete er die Umrisse seines hohlwangigen Gesichts. Trotz des alten Glases sah er, wie bleich er war. Seine Augenhöhlen kamen ihm groß und dunkel vor, die tiefliegenden Augäpfel erkannte er kaum, und die eckigen Wangenknochen spannten die Haut. Als er den Mund öffnete, um seine Zähne zu prüfen, glaubte er für einen Moment, einen Totenschädel zu sehen statt das Gesicht eines lebendigen Mannes.

Große Unruhe befiel ihn. »Viel Zeit bleibt dir nicht«, murmelte er und bekreuzigte sich. »Du musst härter arbeiten für deine Kirche, du musst deine Anstrengungen verdoppeln, denn allzu viel Zeit bleibt dir nicht mehr.« Er hinkte zurück zu Tisch und Gebetsbank. »Doch ein Kind hast auch du, und was für ein gutes!« Der Gedanke an Tonda erfüllte ihn mit Stolz und zerstreute die düstere Stimmung, die sein Gemüt beschleichen wollte. Zugleich trieb ihm die Sehnsucht das Wasser in die Augen. Er stellte den Leuchter auf den Tisch, zog Papier, Tintenfass und Feder heran und begann einen Brief an den Menschen zu schreiben, den er zu lieben glaubte wie keinen zweiten sonst. *An meinen treuen Sohn Antonín von Waldau …*

Unterdessen verbrachte Wilhelm Lamormaini jene ersten Tage des Jahres 1625 zurückgezogen in einem Jagdschloss des Fürstbischofs, verfasste ein Schreiben nach dem anderen und beschäftigte gleich vier berittene Boten, die ihm seine Korrespondenz in alle Himmelsrichtungen des Reiches tragen mussten. Nach Venedig, Wien, Graz, Madrid, München, Prag und weiß Gott wohin sonst noch.

Starke Regenfälle im Januar ließen die Etsch über die Ufer treten. Die tiefer gelegenen Straßen der Stadt standen tagelang unter Wasser, und die Fernroute durch die Dolomiten nach Osten war eine Zeitlang unpassierbar. Trient wollte die beiden Jesuiten und ihren Tross noch lange nicht ziehen lassen.

Der Februar dann brachte klirrende Kälte und doch noch Schnee. Jetzt war es der Winter, der sie an der Überquerung der Alpen hinderte. Um diese Zeit hatte Franz das Haus seines Neffen schon seit zwei Wochen nicht mehr verlassen. Den ganzen Februar über und bis in den März hinein verkroch er sich in seiner Mansarde unter zahllosen Decken. Er aß kaum noch, und wenn die Frau des Hausherrn oder eines der Kinder zu ihm heraufstieg, um einen frischen Krug Wasser zu bringen oder das Nachtgeschirr zu leeren, fanden sie ihn mit leerem Blick an die Wand starren.

Sein Neffe schickte nach Lamormaini, und der schickte nach einem Arzt. »Die Schwarze Galle«, erklärte der Arzt und wollte den Pater zur Ader lassen. Aber Franz verweigerte das und bat um Lindenblütenbäder und um Tee, den man ihm aus Birkenblättern, Melisse, Hanffasern, Schachtelhalm, Brennnesseln, Schafgarbe und Johanniskraut brühen sollte. Lamormaini gab seinem Diener Geld und schickte ihn in die Häuser von Trient, um nach den gewünschten Zutaten zu suchen.

Ende März zog der Winter seine eisige Klaue aus dem Etschtal zurück, und am Ostermontag konnten sie endlich aufbrechen. Franz' Kräfte kehrten nach und nach zurück. Der Weg durch die Dolomiten erwies sich als beschwerlich, und erst zu Beginn der zweiten Maiwoche erreichten sie Wien.

Lamormaini eilte gleich am Morgen nach ihrer Ankunft in den Kaiserpalast. Die folgenden Tage vor seiner Abreise nach Warschau bekam Franz ihn nur noch bei den Angelusgebeten zu Gesicht; und beim Abschiedsmahl im Kolleg. Hin und wieder schickte der Beichtvater des Kaisers ihm eine Depesche. In einer hieß es: *Von Wallenstein weilt bei Hof. Hat dem Kaiser erneut angeboten, ein Kriegsheer auf eigene Kosten aufzustellen. Zum dritten Mal. Ich tue, was ich kann. W. Lamormaini, S.J.*

Fieberhafte Erregung ergriff Franz. Sollte tatsächlich ein zweites katholisches Heer nach Oberdeutschland ziehen können, würde man den Dänenkönig und seine wildesten Hunde, den Mansfelder und den Halberstädter, vielleicht doch noch verjagen können. Sollte aber Lamormainis Hofdiplomatie scheitern und die um ihre Macht fürchtenden Bedenkenträger im kaiserlichen Rat sich erneut durchsetzen, dann käme alles darauf an, den Söldnergeneral und den tollwütig gewordenen Herzog auf anderem Weg aus der Welt zu befördern.

Gern hätte Franz gewusst, wie weit Tonda in dieser Sache gekommen war. Doch sein Brief, den er in Trient geschrieben hatte, blieb noch immer unbeantwortet.

Dafür schickte Lamormaini weitere Depeschen mit guten Nachrichten: Zwar hatte man dem Tollen Halberstädter Anfang des Jahres in London einen Hosenbandorden, Geld und an die fünfzehntausend Söldner mit auf die Heimreise gegeben, doch Meutereien und Seuchen dezimierten das neue Heer so gründlich, dass er Anfang Mai mit nur noch viertausend Mann die Maas überquerte.

Und die Generalstaaten, unterstützt vom Mansfelder, hatten mit einer schweren Niederlage für ihre rebellische Ketzerei zu büßen: Der spanische General Spinola hatte nach langer Belagerung ihre wichtige Stadt Breda erobert. Franz stieß einen Freudenschrei aus, als er das las – alle Feinde des Kaisers guckten nun erschrocken nach Breda, und der wüste Mansfelder musste arg gerupft das Weite suchen! Franz fiel auf die Knie, dankte Gott und betete für den tapferen General Spinola.

Noch ruheloser wurde er nun, noch fieberhafter bereitete er seine Polenreise vor. Niemals durfte es zum Friedensvertrag zwischen Polen und Schweden kommen, niemals der Ketzerkönig aus dem hohen Norden in den Krieg eintreten! Bis tief in die Nächte hinein studierte Franz Berichte aus Warschau, Geheimdepeschen aus Stockholm, Magdeburg und Stralsund, las Zeitungen mit den neusten Nachrichten aus Paris, dem Haag, London und Oberdeutschland, die Postreiter auf dem Weg nach Venedig an den Kaiserhof brachten.

Lamormaini stellte ihm einen jungen Pater als Diener zur Seite, einen Wallonen namens Carolus, der gerade sein Noviziat abgeschlossen hatte. Der Kämmerer des Kaisers verschaffte Franz einen neuen Wagen, vier Pferde, Ausrüstung und eine bewaffnete Eskorte aus sechs Dragonern. Gleich nach dem Pfingstfest wollte er aufbrechen.

Mitte Mai dann endlich ein Brief aus Hersfeld. Tonda berichtete, dass die protestantischen Stände in Niedersachsen sich um den Dänenkönig scharten und die Kriegstrommeln immer lauter aus dem Norden tönten. Der General Tilly mache sich nun bereit, hinauf zur Weser und ins Bistum Paderborn zu marschieren. Allerdings sei der Feldherr in großer Sorge, weil ihm die nötigen Truppen fehlten, um gegen gleich drei feindliche Armeen zu bestehen; vom Geld für den ausstehenden Sold seiner Reiter und Landsknechte ganz zu schweigen.

Er selbst sei inzwischen wieder ganz gesund, schrieb Tonda, und danke Gott von Herzen für jeden Tag, den er leben dürfe. Über seinen Verbindungsmann habe er neue Nachrichten vom Halberstädter, und Franz solle sich ganz auf ihn verlassen – alles würde so geschehen, wie er es in seinem letzten Brief geschrieben habe.

Franz wusste nicht, dass Tonda krank gewesen war. Von einem Verbindungsmann zum Halberstädter hatte er nie etwas gelesen, einen Brief von Tonda nie erhalten. Die Schlussfolgerung lag auf der Hand: Ein früherer Brief von Tonda war noch nicht angekommen. Nichts Ungewöhnliches. Franz hoffte nur, dass er nicht verloren gegangen und in falsche Hände geraten war. Er schrieb sofort eine Antwort und schickte sie an die Abtei in Hersfeld.

Zehn Tage später, am Abend des Pfingstsonntags, bereitete Franz sich in der Sakristei der Ruprechtskirche auf die das Pfingstfest abschließende Vesper vor. Zwei angehende Novizen des Wiener Jesuitenkollegs gingen ihm als Messdiener zur Hand und streiften ihm vor dem Spiegel die Kasel über den Kahlkopf. Als sie ihm die Stola um die Schultern legten, fiel sein Blick auf sein Spiegelbild: Seine dunklen Augen glühten, seine Züge waren die eines zum Angriff entschlossenen Mannes, sein Mund von einem energischen Zug gestrafft. Keine Spur mehr von der schlaffen, verdrossenen Miene, die ihn noch zwei Monate zuvor in Trient aus dem alten Mansardenspiegel entgegengestiert hatte.

Franz lächelte. Und nickte seinem Spiegelbild zu. Sehr gut. Und übermorgen endlich fort aus Wien und nach Polen hinauf!

Die Messdiener verstanden sein Nicken als Zeichen und verließen die Sakristei. Er begriff nicht gleich und hatte Mühe, ihnen zu folgen. Sie tauchten in den Chorgesang ein, jemand reichte ihm die Kette mit der Weihrauschschale. Bis in die letzte Reihe war die Kirche gefüllt. Ganz vorne hockte zwischen allerhand Edelleuten mit gesenktem Kopf und hängenden Schultern ein Mann in Schwarz. Nein, er fiel Franz nicht weiter auf. Vor dem Altar legte er die Hände zum Gebet zusammen und wartete, bis der Choral verebbte.

Die pfingstliche Vesper wirkte wie eine Woche täglicher Lindenblütenbäder auf ihn: Mit jeder Minute vor dem Altar fühlte er sich lebendiger, mit jedem Gesangsruf, mit jedem Gebet. Seine eigene Stimme hallte kraftvoll aus der neugestalteten Kirche zu ihm zurück, und sich selbst zu hören, verlieh ihm eine Kraft, die er lange nicht gespürt hatte. Ihm war, als wehte ihm der Gefeierte selbst durch alle Knochen, der Heilige Geist.

Nach der Vesper verbrachte er ein paar Minuten in der Sakristei. Er betete, zog sich um, ging in dunklem Gewand und mit dunklem Birett wieder hinaus. Am Altar vorbei schritt er zu einem der Beichtstühle im Seitenschiff.

Der Mann in Schwarz hockte immer noch in der ersten Reihe, nun ganz allein – eine dürre Gestalt in verschlissener Kutte und mit langem, wirrem, weißgrauem Haar. Franz nahm ihn nur flüchtig wahr, erkannte ihn auch nicht, als er nur wenige Schritte entfernt an der bleichen Hungergestalt vorbeiging. Er hielt sie für einen kranken Bettelmönch.

Erst als jenseits des Sprechgitters eine geschwächte, aber vertraute Stimme die lateinische Eingangsformel zum Beichtsakrament sprach, erkannte er den vermeintlichen Bettelmönch.

»Alban!« Er sprang aus dem Beichtstuhl, riss das Seitentürchen auf und zog den abgemagerten Pater Medikus von der Kniebank hoch. »Alban! Du lebst?« Er schloss ihn in die Arme. Die wenigen Menschen im Gestühl und vor den anderen Beichtstühlen sahen zu ihnen herüber. »Dem Allmächtigen sei Dank!«

»Bin erst am Vormittag angekommen.« Albans Stimme klang heiser und hohl, sein Körper fühlte sich merkwürdig steif an. »Dachte mir schon, dass ich dich noch hier in Wien finde.«

»Gütiger Gott, Alban, wie ist es dir ergangen?« Franz zog ihn zur ersten Bankreihe, setzte sich, zog ihn zu sich hinunter. »Erzähl doch.«

»Ich war wie tot«, begann Alban, »hätte nicht gedacht, dass ich noch einmal ein neues Jahr anbrechen sehe. Doch Gott hat mir mein Leben zum zweiten Mal geschenkt …« Mit sehr leiser Stimme und in knappen Worten erzählte er, wie er nach dem Christfest »unter die Lebenden zurückgekehrt war«, wie er sich ausdrückte. Ende Januar habe er sein Krankenlager verlassen können, und nach der Schneeschmelze, am Gründonnerstag sei er nach Süden aufgebrochen und habe teils zu Fuß, teils zu Pferd die Alpen überquert. »In Trient wussten sie, dass du mit Hochwürden Lamormaini nach Wien gefahren bist. Also ruhte ich ein paar Tage aus und machte mich dann auf den Weg hierher.«

Franz versicherte ihm, wie sehr er sich freue, ihn wiederzusehen. Er berichtete von der Begegnung mit dem Ordensgeneral in Rom, von der neuen Aufgabe, die in Polen auf ihn wartete, von Wallenstein und der Möglichkeit eines zweiten Heeres für den Kampf in Oberdeutschland. Und ob er schon von der vernichtenden Niederlage gehört habe, die Gott den Ketzern in Breda zugefügt hatte.

Alban stierte auf seine gefalteten Hände, die wie abgestorben in seinem Schoß lagen. Er reagierte weder mit Worten noch mit Gesten, nicht einmal in seiner Miene regte sich etwas. Franz fragte sich, ob er überhaupt zugehört hatte. »Du glaubst nicht, wie erleichtert ich bin, nicht allein nach Warschau reisen zu müssen.« Er legte den Arm um Albans Schulter. »Wenn du noch ein paar Tage Ruhe brauchst, brechen wir erst nächste Woche auf.«

Alban stand auf, abrupt und unerwartet. »Ich habe noch nicht gebeichtet, seit ich ein neues Leben begonnen habe.« Sprach's und schlurfte zurück zum Beichtstuhl. Ein Mann, dem man eine Reise nach Polen zutrauen konnte, bewegte sich anders. Verblüfft sah Franz den Pater Medikus im Seitenteil des Beichtstuhls verschwinden und das Türchen hinter sich zuziehen.

Er seufzte und folgte ihm. Was war geschehen mit dem Ordensbruder? Kaum hatte er im Beichtstuhl Platz genommen, wiederholte Alban die Eingangsworte und Franz sprach die übliche Eröffnung des Beichtvaters: »Gott, der unser Herz erleuchtet, schenke dir wahre Erkenntnis deiner Sünden.«

»Ich habe mit Gott gehadert«, begann Alban, ohne noch zu zögern. »All die verbrannten Dörfer und Städte in der Oberpfalz und in Böhmen, all die Gräuel, von denen man hört. Abscheuliche Gewalttaten, verübt von Bestien, die sich Christen nennen.« Er sprach jetzt lauter, und die Worte stürzten ihm aus dem Mund, als hätte er lange auf diesen Augenblick gewartet. »Ja, ich habe mit Gott gehadert und an seiner Liebe und Allmacht gezweifelt. Und ich habe das fünfte Gebot übertreten!«

»Ist das wahr, Bruder?«, entfuhr es Franz.

»Ja, des Mordes bin ich schuldig!« Alban sagte das so laut, dass Franz fürchtete, jemand könnte mithören. »Und an Morden, die noch geschehen werden.« Franz beugte sich vor, zog den Vorhang des Sichtfensterchens ein wenig zur Seite – niemand hielt sich in der Nähe des Beichtstuhls auf. Erleichtert sank er zurück.

»Der Prediger in Prag – erinnerst du dich, Franz? Ich lag im Sterben und sah sein Gesicht vor mir, seinen Kopf, sein Hirn, sein Herz. Nächtelang. Mir war, als schrie er nach mir.«

»Deswegen musst du aber jetzt nicht schreien«, zischte Franz. Er lehnte mit dem Kopf neben dem Sprechgitter. »Wir sind in einem Beichtstuhl. Zügle dich.«

»Ich mich zügeln?« Alban dachte gar nicht daran, leiser zu sprechen. »Wo ich doch eine Todsünde begangen habe?« Er stockte, und fast hörte es sich an, als würden Tränen seine Stimme ersticken.

»Wie kannst du etwas ›Todsünde‹ nennen, das im Kampf gegen die Ketzerei geschah? Wie kannst du etwas beichten, was du nicht getan hast?«

»Oh doch, auch ich bin schuldig an diesem Mord, und ich nenne es Mord.« Alban schluchzte und sprach zum Glück nun leiser. »Habe ich nicht mitgeholfen, den Novizen Antonín von Waldau zum Mörder zu machen? Hat er nicht zwei junge Männer getötet, weil du ihm im Namen der Gesellschaft Jesu befohlen hast, den lutherischen Prediger zu fangen und nach Prag zu bringen? Also auch in meinem Namen. Und wird er nicht …?«

»Nicht zum Mörder, zum Diener Gottes haben wir den jungen von Waldau gemacht!« Kerzengerade hockte Franz auf seinem Sitz. Er ballte die Fäuste. »Es war der Wille Gottes, der die jungen Ketzer zu Fall brachte und den Ketzerprediger in den Kerker!«

»Und die Gräuel in Böhmen, in der Oberpfalz, in der Rheinpfalz und in Hessen – alles Gottes Wille?« Alban hob schon wieder die Stimme. »Und dass Tonda den Halberstädter und den Mansfelder töten wird und wer weiß, wen sonst noch alles – Gottes Wille? Mord nenne ich es! Sünde! Und ich habe meinen Teil dazu beigetragen. Ich bekenne mich schuldig, ich habe gesündigt.«

»Schweig!«, zischte Franz ins Sprechgitter. »Kein Wort mehr davon! Hat der lutherische Prediger nicht Buße getan? Wird das Blutvergießen nicht abgekürzt, wenn böse Männer wie der Halberstädter und der Mansfelder endlich tot sind? Werden die Kirche und der wahre Glaube nicht umso eher wiederhergestellt werden? Dazu tragen du und ich unseren Teil bei, Alban. Und haben wir nicht mit Freude gelobt, alles zu tun, um die Kirche zu retten und überall hinzugehen, wo der Heilige Vater und der General uns hinsenden?« Er war erregt und beschwor Alban, von seinen

Zweifeln abzulassen. Er redete und redete und merkte nicht, dass der Pater Medikus ihm gar nicht mehr antwortete.

Irgendwann verstummte er endlich und lauschte auf ein Wort des anderen, doch der schwieg. »Alban?« Keine Antwort. Franz spähte durchs Sprechgitter. Nichts. Er stürzte aus dem Beichtstuhl, riss die Seitentür auf – sie war nur angelehnt, und niemand kniete mehr auf der Bank. Nur ein Brief lag dort.

Er bückte sich danach – der Brief von Tonda, auf den er vergeblich gewartet hatte. Das Siegel war aufgebrochen.

6

Wien, Mai 1625

Der Priester, ein junger Jesuitenpater, schwenkte ein silbernes Weihrauchfass und schlug Kreuzzeichen in alle Richtungen. Der klare, kampferartige Duft stieg Kristina in die Nase. Ihre Augen tränten. Aus irgendeinem Grund bewirkte der intensive Geruch, dass ihr unverhofft das Bild des Mannes vor Augen stand, von dem sie letzte Nacht geträumt hatte: Tonda.

Ein schöner Traum. Sie senkte den Blick. Ein Traum voller verbotener Wünsche. Die Erinnerung trieb ihr die Hitze ins Gesicht. Wirklich verboten? Warum eigentlich? Mit einem Spitzentuch wischte sie sich das Wasser aus ihren vom Weihrauch gereizten Augen. Von der Seite spürte sie Leos Blick. Wahrscheinlich glaubte er, die Messfeier würde sie zu Tränen rühren.

Eine ziemlich kleine Kapelle war das, die der Capitaine hatte bauen lassen. Nur er selbst, seine Familie und Kristina fanden in der Stuhlreihe Platz, die man vor dem Altar aufgestellt hatte. Alle anderen drängten sich hinter ihnen bis zum offenen Eingang und auf die Straße hinaus.

Dafür hatte Leopold von Heiligenstadt sie großzügig einrichten und dekorieren lassen: mit lebensgroßem Kruzifix, einer bunten Madonnenskulptur, kunstvollen Glasmalereien an den Fenstern, nackten, mit Goldfarben bemalten Gipsputten und mit einem von Farben überbordenden Deckengemälde, das den Erzengel Michael zeigte, wie er einen tödlich verwundeten Krieger zum Himmel hinauf und in die Arme der Gottesmutter trug.

Wenn Kristina alles richtig verstanden hatte, hoffte der Capitaine durch diese Stiftung seine Seele und die des Braunschweiger

Obristen, den er in der Schlacht von Stadtlohn getötet hatte, aus dem Fegefeuer in den Himmel zu retten.

Als sie in der Karwoche zufällig die Baukostensumme gehört hatte, war Kristina erschrocken. Seitdem fragte sie sich, woher ein Obristwachtmeister so viel Geld nahm. Und warum. Zumal Leo auch noch den Priester bezahlte, damit der in dieser Kapelle wöchentlich ein Seelenamt für den toten Braunschweiger Obristen las. Für den Fall, dass auch er in einer Schlacht starb, hatte Leo bereits eine zweite Messe für sich selbst bezahlt: Ab seinem Todestag sollte sie zwanzig Jahre gelesen werden, Woche für Woche.

Irgendwann hatte Kristina es schließlich begriffen: Angst und schlechtes Gewissen. Nur das bewegte Leute vom Schlage ihres Capitaines, der Kirche ein halbes Vermögen zu überlassen. War es nicht zum Lachen?

Nein, zum Heulen war es: Der Braunschweiger Obrist – ein Katholik übrigens – hätte Leo getötet, wenn dessen blonder Leutnant den Mann nicht kurz vor dem tödlichen Schuss mit einem Degenhieb von hinten aus dem Sattel gestoßen hätte. Leopold von Heiligenstadt, in seiner Erregung, war dann aus dem Sattel gesprungen und hatte den längst neben seinem Pferd Hingestreckten mit einem aufgesetzten Pistolenschuss in die Stirn getötet.

Der betreffende Leutnant – der blonde mit den hellblauen Augen – gehörte zur Eskorte, die sie nach Wien begleitet hatte; er hieß von Lindholz und machte Kristina schöne Augen, seit er sie kannte. Mit genügend Wein im Kopf wusste er dies und das über seinen Obristwachtmeister zu erzählen. Wegen seiner Rettungstat saßen sie jetzt hier – und feierten in Wahrheit nicht die kleine Prachtkapelle und die Heilige Jungfrau, sondern Leos schlechtes Gewissen und Angst vor tausenden Jahren Qual im Fegefeuer.

Kristinas Augen tränten heftiger, und jetzt verursachte der Weihrauch ihr sogar Hustenreiz. Der Capitaine guckte besorgt aus dem rötlichen Gestrüpp seines Bart- und Haupthaares und reichte ihr ein frisches Schweißtüchlein. Als sie es annahm, bemerkte sie die Blicke seiner Mutter und Schwestern. Verächtliche Blicke. Sie schienen ihrer Garderobe zu gelten. Alle in der Kapelle waren spanisch gekleidet – schwarz, steif, mit aufgetürmten Frisuren und teilweise monströsen Halskrausen –, alle außer ihr. Kristina fiel auf mit ihrem neuen Kleid, das sie noch in Hersfeld nach niederländischer Mode hatte schneidern lassen: Das Oberkleid bestand aus englischem Leinen, das Futter und das erste Unterkleid aus blauem Barchent und das zweite Unterkleid aus roter Seide. Ein Kleid ähnlich dem, das der Vater ihr aus Amsterdam mitgebracht hatte. Vor hundert Jahren, in einem anderen Leben.

Der Jesuitenpriester wandte sich nun vom Altar nach den Besuchern der Messe um und betete oder sprach einen Segen. Vielleicht predigte er auch, so genau ließ sich eines nicht vom anderen unterscheiden, denn er sprach lateinisch und wechselte niemals die Stimmlage. Nur daran, dass er hin und wieder »Amen« sagte, Kreuze schlug und die Männer und Frauen um sie herum mit »Amen« antworteten und ebenfalls Kreuze schlugen, merkte Kristina, dass gerade gebetet worden war.

Ein Priester wird meine Kapelle der Jungfrau Maria weihen, hatte der Capitaine erklärt, bevor sie von Schloss Heiligenstadt zu seiner Stiftung aufgebrochen waren. *Ihr werdet es nicht glauben, Mademoiselle du Thott, aber so will es Gott.* Da sie als Verlobte galten und niemand Verdacht hinsichtlich ihrer wirklichen Beziehung schöpfen durfte, musste sie ihn als »Freiherrn von Heiligenstadt« anreden, und er nannte sie »Mademoiselle du Thott«. Seiner Familie hatte er eine Geschichte erzählt, die ihre Neugier und Ungeduld in Sachen Heirat fürs Erste stillte: Er habe Kristina im Schloss von Heidelberg vor wilden Landsknechten gerettet, beide seien sie willig, den Bund der Ehe miteinander einzugehen, und sobald Kristina ihren festen Vorsatz, zum Katholizismus zu konvertieren, in die Tat umsetzte, würden sie vor den Traualtar treten. Vorausgesetzt, Kristinas Vater würde sein Einverständnis geben. Um das einzuholen, müsse man natürlich erst einmal nach Stockholm reisen. Irgendwann. Nach dem Krieg vielleicht.

Kristina wurde das Gefühl nicht los, dass die Frauen der Familie Heiligenstadt die Lügen ihres Sohnes und Bruders längst durchschaut hatten und nur der Familienehre wegen noch halbwegs gute Mienen zum falschen Spiel machten.

Je länger der Priester lateinische Sätze herunterbetete, desto bitterer wurde Kristina zumute. Sie dachte an ihren Bruder Erik; damit der Latein studieren konnte, hätte sie in Haus und Bett des Ritters Sakarias Bonde die Zähne zusammenbeißen sollen. Genau genommen unterschied sich das Leben, das sie jetzt führte, nicht allzu sehr von dem Leben, dass ihre Eltern ihr zugedacht hatten, und vor dem sie geflüchtet war. Nur, dass ihr Capitaine bessere Manieren hatte als Sakarias Bonde.

Leopold von Heiligenstadt beugte sich zu ihr herüber; nicht mehr lange, und Bart und Haare würden ihm bis zu den Hüften reichen. Flüsternd übersetzte er ihr die lateinischen Sätze des Jesuitenpaters, der anscheinend weder betete noch segnete, sondern tatsächlich predigte. Es ging um Feindesliebe, um die Reinigung von Sünden im Fegefeuer, um Gott, der durch Feuer hindurch liebe und rette und so weiter und so weiter.

Kristina hörte nicht einmal mit halbem Ohr zu. Es gefiel ihr nicht, dass Leo übersetzte und damit allen in der Kapelle ihre Unkenntnis des Lateinischen demonstrierte. Damit hatte er zwar recht, und dennoch ärgerte es sie.

Sie dachte an Tondas Puppen, die Deutsch gesprochen hatten – manchmal auch Böhmisch oder Italienisch, je nachdem, aus welchen Königreichen die Landsknechte stammten, die sich gerade vor der Puppenbühne versammelten. Sie dachte an die unterschiedlichen Stimmen, mit denen Tonda sprach, wenn er die Puppen auftreten ließ. Und sie dachte an seine schönen Augen und Hände. Und dann dachte sie wieder an den Traum der vergangenen Nacht. Wohlige Wärme durchströmte sie.

Zweimal hatte sie dem Spielmann geschrieben. Und war ohne Antwort geblieben.

Aus den Augenwinkeln sah sie, dass Leos Mutter sie schon wieder musterte. Schlangenzunge! Wann, um alles in der Welt, würde der Jesuit bloß ein Ende finden? Es konnte doch unmöglich so lange dauern, eine winzige Kapelle wie diese einzuweihen! Die alte von Heiligenstadt äugte noch immer.

Wien hätte eine schöne Erfahrung werden können ohne die bedrückende Nähe des Kaiserhofes – und ohne die Frauen aus Leos Familie. Die sie jetzt gerade wieder belauerte, hielt sich für ihre künftige Schwiegermutter, die beiden anderen für ihre künftigen Schwägerinnen. Wenn sie nicht wollten, dass Kristina sie versteht, sprachen sie Französisch miteinander.

Angehörige des kaiserlichen Hofes bekam Kristina selten zu Gesicht – die Frauen der Sippe von Heiligenstadt täglich. Gleich zu Beginn machte sie den Fehler, mit ihnen auszureiten, Ende März zu einer Treibjagd. Während die Freifrauen von Heiligenstadt Damensättel benutzten und im züchtigen Seitwärtssitz zu Pferde saßen, zog Kristina Beinkleider unter ihren weitesten Rock, schwang sich rittlings wie ein Mann in den Sattel und ritt besser als die meisten Männer. Unglücklicherweise schoss sie auch noch gleich bei der ersten Jagd einen Rehbock. Und dann ihre bunten Kleider …

Nicht erst jetzt, sondern schon seit der vierten Woche in Wien sah sie sich den missgünstigen und verächtlichen Blicken dieser Frauen ausgesetzt. Und die meinten nur scheinbar ihre Garderobe, die meinten ganz und gar sie selbst. Alle drei redeten nur noch das Nötigste mit ihr, dafür umso mehr über sie. Sie spürte es genau. Und sie ahnte, was sie redeten.

Ein wenig fühlte sie sich an die böse Zeit in Heidelberg erinnert: Auch damals hatten Frauen über sie getuschelt, hatten sie »die böhmische Hure« genannt. Das hatte ihr wehgetan, denn die Frauen im Haus des Heidelberger Tuchmachers mochte sie. Die

Frauen aus Schloss Heiligenstadt verabscheute sie. Sollten sie doch tuscheln!

Vielleicht nennt der böhmische Puppenspieler dich in Gedanken auch eine ›Hure‹, dachte sie. Eine schwedische Hure. Und warum sollte einer auf Briefe einer Hure antworten?

Endlich sprach der Jesuitenpater den Segen und entließ sie.

Zurück im Familienschloss ließ Leopold von Heiligenstadt sich in einem feierlichen Akt von Bruder Gregor rasieren und scheren. Man erkannte ihn hinterher kaum wieder. Danach bat er seine Familie und etwa fünfzig Gäste zu einem Festmahl. Kristina hätte sich gern in ihr kleines Zimmer verkrochen.

Auch einige Männer und Frauen vom Kaiserhof saßen an der Tafel: Jesuiten, Hofdamen, Offiziere, Diplomaten. Eine von Leos Tanten war stellvertretende Oberhofmeisterin in der Hofburg. Man erkannte die Höflinge am lauernden Blick und am übertrieben freundlichen Lächeln. Nur dreimal hatte Kristina sich von ihrem Capitaine an die Wiener Hofburg locken lassen während der knapp vier Monate, die sie in der Stadt verbrachte; zu irgendwelchen Empfängen oder Jubiläumsfeiern. Dreimal hatte sie Gelegenheit, den Kaiser zu sehen.

Beim ersten Mal hätte sie Ferdinand II. beinahe übersehen unter all den sich staatstragend und wichtig gebärdenden oder elegant und stattlich einherstelzenden Herren, die ihn umgaben. Der Kaiser nämlich war ein verblüffend unscheinbares, leicht buckliges Männlein, ständig nach alle Seiten nickend und lächelnd.

Kristina staunte nicht schlecht. Das also war der mächtige Regent, der das Heilige Römische Reich Deutscher Nation mit Krieg überzog? Der brave Edelmänner hatte rädern, vierteilen und aufhängen lassen, weil sie die böhmische Krone einem anderen hatten geben wollen? Der Mann, dessen Lebensziel die Vernichtung des Luthertums war? Sie mochte es nicht glauben.

Bei Kristinas erstem Besuch in der Hofburg trug der Kaiser einen hohen steifen Hut mit silbernem Hutband und schwarze, golddurchwirkte spanische Tracht. Die steife, hundertfach gefaltete Halskröse lag ihm so straff an Kinn, Kiefer und Ohren, dass schon der Anblick Kristina einen Anflug von Atemnot verursacht hatte. Ein heiterer Zug, der manchmal ins Spöttische, manchmal ins Wehmütige umzuschlagen drohte, spielte um seinen Mund. Seine Unterlippe war seltsam vorgeschoben. Rein äußerlich wäre Kaiser Ferdinand ihr nicht einmal unsympathisch vorgekommen, wenn sie nichts von dem Blutbad gewusst hätte, das er in Prag hatte anrichten lassen; oder von den Gräueln in Heidelberg, die sie mit eigenen Augen hatte sehen müssen. Sie wusste das eine und hatte das andere gesehen, also hasste sie ihn.

Natürlich sprach man auch während des Mahls im Familienschloss von Heiligenstadt über Kaiser Ferdinand, über seine Geldsorgen und über das starke Bündnis seiner Feinde. Und man sprach über jenen steinreichen böhmischen Herzog, der ihm auf eigene Kosten ein Heer werben wollte. Leo warf Kristina einen bedeutsamen Blick zu, als dessen Name fiel.

Sie hörte den Namen Wallenstein an diesem Pfingstsamstag nicht zum ersten Mal, doch als ein Höfling dem Freiherrn von Heiligenstadt zur Aussicht auf zwei eigene Reiterregimenter in Wallensteins künftiger Armee gratulierte, ahnte sie zum ersten Mal, dass weniger ihr Capitaine als vielmehr der Krieg sie hinauf an die Ostseeküste begleiten würde. Die Angst trieb ihr eine Gänsehaut über den Nacken.

Am Abend schrieb sie den dritten Brief an den Spielmann Antonín von Waldau. Wöchentlich gingen Depeschen und Briefe aus Wien, Salzburg und Graz hinaus und in den Norden des Reiches. Es kam auch Post aus dem Norden zurück nach Wien. Der Spielmann hätte also leicht einen Brief schicken können, wenn er gewollt hätte.

In der Nacht lag sie schlaflos und dachte an ihn. Der Capitaine schlich an ihre Tür, klopfte leise und flüsterte. Das kam noch nie vor, seit sie in Wien waren. Vermutlich litt er Liebesnot, die sie ihm lindern sollte. Kristina reagierte nicht. Ihre Gedanken kreisten um Tonda. Wenn er diesmal wieder nicht antwortet, reiße ich mir sein Bild und seinen Namen aus dem Herzen, dachte sie.

Am nächsten Morgen klagte sie über Kopfschmerzen, um nicht mit zur Pfingstmesse gehen zu müssen. Scheele Weiberblicke und Getuschel auf Französisch waren die Folge.

Am frühen Nachmittag flanierten sie an der Donau entlang. Auch die Frauen. Der Capitaine hatte viel zu erzählen. »Diesmal muss der Kaiser sein Angebot annehmen.« Er redet von dem reichen Wallenstein. »Christian von Dänemark steht schon in Niedersachsen, und wer weiß, wann Gustav Adolf von Schweden Frieden macht in Polen, um seinen Glaubensbrüdern in Deutschland beistehen zu können. Wenn nämlich das geschieht, sind wir verloren. Allein kann Tilly niemals standhalten.«

»Ferdinand muss annehmen«, erklärte der Mann, der sich für Kristinas künftigen Schwiegervater hielt. »Die Zukunft der Kirche steht auf dem Spiel. Wenn Gott uns gnädig ist, wird einmal Albrecht von Wallenstein als ihr Retter gefeiert werden.« Er sprach natürlich von der römischen Kirche.

Deren Zukunft war Kristina gleichgültig. Doch sollte dieser Wallenstein seine künftige Armee – und mit ihr den Capitaine – bis an die Ostseeküste führen, dann wollte auch sie sich nicht beschweren, wenn geschah, was alle hier hofften, und der Kaiser Wallensteins Angebot annahm.

Mit zwei Vierspännern fuhren sie später ein Stück Richtung Hofburg. Auf der Vortreppe eines neuen Prachtbaus sah Kristina elegant gekleidete Männer und Frauen miteinander plaudern, unter anderem einen Graf samt Familie, der am Vortag an der Tafel im Schloss Heiligenstadt gesessen hatte. Der alte Freiherr ließ anhalten und stieg mit Frau und Töchtern aus, um die Sonntagsgesellschaft zu begrüßen. Der Capitaine ließ sich damit Zeit.

»Was tun all die Leute hier?« Kristina hatte über dem Eingang ein Schild entdeckt mit der Aufschrift *Naturalienkammer*. »Was gibt es in diesem Haus zu sehen?«

»Beaucoup des œuvres d'art et des merveilles.« Der Capitaine tat geheimnisvoll.

»Kunst- und Wunderwerke?« Kristina macht große Augen. »Ich will sie mir anschauen, zeig sie mir.«

»Avec plaisir, Mademoiselle du Thott.« Er stieg aus dem Wagen und reichte ihr lächelnd den Arm. »Doch nur, wenn Ihr hinterher mit mir eine Wunderstätte meiner Wahl besucht.« Kristina zögerte. Was führte er jetzt wieder im Schilde?

Ihre Neugier siegte schließlich, und sie ließ sich von ihm aus der Kutsche helfen. Auf der Vortreppe begrüßten sie die Grafenfamilie; steife Gesten und Festtagsphrasen wurden ausgetauscht, und einmal mehr beschlich Kristina ein Gefühl, das sie gar nicht mehr verlassen wollte, seit sie im Donauhafen von Bord gegangen war: das Gefühl, ein Leben zu führen, das ihr nicht gehörte. Ein falsches, nur gespieltes Leben.

In den Räumen der *Naturalienkammer* gab es Hunderte alter Kostbarkeiten zu bewundern: Münzen, Schwerter, Rüstungen, Musikinstrumente, Kleider, Automaten, Gemälde, Uhren und Instrumente, mit denen Seefahrer Kurs und Position zu bestimmen pflegten. In einem der vielen Räume hatte man das Modell einer Papiermühle aufgebaut mit all ihren Zahnrädern, Becken und Walzen. In einem anderen einen Bergwerkskran, im nächsten ein großes Bohrwerk, mit dem Läufe von Geschützrohren gebohrt werden konnten, und in einem vierten Raum stand eine alte Druckerpresse neben einem ausgestopften Tiger.

Nie zuvor war Kristina an einem solchen Ort gewesen. Mit glänzenden Augen bestaunte sie jedes Teil der Sammlung und konnte sich kaum sattsehen. Sie vergaß ihre Abneigung gegen Wien und die Familie des Capitaines, vergaß sogar den Spielmann.

Allerdings nur für kurze Zeit, denn unverhofft stand sie plötzlich vor einem holländischen Clavizytherium, einem alten Tasteninstrument mit harfenartig aufrecht stehenden Saiten. Es erinnerte sie augenblicklich an das Spinett in der väterlichen Bibliothek in Stockholm und natürlich auch an jenes im Hersfelder Winterquartier. Und gleich stand auch er ihr wieder vor Augen.

Tonda.

Tonda, mit dem sie nach so vielen Jahren wieder das Lied vom Horn der Glückseligkeit hatte singen können. Tonda, der ihre Briefe nicht beantwortete. Tonda, der ihr in ihren Träumen, in ihrem Sehnen und in seiner Ferne und seinem Schweigen eine Ahnung von dem vermittelte, was die Menschen meinten, wenn sie von Liebe sprachen.

Eine Kammer weiter gab es einen hochmodernen Apparat zu bestaunen: einen Kasten, auf dem ein bunter Blechvogel saß, der in allen Tonlagen zu zwitschern begann, sobald hinter der Glasscheibe des Kastens ein kleiner Wasserfall ein Mühlrad antrieb, und das Mühlrad eine Tonwalze und verschiedene Pfeifen.

Wirklich erheitern konnte dieses mechanische Wunderwerk Kristina nicht mehr – die unterschwellige Traurigkeit breitete sich wieder in ihrer Brust aus, und was sie und Leo dann in einem der letzten Räume der *Naturalienkammer* ausgestellt fanden, machte ihr das Herz endgültig schwer: eine Puppenbühne und alte italienische Marionetten.

»Denkt Ihr noch manchmal an die geistlichen Puppenspiele von Hersfeld?«, fragte der Capitaine.

»Oft«, antwortete Kristina und meinte den Puppenspieler. Im flehenden Ausdruck seiner Miene konnte sie mühelos lesen, was er gemeint hatte: die Predigt der Puppen, ihre Aufforderung zu Buße und Rückkehr in den »Schoß der wahren Kirche«, wie Leo die römische Kirche manchmal nannte.

Am späten Nachmittag lenkten die Kutscher die Gespanne in den Hof eines düsteren Gebäudekomplexes. Zahlreiche Wagen standen bereits hier. Die Zugpferde fraßen aus umgebundenen Hafersäcken. Kristina sah dunkel gekleidete Männer durch einen

Hintereingang ins Haus huschen. »Eine Wunderstätte soll das sein?« Sie rümpfte die Nase. »Was geschieht denn hier?«

»Eine entfernte Verwandte meiner Gattin trägt sich mit dem Gedanken, einem Nonnenorden beizutreten«, erklärte Leopolds Vater mit feierlichem Tonfall. »Sie hat mit Jesuitenpatern um ein göttliches Zeichen gebetet, um Gottes Willen in dieser Sache zu erfahren. Heute, am Pfingstfest, soll es ihr zuteilwerden.« Er guckte und sprach wie ein Mann, der jedes seiner Worte selbst für bare Münze nahm.

»Ein göttliches Zeichen?«, zischte Kristina dem Capitaine ins Ohr. »Jesuiten?« Ihr fiel ein, was Magister Heringstonne ihr über die Jesuiten beigebracht hatte: »Schlitzohren«, »Raffzähne« und »Totschläger« hatte er sie genannt und behauptet, sie würden als lutherische Ärzte und Kaufleute verkleidet schon seit Generationen versuchen, arglose Schweden katholisch zu machen. Die Erinnerung schürte Kristinas Missmut. »Was habe ich mit Jesuiten zu tun?« Vor dem Eingang blieb sie stehen. »Ich will da nicht hinein!«

»Du hast es aber versprochen.« Der Capitaine, der kein Aufsehen erregen wollte, zog sie beiseite, redete flüsternd auf sie ein. Kristina, die den Eindruck nicht loswurde, man könnte sich hier zu einem Bekehrungskomplott gegen sie verschworen haben, blieb lange stur. Irgendwann jedoch gewann ihre Neugier die Oberhand über ihren Eigensinn, und als Leopold von Heiligenstadt ihr versprach, sie würde etwas zu sehen bekommen, was sie nie zuvor gesehen habe und vielleicht nie wieder sehen würde, betrat sie an seiner Seite dann doch das Jesuitenhaus.

*

Herzogtum Kleve, Juni 1625

Tonda schob die Plane ein Stück zur Seite und spähte hinter Nikolaus her. Draußen schneite es, und in der kalten Luft verwehte der Wind seine Atemfahne; das Wetter schien Sommer und Herbst wieder einmal übersprungen zu haben. Nikolaus hatte von Landsknechten gehört, die mit Broten, Hühnern, Gänsen und halben Schweinen von einem Raubzug durch die Dörfer rund um Isselburg ins Heerlager zurückgekehrt waren; er wollte ein Stück Beute kaufen.

Erst als der Gefährte im Schneetreiben zwischen Zelten und Wagen verschwand, ließ Tonda die Plane vor den Eingang fallen, kroch zu seinem Lager und wickelte sich in eine dritte Decke. Aus seiner schwarzen Katzenfelltasche zog er sein zerlesenes Stundenbuch und aus dem Gebetsbuch zwei noch zerlesenere Briefe. Briefe von der schwedischen Eva; der zweite hatte ihn Mitte Mai erreicht. Irgendwo links zwischen den Zelten fluchte jemand wegen des Schnees. In einem der Zelte auf der rechten Seite klapperten Würfel auf Holz und ein Landsknecht stieß wieherndes Gelächter aus, weil er gewonnen hatte. Tonda zog die Öllampe heran und entfaltete den Brief.

Sie lagerten am Rande eines Sumpfgebietes unweit von Bocholt zwischen Issel und Rhein. Der General Tilly hatte seinen Stellvertreter, den Feldmarschall Graf Anholt, mit ein paar tausend Reitern und Musketieren hierher ins Grenzgebiet zu den Generalstaaten geschickt. Auf der anderen Seite des Rheins nämlich, nur ein paar Wegstunden entfernt, hatten der Halberstädter und von Mansfeld ihre Heerlager aufgeschlagen. Sollten sie wagen, den Rhein zu überqueren, würde es unweigerlich zum Kampf kommen.

Tonda kannte Kristinas Zeilen schon auswendig. Und musste sie dennoch wieder und wieder lesen. Von Wien erzählte sie, von den prachtvollen Kirchen und Schlössern dort, von den Wiener Bürgern, vom Kaiserhof und wie steif es dort zuging und wie sie schon zweimal Gelegenheit hatte, aus nur wenigen Schritten Entfernung »den zu sehen, der all das Schlachten, Verwüsten und Blutvergießen befohlen oder doch wenigstens in Gang gebracht hat«, wie sie sich ausdrückte.

Dieser Satz vor allem erregte Tondas Unwillen. Aus seiner Sicht hatte Friedrich von der Pfalz den Krieg angezettelt, weil er um jeden Preis die böhmische Krone haben wollte. Hätte der Kaiser und Böhmenkönig Ferdinand denn die Hände in den Schoß legen und dazu freundlich nicken sollen? Tonda gefiel es auch nicht, wie sie über Kaiser Ferdinand II. schrieb. Nannte ihn weder beim Titel noch beim Namen, nannte ihn respektlos einfach nur »den«. *Ich habe den gesehen, der Deutschland in ein Schlachtfeld verwandelt.*

Sie schrieb auch kein Wort über den rechten Glauben, geschweige denn über Buße oder Rückkehr in die wahre Kirche. Seine Puppenpredigten erwähnte sie nicht einmal. Dafür aber schrieb sie Sätze, die alle Wogen des Unwillens glätteten und Tondas Herz höher schlagen ließen: *Wisst Ihr, woran ich oft denken muss? Jeden Tag und jede Nacht? Wie wir nebeneinander am Spinett gesessen haben, das Lied vom Horn der Glückseligkeit spielten und dazu sangen. Wisst Ihr, dass ich dieses Lied nicht gesungen habe, seit ich Stockholm und mein Elternhaus verließ? Weil ich glaubte, das* Horn der Glückseligkeit *enthält so ganz und gar nichts mehr für eine wie mich. Doch als ich neben Euch saß, empfand ich es: Glück. Zum ersten Mal nach so langer Zeit spürte ich es wieder: Glück! Und wisst Ihr was? Ich will wieder neben Euch sitzen und singen. Ganz nah. Bald. Eure Kristina Thott.*

»Glück«, murmelte Tonda. »Nichts mehr für eine wie mich …« Er drückte den Brief gegen seine Brust. »Eure Kristina Thott.« Er schloss die Augen und beschwor ihr Bild herauf. »Kristina.«

Der Wind rüttelte am Zelt und blies den Schnee unter der Eingangsplane hindurch. Tonda stand auf und schob seine Truhe davor. Irgendwo in den Nachbarzelten fluchten Landsknechte und prügelten sich. Ein Mönch der Abtei Hersfeld hatte eine Nachricht des Abtes zum Himmelreich gebracht. Veits Jokrim habe Botschaft gesandt, und wenn er den Halberstädter treffen wolle, solle Tonda sich an das Regiment des Grafen Anholt halten und sich seinem Tross anschließen.

Wusste der Abt also, wer er wirklich war? Wahrscheinlich. Wusste Jokrim also, dass er dem Halberstädter keineswegs Dank abstatten, sondern den Tod bringen wollte? Vielleicht, vielleicht auch nicht. Tonda war es gleichgültig. Ihm war bewusst, dass er vorsichtig zu sein hatte, doch im Grunde war es ihm gleichgültig. Der Halberstädter und sein Obristleutnant Piper mussten zur Hölle fahren. Und der Mansfelder auch.

Die Söldner des Halberstädters und des Mansfelders seien in erbarmungswürdigem Zustand, berichteten Überläufer und Kundschafter übereinstimmend. Angeblich kämpften sie gegen Hunger und Seuche. Und vor allem die Engländer – die meisten mit der Aussicht auf Begnadigung aus königlichen Kerkern und Ketten direkt in Waffenröcke und auf Schiffe gelockt –, die englischen Söldner schürten Meuterei, weil beide Generäle keinen Sold mehr zahlen konnten. Dennoch lag dem General Tilly so viel daran, sie an der Überquerung des Rheins zu hindern, dass er seinen treusten und besten Kommandanten ins Herzogtum Kleve geschickt hatte.

Angeblich, um sich den Rücken freizuhalten, wenn es gegen Christian von Dänemark ging. Angeblich, weil das Heer der katholischen Liga inzwischen zu schwach war, um an zwei Fronten zu kämpfen. Wie auch immer: Graf Anholt hatte noch jedem Feind das Leben schwer gemacht; zudem war er zu Hause in dieser Gegend des Niederrheins. Tonda hatte wenig Hoffnung, den Halberstädter überhaupt zu Gesicht zu bekommen.

Er vertiefte sich wieder in Kristina Thotts letzten Brief. Der war auf Anfang Mai datiert. Sie müsste längst auf dem Weg zurück nach Norden sein. *Man munkelt hier in Wien von einem neuen Feldherrn*, schrieb sie. *Man munkelt von einem zweiten Heer unter seinem Befehl, und dass er dem General Tilly zur Hilfe kommen soll. Im Lager dieses neuen Heeres werdet Ihr mich finden, wenn Ihr mich sehen wollt. Ich für meinen Teil will, ja, muss Euch sehen. Ich muss mit Euch sprechen …*

Wien war weit, von einem zweiten Heer hatte Tonda noch nie gehört. Er steckte die Briefe zurück ins Stundenbuch, legte es neben sein Lager und holte zwei Puppen aus der Katzenfelltasche.

»Sie will mit mir vom Glück singen«, murmelte er, während er die Rechte in die Engelspuppe steckte. »Sie will mich sehen und mit mir sprechen«, während er die Linke in die Teufelspuppe steckte. »Mit mir, einem Mann der Gesellschaft Jesu.«

Er hielt sich die Puppen vors Gesicht und betrachtete sie. Geweiht waren sie, hatten während der Krönungsmesse Ferdinands unter dem Altar im Dom Sankt Bartholomäus zu Frankfurt gelegen. Er dachte an die Worte, mit denen Pater Franz sie ihm in Prag überreicht hatte: *So wie sie mir zu Buße und ewigem Leben geholfen haben, mögen sie in deinen Händen noch vielen anderen zu Buße und ewigem Leben helfen.*

»Die schwedische Eva will nichts wissen von Buße und ewigem Leben«, ließ er den Erzengel Michael sagen.

»Kann man da so sicher sein?«, ließ er den Teufel antworten. »Dass sie nichts davon schreibt, will noch nichts heißen. Ich jedenfalls schlage vor, ins Heerlager des neuen Generals zu ziehen, sobald davon zu hören ist.«

»Wie Eva den Adam mit dem Apfel, so will diese Hure den Diener Gottes mit schönen Worten locken«, hielt der Erzengel dagegen. »Mit Musik, Gesang und Glücksgeschwätz. Er muss ihr fernbleiben.«

»Könnte er sich sonst in sie vergucken, der wackere Soldat Christi?«, höhnte der Teufel. »Könnte er sogar seinen heiligen Auftrag vergessen, wenn er ihr zu lange lauscht?«

»Niemals!«, rief der Erzengel halb mit Tondas, halb mit seiner Kommandostimme. »Er hat ein Gelübde getan! Er ist Mitglied der Gesellschaft Jesu! Pater Franz vertraut ihm ganz und gar!«

Tonda horchte auf – im Lager draußen hatte sich Unruhe erhoben. Befehle schwirrten hin und her, eine Trommel ertönte und dann eine Fanfare. War es so weit? Ging es endlich gegen die Ketzerheere? Der Lärm nahm zu, ringsum hörte Tonda nun Flüche, Gebrüll, Kommandos.

Nikolaus steckte plötzlich den Kopf ins Zelt; er hielt ein Huhn unter den Arm geklemmt. »Es geht los. Leg Waffen und Harnisch an. Schnell!« Weil er es eilig hatte hereinzukommen, stolperte er über die Truhe und das Huhn flatterte gackernd ins Zelt. »Her zu mir!« Nikolaus stürzte hinterher. »Zu mir, verehrte Frau Braten!«

Tonda wuchtete die Truhe vom Eingang weg, öffnete sie, holte Harnisch, Sturmhaube und Degen heraus. Der Rittmeister der Kompanie, mit der er reiten würde, hatte Befehl von ganz oben, ihn mitzunehmen und keine Fragen zu stellen. Er gürtete sich.

»Hab ich dich!«, rief Nikolaus. Das Huhn gackerte aus Leibeskräften – dann ein Knacken, dann ein pfeifendes Röcheln, und dann verstummte es. Der Bamberger hatte ihm das Genick gebrochen »Wenn du zurückkehrst, kriegst du Hühnerbraten, Bruder. Kannst dich freuen.«

Tonda legte den Harnisch an, schnallte das Brustbandelier um, und als er wieder den Blick hob, hielt Nikolaus Kristinas Briefe in der Hand; sie waren aus dem Stundenbuch gerutscht. Tonda wurde ganz steif vor Schrecken. »Schreibt sie dir also.« Nikolaus zog eine unwillige und mürrische Miene. »Ahnte ich's doch.« Er entfaltete einen Brief. »Ich ahnte es, seit du im Fieber ihren Namen gerufen hast.«

»Gib her!« Tonda sprang zu ihm, wollte dem Gefährten den Brief entreißen, doch Harnisch, Brustgurt und Degen behinderten ihn, und Nikolaus konnte sich zur Seite drehen.

»Und sie schreibt nichts von Buße, nicht wahr?« Mit der Rechten wehrte er Tonda ab, in der ausgestreckten Linken hielt er den entfalteten Brief und versuchte zu lesen. »Sie will nicht lassen von Ketzerei und Sündenleben, nicht wahr?«

»Bist du denn von Sinnen?« Tonda schlug ihm das tote Huhn ins Gesicht, grätschte über ihn hinweg und konnte ihm endlich den Brief aus den Fingern ziehen. »Das Beichtgeheimnis! Wir haben es zu achten!«

»Beichte nennst du das? Eine Einladung, ganz nah bei ihr zu sitzen und mit ihr zu singen, nennst du Beichte?« Der Bamberger packte das tote Huhn an den Klauen, richtete sich auf und belauerte Tonda. Seine Miene war jetzt finster, misstrauisch, wütend. Doch er riss sich zusammen, um nicht noch lauter zu werden. Schließlich wandte er sich ab.

»Die Ketzerarmeen versuchen bei Rees den Rhein zu überqueren«, sagte Nikolaus, während er Eimer und Schlachtmesser aus einer Kiste kramte. »Und die Ketzerhure durchquert bereits dein Herz, fürchte ich.«

*

Wien, Pfingstsonntag 1625

Die Frau trug ein weißes Gewand, knöchellang. Sie zitterte. »Oh weh«, seufzte sie, »oh weh, oh weh.« Schneeweiß glänzte auch ihr Gesicht; eingerahmt von schwarzem Haar, das ihr zerzaust und verfilzt vom Kopf abstand und zugleich bis an die Hüften reichte. Die Arme vor der Brust gekreuzt, hielt sie sich bei den Schultern fest, warf den Kopf mal nach links, mal nach rechts, guckte ständig hinter sich und riss dabei die Augen weit auf. »Oh wehe dem, der keine Vorsorge für seine Seele trifft.« Sie sprach mit seltsam rauer Stimme und machte ganz den Eindruck eines Menschen, dem der Leibhaftige dicht auf den Fersen war. Selbst Kristina glaubte die Nähe des Teufels so deutlich zu spüren, dass ihr angst und bange wurde.

Die Füße der Frau waren nackt, auch unter ihrem weißen Gewand schien sie nichts weiter tragen. Jemand hatte die Vorhänge vor die Fenster gezogen. Gleißendes Licht bestrahlte die Frauengestalt; das unwirkliche Leuchten kam von oben und unten und von rechts und links, wo dunkle Vorhänge wallten, als ginge ein Wind. Auch das Licht selbst schien sich zu bewegen. Kristinas Nackenhaare stellten sich auf, ihr war schrecklich kalt auf einmal.

»Wer bist du?«, rief eine zweite Frau mit sich überschlagender Stimme. Sie stand ganz vorn vor den Stuhlreihen all der Betenden und Zitternden, und zwei Männer stützten sie oder hielten sie fest, so genau konnte Kristina das nicht erkennen; sie selbst lehnte ganz hinten im Saal, dicht an der Tür, gegen ihren Capitaine. »Sag mir deinen Namen!«, rief die zitternde Frauenstimme der weißen Gestalt zu.

»Ich bin Lucia, die ihr Irdischen eine Heilige nennt. Bist du es nicht, die um ein Zeichen des Allmächtigen gebetet hat? Deinetwegen hat Gott mich aus dem Ort der Qual gerufen, aus dem Fegefeuer zu dir geschickt. Hier bin ich – frage mich und ich werde dir Rede und Antwort stehen!«

»Du bist eine Heilige und kommst aus dem Fegefeuer?« Die Stimme der Frau klang tief erschrocken. Sie wollte zurückweichen, doch die beiden Männer hielten sie fest, flüsterten ihr ins Ohr. Einer war ihr Beichtvater, der andere ein Priester. Beide Jesuiten, wie Kristina von Leo wusste. »Wie kann das sein?« Sie war eine Base der Mutter des Capitaines, die einzige Tochter ihrer verstorbenen Eltern. Sie galt als sehr reich, besaß ein Schloss und Ländereien im Osten der Steiermark. Von Weitem wirkte sie nur wenig älter als Kristina selbst. »Wie, bei der Reinheit der Heiligen Jungfrau, kann das sein?!«

»Frage nicht, Irdische!« Die lichtumflutete Gestalt blieb stehen, raufte sich das Haar. »Unermesslich tief verdirbt die Erbsünde! Frage nicht, sondern tue das Gute, das vor Augen liegt.«

»Was soll ich denn tun, um Gottes willen, was?!« Die Ärmste wand sich zwischen den beiden Jesuiten und griff sich nun auch ins Haar. Sie schien völlig aufgelöst, und um keinen Preis hätte Kristina mit ihr tauschen wollen. »Sag mir, was ich tun soll, o Heilige Lucia!«

»Bewahre dem Herrn deine Jungfräulichkeit, so wie ich es getan habe«, antwortete die bleiche Gestalt. »Darüber hinaus verschenke, bevor du ins Kloster gehst, alles Geld und deinen gesamten Besitz der heiligen römischen Kirche und der Gesellschaft Jesu.«

»Das will ich tun!« Leos Verwandte ging samt der sie stützenden Jesuiten in die Knie, bekreuzigte sich und dankte der Erscheinung mit tränenerstickter Stimme. Die Heilige Lucia zog sich zurück, und während sie sich einem der Vorhänge näherte, verlor das Licht seine Kraft, wurde schummrig und matter und erlosch endlich ganz.

Gemurmel erfüllte den dunklen Raum. Kristinas Mund war trocken, das Herz schlug ihr in Kehle und Schläfen. Sie stützte sich auf den haltenden Arm ihres Capitaines. Der hielt sie sehr fest.

Jemand zog die Vorhänge auf. Der Priester sprach ein Gebet und einen Segen – auf Lateinisch –, der Beichtvater der vollkommen aufgelösten Frau hielt eine Bußpredigt, die Leo flüsternd übersetzte und von der Kristina nicht ein Wort behielt.

Sie konnte sich später nicht einmal mehr daran erinnern, wie sie von dem düsteren Jesuitenhaus in die Kirche gelangt war. Irgendwann fand sie sich eingezwängt zwischen dem Capitaine und seinem Vater in der zweiten Reihe eines katholischen Gotteshauses wieder, in der Ruprechtskirche. Ein Priester mit knochigem Gesicht und tief in den Höhlen liegenden Augen hielt die Vesper. Unruhe ging von ihm aus, eine Hektik, die sich auf seine Messdiener und die gesamte Vesper übertrug. Er lächelte die ganze Zeit auf eine Weise, die Kristina unnatürlich fand; sein Blick brannte, und er schrie beinahe, während er betete oder aus dem Evangelium las. Vielleicht hatte er der unheimlichen Erscheinung der Heiligen Lucia beigewohnt und war darüber wahnsinnig geworden.

Ein dürrer Mann in Schwarz und mit langem, grauem Haar saß

vor Kristina. Ein Bettelmönch? Einmal drehte er sich aus irgendeinem Grund nach ihr um, und Kristina blickte in leuchtend blaue Augen. Er sah krank aus, sein Gewand wirkte fadenscheinig und schmutzig – und dennoch hatte Kristina das Gefühl, einem wachen und unbeugsamen Geist in die Augen zu schauen.

»Gut zu wissen, dass man zur wahren Kirche gehört«, sagte Leo, als sie später durch die Dunkelheit rollten. »Gut zu wissen, dass man das Fegefeuer nicht fürchten muss.« Er beobachtete sie von der Seite.

Lass mich in Ruh, wollte Kristina sagen, brachte jedoch kein Wort über die Lippen. Wenigstens schaffte sie es, seinen Arm von ihrer Schulter zu schieben. »Wann gehen wir endlich wieder weg von hier?«, war das Einzige, was Kristina herausbrachte.

*

Herzogtum Kleve, Juni 1625

Die Söldner des Mansfelders versuchten erst gar nicht, den Rhein zu überqueren. Der Halberstädter trieb bei Rees immerhin die Vorhut seiner Kürassiere auf die Brücke. Doch als der Graf Anholt seine Kanoniere mit ihren halben Kartaunen donnern ließ und seine Musketiere aus dreifach gestaffelten Reihen das Feuer eröffneten, war es schnell vorbei mit der Tollkühnheit. Die Braunschweiger Armee zog sich tief ins Herzogtum Kleve zurück.

Weder den Obristleutnant Heinrich Piper noch den Halberstädter selbst bekam Tonda zu Gesicht. Schade. Er hätte den Kampf gern hinter sich gehabt.

Zurück im Heerlager empfing Nikolaus ihn mit Hühnerbraten. Sie aßen schweigend. »Beantworte die Briefe der Hure«, verlangte der Gefährte nach dem Essen.

»Was soll ich denn schreiben?«

»Das fragst du noch?« Nikolaus schenkte Wein nach. »Du

schreibst ihr, dass sie sich bekehren soll. Und dass du sie nie wiedersehen willst.« Tonda starrte auf die abgenagten Hühnerbeine. »Mach schon, ich helf dir.« Tonda leerte seinen Weinbecher und nickte. Nikolaus reichte ihm Papier, Tinte und Feder. Und Tonda schrieb.

7

Südliches Polen, Herbst 1625

Kranichschreie gellten über dem herbstgelben Birkenwald. Auf dem Kutschbock schirmte Carolus die Augen gegen die Sonne ab und blickte in den Himmel. »Seht nur, Hochwürden!«, rief der junge Pater und deutete nach oben. Franz von Trient warf nur einen flüchtigen Blick hinauf zu den südwärts ziehenden Kranichformationen. Vögel eben. Als ob es nichts Wichtigeres gäbe.

»Bete lieber dafür, dass wir schneller vorankommen«, sagte er und fuhr fort, über einer Liste von Personen der schwedischen Regierung und Heeresführung zu brüten. Seit Wochen trug er alles in eine ledergebundene Kladde ein, was ihm über die betreffenden Männer zu Ohren oder unter die Augen kam. Was sollte ihm der flüchtige Reiz eines Kranichzuges oder eines lichtdurchfluteten Herbstwaldes oder eines zufälligen Elches im Gehölz? Sich dafür zu begeistern überließ er seinem Diener. Carolus schien ihm mit der nötigen Unbedarftheit für Zerstreuung dieser Art ausgestattet zu sein. Der Jungpater würde noch viel lernen müssen.

Ein mühsamer Weg zudem von Moldau und Elbe hinauf nach Nordosten bis an den Unterlauf der Weichsel. Seit bald vier Wochen hatten Franz keine Nachrichten mehr erreicht – keine Flugblätter, keine Zeitungen, keine Geheimdepeschen, keine Briefe aus Wien oder Rom. Er wusste nicht, was im Reich geschah. Und er konnte nur hoffen und beten, dass er König Sigismund III. von Polen in Warschau antreffen würde, wenn er in hoffentlich weniger als zwei Wochen dort ankam.

Daran, dass der König ihn empfangen würde, zweifelte er nicht – Briefe aus dem Vatikan und der Wiener Hofburg waren

Franz vorausgeeilt; und König Sigismund war von der Gesellschaft Jesu erzogen worden und galt als guter Katholik. Vor allem aber bekämpften sie den gleichen Feind: Gustav Adolf von Schweden. Überhaupt zweifelte Franz nicht am Erfolg seiner Mission: Der katholische Sigismund war ein Wasa genau wie sein lutherischer Vetter Gustav Adolf, und Feindschaften zwischen Verwandten erwiesen sich nach Franz' Erfahrung als tiefer und dauerhafter als Feindschaften zwischen Königreichen; entsprechend erfolgreicher konnte man sie für die eigenen Ziele nutzen.

Später schrieb Franz Briefe an Tonda und den Abt von Hersfeld. Briefe an Lamormaini und den Probst von Prag diktierte er Carolus. Gleich nach der Ankunft in Warschau würde man die Briefe einem königlichen Reiterboten anvertrauten.

Der Wagen hielt plötzlich. Franz hob den Blick. »Was ist los?«

»Der Rittmeister hat eine Lichtung ausgespäht, die sich gut für das Nachtlager eignet«, erklärte Carolus, ein rotblonder Jüngling von kleinem Wuchs und schmächtiger Gestalt.

»Nachtlager? Jetzt schon?« Franz sah sich um – tatsächlich, die Sonne stand bereits tief. »Na gut.« Er seufzte. »Bereitet alles für das Abendgebet vor.«

Unwetter hatten Franz viel zu lange in Böhmen aufgehalten. Dazu diplomatische Verwicklungen in Prag selbst. Den erzwungenen Aufenthalt dort hatte er genutzt, um das ehemalige Gestüt des böhmischen Rebellen von Waldau zu besuchen. Pferde wurden dort nicht mehr gezüchtet. Die Prager Jesuiten unterhielten dort jetzt eine Außenstelle, betrieben Ackerbau und eine Lateinschule. Angehörige der Familie von Waldau hatte Franz nicht getroffen.

Einer von Tondas Zwillingsbrüdern war an der Pest gestorben, hatte man ihm erzählt; der zweite studierte in Ingolstadt im Kollegium der Gesellschaft Jesu. Seine Mutter lag seit einem halben Jahr unter der Erde; Franz hatte lieber nicht nach der Todesursache gefragt. Von Tondas Bruder Jan fehlte jede Spur. Über seine

Schwester Milana waren Franz Gerüchte zu Ohren gekommen, die er seitdem zu vergessen suchte.

Der Feldwebel der Dragoner brüllte Befehle. Er und seine Corporale lotsten die vielen Wagen des Trosses auf eine Lichtung zwischen einem Bachlauf und einem Tümpel. Dort formierten sie sich zu einem Kreis. Andere Reiter stiegen ab und schwärmten in den Wald aus, um Feuerholz zu sammeln. Franz winkte hinüber zum Bücherwagen und bedeutete einem der Patres auf dem Kutschbock, die Glocke für das Angelusgebet zu läuten.

Er und sein wortkarger Diener Carolus reisten inzwischen mit drei Wagen, acht Pferden und zwölf Dragonern in einem Tross aus insgesamt elf Wagen und knapp siebzig Reitern.

In Prag hatten der Probst und der Rektor des Clementinums einen Wagen mit Büchern, Papier und Tinte beladen lassen. Ein Pater Professor und drei Studenten sollten die Ladung über die Weichsel und ins Jesuitenkollegium von Lublin bringen. Den zweiten Wagen hatten die Prager Patres mit Altarschmuck, Kerzen, Weihrauch, einer Madonnenstatue und einem Kruzifix gefüllt. Diese Ladung war für die neue Jesuitenkirche in Warschau bestimmt; gleich im nächsten Jahr sollte die eingeweiht werden.

Außerdem hatten sich ihm in Prag einige Franziskaner und zwei Diplomaten angeschlossen, die nach Moskau wollten. Unterwegs waren noch etliche Kaufleute dazugestoßen und etwa dreißig böhmische Reiter, die unter König Sigismund gegen die Schweden kämpfen wollten.

Einer der Studentenpatres schwang eine Handglocke aus Messing, ihr heller Klang schallte durch den Herbstwald. Nach und nach sammelten sich fast alle Reisenden vor den Wagen der Jesuiten. Franz stimmte das *Ave Maria* an.

Nach dem Essen, in der Abenddämmerung, gingen Franz, Carolus, der Pater Professor und seine Studenten ein Stück abseits des Lagers am Rande eines lichten Birkenwaldes spazieren. Schmale Flussarme durchzogen das feuchte Waldgebiet – Ausläfer eines Sumpfes. An einem Tümpel hatten einige Dragoner ihre Angeln ausgeworfen. Ein Pferdejunge watete mit einem Netz bewaffnet im Uferwasser. Im Wald selbst bückten böhmische Reiter sich nach Pfifferlingen und Birkenröhrlingen, und den Jubelrufen hörte man die große Menge der Pilze an, die sie fanden. Franz entschuldigte sich bei den Patres und hinkte ein Stück in den Wald hinein. Zwischen Birkenbüschen und Farn entleerte er sich.

Der geöffnete Brief, den Alban im Beichtstuhl zurückgelassen hatte, ging ihm wieder durch den Kopf. In ihm berichtete Tonda von beginnendem Fieber und Durchfall und von einem Einäugigen, den er in Hersfeld kennengelernt hatte. Der habe gute Verbindungen zum Halberstädter, und durch dessen Vermittlung und Hilfe hoffe er, dem Herzog und seinem Obristleutnant Piper die Strafe zukommen lassen, die sie verdienten.

Ob Tonda die Ketzergeneräle schon aus der Welt befördert hatte? »Gott gebe, dass du die Angriffe überlebst«, murmelte Franz. Er brannte darauf, endlich nach Warschau zu kommen und die neuesten Nachrichten zu erhalten. Angst und Sorge um seinen geliebten Ziehsohn trieben ihn beinahe Tag und Nacht um. Er sandte ein Stoßgebet zum Himmel und ordnete sein Gewand.

Geschrei ließ ihn aufhorchen – es klang so gar nicht nach Freude über einen großen Steinpilz oder einen fetten Fischfang. Franz spähte zu den Anglern – einige fuchtelten mit den Armen, einer deutete zum Waldrand, zwei zogen ihre Klingen blank. Im Wald, hinter Franz, rannten die Pilzsucher schreiend zum Lager. Zweihundert Schritte entfernt schlichen von dort zwei Dragoner mit ihren Musketen heran. Ein Überfall?

Franz hinkte durch den Birkenwald Richtung Tümpel. Auf der Wiese dort sah er seine Ordensbrüder vorbeihasten. Auch sie schienen Grund zu haben, Richtung Tross zu flüchten. Am Waldrand dann, etwa hundert Schritte entfernt von Tümpel und Anglern, stand Franz still und wie angewurzelt.

Ein Stier ragte aus der Wiese, vielleicht achtzig Schritt entfernt von ihm und dreißig von den Dragonern am Wasser. Tiefschwarz mit weiß umrandeter Schnauze und mannshoch am Schulterbuckel, verharrte er reglos und äugte zu Franz herüber. Helle Längsstreifen zogen sich entlang der Wirbelsäule bis zum Schwanzansatz, sein wuchtiger Schädel war lang und trug ein mächtiges und bedrohlich nach vorn gebogenes Gehörn. Er ähnelte keiner Rinderrasse, die Franz kannte. Ein wilder Stier?

»Ein Ur!«, rief jemand auf Böhmisch, und eine deutsche Stimme schrie: »Ein Auerochse!« Im Hintergrund seiner Gedanken gab Franz beiden Stimmen recht – tatsächlich hatte er von letzten Tieren dieser vielerorts seit langem ausgestorbenen Wildrindrasse gehört –, doch diese Einsicht drang kaum in die Mitte seines Bewusstseins; dort nämlich stand die Angst auf und gebot ihm: Laufe, so schnell du kannst.

»Unser Abendessen!«, rief die deutsche Stimme. »Er muss dran glauben! Packt ihn euch!« In geduckter Haltung schlichen drei Dragoner mit gezogenen Degen und Panzerstecher vom Tümpel her an das Tier heran. Die Schützen links hatten ihre Stützgabeln längst in den feuchten Grasboden gerammt und legten eben die Musketen darauf. Franz konnte den Rauch von ihren Lunten aufsteigen sehen. Vom Lager her marschierten ein Leutnant und ein Feldwebel mit gesenkten Piken heran.

Der Auerochsenbulle äugte unverwandt zu dem einsamen Pater am Waldrand herüber. Seit Franz als Obristleutnant des Königs von Spanien schwerverletzt aufs Sterbelager gesunken und als frommer Mann und künftiger Mönch wieder auferstanden war, wollte ihm eines nicht mehr gelingen: schnell zu laufen. Ohne das Tier aus den Augen zu lassen, schob er sich seitlich am Waldrand entlang Richtung Lager. Der Auerochsenbulle kümmerte sich nicht um die bewaffneten Männer, die ihn lautlos einkreisten und sein Ende beschlossen hatten. Er äugte zu Franz herüber – und nur zu Franz. »Schießt doch endlich«, murmelte der und hinkte Schritt für Schritt zur Seite.

Dann krachten nacheinander zwei Schüsse, Kugeln heulten über die Wiese, der Urstier zuckte zusammen, und hinter ihm riss ein Dragoner schreiend die Arme hoch und sank ins Gras. Der schwarze Gigant aber senkte den Schädel und trottete den Musketieren entgegen. Die füllten bereits Pulver für den nächsten Schuss nach. Der Wildstier blieb stehen, wandte den gehörten Schädel und äugte schon wieder zu Franz herüber.

»So viele gefährliche Männer, und nur auf mich hast du's abgesehen?«, murmelte Franz. Sein Atem verwandelte sich in Eishauch. Als hätte er verstanden, warf der schwarze Bulle seinen massigen Körper herum und trabte auf ihn zu. »Du bist kein Stier!«, rief Franz von Trient. »Du bist der Schwarze Kasper leibhaftig!« Er bekreuzigte sich.

Das reizte den Ur offenbar erst recht, denn er senkte nun den Schädel und trabte nicht mehr, sondern galoppierte. Kaum zwanzig Schritte trennten ihn noch vom Waldrand, und die Erde bebte unter dem Schlag seiner Hufe. Franz versuchte, was er doch nicht mehr konnte: zu rennen. Prompt verfing er sich in Brombeergestrüpp, stolperte, taumelte gegen eine alte Birke. Der schwarze Stier aber stürmte heran.

*

Leineufer zwischen Alfeld und Hannover, Herbst 1625

Tonda zog Meister Hein Klapperbein und den Erzengel von den Händen, genug für heute. Die wenigen Zuschauer zerstreuten sich zwischen den Zelten und Hütten. Die Blonde, die er im ersten Moment für Kristina gehalten hatte, war schon während der Komödie gegangen. Als sie kurz nach Beginn plötzlich aufgetaucht war, hatte er vor Schreck den Faden verloren und zwei Sätze lang dem Erzengel die Stimme des Schwarzen Kaspers gegeben. Doch er hatte sich schnell wieder gefangen.

Erst hatte es geholfen, der schwedischen Eva den harten Brief zu schreiben. Sie möge sich an einen Priester wenden, wenn sie Buße tun und katholisch werden wolle. Ihn könne sie gewiss nie mehr wiedersehen, denn er sei durch Gelübde gebunden. So hatte Nikolaus es diktiert, und so hatte Tonda es geschrieben. Ein scharfer Schnitt, ein kurzer Schmerz, und dann war Ruhe eingekehrt in Herz und Gewissen. Eine Zeitlang wenigstens.

Die Sorge ums tägliche Brot, die Puppenspiele, das Warten auf Zeit und Stunde, um den Halberstädter und seinen Offizier Pape zu treffen, taten den Rest. Dazu die Angst vor dieser Stunde. All das ließ das Bild der Schwedin ein wenig verblassen, und Tonda dachte wieder mit besserem Gewissen an Vater Franz.

Nach ein paar Wochen glaubte er plötzlich, sie im Heerlager zu sehen. Gleich mehrmals, und einmal war er sich so sicher, dass er sie ansprach. Was für eine Enttäuschung, als eine fremde Soldatenfrau sich umdrehte! Bald spielte er wieder ihre Melodie auf seiner Nai, das Lied vom Horn der Glückseligkeit; meistens leise und wehmütig, manchmal jedoch so laut und hingebungsvoll, dass der Bamberger ihn misstrauisch beobachtete.

Dann fing es an, dass die Mätresse des Capitaines ihn in seinen Träumen besuchte. Er fastete, betete, beichtete – nicht bei Nikolaus! –, es half alles nichts. Im Gegenteil: Je mehr er sich gegen die Gedanken an die schwedische Eva wehrte, desto schöner und lebensechter stand ihm ihr Bild vor Augen.

Nikolaus baute das Himmelreich ab, Tonda trug die Puppen ins Zelt. Kaum Zuschauer hatten sie an diesem Nachmittag gehabt. Das lag wohl an der Siegesstimmung, die von den Regimentern auf den Tross übergriff. Eine Kompanie Arkebusiere war nämlich aus Hannover zurückgekehrt, und seitdem ging es wie ein Lauffeuer durchs Lager: Tillys Heer hatte mehrere Dänenregimenter in die Flucht gejagt und an die fünfhundert Mann erschlagen.

Die Landsknechte hatten Besseres zu tun als fromme Puppenkomödien anzuschauen, sie hatten einen Sieg zu feiern.

»Das muss man verstehen!«, rief Nikolaus draußen auf dem Wagen. »Erst vereinigen sich die Truppen der Söldnergeneräle mit den Dänen, dann muss man hören, wie die Niedersachsen dem Tollen Halberstädter überall die Werbeplätze stürmen, und als ob das nicht schon des Guten zu viel wäre, erzählt man sich auch noch ein Wunder Gottes, das dem Dänenkönig das Leben gerettet habe. Wer hätte denn da an einen Sieg über seine starken Regimenter geglaubt? Lass die Leute feiern, Tonda, sie haben's verdient.«

Tonda nickte stumm. Jedes Wort stimmte ja – Tilly hatte vergeblich versucht, Christian von Braunschweig und dem Grafen von Mansfeld den Weg zum dänischen Heer abzuschneiden; der Dänenkönig hatte einen Sturz von einer acht Meter hohen Brücke beinahe unverletzt überlebt; und dem Halberstädter liefen die Männer für sein neues Heer in Scharen zu. Der vor allem bei den Braunschweigern überaus beliebte Herzog konnte sie gar nicht alle mit Waffen ausrüsten und hatte Keulen verteilen lassen, die mit Nägeln gespickt waren.

»Ich bin bei den Pferden!«, rief Nikolaus draußen. Tonda hörte ihn vom Wagen springen und seine Schritte sich entfernen. Er öffnete seine Katzenfelltasche, um die Puppen zu verstauen. Sein Blick fiel auf das Stundenbuch. Er holte die drei Briefe der schwedischen Eva heraus; der dritte hatte ihn Ende Juli erreicht. Einen Augenblick lauschte er nach dem Bamberger, und als er ihn bei den Pferden hantieren und lachen hörte, entfaltete er ihren letzten Brief. Der sah schon genauso zerlesen aus wie die ersten beiden.

Sie denke oft an ihn, schrieb sie, leider sei noch kein Brief von ihm bei ihr angekommen. Sie würde hoffentlich bald zurückkehren nach Norddeutschland, dann aber mit dem Heer Wallensteins, und er finde sie im Lager des Regimentskommandeurs Leopold von Heiligenstadt.

Schritte und Hufschlag näherten sich draußen, Tonda stopfte die Briefe in die Tasche, warf Teufel, Tod und Erzengel darüber, lauschte. »Wo finde ich den Spielmann Antonín von Waldau?«, fragte jemand. Ob er denn Post für ihn habe, hörte Tonda den Pater Bamberger fragen, und er solle sie ruhig ihm geben.

»Hier bin ich!« Mit einem Satz war Tonda beim Zelteingang und riss die Plane zur Seite. »Hier!« Ein Mann in Reiterstiefeln, Reitermantel und mit Sturmhaube äugte auf ihn herunter; in der Rechten hielt er zwei Briefe, in der Linken den Zügel seines Pferdes. Nikolaus lief schon herbei. »Antonín von Waldau, der Spielmann.« Tonda streckte den Arm aus. »Ich bin's.«

»Das schickt dir die Abtei Hersfeld.« Der Bote reichte ihm die Briefe, Tonda kramte einen Heller aus der Tasche und warf ihn dem Mann zu. Dann zurück zur Katzenfelltasche und dabei ein prüfender Blick auf Siegel und Adressen. Draußen scherzte Nikolaus mit dem Reiterboten. Ein Brief vom Abt und der zweite von …

Siedend heiß durchfuhr es Tonda. Er riss die Tasche auf, stopfte den zweiten Brief hinein. Dann bückte auch schon Nikolaus sich ins Zelt. »Wer schreibt?« Sein Blick hatte etwas Prüfendes seit dem Sommer, etwas Lauerndes geradezu.

»Nachricht vom Abt.« Tonda brach das Siegel.

»Nur ein Brief?« Der Bamberger runzelte die Stirn. »Hielt er nicht zwei in der Hand?«

»Nein, nur einen.« Tonda sah nicht auf, tat, als strenge es ihn an, die Schrift des Abtes zu entziffern. Neue Nachrichten von Leutnant Jokrim. Der Einäugige schickte natürlich keine Briefe in Tillys Quartiere; dann wäre bald herausgekommen, wem er wirklich diente. Er nutzte andere, geheime Wege, um dem Abt – und damit dem General Tilly – zu verraten, was sich bei den protestantischen Armeen tat.

»Der Halberstädter hat sich endgültig von seiner englischen Prinzessin und ihrem Winterkönig verabschiedet und ist aus dem Haag zurückgekehrt.« Tonda reichte den Brief zu Nikolaus hinauf. »Er hält sich jetzt in der Nähe auf, nur drei Tagesreisen von hier.«

Nikolaus las den Brief. »In Nienburg an der Weser, im Hauptquartier seines Onkels.«

Er sprach vom Dänenkönig, der ebenfalls Christian hieß. Der Halberstädter, dem früh der Vater gestorben war, hatte seine Jugend beim Bruder seiner Mutter am dänischen Königshof verbracht.

»Das verblendete Volk strömt noch immer zu seinen Fahnen. Und wie viele Pferde und Reiter er schon wieder beisammenhat!« Nikolaus schüttelte den Kopf und schnitt eine unwillige Miene. »Sämtliche Namen seiner Befehlshaber listet der Leutnant hier auf – Nelles, Freitag, de Gourze und den Totschläger Heinrich Piper, den sie Pape nennen.« Über den Briefrand hinweg spähte er zu Tonda hinunter.

»Sind sie nicht alle Totschläger?« Tonda verschloss seine Tasche.

»Wir sollen uns den Reiterregimentern anschließen, die Tilly übermorgen zur Weser hinaufschicken wird, schreibt er«, sagte Nikolaus und faltete den Brief zusammen. »Gute Arbeit. Möge Gott sie dem tapferen Leutnant vergelten.«

Zwei Tage später ging es die Leine hinauf. Nikolaus lenkte das Gespann, Tonda hockte ganz hinten unter der Plane des schaukelnden Wagens. Murmelnd ließ er die Puppen sprechen.

»Sie sind Ketzer und Totschläger«, sagte Meister Hein Klapperbein mit dumpfer Stimme. »Christian von Braunschweig um nichts weniger als sein Obristleutnant Pape. Sie haben den Tod verdient.«

»Sind wir nicht alle Totschläger?«, höhnte der Teufel. »Und bist du es nicht in ganz besonderem Maße, Meister Hein Klapperbein?«

»Was redest du da, Satan! Das ist mein Beruf!«

»Hört, hört – sein ›Beruf‹!« Der Gehörnte lachte heiser. »Und der Beruf des Spielmanns ist es auch, ja? Totschlagen also, aha. Und ist das auch der Beruf eines Paters der Gesellschaft Jesu, ja?«

»Wie solltest du wissen können, was der Ehre Gottes und dem

Heil der Kirche dient?« Meister Hein Klapperbein grunzte verächtlich. »Aber was der Halberstädter alles verbrochen hat, das solltest du wenigstens wissen! Hast ihn schließlich dazu verführt.«

»Man hört so viel, wenn der Tag lang ist«, sagte der Schwarze Kasper. »Vielleicht ist ja alles gelogen? Vielleicht ist der Halberstädter einfach nur ein vaterloser Geselle, einsam und ohne Zuhause.« Er wandte den gehörten Schädel und sah Tonda ins Gesicht. »So, wie der Spielmann und heimliche Jesuit Antonín von Waldau. Den kennt Ihr doch, Ihr Herren, oder etwa nicht?«

»Ketzer, Priesterhasser und Totschläger sind sie, alle beide!« Meister Hein Klapperbein ereiferte sich. »Sie haben gelästert, gemordet, geschändet und ganze Dörfer verbrannt. Sie gehören mir.«

»Und wenn's gelogen ist?«

»Wer sollte denn solche Lügen in die Welt setzen?«, rief Meister Hein Klapperbein, und seine Stimme klang gar nicht mehr dumpf und hohl, sondern klang wie Tondas Stimme. »Die Unsrigen etwa?«

»Wer setzt Lügen in die Welt?« Vom Kutschbock aus schob Nikolaus die Plane beiseite und äugte zu ihm auf die Ladefläche. »Was redest du denn da?«

»Gar nichts rede ich.« Tonda fühlte sich ertappt, ließ die Puppen sinken. »Keiner setzt Lügen in die Welt. Ich spiele nur.«

*

In den Wäldern südwestlich von Warschau, Herbst 1625

Der Gestank des schwarzen Kolosses erreichte ihn. Franz von Trient sah das Weiße seiner riesigen Augäpfel, sah die Spitzen des Gehörns, sah den Schleim von seinen Lefzen triefen – und schloss mit dem Leben ab. Die Erde bebte, Grasboden spritzte von den Hufen des heranrasenden Stieres auf. Keine zehn Schritte trennten ihn mehr von Franz. Der rutschte am Birkenstamm nach unten und hielt die Arme vor Kopf und Gesicht.

Hinter ihm schrie plötzlich jemand, dann stach eine Partisane von links in sein Blickfeld, wurde länger und länger, bis der, der sie führte, schreiend an seiner Birke vorbeisprang: eine schmale, kleine Gestalt, rotblond – Carolus. Schreiend und mit der sechs Fuß langen Stichwaffe rannte er dem Ur entgegen. Die Partisanenspitze schrammte das Halsfell, rutschte an der Schulter des Stieres ab, blieb in seiner Flanke stecken.

Der schwarze Koloss schnaubte und blökte, stand still, warf Kopf und Schulter hin und her, sodass Carolus die Partisane entglitt, er ins Unterholz geschleudert wurde und gegen einen Baum prallte. Der Stier aber schüttelte sich, wich zurück, versuchte die Partisane abzustreifen. Franz richtete sich auf, hinkte zur Seite. Wieder krachten Schüsse. Der Auerochse warf sich herum und galoppierte zwanzig Schritte von Franz entfernt in den Wald hinein.

Die stehen gebliebene Zeit begann wieder zu verstreichen. Vogelzwitschern drang an sein Ohr, Männergebrüll, Hufschlag und das Stöhnen seines Dieners. Jetzt erst spürte Franz, dass ihm das Herz im Brustkorb herumgaloppierte – wie ein in die Enge getriebenes Wildschwein, das nach einem Ausweg sucht. Dragoner ritten am Waldrand vorbei, preschten in die gleiche Richtung davon, in die auch der verwundete Stier galoppiert war.

Franz zog sich an einer jungen Birke herauf. Nur wenige Schritte entfernt stöhnte Carolus im Unterholz. Franz hinkte zu ihm, der Boden unter ihm gab nach wie Morast, alles drehte sich. Vor seinem jungen Diener ging er in die Hocke. Carolus zitterte. Seine Hände bluteten. Aus Schürfwunden im Gesicht und im Scheitel sickerte ebenfalls Blut. Franz griff nach seiner Rechten. »Danke«, flüsterte er. »Danke.« Er half dem jungen Pater auf die Beine, doch Carolus konnte nicht laufen. Sein Fußgelenk war verrenkt oder gebrochen. »Hierher!« Franz winkte den Männern, die sich jetzt in kleinen Gruppen aus dem Lager auf die Wiese wagten. »Hierher. Pater Carolus braucht Hilfe!«

Nach Anbruch der Dunkelheit schleiften zwölf Reiter den erlegten Auerochsen aus dem Wald. Der Blutverlust hatte ihn geschwächt, sodass es letztlich ein Leichtes gewesen war, ihn zu erlegen. Die Böhmen schlachteten ihn mitten auf der Wiese. Ein großes Feuer wurde entfacht, der Stier auf einem Spieß in zwei Holzböcke gehängt.

Carolus feierten sie als Held. Er bekam das Fell und den größten Anteil des Bratens. Ein Dragoner, dem eine schlecht gezielte Musketenkugel das rechte Ohr zerfetzt hatte, erhielt die Zunge und ein großes Stück Lende als Entschädigung.

Franz rührte das Fleisch des Stieres nicht an. Er blieb überzeugt davon, dass kein Tier, sondern der Schwarze Kasper selbst ihn hatte töten wollen. Dass er noch lebte, erschien ihm gewiss auch als Gnadenerweis Gottes, weit mehr noch jedoch als die Bestätigung Gottes seiner Mission. Er ließ sich den Schädel des Stieres auskochen und band ihn auf einem Sattel fest, den er dem rechten vorderen Pferd seines Vierergespannes auflegte. So fuhr er wenige Tage später nach Warschau hinein. Von Weitem hätte der Stierschädel wie ein Teufelskopf ausgesehen, wenn Franz nicht ein großes Kreuz zwischen den Hörnern befestigt hätte.

König Sigismund empfing ihn gleich am nächsten Tag. Er behandelte Franz wie einen väterlichen Verwandten – wies ihm in seiner Residenz zwei große Zimmer zu, ließ ein Festmahl für ihn und seine jesuitischen Begleiter ausrichten, empfing ihn zu Gesprächen unter vier Augen. Franz' Mission stand von Anfang an unter einem guten Stern.

Und Post wartete auf ihn in Warschau. Geheimdepeschen aus Schweden, München, Magdeburg, Alfeld und Stralsund, Briefe aus allen Teilen des Reiches. Die beste Nachricht schrieb ihm Wilhelm Lamormaini: Endlich hatte der Kaiser Wallensteins Angebot angenommen und den Herzog von Friedland zum Oberbefehlshaber seiner Truppen ernannt. Der neue kaiserliche General führte bereits vierundzwanzigtausend Mann durch Franken und den Harz zur Elbe hinauf. Franz fiel auf die Knie und dankte Gott.

Auch einen Brief aus Norddeutschland fand er in der Post. Und wieder fuhr ihm die Enttäuschung wie ein Stich ins Herz: Nicht von Tonda nämlich stammte der Brief, sondern von Nikolaus.

Franz musste die Zeilen dreimal lesen, bis er glauben konnte, dass in ihnen von seinem geliebten Tonda die Rede war. Um den Pater von Waldau stehe es ähnlich jämmerlich wie um das Heer des Generals Tilly, schrieb der Bamberger. Allerdings sei Letzteres nur von Hunger, Seuchen und einem dreifach überlegenen dänischen Kriegsgegner bedroht. Antonín von Waldau hingegen schwebe in Gefahr durch den Schwarzen Kasper selbst. Der Satan habe es mächtig auf ihn abgesehen. In Gestalt einer Hure versuche er, den treuen Soldaten Christi zu Fall zu bringen. Er selbst, Nikolaus, tue, was er könne, um seinen Sturz zu verhindern.

Als er das las, schrie Franz wie von einer Partisane aufgespießt. Er tobte, betete, weinte und tobte wieder. Und in der folgenden Nacht tat er kein Auge zu.

Am nächsten Tag schrieb er Tonda einen Brief. *Ich bin in Warschau*, schrieb er. *Ich bitte dich von Herzen: Geh nach Lübeck, steig in ein Schiff und komme über Ostsee und Weichsel zu mir. So schnell du kannst. Dein zutiefst besorgter und dich liebender Vater im Glauben Franz von Trient, S. J.*

8

Alfeld an der Leine, Herbst 1625

Von Lindholz und ein Pferdejunge ritten mit ihr in die Stadt hinein und begleiteten sie dort auf den Marktplatz. Sie schlenderten an den Wagen und Ständen vorbei, sahen sich um, prüften Preise und Waren – Kristina brauchte Nähgarn, Tinte und Stoff für ein neues Beinkleid zum Reiten. Und sie hielt Ausschau nach Äpfeln.

Die Händler und Bauern vermieden es, ihnen in die Augen zu sehen, und taten sie es doch, wurde Kristina ganz beklommen zumute wegen ihrer feindseligen Blicke. »Es sind Lutherische«, raunte von Lindholz ihr zu. Seit der Capitaine als Obristleutnant zwei Arkebusierregimenter kommandierte, hatte er seinen blonden Trabanten zum Rittmeister gemacht. »Die Leute hatten viel zu leiden unter den Truppen des Katholiken Tilly. Und wir sind in ihren Augen noch gefährlicher, denn uns schickte der katholische Kaiser.«

»Ich bin auch eine Lutherische«, sagte Kristina so laut, dass die Bauersleute ringsum sie verstehen konnten. »Mich muss keiner als Feindin behandeln.«

»Auch ich bin lutherisch getauft«, sagte von Lindholz, allerdings leise. »Und lass mir dennoch meinen Sold von einem katholischen General des katholischen Kaisers bezahlen.«

Vor sieben Tagen erst hatte Leopold von Heiligenstadt auf einem Gutshof außerhalb von Alfeld Quartier genommen. Sein neuer General, der Böhme Albrecht von Wallenstein, verhandelte eine Wegstunde weiter nördlich mit seinem alten General, dem Grafen von Tilly. Der Capitaine – noch immer wollte er so genannt werden – gehörte zu Wallensteins Gefolge. Wien hatten sie Ende August verlassen. Die Stadt war für Kristina nur noch eine verblassende Erinnerung; der Gedanke daran etwa so angenehm wie der Gedanke an endlich abgeklungene Bauchschmerzen mit Brechreiz.

Auf einem Ochsenkarren betrachteten sie drei Kisten Rüben und einige halb volle Obstkörbe. Kristina betastete einen Apfel und roch an ihm. »Warum gibt es so wenig Obst und Gemüse hier? Und warum ist alles so teuer?« Niemand antwortete ihr gleich, jedenfalls nicht mit Worten. Doch in die feindseligen Züge des Bauern, der ihr die Äpfel abwog, mischte sich etwas Bitteres und zugleich Verächtliches.

Das erschreckte sie und sie zählte vor lauter Verwirrung ein paar Münzen zu viel in die schwielige Hand des Bauern; der Rittmeister zog sie weg von dem Stand. Es gefiel Kristina nicht, dass er sie manchmal berührte. »Ihr stellt Fragen, die den Leuten die Galle überlaufen lassen«, raunte er ihr zu. »Was glaubt Ihr wohl, wer ihnen die Ernte wegfrisst? Hamster und Ratten gewiss nicht. Dafür müssen die Niedersachsen jetzt vier Heere durchfüttern.«

Sie machte sich von ihm los. Wahrhaftig: Er hatte recht, und die Einsicht trieb ihr die Schamesröte ins Gesicht. Neben Tillys Katholischer Liga, dem dänischen Heer und den Kriegsvölkern des Mansfelders und des Herzogs von Braunschweig, machten nun auch Wallensteins Soldaten den Menschen an Leine und Weser das Leben schwer. Wie Heuschreckenschwärme waren die neu geworbenen Regimenter in den letzten Wochen hier eingefallen, fünfzigtausend Mann insgesamt. Wie selbstverständlich und notfalls mit Gewalt bedienten sie sich auf jedem Feld, in jedem Stall.

»Dort vor der Kirche verkauft jemand Stoffe.« Von Lindholz macht Kristina auf einen Wagen aufmerksam, vor dem Tische mit Stoffballen aufgestellt waren. »Vielleicht gibt's dort auch Garn.« Widerwillig folgte sie ihm. Der Pferdejunge trottete neben ihr her und schielte nach den Mädchen.

Leo vertraute dem blonden Rittmeister blind, seit der ihm bei Stadtlohn das Leben gerettet hatte. Er hieß Moritz mit Vornamen, war noch keine dreißig Jahre alt und stammte aus Frankfurt. Noch in Wien hatte der Capitaine ihn gebeten, trotz seiner Beförderung weiterhin seine kleine Leibgarde zu befehligen. Keinen Augenblick hatte von Lindholz mit seinem Ja gezögert. Ihretwegen, glaubte Kristina; er wollte in ihrer Nähe bleiben; so oft wie möglich wollte er sie sehen. Sie nahm es hin, wie man schlechtes Wetter hinnimmt. Wenigstens benahm er sich manierlich.

Von Getrommel unterlegte Flöten- und Lautenklänge erregten Kristinas Aufmerksamkeit, noch bevor sie am Stand des Tuchhändlers ankamen. Sie blieb stehen, spähte zwischen Wagen und Unterständen hindurch zu einer Menschentraube und über deren Köpfe hinweg zu den Musikern. Ein Mann in bunten Strümpfen und in roten Pluderhosen schlug die Laute. Er trug ein kurzes, buntes Wams, einen schwarzen Hut mit langen roten Federn, und seine Pluderhose war mit goldenen Bändern auf altmodische Weise über dem Knie gebunden. Auf dem Heck eines Eselkarrens tänzelnd und spielend, überragte er die Menge seiner Zuhörer um gut drei Schuh. Neben ihm blies ein kleiner Knabe auf einer Flöte, und ein größerer, hinter ihm, schlug die Trommel.

Sofort stand Kristina das Bild des Spielmanns vor Augen. Wie Feuer flammte die Erinnerung in ihrem Herzen auf. Das tat weh. »Tonda«, murmelte sie. Nichts hatte er von sich hören lassen, gar nichts, keinen einzigen ihrer Briefe beantwortet.

Auf dem Eselskarren legten die Knaben nun Flöte und Trommel beiseite, nahmen Papierrollen auf und entrollten sie langsam rechts und links des Lautenspielers. »Ein Zeitungssänger«, sagte der Rittmeister. »Vielleicht hat er Neuigkeiten zu singen. Wollen wir zuhören?«

Sie nickte, und beide gingen zu der Menge vor dem Karren mit den Spielleuten. Der Pferdejunge stolperte hinter ihnen her und grinste irgendwelchen Bauernmädchen zu. Eines streckte ihm die Zunge heraus.

Der Lautenspieler behauptete singend, er habe den langen Weg von Stralsund an die Leine auf sich genommen, nur um den guten Christenmenschen hier die neuesten Nachrichten aus fernen Ländern zu bringen. Er erzählte singend von der Eroberung Bredas durch die Spanier, von einem Mann aus Florenz, der sich die Planeten und Kometen als um die Sonne kreisend dachte und im vergangenen Jahr sechs Mal beim Papst Urban hatte vorsprechen müssen. Wenn der Sänger nicht weiter wusste, las er von den Papierrollen der beiden Knaben ab. Er sang von polnischen Mädchen, von der Ostsee, von den fernen Nordküsten und Schiffen, die dort hin und her übers Meer segelten. Kristina wurde ganz wehmütig zumute.

Auf einmal riss der Sänger Mund und Augen auf, als hätte er Schreckliches zu vermelden, er drosch auch ein paar entsprechende Akkorde auf seiner Laute. Dann trat er dicht an den Rand seiner Wagenbühne, beugte sich seinen Zuhörern entgegen und sang:

»Ein Feuer, Leut' – habt ihr's gehört? –
hat des Septembers ersten Tag
der Wasa Residenz zerstört!
Komm, hör mir zu, wer's wissen mag …«

Der Wasa Residenz? Kristina horchte auf. Der schwedische König Gustav Adolf II. war ein Wasa. Seit Generationen stellte das Adelshaus der Wasa die Regenten des Königreichs Schweden. Und seit bald vierzig Jahren auch die des Königreichs Polen. Was für ein Feuer sollte ihre Residenz zerstört haben? Hatte es denn gebrannt in Warschau?

»… das Brauhaus fraßen gleich die Flammen,
wohl lief die halbe Stadt zusammen
zum Löschen, auch die Feuerwehr,
doch starker Wind blies allzu sehr …«

Kristina wurde es heiß und kalt. Von welchem Feuer erzählte

der Märchensänger da? Sie neigte den Kopf nach vorn und wagte kaum zu atmen, um ja kein Wort zu überhören.

»… und Stockholms alte Stadt verbrannte,
die Glut fraß Bett, Tisch, Haus und Teer,
der Himmel drüber ward vom Rauch
pechschwarz, die Trümmer menschenleer,
und wer nicht um sein Leben rannte,
kam um im heißen Todeshauch …«

Kristina merkte kaum, wie sie sich in die Menge hineindrängte, hörte nicht die Flüche der Männer und Frauen rechts und links, spürte nicht, wie der Rittmeister nach ihrem Oberarm griff und sie festzuhalten suchte.

»… die Asche blies der Wind aufs Meer,
wo Leute um ihr Leben schwammen.
›Wer war's?!‹, tönt's nun in Schweden. ›Wer?
Wer trägt die Schuld am Heer der Flammen?
Wen muss man für die Tat verdammen …?‹«

Am Karren angekommen, starrte Kristina dem Zeitungssänger ins Gesicht. Von hunderten Toten wusste der zu singen, von qualmenden Ruinen, von lähmendem Entsetzen, das ganz Stockholm beherrschte; von zwei Braumägden auch, die das Feuer verursacht haben sollten und nun in Ketten lagen, von der Stockholmer Feuerwehr, die zu langsam gewesen sei, vom Brandwächter auf dem Turm der Altstadt schließlich, der den Brand zu spät gemeldet habe.

Sie hörte das alles und sah zugleich vor ihrem inneren Auge ihr Elternhaus in Flammen stehen. Gehörte etwa der Vater zu den Verbrannten? Hatte etwa die Mutter, die nicht schwimmen konnte, ihr Heil durch einen Sprung ins Meer gesucht? Und Erik – geliebter kleiner Bruder! –, war er etwa bei Löscharbeiten von glühenden Trümmern erschlagen worden?

Die Sorge um ihre Familie brachte sie schier um den Verstand. Noch während die Knaben mit Hüten und Tellern durch die

Menge gingen, um Münzen einzusammeln, bedrängte sie den Lautenspieler mit tausend Fragen. Doch er wusste nicht mehr, als seine Verse bereits gemeldet hatten. Er kramte auch eine Zeitung mit einer Schilderung des Brandes heraus; zwei Blätter, die man ihm überlassen hatte und die selbst nur Abschrift eines handgeschriebenen Berichts waren. Kristina kaufte sie ihm für zwanzig Kreuzer ab. Beinahe ein halber Gulden war das, und von Lindholz rümpfte mächtig die Nase über das Geschäft.

Verzweiflung packte Kristina. Unter Tränen erzählte sie am Abend ihrem Capitaine, was sie gehört hatte. Sie müsse nach Hause, sofort, und er solle dem Wallenstein ein Gesuch überreichen, damit ihr gleich morgen eine Eskorte nach Wismar, Lübeck oder Stralsund gestellt werde. Das müsse doch möglich sein, jetzt, wo er selbst beinahe schon ein General war.

Davon sei er noch ein ganzes Stück entfernt, erklärte Leopold von Heiligenstadt, vor allem aber wimmle es überall in Norddeutschland von Dänen, Freibeutern und Bauern, die nur darauf warteten, eine kaiserliche Eskorte mit einer Offiziersfrau in die blutrünstigen Klauen zu bekommen. Er versprach ihr alles Mögliche – dass er sie heiraten wolle, dass er eine Depesche nach Wien schicken und dem General bei Gelegenheit ihr Anliegen vortragen wolle, dass man schon bald in Dessau oder Magdeburg Quartier nehmen werde, von wo es nur noch ein Katzensprung zur Ostsee sei, dass er sie ganz gewiss an die Küste bringen wolle, vielleicht schon im nächsten Jahr, und dort auf ein Schiff nach Schweden, und dass er sie ganz gewiss ehelichen wolle. »Ich schwöre es Euch bei der Heiligen Jungfrau, Mademoiselle du Thott!«, und danach würde sowieso alles gut werden. Er versprach ihr das Blaue vom Himmel.

Kristina glaubte ihm kein Wort

Am nächsten Vormittag ritt Leo mit seinem General zur nächsten Verhandlung die Leine hinunter. Man verhandelte beinahe täglich in diesen Wochen: mit dem Dänenkönig, mit dem Halberstädter, mit den niedersächsischen Ständen, mit dem Mansfelder, mit Tilly. Man hätte glauben können, der Krieg sei bald vorüber.

Kristina glaubte es nicht. Sie beugte sich über ihre beiden Atlantenblätter, studierte die Lage der Städte in Norddeutschland, studierte den Verlauf der Flüsse. Dessau lag zwei Tagesreisen entfernt an der Elbe. Das ferne Magdeburg auch. Dort würde sie vielleicht schwedische Kaufleute treffen; vielleicht sogar Reisende aus Lübeck. Und wenn nicht, dann doch sicher in Hamburg. Von dort war es nicht mehr weit bis zu den Verwandten in Lübeck. Irgendein Schiff musste sie doch trotz der Kriegswirren dort hinbringen können! Und der Spielmann ließ nichts von sich hören.

Angst und Sorge diktierten ihr die Entscheidung: In Dessau würde sie den Capitaine verlassen und heimlich an Bord eines Schiffes gehen. Eines Schiffes, das sie nach Norden trug. Sie musste es wenigstens versuchen.

*

Salzgitter, Dezember 1625

An einem Tisch saßen Frühaufsteher und blinzelten stumm in ihre dampfenden Milchsuppen, an einem anderen Nikolaus Bamberger mit zwei Männern. Sonst war der Schankraum noch leer. Nikolaus hatte sich mit zwei Schotten angefreundet. Die luden ihn zu einem Krug Bier ein, und der jüngere zeigte ihm eine eiternde Wunde an der Hüfte. Nikolaus beugte sich hinunter zu der entblößten Stelle, betastete sie, roch daran und setzte dabei eine ernste und fachkundige Miene auf. Tonda musste an den Lehrer des Bambergers denken, an den Pater Medikus. Wie es Alban von Lüttich wohl ging? In keinem seiner beiden Briefe seit dem Frühsommer hatte Vater Franz ihn erwähnt.

Er selbst stand in der offenen Hintertür, kraulte dem Hofhund das Kopffell und ließ seine Blicke schweifen. Er konnte nicht sitzen, zu große Unruhe hatte ihn befallen. Kinder mit Blechnäpfen voller Abfälle drängten sich an ihm vorbei; schon gackerten hinter ihm Hühner und quakten Enten. Das lärmende Federvieh umringte die Kinder.

Der Wirt und Braumeister schien ähnlich unruhig wie Tonda. Ständig lief er aus dem Schankraum auf die Dorfstraße, spähte nach Osten, kam zurück, trommelte mit den Fingern auf dem Tresen herum, tuschelte mit seiner Frau. Ein gelassener Mann sah anders aus.

Die Wirtsleute und die beiden Schotten wussten, welch hoher Gast noch heute hier Zuflucht suchen würde; und sie glaubten, sie seien die Einzigen, die das wussten.

Die Frau des Braumeisters ging nun zu den Schotten und Nikolaus. Der Gefährte hatte nach ihr gewunken und reichte ihr einen Zettel, auf den er wohl die Namen von Heilkräutern geschrieben hatte. Wollte Nikolaus etwa eine Wundsalbe zubereiten? So viel Ruhe vor einer solchen Stunde erschien Tonda beinahe unheimlich. Auch die Schotten wirkten vollkommen entspannt, einer zog jetzt sogar eine dieser neumodischen Pfeifen aus seinem Ranzen und stopfte von dem ausländischen Kraut hinein, das man »Tabak« nannte.

Man sah den beiden Männern nicht an, dass sie Reitersoldaten des Herzogs Christian von Braunschweig waren. Genauso wenig wie man Tonda ansah, dass er unter seinem langen Überrock Harnisch und Degen trug.

Gestern Morgen erst hatte der Einäugige Nachricht aus Braunschweig geschickt. Durch eine seiner Huren. Wer immer dem Halberstädter Dank abzustatten habe, solle sich am Tag nach dem Christfest im Brauhof eines genau bezeichneten Dorfes bereithalten, denn der Herzog habe in einem Nachbardorf Angelegenheiten zu erledigen, die einen raschen Stellungswechsel nötig machen würden.

Beide Dörfer gehörten zu einer größeren Ansammlung von

Weilern und Ortschaften – teilweise von Festungsmauern umgeben –, deren Bürger früher einmal Stadtrecht genossen hatten. »Salzgitter« hieß die Gegend; sie gehörte jetzt dem Herzogtum Braunschweig. Und das Gasthaus samt Brauerei auch. Die Frau des Braumeisters sei eine entfernte Verwandte des Obristleutnants Piper, hatte Jokrims Hure erzählt.

Der Wirt schickte einen Knaben mit dem Zettel des Bambergers ins Dorf hinein. Einer der Schotten zündete sich seine Pfeife an, rauchte ein paar Züge. Die schweigsamen Gäste rümpften die Nase über ihrer Milchsuppe, und Nikolaus gestikulierte, weil er auch einmal probieren wollte. Der Schotte überließ ihm feixend die Pfeife; Nikolaus zog einmal daran und hustete sofort Tränen. Die Schotten fanden das lustig und schlugen ihm von beiden Seiten auf den Rücken.

Tonda wandte sich ab, ging im Hof hin und her. Hühner und Enten wichen ihm aus, der Hund trottete neben ihm her. Es roch nach Bier. In der Schenke, oben im Gastzimmer, hier im Hof, sogar in der Latrine. Trotz des Nieselregens lief Tonda im ganzen Anwesen umher, und überall dieser bittere Geruch. Vor allem vor den offenen Fenstern der Brauerei selbst – wie nach Gülle stank es hier. Obwohl die Nacht sich gerade erst verzogen hatte, arbeiteten die beiden Brauknechte schon. Sie riefen ihm einen Gruß zu.

Es war ungewöhnlich mild für die Jahreszeit. Dennoch zitterte Tonda ein wenig. Angst? Vielleicht. Vielleicht auch nur die Anspannung, die einen Kriegsmann nun einmal kurz vor der Schlacht zu befallen pflegte. Andererseits: Angst und Anspannung – wo lag der Unterschied?

Tonda hatte lange auf diesen Tag warten müssen. Schon drei Mal hatte der Einäugige geheime Nachricht geschickt, und drei Mal hatte Tonda vergeblich dem Pape und seinem Herzog aufgelauert. Diesmal schien es ernst zu werden. Jedenfalls hoffte er, dass Jokrim diesmal verlässliche Botschaft gesandt hatte; vage genug klang sie ja.

Tonda wusste, dass kaiserliche Regimenter in einem der Nachbardörfer lagen, Reiter Wallensteins. Auf der Suche nach Kristina war er durch ihr Lager geritten, hatte aber nirgendwo die Fahne Leopolds von Heiligenstadt gesehen. Sollte der Halberstädter sich denn in die Nähe seiner Feinde wagen? Führte er womöglich Verhandlungen? Insgeheim misstraute Tonda dem Einäugigen doch.

Der Hund begleitete ihn in den Stall. Tonda überprüfte den Sattel zum dritten Mal, tastete zum dritten Mal nach den Pistolen, nach der Sturmhaube und nach der Nai in der Lederhülle am Sattelgurt. Er fütterte die Pferde, striegelte seinen Schwarzen, sprach flüsternd mit ihm. »Friss dich satt, sauf dich satt, wir werden's eilig haben nachher.« Er klopfte dem Schwarzen auf die Flanke, atmete tief ein und aus gegen die Unruhe, zog sich in die hinterste Ecke des Stalls zurück, kniete ins Stroh, um zu beten. Der Hund streckte sich neben ihm aus.

Sie waren gestern getrennt ins Dorf und ins Gasthaus gekommen: Nikolaus nach Einbruch der Dunkelheit und im Wagen, er selbst zu Pferd und noch vor Sonnenuntergang. Nikolaus gab sich als Arzt aus, was der Wahrheit ja nahekam; er sei auf dem Weg nach Hildesheim, um in der Stadt seine Dienste anzubieten. Und Tonda hatte der neugierigen Wirtsfrau erzählt, er besuche die Salinen der Gegend, um für seinen Dienstherrn, einen Kaufmann aus Halberstadt, größere Salzankäufe zu verhandeln. Lügen? Nein. Aussagen unter gedanklichem Vorbehalt, Notlügen allenfalls, und die waren erlaubt im Kampf gegen die Ketzer. Und viel mehr noch als nur Notlügen war da erlaubt, ja sogar geboten. So hatte er's gelernt bei Vater Franz und in Ingolstadt.

Tonda stand aus dem Stroh auf und ging hinaus. Was er gebetet hatte, wusste er schon nicht mehr. Durchs geschlossene Küchenfenster hindurch sah er eine junge Magd vor dem Herd knien und Holz nachlegen. Er tastete nach den Briefen in der Rocktasche. Alles hatte er zurückgelassen im Heerlager, nur die Nai und die Briefe nicht. Auch den nicht, der vor Wochen mit der ersten Nachricht von Jokrim gekommen war. Tonda hatte ihn nicht öffnen müssen, er hatte ihn ja selbst geschrieben. Es war der Brief nach Wien gewesen, der Brief, in dem er der schwedischen Eva schrieb, sie nie wieder sehen zu wollen. Aus irgendeinem Grund war er zurückgekommen. So etwas kam schon mal vor.

Seit er Nikolaus mit betretener Miene und seiner schwarzen Katzenfelltasche auf den Knien im Zelt ertappt hatte, trug er die Briefe bei sich. »Mir ist die Tinte ausgegangen«, hatte der Bamberger erklärt. »Ich dachte, ich finde welche in deiner Tasche.« Und gegrinst hatte er, wie er immer grinste, wenn er Leute um den Finger wickeln wollte. Auch Tonda konnte ihm nie lange böse sein.

Die Magd öffnete das Fenster, ein Mädchen von höchstens sechzehn Jahren. »Habt Ihr schon Eure Suppe gegessen?« Sommersprossen bedeckten das Gesicht der Magd, ihr Haar hatte die Farbe reifen Weizens, ihre grünen Augen leuchteten. Tonda schüttelte den Kopf und konnte gar nicht aufhören, sie anzuschauen – die Erinnerung an Milana überfiel ihn. »Dann kommt doch herein.« Rötlich stieg es ihr über die Wangen, und sie schloss das Fenster.

In Gedanken an seine Familie versunken, kraulte Tonda den Hund zwischen den Ohren. Er sah zu der zierlichen Gestalt des Mädchens am Herd, Flammen schlugen aus der Kochstelle. Er wandte sich der Hintertür zu, betrat das Haus. Der Hund blieb an der Schwelle stehen und äugte ihm hinterher.

In der Schänke hockten noch immer nur wenige Männer. Hier stank es jetzt nicht allein nach Bier, sondern auch nach dem Rauch des Tabakkrauts. Nikolaus kniete am Boden und verband dem Schotten die eiternde Wunde, die Wirtsfrau und der Knabe sahen zu; offenbar hatte irgendjemand im Dorf die passende Salbe geliefert. Durch die offene Tür zur Brauerei rollte ein Brauknecht ein volles Fass zum Tresen.

In der Küche reichte ihm die junge Magd ein Schüsselchen mit heißer Milchsuppe. Er plauderte ein wenig mit ihr, zerblies den aus der Schüssel steigenden Dampf und fragte sich, wie es Milana und der Mutter zu Hause auf dem Pferdehof wohl ergangen sein mochte inzwischen.

Zu Hause – selbst in Gedanken ausgesprochen fühlte sich das Wort seltsam fremd an.

Die Magd trug zwei Teller mit Milchsuppe hinaus in den Schankraum. Tonda stellte sein Schüsselchen auf den Herd, schob den Topf von der Feuerstelle, zog den unverhofft zu ihm zurückgekehrten Brief aus der Manteltasche und warf ihn in die Flammen. Er durfte sie nicht wiedersehen; er musste sie wiedersehen. Zwei Atemzüge lang sah er zu, wie das Siegelwachs schmolz und sich in rußigen Rauch auflöste und das verkohlende Papier sich krümmte. Gut so.

Er schob den Topf zurück über das Feuer, leerte seine Suppe hinein und verließ die Küche. Sein Magen war wie zugeschnürt. Oben im Gastzimmer streckte er sich auf seinem Strohsack aus. Nur zwei Mal hatten Milana und Mutter nach Ingolstadt geschrieben, den letzten Brief kurz vor Ende seines Noviziats; seitdem hatte er nichts mehr von ihnen gehört. Und die Schwedin hatte auch nicht mehr geschrieben seit dem Sommer.

Nach einer Stunde näherte sich Hufschlag draußen auf der Dorfstraße, der lockte Tonda wieder hinunter in die Schänke. Alle umringten sie dort den Reiter – die Schotten, die auf einmal hellwach wirkenden Gäste, Nikolaus, die Brauknechte, die Wirtsleute, sogar ihre Kinder. »Der Krieg ist bei uns angekommen!«, rief der Reiter, ein Feldschütz. »Der Tolle Christian hat ein kaiserliches Lager überfallen!«

Der Feldschütz wirkte atemlos, berichtete in knappen, herausgebellten Sätzen. Viel war es nicht, was er zu erzählen hatte: Mehr als tausend Braunschweiger Reiter hätten das kaiserliche Reiterregiment frühmorgens im Schlaf überrascht. Der Herzog selbst und sein Regimentsführer Piper hätten den Überfall kommandiert.

Hunderte Pferde hätten sie geraubt und dann wären sie, in mehrere Kompanien aufgeteilt, in alle Himmelsrichtungen auf und davon.

Tonda sah die Bewunderung auf den Gesichtern. Natürlich: Sie verehrten den jüngeren Bruder ihres Herzogs, sie liebten ihren Tollen Christian sogar; fast alle hier waren ja lutherisch und wollten lieber eine Ansammlung freier Dörfer bleiben, als katholisch und ein Bistum zu werden, das nach der Pfeife eines Bischofs zu tanzen hatte. Dieses Kriegsziel des Kaisers hatte sich längst herumgesprochen.

Gegen seinen Willen musste auch Tonda den Mut des Halberstädters bewundern: Wallensteins Hauptquartier in Liebenburg lag drei Wegstunden zu Pferd entfernt, General Tilly war eben im Begriff, nicht einmal zwei Wegstunden weiter westlich in Oelber Quartier zu nehmen, und Christian von Braunschweig preschte im Morgengrauen in feindlich besetztes Land und in ein feindliches Regimentslager, um Pferde für gleich fünf Kompanien zu rauben. Tollkühn! Anders konnte man das nicht nennen.

Halb erleichtert, halb enttäuscht fand Tonda sich mit der Aussicht ab, dass es heute wohl wieder nichts werden würde mit der Höllenfahrt des Ketzerherzogs und seines wüsten Offiziers. Doch plötzlich dröhnte die Erde, und Getrommel wie von zahllosen Hufen näherte sich. Alle stürzten an die Fenster und spähten in den verregneten Vormittag hinaus: Reiter jagten auf der Dorfstraße vorüber, eine Pferdeherde folgte ihnen, an die hundert Tiere. Ein Teil der herzoglichen Räuber, ein Teil Beute.

»Herzog Christian!«, entfuhr es dem Braumeister. »Zapft Bier!« Gefolgt von den meisten anderen, stürmte er auf die Dorfstraße hinaus. Und dann sah Tonda zum ersten Mal den, dessen Fährte er seit einem Jahr verfolgte: einen stattlicher Reiter in dunklem Harnisch und einer Sturmhaube, die ein Frauenhandschuh statt ein Federschmuck schmückte. Als der Herzog hörte, wie man von allen Seiten seinen Namen rief und Hochrufe ausbrachte, hielt er sein von Schlamm bespritztes Pferd an. Etwa vierzig Reiter taten es ihm gleich.

Einer lenkte sein Tier dicht neben ihn und half ihm aus dem Helm. Ein schmales, junges Gesicht kam zum Vorschein, mit kleinem Schnurrbart und von dunklem, bis in den Nacken reichendem Haar eingerahmt. Er nahm den Bierkrug, den man ihm hochreichte, mit der Rechten entgegen – die Linke hing eisern und schwer in einer roten, golddurchwirkten Tuchschlinge –, wandte sich im Sattel um, prostete nach allen Seiten und setzte den Krug an. Nach zwei Atemzügen erneut ein Blick nach allen Seiten, dann drehte er den Krug, um zu zeigen, dass er ihn geleert hatte, winkte lachend und ließ sich wieder in seine Sturmhaube helfen. Die Leute klatschten. Unter Hochrufen trieben der Herzog und seine Reiter ihre Pferde an und galoppierten dem Rest der Kompanie und der geraubten Herde hinterher.

Er ritt weiter? Die Enttäuschung trieb Tonda alle Kraft aus den Knochen. Die Leute kehrten nach und nach zurück in den Schankraum. Der Halberstädter nahm nicht Quartier hier, ritt einfach weiter? Er ballte die Rechte, unterdrückte den Fluch auf Jokrim, der ihm von der Zunge zu springen drohte.

Ungeniert hinaus geblaffte Flüche hörte man dafür im Hof, wo der Hund angeschlagen hatte. Schritte stampften heran, Tonda fuhr herum. Die Hintertür wurde aufgerissen, ein großer Kerl trat über die Schwelle, drehte sich um und richtete seine Reiterpistole auf den Hofhund. Die Männer hinter ihm sprangen zur Seite. Ein Schuss krachte, nasse Erde spritzte neben dem kläffenden Hund auf – das Tier jaulte auf, warf sich herum und flüchtete zum Stall. Raues Gelächter ertönte.

Die Leute an den Fenstern, die neue Reiter auf der Dorfstraße herantraben sahen, fuhren herum. »Nicht am Fenster, hier ist der Pape!«, rief der Schütze und reichte einem seiner Begleiter die Pistole. Heinrich Piper war grauhaarig, breit und hochgewachsen; eine hässliche Narbe zog sich über seine Wange bis zu seinem etwas schiefen Mund. Gefolgt von drei Männern stapfte er in den Schankraum. »Hier ist der Pape, und wo ist sein Bier?« Die Schotten begrüßten ihn, dann einige Dörfler, dann lautstark der Wirt, zuletzt dessen Frau mit einem Kuss.

Etwa zehn weitere Reiter von Pipers Rotte stiegen inzwischen vor dem Gasthaus von ihren Pferden. Tonda schlich zum Hinterausgang. Die Männer kamen herein und verteilten sich an den Tischen; einige trugen Waffen, Rüstungen und Standarten in die Gastzimmer hinauf, um sie vor den Blicken möglicher kaiserlicher Verfolger zu schützen. Einer führte gemeinsam mit Brauknecht und Wirtssohn die Pferde in die Bauernhäuser des Dorfes. Als Privatherren wollten Papes Leute Quartier nehmen im Gasthaus, gut getarnt im Dorf verstecktes Geld einsammeln und Rekruten werben. Das alles hörte Tonda von der Hintertür aus mit.

Nikolaus saß mittendrin und hatte wieder als Arzt zu tun, denn der Obristleutnant hatte zwei Männer mit Schusswunden dabei. Die Schotten hatten den blonden Medikus empfohlen.

Heinrich »Pape« Piper scherzte mit den Kindern, erzählte wie der Herzog und er den Wallenstein um vierhundert Pferde erleichtert hätten, zahlte gleich zwei Runden Bier auf einmal und beschwatzte die Wirtin, bis die sich bereitfand, ein paar Hühner zu schlachten. Zwei Gefreite folgten ihr und der jungen Magd in den Hof, um dabei zu helfen. Tonda machte ihnen den Weg frei, tat, als hätte er bei den Pferden zu tun, betete seine Erregung weg. Wenigstens einer, der heute zur Hölle fahren musste, wenigstens Pape. Im Stall wartete Tonda auf das vereinbarte Zeichen des Bambergers.

Später duftete es nach Hühnerbraten aus dem Küchenfenster, im Schankraum drinnen Gelächter und Gläserklirren. Manchmal verließen einige das Haus, um sich in der Latrine zu entleeren. Um die Mittagszeit hörte Tonda schwere Schritte auf der Treppe des Hauses – müde und angetrunkene Männer zogen sich zum Schlafen zurück.

Nikolaus trat durch die Hintertür, überquerte den Hof, verschwand in der Latrine. Danach kam er in den Stall, machte sich an seinem Pferd zu schaffen und raunte: »Er wird gleich herauskommen. Halte dich bereit.« Sprach's und kehrte ins Gasthaus zurück.

Tonda sattelte seinen Schwarzen, führte ihn auf den Hof und dort zum Tor. »Du wartest hier«, flüsterte er und setzte seine ungarische Sturmhaube auf; die bedeckte ihm Nacken, Stirn, Haar und Nasenpartie. Seine Kehle fühlte sich trocken an, das Herz tobte ihm in der Brust herum wie ein scheuendes Fohlen.

Nur Minuten später verließen zwei Männer das Haus, unter ihnen der Pape. Beide wankten. Statt in der Latrine schlugen sie das Wasser am Misthaufen ab. Tonda bekreuzigte sich und ging zu ihnen. Papes Begleiter hörte seine Schritte, drehte sich um, runzelte die Stirn. »Kamerad?«

Tonda riss den Degen aus der Scheide, ging in die Knie und stieß zu. Der Mann starrte ungläubig auf die Klinge zwischen seinen Rippen. Der Obristleutnant brüllte auf, zog sofort blank, nahm sich nicht einmal Zeit, die Hose zu binden.

Tonda hatte Mühe, seine Klinge aus der Brust des Sterbenden zu ziehen, musste ihn zu sich zerren, um Papes Hieb mit dem stürzenden Leib zu parieren. Irgendwo hinter ihm knurrte es, der Hund schoss vorbei, verbiss sich in Papes dicker Wade, riss den Fluchenden in den Mist. Endlich bekam Tonda die Klinge frei. »Fahr zur Hölle, Mörderobrist!« Er stieß sie dem Piper in den Hals. »Nimm Gottes Strafe, Priesterhasser!« Er stieß sie ihm in den Bauch.

Schritte polterten die Treppe herunter, der Hund knurrte, das Küchenfenster wurde aufgestoßen. Tonda rannte zum Schwarzen, sprang in den Sattel, preschte aus dem Hof hinaus und auf der Dorfstraße nach Osten. Sein rasender Herzschlag drohte ihm die Brust zu sprengen. *Nur fort von hier!*, hämmerte es in seinem Schädel, *nur fort.*

*

Dessau, Dezember 1625

Nach dem Christfest zogen viele Regimenter Wallensteins nach Sachsen-Anhalt hinein. Auch die des Capitaines. Wallenstein schlug sein Hauptquartier in Aschersleben auf. Von dort aus verstärkte er seine Werbung um neue Rekruten. Eine Armee von sechzigtausend Mann, das war sein Ziel.

Einigen Regimentern befahl er, die Bistümer Magdeburg und Halberstadt zu besetzen und Geld und Nahrung für seine Truppen aus ihnen zu pressen. Das gelang ohne nennenswerten Widerstand; nur der Magistrat der Stadt Magdeburg zeigte sich widerspenstig. Die meisten anderen Regimenter quartierte Wallenstein entlang der Elbe ein, etwa in Dessau oder eine Wegstunde weiter nördlich in Roßlau, wo eine Brücke über die Elbe führte, die größte weit und breit.

Weil ihm zu Ohren kam, dass der Graf von Mansfeld diese Brücke mit seinen Söldnern überqueren und der Elbe entlang nach Süden ziehen wolle, um sich mit den ungarischen Truppen zu vereinigen und Österreich und Wien anzugreifen, ließ Wallenstein die Brücke stark befestigen. Kein Gebäude in Norddeutschland schien in diesen Wochen so wichtig wie dieses.

Vergeblich hatte Kristina gehofft, Wallenstein würde auch Leo noch nach Magdeburg oder Halberstadt schicken. Stattdessen gehörte der Obristleutnant von Heiligenstadt ab dem Jahreswechsel zu den Befehlshabern, die in Roßlau den Bau von Schanzen, Gräben und Mauern rund um die Dessauer Brücke befehligten. Hunderte Bauern und Bürger ließ der Capitaine abführen und zu den Arbeiten zwingen.

Eines Tages, drei Monate vor der Schlacht, stand Kristina mit Pater Weinfass, dem Rittmeister von Lindholz und einigen seiner Gardisten auf jener Brücke und beobachtete Schiffe, die von Süden kamen, und sah den Schiffen hinterher, die nach Norden fuhren – nach Barby, Magdeburg, Wittenberge und Hamburg.

Die aus dem Süden kamen, brachten Nahrung und Ausrüstung aus dem böhmischen Herzogtum Wallensteins. Die nach Norden ablegten, trugen Soldaten, Waffen und Pferde.

Heimweg und Sorge um ihre Familie im halb zerstörten Stockholm quälten Kristina. Konnte es denn so gefährlich sein, sich auf irgendein Schiff dieser Art zu schleichen? Vielleicht als Mann getarnt oder als Nonne? Sollte es nicht möglich sein, über die Elbe zu irgendeinem Ostseehafen zu gelangen? Nach Lübeck am besten, wo der deutsche Onkel und seine Familie lebte. Oder wenigstens nach Hamburg, von wo doch ständig Schiffe nach Amsterdam fuhren.

Magdeburg lag nur höchsten drei Tagesreisen zu Pferd entfernt im Norden, Hamburg mehr als zehn Tage. Und wie lange brauchte ein Schiff? Eines legte gerade ab, und Kristina konnte den Soldaten auf Deck in die bärtigen Gesichter sehen. Manche winkten und lachten. Doch würden sie auch noch lachen, wenn sie eine alleinreisende Frau auf ihrem Schiff fänden? Gewiss nicht. Und auf dem Landweg lauerten Freibeuter, Dänen und rachsüchtige Bauern.

Sie würde mit ihrem Körper bezahlen müssen, wenn sie unter dem Schutz eines Dragoners oder Musketiers so ein Schiff betreten wollte. So, wie sie es schon seit mehr als fünf Jahren tat. Gab es denn keinen anderen Weg? Wie eine Faust umschloss die Angst ihr Herz, während sie solche Gedanken hegte, drückte zu und machte ihr das Atmen schwer.

»Ich weiß, was Ihr denkt«, sagte Moritz von Lindholz leise. »Ich ehre meinen Regimentsführer, und wenn es sein muss, setzte ich noch einmal mein Leben für den Capitaine aufs Spiel. Doch Ihr habt keinen Eid auf seine Fahne geschworen, Ihr seid frei.« Der blonde Offizier sah sich nach Pater Weinfass um und sprach mit Flüsterstimme weiter: »Und Ihr solltet, wenn Ihr Pläne schmiedet, nicht allzu viel auf seine Worte geben.«

»Was wollt Ihr mir damit sagen, Rittmeister?« Kristina tat so kühl, wie es ihr möglich war, und sah ihm in die hellblauen Augen.

»Ich beschütze Euch, wenn Ihr Euch mir als Eurem Ritter anvertrauen wollt«, sagte von Lindholz. »Ich bringe Euch auf so einem Schiff nach Norden und in einen Ostseehafen. Ich bringe Euch sogar bis nach Stockholm, wenn Ihr mich darum bittet.«

»Und was wollt Ihr dafür, Rittmeister?« Überflüssige Frage, Kristina wusste es schon, während sie es aussprach. Er wollte ihren Körper. Was sonst?

»Euer Herz.«

*

Einige verfolgten ihn, doch nicht lange. Ganz bewusst hatte er den Schwarzen nach Osten gelenkt, wo das Dorf und die Burg Salder und das kaiserliche Regiment lagen. Und tatsächlich ließen die Braunschweiger bald ab von ihm.

Kurz darauf trabten von zwei Seiten andere Reiter auf ihn zu – Tonda riss am Zügel und der Schwarze stand still. Kaiserliche Reiter, er sah es an den Standarten. Tonda winkte, und als sie bei ihm waren, zerrte er das Schreiben unter dem Harnisch hervor, das der Abt von Hersfeld ihm in höherem Auftrag hatte überreichen lassen. Er reite im Dienst von Kaiser und Kirche, hieß es darin auf Papier und mit Siegel der Wiener Habsburger. Männer der Gesellschaft Jesu hatten es besorgt.

»Braunschweiger Reiter, sie verstecken sich in der Brauerei.« Tonda deutete in Richtung des Dorfes. »Ihr Anführer ist tot, und der blonde Arzt unter den Leuten in der Schänke, Nikolaus Bamberger, gehört zu mir. Doch das muss keiner wissen.«

Ein Rittmeister winkte nach allen Seiten, ein Cornet blies die Fanfare, und eine ganze Kompanie sammelte sich und preschte nach Westen. Tonda meldete sich beim Regiment. Man wies ihm einen Unterstand zu und gab ihm Verpflegung.

Gegen Abend kehrte die Kompanie zurück. Mit Nikolaus und sieben auf ihre Pferde gefesselten Gefangenen. Die Gefangenen mussten noch am gleichen Abend vor den Profos. Eine Nacht blieb ihnen Zeit, sich zu entscheiden: Entweder künftig für den Kaiser reiten oder nach Sonnenaufgang am Baum hängen und nie wieder reiten. Ein Diener des Obristen, der Brot und Wein vorbeibrachte, erzählte das.

Nikolaus begrüßte Tonda mit stummem Nicken. Er wirkte erschöpft. Oder hatte er zu viel Bier getrunken? Unter dem Dach des Unterstandes streckte der Bamberger sich auf dem Strohsack aus. Der Rosenkranz glitt ihm durch die Finger, flüsternd bewegte er die Lippen. Später raubte sein Schnarchen Tonda den Schlaf.

Die Nacht verbrachte Tonda betend. Früh am Morgen ritt er zu dem Fluss, an dessen Ufer man das Lager errichtet hatte, zur Fuhse. Er fühlte sich, als hätte man ihn im letzten Augenblick vom Rad gebunden. Im Ufergras zog er sich aus und stürzte sich nackt in die Fluten. Die eisige Kälte tat gut, und nach dem Bad fühlte Tonda sich besser.

Zurück im Lager sah er Pferdejungen sieben ungesattelte Pferde an Zelten und Unterständen vorbei zum Lagerabschnitt mit den großen, achteckigen Offizierszelten führen. Eines davon fiel ihm wegen seiner anmutigen Bewegungen, seiner sehnigen Gestalt und seiner Fellfärbung auf: Bis auf Schlammspritzer an Beinen und Flanken war es schneeweiß. Er lenkte den Schwarzen zu den Pferden und stieg aus dem Sattel. »Wem gehören die Pferde?« Er drängte sich an den Tieren vorbei bis zu dem Schimmel. Der zog ihn magisch an. Glich er nicht aufs Haar einem Pferd, das er kannte?

»Eigentlich dem Obristen«, erklärte der älteste Pferdejunge. »Die sieben gefangenen Braunschweiger ritten nämlich auf ihnen, die Säue, die geholfen haben, uns vierhundert Gäule zu klauen. Sechs können wieder aufsteigen, reiten künftig unter unserer Fahne.«

Wie ein Fieberschub durchfuhr es Tonda. »Und der siebte?« Der schöne Schimmel drückte ihm die Nüstern in die Handfläche. Eine Stute. Eine spanische Stute. Jans Pferd. Engelchen.

»Muss hängen«, sagte der Pferdejunge. »Böhmischer Sturschädel! Und wenn du's auf seinen Gaul abgesehen hast, schlag's dir aus dem Kopf.« Er deutete auf Engelchen. »Will der Obrist für sich.«

»Wo?!« Brüllend rannte Tonda zum Schwarzen. »Wo wollen sie ihn hängen!?«

»Beim Zelt des Profos. Musst du aber reiten wie der Schwarze Kasper, wenn du noch zugucken willst.« Tonda sprang in den Sattel und hieb dem Schwarzen die Sporen in die Flanken.

9

Wallhof, Kurland, Januar 1626

Unten im Dorf krähten die ersten Hähne. Der Morgen graute. Vom Kirchturm aus verschaffte Franz sich einen Überblick. Carolus und ein Dragonerhauptmann hatten ihn in den Glockenstuhl begleitet. Die Dragonereskorte wartete unten auf dem Dorfplatz. Es war kalt, Schneeschauer gingen über Dorf und Wald nieder.

Auf den engen Waldwegen, die hierher nach Wallhof führten, erkannte Franz Soldaten des litauisch-polnischen Heeres. Dutzende Reiter und hunderte Fußsoldaten. Sie sammelten sich vor dem Dorf, ritten und marschierten dann gemeinsam die Straße durch den Wald zum freien Feld hinauf. Sie sollten die Vorhut verstärken, die dort oben schon in Stellung lag. Rund um das Dorf Wallhof, meist im Wald verborgen, lagen bereits über zweitausend Reiter und beinahe eintausend Fußsoldaten auf der Lauer. Alle warteten sie auf Gustav Adolf und seine Schweden.

»Begleitet mich zum Feld.« Franz stieg die Wendeltreppe hinunter. »Ich will ihn sehen.«

Das baltische Kurland war ein selbstständiges Herzogtum unter polnischer Oberhoheit. Gustav Adolf wollte es seinem schwedischen Königreich einverleiben, so, wie er in den letzten Jahren schon Riga und Teile Livlands an sich gerissen hatte.

»Es ist gefährlich, Hochwürden«, warnte der Dragonerhauptmann. »Und außerdem unsicher, dass Ihr den Schwedenkönig überhaupt zu Gesicht bekommen werdet.«

»Ich will ihn sehen.« Franz hinkte aus der Kirche. Carolus half ihm aufs Pferd. Der Jesuitenpater setzte sich die Sturmhaube auf, lockerte den Degen in der Scheide, überprüfte seine Reiterpistolen. Wie in alten Zeiten fühlte er sich, wie damals als es gegen die Generalstaaten ging. Heute brannte er darauf, den Untergang der Schweden zu sehen.

»Mein Rat, Hochwürden.« Auch der Hauptmann und seine Dragoner schwangen sich in die Sättel. »Wartet bis nach der Schlacht. Dann könnt ihr ihn unter den Gefangenen sehen. Vielleicht sogar unter den Toten.« Franz antwortete nicht, trieb sein Pferd zum Dorftor; Hühner, Gänse und Enten flatterten aus dem Weg.

Der Untergang der neuen schwedischen Armee lag zum Greifen nahe. Im vergangenen Juli war Gustav Adolf an der livländischen Küste gelandet. Bis in den Herbst hinein hatte er Dörfer ausgeraubt, Städte erobert, strategisch wichtige Brücken und Burgen besetzt.

In seinem von Vorräten überquellenden Winterlager wollte er sich mit seinem Heer auf den Frühjahrsfeldzug vorbereiten. Doch dann überfielen tollkühne Kosaken das schwedische Heerlager. Woche für Woche griffen die tapferen Reiter an, ohne Rücksicht auf eigene Verluste. Irgendwann brachen auch noch Seuchen im Lager aus, und die schwedischen Soldaten starben wie die Fliegen. Gerade mal ein Drittel war dem König geblieben. Und niemand hier unter den polnischen und litauischen Offizieren hatte gestern den Kundschaftern glauben wollen, als sie schwedische Marschkolonnen in Kurland meldeten. Dennoch war es so: Mit zweitausendeinhundert Reitern, eintausend Musketieren und einer Handvoll Kanonen marschierte Gustav Adolf mit seinen Schweden heran.

»Verfluchter Fuchs!«, schimpfte der Dragonerhauptmann. »Was führt er bloß im Schilde?« An einem Hochstand am Waldrand stiegen sie von den Pferden.

Franz ließ Carolus zuerst auf den Jagdsitz klettern. »Das Wasser muss ihm bis zum Hals stehen, wenn er mitten im tiefsten Winter sein Heil in einem Gewaltmarsch und einem Überraschungsangriff sucht.« Er ergriff die ausgestreckte Hand des Jungpaters und ließ sich auf die Plattform helfen.

»Mit der Überraschung wird es nun nichts mehr.« Der Dragonerhauptmann feixte. »Lew Sapieha wird die schwedischen Marschreihen angreifen, bevor Gustav Adolf überhaupt daran denken kann, sie zur Schlacht aufzustellen.«

Lew Sapieha hieß der litauische General, dem König Sigismund die Vernichtung der Schweden anvertraut hatte. Ein frommer, gebildeter Mann und ein mit allen Wassern gewaschener Soldat. Franz zweifelte keinen Augenblick daran, dass er die durchgefrorenen und vom Wintermarsch erschöpften Schweden noch an diesem Vormittag schlagen würde. Der polnische König selbst war zu Hause geblieben – anders als sein schwedischer Vetter.

Franz spähte auf das verschneite und leicht ansteigende Feld hinaus; es mochte gegen dreitausend Schuh breit und um weniges länger sein. Hinter der Kuppe des winterlichen Ackers, das wusste Franz, lag ein ausgedehnter Wald aus Birken und Kiefern. Auf der alten Straße, die ihn von der Küste her durchzog, war das feindliche Heer am Vorabend gesichtet worden.

Die polnische Reiterei nahm bereits Aufstellung am Feldrand. Sie würde als Erstes gegen die schwedische Marschkolonne vorstoßen, würde ihr keine Zeit lassen, sich zur Schlachtordnung zu formieren, würde sie an vielen Stellen zerschlagen und in kleine Scharen auseinanderreißen. Als ehemaliger Reiteroffizier unter spanischer Fahne wusste Franz, wie wirksam man einen überraschten Gegner auf diese Weise zersplittern, verstören und ins Verderben stürzen konnte.

Jäh erhob sich Schusslärm. Wie Trommelwirbel hunderter Trommler tönte es plötzlich über das Feld. Kugeln heulten, Männer schrien, Pferde wieherten. Franz und seine Begleiter glaubten noch, es seien polnische Kugeln aus polnischen Musketen, als es ringsum im Gehölz einschlug – ein Prasseln wie von Hagelsturm.

»Schwedische Musketiere«, flüsterte der Hauptmann. Er war aschfahl. »Hat die Hölle sie ausgespuckt?«

Carolus riss Franz zu Boden, deckte ihn mit seinem schmächtigen Körper. Unter dem Hochstand warfen die Dragoner sich ins Unterholz. Dann die nächste Salve. Franz hob den Kopf und sah die polnischen Reiter reihenweise von den Pferden stürzen. Dann die nächste Salve. Franz sah nun reiterlose Pferde neben Infanteristen in panischer Flucht die Straße zum Dorf hinunterrennen.

Wie aus dem Nichts stürmten und galoppierten die Schweden aus dem Waldgebiet jenseits des freien Feldes und stellten sich auf der freien Anhöhe in Schlachtordnung auf. Franz erkannte die Fahne ihres Königs – und dann sah er ihn selbst: ein kräftig gebauter Spitzbart auf braunem Pferd mit roter, goldbestickter Satteldecke, umgeben von Reiteroffizieren und Leibgardisten. Das musste er sein! Franz hatte sämtliche Beschreibungen gelesen, hatte auch ein Porträt des noch unter Dreißigjährigen gesehen. Das konnte nur Gustav Adolf II. von Schweden sein!

Der Schwedenkönig ordnete die Aufstellung der Geschütze an und schickte die Musketiere in zwei tief gestaffelten Blöcken zu je vierhundert Mann in das große, dem Dorf vorgelagerten Waldstück. »Weg hier!«, brüllte der Dragonerhauptmann. »Sie kommen direkt auf uns zu.«

Franz wusste kaum, wie ihm geschah, so schnell saß er wieder im Sattel. In rasendem Galopp trug sein Pferd ihn aus der Reichweite der schwedischen Kugeln.

General Sapieha verschwendete wertvolle Zeit, seine eigenen Truppen die gewohnte Schlachtordnung formieren zu lassen. Das nutzten die schwedischen Musketiere, um die polnische Reiterei aus dem Wald heraus in den Flanken anzugreifen. Wenig später ließ Gustav Adolf seine erschreckend beweglichen Linien vorrücken und seine Geschütze sprechen.

Da flohen Franz von Trient und seine Eskorte schon weit jenseits des Dorfes dem polnischen Lager entgegen. Dort hörten sie am Abend von der verheerenden Niederlage des litauisch-polnischen Heeres. Die berüchtigte polnische Reiterei war sang- und klanglos untergegangen.

An diesem verhängnisvollen Januartag im Kurland erhielt Franz einen Vorgeschmack davon, was es bedeuten könnte, wenn dieser kriegerische Ketzerkönig jemals auf deutschem Boden in den Krieg eingriff. Und er ahnte plötzlich, dass Sigismund II. von Polen und seine Generäle den Schweden nicht mehr allzu lange aufhalten würden.

*

Salzgitter, Dezember 1625

Er hing am Ast einer alten knorrigen Weide. Die Steckenknechte, die ihn daran aufgehängt hatten, würfelten unter dem Baum um seine Kleider und Stiefel. Hunderte Kürassiere, die der Hinrichtung zugesehen hatten, zerstreuten sich nach und nach. Wie festgefroren stand Tonda neben den würfelnden Henkern und starrte hinauf zu seinem Bruder. In der Morgenbrise pendelte Jans Leichnam hin und her. Eine Elster landete auf dem Ast über ihm.

Etwas geschah in Tondas Brust in diesem Moment, etwas zerbrach in ihm. Als würden feine Sprünge das Eis eines zugefrorenen Sees jäh durchschießen, so hörte es sich an. Wie eine große, kalte Leere, so fühlte es sich an.

Obwohl der arme Jan grässlich aussah mit seiner heraushängenden schwarzblauen Zunge, seinen aus den Höhlen getretenen Augen und seiner schmutzig-grauen Haut, konnte Tonda seinen Blick nicht von ihm wenden. Sein Bruder – wie vertraut noch im Todesschrecken.

Warum, um alles in der Welt, hatte er ihn denn nicht entdeckt unter Pipers Reitern? Die weiße Stute hätte ihm doch auffallen müssen! Sicher: Schlammspritzer hatten Engelchens Fell gesprenkelt, und vielleicht war Jan auch derjenige gewesen, der mit dem Brauknecht und dem Knaben ins Dorf gegangen war, um die Pferde zu verstecken; oder unter denen, deren müde Schritte er auf der Treppe gehört hatte. Dennoch: Jan in dieser Brauerei so nahe gewesen und dennoch nicht begegnet zu sein, machte ihn fassungslos.

Tonda wollte etwas sagen, holte Luft, brachte nichts heraus. Ganz steinern war's in ihm, ganz öd'. Er wandte sich ab, fragte sich zum Zelt des Obristen durch.

Ein Bayer, misstrauisch und wortkarg; doch er wusste genau, wer den Pape zur Hölle geschickt hatte. Und Tondas Geschichte machte seine Lippen schmal und bleich. Er ließ Jan von der Weide schneiden und gestattete Tonda, seinen Bruder auf dem kleinen Friedhof von Salder zu beerdigen. Er überließ ihm sogar Jans Stute.

»Du hast es gewusst!«, schrie Tonda am Abend seinem Gefährten ins Gesicht. »Du musst ihn erkannt haben!«

Nikolaus bestritt es nicht einmal. »Haben wir ihm nicht schon in Prag gepredigt? Hatte er nicht die Wahl, zum wahren Glauben zurückzukehren?«

»Warum hast du mir nicht gesagt, dass er unter den Gefangenen ist?« Tonda packte den Bamberger bei den Schultern und schüttelte ihn. »Warum?«

»Sogar heute Morgen noch hätte er unter die Fahne des Kaisers wechseln können!« Nikolaus schlug Tondas Arme weg. »Dein Bruder könnte jetzt für die gerechte Sache fechten und seine Seele retten!« Er wandte sich ab. »Der Schwarze Kasper selbst muss ihm den Geist verfinstert haben.«

»Du hast es also gewusst.« Tonda war wie betäubt. »Du hättest ihn retten können …« Seine Stimme ertrank in einer Tränenflut.

*

Zwei Wochen vor Frühlingsbeginn versank Warschau noch einmal im Schnee. Franz wurde nicht mehr richtig warm seit seiner Rückkehr aus Kurland; und er schlief selten mehr als drei Stunden in der Nacht. Die Erschütterung über den Sieg des Schwedenkönigs bei Wallhof war ihm tief in die Knochen gefahren.

Er berichtete Sigismund zwar, was er hatte mit ansehen müssen, hielt aber dabei seine Zunge im Zaum. Der polnische König erfuhr nichts von seiner Erschütterung, hörte – jedenfalls aus dem Mund des Jesuitenpaters – nur Ungefähres: Das Wetter sei schlecht gewesen, die Schweden hätten unter günstigeren Umständen leicht geschlagen werden können, es hätte Fehler des litauischen Generals gegeben.

Um keinen Preis wollte er den König entmutigen. Der polnisch-schwedische Krieg musste weitergehen. Wenigstens so lange, bis in Norddeutschland Tilly und Wallenstein den Dänenkönig geschlagen hatten und die wahre Kirche dort wieder Fuß fassen konnte.

Zwei Briefe aus dem umkämpften Niedersachsen erwarteten ihn in Warschau. Und endlich, endlich schrieb Tonda. Mit zitternden Fingern riss Franz das Siegel auf und das gefaltete Papier auseinander. Der Brief war auf Mitte Januar datiert. Er verschlang ihn geradezu.

Doch schon nach wenigen Zeilen nagte die Enttäuschung wieder in seiner Brust. Zum einen erschien ihm Tondas Brief ungebührlich kurz – nicht einmal eine Seite füllten die kurzen Zeilen –, zum anderen vermisste er den warmen, liebevollen Grundton, der Tondas Briefe sonst auszeichnete.

Immerhin berichtete sein Ziehsohn – verschlüsselt – vom Tode des Braunschweiger Obristleutnants Heinrich Piper. Franz atmete auf: Hatte Tonda über der Versuchung durch diese Hure also nicht seinen Auftrag vergessen! Er leistete den Gehorsam, den er geschworen hatte. Das stimmte den Pater zuversichtlich.

Er habe jenen Braunschweiger Offizier getroffen, so drückte Tonda sich aus, und nach diesem Treffen, da sei er sicher, würde der Mann nie wieder Reliquien rauben, Nonnen schänden oder gar Jesuiten ermorden. Und weiter: *Den Halberstädter habe ich für diesmal nur von Weitem sehen können. Bevor ich jedoch auch ihm gegenübertrete, will ich zur Elbbrücke bei Dessau reiten. Dort erwartet man bald den dritten Offizier des Satans, den Ihr mir ans Herz gelegt habt. Betet, dass ich ihn treffen kann. Persönlich habe ich nichts zu klagen. Außer über den Tod meines Bruders Jan. Er ritt unter der Fahne des Halberstädters. Gott segne Euch. In dankbarer Verehrung, Euer treuer und gehorsamer Sohn im Glauben Antonín von Waldau.*

Ein Seufzer entfuhr Franz. Deswegen also der distanzierte Unterton. Tonda trauerte. Franz hinkte zum Fenster. Schneetreiben hatte eingesetzt. Dächer und Schlosshof waren schon wieder weiß. Nicht schön, vom Tod des eigenen Bruders hören zu müssen, noch dazu, wenn er im Kampf für den Feind gefallen war. Ein Drama, sicher, aber leider kein ungewöhnliches in Zeiten wie diesen.

Am Fenster las er Tondas Brief ein zweites Mal. Und wieder schmerzte ihn der Eindruck, nicht sein geliebter Tonda, sondern ein Fremder habe ihm diese Zeilen geschrieben. Irgendetwas stimmte nicht. Und warum schrieb Tonda nicht, wann er nach Warschau aufbrechen wolle? Kein Wort über Franz' dringende Bitte! Hatte sein Brief vom Spätherbst ihn denn noch immer nicht erreicht?

Zurück am Tisch brach er den zweiten Brief auf. Nikolaus schrieb ihm. Franz wunderte sich: Seltsam, dass die Jungpater in getrennten Schreiben berichteten. Doch schon nach wenigen Zeilen verstand er.

Die Sorgen um den Pater von Waldau nehmen kein Ende, schrieb der Pater Bamberger. *Gottes unerforschlicher Ratschluss hat ihn unter den Baum geführt, an den man seinen Bruder gehängt hat. Ein verstockter Lutherischer! Nicht genug, dass er mit dem Räuber Pape geritten ist – er hat dem Profos und dem Obristen auch noch ins Angesicht verweigert, die Fahne zu wechseln, und wollte ausgetauscht werden. Doch in seinem Zorn über vierhundert gestohlene Pferde wollte der Obrist keine Gnade walten lassen. Jetzt kommt mir der Pater von Waldau noch zerrissener vor.*

Ich helfe ihm, so gut ich kann. Der Brief etwa, mit dem er die Hure aus seinem Geist verbannt hat: Er kam zurück, weil man, wie ich hörte, den Boten überfallen hat. Statt ihn erneut abzuschicken, hat Tonda ihn erst vor mir verborgen und später verbrannt. Doch die Flammen haben eine Abschrift gefressen, die aus meiner sorgfältigen Feder stammte. Weil Gott mich schauen ließ, in welch großer Gefahr Tonda schwebt, habe ich diese Abschrift gegen den Originalbrief ausgetauscht. Nun werde ich dafür sorgen, dass der Brief in die Hände jener Hure gelangt, der er doch von Anfang an gegolten hat …

10

Dessau, April 1626

Der Wind trieb graue Wolkenfetzen über den Himmel, es war kalt. Donner grollte in der Ferne. Oder Kanonen? Kristina lauschte am Küchenfenster. Draußen mischten sich Schneeflocken in den Regen. Junge Mädchen rannten über den Hof und verschwanden im Stall. Dort blökte eine Kuh wie in Todesnöten. »Hört ihr's nicht? Die Kuh kalbt.« Kristina drehte sich nach den Pferdejungen um. »Auf, in den Stall mit euch! Helft den Bäckerstöchtern mit dem Kalb!« Die Pferdejungen ließen Bürsten, Fettnäpfe und Stiefel stehen und liefen zur Tür. »Und Gnade euch Gott, wenn ihr euch nicht wie Kavaliere benehmt!« Kristina drohte ihnen mit dem Zeigefinger.

Die Burschen grinsten, nickten aber und liefen aus dem Haus. Sie gehorchten Kristina ohne Murren. Immer. Genau wie die beiden Diener und der alte Gefreite, die ihr der Capitaine hier in Dessau gelassen hatte. Die hatte sie in die Scheune geschickt, um der Bäckersfrau das Mehl abzuladen, das ein Müller am Morgen von der nahen Mühle herbeigekarrt hatte.

Seit zweieinhalb Jahren, als Kristina bei Stadtlohn den verwundeten Leopold von Heiligenstadt pflegte, statt mit einem anderen nach Norden weiterzuziehen, hatte sie praktisch freie Hand über Pferde, Hausstand und Dienerschaft. Das wussten alle; und dass die Schwedin überaus streng werden konnte, das wussten sie auch.

Im Haus des Gildemeisters der Dessauer Bäcker hatte Leopold von Heiligenstadt diesmal Quartier genommen. Kristina legte Holz nach, ging in ihre Schlafkammer und ließ die Tür hinter sich offen stehen, damit das Feuer im Küchenherd auch ihre Kammer noch ein wenig erwärmte. An dem kleinen Tisch unterm Fenster, durch das sie Hof, Nebengebäude und Koppeln im Blick hatte, holte sie ihr Schreibzeug aus der speckigen und abgegriffenen Ledertasche, rollte das Porträt ihres Vaters aus und beschwerte die Enden mit Tintenfass, Münzsäckchen und ihrem Messer. Eine Weile betrachtete sie das Gesicht des Vaters. Stumm und mit schwerem Herzen. Wie würde es sein, ihm eines Tages wieder gegenüberzustehen? Was würde sie ihm erzählen, wenn er fragte, wie sie überlebt hatte? Würde er sie verstoßen, wenn sie ihm die Wahrheit gestand? Wie ihre Mutter sich verhalten würde, versuchte sie sich lieber gar nicht erst vorzustellen.

Würde sie ihren Eltern überhaupt jemals wieder gegenüberstehen? Sie zog die Zeitungsabschrift über den Brand von Stockholm aus ihrem Tagebuch und strich sie auf dem Tisch glatt. Vielleicht war er ja in den Flammen umgekommen, der arme Vater, die Mutter ertrunken und Erik von glühenden Balken erschlagen. Und wenn nun keiner mehr lebte von ihrer Stockholmer Familie?

Sie musste es erfahren, sie musste nach Hause!

Seufzend beugte sie sich über ihr Tagebuch und trug die neuste Nachricht aus Magdeburg ein. *17. März*, schrieb Kristina, *Soldaten der Alten Stadt reißen das Rathaus der Neustadt von Magdeburg nieder.* Moritz von Lindholz hatte davon berichtet; gestern erst, bevor er mit dem Regiment ausrückte.

Kristina sammelte jede Neuigkeit aus Magdeburg, die sie hörte oder las. Alles, was ihr wichtig erschien, notierte sie. Sie wollte genau wissen, was vorging in der großen, reichen Stadt an der Elbe. Lebten dort Menschen, die Kontakte nach Schweden pflegten? Konnte die Stadt ihr überhaupt eine sichere Zuflucht bieten? Oder war es auf lange Sicht doch weniger gefährlich, den weiteren Weg über Hamburg zu wählen?

Es gefiel ihr nicht, dass die Magdeburger im November vergangenen Jahres angefangen hatten, Häuser niederzureißen, die außerhalb der Festungsmauer standen. Um möglichen Feinden keine Deckung zu bieten, hatte von Lindholz ihr erklärt. Richtete man sich etwa auf eine Belagerung ein in der Hansestadt? Auch, dass im Oktober noch die Pest innerhalb der Stadtmauern herrschte, sprach gegen Magdeburg als Fluchtziel.

Wieder grollte es wie von Donnerschlägen. Kristina horchte auf. Kanonendonner, eindeutig. Ging es los? Sie lauschte – Musketenschüsse mischten sich in den Geschützlärm. Wieder nur ein Scharmützel oder jetzt doch die lang erwartete Schlacht?

Roßlau und die Elbbrücke lagen nur etwa eine halbe Wegstunde entfernt vom Haus des Gildemeisters hier am nördlichen Dessauer Stadtrand. Trotz eisiger Kälte hatte der General Wallenstein während der letzten drei Monate mächtige Schanzen, Gräben und Festungsmauern zu beiden Seiten der Brücke errichten lassen. Auch der Bäcker, seine Gesellen und Söhne schufteten dort, und das keineswegs aus freien Stücken. Wahrscheinlich verfluchten sie den Kaiser und seinen Wallenstein jeden Tag aufs Neue. Kristina tat, was sie konnte, damit sie nicht auch den Obristleutnant von Heiligenstadt verfluchten: Sie half in Haus und Hof, wo sie konnte, ließ auch die Pferdejungen und Diener für die Bäckersleute arbeiten und sorgte dafür, dass sie sich wenigstens einigermaßen wie Christenmenschen benahmen.

Der Kanonendonner wollte nicht abreißen. Zehn Tage zuvor hatte der Graf von Mansfeld die Brücke schon einmal beschossen. Nahm er sie jetzt wieder unter Feuer? Ein gewisser Graf von Aldringen, ein Obrist, verteidigte sie mit nur wenigen Kompanien. Was sollte das werden? Kristina zog die Schultern hoch. Wenn die Horden des Mansfelders es über die Brücke schaffen sollten, standen schwarze Tage bevor. Armes Dessau. Arme Bäckerstöchter. Die kaiserlichen Soldaten benahmen sich grob und herzlos, die des Mansfelders jedoch wie wilde Tiere.

Der Kanonendonner verhallte wieder. Kristina breitete die beiden aus den Atlanten gerissenen Seiten auf dem Tisch aus und beugte sich darüber. Wie nahe Magdeburg auf dieser Karte erschien – zwei Fingerbreiten entfernt nur. Tatsächlich brauchte selbst ein vollbeladener Frachtsegler bei gutem Wind weit weniger als zwei Tage dorthin. Das jedenfalls hatte Moritz von Lindholz behauptet. Nach Hamburg dagegen war ein Schiff bald zehn Tage unterwegs. Und drei Tage lang höchstens ritt man von Hamburg zur Verwandtschaft nach Lübeck. Für den direkten Weg von Dessau nach Stockholm, so schätzte der Rittmeister, würden sie einen Monat brauchen; eher länger, denn die von dänischen und polnischen Kriegsschiffen wimmelnde Ostsee wollte der Rittmeister meiden und lieber den größten Teil der Strecke über Land fahren.

Wie ein Ritter vom alten Schlage bemühte er sich um Kristina, half ihr, Pläne zu schmieden, ermutigte sie, bald zur Tat zu schreiten. Er wollte sie, keine Frage. Und er wollte nicht mehr lange warten. Konnte sie ihm denn die Ehe verweigern, wenn er sie sicher zurück nach Stockholm gebracht haben würde? Aber wie sollte sie denn eine derart gefährliche Reise allein überleben? Wo doch alle Welt langsam, aber stetig in Barbarei versank.

Von Lindholz nicht, wie es schien. Er wollte sogar seine Fahne für sie verlassen. Darauf stand die Todesstrafe.

Er stammte aus einem lutherischen Haus, er war vermögend, er hatte eine gute Erziehung genossen. Empfand sie etwas für ihn? Nein. Doch der Spielmann ließ nichts mehr von sich hören. Eine alte Wunde auf dem Herzen – mehr zu sein, gestattete Kristina der Erinnerung an ihn nicht.

Gestern Nachmittag hatte Moritz von Lindholz seine Kompanie Richtung Norden geführt, dem Capitaine hinterher. Der kämpfte mit seinen Regimentern irgendwo bei Magdeburg gegen ein dänisches Heer. Der Dänenkönig hatte seinen besten General in Marsch gesetzt, um die befestigte Brücke vom linken Elbufer aus anzugreifen und so seinem Verbündeten, dem Grafen von Mansfeld, zu Hilfe zu kommen. Seit Mitte April versuchte der protestantische Söldnergeneral, die Dessauer Brücke vom rechten Ufer aus zu erobern.

Kristina blätterte zurück, überflog die Notizen der letzten Monate. Von Lindholz glaubte nicht an die Pest in Magdeburg. Der Magistrat hatte die Seuche seiner Meinung nach nur vorgetäuscht, um den Obristen Aldringen abzuweisen; der nämlich wollte im Herbst letzten Jahres zwei Regimenter Wallensteins in der Stadt einquartieren. Das weckte Kristinas Vertrauen: Wie mächtig musste eine Stadt sein, die es wagen konnte, dem General des Kaisers die Tür vor der Nase zuzuschlagen?

Und es gab noch mehr, das für Magdeburg sprach: Im November hatte Kaiser Ferdinand II. in einem Schreiben die Stadt Magdeburg für ihre Ergebenheit ihm gegenüber gelobt und ihr Schutz vor Kriegsbelästigungen versprochen. Im Dezember erhielt der Magistrat einen Brief Wallensteins, worin der General erklärte, keine feindseligen Handlungen gegen Magdeburg im Sinn zu haben. Und kurz vor dem Christfest ließ General Wallenstein dem Rat sogar die Abschrift eines kaiserlichen Befehls zukommen, worin Ferdinand II. Lübeck und Magdeburg für ihre Treue lobte und seinen Oberbefehlshaber beauftragte, diese Städte vor dem Krieg zu schützen.

»Das klingt gut.« Sie schlug das Tagebuch zu. »Von Magdeburg zur Verwandtschaft nach Lübeck und von dort übers Meer nach Hause.« Sie betrachtete das Porträt ihres Vaters. »Das klingt doch gut, oder? Nächsten Monat werde ich fünfundzwanzig – der Capitaine wird mich auch als Dreißigjährige noch nicht über die Ostsee gebracht haben. Und wer weiß denn, ob er nicht fallen wird bei einer der vielen Schlachten, die uns bevorstehen? Vielleicht sogar schon morgen.« Sie schob Tintenfass, Messer und Münzsäckel beiseite und hob das Bild hoch. »Ich versuche es, Vater. Besser auf der Flucht umkommen, als Gelb tragen, sich einen Hahn halten und mit Trosshuren ums Brot streiten. Die Frage ist nur, ob ich es allein und als Mann verkleidet wage oder ob ich mich dem Rittmeister anvertraue.« Die Augen des Vaters schienen sie anzulachen. Und seit langem war ihr wieder, als würde sie seine vertraute Stimme hören: *Halte an deinem Ziel fest, unterwirf deinem Ziel alle deine Kräfte und Wünsche, dann wirst du es auch erreichen.* So hatte er sie und Erik erzogen, und so lautete sein eigenes Lebensmotto.

Am nächsten Nachmittag kehrte Leo zurück. Hungrig, schmutzig, erschöpft, aber unverletzt. »Wir haben die Dänen geschlagen und Aldringen den Rücken frei geräumt«, erzählte er, während er aß, was Kristina ihm vorsetzen ließ. »Jetzt gilt es, die Brücke zu halten.« Sie richtete ihm ein Bad, versorgte ihn mit frischer Wäsche, bereitete sein Bett. Er schlief von Sonnenuntergang bis zur Mittagszeit des nächsten Tages.

Gegen Abend ritt ein Bote des Obristen Aldringen auf das Anwesen des Bäckermeisters. Ein Spion habe gemeldet, dass der Graf von Mansfeld in den nächsten Tagen die Brücke stürmen wolle, und der Obristleutnant möge zum General in Hauptquartier nach Aschersleben senden, damit der mit möglichst vielen Regimentern heranziehe. Und er selbst, von Heiligenstadt, möge sich morgen gleich nach Sonnenaufgang bei der Brücke einfinden.

»Lass mich bei dir schlafen«, bat er am Abend, als Kristina ihm eine Gute Nacht wünschte. »Es könnte meine letzte Nacht werden.«

»Vor der Trauung?« Kristinas Hand lag bereits auf der Türklinge. »Bedenkt doch, Freiherr – wir sind erst verlobt.« Seit Wien hatte sie die Distanz zu ihm auch in der Anrede bewahrt.

»Je vous en conjure, Mademoiselle du Thott!« Er flüsterte, kniete sogar vor ihr nieder. »Ihr habt meinen Eid, Ihr habt mein Herz. Bitte…«

Schweigend sah sie auf ihn hinab. Für einen Moment glitzerte es kalt in seinen Augen. Spürte er ihre Verachtung? Kristina fürchtete, er könnte es mit Gewalt versuchen, und ihr Herz schlug schneller. Doch sie blieb dabei und verweigerte sich. »In Stockholm, Freiherr. Geduldet Euch bis nach der Trauung in Stockholm.« Sie ging in ihre Schlafkammer und schob den Riegel vor.

Am nächsten Morgen beobachtete sie den Capitaine durchs Fenster hindurch. Auf dem Hof sammelte er seine Offiziere und Trabanten um sich, ließ sich Meldungen reichen, verlas sie, erteilte Befehle. Auch Moritz von Lindholz war unter den Männern. Leo hatte sich nicht von ihr verabschiedet.

Sie würden niemals gemeinsam nach Stockholm gelangen. Im Grunde seines Herzens wusste er das genauso sicher, wie Kristina es wusste seit Wien. Wahrscheinlich log er nicht wirklich, wenn er schwor, sie dorthin zu bringen, und koste es sein Leben; wahrscheinlich machte er sich nur selbst etwas vor. Gewiss allerdings schien ihr dies: Niemals würde er sie freiwillig ziehen lassen.

Sie sah den Capitaine auf sein Pferd steigen und aus dem Anwesen reiten. Seine Offiziere folgten ihm. Ihre Regimenter warteten. Unter dem Tor drehte der blonde Rittmeister von Lindholz sich noch einmal um und sah zu ihrem Fenster zurück.

Im ersten Morgengrauen des nächsten Tages bebte die Erde und zitterten die hölzernen Nebengebäude: Der General Wallenstein zog an der Spitze seiner Regimenter vorüber. Vom Hoftor aus beobachteten Kristina, die Pferdejungen und die Bäckersfamilie endlose Kolonnen von Reitern, Fußsoldaten, Geschützlafetten und Wagen mit Ausrüstung und gewaltigen Kartaunenrohren, die von Gespannen aus acht und mehr Pferden gezogen werden mussten. Zwei Stunden später hörten sie Schusslärm von Musketen, und bald erfüllte auch Kanonendonner die Luft. Der wollte gar nicht mehr aufhören, und ein Krachen und Grollen dröhnte am Horizont, als würde sich am Elbufer ein nicht enden wollendes Gewitter austoben.

Um die Mittagszeit sahen sie einen grellen Lichtblitz, und im nächsten Moment erschütterte eine gewaltige Explosion Himmel und Erde.

*

Später hieß es, die Schlacht habe länger getobt als jede andere dieses Krieges. Tonda trieb seinen Schwarzen unter die Zeltplanen, die Wallenstein über die Brücke hatte spannen lassen, um den Gegner über seine Truppenstärke im Unklaren zu lassen. Unter dem Feuerschutz der kaiserlichen Kartaunen beteiligte er sich an den Ausfällen gegen die Mansfelder Schanzen, Laufgräben und Reiter. Tonda wollte weiter nichts als hinein in die Reihen des Feindes. Doch wieder und wieder warfen die Mansfelder Reiter und Musketiere ihn und die mit ihm stürmten zurück. Nach drei Stunden lebte er noch immer – zu seiner eigenen Verwunderung; oder sollte man sagen: zu seiner Enttäuschung? Im Grunde nämlich hoffte er nur eines: Jan bald wiederzusehen; seit Wochen wünschte er nichts anderes.

Am späten Vormittag trieben Dragoner Gefangene über die Brücke. Etwa fünfzig Reiter und Musketiere des Mansfelders, die »um Quartier« gebeten hatten, wie Landsknechte die persönliche Kapitulation nannten. Und die Kaiserlichen hatten »Quartier gewährt«. Den Gefangenen, die Tonda nun zur Brücke wanken sah, hatte man die Waffen abgenommen und was sie sonst noch Brauchbares an Ausrüstung und Kleidung an sich trugen; so führte man sie ins Lager, wo sie nach der Schlacht offiziell die Fahnen wechseln konnten.

Tonda entdeckte einen Einäugigen unter ihnen: Veits Jokrim. Er begleitete ihn über die Elbe und ins Lager, gab ihm zu essen und zu trinken und nahm ihn beiseite. »Ich habe Nachrichten für euren General«, erklärte Veits Jokrim. »Nur deswegen habe ich um Quartier gebeten. Und solltest du etwa auch dem Mansfelder noch Dank abzustatten haben, vergiss es in Gottes Namen – der Graf ist zu gefährlich für dich. Er steht mit dem Teufel im Bunde.«

»Wo finde ich diesen Mörder?«

»Willst du eigentlich allen Mördern dieses Krieges Dank abstatten?« Der Einäugige feixte spöttisch. »Dazu bräuchtest du tausend Leben.«

»Wo?« Tonda drängte.

Jokrim zuckte mit den Schultern und beschrieb ihm, wo er den Grafen von Mansfeld zuletzt hatte reiten sehen. Danach griff er in seinen rechten Reitstiefel und zog an einer silbernen Kette ein Amulett heraus. »Für deine Dankesgabe an den Halberstädter – vielleicht überlebst du die Suche nach dem Mansfelder ja doch.« Er tippte auf das Madonnenbildnis, das den Deckel des Amulettes schmückte. »Gift«, flüsterte er. »Streue ihm den ganzen Inhalt in den Wein oder die Suppe, und Meister Hein Klapperbein wird nicht lange auf sich warten lassen.« Tonda sah sich um, nahm das Amulett und steckte es in ein leeres Kugelsäckchen an seinem Brustgurt. »Jetzt schulde ich dir nichts mehr, Spielmann«, sagte Jokrim.

Tonda schwang sich auf seinen Schwarzen, ritt zurück zur Elbbrücke und stürzte sich wieder in den Kampf um Laufgräben, Schanzen, Geschütze und gegen tollkühn anstürmende Mansfelder. Immer stand ihm Jans Bild vor Augen. Er gab vor sich selbst nicht zu, dass er den Tod suchte, doch er schlug um sich wie ein Wilder und lenkte den Schwarzen immer dorthin, wo Kriegsgeschrei und Waffengeklirr am lautesten tönten; er kämpfte, als suchte er einen Gegner, der willens und stark genug war, ihn zu bestrafen.

Nach vier Stunden dann wäre die Schlacht beinahe vorüber gewesen: Aus dreißig Geschützen feuerte die Artillerie des Mansfelders auf die Schanzen, in Laufgräben und gegen die Festungsmauern vor der Brücke; seine Reiterei stürmte mit solcher Wut gegen die kaiserlichen Stellungen an, dass die Offiziere des Obristen Aldringen die Peitschen benutzen und sich heiser schreien mussten, um ihre Musketiere, Kanoniere und Kürassiere von kopfloser Flucht abzuhalten. In dieser Lage befahl Wallenstein, die Stellungen vor der Brücke samt der eigenen Kanonen aufzugeben, sämtliche Reiter, Artilleristen und Fußsoldaten zurückzuziehen und die Brücke zu sprengen.

Tonda sah mit eigenen Augen, wie der Obrist Graf von Aldringen daraufhin in den Unterstand des Generals lief. Dort, so hörte man später, redete er laut auf ihn ein.

Mit nur wenigen Kompanien hielt der Graf von Aldringen seit drei Wochen der zehnfachen Übermacht des Mansfelders stand, ertrug die Feuerhölle der feindlichen Kanonen und die tägliche Litanei von Verlustmeldungen seiner Reiter, die von ihren Ausfällen nicht mehr zurückgekehrt waren. Aufgeben kam für so einen nicht in Frage. Und Wallenstein ließ sich überzeugen. Ein seltener Augenblick.

Zwei Stunden später dann, nach sechs Stunden Schlacht, war es erwiesen: Aldringen hatte Wallenstein zum Sieg überredet.

Wieder preschte Tonda über die verhüllte Elbbrücke – mitten unter kaiserlichen Kürassieren und vor dem kaiserlichen Fußvolk her. Schrittlärm und Hufschlag dröhnte ihm in den Ohren, und das Kampfgeschrei der Soldaten: »Santa Maria! Santa Maria!« Da ließ der Graf von Mansfeld schon zum Rückzug blasen.

Am rechten Elbufer angelangt, schloss Tonda sich kaiserlichen Reiterkompanien an, die den weichenden Mansfelder aus dem Hinterhalt angriffen, um ihn gefangen zu nehmen. Doch plötzlich erbebte die Erde, ein Lichtblitz zuckte und Explosionsdonner krachte derart mörderisch, dass es Tonda noch Stunden später in den Ohren gellte – ein Munitionswagen des Mansfelders war explodiert.

Jetzt gerieten die Truppen des Söldnergenerals endgültig in Verwirrung, und Wallensteins Reiter hatten leichtes Spiel. Ein Gemetzel ohnegleichen begann. Vor allem die leichte Reiterei der Kroaten unter ihrem Obristen Isolano raste im Blutrausch. Am Ende blieben viertausend Mansfelder tot auf dem Schlachtfeld liegen: Engländer, Schotten, Dänen, Holländer, Pfälzer, Böhmen.

In einer Rotte von etwa dreißig Reitern galoppierte Tonda über einen Weg, von dem es hieß, der Graf von Mansfeld selbst sei über ihn geflüchtet. Tonda wollte ihn töten oder seinen Tod mit eigenen Augen sehen. Und sollte ihm weder das eine noch das andere gelingen, wollte er wenigstens selber sterben. Und zu Jan gehen.

Plötzlich entdeckte er auf einem Feld etwa tausend Schuh entfernt eine Fahne mit dem Erzengel Michael: die Standarte des Obristleutnants von Heiligenstadt!

Tonda hielt den Schwarzen an und spähte zu ihr hinüber. Mit einer kleinen Gruppe seiner Arkebusiere erwehrte der Capitaine sich des Ansturms einer doppelt so großen Rotte feindlicher Reiter. »Mir nach!«, brüllte Tonda. Nicht ein einziges Mal drehte er sich um, wollte gar nicht wissen, wie viele ihm folgten. Ohne zu zögern, lenkte er seinen Schwarzen aufs Feld hinaus und mitten in den Kampf.

*

Ein Pferd trottete in den Hof. Es dämmerte bereits, und Kristina hatte schon seit Stunden keinen Kanonendonner mehr gehört. Sie trat aus der Tür und betrachtete das schwarze Pferd. Es kam ihr bekannt vor. Gleich zwei Reiter saßen auf ihm. Einer schien verwundet zu sein, schwer verwundet. Sie musste zweimal hinsehen, bis sie den Capitaine erkannte. Verkrümmt hing er in den Armen des anderen Mannes. Blut sickerte ihm aus dem Harnisch in die Hose, Blut strömte ihm von der Schläfe aus über das Gesicht.

»Hierher, Burschen!« Sie rief die Pferdejungen aus dem Stall, lief selbst durch den schlammigen Hof bis zum Rappen. »Schnell! Helft unserem Capitaine vom Pferd! In die Küche mit ihm! Legt Holz auf. Stellt Wasser auf den Herd!« Einen der Diener schickte sie nach Verbandszeug, den alten Gefreiten in die Stadt, um nach einem Wundarzt zu suchen.

Erst als der zweite Reiter den Capitaine vom Sattel aus in die Hände der Pferdejungen und des anderen Dieners gleiten ließ, erkannte sie ihn: Es war der Spielmann.

»Tonda …«, flüsterte sie und biss sich auf die Lippen, um seinen Namen nicht laut hinausschreien zu müssen.

Sein Gesicht war bleich und kantig, seine dunklen Augen groß und glänzend wie von Fieber. Die schwarzen Locken klebten ihm feucht vom Schweiß an der Sturmhaube und am blutverschmierten Kragen. Er stieg ab, stelzte mit schleppenden Schritten den Pferdejungen und dem Verletzten ein Stück hinterher, blieb schließlich bei ihr stehen und ergriff ihre Hände. »Endlich«, sagte er mit tonloser Stimme. Kristina sagte gar nichts; stand nur wie festgewurzelt und sah ihm ins Gesicht. Er wirkte maßlos erschöpft.

Nur weil einer der Pferdejungen aus der Tür rief und wissen wollte, wo man den Capitaine denn hinlegen sollte, drehte sie sich schließlich um, zog den Spielmann hinter sich her und ließ erst nach ein paar Schritten seine Hand los. »Auf den Tisch! Legt ein Leintuch drunter! Und einer kommt heraus und versorgt den Rappen des Edelmannes hier!« Und an Tondas Adresse. »Komm.«

Tränen strömten ihr über das Gesicht, während sie zurück zum Haus lief, sie fühlte sich überwältigt: Der Spielmann war da.

An der Haustür traf sie die Bäckerin mit zwei Töchtern. »Antonín von Waldau.« Sie wischte sich die Augen aus und wies auf den Spielmann. »Ein Puppenspieler. Er hat den Capitaine gebracht. Gebt ihm zu essen und zu trinken, Gelegenheit sich zu waschen und ein Nachtlager. Ich will's euch zahlen.«

Sie drehte sich nach Tonda um, sah ihm wieder in die großen, glänzenden Augen und konnte es noch immer nicht fassen. »Später«, sagte sie nur. Dann eilte sie in die Küche, wo sie den Capitaine schon aus Kasack, Koller, Harnisch und Hosen geschält hatten. Das Leintuch unter ihm saugte sich bereits mit Blut voll.

Eine alte Frau mit Tüchern über dem Arm und einer Blechschüssel in den Händen schlurfte in die Küche. Die Mutter des Bäckermeisters. Kristina gab Anweisungen nach links und rechts, wusch Leos Wunden, versuchte die Blutungen zu stillen. Der

Spielmann ist da, dachte sie ständig, mein Spielmann ist zu mir zurückgekehrt.

Dass die Kaiserlichen die Schlacht um die Brücke gewonnen hatten und die Reste des Mansfelder Heeres geflohen waren, wusste sie bereits. Der Bäcker selbst hatte die Siegesnachricht vom Schlachtfeld gebracht. Er, seine Söhne und seine Gesellen waren unverletzt heimgekehrt, hatten nur bauen und backen, hatten nicht kämpfen müssen. Dem Himmel sei Dank! Und nun hatte der Spielmann den Capitaine gebracht, ausgerechnet der Spielmann! Konnte das denn wahr sein? Dem Himmel sei Dank!

Endlich schob der Gefreite einen Bader in die Küche. Der war noch viel älter als er selbst; einen richtigen Wundarzt hatte er in ganz Dessau nicht gefunden. Doch der Greis verstand etwas von seinem Handwerk, rasierte dem Capitaine im Handumdrehen und mit wenigen Klingenstrichen den halben Kopf und nähte die von Schläfe bis Hinterkopf klaffende Schädelschwarte mit Seide zu. Leo jammerte und heulte wie ein betrunkenes Marktweib, das gerade Prügel bezog. Eine Degenklinge war ihm knapp über dem Ohr zwischen Sturmhaube und Haar gefahren und hatte die Kopfhaut aufgeschlitzt.

Danach machte der uralte Bader sich an die Wunde an der Hüfte des Capitaines. Eine Musketenkugel war ihm von der Seite in die Flanke gefahren und steckte tief im Fleisch und im Hüftknochen. Eine Fingerbreite höher, und sie wäre in den Unterbauch eingedrungen. Der Greis reinigte sie, flößte dem Capitaine zugleich Branntwein ein und nahm selbst ebenfalls den einen oder anderen Schluck.

»Quel un héros, Mademoiselle du Thott«, flüsterte Leo. Er zitterte, hatte eiskalte Haut, war aschfahl. »Quel un héros! Il a lutté comme le grand Archange Saint-Michel soi-même …« Wieder setzte der Bader ihm die Flasche an die Lippen.

Die alte Bäckerin reichte ihr eine Wundauflage mit entzündungshemmender Salbe. Die roch nach Zwiebel und Bärlauch.

Kristina legte sie auf die Wunde, und der Capitaine jammerte fürchterlich. Die Mutter des Bäckers hob den Kopf des Verletzten, und Kristina wickelte einen Verband um Stirn und Ohren.

Von welchem Held sprach Leo? Wer hatte gekämpft wie der Erzengel Michael selbst? Wie Leo zitterte, wie glasig seine Augen waren! Das Bewusstsein drohte ihm jeden Moment zu schwinden; vielleicht wusste er schon nicht mehr, was er redete. »Man muss ihm zu trinken geben«, sagte die Alte. »Und nicht nur Branntwein.« Mit einer Kopfbewegung bedeutete sie dem Diener, warmes Wasser abzufüllen.

»Kümmert Euch um ihn.« Leos Zunge wurde schwerer, seine Worte klangen verwaschen »Gebt dem tapferen Kämpfer, was er verlangt, Mademoiselle du Thott, je vous en prie au nom de la Sainte Vierge, er hat mich gerettet, ohne ihn wäre ich …« Wieder steckte ihm der Bader die Branntweinflasche zwischen die Lippen.

Auf einmal begriff Kristina: Der Capitaine sprach vom Spielmann. Hatte der etwa in der Schlacht gekämpft? Er, ein Musikant und Puppenspieler? Sie konnte es kaum glauben.

Leo brauchte sie nicht mehr zu fragen, der lallte jetzt nur noch. Die alte Bäckerin schob den Bader beiseite und flößte dem Capitaine Wasser ein. Er trank gierig. Und stöhnte und röchelte und zuckte, als der Bader ihm schließlich die Kugel aus Knochen und Fleisch kratzte, und das verbrannte Fleisch aus der Wunde schnitt. Zu viert mussten sie ihn festhalten. Der Greis nähte die Wunde mit einer Katzensehne zu. Dem Capitaine verursachte das derart unerträgliche Schmerzen, dass er das Bewusstsein verlor.

Sie wuschen ihn, zogen ihm frische Wäsche an und trugen ihn in die große Schlafkammer der Bäckersleute, die er mit seinem Kammerdiener bezogen hatte. Den beauftragte Kristina, an Leos Bett zu wachen.

Zurück in der Küche, sah sie den Spielmann am Herd sitzen. Er trank Wasser und hatte sich eine Decke um die Schulter gelegt.

Um ihn herum wusch die Bäckersfrau Leos Kleider, putzten die Pferdejungen Leos Stiefel, Waffen und Gurte, scheuerte die alte Mutter des Bäckers Leos Blut von Tisch, Stühlen und Boden.

»Geh, ruh dich aus.« Mit einer Kopfbewegung deutete Kristina auf die Tür zu ihrer Schlafkammer. Tonda stand auf und schlurfte aus der Küche. Himmel, er bewegte sich so kraftlos wie ein Schwerkranker!

Kristina bezahlte den Bader, drückte der Bäckerin einen ganzen Gulden in die Hand und bedankte sich bei deren Schwiegermutter. Die Frauen schätzten sie, das spürte sie täglich, das spürte sie auch jetzt. Sie halfen beim Saubermachen, wünschten ihr den Segen Gottes für den armen Capitaine, lächelten ihr zu und wünschten ihr eine Gute Nacht. Das wirkte echt, und es fiel Kristina leicht zu glauben, dass man hier nicht hinter vorgehaltener Hand als Hure von ihr sprach.

Die Küche leerte sich nach und nach. Kristina löschte das Licht, ging in ihre Schlafkammer. Eine Öllampe brannte dort auf dem Tisch. An ihm saß er, der Spielmann, hatte die Landkarten und die Zeitungsabschrift ausgebreitet, betrachtete das Ölporträt ihres Vaters. »Wer ist das? Er sieht dir ähnlich.«

»Nils Gustavson Thott.« Kristina drückte die Tür hinter sich zu. »Mein Vater.«

»Der Großbrand in Stockholm, oh weh.« Tonda nahm die Zeitungsabschrift in die Hand. »Ich habe davon gehört. Du machst dir Sorgen um deine Familie, nicht wahr?«

»Die Angst um sie raubt mir den Schlaf.« Sie ging zum Fenster und zog die Vorhänge vor. »Ich werde versuchen, mich nach Stockholm durchzuschlagen.« Ein verstohlener Blick auf ihr Tagebuch – es lag noch genau so unter Tintenfass, Messer und Feder, wie sie es Stunden zuvor verlassen hatte. »Schon bald.«

»Gefährlich in Zeiten wie diesen.« Er legte das Bild weg. »Lebensgefährlich. Für eine Frau sowieso. Wenn sie allein reist.«

Kristina ließ sich am Fußende des Bettes nieder, weil sonst kein

Stuhl im Zimmer stand. »Wer sagt, dass ich allein reisen werde?« Jetzt saß sie ähnlich weit entfernt von ihm wie in den Augenblicken nach den Puppenkomödien in Hersfeld; als sie auf der Deichsel hockte und er am Wagenheck stand und seine Scheu kaum verbergen konnte.

»Der Capitaine wird nicht reisen können vorläufig. Vielleicht nie mehr.« Tonda deutete auf das Porträt. »Wer hat die Leinwand durchstochen? Und woher stammen die Wasserschäden? Sind das Salzränder?«

»Verwundet oder bei Kräften – der Freiherr von Heiligenstadt würde mich sowieso nie nach Stockholm bringen.« Sie verschränkte die Arme vor der Brust. »Er redet nur gern davon. Warum hast du nicht auf meine Briefe geantwortet?«

»Ist das dein Tagebuch?« Er deutete auf das blaue Buch. »Irgendwann einmal muss es ebenfalls im Wasser gelegen haben.«

»Warum hast du mir nicht geschrieben?«

»Ich konnte nicht.« Er stützte die Ellenbogen auf die Knie, senkte den Blick.

»Du hast meine Briefe also bekommen.« Unausgesprochen hatte er es jetzt eingestanden. »Warum hast du dann nicht geantwortet?«

Er schüttelte den Kopf, blieb erst einmal stumm. Schließlich legte er die Hand auf das Vaterporträt. »Ich hatte auch einen Vater. Er starb, als ich noch sehr klein war. Die Nai ist alles, was mir von ihm geblieben ist.«

»Liebst du ihn?« Er nickte. »Hat er dich geliebt?« Wieder ein Nicken. »Dann ist dir mehr von ihm geblieben als nur die Panflöte, glaub mir das. Warum hast du nicht zurückgeschrieben?«

»Mein Stiefvater hat den Vaternamen nicht verdient. Er war ein Schinder ohne Herz im Leib.« Tonda sprach langsam und leise und schaute sie dabei nicht an. »Doch vor acht Jahren begegnete mir ein neuer Vater. Der liebt mich und ich ihn. Ich bin ihm unendlich verbunden. Heute ist er mein Beichtvater, und ich bin ein Mönch. Doch das darfst du niemandem verraten. Ein Mönch jedenfalls sollte keiner Frau einen Brief schreiben.«

»Ein Mönch? Du?« Kristina beugte sich vor, schüttelte den Kopf und machte ein Gesicht, als müsste sie sich zwingen, nicht laut herauszulachen. »Das glaube ich nicht.«

Wieder antwortete er nicht, betrachtete nur seine schmalen Hände. Er war also zwei Jahre jünger als sie. Kristina wusste nicht viel über ihn; dass er aus Prag stammte, dass seine Familie dort eine Pferdezucht besaß, dass er klug und belesen war und Priester ihn erzogen hatten – viel mehr hatte er ihr nicht erzählt während der Wochen in Hersfeld. Und wenn sie dem verwundeten und halb betäubten Capitaine glauben wollte, konnte er mit Waffen umgehen wie ein Kriegsmann. Wie passte das alles zusammen?

»Es war schön, was du mir geschrieben hast«, sagte er mit heiserer Stimme. »Dass du neben mir sitzen willst, ganz nah, und dass du mit mir singen willst. Darüber habe ich mich gefreut.« Endlich hob er den Blick und sah sie an. »Ich habe auch jeden Tag an dich gedacht.«

»Hättest du's mir bloß geschrieben.«

»Ich konnte es doch nicht.« Er zuckte mit den Schultern. »Wenn du nur wüsstest …« Ein verzweifelter Zug flog über sein Gesicht. Insgeheim erschrak Kristina: Irgendetwas quälte diesen Mann. »Warum bist du aus Stockholm geflohen? Erzähl mir davon.«

»Geflohen?« Kristina stutzte. Hatte er etwa doch in ihrem Tagebuch geblättert? »Woher weißt du davon?«

»Gar nichts weiß ich. Ich sehe nur: ein zerschnittenes Bild, die Landkarten, die Spuren des Meerwassers, eine kluge Frau, lutherisch und aus gutem Haus und im Zelt eines Offiziers.«

»Als seine Hure.« Kristina lachte bitter. »Sprich es doch aus, Spielmann.« Er hob die Brauen, sah ihr in die Augen, und in seinem Blick lag so viel Trauer und Zärtlichkeit, dass ihr auf einmal ganz anders wurde. Sie rückte vom Fußende des Bettes bis zum

Kissen und lehnte gegen das Kopfteil des Bettes. Wenn sie jetzt den Arm ausstreckte, hätte sie sein Gesicht berühren können.

»Sie wollten mich verheiraten«, begann sie. »An einen versoffenen Stinkstiefel. Das muss um die Zeit gewesen sein, als dir dein dritter Vater begegnete. In Böhmen brach gerade dieser unselige Krieg aus. Ich war siebzehn damals, und der, dem sie mich als Braut verkaufen wollten, über fünfzig …«

Und dann erzählte sie. Von Erik, von Vanhouten, von Flöckchen und vom sinkenden Schiff. Von den Fischern, Pit und dem Kosak. Beinahe alles erzählte sie, auch wie sie Leopold von Heiligenstadt auf der Mauer gerettet und statt seiner den schlimmen Veits Jokrim den Kugeln der Wächter preisgegeben hatte.

Als sie fertig war, schwiegen sie eine Zeitlang. Irgendwann rückte er mit dem Stuhl näher ans Bett, ergriff ihre Hand und hielt sie fest. »Dann waren wir uns schon einmal ziemlich nahe«, sagte er, »in Prag. Mein Stiefvater ist gefallen in jener Schlacht am Weißen Berg, als der Schotte und die Pfälzer dich gerettet haben. Mein Bruder wurde gefangen genommen. Mich hatten fromme Männer im Gefängnis einschließen lassen, damit ich nicht in die Kämpfe gerate. Ich habe ihnen viel zu verdanken.«

»Den Priestern?«

Er nickte. Dann erzählte er von seiner Familie: von seiner traurigen Mutter, von den weizenblonden Haaren und den grünen Augen seiner schönen Schwester, von seinem lebensklugen Bruder und dessen Abschiedsgeschenk, dem Rappen mit der lanzenförmigen Blesse zwischen Stirnmähne und Nüstern.

Seine Stimme brach und seine Augen füllten sich mit Tränen. Kristina streichelte seine Wange, und als er weiterreden konnte, erfuhr sie, dass sein Bruder unter protestantischer Fahne gekämpft und der Krieg ihn ums Leben gebracht hatte. Ihr eigener Bruder Erik stand ihr auf einmal vor Augen. Zum ersten Mal kam ihr der Gedanke, dass er vielleicht am Polenfeldzug seines Königs teilnahm. Die Sorge schnürte ihr das Herz zusammen.

Von den Priestern in Prag erzählte Tonda nur, dass er bei ihnen studiert hatte. Und der, den er »dritten Vater« genannt hatte, sein Beichtvater, hatte ihm das Puppenspiel beigebracht. Seine Stimme wurde dunkler und rauer, als er von diesem Priester sprach. Kristina spürte, dass der Spielmann ihm ganz besonders nahestand, und sie hätte gern mehr über ihn erfahren. Doch Tonda sprach lieber über Prag, über die schöne Moldau und über seine Kindheit an ihren Ufern. Er fragte Kristina nach ihrer Kindheit, nahm die Schwedenkarte auf, deutete auf Stockholm und wollte wissen, ob es denn wahr sei, dass die Stadt auf Inseln liege. Und Kristina erzählte von Stockholm und von ihrem Elternhaus.

Sie merkten nicht, wie die Zeit verging, redeten Stunde um Stunde, und die meiste Zeit hielten sie sich dabei an den Händen.

»Spiel mir etwas auf der Panflöte vor«, bat Kristina irgendwann.

»Dann wacht ja das ganze Haus auf, und wir können nicht mehr weiterreden.«

»Das stimmt.« Sie sah ihn an. »Ist es denn wirklich wahr, dass du jeden Tag an mich gedacht hast?« Er nickte. »Hast du dir dann auch gewünscht, ich wäre in deiner Nähe?« Wieder nickte er. Sie nahm sein Gesicht zwischen ihre Hände. »Weißt du, wie man das nennt, wenn man jeden Tag an jemanden denkt und sich wünscht, er wäre da?«

»Versuchung.« Tonda ergriff ihre Handgelenke und zog ihre Hände von seinen Wangen. »So nennt es mein Gefährte Nikolaus, und mein Beichtvater würde es wohl auch so nennen: ›Versuchung‹. Ich glaube, ich muss es anders nennen.« Er küsste ihre Hand. »Liebe?«

Kristina durchströmte es warm. »Ich will künftig jeden Tag mit dir zusammen sein«, flüsterte sie. »Und du?«

»Am liebsten, ja.« Er beugte jäh seinen Kopf und drückte seine Stirn in ihre Hände; so fest, als würde ihm etwas wehtun. »Am liebsten für immer.«

»Dann begleite mich nach Magdeburg. Und von dort nach Lübeck.« Sie griff wieder nach seinem Kopf, hob ihn hoch und sah ihm ins Gesicht. »Mit dir könnte ich es schaffen bis dorthin. Und in Lübeck habe ich Verwandtschaft.« Sie zischte die Worte hinaus, ganz hastig war ihr zumute, als müsste alles sehr schnell passieren jetzt, als könnte es morgen schon zu spät sein. »Die werden dafür sorgen, dass wir auf ein sicheres Schiff gelangen, auf eines, das uns hinüber nach Malmö bringt. Und dann reiten wir nach Norden oder nehmen einen Wagen. Vielleicht holt mein Vater uns auch ab, ich könnte ihm schreiben von Magdeburg aus …« Sehr fest hielt sie seinen Kopf, sehr ernst sah sie ihm in die Augen. »Geh mit mir nach Stockholm, Tonda.«

»Und der Capitaine?«

Sie ließ ihn los. »Du willst keine Hure, nicht wahr?«

»Du bist keine Hure. Ich … ich fühl mich wie verzaubert von dir. Ich will bei dir sein …«

»Dann bleib für immer und bring mich nach Stockholm. Ich brauche keinen Capitaine, keinen Rittmeister, nicht irgendeinen Mann, der kämpfen kann. Ich brauche dich.«

Er nickte, doch so, als müsste er einen Widerstand überwinden. »Ich gehe mit dir nach Stockholm, ja. Doch zuerst …, zuerst muss ich ein Gelübde erfüllen.«

»Wenn die Liebe dich ruft, solltest du hören.«

»Ich muss es tun, ich habe es geschworen.«

Einen Augenblick zögerte sie. Ein Schwur? Sprach er von seinem Mönchsgelübde? Sie wäre gern in ihn gedrungen, hätte gern erfahren, was er wem geschworen hatte. Doch sie ließ es bleiben. »Also gut.« Sie stand auf, atmete tief, atmete gegen die Enttäuschung an. »Dann tu, was du tun musst, und danach komm.« Es würde zu spät sein, sie spürte es.

Tonda erhob sich und umarmte sie. Im nächsten Moment fanden sich ihre Lippen, ihre Münder, und ihr Atem vermischte sich. Auf einmal schien es hell zu werden in der nächtlichen Kammer, als würde die Sonne aufgehen; Kristina glaubte zu schweben. Sie schlang ihre Arme um seinen Nacken, sog seinen erdigen Geruch ein, den Geschmack seiner Lippen, seiner scheuen Zunge. Ganz leicht wurde ihr, ganz warm, und eine heiße Woge durchperlte sie vom Scheitel bis in die Schenkel hinunter. So etwas hatte sie noch nie erlebt.

Sie drückte sich an ihn, spürte, wie er ganz weich und sein Kuss sehnsüchtiger wurde. Am liebsten hätte sie ihn so festgehalten. Am liebsten hätte sie ihn zum Bett geführt. Am liebsten wäre sie mit ihm in die Decken gesunken. Doch hinter den Vorhängen graute schon der Morgen. Sie löste sich von seinen Lippen und schob ihn ein Stück weg von sich. So standen sie, atemlos, und einer ließ seinen Blick durch die Gesichtszüge des anderen wandern.

»Geh jetzt«, flüsterte Kristina schließlich. »Ich warte auf dich.«

11

Dessau, Mai 1626

Wahrscheinlich war es das wochenlange Fieber, das dem Capitaine am Ende die Lebenskraft zerbrach. Es setzte schon in der Nacht nach der Schlacht ein und stieg in den folgenden Tagen so hoch an, dass Leopold von Heiligenstadt manchmal wie ohnmächtig auf dem Bett lag. Dann sank es wieder für Stunden oder auch einen ganzen Tag, um anschließend mit umso größerer Hitze zurückzukehren. Sein Bett wackelte, das Nachtgeschirr klirrte, der Schrank zitterte – so heftig riss der Schüttelfrost in manchen Stunden an ihm.

Anfangs sprach er viel vom Spielmann. Kristina hörte es gern und es wurde ihr warm ums Herz, wenn Tondas Name fiel. Gott selbst habe Antonín von Waldau zu ihm aufs Feld geschickt, schwor Leo; habe seinen Rappen im letzten Moment dorthin gelenkt, wo dänische Reiterei ihn, den Capitaine, und seine Männer ganz bestimmt erschlagen hätten, wenn der Puppenspieler sich nicht todesmutig und nur von wenigen Reitern begleitet in den Kampf gestürzt hätte. Wie der Erzengel Michael gegen den Drachen, so habe der Spielmann gegen die Feinde gefochten. Das erzählte er jedem, der zu ihm ans Krankenlager kam, und seinem Beichtvater, dem Pater Weinfass, gab er Geld, damit der ein paar Messen für den tapferen Mann lesen ließ.

In den ersten Tagen gingen sie ein und aus bei Leopold von Heiligenstadt: sein Obristwachtmeister, seine Rittmeister, sein Beichtvater, ein Gesandter Wallensteins sogar, und oft hörte Kristina die Männer scherzen in Leos Kammer. Einmal sah sie auch Veits Jokrim im Hof von seinem Pferd steigen. Sein hölzerner

Gang, seine verschlagene Miene und danach seine heisere Stimme draußen in der Küche – all das drückte ihr schier die Luft ab. Sie verriegelte ihre Kammer, solange er im Haus blieb. Zum Glück ritt er schon nach kurzer Zeit wieder vom Hof. Von Lindholz erzählte ihr am selben Abend, dass der Einäugige nun im Rang eines Rittmeisters als Sonderoffizier unter der Fahne des Obristen von Aldringen diente.

Die Besuche munterten den Capitaine jedes Mal für ein paar Stunden auf. Begeistert schwärmte er hinterher von den kleinen Siegen Tillys und Wallensteins, von denen ihm die Besucher berichtet hatten, und wie segensreich es nun doch wieder voranginge mit der katholischen Sache. Doch auch schlechte Nachrichten drangen durch die Besucher an sein Krankenbett, und so erfuhr Kristina vom Sieg ihres Königs Gustav Adolf und seines Heeres in Kurland.

Sie versuchte, es sich nicht anmerken zu lassen, doch ihr Herz schlug höher, als der Capitaine mit kraftloser Stimme und besorgter Miene davon sprach. Das bedeutete ja – so weit hatte sie die politischen Verhältnisse durchschaut –, dass ihr König seinen Feldzug in Polen womöglich bald beenden und mit seinem Heer den deutschen Protestanten zu Hilfe kommen würde. Und womöglich auch ihr. Zugleich bedrückte die Sorge um Erik sie – ganz gewiss kämpfte auch er unter der Fahne seines Königs in Polen.

Je länger der Capitaine krank lang und je schlimmer sein Zustand wurde, desto seltener besuchte ihn jemand aus seinen Regimentern. Bald schaute kaum noch einer nach ihm.

Kristina aber saß an seinem Lager, wann immer sie konnte. Sie hielt seine Hand, tränkte ihn, trocknete seinen Schweiß, wechselte seine Wäsche, las ihm vor. Bei all dem kreiste ein Teil ihrer Gedanken immer um den Spielmann. Sie dachte an ihn, wenn sie Leos Verbände wechselte, sie dachte an ihn, wenn sie kochte oder Wäsche wusch, sie dachte an ihn, wenn sie die Pferde versorgte. Sogar während ihrer täglichen Schießübungen dachte sie an ihn.

Ein Mönch? Sie konnte es noch immer nicht fassen. Doch irgendwann erinnerte sie sich an den Moment, in dem sie ihn am Ufer der Fulda zum ersten Mal bewusst wahrgenommen hatte: War er ihr nicht gleich wie ein Prediger oder ein Priester vorgekommen mit seinen schwarzen Kleidern und den weißen Strümpfen, dem weißen Hemd und dem weißen Spitzenkragen darunter? Immer spürte sie seinen Kuss, und manchmal schloss sie die Augen, um das warme Strömen und Prickeln festzuhalten, das dann durch ihren Körper perlte.

Obwohl Tonda schon vor Tagen aus dem Hof geritten war, fühlte sie seine Gegenwart deutlicher als die des Capitaines, dem sie doch die Hand hielt oder den Schweiß trocknete.

Leo flüsterte oder heulte oder stöhnte ihren Namen, wenn das Fieber sein Bewusstsein trübte; wenn es seine Hitzeklauen lockerte und er wieder einigermaßen bei Sinnen war, erklärte er ihr seine Liebe und schwor, sobald er gesund würde, zu Wallenstein zu gehen und seinen Abschied nehmen zu wollen. »Sollte ich von diesem Krankenlager jemals wieder aufstehen«, erklärte er elf Tage vor seinem Tod, »dann werde ich den lutherischen Glauben annehmen. Wir werden nach Stockholm fahren, sofort nach meiner Genesung, und ich werde bei deinem Vater um deine Hand anhalten.«

Solches beteuerte er nicht nur ein Mal, und er tat es mit solcher Leidenschaft, dass Kristina, die dabei seine Hand hielt, an ihre erste Begegnung auf der Heidelberger Stadtmauer denken und vor Rührung weinen musste; und manchmal sogar geneigt war, ihm zu glauben. Doch nie allzu lange. Sie kannte ihn ja inzwischen, wusste ja, dass ein weiches Herz in ihm schlug; ein Herz, das den Stürmen starker Gefühle mit aller Hingabe folgte, zu der ein Mensch fähig war – bis neue Stürme sich erhoben und aus ganz anderer Richtung bliesen.

Irgendwann – Kristina traute ihren Ohren nicht – bat er sie sogar, ihm die lutherische Lehre zu erklären. Sie fasste sich also ein

Herz und erzählte, was sie bei Magister Heringstonne und bei den Stockholmer Predigern gelernt hatte: dass nämlich ein Mensch allein durch den Glauben und die Gnade Gottes gerettet wird und dass keiner nur durch gute Werke vor dem Richterstuhl Gottes bestehen und in den Himmel kommen konnte.

Das gefiel dem Capitaine ganz und gar nicht, denn er dachte an seine teure Marienkapelle in Wien. Am widerwilligsten hörte er, dass Kristina behauptete, die Bibel verbiete es, zu Heiligen und zur Jungfrau Maria zu beten, und richtig wütend wurde Leo, als sie sagte, in der Bibel sei kein Wort über das Fegefeuer zu finden. Natürlich stand ihm da erst recht seine Stiftung vor Augen und all die teuren Messen, die dort Woche für Woche gelesen wurden.

Trotzdem wurde er neugierig und bat sie, ihm aus der Heiligen Schrift vorzulesen. Kristina hatte zuletzt in Heidelberg eine Bibel in der Hand gehabt – Leo noch nie. Die Papisten, so erfuhr sie zu ihrem Erstaunen, lasen allenfalls Gebetsbücher und fromme Heiligenlegenden. Die Bäckersleute dagegen hingen dem lutherischen Glauben an und besaßen eine Bibel. Aus ihr las Kristina dem Capitaine in den fieberfreien Stunden vor.

Am liebsten hörte er die Stelle aus dem ersten Brief des Paulus an die Korinther, wo der Apostel eine Lobhymne auf die Liebe anstimmt: »Wenn ich alle meine Habe den Armen gäbe und ließe meinen Leib brennen und hätte der Liebe nicht, so wäre mir's nichts nütze.« Kristina las die Verse sehr laut und mit feierlicher Stimme. »Die Liebe ist langmütig und freundlich, die Liebe eifert nicht, die Liebe treibt nicht Mutwillen, sie blähet sich nicht auf.« Als die fieberfreien Zeiten immer kürzer und seltener wurden, wollte der Capitaine nur noch diese Verse hören. Kristina las sie ihm vor und spürte, wie die uralten Worte ihr selbst tief ins Herz drangen. »Die Liebe glaubet alles, sie hoffet alles, sie duldet alles. Die Liebe höret nimmer auf …«

Sie gingen ihr nicht mehr aus dem Kopf, selbst während ihrer

Schießübungen dachte sie manchmal an die Worte des Apostels: *Die Liebe glaubet alles, hoffet alles.*

Durfte sie denn hoffen, dass der Spielmann zurückkehren würde? Er war doch ein Mönch! Bei Magister Heringstonne hatte Kristina gelernt, dass Mönche Armut, Gehorsam und Keuschheit versprechen mussten. Durfte sie in ihrer rettungslosen Liebe wirklich glauben, Tonda würde ihretwegen sein Gelübde brechen? Immerhin hatte er sich küssen lassen. Oder hatte nicht sogar er sie geküsst? Und wer hatte überhaupt zuerst wessen Hände ergriffen? Sie erinnerte sich nicht mehr genau, spürte nur seine Umarmung und seine Lippen, wenn sie an den himmlischen Augenblick dachte, fühlte nur Tondas Nähe ihr Selbst umfangen wie ein warmer, bergender Mantel. Einmal traf sie mit der Reiterpistole mitten ins Schwarze ihrer Zielscheibe, obwohl die Erinnerung an den Kuss sie ganz und gar beschlagnahmte.

Leo musste schon Mitte Mai geahnt haben, welches Ende es mit ihm nehmen würde. Eines Vormittags schickte er einen Boten nach Aschersleben. Danach ließ er denjenigen der beiden Diener zu sich rufen, der ihm auch als Sekretär diente. Was er ihm in die Feder diktierte, erfuhr Kristina erst Wochen später.

Um diese Zeit erschien auch der Rittmeister von Lindholz wieder im Dessauer Quartier; der General Wallenstein hatte ihn nach Aschersleben beordert, um sich über den Gesundheitszustand seines Obristleutnants berichten zu lassen. Je deutlicher es mit dem Capitaine bergab ging, desto entspannter zeigte der Rittmeister sich. Kristina hatte nach der Begegnung mit Tonda noch keine Gelegenheit gehabt, allein mit ihm zu sprechen und sein Angebot abzulehnen. Doch seine zuversichtliche Miene bewies ihr, dass es höchste Zeit dafür wurde.

Mein Spielmann wird mich nach Hause bringen, dachte sie, mein geliebter Tonda.

Drei Tage nach dem Diktat rollte auf einmal ein von sechs Pferden gezogener Wagen auf den Hof des Bäckers. Zwanzig Reiter eskortierten ihn. Ein schmächtiger Mann mit spitzem, blassem Gesicht und kunstvoll hochgezwirbeltem Schnurrbart stieg aus. Irgendein reicher Kaufmann, vermutete Kristina zunächst, oder ein wichtiger Ratsherr einer größeren Stadt, vielleicht sogar ein Bürgermeister. Doch die vielen Reitersoldaten seiner Eskorte und der Blick auf das Wappen an der Kutschentür belehrten sie, dass sie mindestens einen Grafen vor sich hatte.

Weil sonst niemand sich zu ihm wagte, begrüßte Kristina ihn und fragte nach seinen Wünschen. Sich verbeugend und einen Kuss auf ihre Hand hauchend erklärte er, er sei der Obrist des Kaisers Johann von Aldringen und der Obristleutnant von Heiligenstadt habe in einer wichtigen Angelegenheit nach ihm geschickt. Er sprach mit wallonischem Akzent.

Kristina führte ihn an Leos Krankenlager. Der schickte sie nach seinem Sekretärsdiener und bat sie dann, ihn mit den beiden Männern allein zu lassen. Nach einer Stunde etwa verließen die beiden Männer wieder Leos Krankenkammer. Noch höflicher, als er sie begrüßt hatte, verabschiedete sich Aldringen von Kristina. Noch kurz bevor er in seine Kutsche stieg, drehte der Mann, der acht Jahre später den Mord an seinem General Wallenstein betreiben sollte, sich noch einmal nach ihr um und lächelte ihr wohlwollend zu.

Ab Mitte der dritten Maiwoche kam der Capitaine nur noch wenige Stunden am Morgen zu sich, und am Abend rief er im Fieber nicht mehr allein nach Kristina, sondern auch nach seiner Mutter. Ein paar Tage lang musste Kristina es ertragen, dass der Fiebernde sie in einem Atemzug mit jener verlogenen Frau nannte, die sie in Wien viel zu lange hatte ertragen müssen. In der dritten Maiwoche hatte es ein Ende damit, denn von da an rief er nur noch nach seiner Mutter, und in den letzten Maitagen hörte auch das auf, und er wimmerte einzig und allein noch nach der Mutter Gottes.

An einem der letzten Tage saß Kristina an seinem Bett, hielt seine Hand und las ihm aus dem ersten Korintherbrief vor. »… nun aber bleibet Glaube, Hoffnung, Liebe, diese drei; die Liebe aber ist die größte unter ihnen.«

»Es reicht!«, blaffte eine Stimme mit Wiener Akzent, und als Kristina von der Bibel aufsah, stand ein fettleibiger Mönch in der Tür. Pater Weinfass. Er trug ein wuchtiges, silbernes Kruzifix in der Linken und eine Amphore mit Öl in der Rechten. Kristina hatte ihn seit zwei Wochen nicht am Krankenlager des Capitaines gesehen. Wahrscheinlich hatte einer der Diener ihn rufen lassen.

Der Dominikaner trat ans Bett. Ein säuerlicher Geruch breitete sich im Sterbezimmer aus, und Kristina kam es vor, als wäre es plötzlich kälter geworden. Pater Weinfass bedeutete ihr mit einer Kopfbewegung, die Kammer zu verlassen. Sie drückte Leos Hand, schlug die Bibel zu und ging hinaus.

Zwei Tage später, an Pfingstsonntag, starb Leopold von Heiligenstadt. Statt einen katholischen Friedhof zu suchen und ihn dort zu bestatten, balsamierten seine Diener ihn ein. »Das hat der Freiherr in seinem Testament so verfügt«, erklärte ihr der Sekretärsdiener. »Sein Leichnam soll nach Wien gebracht und in der Marienkapelle beigesetzt werden.«

»Ein Testament also hat er gemacht?« Daran hatte Kristina zuletzt gedacht.

»Niemanden von uns, die wir ihn auf seinen Feldzügen beglei tet haben, hat er darin vergessen«, sagte der Diener, und seine Stimme nahm einen ehrfürchtigen Klang an. »Auch Euch nicht. Sobald der Obrist Aldringen wieder in Dessau weilt, wird es eröffnet.«

Pater Weinfass weigerte sich, den Sarg mit Leos einbalsamiertem Leichnam bis zur Abreise in der Dessauer Kirche aufzubahren – seit hundert Jahren wurden dort Gottesdienste nach dem lutherischen Ritus gefeiert, und so galt das Gotteshaus in den Augen des Dominikaners als entweiht. Lieber brachte er den Toten in das nahe Jagdschloss eines anhaltinischen Grafen, und dort in den kühlen Weinkeller.

Kristina stand im Tor, als der Wagen aus dem Hof rollte. Die Pferdejungen und die Diener begleiteten Leos Beichtvater und Sarg. Nun war sie ganz allein. Da draußen, entlang des Elbufers, wimmelte es von groben Landsknechten, die nur darauf warteten, eine Frau wie sie als Magd und Beischläferin in ihr Zelt zu holen. Und hinter ihr, irgendwo im Garten, wartete Moritz von Lindholz auf ihre Entscheidung. »Wann kommst du?«, murmelte sie. »Wann kommst du zurück zu mir, Tonda?«

Sie dachte an jene Nacht in Heidelberg, als sie vor Veits Jokrims Gier auf die Stadtmauer floh und plötzlich mit gezückter Pistole der Capitaine vor ihr kauerte. Auf einmal fühlte sie sich seltsam leer. Zurück im Haus und vor ihrem aufgeschlagenen Tagebuch sitzend, betrachtete sie Leos Wappenring an ihrer Hand: den Erzengel Michael mit gezücktem Schwert über dem besiegten Drachen. Kristina fragte sich lieber nicht, was aus ihr geworden wäre ohne diese nächtliche Begegnung damals in Heidelberg.

Ein Bote aus Aschersleben kündigte die Ankunft des Obristen Aldringen für den elften Junitag an, den Fronleichnamstag. Eine Woche zuvor, an einem viel zu kühlen Vormittag, ließ Kristina im Stall der Bäckersleute ihren Schimmel neu beschlagen. Sie redete dem Tier gut zu, während der Rittmeister von Lindholz dem Schmied bei der Arbeit half. Seit dem Tod des Capitaines suchte der Frankfurter vermehrt ihre Nähe. Sie hatte dem blonden Offizier immer noch nicht gesagt, dass sie ohne ihn nach Magdeburg und Stockholm aufbrechen würde.

Im Hof hörten sie Hufschlag und dann Stimmen. Kurz darauf lief die Bäckerin in den Stall. »Ein Spielmann!«, rief sie. »Er hat einen Brief für Euch.« Kristinas Brust wurde eng, ihre Knie weich. Sie zwang sich, ohne jede Hast aus dem Stall zu schreiten.

Die Bäckerin kannte Tonda, hätte seine Rückkehr mit ganz anderen Worten gemeldet. *Ein Spielmann.* Etwa sein Gefährte? Es wird ihm doch nichts zugestoßen sein?

*

Wolfenbüttel, Juni 1626

Die Stadt glich einer Festung. Tonda gewann schnell den Eindruck, dass mehr Soldaten als Bürger in ihr lebten; dennoch lenkte er seinen Wagen durch die dicht bevölkerten Straßen bis zum Marktplatz von Wolfenbüttel, spannte dort die Pferde ab und baute das Himmelreich auf. Die Festungstürme warfen ihre Schatten auf den Platz, der Hausmannsturm des Wasserschlosses überragte die Dächer. Dort hinein wollte Tonda; dort, im Schloss, hatte der dänische König Christian sein Hauptquartier errichtet und dorthin, so wusste Tonda von einem Kundschafter Wallensteins, hatte auch sein Neffe, der Halberstädter, sich zurückgezogen.

An keinem Tag, in keiner Stunde konnte er den Kuss vergessen, seit er Kristina verlassen hatte. Er brannte ihm auf den Lippen, er brannte ihm im Herzen. Jetzt aber, angesichts des Schlossturms, umgeben von viel zu vielen protestantischen Soldaten und mit der wachsenden Angst vor dem Treffen mit dem Halberstädter, jetzt verblasste die Erinnerung endlich ein wenig.

Er schob die Puppenbühne an den Wagenrand, strich die Falten aus dem Vorhang, schob die Nai unter sein Hemd, um sie zu wärmen. Es duftete nach frischem Brot, und manchmal wehte der Wind den Geruch von Fisch heran. Tondas Magen krampfte sich zusammen; seit drei Tagen hatte er kaum etwas gegessen. Er brachte nichts herunter. Diese Frau, ihre Worte, ihr Kuss – wie ihn das aufwühlte, wie es seine Gedanken beschlagnahmte! Und wie fremd er sich selbst geworden war, mit all seinen Gefühlen, Wünschen und Sehnsüchten.

Ich muss essen, sagte er sich. Sonst kann ich nicht tun, was ich tun muss. Er griff an seine Brust, wo an einer Silberkette das Amulett mit dem Gift hing. Ich muss sie vergessen, nahm er sich wohl zum hundertsten Mal vor, sonst wird Gott mich bestrafen. Und Vater Franz erst – es würde ihm das Herz brechen, wenn er davon wüsste.

Er beschloss, Brot und Gemüse von den Einnahmen der Puppenkomödie zu kaufen. Nikolaus verwaltete das gemeinsame Münzsäckchen, und der würde erst in den nächsten Wochen in die Stadt kommen. Der Gefährte wollte noch den Wundärzten im Heerlager bei Dessau bei den vielen Verletzten helfen.

Dessau. Dort wartete sie auf ihn. »Kristina.« Ihr Name sprang ihm manchmal auf die Zunge, einfach so, er konnte sich nicht dagegen wehren; vielleicht wollte er es auch nicht. Ihr Bild durchwirkte seine Gedanken wie ein feines, unzerstörbares Gewebe. Er musste an sie denken, immer. Er konnte nichts dagegen tun. Doch er musste etwas dagegen tun! Er war doch Mitglied der Gesellschaft Jesu, er war doch ein Soldat Gottes!

An den Ständen rechts und links seines Wagens boten Bauern Federvieh, Kirschen, Mairüben, Feldsalat und Spinat an. Die Auslagen kamen Tonda dürftig vor, die Hühner fast zu jung, um sie schon zu schlachten. Der Frühsommer zeigte sich so kalt und unfreundlich, wie das Frühjahr angefangen hatte, und viele Söldner des dänischen Königs – obwohl Verbündete des Niedersächsischen Kreises – bedienten sich ungefragt auf Feldern und in Gärten. Man musste schon froh sein, wenn sie sich nicht aus den Vorratskammern und Kellern bedienten. In allen Quartieren der Gegend ließ Christian von Dänemark seine Truppen sammeln; bald sollten sie wieder marschieren. Krieg lag in der Luft, von einer bevorstehenden Schlacht gegen Tilly war die Rede. Schon wieder.

Es ging auf Mittag zu, der Stadtmarkt füllte sich. Tonda hörte bald mehr dänische, englische und holländische Satzfetzen als deutsche. Er legte sich die Puppen zurecht und zog seine Nai unter dem Hemd hervor, um die Leute mit Musik anzulocken. Offiziere flanierten mit ihren Trabanten und Frauen vorüber; die Wolfenbütteler Bürger machten ihnen den Weg frei, bereitwillig zwar, doch mit trotzigen Mienen.

Magistrat und Bürgerschaft liebten die Dänen nicht, hatten ihren König sogar abgewiesen, als er Anfang des Jahres mit seinen Truppen vor den Toren Wolfenbüttels stand. Doch Christian von Dänemark hatte dem Ratskanzler Johann zu Eltz heimlich eine große Anzahl Dukaten für dessen Privatschatulle gezahlt, woraufhin der die Tore der Festungsstadt öffnen ließ. Seitdem residierte mit dem Dänenkönig auch der Krieg in Wolfenbüttel.

Etwa fünfzig Schritte entfernt schlug ein Zeitungssänger die Laute. Knaben, vielleicht seine Söhne, trommelten dazu und bliesen die Flöte. Weil der Lautenspieler mit klarer und kräftiger Stimme sang, konnte Tonda trotz der Entfernung die meisten seiner Verse verstehen. Der Mann berichtete singend von einem starken Erdbeben, das im Januar bei Worms vielen Menschen Häuser und Leben genommen hatte. Er sang von einem grimmigen Frost, der erst kürzlich, über Pfingsten, in der Rheinpfalz Korn und Wein vernichtet hatte, und von den armen Pfälzern, die nun, als wären sie durch spanische und bayrische Soldaten nicht schon genug geplagt, auch noch unter Teuerung und Hunger leiden mussten. Und er bejubelte singend den glorreichen Sieg der Schweden bei Wallhof und verspottete den Kaiser und seine Generäle, die sich »nun wohl in die Hosen schissen«, wie er dichtete, weil sie es bald auch mit dem Kriegerkönig Gustav Adolf von Schweden zu tun bekommen würden.

Schweden. Dorthin wollte sie zurück. »Kristina.« Hatte er wirklich versprochen, sie zu begleiten? Was war bloß in ihn gefahren? Eine Frage, die sie sich wahrscheinlich gar nicht stellte: Diese Frau wusste so klar, was sie wollte, war sich ihrer Liebe so gewiss, dass Tonda sich wie entwaffnet fühlte, wie schutzlos. »Kristina, Kristina …«

Die Leute am Wagen des Zeitungssängers applaudierten. Er wartete, bis der Mann und seine Knaben mit dem Hut herumgegangen waren und ihre Zuhörer sich nach und nach anderen Marktständen zuwandten. Dann erst setzte er seine Nai an die Lippen und begann zu spielen. Sofort blieben die Leute stehen, kamen herbei, hörten zu, tuschelten, staunten. Eine Nai kannte man hier, im Norden des Reiches, noch weniger als in Böhmen oder Österreich.

Ein Mann von etwa vierzig Jahren fiel Tonda auf – klein, dick, mit Brille, bunten Hosenbändern und gutem Überrock –, der nahm seinen hohen und steifen Hut ab und neigte den großen Kopf auf die Schulter, als Tonda das Lied vom *Horn der Glückseligkeit* anstimmte. Er runzelte die Brauen und lauschte aufmerksam.

An die vierzig Männer, Frauen und Kinder versammelten sich vor dem Himmelreich. Vor so vielen Zuschauern hatte Tonda lange nicht mehr die Puppen auftreten lassen. »Und nun hört und seht eine alte und schlimme Geschichte.« Er beugte sich vor, machte eine wichtige Miene und stelzte dabei über den Wagen und zum Himmelreich wie ein Storch durchs hohe Sumpfgras. »Die Geschichte vom berühmten Doktor Faustus!« Und schon tauchte er hinter der Puppenbühne ab.

Zuerst ließ Tonda die Landsknechtpuppe auftreten. Er hatte ihr einen Talar und ein Barett aufgesetzt, um sie einem Magister ähnlicher zu machen. Mit dunkler, grüblerischer Stimme ließ er den Doktor Faust sich dem Publikum als Philosoph und Alchimist vorstellen und danach über die Schwierigkeit klagen, in dieser ungerechten und närrischen Welt zu erlangen, was einem so klugen Mann wie ihm natürlicher Weise zustehe: Ruhm, Ehre, Weiberliebe und Reichtum. Nach dieser Rede streckte Tonda die Rechte mit dem gehörnten Grinseschädel zur Bühne hinauf. »Wenn's weiter nichts ist, da kann ich schon helfen«, ließ er den Teufel mit Schmeichelstimme verkünden. Hinter seiner Bühne hörte Tonda das Raunen, das jetzt durch die Menge vor dem Wagen ging. Gut so.

Hier, in der protestantischen Hochburg Wolfenbüttel, wo schon seit den Zeiten des Ketzermönchleins Martin Luther keine römischen Messen mehr gefeiert wurden, konnte er schlecht die Puppenkomödien vorführen, die unweigerlich in einen Bußruf zurück zur wahren Kirche und ihren Sakramenten mündeten. Davon abgesehen war er nicht als Prediger Gottes, sondern als Zuchtrute Gottes gekommen. Die Strafe des Allmächtigen hatte er für dieses Mal nach Wolfenbüttel zu bringen, nicht dessen Ruf zur Umkehr. Die Komödie vom ruhmsüchtigen Doktor Faustus erschien Tonda unverfänglich genug für so einen Ort, an dem Ketzer aus aller Herren Länder sich tummelten. Er benutzte eine Theatervorlage aus England, die er an einigen Stellen für seine Zwecke umgeschrieben hatte.

Natürlich ging es mit dem Faust genau, wie es sonst mit dem Landsknecht oder der Edelfrau ging, die sich nicht an das Gebot Gottes und die Gesetze der Kirche hielten; nur ein wenig drastischer. Der Alchimist übereignete dem Schwarzen Kasper seine Seele mit Blut, und Meister Hein Klapperbein bekam einen besonders spektakulären Auftritt: Tonda ließ die Magisterpuppe auf der Bühne mit einem Topf hantieren, aus dem – unsichtbar für die Zuschauer – ein Stück Lunte rauchte. Der Vermessene wollte Gold herstellen, was denn sonst? Tonda ſeuerte hinter dem Seitenrahmen des Himmelreichs seine Reiterpistole in die Luft ab, um jedem die Explosion zu Ohren zu bringen, durch die Luzifers Alchimist im Gasthof Löwen zu Staufen ums Leben gekommen war.

Es krachte gewaltig; und vor allem völlig unerwartet. Ein Schreckensruf erhob sich unter den Zuschauern vor dem Wagen. Im Pulverdampf tauchte jäh Meister Hein Klapperbein auf der Bühne auf, packte den Dr. Faustus, warnte das Volk davor, seine Seele an den Satan zu verkaufen wie dieser, und fuhr mit ihm in die Tiefe.

Tonda verzichtete auf eine Predigt. Die war auch gar nicht nötig: Als er auftauchte, blickte er in zahllose erschrockene und dennoch befriedigte Gesichter. Man applaudierte ihm, und mehr noch: Man ließ ihm eine Menge kleiner und manch größere Münzen aus neun verschiedenen Fürstentümern und Königreichen in den Hut fallen, mit dem er anschließend durch die Menge ging.

»Ich kenne dich nicht«, sagte der Dicke mit der Brille und ließ eine kleine Silbermünze in Tondas Hut fallen. »Aber die Melodie, die du anfangs geblasen hast, die kenne ich. Woher hast du sie?«

»Das weiß ich nicht mehr.« Tonda hielt dem nächsten den Hut unter die Nase. Er musste sich beeilen, denn die Leute zerstreuen sich bereits. Zudem hatte er vorsichtig zu sein, er operierte schließlich in Feindesland. »So viele Städte, so viele Märkte, so viele Lieder.« Tonda zuckte mit den Schultern. »Ich präg mir die Melodien ein, vergess die Gesichter, zieh weiter.« Schon klimperten wieder Münzen. Er merkte, wie der neugierige Mann hinter ihm her ging.

»Warst du schon einmal in Schweden?«, fragte der kleine Dicke von der Seite. »In Stockholm etwa?«

»Nein.« Tonda stand vor einer Frau und zwei Soldaten in auffallend schönen und dazu identischen Hosen und Kollern; keiner von ihnen machte Anstalten, eine Münze in den Hut zu legen. »Nie.« Schon wieder Schweden, schon wieder Kristina – als wäre sie da und schmiegte sich an ihn, so deutlich fühlte er ihre Lippen und Wärme. Die Soldaten blinzelten gelangweilt um sich, die Frau stierte ihn an, als hätte er sie persönlich beleidigt. Wollte sie ihm denn nicht einmal einen Kreuzer in den Hut legen?

Sie war jung und von schöner Gestalt. Tonda stutzte, weil sie sich so gar nicht regte, und betrachtete sie genauer. Ihr Haar war ein blauschwarzer Lockenschleier, der weit über ihre Schultern und ihre sich allzu deutlich unter dem Kleiderstoff abzeichnenden

Brüste fiel. Tonda hielt den Atem an. Sie hatte weiße Haut, eine schöne Gestalt und große schwarze Augen.

Bilder einer glutäugigen Tänzerin schossen ihm plötzlich durch den Schädel, und gleich darauf ein haariger Hintern, der sich im Rhythmus einer stöhnenden Frauenstimme bewegte.

»Der ist ein Papist!« Sie zeigte auf ihn. »Ein elender Papist ist das, ein Mönch, möchte ich sogar behaupten! Ich habe ihn in Tillys Lager gesehen! Ein Knecht Roms ist der!«

»So ein Spielmann reist doch durch viele Heerlager und Städte, gute Frau.« Der kleine Dicke versuchte, sie zu beruhigen. »So ähnlich, wie die Frauenzimmer deines eigenen Standes, oder?« Er drängte sie weg von Tonda. Die Landsknechte grinsten und führten die Zeternde zwischen den Marktständen davon.

»So einen darf man nicht in dieser Stadt dulden!«, hörte Tonda die schwarzäugige Hure schimpfen, und der Schreck fuhr ihm mächtig in die Knochen. Vor allem die Soldaten an ihrer Seite machten ihm Angst. Waren das am Ende Gardisten des Herzogs gewesen? Gehörte die Hure inzwischen etwa zu seinem Hof?

Ohne lange nachzudenken, sprang Tonda auf den Wagen, baute das Himmelreich ab, steckte die Puppen in seine Katzenfelltasche und spannte die Pferde an. Was ging bloß vor in diesem Weib? Gleichgültig. Er musste weg hier, ganz schnell weg! Tonda kaufte noch Brot, Kirschen und ein paar Rüben und stieg dann auf den Kutschbock.

Doch da kamen sie auch schon.

»Hiergeblieben, Puppenspieler!« Sechs Mann im Laufschritt, alle in ähnlicher Tracht, zwei mit Musketen, einer mit Partisane und alle mit Degen bewaffnet. Die schwarzäugige Hure und ihre beiden Gardisten folgten von fern. »Weg mit den Zügeln, Spitzbube!« Schon spürte Tonda die Klinge der Partisane an der Brust. Einer sprang neben ihn auf den Kutschbock, entriss ihm die Zügel und trieb die Pferde an, zwei kletterten auf den Wagen und durchsuchten Tondas Hab und Gut.

»Ein ganz übler Papist«, keifte die schwarzäugige Hure. »Ein kleiner stinkender Mönchsfurz, weiter gar nichts!«

Die Strafe Gottes! Das Herz schlug Tonda bis zum Hals. Das ist die Strafe, schoss es ihm durch den Kopf, die Strafe Gottes für den Kuss, für die Stunden mit der Schwedin, für die Sehnsucht nach ihr, für die verbotene Liebe. Todesangst befiel ihn.

»Ins Wasserschloss mit ihm!«, rief der mit der Partisane, und hinten auf dem Wagen fluchte einer: »Sapperlot! Der Hundsfott besitzt sogar Degen und Reiterpistole!«

*

Dessau, Juni 1626

Kristina lief aus dem Stall auf den Hof – ihr Schritt stockte, für einen Moment stand sie reglos und wie gelähmt: Ein Mann, der nicht Tonda war, wartete vor einem Pferd, das nicht Tonda gehörte. Es ist ihm etwas zugestoßen, hämmerte die Angst ihr ins Hirn, es muss ihm etwas zugestoßen sein.

»Kristina Thott?« Der Mann kam zu ihr. »Ein Brief für Euch.« Der Blonde streckte ihr den Brief entgegen, und sie nahm ihn. »Verzeiht, wenn ich mich nicht aufhalten kann. All die Verwundeten rufen.«

Kristina fand ihre Sprache wieder. »Wer schreibt mir denn?« Der Gefährte Tondas stand vor ihr, der zweite Puppenspieler. Sie las die Schriftzüge auf dem Brief, las ihren Namen, las den Namen des Absenders: *Antonín von Waldau*. »Was ist passiert? Ist er krank?«

»Er bat mich, den Brief zu überbringen, sonst weiß ich von nichts. Es tut mir leid.« Der Puppenspieler – Nikolaus! Jetzt fiel ihr der Name wieder ein – kletterte in den Sattel. »Ich muss weiter, lebt wohl.« Er lenkte das Pferd zum Tor und trabte davon.

Kristina riss das Siegel auf, verschlang Zeile um Zeile, und mit jeder schloss eine eisige Klaue sich enger um ihr Herz. Sie möge sich zum wahren Glauben bekehren, schrieb Tonda, sie möge sich an einen katholischen Priester wenden, wenn sie bereit sei, Buße zu tun, und ihn könne sie nie mehr wiedersehen, denn er sei durch ein Gelübde gebunden.

Das sollte Tonda geschrieben haben? Sie las zum zweiten und zum dritten Mal, sie las wieder und wieder – ja, das hatte Tonda geschrieben. Sein Name stand auf dem Absender, mit seinem Namen hatte er unterschrieben.

Kristina wankte ins Haus. Wie betäubt fühlte sie sich, als würden ihre Füße in Stiefeln aus Eisen stecken, so schwer waren ihre Beine. Sie verriegelte die Kammertür hinter sich und verkroch sich in ihr Bett.

Das Gefühl der Betäubung hielt tagelang an. Noch als sie mit Leos Dienern, Pferdejungen und Beichtvater in der Kapelle des kleinen Jagdschlosses an der Mulde saß und der Graf von Aldringen das Testament des Capitaines öffnete, fühlte sie nur eine dumpfe Leere in sich. Tränen hatte sie keine mehr.

Das Vermögen des Capitaines ging zu großen Teilen an seine Familie in Wien. Doch allen Anwesenden vererbte Leopold von Heiligenstadt eine großzügig bemessene Anzahl an Reichstalern. Kristina bekam mit eintausend am meisten; das entsprach etwa eintausendfünfhundert Gulden. Mit dieser Summe hatte Leo ihr ziemlich genau seinen fünffachen Monatssold zugesprochen – einen für jedes Jahr, das sie an seiner Seite gelebt hatte. Als ihr das in der folgenden schlaflosen Nacht klar wurde, schämte sie sich.

Über die große Summe an Reichstalern hinaus schrieb ihr das Testament drei Pferde samt Sattelzeug zu und einen großen Teil des Hausrates und zwei Reiterpistolen. Auch Antonín von Waldau – »meinen von Gott gesandten Retter«, wie Leo formulierte – bedachte das Testament mit einer Geldsumme.

Kristina hörte den Namen, senkte den Blick und biss sich auf die Lippen.

Zum Abschied überreichte der Obrist Graf von Aldringen ihr drei Briefe. In einem bedankte Leopold von Heiligenstadt sich in seiner überschwänglichen Weise für Kristinas Treue und gab seiner Hoffnung Ausdruck, dass die Geldsumme ausreichen möge, sie sicher nach Stockholm zu bringen. Die anderen beiden Schreiben waren an den Dänenkönig und General Wallenstein gerichtet. Kristina überflog sie, ohne wirklich zu verstehen.

In der Kutsche, in der sie zurück nach Dessau fuhren, reichte sie die Briefe dem Rittmeister von Lindholz. »Was soll ich damit anfangen?«

Von Lindholz las die Zeilen. »Es sind Schutzbriefe«, erklärte er. »Beiden möglichen Empfängern oder ihren Waffenknechten beeidet der Unterzeichner mit diesen Schreiben persönlich, dass du unter dem Schutz seiner Familie in deine Heimat reist und ohne eigenes Verschulden in den Krieg gezogen worden bist.«

»Dieses Papier wird mir wenig nützen, wenn es darauf ankommt.«

»Hoffen wir, dass wir seinen Wert niemals auf die Probe stellen müssen.« Von Lindholz reichte ihr die Briefe: »Wie auch immer: Wir sollten nach Magdeburg und Lübeck aufbrechen, bevor Wallenstein Mecklenburg und die Küstenstädte an der Ostsee erobert.«

Der Schreck fuhr Kristina in alle Glieder. »Hat er das denn vor?« Der Rittmeister nickte stumm.

12

Wolfenbüttel, Juni 1626

Als Hungerleider, Hundsfott und Schelm beschimpfte ihn die schwarzäugige Hure, als Spitzbube, Windbeutel und Mönchsfurz. »Angst gemacht hat er mir mit seinem Hein Klapperbein! Katholisch sollt ich werden, sonst müsst ich hinunter zur Hölle!« Sie wollte sich gar nicht mehr beruhigen. »Und dann hat er den Schwarzen Kasper selbst auf mich losgelassen und hat mir gedroht und wieder Angst gemacht! Eine Papistensau, sag ich, ein elender Windbeutel!«

Der Dicke mit der Brille schmunzelte, die Gardisten des Herzogs Christian von Braunschweig-Wolfenbüttel und ihr Hauptmann feixten, und der Halberstädter selbst hörte sich den Wortschwall der aufgebrachten Frau geduldig an. Hin und wieder nickte er, musterte den Spielmann, den man zu ihm in den kleinen Rittersaal geschleppt hatte, oder nahm eine der Puppen auf, die man vor ihm aus der Katzenfelltasche auf den Tisch geleert hatte; Meister Hein Klapperbein hatte es ihm besonders angetan. Manchmal blätterte er auch in Tondas Gebetsbuch.

So schnell in die Nähe des wilden Kriegsherzogs zu gelangen, hatte Tonda nicht erwartet. Allerdings rechnete er auch nicht damit, jemals wieder von ihm fort und aus dem Wasserschloss hinauszukommen. Jedenfalls nicht lebend. Und traf ihn die Strafe Gottes nicht völlig zu Recht? Jetzt musste er büßen für den Kuss und für seine verbotenen Gefühle.

»Wenn ich Euch richtig verstehe, Mademoiselle«, unterbrach der Herzog jetzt doch den unflätigen Redeschwall der Hure, »dann hat dieser fahrende Spielmann Euch in Eurem Zelt Puppentheater vorgespielt, statt Euch zu küssen und Euern schönen Leib in der üblichen und durchaus angemessenen Weise zu würdigen.«

Der Dicke und die Soldaten grinsten. Die Schwarzäugige schürzte die Lippen, schnitt eine verdutzte Miene und wusste nicht recht, was sie antworten sollte. Also schimpfte sie weiter. »Von einem Gelübde hat er gefaselt, der Landstreicher, und dass Meister Hein Klapperbein ihm nichts anhaben könnte. Wisst Ihr, was ich glaube, Durchlaucht? Ich glaube, dass diese Papistensau mit dem Teufel im Bunde …«

Der Herzog ließ seinen linken Arm auf den Tisch krachen, seinen Eisenarm. Die Schöne zuckte zusammen, zog die Schultern hoch und blieb stumm. »Wenn ich Euch recht verstehe, edle Frau, liege ich also richtig: Statt Euch den Galant zu machen und Euern Kleidersaum zu heben, hat er Euch Geschichten von Tod und Teufel vorgespielt. Ein unziemliches Benehmen einer solch reizenden Dame gegenüber, wahrhaftig! Wir danken Euch für Euren Bericht, Ihr seid entlassen.«

Die Landsknechte brachen nun in Gelächter aus. Zwei führten die Schwarzäugige aus dem Rittersaal. Die tat beleidigt und versäumte nicht, sich von Tonda mit giftigen Blicken zu verabschieden.

Christian von Braunschweig – der wüste Feldherr, den sie landauf, landab den »Tollen Halberstädter« nannten –, Herzog Christian also schob seinen Eisenarm ein Stück zur Seite, stützte Kinn und Ellenbogen auf Tisch und Faust und musterte Tonda aufmerksam. Er wirkte hohlwangig, fahl und hatte dunkle Ringe unter den Augen. Seine schlaffe Haltung und seine schleppenden Gesten vermittelten Tonda den Eindruck, einen todmüden Mann vor sich zu haben. Sein neugieriger Blick allerdings, der wirkte hellwach.

»Ein junger Spielmann, der ein so hübsches Täubchen nicht vernaschen wollte? Das interessiert mich.« Der Dicke mit der Brille und die vier Gardisten, die noch im Saal waren, machten vergnügte Gesichter und schienen Tondas Antwort kaum erwarten zu können.

Die entspannte Stimmung im Rittersaal löste dessen Zunge. »Verzeiht mir, Durchlaucht, doch nicht einmal vor einem Fürsten wie Euch muss ich mich dafür rechtfertigen, keine Hure zu wollen. Sie hat mich vor ihrem Zelt angesprochen, wollte ein Puppenspiel ganz für sich allein. Das gab ich ihr, und dann ist sie zudringlich geworden. Ich weiß nicht, was sie gegen mich hat.«

»Ganz einfach, Puppenspieler, sie wollte mehr.« Selbst des Herzogs Stimme klang schleppend und müde. »Du hast sie verschmäht, Puppenspieler, und man hat schon von edleren Damen gehört, die dergleichen mit Gift oder Verrat honorierten.« Ein gewisses Wohlwollen spiegelte sich auf den eingefallenen Zügen des Herzogs; Tondas entschiedenes Auftreten gefiel ihm offensichtlich. »Allerdings will ich nicht verhehlen, dass zwei Dinge an dieser Geschichte in meinen Augen allzu gut zusammenpassen: Du verschmähst die Reize einer Frau, die sich dir anbietet, und sie redet von einem Gelübde. Bist du am Ende also wirklich ein Mönch?«

Mehr als nur ein Mönch, dachte Tonda, ein Glaubenssoldat der Gesellschaft Jesu. Und laut antwortete er: »Nein.«

»Wenn man sich anschaut, was man so alles auf deinem Wagen gefunden hat, ist man geneigt, dir zu glauben.« Herzog Christian deutete auf Harnisch, Degen und Reiterpistole, die vor ihm auf dem Tisch lagen.

»Bleiben wir lieber misstrauisch, Durchlaucht, und verfolgen den Gedanken bis zum Ende«, mischte der Dicke mit der Brille sich ein. »Die Hure sagt, er habe ihr mit der Hölle gedroht, sollte sie nicht katholisch werden – das passt zu einem Mönch. Dass er es leugnet wiederum, passt nicht zu einem Mönch.« Mit auf dem Rücken verschränkten Armen schaukelte er zu Tonda und um ihn herum. »Doch einmal angenommen, es handelt sich bei diesem Spielmann um eine besondere Sorte Mönch, dann passt sowohl das eine wie das andere. Denn die Sorte Mönch, von der ich spreche, will alle Welt katholisch machen oder wenigstens zur Hölle schicken, und diese Sorte Mönch lügt auch, sobald sie den Mund öffnet. Und keinen belesenen Mann kann es noch erstaunen, wenn die Sorte Mönch, von der ich spreche, hin und wieder statt mit Lüge oder Gift mit Degen und Pistole mordet.«

Tonda stand stocksteif und spürte, wie ihm der Schweiß ausbrach. Zu seinem Entsetzen hatte der Herzog auch noch Kristinas Briefe aus dem Brevier gezogen, entfaltete und überflog sie. Jetzt lächelte er spöttisch. »Du merkst schon, Spielmann – Magister Steinmann ist nicht nur ein Anhänger der alten heidnischen Logik, sondern er liebt es auch, in Rätseln zu sprechen. Ich dagegen liebe es klar und knapp: Gehörst du zu jener Sorte Mönch, von der er spricht, oder bist du ein redlicher Deutscher? Antworte!«

»Ich bin ein Böhme, Durchlaucht, und ich weiß nicht, von welcher Sorte Mönch der Magister spricht.« Tondas Nerven zitterten, doch sein Kopf blieb kühl; es gelang ihm sogar, seine Stimme ruhig und besonnen klingen zu lassen.

Die Miene des Herzog wurde hart. »Wenn einer sich dümmer stellt, als er ist, kann selbst ein Lämmlein wie ich böse werden!« Er lehnte sich zurück. Die Finger seiner Rechten trommelten plötzlich auf der Tischplatte herum. »Los, Spielmann, raus mit der Sprache! Bist du ein Jesuit oder bist du's nicht?«

Ich bin ein Soldat Christi, dachte Tonda, und du bist ein Totschläger und Ketzer und hast kein Recht auf die Wahrheit. Und laut antwortete er: »Ich bin kein Jesuit, Durchlaucht.«

»Ein Verdacht bleibt, mein Herzog.« Skeptisch den Kopf wiegend, tänzelte der dicke Magister zurück zum Tisch.

»Doch nur so lange, bis Ihr einen dieser Briefe gelesen habt, Steinmann.« Der Herzog reichte dem Magister die Briefe, und bittere Wut zog Tondas Eingeweide zusammen. Während der Dicke las und wieder las, wurden seine Züge schlaff und seine Augen sehr schmal. Der Herzog griff nach dem Weinkelch, der mitten unter Puppen, Degen und Nai auf dem Tisch stand. Als er merkte, dass er leer war, reichte er ihn einem seiner Gardisten. Der nahm Krug und Becher und eilte aus dem Rittersaal. Der Herzog beugte sich wieder vor und blickte Tonda so prüfend ins Gesicht, als wäre er der strengste Richter im ganzen Land. »Wie heißt du, Spielmann?«

»Antonín von Waldau. Mein Vater war ein böhmischer Edelmann. Wir besaßen eine Pferdezucht vor den Toren Prags.«

Der Herzog runzelte die Brauen. »Ein lutherischer Edelmann?« Tonda nickte. »Unter den armen Kämpfern für die Freiheit, die der kaiserliche Totschläger Liechtenstein anno 1621 in Prag abschlachten ließ, fand sich keiner dieses Namens.«

»Doch unter den böhmischen Direktoren gab es einen, der so hieß«, ergriff der mit der Partisane das Wort; die Quaste an seiner Offizierswaffe verriet seinen Hauptmannsrang. »Mein Vetter, Gott hab ihn selig, war Rittmeister unter dem böhmischen Grafen von Schlick. Sein Regiment hat bei einem Direktor des böhmischen Rates Pferde gekauft, und der hieß von Waldau.«

»Das wird ja immer besser!« Der Herzog schlug mit der flachen Rechten auf den Tisch. »Der Sohn eines Freiheitskämpfers und Kaiserfeindes steht vor mir?« Als könnte er es nicht glauben, schüttelte er den Kopf. »Prüft das nach, Steinmann. Ihr seid doch so ein Gründlicher.« Der dicke Magister neben ihm nickte stumm. Mit auf dem Rücken verschränkten Armen blickte er zu Boden. Kein Wort sagte er mehr. Das beunruhigte Tonda.

»Woher habt Ihr dieses schöne Instrument?« Der Herzog hob die Panflöte hoch. Sein Tonfall und seine Miene wirkten nun um eine Spur höflicher.

»Mein Vater hat es mir aus osmanischer Kriegsgefangenschaft mitgebracht, Durchlaucht.«

»Wozu braucht ein Puppenspieler Degen, Pistole und Harnisch, Freiherr von Waldau?«, wollte der Herzog nun wissen. »Sogar eine Sturmhaube hat man auf Euerm Wagen gefunden.«

Tonda dachte: Ein Soldat Christi braucht zuweilen Harnisch und Waffen, um Drachenbrut wie dich zur Hölle zu schicken. Und laut antwortete er: »Im ganzen Reich herrscht Krieg, Durchlaucht. Da kann ein Mann leicht in die Lage kommen, sein Leben und sein Hab und Gut mit der Waffe verteidigen zu müssen.«

»Eine ganz schlechte Antwort!« Der Halberstädter schlug mit seiner Eisenhand auf den Tisch. »Spanien und Wien überziehen die armen deutschen Länder mit Gräuel und Krieg!« Er sprang auf und wurde richtig laut. »Da braucht ein braver Mann seine Waffen, um die Freiheit der geplagten Nation zu verteidigen! Das ist die Antwort, die ich hören will!«

Der Gardist mit dem Wein kehrte zurück, stellte Becher und Krug auf den Tisch, schenkte ein. »Ob Böhme oder Pfälzer, ob Katholik oder Lutheraner – für die Freiheit und die Einheit der deutschen Nationen greift ein aufrechter Mann zu den Waffen!« Der Halberstädter redete sich in Rage. »Doch nicht bloß um seines armseligen kleinen Lebens willen oder gar wegen seines vergänglichen Eigentums! Und du als Böhme musst dich schämen, solange du nicht unter unseren Fahnen gegen Rom und den Kaiser kämpfst! Alle Plackscheißer müssen sich schämen, die nur für ihre eigene jämmerliche Haut, für ihren eigenen löchrigen Geldsack fechten! Und alle feigen Schleimbeutel müssen sich schämen, die dem römischen Raubkaiser schöne Äuglein machen, damit er ihre eigene Stadt, ihr eigenes Fürstentum ja nicht ankratzt! Und Ferdinand wird mehr tun, als nur ankratzen, er wird an sich raffen und zerschmettern! Vielleicht schon morgen werden sie weinen und mit den Zähnen klappern, die gestern nicht auf mich hören wollten, als ich ihnen mit dem alten Heiden Thukydides zurief: ›Die getrennt kämpfen, werden gemeinsam untergehen‹! Weinen werdet Ihr, jawohl, weinen und mit den Zähnen klappern!«

Rot vor Zorn war der Herzog nun, an seiner Schläfe schwoll eine Ader. Er griff zum Weinbecher, setzte ihn an und knallte ihn erst auf den Tisch, als er ihn geleert hatte. Ermattet von seiner

Wutrede sank er zurück auf seinen Stuhl, seufzte und steckte seinen Eisenarm in seine rote, golddurchwirkte Tuchschlinge. »Und jetzt spielt mir etwas vor.«

Tonda stand wie vom Donner gerührt. War das der Mann, den zu treffen er erwartet hatte? War das der Tolle Halberstädter, über dessen Gräuel das halbe Reich sich das Maul zerriss? Er atmete tief, schritt zum Tisch und griff nach seiner Nai. Konnte einer, der so redete, denn Nonnen schänden? Und Priester töten? Er wärmte sein Instrument mit den Händen und seinem Atem, sammelte sich, begann zu spielen.

Zwei Takte des Liedes vom *Horn der Glückseligkeit* brachte er zustande, mehr nicht. Kristinas Gestalt stand ihm plötzlich so lebhaft vor Augen, dass ihn die Sehnsucht zu überwältigen drohte, und er ließ die Melodie ins Ungefähre verklingen. Vater Franz! Nur die Erinnerung an ihn konnte noch helfen, die Empfindung ihres küssenden Mundes zu betäuben, die er auf einmal wieder spürte. Also stimmte er die Melodie an, die er acht Jahre zuvor in jenem Klassenzimmer gespielt hatte, in das der gütige neue Magister ihn durch Milana hatte holen lassen. Tonda schloss die Augen, spielte, versuchte die Blicke des Halberstädters und seiner Männer zu vergessen, versuchte zu vergessen, wo er war und warum er hier war.

Es nützte gar nichts, an Franz zu denken und genau so spielen zu wollen wie damals. Im Gegenteil: Je mehr es Tonda gelang, seine Umgebung zu vergessen und sich seiner Musik hinzugeben, desto leuchtender und begehrenswerter stand die aschblonde Frau vor ihm – Kristina –, desto unbezwingbarer packte ihn die Sehnsucht nach ihr, und mit jedem Takt brannte ihr Kuss ihm heißer in Herz und Blut. Er wollte leben, er wollte aus dem Schloss entkommen, er wollte zu ihr! Tonda blies sein Verlangen in die Nai, wiegte sich, drehte sich, ließ die zärtliche Empfindung des Kusses mit der Melodie verschmelzen, verströmte mit den Klängen seines Instrumentes zugleich die unbegreifliche Glut, die Kristinas weicher Kuss in seiner Brust hinterlassen hatte.

Als er die Nai absetzte und dem Herzog ins Gesicht blickte, standen dem die Tränen in den Augen. Der Halberstädter nickte langsam – sehr langsam – wie einer, der in diesem Moment etwas begriff, worüber er lange Zeit nachgedacht hatte. Schließlich griff er nach Meister Hein Klapperbein, hielt die Puppe neben sein fahles Gesicht und sagte: »Der Todgeweihte bedankt sich bei Euch.«

Ein paar Atemzüge lang blieb es still im kleinen Rittersaal. Schließlich stand der Halberstädter auf und deutete mit einer Kopfbewegung auf Puppen und Gebetsbuch. »Nehmt das Brevier, die Puppen und Euer Instrument, damit Euch die Zeit nicht zu lang wird im Kerker. Ende der Woche rücken drei holsteinische Kürassierregimenter aus. Der Bayernknecht Tilly, dieser blutsaufende Hund, will die Schlacht. Er soll sie haben. Wenn Ihr mit den Dänen in die Schlacht ziehen wollt, gebt Bescheid. Dann seid Ihr frei.«

»Und wenn nicht?« Tonda ging zum Tisch.

»Dann respektiere ich das. Und Ihr habt dann vorläufig den Kerker zu respektieren.« Der Herzog wandte sich nach dem dicken Magister um. »Oder sollen wir ihn besser einen Kopf kürzer machen, Steinmann?«

»Wäre schade um all die schöne Musik, die noch in seinem Schädel stecken mag«, antwortete der Magister mit merkwürdig belegter Stimme. »Und wir würden nie erfahren, ob er nicht doch lügt.«

Tonda beugte sich über Tisch und Weinkelch, um seine Puppen und sein Gebetsbuch zusammenzu lauben. Der Hauptmann beobachtete ihn. Das Amulett rutschte Tonda aus der Weste. Sein Kopf war wie leer gefegt, und er wagte nicht, es zu berühren.

»Das ist es, was ich so an Euch schätze, Steinmann, Eure Fantasie.« Der Halberstädter legte dem Magister den Eisenarm um die Schulter und führte ihn zum Fenster. »Ein Jesuit als Puppenspieler? Wie amüsant. Und dann noch einer, der solche Musik macht! Darauf kann nur ein trockener Philosoph wie Ihr kommen.«

Tonda faltete Kristinas Briefe zusammen, legte sie ins Brevier, schob das Buch in die Katzenfelltasche. Der Hauptmann blickte dem Herzog und dem Magister hinterher und grinste; er fand es wohl vergnüglich, was sie da redeten.

»Ihr wisst, wie gefährlich Loyolas Jünger sind, Durchlaucht«, antwortete Steinmann. Tonda schob seine Puppen zusammen, das Amulett baumelte über dem Kelch. Nein, er konnte es nicht tun.

»Sicher, Magister«, sagte der Herzog, »doch habt Ihr die Briefe nicht gelesen? Seit wann empfangen Jesuiten Liebesbriefe? Viel zu verdorben von satanischen Ränken sind sie doch, um so etwas Reines wie die Liebe zu pflegen. Würde ich auch nur die Spur von Jesuitengestank wittern – und Ihr kennt die Qualität meiner Nase in diesen Dingen –, dann würde ich von Waldau noch heute aufs Rad flechten lassen.«

Wie Peitschenhiebe trafen Tonda die Worte des Halberstädters, und als der Hauptmann mit der Partisane sich dann für einen Augenblick ganz von ihm abwandte, wusste Tonda: Das ist der Augenblick, den Gott gemacht hat.

Der Hauptmann rief: »Im Heerlager könnten wir so einen brauchen«, und Tonda langte nach dem Amulett. Der Hauptmann sagte: »Einen, der die Männer ein wenig mit Musik und Komödien zerstreut«, und Tonda öffnete das Amulett und ließ das Gift in den Weinkelch rieseln.

*

Dessau, August 1626

Vollbeladene Schiffe aus Böhmen legten an. Heute genauso viele wie an anderen Tagen. Jetzt gerade ging ein Frachtsegler vor Anker, brachte frische Pferde und eine Kompanie Dragoner. Futter für den gefräßigen Abgott dieser heillosen Zeit, dachte Kristina, für den Krieg. Sie entdeckte zwei Gestalten in weißen Kutten unter den böhmischen Reitersoldaten. Mönche.

Die Pferdejungen und einer der Diener hatten Kristina hierher nach Roßlau zur Dessauer Brücke begleitet. Mit Landsknechten hockten sie in der Schanze am Nordufer neben einer Kartaune, tranken Wein und würfelten. Kristina führte ihren Schimmel auf die andere Seite der Brücke. In den Holstern vor dem Sattel steckten die beiden Reiterpistolen, die Leo ihr hinterlassen hatte. Geladen. Ohne die Waffen ging Kristina nicht mehr unter Landsknechte.

Zwei Fischerboote dümpelten stromabwärts auf der Elbe. Ein Frachtsegler war nirgends in Sicht. Nicht viele Schiffe fuhren zur Zeit noch nach Magdeburg oder Hamburg hinauf. Kaum noch Landsknechte und Reiter mussten ja über die Elbe nach Norden verschifft werden. Längst hielten sich die Soldaten des Kaisers und der katholischen Liga dort auf, wo der Krieg tobte: entweder elbaufwärts, in der Mark Brandenburg, wo der General Wallenstein den Mansfelder und die Überreste seines Heeres jagte, oder im Nordwesten des niedersächsischen Kreises, wo der General Tilly das Heer des Dänenkönigs durch die Wälder des Harzes verfolgte und zur Schlacht zwingen wollte.

Moritz von Lindholz zog mit Wallenstein dem geschlagenen Grafen von Mansfeld hinterher. Er hatte keine Möglichkeit gesehen, sich dem Befehl zu entziehen, ohne sein Leben zu riskieren. Zu lange hatte Kristina gezögert; zu lange gehofft, der Spielmann würde doch noch kommen. Sobald der Rittmeister zurückkehrte – falls er zurückkehrte –, wollte er sie auf ein Schiff nach Magdeburg führen.

Sie schloss die Augen, beschwor Tondas Bild herauf. Es tat weh, doch noch war sie nicht so weit, ihn ganz zu vergessen und alle Hoffnung fahren zu lassen. Vielleicht besann er sich ja noch einmal.

Die Stimmen der Landsknechte und der Pferdejungen bei der

Kartaune rissen sie aus ihren Gedanken. Sie hob den Blick. Die Männer palaverten und gestikulierten. Die beiden Mönche standen bei ihnen. Der größere hatte ein Blatt Papier entrollt und ließ es die Männer betrachten. Der andere verharrte reglos. Kristina hörte eine tiefe, rollende Stimme und horchte auf. Die Stimme sprach mit eidgenössischem Akzent und klang ganz anders, als alle Stimmen, die sie je gehört hatte. Und merkwürdig: Sie konnte die Stimme keinem der Männer zuordnen. Das weckte ihre Neugier. Sie zog den Schimmel weg von der Brückenbrüstung und machte sich mit ihm auf den Weg zur Schanze.

Wieder ertönte die tiefe Stimme, und Landsknechte und Pferdejungen brachen in Gelächter aus. War es einer der beiden Mönche, der so eigenartig sprach? Sie konnte nicht erkennen, dass die Weißkutten ihre Lippen bewegten. Auf halbem Weg begriff Kristina endlich: Der größere der beiden Mönche, ein massiger Hüne, konnte reden, ohne wirklich zu sprechen.

Einer der Pferdejungen bei der Kartaune deutete zu ihr herüber auf die Brücke, stand schließlich auf und kam Kristina entgegen. Die beiden Mönche folgten ihm. »Die frommen Herren suchen jemanden, den Ihr kennen könntet!«, rief der Bursche schon von Weitem, und als er bei ihr war, fügte er flüsternd hinzu. »Komische Männer sind das – der eine redet nur mit dem Bauch, und der andere ist ganz stumm.«

Die Mönche begrüßten sie mit einem stummen Nicken. Der ältere trug eine Tonsur im grauen Haarkranz und hatte ein schmales, überaus ernst blickendes Gesicht. Etwas Gütiges ging von ihm aus. Am jüngeren, an dem Hünen also, fielen Kristina zuerst die traurigen Hundeaugen und das runde Knabengesicht auf. Jedoch lächelte er, als er ihr zunickte.

»Sie haben ein Bild von dem, den sie suchen«, erklärte der Pferdejunge. Der Hüne entrollte das kleine Ölporträt eines jungen Mannes, und der ältere der beiden Mönche deutete auf das Bild. Seine schönen schmalen Hände gefielen Kristina, und als sie ihm noch einmal in die blauen Augen sah, war sie plötzlich sicher, ihn schon irgendwo gesehen zu haben.

Sie betrachtete das entrollte Ölporträt. Es zeigte ein schmales und bleiches Männergesicht, schön und von schwarzen Locken gerahmt. Kristina erkannte es sofort. Ein Stich ging ihr durchs Herz, und sie schlug die Hand auf den Mund. In der Linken hielt der junge Mann auf dem Bild eine Panflöte, in der Rechten eine Handpuppe – den Erzengel Michael.

»Gebt Acht, was Ihr sagt.« Der Pferdejunge grinste. »Ich habe einen halben Gulden gewettet, dass dies der Spielmann ist, der unseren Capitaine vom Schlachtfeld gebracht hat.«

*

Wolfenbüttel, Spätsommer 1626

Der Halberstädter war gestorben. Nur wenige Tage, nachdem Tonda ihm das Gift in den Wein geschüttet hatte. Der Kerkermeister und seine Knechte berichteten davon. Plötzliches Fieber habe den Herzog dahingerafft, erzählte der Kerkermeister unter Tränen. Ein anderer Wächter glaubte, dass Schwäche und Erschöpfung ihn umgebracht hätten. Ein dritter schwor, dass der Halberstädter unter viehischen Schmerzen krepiert sei wie einst der biblische Kinderschlächter Herodes; genau wie diesen habe nämlich auch Christian von Braunschweig-Wolfenbüttel ein riesiger Wurm von innen her gefressen.

Gift kam erst einmal nicht vor unter den Todesursachen aus der Gerüchteküche. Das mochte der Grund sein, warum man Tonda den ganzen Sommer über im Kerker vergaß. Und natürlich der Krieg. Kurz nachdem der Hauptmann der fürstlichen Leibgarde Tonda in den Turm hinter Gitter geschlossen hatte, zog der Dänenkönig seine Regimenter aus Wolfenbüttel ab und führte sie in die Schlacht gegen die katholisch-kaiserlichen Truppen.

Der Kerkermeister liebte es, dem Klang der Nai zu lauschen. Manchmal versammelte er seine Knechte vor Tondas Kerker um sich, und Tonda musste zuerst Musik machen und dann eine Puppenkomödie zum Besten geben. Dafür gewährte der Kerkermeister dem Spielmann doppelte Rationen an Essen und frisches Wasser hin und wieder, damit er sich waschen konnte. Der Mann schloss Tonda von Anfang an ins Herz.

Bald machten wieder Gerüchte die Runde: Tilly habe bei Lutter am Bahrenberge gesiegt und das dänische Heer vernichtend geschlagen. Vom Kerkerfenster aus konnte Tonda beobachten, wie über mehrere Tage hinweg Reiterrotten in wildem Galopp nach Wolfenbüttel hereinritten. Versprengte Haufen, die ihren Verfolgern entkommen waren und Zuflucht in Wolfenbüttel suchten, wie Tonda vom Kerkermeister erfuhr.

Am Abend des ersten Septembertages stand auf einmal der Magister Steinmann vor seinem Kerkergitter. Er trug Sturmhaube, Harnisch und Lederkoller und sah darin noch kugeliger aus als in Bundhosen und Überrock. »Ich wäre längst gekommen, doch die Erkrankung des Herzogs verschlimmerte sich rapide, und nach seinem Tod rief der König von Dänemark alle Männer zu den Waffen.« Auch von ihm kein Wort über einen möglichen Gifttod. »Wo finde ich Kristina Thott? Ich habe ihren Namen auf Euern Briefen gelesen.«

»Kristina Thott?« Tonda erhob sich aus seinem feuchten Strohlager und trat ans Gitter. Der Magister sah abgekämpft aus, hatte Schrammen im Gesicht und trug einen Verband am linken Arm. »Ihr kennt sie?«

»Ja. Aus Stockholm. Ich war Hauslehrer in ihrem Elternhaus. Das Lied hat mich gleich stutzig gemacht. Der Text stammt von meinem Onkel. Ausgeschlossen eigentlich, dass ein Fremder es kennen kann. Jemand aus der Familie hat nämlich die Melodie geschrieben.«

»Ich weiß.« Tonda staunte den kleinen Mann an. Das also war

Magister Heringstonne. Auch von ihm hatte sie erzählt in jener Nacht. »Ihr seid der Sekretär des Halberstädters?«

»Ich war es. Doch nur, wenn es um vertrauliche Korrespondenz ging. Vor allem habe ich ihn beraten und seine Bibliothek betreut. Herzog Christian war ein sehr belesener Mann.«

»Er hat eine Bibliothek? Davon habe ich nie gehört.«

»Was hat man schon gehört von diesem Mann?« Steinmann lachte bitter. »Dass er Nonnen geschändet und eine Menge Bastarde in Paderborn gezeugt habe. Dass er ein Räuber, ein Brandstifter und Priestermörder gewesen sei.« Er winkte ab. »Ammenmärchen! Viele hat er sogar selbst in die Welt gesetzt, um seine Gegner einzuschüchtern. Glaubt mir, Freiherr von Waldau – ich kenne keinen Feldherrn in diesem Krieg, der so ehrlich und ritterlich für die Freiheit kämpfte wie Christian von Braunschweig. Doch reden wir nicht von den Toten, reden wir von den Lebenden. Was ist der armen Kristina Thott widerfahren, und wo finde ich sie?«

Die Worte des dicken Magisters gingen Tonda mächtig unter die Haut. Er dachte an Pater Franz von Trient und was der über den Halberstädter berichtet hatte. Konnte es denn möglich sein, dass derselbe Mann durch unterschiedliche Augenpaare derart unterschiedlich gesehen wurde? Er hatte ein paarmal zu schlucken, bevor er antworten konnte. »Sie musste als Sklavin dienen, nach der Flucht beschützten sie kurpfälzische Soldaten.« In knappen Worten schilderte er, was er wusste. Dass Kristina sich als Offiziersmätresse durchgeschlagen hatte, verschwieg er dem Magister. »Ich habe sie zuletzt in Dessau gesehen.« Er atmete tief gegen eine plötzlich Enge in seiner Brust an. Und leiser fügte er hinzu. »Sie wartet dort auf mich.«

»Ihre armen Eltern haben sich verzehrt vor Angst und Sorge.« Ganz erschüttert wirkte Steinmann. Er seufzte und schüttelte den Kopf, als könnte er nicht fassen, was er gehört hatte. »Ich werde sehen, was ich für Euch tun kann, Freiherr«, sagte er schließlich.

»Vielleicht bekomme ich Euch frei, bevor Tillys Regimenter vor den Toren Wolfenbüttels auftauchen. Dann reiten wir gemeinsam nach Dessau.« Magister Steinmann zog ein Papier aus dem Koller und reichte es Tonda durchs Gitter. »Sollte ich umkommen, habt ihr hier Name und Adresse meines Onkels in Magdeburg. Der wird Euch und Kristina aufnehmen.« Sprach's, ging und ließ einen hoffnungsvollen Spielmann zurück.

Am nächsten Tag tauchte der Kerkermeister mit zwei Gardisten vor Tondas Kerker auf und schloss auf. Hatte der Magister also so schnell seine Freilassung bewirken können? Tonda atmete auf. Die Schlossgardisten nahmen ihn in die Mitte und führten ihn aus dem Kerkertrakt. Er blickte zurück, um sich vom Kerkermeister zu verabschieden, doch der machte ein derart bedrücktes Gesicht, dass Tonda die Worte im Hals stecken blieben. Angst befiel ihn.

Zu Recht, wie er im kleinen Rittersaal einsehen musste, wo ihn der Hauptmann mit strenger Miene empfing. Nikolaus kniete zwischen zwei fürstlichen Gardisten am Boden – mit blutender Nase, aufgeplatzten Lippen und den Händen auf dem Rücken und in Ketten. Der Gefährte schwankte und hob nicht einmal den Blick, als Tonda den Saal betrat.

»Du hast gelogen, Spielmann!« Der Hauptmann schlug mit der flachen Hand auf einen Briefbogen in seiner Rechten. »Dieser Brief hier stammt von einem Jesuitenpater namens Franz von Trient. Er ist an dich gerichtet und war fast ein Jahr lang in Polen und auf der Ostsee unterwegs.« Er lehnte sich zurück und verschränkte die Arme vor der Brust. »Er kommt dennoch gerade zur rechten Zeit, um deine Verlogenheit zu beweisen.« Sein Blick sprühte kalte Verachtung, und Tonda begriff, dass er Kristina nie wiedersehen würde. Und Vater Franz auch nicht. »Du bist ein Jesuit, Waldau.« Mit einer Kopfbewegung deutete der Hauptmann auf den zerschlagenen Nikolaus. »Genau wie der Pater Bamberger, dieser verdammte Spion. Den hat der Profos schon verurteilt.

Noch heute wird man ihn aufs Rad flechten. Dir bleiben noch zwei Nächte. Der Profos hat erst morgen Abend Zeit für dich.« Er winkte den Gardisten. »Zurück in den Kerker mit ihm!«

Jetzt ist es doch geschehen, dachte Tonda, als der auf einmal recht wortkarge Kerkermeister die Gittertür hinter ihm wieder verschloss, jetzt bricht die Strafe Gottes doch über mich herein.

Später hörte er gellende Schmerzensschreie draußen in der Stadt. Nikolaus. Schläge wie von Keulen und Hämmern mischten sich in sein Geschrei. Sie hatten den armen Pater aufs Rad gebunden und zerschlugen ihm nun jeden Knochen einzeln.

Tonda kauerte in der hintersten Ecke seines Kerkers und hielt sich die Ohren zu. Er betete laut. Er betete um einen schnellen Tod.

*

Zwischen Dessau und Magdeburg, Januar 1627

Sie hatten zwei Unterstände und ein großes Kegelzelt mit geöffneter Dachplane am Heck des Lastenseglers errichtet. Im Zelt drängten sich Offiziersfrauen um ein gusseisernes Becken mit glühenden Kohlen, unter ihnen Kristina. Sie zitterte trotz ihres Fellmantels; das Fieber stieg schon wieder.

Es roch nach Zwiebeln, altem Schweiß und Kohlenrauch; und nach den beiden Bratäpfeln, die Kristina auf einen der heißen Steine am Beckenrand gelegt hatte. Die Bäckersfrau hatte ihr zum Abschied ein Säckchen Winteräpfel geschenkt. Es war bitterkalt; jeder rechnete damit, dass dies der letzte Transport nach Hamburg war, bevor die Elbe zufrieren würde.

Unter den Frauen machte ein gedrucktes Nachrichtenblatt die Runde, eine sogenannte Zeitung. »Lies das, Kristina«, sagte die Mätresse des Cornets, mit dem Moritz von Lindholz zwei Tage zuvor aus Schlesien zurückgekehrt war. »Das wird dich freuen.«

Die mädchenhafte Frau reichte ihr die Zeitung. Sie war zutraulich und kaum älter, als Kristina gewesen war, als sie vor mehr als sieben Jahren die Galeone des Kapitäns Vanhouten betreten hatte; und zum Erbarmen dünn und bleich kam sie ihr vor. Wochenlang hatte sie irgendwo in Brandenburg auf ihren Cornet gewartet. Das Mädchen sah ungefähr so krank aus, wie Kristina sich fühlte.

Wie die meisten hier trug Kristina Lederhandschuhe; dennoch spürte sie ihre Finger kaum. Das Blatt zitterte in ihren Händen. Vom Tod des Grafen von Mansfeld wurde gleich auf der ersten Seite berichtet. Im Stehen sei er gestorben, gestützt auf seinen Degen und von zwei Vertrauten gehalten. Warum sollte sie das interessieren? Von ihrem Rittmeister wusste sie längst, dass der Mansfelder, dieser habgierige Blutsäufer, Ende November in der Gegend von Sarajevo gestorben war: weder durch eine feindliche Klinge, noch durch feindliche Kugeln – an Entkräftung. Auch sie würde vor Entkräftung sterben, wenn sie nicht bald in einem warmen Haus Zuflucht fand.

»Du musst umblättern«, sagte das Mädchen des Cornets. Kristina blätterte um – die Worte »Schweden« und »Stockholm« stachen ihr sofort ins Auge. *Ihre Majestät Maria Eleonore von Schweden hat ihrem königlichen Gatten Gustav Adolf II. eine Tochter geboren*, las Kristina, *im Stockholmer Schloss kam am 7. Dezember 1626 Prinzessin Christina von Schweden zur Welt.*

Kristina gab dem Mädchen die Zeitung zurück. Sie schenkte ihm einen Bratapfel, nahm den anderen aus dem Kohlebecken und stand auf. Erst draußen ließ sie ihren Tränen freien Lauf. Sie verhüllte den Kopf mit der Kapuze ihres Fellmantels.

Warum sie weinte? Sie wusste es selbst nicht genau. Aus Freude über die neugeborene schwedische Prinzessin? Aus Heimweh? Aus Schmerz? Vielleicht einfach nur, weil sie sich unendlich müde fühlte und verloren unter all den Fremden hier auf dem Schiff.

Sie ging zu ihrem Schimmel, der, in Decken gehüllt, neben den Unterständen mit anderen Pferden an der Steuerbordreling festgebunden war; unter seinen Decken, vor dem Sattel, steckten die Reiterpistolen in den Holstern. Geladen. Sie hängte ihm einen Hafersack vors Maul, blieb ein paar Minuten bei ihm stehen. Die Nähe des vertrauten Tieres tröstete sie ein wenig.

Der Spielmann hatte gar nichts mehr von sich hören lassen. Das konnte doch nicht sein, dass einer seine Liebe so deutlich zeigt, und dann geht er weg und vergisst, was er gefühlt, was er gesagt hat? Obwohl Tondas Brief keine Zweifel zuließ, hatte Kristina bis zum Schluss gehofft, er würde doch noch zu ihr nach Dessau zurückkehren. Bis Moritz von Lindholz vor zwei Tagen im Hof der Bäckersleute vom Pferd stieg und zum Aufbruch drängte.

Nach Hamburg wollte er, und von dort nach Lübeck; die Gegend um Magdeburg sei zu gefährlich. Irgendwann, wenn er wieder bei Kräften war, würde der Rittmeister das Lager mit ihr teilen wollen. Wie zuvor der schottische Feldwebel, wie zuvor Leo von Heiligenstadt. Sie würde Mittel und Wege finden, ihn zu vertrösten, sicher, vielleicht sogar bis nach der Hochzeit in Stockholm. Andererseits war sie fünfundzwanzig Jahre alt, bald sechsundzwanzig. Würde sie jemals Mutter werden?

Selten dachte sie daran. Zu kriegerisch, die Zeiten, zu unsicher. Doch manchmal überwältigte sie die Sehnsucht nach Mutterschaft; und eines Tages würde sie zu alt sein für ein Kind. Ob der Spielmann überhaupt noch am Leben war?

Kristina warf einen Blick in den rechten Unterstand. Schwerkranke kauerten dort neben einem Ofen. Auch von Lindholz' Cornet: Dürr sah der aus, gelblich und hohlwangig. Kristina fragte sich, ob nicht beide Offiziere ihr Regiment heimlich verlassen hatten.

Ein paar Schritte abseits der Pferde lehnte sie gegen die Reling und rechnete. Wie alt war die Königin? Anno 1620, als der König sie geheiratet hatte, war Maria Eleonore einundzwanzig Jahre alt gewesen. Das hatte damals, auf der winterlichen Burg in der Oberpfalz, der Postreiter vorgelesen. Kristina hatte ein gutes Gedächtnis. Also war sie jetzt siebenundzwanzig. Noch anderthalb Jahre bis dahin.

Am Nordufer zog strahlend weiß ein verschneiter Wald vorüber. Kristina aß ihren Bratapfel. »Noch eine halbe Stunde bis Barby«, sagte ein Landsknecht links von ihr. Und rechts von ihr überboten sich zwei Arkebusiere mit den Schilderungen ihrer Heldentaten. Beide hatten noch vor kurzem mit dem General Tilly gegen die Dänen gefochten. Sie prahlten, als hätte ihr Regiment die Schlacht bei Lutter am Bahrenberge ganz allein entschieden und danach noch sämtliche dänisch besetzten Städte erobert. Immerhin räumten sie ein, dass die Festung Wolfenbüttel bis zur Stunde uneinnehmbar sei.

Kristina zog den Mantel um ihre Schulter zusammen, drehte sich um, knabberte an ihrem Apfel. Ihre Glieder waren schwer, ihr Magen wie zugeschnürt. Sie musste sich zu jedem Bissen zwingen. Sie suchte das Gesicht des Rittmeisters unter den Männern auf dem Oberdeck. Die Landsknechte gehörten zu einem Regiment der katholischen Liga. Tilly schickte sie nach Buxtehude. Dort, im Westen Hamburgs, lag ein Winterquartier des Generals.

Wie die Pest hatte der Krieg sich in Norddeutschland ausgebreitet, bis nach Bremen, Hamburg und zur Ostseeküste. Darum auch hatte von Lindholz so unnachgiebig zur Abreise nach Magdeburg gedrängt. Sein General hatte ihn angeblich beauftragt, dem Magdeburger Rat ein Schreiben zu überbringen. Konnte das stimmen? Kristina dachte lieber nicht darüber nach.

Und dann entdeckte sie den Einäugigen. Beinahe wäre ihr das Herz stehen geblieben. Was tat Veits Jokrim hier auf dem Lastensegler? Unter vielen anderen Soldaten stand er beim Ruderhaus. Gelächter und Palaver tönten von dort. Eine hünenhafte Gestalt in Weiß überragte alle anderen Männer. Der massige Mönch mit dem Jungengesicht; er unterhielt die Landsknechte mit seiner Bauchrednerstimme und mit irgendwelchen Kunststücken, die Kristina von ihrem Platz aus nicht durchschauen konnte.

»Was hast du denn hier draußen in der Kälte verloren?« Von Lindholz stand plötzlich vor ihr, fasste ihren Arm, blickte um sich, wirkte gehetzt. In Dessau hatte Kristina Bettelmönche getroffen, die hatten nicht halb so verhungert ausgesehen wie der Rittmeister. »Viel zu gefährlich unter all den Grobklötzen.« Unreife Feldfrüchte hatten sie essen müssen, als sie den Mansfelder verfolgten, und gegen Seuchen und Hunger kämpfen statt gegen Soldaten. »Geh zurück ins Frauenzelt!«

»Bin ich dein Gefreiter?« Kristina entwand ihm ihren Arm. Sie hasste es, wenn er so mit ihr sprach, doch er tat ihr leid. Sie würgte den letzten Bissen ihres Bratapfels hinunter, wandte sich wieder dem Zelt zu. Brütete der Rittmeister am Ende eine Seuche aus? Hatte er sie etwa angesteckt?

»Wen haben wir denn da?«, tönte plötzlich eine raue, beinahe krächzende Stimme. »Eine herrenlose Hure?« Kristina fuhr herum – Jokrim. »Er ist doch tot, dein frommer Heiligenstädter, oder?« Er feixte. »Bei wem bist du denn nun untergeschlüpft?« Jokrim deutete auf von Lindholz. »Bei dem da etwa?«

»Was fällt Euch ein!« Von Lindholz griff an den Degenkorb.

»Ruhig Blut, Herr Rittmeister.« Breitbeinig stand der Einäugige drei Schritte vor Moritz von Lindholz. »Ich sehe eine alte Bekannte und begrüße sie.« Er stemmte die Rechte in die Hüfte und hielt dem Blick des Jüngeren stand. »So gehört es sich, will ich meinen.« Hinter ihm drängten sich die Landsknechte, die sich eben noch mit den Späßen des hünenhaften Mönches die Zeit vertrieben hatten. »Selbst die niedrigste Hure hat einen Gruß verdient, oder seht Ihr das anders, Rittmeister?«

Ein Stich ging Kristina durchs Herz, ganz steif wurde sie. Dutzende Blicke hingen jetzt an ihr. Sie biss die Zähne aufeinander. »Ihr benehmt Euch ungehörig, Jokrim!« Dem Rittmeister von Lindholz schwollen die Zornesadern an Hals und Schläfe. Kristina sah, wie er, der Angeschlagene, die Kräfte des Einäugigen einzuschätzen suchte.

»Ist sie denn keine Hure mehr?« Jokrim tat erstaunt. »Habt Ihr sie etwa um eine Kirche herumgeführt?« Die Landsknechte hinter ihm lachten. Der Einäugige sprach von dem Söldnerbrauch, eine Trosshure zu seiner Soldatenfrau zu machen, indem man mit ihr unter Trommelschlag und Flöten- und Fanfarenklang ein paar Runden um eine Kirche drehte. »Oder spielt Ihr Euch einfach nur als ihr Kavalier auf?«

»Wie redet Ihr mit mir! Ich habe dieser Dame die Ehe versprochen! Gebt jetzt Ruhe, ich warne Euch!«

»Hört, hört!« Jokrim äugte nach links und rechts. »Ein Rittmeister des Kaisers verspricht einer schwedischen Hure die Ehe! Das klingt ja rührend! Und wo wollt Ihr sie ehelichen? Doch nicht im Feindesland? Doch nicht in Stockholm?«

»Was geht Euch das an, Jokrim!« Jetzt wurde von Lindholz laut. »Gebt endlich Ruhe und gesellt Euch wieder zu Eurer Kompanie!«

Wie eine schwarze Binde fiel es Kristina von den Augen, und sie sah glasklar, wohin Jokrim es treiben wollte. Jeder konnte ja erkennen, wie geschwächt der blonde Rittmeister war, und Veits Jokrim, dieser Satan, hatte es auch erkannt. Ihr wurde schwindlig, doch die Lähmung fiel von ihr ab. Sie trat vor ihren Rittmeister, um ihn zu den Unterständen zu ziehen. »Kommt mit mir …«

»Bin ich nicht auch ein Rittmeister?«, tönte Jokrim. »Und er befielt mir wie einem Gemeinen! Was hast du überhaupt auf diesem Schiff zu suchen? Dein Regiment liegt doch bei Pressburg, wie man hört! Bist du etwa von der Fahne geflüchtet?«

»Was für eine üble Verleumdung!« Von Lindholz schob Kristina zur Seite.

»Dann beweise das Gegenteil oder lass mich dafür bluten!« Beide zogen blank. Jokrim stieß seine verkrüppelte Linke aus der Schlinge und legte sich den Degen hinein. Diesen Augenblick nutzte von Lindholz, machte sofort einen weiten Ausfallschritt und zielte mit einem blitzschnellen Stoß nach Jokrims Bauch. Doch noch schneller drehte der Einäugige sich nach links weg und parierte mit nach unten gerichtetem Degen. Mit derselben Bewegung riss er die Waffe des Jüngeren in einem Bogen nach oben und führte einen kraftvollen Hieb gegen den Hals seines Gegners. Sofort spritzte eine Blutfontäne.

Von Lindholz griff sich an die geöffnete Kehle, taumelte zurück gegen die Reling, starrte verblüfft auf seine blutige Hand. An der Reling rutschte er auf die Deckplanken, ließ den Degen los, versuchte mit beiden Händen, das Blut in seinem Körper festzuhalten.

Kristina warf sich neben ihn auf die Knie, riss sich den Schal aus dem Mantel, presste ihn gegen die klaffende Wunde. Die Wolle saugte sich sofort voll mit dem warmen, hellen Blut des Rittmeisters. Was geschah denn hier? »Ein Arzt!« War sie denn in einen Albtraum gestürzt? »Ist denn kein Wundarzt an Bord?« Unter ihren Händen verströmte von Lindholz sein Leben.

»So kann es gehen, nicht wahr?« Jokrim stieß sie weg von dem tödlich Getroffenen. »Nicht schön, aber selbst schuld.« Er durchsuchte die Manteltaschen des sterbenden Rittmeisters, fand die beiden Schutzbriefe. »Da haben wir es doch! Ein Schreiben an Christian von Dänemark! Der Rittmeister war auf dem Weg zu unserem Feind!« Er präsentierte den Brief den Landsknechten, steckte den an Wallenstein ein.

»Ein Spion«, tönte es aus der Menge der Soldaten. »Ein Verräter!«

»Und was ist dann seine Hure, wenn nicht eine Verräterin?«, rief einer, und ein anderer sagte. »Was auch immer sie sein mag – sie hat jetzt keinen mehr, der sie wärmt des Nachts.« Er trat neben Jokrim. »Komm mit mir, Weib! Ich bin Feldwebel, hab zwei Pferde, kriege zwanzig Gulden Sold im Monat …!« Kristina stand auf, ihre Knie zitterten.

»Ich will sie! Bin Corporal!« Der nächste schob sich nahe an sie heran. »Kriege zwar nur achtzehn Gulden, bin aber jünger als der da und besser im Beutemachen!« Kristina wich bis zu den Pferden zurück. Schon warb der Nächste um sie.

Gelächter und Rufe nun von allen Seiten, Kristina gefror das Blut in den Adern. Sie drückte sich gegen ihren Schimmel. Vor dem Zelt standen die Offiziersfrauen und gafften. Die Männer umringten sie und ihren Schimmel, priesen ihren Sold und ihre Kampfkraft oder flüsterten ihr obszöne Worte zu. »Teilen wir sie uns doch einfach!«, schlug einer vor, und das Männerpack antwortete mit rauem Gelächter. Übelkeit würgte Kristina, eine Glocke schien in ihren Ohren zu läuten.

»Weg da!« Die krachzende Stimme des Einäugigen fuhr ihr durch Mark und Bein. »Wer hat sie denn von dem kränklichen Fatzvogel erlöst – ihr oder ich?« Veits Jokrim drängte die Männer zur Seite und stellte sich zwischen sie und Kristina. »Ich bin's ihr schuldig, sie durchzufüttern! Ich bin's, der sie wärmen muss! Ab sofort steht sie unter meinem Schutz!«

Er drehte sich um und streckte die Rechte nach ihr aus. Kristina riss die Pistole aus dem linken Sattelholster und richtete sie auf ihn. »Weg von mir!«

*

Dirschau, August 1627

Es geschah in der hügeligen Landschaft an der Weichselmündung. Begleitet von Carolus und drei Dragonern galoppierte Franz aus dem Dorf Dirschau, als er den Schlachtlärm hörte. Nach einer halben Stunde erreichten sie eine der zahlreichen Hügelkuppen und sahen die polnischen Regimenter schon zurückweichen. Er war nicht zu schlagen, der verfluchte Ketzerkönig!

Doch statt den fliehenden Feind zu verfolgen und endgültig zu vernichten, zogen sich auch die Schweden zurück. Den Grund dafür erfuhr Franz von einem gefangenen Leutnant, zu dessen Verhör man ihn hinzuzog.

»Eine Kugel hat den König getroffen«, erklärte der Schwede. »Hier, direkt über dem Harnisch.« Er zeigte auf seinen Hals. »Als ich ihn zuletzt gesehen habe, brachten sie ihn gerade vom Schlachtfeld. Ich glaube, da hat er schon im Sterben gelegen.«

Die beiden Wochen nach der Schlacht von Dirschau wartete Franz fieberhaft auf die Nachricht vom Tod des Schwedenkönigs. Aus Geheimdepeschen erfuhr er, dass Gustav Adolf bereits Vorbereitungen für seine Bestattung und für die Zeit nach seinem Tod traf. Sein Kanzler Oxenstierna sollte die Regierungsgeschäfte übernehmen, bis Prinzessin Christina alt genug sein würde, um den schwedischen Thron zu besteigen.

Franz jubelte. Bald würde niemand mehr den Triumph des Kaisers im deutschen Krieg aufhalten können! Er las eine Dankmesse in der Kirche von Dirschau und schrieb einen hymnischen Brief an Wilhelm Lamormaini. Darin pries er Gottes Vorsehung und den Leichtsinn des draufgängerischen Schwedenkönigs.

Schon am nächsten Abend warf er den Brief ins Feuer: Kundschafter hatten Gustav Adolf auf seinem Pferd reiten sehen. Eine wahre Hiobsbotschaft. Und Tage später die Bestätigung durch eine Geheimdepesche aus dem schwedischen Lager: Die Musketenkugel hatte den Kehlkopf des Ketzerkönigs nur knapp verfehlt und war ihm in der Schultermuskulatur stecken geblieben. Die Wundärzte konnten sie zwar nicht entfernen, und zwei Finger an Gustav Adolfs rechter Hand seien gelähmt geblieben, doch ansonsten erfreue der schwedische König sich bester Gesundheit. In Briefen ließ er sogar verbreiten, er sei dankbar für die Kugel in der Schulter und für die gelähmten Finger, denn beides gelte ihm als Erinnerung an ein Leben, das nicht in Müßiggang und Weichlichkeit verlief, und als Mahnung, auch künftig kein anderes Leben zu führen.

Franz tobte vor Wut, als er das hörte. Doch es entmutigte ihn nicht. Im Gegenteil – es inspirierte ihn: Müsste es für einen kühnen und geschickten Mann nicht ein Leichtes sein, einen Feldherrn zu töten, der sich so gern in der vorderster Schlachtreihe zeigte?

In seinem Kopf reifte diese Frage zu einer Idee heran.

In der folgenden Nacht ritt er im Traum an Tondas Seite hinter einem General her. Der trug eine Dornenkrone, und ein Heiligenschein leuchtete um seinen Kopf. Franz und sein geliebter Tonda trugen beide Harnisch und Sturmhaube, und ihr General war kein anderer als Christus selbst.

Plötzlich hielt der göttliche General sein Pferd an und deutete auf den Feldherrn des Feindes – auf Gustav Adolf! Er trug eine Krone, und über ihm wehte die schwedische Fahne. Tonda erkannte ihn als Erster. Er trieb sein Pferd an, preschte an Christus vorbei, richtete seine Reiterpistole auf den Ketzerkönig und feuerte.

Intermezzo III

Meuchen, 16. November 1632

Nur ein Traum. Noch kein Beweis, nur der Traum eines fanatischen Papisten. Aber deutete er nicht schon an, worauf die Beichte des Satansbratens hinauslaufen würde? Erik lauschte atemlos.

»… der Schwede stürzte getroffen aus dem Sattel«, fuhr nebenan der Jesuitenpater fort. »Die Pferde seiner eigenen Kürassiere preschten über ihn hinweg, und ihre Hufe zermalmten seinen Leib, zerstampften seine Krone, traten seine Königsfahne in den Dreck. Wilde Freude erfüllte mich …«

Erik sprang auf und ballte die Fäuste; das Tagebuch rutschte ihm von den Schenkeln, fiel auf den Steinboden. Er musste sich zwingen, nicht laut aufzuschreien. Still! Ganz still – sie durften doch nichts merken, die beiden Jesuiten nebenan in der Sakristei.

»Doch der schöne Traum geriet zum Albtraum, denn plötzlich durchbohrte eine Pike das Pferd meines Ziehsohnes«, hörte er Franz von Trient mit zischender Stimme weitererzählen. »Unter ihm brach es tot zusammen, und zwanzig und mehr Kürassiere drangen mit Degen und Pistolen auf den jungen Pater ein, sodass mich großer Schrecken befiel. Ich sah noch, wie Christus sich aus dem Sattel zu dem treuen Gotteskämpfer hinabbeugte, ihm die Hand reichte und ihm zu sich aufs Pferd half. Dann fuhr ich aus dem Schlaf hoch, und mein Herz raste, als wollte es zerspringen.«

Erik bückte sich nach dem Tagebuch und hob es auf. So leise er irgend konnte, las er die losen Blätter zusammen – die ausgerissenen Landkarten und die Zeitungsabschrift –, steckte sie zurück ins Buch, setzte sich wieder. Er konzentrierte sich auf die

Stimme nebenan, auf die herausgepressten lateinischen Sätze, und die Spannung machte ihm die Brust eng – doch nein, sie hatten nichts gehört, die beiden Patres auf der anderen Seite des Gemäuers, kein Rascheln, kein Scharren. Der Satansbraten redete weiter, redete und redete.

»In jenem August anno 27 schenkte Gott mir nur diesen Traum«, hörte er ihn sagen. »Damals gefiel es seinem unergründlichen Ratschluss, den Ketzerkönig am Leben zu lassen. Wollte der Allmächtige ihm noch eine Frist zur Umkehr gewähren? War das Maß seiner Sünde noch nicht voll? Gott allein weiß es. Doch eines ist sicher: Seit diese Kugel den Schweden in Hals und Schulter traf, konnte er keinen Harnisch mehr tragen. Er hat es wieder und wieder versucht, doch jedes Mal bereitete der eiserne Rand der Rüstung ihm unerträgliche Schmerzen. Zuverlässige Kundschafter berichteten mir in den folgenden Jahren davon. Gustav Adolf blieb gar nichts anderes übrig, als sich mit einem starken Lederkoller zu bescheiden. Insofern ging mein Traum damals wenigstens zur Hälfte schon in Erfüllung. Die zweite Hälfte, des Schweden Tod, mag sich, so Gott will, heute auf dem Schlachtfeld erfüllt haben. Etliche Kugeln jedenfalls durchschlugen vor ein paar Stunden sein Koller, dessen bin ich sicher.«

Trauer und Wut rissen Erik hin und her. Der mörderische Pater in der Sakristei hatte recht: Im Grunde hatte die Musketenkugel von Dirschau tatsächlich die Treffer von heute vorbereitet. Erik raufte sich die Haare. Hätte doch der Kanzler Oxenstierna oder die Königin Maria Eleonore, hätte doch irgendjemand den König überredet, die Schlachten wie jeder andere Feldherr aus sicherem Abstand zu beobachten und zu lenken, statt sich jedes Mal aufs Neue in die Hitze des Kampfes zu stürzen! Erik amtete tiefer, zwang sich zur Ruhe. Nebenan redete Franz von Trient noch immer.

»… damals säten die verlorene Schlacht und der Traum mir einen Gedanken ins Herz. Daraus erwuchs bald ein Plan. Weil ich noch immer vergeblich auf meinen Ziehsohn wartete und nicht einmal mehr Briefe von ihm und Pater Bamberger erhielt, beschloss ich, Warschau zu verlassen und nach Oberdeutschland zu reisen. Ich musste ihn sehen! Ich musste ihm den Auftrag persönlich überbringen! Denn was war denn dieser Traum sonst als ein göttlicher Auftrag? Der Friedensvertrag zwischen Polen und Schweden schien mir inzwischen unausweichlich. Und tatsächlich erreichte mich im Januar anno 28 eine Geheimdepesche aus Stockholm, aus der ich erfuhr, dass der schwedische Reichstag im Monat zuvor über den Kriegseintritt in Deutschland beraten hatte. Da wusste ich, dass meine Zeit in Polen zu Ende ging. Ich wurde in Oberdeutschland gebraucht, ich hatte den Pater von Waldau zu suchen, ich hatte ihm Gottes Auftrag zu überbringen. Also schrieb ich Briefe nach Prag, Wien und Rom und brach auf …«

Fast nur Franz von Trient redete, sein Beichtvater ergriff selten das Wort, und der Satansbraten redete immer weiter – doch Erik Thott hörte nicht mehr zu: Unten an der Stiege stand jemand. Olaf Larsson.

So gebannt hatte Erik den Worten des gefangenen Paters gelauscht, dass er weder die Tür oben am Chorraum noch die Schritte seines Trabanten auf der Treppe gehört hatte. Die Fackel in Olafs Hand warf ihren Schein auf sein breites Gesicht. Es sah aus wie aus Kalkstein gemeißelt, wie eine Totenmaske. Olaf gestikulierte nicht, er bewegte die Lippen nicht, gab auch sonst kein Zeichen, tat gar nichts – stand nur vor dem Sarkophag und starrte zu Erik herauf.

Der verstand: Der König; man hatte ihn gebracht. Als hätte er seine Gedanken gelesen, nickte Olaf in diesem Moment. Erik stand auf, legte das Tagebuch seiner Schwester auf den Schemel, stieg die schmale Treppe zur Krypta hinunter.

Hinter sich, schon weit entfernt, hörte er, wie jemand die Tür zur Sakristei öffnete. Dann, nach langer Zeit einmal wieder, die Stimme des Beichtvaters. Der Südländer schimpfte, die erneute

Unterbrechung erboste ihn natürlich. All das registrierte Erik nur beiläufig. Die stumme Botschaft in Olafs Gesichtszügen schlug ihn ganz und gar in den Bann.

Olaf Larsson sprach kein Wort, und Erik fragte ihn kein Wort. Stumm ging er an ihm vorbei und stieg die Treppe in den Chorraum hinauf. Olaf folgte. Die kleine Kirche war leer, ihr Portal stand offen.

Erik durchquerte das Kirchenschiff, trat in die Nacht hinaus. Schon wieder Nebel. Oder immer noch? Hufschlag und Wagengeratter näherten sich. Männer liefen über den Dorfplatz, Dragoner der Småländer Reiterei, finnische Bauernreiter, schottische Musketiere. Stimmen in vielen Sprachen flogen hin und her, sie klangen bedrückt, manche verzweifelt. Schon schälten Konturen von Fahnen und Reitern sich aus dem Nebel. Dann die Vorhut eines Wagentrosses.

Jetzt also. Erik hob den Kopf, presste die Lippen zusammen. Sein Körper straffte sich. Er spähte in das graue Wabern. Jetzt also brachten sie ihn. Sein Atem ging schneller, er biss auf die Zähne. Jetzt brachten sie den König. Olaf tauchte neben ihm auf, murmelte irgendein Gebet, irgendeinen Fluch; schwer zu entscheiden. Erik Nilsson Thott wäre jetzt gern woanders gewesen; in Schweden, auf dem nächtlichen Schlachtfeld, in irgendeiner besetzten Stadt, ganz egal. Nur nicht hier. Er fürchtete sich davor, seinen Feldherrn und König sehen zu müssen. Erik Nilsson Thott wollte es nicht auch noch anschauen müssen, was er in sich zerbrochen fühlte.

Reiter stiegen aus Sätteln, ein Wagen hielt, ein zweiter rollte noch ein Stück weiter auf den Dorfplatz hinaus und von dort zwischen die Bauernhäuser. Alles ging so still vonstatten, Erik hätte gern geschrien. Doch schreien, das taten Kinder, Frauen und Wahnsinnige, also biss er die Zähne noch fester zusammen. Olaf, neben ihm, hörte auf zu murmeln.

Ein Obristleutnant tauchte aus dem Nebel auf, stand plötzlich vor ihnen. Er nickte nur und fragte: »Wohin?« Erik deutete hinter sich in die Kirche. Am Offizier vorbei starrte er auf die Plane des Wagens. Dahinter rührte sich nichts, war es totenstill. Vom Rande des Dorfplatzes her, wo der zweite Wagen stand, hörte er das Gejammer von Verwundeten.

Der Obristleutnant, ein Schotte, schnarrte Befehle nach rechts und links. Plötzlich tauchten Leute aus dem Nebel auf, umringten den Planwagen. Bauern, Frauen, Bewaffnete, der lutherische Prediger von Meuchen. Jemand klappte den Verschlag am Heck herunter, jemand schob die Plane zur Seite. Ein böhmischer Rittmeister wies seine Soldaten an, die Leute in ihre Häuser zurückzuschicken. Gut so; niemand sollte den König sehen.

»Weg mit euch!«, hörte Erik einen Feldwebel in gebrochenem Deutsch rufen. »Kümmert euch um die Verwundeten in dem zweiten Wagen! Sie brauchen Wasser!«

Die meisten sahen zu, dass sie das Weite suchten. Der Prediger weigerte sich. Die Meuchener Kirche sei schließlich seine Kirche und er könne doch helfen, den Toten zu waschen und so weiter. Noch als Erik zum Wagen trat, gestikulierte er bockig, schielte auf die Ladefläche.

Eine Frau versuchte, ihn wegzuziehen. Hatte Erik die heute nicht schon gesehen? Jung war sie und aschblond wie er selbst. Und wie Kristina. Sogar von ähnlicher Gestalt. Die Aschblonde blickte sich um, als sie Erik bemerkte. Nichts in ihren groben Zügen erinnerte an Kristinas Gesicht. »Wir brauchen Wasser und Tücher«, sagte er. Sie nickte, huschte in den Nebel über dem Dorfplatz.

Erik legte dem störrischen Prediger die Hand auf die Schulter, riss ihn herum, musterte ihn zornig. »Unsere Männer kommen vom Schlachtfeld, sie brauchen zu essen und zu trinken! Und jemand muss die Pferde versorgen.« Er deutete mit einer Kopfbewegung in den Nebel über dem Dorfplatz. Murrend, doch mit hoch gezogenen Schultern trollte sich der Mann.

Vier Dragoner der blauen Brigade holten eine aus Piken, Musketen und Zaumzeug gebundene Trage von der Ladefläche. Darauf lag ein in die schwedische Fahne gewickeltes Bündel. Der König. Erik senkte den Blick, wagte nicht hinzusehen, folgte den Dragonern. Sie trugen das gelb-blaue Bündel in die Kirche, dort hinter den Altar, dort zu einem hölzernen Tisch im Chorraum. Davor legten sie die Trage ab.

»Ein Linnen!«, rief Erik. »Besorgt ein Leintuch! Klopft an alle Türen, es sei für den Retter der deutschen Protestanten.« Olaf wandte sich ab, winkte Männer hinter sich her, lief aus der Kirche, auf den Dorfplatz, in den Nebel. Die Dragoner zogen den Tisch in die Mitte des Chorraums, zündeten Kerzen auf dem Altar und Kienholzspäne an den Wänden an. Zu viert hoben sie schließlich das in die Fahne gewickelte Bündel auf ihn.

Männer sammelten sich um den Tisch, wohl ein Dutzend – die meisten Schweden oder Finnen, doch auch Deutsche, Böhmen und Schotten erkannte Erik; der Obristleutnant und der Rittmeister traten an den Tisch. Zwei der schwedischen Dragoner schlugen das von Dreck und Blut starrende Fahnentuch auseinander. Eine Leiche kam zum Vorschein – halbnackt, voller Dreck und Herbstlaub, mit blutigem Hemd und schmutzigem, durch Hufe zur Unkenntlichkeit zertretenem Gesicht.

Nichts an dem Toten erinnerte Erik an jemanden, den er kannte. Also doch nicht der König? Einen Atemzug lang schöpfte er Hoffnung, aber dann nahm der Obristleutnant die Sturmhaube ab und kniete nieder. Der Rittmeister und die anderen folgten seinem Beispiel. Auch Erik. Irgendjemand sprach ein Gebet. Die meisten Männer weinten.

Der König tot? War es denn wirklich wahr? Ein eisiges Loch weitete sich in Eriks Brust und er glaubte zu ersticken. Der König tot, und alles vergeblich gewesen? Schwindel ergriff ihn, ein Schmerz wie ein Blitz zuckte durch seinen Schädel; er schluckte und schluckte, doch die Tränen sickerten ihm längst in den Bart.

Er sah ihn vor sich, er hörte seine Stimme. »Das Reich!«, hörte er ihn rufen. »Allein das Königreich Schweden, und alles andere ordnen wir diesem Ziel unter!« In Eriks erstem Jahr am Königshof war es gewesen, zum ersten Mal hatte er da einer Rede Gustav Adolfs gelauscht. »Das Reich! Mit euch werde ich es verteidigen, auch jenseits des finnischen Meerbusens, auch auf der anderen Seite der Ostsee.« Mit vielen künftigen Offizieren hatte er zu Füßen seines Königs gesessen, hatte an seinen Lippen gehangen, hatte seine Worte aufgesaugt. »Das Reich! Mit euch werde ich es erweitern und festigen und groß machen. So groß wie es einst gewesen ist zu den Zeiten unserer ruhmreichen gotischen Ahnen!« Und sie waren ihm gefolgt – nach Livland, nach Polen, nach Mecklenburg, über die Elbe, an den Rhein, bis an die Donau. Sie waren ihm gefolgt, auf der Suche nach Ehre, nach Abenteuer, nach dem Sieg. Und um die lutherische Sache zu retten; ja, vielleicht auch deswegen.

Nach einiger Zeit halblauten Gemurmels und stummen Schluchzens erhoben sich die Männer nach und nach. Der Rittmeister befahl, den Frauen am Kirchenportal die Schüsseln mit dem warmen Wasser und die gebügelten Leintücher abzunehmen, und der Obristleutnant verlangte, in den Bauernhäusern nach einem weißen Hemd zu suchen; einem Hemd, das einem königlichen Leichnam einigermaßen würdig war.

Erik wankte an dem Holztisch mit dem toten König vorbei, sah nicht mehr hin, suchte die Wände des Chorraums und die Gesichter der Männer nach Anhaltspunkten für einen bösen Traum ab. Er fand keine. Erik Nilsson Thott wünschte sich, draußen auf dem dunklen Schlachtfeld zu liegen und niemals wieder etwas sehen und hören zu müssen.

Olaf eilte hinter ihm her, sprach ihn an der Treppe zur Krypta an. »Was ist mit der Beichte, Major Thott? Sie seien noch nicht fertig, behauptet der kleine Jesuitenpater. Er habe dem Pater Franz von Trient doch die Absolution noch nicht erteilt.«

»Nichts da Absolution!« Mit herrischer Geste winkte Erik ab. »Sollen sie doch zur Hölle fahren! Alle beide.«

»Das soll ich ihm sagen?« Olaf riss die Augen auf.

»Von mir aus.« Erik winkte ab. »Jag ihn davon, den Kleinen. Er sei frei. Und den anderen, den Satansbraten, lass in den Keller der alten Ziegelei werfen. Morgen, gleich nach Sonnenaufgang, muss er sterben. Schickt noch heute Abend nach dem Regimentshenker.«

Olaf Larsson nickte, wollte gehen, Erik hielt ihn am Arm fest. »Warte.« Er rief nach Feder und Papier. Jonas Hansson, sein jüngerer Trabant, brachte beides aus der Sakristei. Erik schrieb etwas auf einen Zettel und reichte den an Olaf. »Gebt diesen Namen an alle Regimenter weiter. Wenn irgend möglich, will ich diesen Mann lebend.«

Olaf las murmelnd. »Antonín von Waldau.«

»Er hat lange schwarze Locken, bläst eine Panflöte, reitet ein schneeweißes Pferd . Ich will ihn haben. Ich will ihm in die Augen sehen, wenn ich ihm sage, dass er seinem Beichtvater aufs Henkerpodest nachzufolgen hat.«

»Gut«, sagte Olaf und steckte den Zettel ein. »An alle Regimenter. Verstanden.«

Erik betrat die Treppe, zog die Tür hinter sich zu. War es also vorbei. Am Sarkophag unten stützte er sich mit den Fäusten auf den Steindeckel, atmete tief, versuchte zu fassen, was geschehen war. Ja, vorbei. Er griff nach einer Fackel.

Zum letzten Mal stieg er die schmale Treppe hinauf. Mattes Licht flackerte oben in der steinernen Kammer. Erik entzündete eine Öllampe, drehte den Docht auf, ließ sich auf den Schemel fallen. Eine Zeitlang stützte er Stirn und Augen in die Hände und weinte leise.

Jenseits der Wandnische, auf der anderen Seite des Gemäuers, hörte er den kleinen Beichtvater zetern. Der Jesuitenpater protestierte gegen den Abbruch der Beichte. Der Småländer Feldwebel kümmerte sich nicht darum, scheuchte ihn aus der Sakristei.

Dann hörte Erik Ketten klirren; jemand stieß Schmerzensschreie aus – Franz von Trient. Die Dragoner nahmen wohl keine Rücksicht auf seinen blutenden Armstumpf; geschah ihm recht. Lateinische Flüche hallten aus der Sakristei durch die Mauernische herüber und entfernten sich nach und nach. Die Småländer Dragoner führten den Satansbraten ab.

Irgendwann wischte Erik sich die Tränen aus den Augen. Er fror. Eine Zeitlang starrte er hinunter ins Halbdunkel der Krypta. Unheimlich, der wuchtige Sarkophag mit dem schräg liegenden Deckel. Als würde er darauf warten, dass man ihn wieder mit einem Leib füllte. Erik drückte Kristinas Tagebuch gegen seine Brust – so fühlte es sich auch da drinnen an: steinern, kalt, leer.

Er schlug das Tagebuch auf. »Wie ist es dir ergangen?« Seine eigene belegte Stimme hallte durch die Grabkammer. »Hast du es geschafft bis nach Hamburg oder Magdeburg? In Lübeck bist du jedenfalls nie angekommen, Kristina Thott, Offiziersmätresse, Hure.« Ein bitterer Geschmack stieg ihm auf die Zunge. »Hure.«

Dann las er. Sie war krank gewesen; kein Wunder nach so viel Entbehrung und Schmerz. Und nach so viel Sünde. Er blätterte. Bei Bäckersleuten unter fremdem Dach gelebt, und natürlich dem nächsten Kerl in die Arme. Erik seufzte und blätterte. Mit dem auf ein Schiff, mitten im Winter. Erik las, vergaß die Zeit, vergaß, dass er fror. Seine Augen wurden schmal, und kerzengerade hockte er auf der Kante des Schemels, als er las, wie der Einäugige Anspruch auf seine Schwester erhob und sie eine Reiterpistole auf ihn richtete. »Jesus Christus.« Erik stöhnte, drehte den Docht der Öllampe höher und las aufmerksamer.

… Jokrim streckte die Hand aus, trat näher, feixte siegesgewiss. »So dumm kannst du nicht sein, mich zu erschießen.« Er deutete hinter sich auf die lauernden Landsknechte. »Dann musst du die hier nehmen, und zwar alle. Also gib her.« Ich schrie ihn an, zielte

auf seine Brust, und ich hätte abgedrückt, ich schwöre es. Doch ein Mönch legte dem Hexer von hinten die Hand auf die Schulter und zog ihn weg von mir. Dann stellte er sich zwischen mich und den Einäugigen, sah ihn einfach nur an. Ihn und die anderen Soldaten. Er trug eine weiße Kutte, ein Kartäuser, wie ich heute weiß. Er stand nur da und schaute; kein Wort sprach er, denn er hatte nach Kartäuserart ein Schweigegelübde abgelegt. Doch dass er da stand und dass er schaute, das reichte: Der Einäugige wich zurück, und die Landsknechte zerstreuten sich. Der zweite Kartäuser, Rübelrap, trug einen kranken Obristwachtmeister aus dem Unterstand; von Lindholz' Cornet hatte ihn geweckt. Der Offizier ließ sich den Kampf schildern und Jokrim danach in Ketten legen. Er befahl, ihn in Hamburg vor den Profos zu stellen. In Barby führten mich die beiden Kartäuser von Bord. Von Lindholz' Cornet und seine Maitresse schlossen sich uns an. Die Mönche führten uns in ein Kloster. Der Cornet starb noch vor der Schneeschmelze, und mich warf hohes Fieber aufs Krankenlager. Monatelang klopfte Meister Hein Klapperbein an meine Tür …

Viertes Buch

Vom Erzengel Michael

1628 bis 1632

I

Magdeburg, Juli 1628

Schon wieder fiel der Schatten einer Kirche auf ihn. An der Vortreppe spielten Kinder. Frauen standen an Fischständen und vor Wagen mit Gemüsekörben Schlange, Männer feilschten um Ziegen und Enten. Er grüßte zu beiden Seiten, manche Leute nickten stumm zurück. Links öffnete sich die enge Gasse, die man ihm beschrieben hatte. Er trabte hinein. Kopfsteinpflaster auch hier, und der Hufschlag seiner Pferde hallte zwischen den Fassaden hin und her. Überall Menschen und von überall her beäugten sie ihn – Frauen an den Fenstern, Kinder unter den Bögen der Hoftore, Männer aus ihren Werkstätten. Manchmal, wenn er zu einem Fenster hinaufblickte oder in einen Hof hineinspähte und einen blonden Frauenschopf sah, glaubte er einen Wimpernschlag lang, Kristina gefunden zu haben.

Außerhalb der Stadtmauern war er an Trümmerhalden und Ruinen vorbeigeritten, hatte mit Steinen beladene Karren überholt. Warum rissen sie denn so viele Häuser der Vorstadt ab? Wollten sie die Festungsanlage erweitern? Kein überflüssiger Plan, musste Tonda zugeben; jeder wusste ja, wie es den Städten in Niedersachsen und Holstein ergangen war, nachdem der General Tilly den Dänenkönig bei Lutter geschlagen hatte. Seit Ende Dezember, seit Tonda frei war, hatte er es mit eigenen Augen sehen müssen.

Der Dom überragte jedes Dach, man konnte ihn gar nicht verfehlen; Tonda hätte niemanden nach dem Weg fragen müssen. Zweihundert Schuh weiter öffnete sich schon der Neumarkt; die Gasse mündete direkt in den riesigen Platz. Er trabte dem Dom entgegen und dann aus der Gasse hinaus in die vom Mittagslicht überflutete Weite; bis zur Stadtmauer mit ihren Festungstürmen reichte sie nach Süden hin.

Die zahllosen Festungs- und Kirchtürme innerhalb der mächtigen Wehrmauern hatten Tondas Blick schon gefesselt, als er der weithin sichtbaren Stadt am Elbufer entgegengeritten war. Und seit er die Brücke überquert und das Osttor hinter sich gelassen hatte, kam er aus dem Staunen nicht mehr heraus: Wie lange war er nicht mehr in einer derart großen Stadt gewesen! Magdeburg kam ihm schön und prachtvoll wie Prag vor.

Auch hier, auf dem großen Platz vor dem Dom, dem Neumarkt, ritt er wieder an einer ganzen Anzahl Wagen und Karren mit Feldfrüchten, Mehlsäcken und Handarbeiten vorbei, auch hier wieder Menschengewimmel. Doch nur bis zu einer Grenze aus Schlagbäumen – dahinter wurde kein Handel getrieben, dahinter blieb es leer, und nur wenige Männer hielten sich dort, weit abseits, im Schatten des Doms auf.

Tonda erkannte Soutanen, schwarze Röcke, Ordensgewänder, Birette. Magdeburg war also doch nicht vollständig lutherisch; auch Katholiken und katholische Geistliche lebten noch hier. Oder lebten sie erst seit Neuestem wieder hier? Trug die kaiserliche Kriegspolitik schon Früchte? Tonda wandte den Blick ab von den vereinzelten Kirchenleuten und ritt an ihnen vorbei; mit schlechtem Gewissen, wie so oft in den letzten Monaten, wenn er Priester oder Mönche von fern gesehen hatte. Auch bei denen da vor dem Dom hätte er sich doch nach Angehörigen der Gesellschaft Jesu erkundigen müssen. Warum tat er es nicht?

Kristina …

Er ritt auf den Dom zu. Schon vom Hinaufschauen wurde einem schwindlig, so hoch ragten die beiden Türme in den Himmel. Eine Festung – bedrohlich und düster kam sie Tonda vor; er empfand es deutlich, und zugleich befremdete ihn sein eigenes Empfinden. Warum spürte er Erleichterung, als das gewaltige Bauwerk endlich hinter ihm lag?

Dann ging es eine Gasse zu einem Torbogen hinunter, dem kleinen Stadttor am Fürstenwall, das man ihm beschrieben hatte. Das Haus neben dem Tor, das musste das Haus des Mannes sein, den er suchte.

Die Domglocken begannen zu läuten. Tonda hielt den Schwarzen an, stieg aus dem Sattel, sah am Fachwerkhaus hinauf. Klänge eines Spinetts drangen aus einem offenen Fenster. Ein Blick auf den zerknitterten Zettel, ein Blick auf den Namenszug am Portal. Ja, hier wohnte der Onkel von Magister Heringstonne. Tonda ließ den schweren Klopfring gegen das Türblatt fallen, band den Schwarzen am gusseisernen Stiefelabtritt und Engelchen am Sattel des Schwarzen fest.

Jetzt erst betrachtete er den Klopfring genauer. Der hing an einer Skulptur, die aus dem Kupferbeschlag des Portals ragte: Oberkörper und Kopf einer Frau, die mit beiden Armen ein umgestülptes Trinkhorn festhielt. Alles aus grünfleckigem Kupfer, auch der ovale Klopfring selbst; der war aus Früchten geformt, die aus dem Horn quollen.

Kristina …

Selbst der Türklopfer erzählte von ihr. War man krank, wenn man nach zwei Jahren eine Frau noch immer nicht vergessen hatte? Oder verrückt? Oder vom Teufel besessen? Tonda hämmerte den schweren Kupferring zum zweiten Mal gegen das Eichenportal.

Das Läuten der Domglocken dröhnte über den Dächern. Hinter Tonda zog ein Ochsengespann einen Wagen voller Rüben die Gasse zum Neumarkt hinauf; Frauen und Männer schoben, Kinder liefen hinterher. Gelächter und Palaver verstummten zwei Atemzüge lang, und alle musterten erst Schimmel und Rappen und dann ihren abgerissenen und schmutzigen Besitzer. Seit er eine Stunde zuvor in die Stadt geritten war, erlebte Tonda immer dasselbe: Prüfende Blicke, wo er ritt, oft sogar unverhohlen misstrauische Blicke; Fremde schien man nicht gern zu sehen hier in Magdeburg. Wahrscheinlich lag das an den kaiserlichen Truppen, die rundum in den Bistümern Halberstadt und Magdeburg alle größeren Städte besetzt hielten.

Endlich verklang das Glockengeläut aus dem Doppelturm. Tonda schlug zum dritten Mal den Früchtering aus Fortunas Glückshorn gegen die Tür. Die Spinettklänge verstummten, jetzt hörte er Schritte im Haus; jemand stieg eine Treppe herab. Im Stillen wiederholte Tonda die Worte, die er sich zurechtgelegt hatte.

Ein Mann von vielleicht fünfzig Jahren öffnete – groß, hager, weiche Gesichtszügen und vollkommen kahl. Er neigte den Schädel auf die Schulter, betrachtete Tonda zwei Atemzüge lang, trat endlich aus der Tür und sehr nahe an ihn heran. Tonda wich unwillkürlich zurück. »Magister Johann Steinmann?«

»Oh ja, der war ich, und der bin ich geblieben.« Etwas an dem Mann verwirrte Tonda. Vielleicht, weil er körperliche Nähe so gar nicht scheute, vielleicht sein rätselhaftes Lächeln. Den prüfenden Ausdruck in seinen Zügen kannte er schon von anderen Magdeburger Gesichtern. »Und du? Wer bist du geblieben in diesen barbarischen Zeiten?«

»Ich heiße Antonín von Waldau.« Und wie eigenartig er redete, dieser Kahlkopf. War er etwa nicht recht bei Verstand? »Ich habe Euch eine Botschaft zu überbringen.«

»Hast du Gras gefressen und bei Fuchs und Hase geschlafen in letzter Zeit?« Noch immer musterte der Mann Tondas ausgemergelte Gestalt. »Und da – was ist da wohl drin?« Der Mann deutete auf Tondas Stirn. »Was für ein dunkles Geheimnis? Und hier.« Er zog an Tondas schwarzer Katzenfelltasche. »Was schleppst du da drin mit dir herum?« Er grinste und schüttelte den Kopf, schien keine Antwort zu erwarten, schien einfach nur gewohnt, seine Gedanken ungeschützt auszusprechen. »Und gleich zwei Gäule braucht der von Waldau?« Halb spöttisch, halb bewundernd glitt sein Blick über Rappen und Schimmelstute. »Und was für schöne Tiere! Pflegen üppiger zu speisen als du, will mir scheinen. Komm schon herein.« Der Kahlkopf trat zur Seite, winkte Tonda durch die Tür. »Eine Botschaft also, und von wem?«

»Von Euerm Neffen …«

»Wer ist gekommen?«, krähte eine Stimme aus dem Obergeschoss.

»Ein Edelmann! Er stinkt wie ein kranker Esel!« Johann Steinmann rümpfte die Nase, während er die Tür verriegelte. »Wie lang liegt dein letztes Bad zurück, von Waldau?«

»Schon ein paar Wochen, verzeiht mir, Herr.« Die unverblümte Art des Mannes raubte Tonda schier die Fassung. »Ein langer Weg liegt hinter mir, müsst Ihr wissen, ich …«

»Du brauchst ein Bad, vollkommen richtig.« Magister Steinmann betrat die Treppe und winkte Tonda hinter sich her. »Kriegst du. Und zu essen und zu trinken auch.« Er drehte sich um, senkte die Stimme und zwinkerte. »Allerdings nur, wenn du Gnade findest in den Augen der Domina.« Tonda folgte ihm zögernd über die knarrenden Holzstufen und fragte sich, wie viel Wein der Magister im Laufe des Vormittags schon getrunken haben mochte.

»Eine Hiobsbotschaft also. Von welchem Neffen?«

»Vom Magister Daniel Steinmann.« Tonda runzelte die Stirn – hatte er etwas von einer Hiobsbotschaft gesagt?

»Dem Schweden also, aha. Ist er tot? Da hinauf.« Steinmann deutete nach links, wo eine Tür offen stand. Tonda folgte ihm halb betäubt. Woher wusste der Mann …?

»Wer ist denn gekommen, Vater?« Die Stimme krähte von rechts, wo ebenfalls eine Tür offen stand. Geruch nach Kohl und Nachtgeschirr wehte Tonda aus der Kammer entgegen. »Sind die Kinder zurück? Wer ist denn bloß gekommen?«

»Gib Ruhe, Balthasar! Ein Fremder mit schlechten Nachrichten!« Er winkte Tonda in einen großen Raum hinein. »Erst muss die Großmutter ihn sehen. Danach führe ich ihn zu dir, gib jetzt Ruhe.«

»Aber sagst du nicht, dass er stinkt?«

Der Kahlkopf winkte ab, hielt Tonda vor der Schwelle des nächsten Raumes fest und flüsterte ihm ins Ohr. »Erzähle ihr, was du erzählen willst – doch kein Wort über den Tod. Schon gar nicht über den des Schweden.« Er zog Tonda in das große Eckzimmer des Hauses.

Gleich durch drei Fenster warf die Mittagssonne hier ihr Licht auf Schrank, Spinnrad, Bett, Spinett, Stühle, Tisch, einen zerlesenen Folianten und eine uralte Frau, die sich über ihn beugte. Ein Lächeln lag auf ihren Pergamentzügen, ihre Lippen bewegten sich stumm. »Ein Gast, Herrin.« Die Greisin rührte sich nicht. Erst als der Kahlkopf zu ihr ging, hob sie den Blick. »Wir haben einen Gast, Mutter Ruth!«, rief er ihr ins Ohr.

Sie hob die weißen Brauen, sah Tonda ins Gesicht, winkte ihn zu sich. »Antonín von Waldau!«, rief der Magister. »Er bringt Nachrichten und Grüße von Daniel!«

»Gelobt sei Jesus Christus!« Die Alte fasste Tondas Handgelenke und zog ihn nach unten, sodass er vor ihr knien musste. »Wie geht es meinem geliebten Enkelsohn? Ist er noch in Stockholm?«

»Sehr gut geht's ihm!«, rief Steinmann und Tonda nickte. »Er wird bald einmal vorbeischauen!«

»Wie schön, wie schön«, murmelte die Alte, spähte Tonda in die Augen, studierte jeden Zug in seinem Gesicht. »Ein guter Mann, der von Waldau, aber kein glücklicher.«

»Wie sollte einer glücklich sein, solange er Krieg führt. Findest du nicht, dass er stinkt?«

»Zu viel Last trägt er im Herzen, der arme von Waldau, ist er auch ein Dichter?« Tonda schüttelte den Kopf. »Doch ein Spielmann, oder? Er macht Musik, sag schon.« Tonda nickte. Er wartete auf eine Gelegenheit, nach Kristina zu fragen. Wenn sie es bis Magdeburg geschafft haben sollte, würde sie ganz bestimmt bei Steinmann geklopft haben, beim Dichter des Liedes vom *Horn der Glückseligkeit*. »Er macht Musik, Johann, hörst du? Dann muss er mir etwas musizieren, komm schon.« Endlich ließ sie ihn los. Tonda stand auf, aus lauter Verlegenheit holte er seine Nai heraus. »Gelobt sei Jesus Christus!« Die Greisin schlug vor Freude die Hände zusammen und guckte ganz selig. Tonda schielte auf den Folianten. Was las die Alte da wohl? Entziffern konnte er nichts, sah nur Holzschnitte von tanzenden, musizierenden und sich umarmenden Paaren.

Kristina …

Warum verblasste die Erinnerung an den Degenstoß gegen Pape, doch nicht die an Kristinas Umarmung? Ob sie schon weitergezogen war? Aber mit wem? In Dessau hatte Tonda vom Tod des Capitaines gehört. Warum konnte er das nächtliche Gespräch mit ihr nicht vergessen? Das Bild des Halberstädters, als er sich für todgeweiht erklärte und für die Musik bedankte, verflüchtigte sich längst; selbst an Nikolaus' Todesschreie dachte Tonda nicht mehr jeden neuen Tag. Warum schmeckte er dann noch immer Kristinas Kuss?

Er setzte sein Instrument an die Lippen und spielte Variationen eines Kirchenliedes, das er vor ein paar Monaten in einem holsteiner Dorf gehört hatte. Er spielte es, so laut er nur konnte. Magister Johann Steinmann lauschte aufmerksam mit geneigtem Kopf und in die Faust gestütztem Kinn, die Greisin lächelte verzückt. Tonda entdeckte keinen einzigen Zahn in ihrem Mund.

»Gelobt sei Jesus Christus!« Sie klatschte in die Hände, als er die Nai absetzte. »Wie schön, wie schön, und jetzt setz dich und erzähle von meinem Enkelsohn. Wie geht es meinem kleinen, dicken Schweden? Und sprich laut, denn meine Ohren sind älter als ich.«

Tonda nahm neben ihr Platz, der Kahlkopf warf ihm einen strengen Blick zu. »Es ging ihm gut, als ich zuletzt mit ihm sprach«, sagte Tonda, und das war die reine Wahrheit, denn all die Monate nach ihrem einzigen längeren Gespräch hatte Magister Heringstonne ihn nie mehr im Kerker aufgesucht; es war ihm wohl zu Ohren gekommen, dass Tonda ein getarnter Jesuitenpater war. Und als er den Dicken zuletzt gesehen hatte, konnte er nicht mehr mit ihm sprechen, da hing der arme Magister an einem Baum vor dem Südtor von Wolfenbüttel. »Ich habe ihn im Wasserschloss des Herzogs von Braunschweig-Wolfenbüttel getroffen, da diente er dem Tollen Halberstädter als Berater und Bibliothekar. Und als Reitersoldat.«

Die Greisin wunderte sich, weil ihr Enkel nicht mehr in Stockholm lebte, von dort nämlich hatte sie drei Jahre zuvor der letzte Brief von ihm erreicht. Auch schimpfte sie und grämte sich, weil Magister Heringstonne Soldat geworden war. »Kurz vor dem Christfest anno 1627 hat der Graf zu Pappenheim die Oker umgeleitet und so Wolfenbüttel unter Wasser gesetzt«, berichtete Tonda. »Nach der Eroberung der Festung zog ich dann mit Pappenheims Regimentern gegen ein paar Städte, die der Dänenkönig noch besetzt hielt, doch dein Enkelsohn …« Wieder traf ihn ein warnender Blick des Kahlkopfes. »Dein Enkelsohn blieb lieber in Wolfenbüttel.«

Der Profos, der Nikolaus aufs Rad hatte flechten lassen, war gestorben – nur wenige Stunden, bevor er dasselbe Schicksal über Tonda verhängen konnte. Tillys Kürassiere hatten ihn vor den Toren der Festung Wolfenbüttel erschlagen. Wer sonst von Tonda wusste, war entweder mit einem dänischen Regiment nach Norden gezogen – wie der Hauptmann und seine Kompanie – oder hatte Besseres zu tun, als einen Jesuitenpater zu richten und zu rädern. Sie vergaßen ihn einfach. Vierzehn Monate lang. Vierzehn Monate Zeit zum Nachdenken. Vierzehn Monate allein mit seinem Gewissen, mit der Stimme von Vater Franz, mit dem Bild von Kristina im Herzen und dem Geschmack ihres Kusses auf Lippen und Zunge.

Der Kerkermeister dachte gar nicht daran, irgendjemanden an den vergessenen Gefangenen zu erinnern. Lieber ließ er sich von Tonda auf der Nai vorspielen und guckte sich seine Puppenspiele an, sooft er nur konnte. Über ein Jahr später, nach der Eroberung

Wolfenbüttels am Christfest 1627, schloss er die Kerkertür auf und übergab Tonda Pappenheims Soldaten.

»Blieb in Wolfenbüttel, unser Daniel? Wollte nicht mehr kämpfen?« Tondas Bericht machte die Greisin sichtbar glücklich. »Ich bin stolz auf ihn!« Ihr Pergamentgesicht strahlte, und ihren welken Mund sperrte sie vor lauter Lachen so weit auf, dass Tonda doch noch einen allerletzten Zahn darin entdeckte. »Gelobt sei Jesus Christus!«

Er selbst hatte auch nicht richtig kämpfen müssen, jedenfalls nicht mit Pistole und Degen. Der Graf zu Pappenheim hatte ihn als Spielmann und Kundschafter in die Städte und befestigten Orte hineingeschickt, die er besetzen wollte. Das hatte Tonda sogar ein wenig Sold eingebracht. Im Frühsommer allerdings hatte eine Rotte Dänen ihn überfallen, sodass er lange Wochen krank und verletzt in einem Lazarett zu Hannover liegen musste. Und wieder Zeit nachzudenken. Über sein Leben. Über Vater Franz. Über Kristina.

Mutter Ruth bedankte sich, wies ihren Großneffen an, Tonda zu essen und zu trinken zu geben, entließ ihn und beugte sich wieder über ihren Folianten.

»Bestanden«, sagte Steinmann im Hinausgehen. »Vor dem Essen gibt's aber erst einmal ein Bad. Doch vorher stell ich dich meinem Sohn vor.«

»Was liest sie da?«, wollte Tonda wissen.

»Das Dekameron von Boccaccio«, antwortete Steinmann, als wäre es das Selbstverständlichste der Welt, »die Ulmer Ausgabe von anno 1476.« Tonda hatte nie von einem Autor dieses Namens und einem Werk dieses Titels gehört. Das sah ihm der Magister wohl an. »Keine philosophische Abhandlung, mein Freund.« Er zwinkerte. »Italienische Liebesgeschichten.« An der Treppe blieb er stehen. »Wie ist er gestorben?«

»Sie haben ihn aufgehängt. Vielleicht weil er ein Vertrauter des Halberstädters war. Ich weiß es nicht.«

»Aber ich: Weil er es nicht anders wollte.« Steinmanns Miene wurde hart und kantig. »Narren!«, zischte er. »Studieren die Bibel von vorn bis hinten und wieder und wieder. Oder tun sie nur so? Manchmal kommt's mir so vor. Oder sind sie einfach nur zu dumm zu verstehen, was sie lesen? ›Wer das Schwert nimmt, wird durch das Schwert umkommen‹, steht in der Bibel.« Abrupt wandte er sich ab, zog Tonda in die Kammer hinein.

Sie tauchten in den Geruch von Nachtgeschirr, Kohl und Schweiß ein. Auf einem Strohsack lag in zerwühlten Decken ein Mann in Tondas Alter. Bücher, Fliegenklatschen, Papiere, Tintengläser und Becher, aus denen Schreibfedern ragten, umgaben ihn. »Schöne Musik!«, krähte er. »Noch einmal, bitte, bitte.« Quer über sein Lager verlief ein Gestell mit schräg gestelltem Brett, eine Art Schreib- und Lesepult; unter dem Gestell ragten nackte haarige Beine hervor. Sie schienen Tonda so gar nicht zu dem kräftigen Oberkörper des Mannes zu passen, denn sie wirkten vollkommen schlaff, und selbst die Oberschenkel waren nicht viel dicker als der Schaft einer Hellebarde.

»Später gibt's wieder Musik«, sagte der Magister, und an Tonda gewandt: »Das ist Balthasar Steinmann, mein Sohn und Mutter Ruths Enkel Numero zwölf.«

»Kann schön schreiben«, krähte der Bettlägerige, »schreibe dem Vater die Briefe und Bücher ab. Wo sind die Kinder, Herr Vater?«

»Mit ihrer Mutter auf dem Markt.«

»Und wer ist gestorben, Herr Vater?«

»Noch niemand. Doch keine Sorge – kommt Zeit, kommt auch Meister Hein Klapperbein.« Er schob Tonda aus der Krankenkammer. »Arbeite weiter. Bis zum Essen ist es noch über eine Stunde.«

Sie stiegen die Treppe hinunter. »Vom Pferd gestürzt. Da war er zwölf. Zum Glück kann er das Wasser halten. Dafür ist sein Kopf nicht mehr ganz dicht.«

»Das tut mir leid für Euch.«

»Rede keinen Unsinn, von Waldau. Balthasar ist glücklich.

Und er ist mein größtes Glück – ohne seinen Sturz wäre aus mir kein Mensch geworden, falls du verstehst, was ich meine. Jedenfalls kein fühlender.« Im Untergeschoss winkte er Tonda in einen Raum, in dem Eimer, Waschschüsseln, ein Zuber und ein großer Kupferkessel auf einem gemauerten Herd standen. Gemeinsam füllten sie den Kessel mit Wasser. Steinmann machte Feuer darunter.

»Es hat sich schon bis nach Magdeburg herumgesprochen, dass der Schlächter Graf zu Pappenheim aus Österreich heraufgezogen ist. Dem Kaiser hat er den Aufstand der oberösterreichischen Bauern so gründlich zusammengehauen, dass ihm wohl schnell langweilig geworden ist. Jetzt verlustiert er sich also bei uns hier oben im Krieg gegen Dänemark und uns Protestanten.«

»Schlächter?« Tonda wog seine Worte ab; immerhin kämpfte der Obrist zu Pappenheim für den wahren Glauben, so wie er selbst es tat. Oder getan hatte? »Er ist ein ehrgeiziger Mann. Und ein harter.«

»Er ist ein Blutsäufer und ein Schlächter. Genau wie sein neuer General, der Tilly. Und ich wage nicht zu hoffen, dass er sich vor Wolfenbüttel schon ausgetobt hat.«

Eine Zeitlang schimpfte Steinmann auf den Kaiser, auf die Katholische Liga, ihren General Tilly und auf den kaiserlichen General Wallenstein. Er nannte sie habgierig, kriegslüstern, sogar dumm. Tonda verschlug es die Sprache. Bald noch wütender schimpfte der Kahlkopf über die protestantischen Fürsten. Die nannte er feige, eigensüchtig, unterwürfig und ebenfalls dumm. Besonders erzürnte ihn, dass sie dem Kaiser gegenüber noch immer nicht mit einer Stimme sprachen. Irgendwann hatte er genug geschimpft und prüfte die Wassertemperatur im Kessel. Die wenigstens befriedigte ihn.

»Ich suche Kristina Thott.« Während Tonda aus den Kleidern stieg, rückte er endlich heraus damit. »Ihr müsst sie kennen, sie besitzt Verse von Euch.«

»Sie ist lange tot.« Steinmann holte zwei Eimer aus einem Regal. »Wie ihr Vater. Den kannte ich gut. Deswegen bekam mein Neffe ja die Stelle als Lehrer im Hause Thott.«

»Tot?« Beinahe blieb Tonda das Herz stehen. »Kristina ist gestorben?«

»Schiffbruch anno 1618.« Über einen Hahn ließ Johann Steinmann warmes Wasser aus dem Kessel in die Eimer und leerte es in den Zuber. Die Enttäuschung tat weh: Steinmann wusste nichts von Kristinas Rettung; demnach konnte sie nicht in Magdeburg gewesen sein.

»Ich weiß gar nicht, wie ich Euch danken soll.« Tonda stieg in den Zuber, streckte sich im warmen Wasser aus. Kristina war gar nicht hier gewesen?

»Du musst mit mir nicht reden wie mit Durchlaucht Esel und Ochs. Sag also ›du‹ zu mir und ›Johann‹.«

»Kristina Thott ist nicht ertrunken. Ich habe sie zuletzt im April 1626 in Dessau gesehen.« Er erzählte, was er wusste. Natürlich kein Wort davon, dass sie als Mätresse von Offizieren überlebt hatte. Steinmann zog sich einen Schemel neben den Zuber und hörte zu. Aufmerksam, ernst, mit steiler Falte zwischen den buschigen Brauen.

Irgendwann erhob sich Geschrei draußen auf der Gasse. Steinmann sprang auf, lief zum Fenster und riss es auf. Deutlich hörte Tonda jetzt Schmerzensschreie und Flüche. Und dann rief Johann Steinmann zum Fenster hinaus: »So wird es uns allen gehen! Sobald Wallenstein Stralsund vernichtet hat, steht er vor unseren Mauern! Schreien, heulen und bluten werden wir da, wenn wir zuvor nicht Frieden und Einigkeit schaffen in dieser fetten und hochmütigen Stadt!« Wagenrattern und Geschrei entfernten sich.

Er schlug das Fenster zu und kam zurück zu Tonda. »Wallensteins Kroaten haben mal wieder Bauern auf dem Feld überfallen. Vielleicht waren's auch Tillys Kroaten. Ganz gleich – Woche für Woche geht das so. Und wenn das Korn reif ist, brennen sie es uns wieder nieder, und die kaiserlichen Offiziere verkaufen uns sächsisches und anhaltinisches Getreide zu Wucherpreisen.«

»Ist das wirklich wahr?« Tonda hätte es wissen müssen, war ja mit den kaiserlichen Raffzähnen geritten. Und dass Wallenstein, der seit Neuestem auch Herzog von Mecklenburg war, allein von der Eroberung Stralsunds nicht satt werden würde, pfiffen die Spatzen von den Dächern. Der Krieg war noch lange nicht zu Ende.

Stumm setzte Steinmann sich wieder neben den Zuber. »Aber warum schimpft Ihr …, warum schimpfst du denn so mit den Verwundeten?«, fragte Tonda.

»Weil Streit und Zank in diesen Stadtmauern zu Hause sind.« Steinmann schnitt eine finstere Miene. »Eine schöne Stadt, unser Magdeburg, wahrhaftig, dazu reich und mächtig. Aber heillos zerstritten. Und deswegen …« Mit der Handkante fuhr er sich wie mit einer Klinge über die Kehle. »… verloren.« Tonda erschrak. Der Magister verfiel in brütendes Schweigen.

Bald darauf knarrte das Eingangsportal, Schritte hallten durchs Untergeschoss. Tonda hörte Kinderstimmen. »Wem gehören die Pferde?«, rief ein Junge. »Ist Besuch gekommen?«

»Bringst du endlich das Mittagessen, Linda?« Die finstere Miene des Magisters hellte sich ein wenig auf. »Deine Nichte lebt angeblich. Lass sehen, was du gekauft hast!«

Die Tür zum Waschraum wurde aufgezogen, Tonda wandte den Kopf. Eine Frau stand auf der Schwelle und streckte eine gerupfte Ente und ein Netz mit Gemüse herein. »Wessen Nichte lebt?« Sie lächelte und zog zugleich fragend die Brauen hoch.

Die Frau mochte auf die vierzig zugehen; tiefe Falten jedenfalls durchzogen ihr Gesicht von den Nasenflügeln bis hinunter zu den Mundwinkeln und graue Strähnen ihr aschblondes Haar. Der Blick ihrer wachen Augen blieb an Tonda hängen. Und ihr Lächeln erlosch.

»Wenn du einen schönen nackten Mann sehen willst, musst du

schon näher kommen.« Der Magister feixte. Der Schrecken der Frau erheiterte ihn. »Ein bisschen dürr vielleicht, doch schön und nackt und zuversichtlich, dass Kristina am Leben ist.«

Statt sich schamhaft zurückzuziehen, ließ die Frau Ente und Gemüsenetz sinken und kam tatsächlich herein. Kinder zwischen acht und zwölf Jahren tauchten neben ihr auf, zwei Mädchen und ein Junge. Tondas Mund wurde trocken; im Geist sah er sich plötzlich vor einem Kerker stehen, in seinem Schädel schimpfte plötzlich die zornige Stimme von Vater Franz auf verstockte Ketzer, und das schlimme Bild eines zerschlagenen Mannes hinter einem Gitter blitzte vor seinem inneren Auge auf.

»Ich kenne Euch«, sagte die Frau. »Ich habe Euch in Prag gesehen. Sieben Jahre ist es her.«

2

Wolfenbüttel, Sommer 1628

Das Grab lag außerhalb der Stadt am Ufer der Oker. Weiden und Ulmen wuchsen hier, eine niedrige Mauer umfriedete ein verwildertes Feld. Grabsteine ragten aus Gras und Brennnesseln. Nicht ein einziges Kreuz entdeckte Franz von Trient.

»Hier werden nur Selbstmörder, Hexen und Juden beerdigt«, sagte der Hauptmann. Er äugte nach allen Seiten, als fürchtete er, von Leuten aus Wolfenbüttel entdeckt zu werden. »Und Totschläger natürlich; auch Ehebrecher und Kinderschänder.« Er druckste ein wenig herum und zuckte mit den Schultern. »Die Dänen regierten in der Stadt, und überhaupt die Lutherischen. Deswegen liegt auch Euer Freund hier.«

Franz sagte gar nichts. Er starrte auf den Schriftzug, den irgendjemand mit schwarzer Farbe und in großer Eile auf den unbehauenen Stein geschmiert hatte: *Nikolaus Bamberger*. Darunter das Datum und der Grund seiner Hinrichtung. *Spion der katholischen Liga und Jesuit.* Wie ein Schimpfwort las es sich: *Jesuit.* Mit bloßen Händen riss Carolus das Unkraut heraus, das den Grabstein umwucherte und schon bis an den Namen reichte.

»Ich will, dass seine Gebeine innerhalb der Festung bestattet werden«, sagte Franz. »Nachher bringst du mich zum Steinmetz von Wolfenbüttel, damit ich einen würdigen Grabstein in Auftrag geben kann. Doch vorher will ich den Kerker sehen, in dem Antonín von Waldau in Ketten lag.«

Der Hauptmann nickte stumm und führte ihn und seinen Diener aus dem kleinen Friedhof auf den Weg, der an der Oker entlang und zurück in die Festung Wolfenbüttel führte.

Im vergangenen Herbst war Franz mit einer Dragonereskorte zurück nach Prag gereist. Dort hatte man keine Nachricht von Tonda und Nikolaus; weder im Clementinum noch im Haus der Professen. Dafür wussten die leitenden Partres Näheres über die Todesumstände des Tollen Halberstädters. In Wolfenbüttel sei er gestorben, im Wasserschloss der Herzöge von Braunschweig. Das Gerücht vom Wurm, der Christian von Halberstadt angeblich von innen her gefressen hatte, glaubte Franz keinen Augenblick lang. Solche Geschichten zu verbreiten gehörte nun einmal zum Kampf gegen die Ketzer. Alles, was er über das Fieber, das Siechtum und die Auszehrung des wilden Herzogs hörte, klang nach einem Gifttod. Stolz auf Tonda erfüllte Franz.

Allein von Carolus begleitet, reiste er gleich nach dem Winter über Moldau und Elbe nach Dessau hinauf; ein mit neuen Kanonen und Artilleristen Wallensteins beladenes Schiff nahm sie mit. Aus dem letzten Brief seines Zöglings wusste Franz ja, dass Tonda nach Dessau wollte, um den Mansfelder zu »treffen«.

Unter den kaiserlichen Kompanien an der Elbbrücke hatte er nicht lange fragen müssen, bis man ihm von einem Spielmann erzählte, der während der Schlacht im April 1626 einen österreichischen Offizier aus tödlicher Bedrängnis durch dänische Reiter gerettet hatte. Franz fand das Quartier des Österreichers, ließ sich von den Bäckersleuten dessen letzte Tage schildern und horchte auf, als sie voller Respekt und Dankbarkeit von der Verlobten des frommen Obristleutnants sprachen, einer aschblonden Schwedin. Auch die habe den Spielmann gekannt.

Die Hure, von der Nikolaus geschrieben hatte; Franz wusste es sofort. Die Art, wie die Frau des Bäckers von ihr und von Tonda erzählte, verriet es ihm. Hatte Tonda ihretwegen von der Verfolgung des Mansfelders abgesehen? Hatte er den Österreicher womöglich nur gerettet, um in sein Quartier und zu ihr zu gelangen? Die Bäckerin kannte auch den vollen Namen der Schwedin: Kristina Thott. Verfluchte Hure! Alle Angst und Sorge um seinen geistlichen Sohn, aller Abscheu vor der Versuchung des Satans verband sich für den Jesuitenpater fortan mit diesem Namen.

Ein kaiserlicher Obristleutnant – ein Jesuitenzögling und Vertrauter Lamormainis – sorgte für eine Eskorte, die Franz und Carolus durch das Kriegsgebiet sicher nach Wolfenbüttel geleitete. Der Garnisonskommandeur der Festung, ein Rittmeister des Grafen zu Pappenheim, machte ihn mit dem ehemaligen Kerkermeister des Herzogs von Braunschweig bekannt. Der hatte gleich nach der Eroberung der Stadt die Seiten gewechselt und war jetzt ein Hauptmann des Grafen zu Pappenheim.

Dieser Veteran brachte sie ins Schloss und in den Kerkertrakt. »Hier.« Vom neuen Kerkermeister ließ er die leere Kerkerzelle aufschließen. »Hier hauste er vierzehn Monate lang. Bis ich ihn ohne Gefahr für sein Leben freilassen konnte.«

Franz hinkte in die Zelle, betrachtete den leeren Strohsack und die Wand darüber. »Wohin ging er, als er frei war?«, wollte er wissen.

»Mit dem Obristen zu Pappenheim und dessen Regimentern nach Norden. In Holstein hielten die Dänen noch ein paar Städte besetzt. Die Pappenheimer pressten den Spielmann unter ihre Fahne, damit er bei der Eroberung half. Nicht ohne Grund – er konnte reiten und fechten wie nur wenige.«

»War er gesund?«

»Etwas abgemagert.« Der Hauptmann zuckte mit den Schultern. »Ich habe ihn so gut versorgt, wie ich konnte, doch wir alle mussten hungern während der Belagerung. Aber sonst war er gesund.«

»Habt ihr gesprochen? Was hat er erzählt?«

»Nicht viel. Als sein Gefährte tot war, hat er tagelang nicht ein Mal auf seiner Panflöte gespielt. Kaum ein Stück Brot wollte er da noch anrühren. Bald merkte er, dass keiner ihn mehr hinrichten will. Da hat er wieder geflötet. Und die Puppen sprechen lassen.«

»Er hat Puppenkomödien gespielt?« Ein Lächeln glitt über Franz' knochige Miene.

»Oft!« Der Hauptmann deutete auf den Gang vor der Gittertür. »Da saßen wir dann, meine Männer und ich, und lauschten und guckten zu.« Der neue Kerkermeister nickte, und der Hauptmann erzählte von den Puppenspielen, die Tonda aufgeführt hatte, konnte auch etliche der Geschichten erzählen, die er gesehen und gehört hatte. »Die gingen uns zu Herzen, das könnt Ihr mir glauben, Hochwürden!« Der neue Kerkermeister nickte wieder, seine Augen leuchteten, und der Hauptmann rief: »Wegen seiner Geschichten und seiner schönen Musik habe ich doch dem Luthertum abgeschworen! Dieser Spielmann hat mich glatt katholisch gemacht!« Tränen der Rührung stiegen Franz in die Augen.

Hochzufrieden verließ er später den Kerker und das Wasserschloss. »Ein wahrer Soldat Christi«, sagte er, und Carolus, noch ganz ergriffen von der Erzählung des Hauptmanns, nickte und bekreuzigte sich.

Es beruhigte Franz von Trient durchaus, dass Tonda über ein Jahr im Kerker von Wolfenbüttel gelegen hatte. Da hatten die Schlingen, die ihm der Satan durch diese Hure gelegt hatte, schon nicht schaden können. Gott selbst hatte ihm auf diese Weise Zeit zum Beten geschenkt und für die Exerzitien, mit der ein Jesuitenpater sich gegen die Anläufe des Schwarzen Kaspers zu wehren wusste. Gewiss war er jetzt geheilt von der Verführungskraft dieses Weibes. Und hatte Tonda nicht auch treu seinen Auftrag ausgeführt?

Franz sah keinen Grund mehr, sich Sorgen um Tonda zu machen. Der junge Pater hatte einen tollkühnen Kampf gegen die Ketzerei gekämpft. Genauso treu und kühn würde er auch den Auftrag in Angriff nehmen, den Franz ihm im Namen Gottes zu überbringen hatte. Wer sonst, wenn nicht Tonda? Ein letzter Funken Beunruhigung glomm dennoch weiter in seiner Brust.

In einem Haus an der Stadtmauer nahmen sie Quartier und

ruhten sich aus. Die lange Reise hatte Franz erschöpft. Am nächsten Tag führte der Hauptmann ihn zum besten Steinmetz der Stadt. Franz suchte einen Stein aus und legte die Grabinschrift fest. Bevor nicht Nikolaus' Gebeine auf einem ordentlichen Friedhof innerhalb der Stadt und vor einem schönen Grabstein bestattet waren, wollte er Wolfenbüttel nicht verlassen.

Er nutzte die Zeit und arbeitete: schrieb Briefe nach Wien und Prag, schickte Boten nach Zeitungen mit den neuesten Meldungen von den Kriegsschauplätzen in Holstein, Mecklenburg und Pommern.

Ein werftneues schwedisches Kriegsschiff war kurz nach dem Stapellauf vor der Küste Stockholms gesunken. Franz lachte laut auf. Die Oberpfalz war bayrisch geworden, und der bayrische Herzog ein Kurfürst. Niemand hatte etwas anderes erwartet. Den braven Tilly hatte in Pinneberg eine Kugel getroffen, sodass er verletzt auf Schloss Winsen bei Hamburg gepflegt werden musste. Franz schrie auf und schlug mit der Faust auf den Tisch. Wallensteins Armee war inzwischen auf einhunderttausend Mann angewachsen. Bei Wolgast hatte er den Dänenkönig und sein Heer endgültig besiegt. Franz kniete an seinem Stuhl nieder und dankte Gott.

Vom Garnisonskommandanten ließ der Jesuitenpater sich über die Städte unterrichten, in denen Tillys Truppen lagen. Einige Regimenter waren hinauf ins Oldenburger Land gezogen, doch die meisten hatten ihre Heerlager in befestigten Städten am westlichen Elbufer aufgeschlagen. Die Truppen warteten auf die Genesung Vater Johanns, ihres Generals. Franz studierte die Landkarten, die man ihm brachte, und versuchte, in Tondas Haut zu schlüpfen – in welches Heerlager wäre er an seiner Stelle gegangen? Stendal? Lüneburg? Lauenburg? Buxtehude?

Am fünften Tag in Wolfenbüttel war Nikolaus' Grabstein fertig. Franz begutachtete und bezahlte ihn. Am siebten Tag wurde Nikolaus ein zweites Mal bestattet. Diesmal von Pater Franz von Trient und nach römischem Ritus. Der Hauptmann und der neue

Kerkermeister brachten ihre Familien mit und einige ihrer Untergebenen. Auch vier durchreisende Dominikaner und ihr Tross nahmen an der Beerdigung teil.

Hinterher zerstreute sich die kleine Trauergemeinde schnell, und die Totengräber schaufelten das Grab zu. Schließlich standen nur noch Franz und Carolus vor dem frischen Erdhügel – und wenige Schritte abseits ein Fremder.

Sein Anblick verwirrte Franz – die ganze Zeit während der Bestattung hatte er den Mann nicht bemerkt. Dabei fiel er durchaus auf mit seiner Augenklappe und dem verkrüppelten Arm. »Wer seid Ihr?« Franz wandte sich nach ihm um. »Habt Ihr Pater Bamberger gekannt?«

»Nicht so gut, dass ich von seiner Bestattung erfahren hätte.« Der Fremde trat näher. »Der Garnisonskommandeur sagte mir, dass ich Euch hier finden werde, Hochwürden.« Er überreichte Franz einen Brief mit dem Siegel eines Obristen der Katholischen Liga. »Veits Jokrim«, sagte er dabei und verneigte sich. »Rittmeister des Generals Graf von Tilly.« Den Namen seines Regiments und seiner Kompanie verschwieg er.

Der einäugige Mann sah nicht eben vertrauenserweckend aus mit seinem hohlwangigen, gelblichen Gesicht und seinem lauernden Blick. Franz schätzte sein Alter auf mindestens vierzig Jahre. Sein Misstrauen legte sich ein wenig, während er den Brief las, den der Obrist des Mannes diesem mitgegeben hatte. Der Rittmeister Jokrim genieße das Vertrauen führender Offiziere der katholischen Liga, hieß es darin, und sei gewohnt und geschickt darin, tief in den Reihen des Feindes zu operieren. Und Hochwürden von Trient möge ihn aufmerksam anhören. Es könne sich lohnen, sowohl für die Sache des Kaisers als auch für die Ziele Roms, welche ja vor den gnädigen Augen Gottes dieselben seien.

Franz betrachtete noch einmal das Siegel – es war ohne Zweifel echt. Den Obristen, der den Brief verfasst hatte, kannte er persönlich: Der Mann hatte in Prag am Clementinum studiert und war seitdem ein Anhänger der Gesellschaft Jesu. Franz las seine Zeilen ein zweites Mal und musterte den etwas unheimlichen Reiteroffizier aufs Neue. Ein Spion also, wenn er den Brief richtig verstand. Seine Linke hing wie lahm in einer Tuchschlinge. »Was begehrt Ihr von mir, Rittmeister?«

»Vielleicht weniger, als Ihr von mir begehren könntet, Hochwürden«, der Einäugige deutete schon wieder eine Verneigung an. Sein Lächeln hatte etwas Verschlagenes. »Wenn man mich nämlich recht instruiert hat, sucht Ihr einen böhmischen Spielmann namens Antonín von Waldau.« Seine Stimme klang abstoßend – als würde jemand altes Pergament zerreißen.

»Woher wisst Ihr das?« Statt zu antworten, lächelte der Einäugige und bedeutete dem Pater mit seinem Mienenspiel, dass er ihn unter vier Augen zu sprechen wünschte. Franz wies Carolus an, sich zur Verfügung zu halten, und wartete, bis sein Diener sich entfernt hatte. »Also – woher?« Er verschränkte die Arme vor der Brust.

»Von einem Offizier, dessen Kompanie die Elbbrücke in Dessau sichert.« Der Einäugige trat neben ihn an Nikolaus' Grab. »Ihr müsst wissen, dass ich über gute Beziehungen im gesamten Heer der Katholischen Liga verfüge.« Sein Lächeln geriet noch um eine Spur hintergründiger. »So wie Ihr.«

»Und woher kennt Ihr Antonín von Waldau?«

»Ich bin im selben Reisetross nach Hersfeld gefahren wie er, doch das ist eine längere Geschichte. Vielleicht begnügt Ihr Euch fürs Erste damit zu erfahren, dass er ohne meine Hilfe weder dem Heinrich Piper noch dem Herzog Christian das Strafgericht Gottes hätte bringen können. Doch auch dazu nur so viel: Ich beschaffte dem Spielmann das Gift für den Wein des Halberstädters.«

Franz zuckte innerlich zusammen – ein Mitwisser außerhalb der Gesellschaft Jesu? Das war das Letzte, was er brauchen konnte! Doch er verzog keine Miene. »Dafür segne und belohne Euch der allmächtige Gott, Rittmeister. Wo hält Antonín von Waldau sich zurzeit auf?«

»Persönlich sah ich ihn zuletzt an der Dessauer Brücke, doch das ist zwei Jahre her. Erst kürzlich jedoch berichtete mir ein Franziskaner, dass Männer seines Ordens in Hannover einen verletzten Spielmann gepflegt hätten. Der wusste eine Panflöte zu spielen und geistliche Geschichten mit Puppen zu erzählen.«

Franz erschrak schon wieder. »Tonda ist verletzt?«

»Er war wohl in ein Scharmützel mit den Dänen geraten, hat aber, wie ich hörte, das Hospital und Hannover auf eigenen Beinen und mit zwei Pferden verlassen.«

»Und wo finde ich ihn jetzt?«

»Gebt mir ein paar Wochen Zeit, Hochwürden, und ich werde es herausfinden.« Der Einäugige musterte den Jesuitenpater einen Atemzug lang, und Franz hatte das Gefühl, jemand würde versuchen, ihm ins Hirn zu schauen. Er fror plötzlich. »Bis dahin aber bedenkt das Angebot eines hohen und bekannten Offiziers aus Wallensteins Armee, das ich Euch zu überbringen habe.«

»Wie interessant.« Franz lächelte, obwohl in seiner Brust bereits die Wut brodelte. Der Rittmeister warf ihm Brocken um Brocken hin, so wie man es tat, wenn man Karpfen anfüttern wollte. Er bemühte sich um einen höflichen Tonfall. »Und was wäre das für ein Angebot?«

»Eines, das Euch bei Eurer Art, Gott und dem Kaiser zu dienen, noch viel nützen könnte.« Jokrim grinste, und sein Gesicht erinnerte Franz an das eines Fuchses.

Der Pater sah glasklar und stöhnte innerlich auf – dieser Mann mit seinem Wissen konnte der Gesellschaft Jesu noch großen Schaden zufügen. »Wenn Ihr darüber reden wollte, so redet doch einfach.« Dieser Mann sollte so schnell wie möglich aus dieser Welt verschwinden. »Ich höre.«

»Der betreffende Offizier hat Beziehungen nach Stockholm und wäre bereit, sich unzufrieden mit seinem kaiserlichen Dienstherrn zu zeigen«, fuhr der Einäugige fort. »Und wechselwillig, falls Schweden in den Krieg eintritt. Vorübergehend, wenn Ihr versteht, was ich meine.«

»Ich verstehe sehr gut, was Ihr meint.« Franz dachte an Dirschau und an die Kugel, die Gustav Adolf dort beinahe getötet hatte. Sein Traumbild zog an seinem inneren Augen vorbei, und er sah sich und Tonda hinter dem göttlichen General her reiten. »Dass Schweden in den Krieg eintritt, scheint nur noch eine Frage der Zeit. Und wenn wir dann tapfere und edelmütige Männer an Gustav Adolfs Seite wissen – Männer, die rechts von links und weiß von schwarz zu unterscheiden wissen, dann werden wir Grund haben, Gott zu danken. Sei's in Wien, sei's in Friedland, München oder Rom.«

»Soll ich ihm das so ausrichten?«

»Möglichst wörtlich.«

»Seid unbesorgt, Hochwürden, ich habe ein gutes Gedächtnis.« Der Einäugige wiederholte die Antwort des Jesuitenpaters Wort für Wort, sodass Franz seinen Ohren kaum traute. Danach trat er an den frisch aufgeworfenen Erdhügel und betrachtete den Grabstein. Auf dem stand in schöner Schrift der Name des Toten eingemeißelt: *Nikolaus Bamberger, S. J.* Und darunter der Tag seines Todes. Seinen Geburtstag kannte Franz nicht. Auch einen Vers aus dem Brief des Paulus an die Epheser hatte er für Nikolaus ausgesucht und in den Stein hauen lassen; auf Deutsch, damit es auch die Ketzer und Ungebildeten lesen konnten.

»Und wann höre ich von Euch?«, fragte er den Einäugigen.

»Bald.«

Laut und mit nachdenklicher Miene las der Rittmeister Jokrim den Spruch auf dem Grabstein: »›Ziehet an die Waffenrüstung Gottes, damit ihr bestehen könnt gegen die listigen Anläufe des Teufels.‹« Er sah Franz ins Gesicht und zeigte wieder dieses füchsische Lächeln. »Ihr haltet den Teufel für sehr mächtig, nicht wahr, Hochwürden?«

3

Kloster Huysburg, Spätsommer 1628

Das Erbarmen packte einen beim bloßen Anblick des Paares: Der Mann blutete aus vielen Wunden und trug weiter nichts als ein Hemd auf dem Leib; die Frau war nackt und zerschunden und konnte nicht laufen, weil eine Musketenkugel sie im Oberschenkel getroffen hatte. Auf dem Rücken habe ihr Mann sie aus dem nächtlichen Wald vor das Klostertor geschleppt, erzählten die Nonnen später; dort sei er zusammengebrochen.

Kristina, geweckt von den Stimmen der Nonnen und vom Kreischen der Frau, lief hinunter in den Klosterhof. Die Benediktinerinnen riefen nach dem Abt, einige gaben dem bedauernswerten Paar zu trinken. Eine alte Nonne wischte das Blut vom Schenkel der Frau und untersuchte die Wunde. Kristina breitete ihren Mantel über den nackten Leib der Geschändeten, zog ihren Kopf auf ihren Schoß und redete ihr gut zu. »Meister Hein Klapperbein holt mich!«, schrie die Frau. »Weg mit dir, Meister Klapperbein! Ich will noch nicht in die Hölle.«

Das Benediktinerkloster lag auf einem Höhenzug des Harzes eine Wegstunde von Halberstadt entfernt. Nonnen und Mönche lebten hier in zwei voneinander geschiedenen Gebäuden. Die beiden Kartäuser hatten Kristina hierhin mitgenommen und in Sicherheit gebracht. Ihr eigentliches Ziel war die Kartause von Hildesheim gewesen, doch die hatten Hildesheimer Bürger und dänische Soldaten im Sommer 1626 niedergebrannt. Das hatten die Weißkutten von österreichischen Landsknechten auf dem Lastensegler erfahren; deswegen waren sie in Barby von Bord gegangen.

Man weckte den Abt. Der entschied, den verletzten Mann, einen deutschen Hauptmann des dänischen Heeres, ins Männerkloster zu bringen und von dort den Kartäuserpater ins Frauenkloster rufen zu lassen, den Medikus. Der kam sofort und entschied, die Kugel aus dem Bein der Frau herauszuschneiden, um ihr so vielleicht den Wundbrand zu ersparen.

Auf einer Trage schafften Kristina und zwei Benediktinerinnen die jammernde Frau ins Hospital des Frauenklosters, legten sie auf einen Tisch. Die Nonnen wuschen sie, der Medikus legte seine chirurgischen Messer, Wundlöffel, Zangen und Spatel zurecht, packte auch eine Knochensäge aus, und Kristina flößte der verletzten Frau Branntwein mit einem Extrakt aus Mohn und Bilsenkraut ein. Es war nicht das erste Mal, dass sie dem Kartäuserpater bei der Behandlung von Kranken zur Hand ging.

»Ich will katholisch werden«, jammerte die tief erschütterte Frau. Tillys Kroaten hatten die Kompanie ihres Mannes überfallen. »Wenn ihr mich rettet, will ich nie mehr mit einem Mann zu tun haben und katholisch werden!«

Kristina bürstete ihr Laub, Erde und Gras aus den schwarzen Locken. »Das wird dein Ehemann aber gar nicht gern hören«, sagte sie.

»Er ist nicht mein Ehemann, wir haben nie vor einem Traualtar gestanden. Weg mit dir, Klapperbein! Ich will nicht mehr lutherisch sein!« Die Frau bäumte sich auf, packte Kristinas Arme. »Hört Ihr, was ich sage?« Sie zog sich an ihr hoch, starrte sie aus weit aufgerissenen Augen an. »Verjagt mir Meister Hein Klapperbein, und ich will eine Nonne werden!« Sie hatte sehr dunkle Augen und war jünger als Kristina.

»Wenn Gott ihn schon zu dir geschickt hat, kann keiner ihn vertreiben«, sagte die ältere der beiden Benediktinerinnen. »Bruder Alban wird sein Bestes tun, doch dich retten kann nur Gott selbst. Also bete, solange du noch beten kannst.«

Prompt brach die Frau in hysterisches Geheul aus. »Hätte ich doch nur auf ihn gehört! Hat er mir den Meister Klapperbein nicht angekündigt? Hätte ich doch bloß auf ihn gehört, hätte ich bloß mein Leben geändert, wäre ich doch längst katholisch geworden …«

Kristina brachte sie zur Ruhe, flößte ihr mehr von dem betäubenden Extrakt ein. »Wer hat dir Meister Hein Klapperbein angekündigt?«

»Der Spielmann. In Hersfeld. Du warst doch auch da …«

Eine von Jokrims Huren! Jetzt erinnerte Kristina sich. Die jüngste und schönste von allen Huren, die der Einäugige damals nach Hersfeld gebracht hatte. Er war doch nicht etwa selbst in der Nähe? Ein Bote aus Buxtehude hatte von Jokrims Freispruch berichtet. Der Profos dort wollte keinen Krüppel bestrafen, nur weil der sich seiner Haut erwehrt habe, wie es hieß. Die Angst, der Einäugige könnte ihr weiterhin nachstellen, beschlich Kristina.

»Und ich böses Weib …!« Die Hure raufte sich das Haar, schlug sich an die Brust. »… ich dumme Gans habe ihn auch noch beim Herzog angeschwärzt!«

»Bei welchem Herzog?« Kristina hielt das verheulte Gesicht der Frau fest. Die ältere Benediktinerin drängte mit Gesten zur Eile, ließ schon Alraunenextrakt auf den mit Branntwein und Mohn getränkten Schwamm tropfen. Der Kartäuser jedoch hob die Rechte und gab ihr zu verstehen, dass sie noch warten sollte. Verwundert bemerkte Kristina, dass auch er aufmerksam lauschte. Doch dann fiel ihr das Ölporträt von Tonda ein, das er besaß. Wie gut musste man einen Menschen kennen, wenn man sein Bild mit sich führte? Ganz gewiss besser, als sie den Spielmann kannte.

»Beim Halberstädter, in Wolfenbüttel! Der hat sich vom Spielmann auf seiner seltsamen Flöte vorspielen lassen, und dann hat er ihn in den Kerker werfen lassen, und dann ist er gestorben.« Die Zunge wurde ihr schon schwer, die Sprache verwaschen.

»Der Spielmann ist gestorben?« Kristina stockte der Atem.

»Der Tolle Halberstädter. Den Spielmann haben die Pappenheimer am letzten Christfest befreit und mitgenommen. Manche glauben, er hätte den Herzog … Er wollte nach Magdeburg, suchte jemanden …, das weiß ich von dem dicken Magister …, kamen doch alle zu mir …«

Sie heulte und stammelte, beschrieb den qualvollen Tod des Herzogs und wie man in Wolfenbüttel einen Jesuiten namens Bamberger gerädert hatte, und schwor in jedem zweiten Satz, ganz gewiss katholisch werden zu wollen, wenn Gott nur den Meister Hein Klapperbein noch dieses eine Mal von ihrer Seite vertreiben würde. Sogar eine Nonne wollte sie dann werden.

Kristina versuchte, Ordnung in ihre plötzlich aufgescheuchten Gedanken zu bringen. Was erzählte die Hure da vom Tod des Herzogs? Und Tonda hatte im Kerker von Wolfenbüttel gesessen? Bis zum Christfest 1627? Das war doch erst acht Monate her! Und nach Magdeburg hatte er gewollt? Jemanden gesucht hatte er?

Das schmale Gesicht des Kartäusers wirkte düster auf einmal, und seine blauen Augen viel dunkler als zuvor. Doch er sagte nicht, was ihn bewegte, sagte ja nie etwas, von Anfang an nicht. Als das Gejammer der Verletzten mehr und mehr ihre Worte verschlangen und man sie kaum noch verstand, gab er der älteren Nonne ein Zeichen. Die reichte Kristina den Schwamm, und Kristina drehte den Kopf der halb Betäubten auf die Seite und steckte ihr den Schwamm in den Mund.

Der Medikus griff zu Messer und Spatel und beugte sich über den Schenkel der Frau. Das Einschussloch lag an der Außenseite des Oberschenkels und sehr weit oben am Bein, fast schon an der Hüfte. Kristina hielt ihren Kopf und ihre Rechte. Die Hure zuckte und stöhnte, als der Kartäuser die Klinge ansetzte. Die alte Nonne hielt das angeschossene Bein, die jüngere das gesunde.

Hier im Kloster war man daran gewöhnt, Verletzte zu versorgen. Aus der Umgebung von Halberstadt, wo kaiserliche Soldateska Angst und Schrecken verbreiteten, wurden öfter Verwundete und Sterbende ins Kloster heraufgebracht. Einige Male war

Kristina mit dem Pater Medikus auch schon unten in Halberstadt gewesen, weil verletzte Offiziere oder kranke Edelleute ihn hatten rufen lassen. Seine Heilkunst und seine Sorgfalt hatten sich herumgesprochen.

Wieder und wieder schweiften Kristinas Gedanken ab zu Tonda. Der Spielmann hätte also gar nicht zurück nach Dessau kommen können? Selbst dann nicht, wenn er seinen Brief bereut hätte? Und wenn nun tatsächlich Magdeburg sein Ziel gewesen war und er dort jemanden suchte – was bedeutete das anderes, als dass er …?

Nein! Sie wagte es nicht, den Gedanken zu Ende zu denken. Nein, ausgeschlossen, dass er ausgerechnet sie suchte. Er hatte ihr ja diesen Brief geschrieben; nie mehr wiedersehen wollte er sie. Sie schob den Gedanken an den Spielmann so weit weg, wie sie nur konnte, richtete ihre Aufmerksamkeit ganz auf die zuckende und stöhnende Frau in ihren Armen und auf das, was der Schweigemönch tat. Mit seinem scharfen Messer hatte er die Schusswunde geöffnet und das verbrannte oder schmutzige Fleisch herausgeschnitten.

Noch nie hatte sie ihn auch nur ein Wort reden hören. Seinen Namen – Alban von Lüttich – kannte Kristina von seinem Diener, dem Rübelrap. Den hatte der Bürgermeister von München wegen Diebstahls hängen lassen wollen, doch in jenen Tagen, so erzählte Rübelrap, kam der Medikus aus einer Kartause bei Wien, heilte die kranke Frau des Bürgermeisters und schrieb dann Bittbriefe an den Hof des Großherzogs Maximilian von Bayern und rettete ihn so. Auf die Frage, warum ein Mönch und Arzt einen Dieb retten sollte, hatte Rübelrap geantwortet: »Er hat mir das Sterbesakrament erteilt und die letzte Beichte abgenommen. Und da hat er mich lieb gewonnen.«

Das zu glauben, fiel Kristina nicht leicht. Wie auch immer: Nun diente der Eidgenosse dem Medikus als Novize des Kartäuserordens, als Brudermönch, wie er sich nannte, und anders als die

Priestermönche des strengen Ordens hatte er noch kein Schweigegelübde abgelegt.

Hinter vorgehaltener Hand flüsterten die Nonnen, Bruder Alban sei früher ein Jesuitenpater gewesen und der Orden der Schweiger sei der einzige, in den ein ehemaliger Jesuit wechseln durfte, weil doch die Männer der Gesellschaft Jesu so viele Geheimnisse kannten – aus den Beichtstühlen von Fürsten und Feldherren, von den Ratssitzungen der Regenten und aus dem Vatikan selbst. Auch hieß es, er habe es nicht mehr mit seinem Gewissen vereinbaren können, dass sein Orden sich so tief in die Politik des Papstes, des Kaisers und der Fürstenhöfe verstricken ließ. Und nicht nur zu schweigen habe er Gott gelobt, sondern auch Leben zu retten, wo immer er konnte. Manche Nonnen behaupteten, der Abt selbst habe ihnen diese Dinge erzählt. Wahrscheinlich hatte er sich deswegen für den todgeweihten Dieb verwendet.

Trotz der Betäubung schrie die Frau in Kristinas Armen auf, als der Pater nun endlich die Muskelfasern öffnete und den Muskel spaltete, in dem die Kugel steckte. Sie streckte sich noch einmal, erschlaffte schließlich – und verlor das Bewusstsein. Kristina bettete ihren Kopf auf die Seite, stellte sich neben den Medikus und sah ihm bei der Arbeit zu. Mit einem Blick bedeutete er ihr, ein sauberes Tuch zu nehmen und das Blut vom aufgeschnittenen Muskel zu wischen, damit er nach der Kugel suchen könne. Kristina tat, was er verlangte. Der älteren Benediktinerin zeigte Alban, wo sie drücken musste, um die Schlagader zusammenzupressen, die den Muskel mit Blut versorgte. Die Nonne fand die Stelle, und das Blut sprudelte nicht mehr, sickerte nur noch aus dem Muskel.

Bald hörten alle, wie der Wundlöffel über die Musketenkugel kratzte. Sie steckte tief im Fleisch des Muskels, und zwar zwischen dem Oberschenkelknochen und dem Beckenkamm, gar nicht weit neben dem Hüftgelenk. Mit Gesten und Blicken erklärte der Priestermönch Kristina und den Nonnen, dass ohne diesen Muskel kein Mensch aufrecht laufen konnte. Endlich lag die Kugel so frei, dass der Pater Medikus sie mit der Zange herausnehmen konnte. Er ließ sie in die Schüssel mit dem heißen Wasser fallen, und die Nonnen bekreuzigten sich.

Pater Alban forderte Kristina auf, die Wunde zuzunähen. Sie tat so etwas nicht zum ersten Mal, und es gelang auf Anhieb. Mit dem Löffel deutete der Kartäuser danach zuerst ein paar Fingerbreiten weg von der Wunde nach oben auf den Bauch der Frau, danach ein kleines Stück weiter nach links und nach unten, wo die Oberschenkelschlagader verlief, und schließlich eine Handbreite weit nach innen zur Leiste der Frau, wo ebenfalls eine Schlagader pulsierte. Mit Zeichen, Gesten und Hinzeigen des Löffels erklärte er schweigend, dass keine Rettung möglich gewesen wäre, wenn die Musketenkugel die Frau an einer der bezeichneten Stellen getroffen hätte; sie wäre unweigerlich verblutet oder qualvoll an einer Entzündung des Gedärms zugrunde gegangen. Jetzt konnte man hoffen, dass sie das unvermeidliche Wundfieber überstand.

Jedes Mal, wenn Kristina ihm bei Kranken oder Verwundeten half, war das Albans Gewohnheit: zeigen und deuten und hinterher noch aufzeichnen und wieder zeigen und deuten; bis er sicher war, dass man verstanden hatte. Auch diesmal, nachdem er der schlafenden Frau den Verband angelegt und sich die Hände gewaschen hatte, ließ er sich Papier und Rötelstift bringen und zeichnete schweigend: das Bein, die Wunde, den Knochen, die Kugel, die Schlagadern, erklärte im Kienholzschein alles zum zweiten Mal. Der Medikus schien weder Müdigkeit noch Ungeduld zu kennen. Wie ein geduldiger Lehrer seinen Schülerinnen so widmete er sich Kristina und den Nonnen; Pater Alban wollte wohl, dass sie bald auch ohne ihn solche Operationen durchführen konnten, und er gab erst Ruhe, wenn er glaubte, dass sie alles verstanden hatten.

Kristina bewunderte diesen mönchischen Schweiger. Wie war es nur möglich, dass einer, obwohl er doch kein Wort sprach, schwierige Zusammenhänge so einleuchtend erklären konnte? Sie fand keine Antwort darauf. Doch die Dankbarkeit, diesen Mann getroffen zu haben, überwältigte sie aufs Neue, und als sie im ersten Morgengrauen gemeinsam mit den Nonnen die junge Frau in den großen Krankensaal des Frauenklosters trug, hatte sie gar nicht das Gefühl, Schlaf und Kraft und Zeit gegeben zu haben – sie kam sich eher vor wie eine, die selbst etwas geschenkt bekommen hatte.

Kristina übernahm die erste Wache am Krankenlager der schwer Verletzten. Bald schlug die Frau wieder ihre dunklen Augen auf. »Der Spielmann hat mich gewarnt«, flüsterte sie. »Und ich hab nicht hören wollen.« Kristina legte ihr den Unterarm auf die Stirn, das Wundfieber stieg bereits. »Ich dumme Gans hab ihn sogar beim Herzog als Papisten angeschwärzt …«

»Es ist vorbei«, raunte Kristina ihr ins Ohr. »Jetzt wird alles gut.«

»Vorbei?« Die junge Hure riss die Augen auf. »Bin ich nicht in der Hölle?« Sie blinzelte nach allen Seiten. »Meister Hein Klapperbein ist weg? Der Erzengel hat meine Seele gerettet? Dann will ich dem Luthertum abschwören, ganz gewiss, dann will ich eine Nonne werden.«

*

Halberstadt, Herbst 1628

Das Haus lag gegenüber dem Dom und sah aus wie ein Fachwerkschlösschen mit seinen Erkern, Türmchen, Balkonen und der blumengeschmückten Vortreppe. Kristina konnte sich kaum sattsehen: In so einem Schlösschen, mitten in einer großen Stadt, würde sie gern wohnen! So ein Haus, nahm sie sich vor, würde sie sich irgendwann einmal bauen lassen, sollte sie jemals nach Stockholm zurückkehren.

Der Mann, der das schöne Haus bewohnte, hatte den Pater Alban aus dem Waldkloster herabrufen lassen, weil ein Furunkel am

Gesäß ihn plagte. Kristina und Rübelrap begleiteten den Medikus. Der Kranke, ein katholischer Domherr, brachte kaum einen Gruß über die Lippen. Unfreundlich gab er seiner Dienerschaft Anweisung, Kristina und die Mönche in sein Schlafgemach zu führen. Nichts als schroffe Worte fand er, als er seine Haushälterinnen anwies, für Laken, heißes Wasser und dergleichen zu sorgen. Rübelrap musterte er mit unverhohlener Verachtung, und nur Kristina gönnte er ein Lächeln; allerdings eines von der Sorte, das ihr Ekel verursachte.

Er bestand sogar darauf, dass sie im Schlafzimmer blieb, während er Pater Medikus seinen Furunkel präsentieren wollte, und lüpfte schon seine Soutane. Dem Pater gefiel das gar nicht; er bedachte den Domherrn mit einem tadelnden Blick und verwies Kristina mit knapper Geste des Raumes. Sie ließ die Tür angelehnt, nahm auf einer Bank daneben Platz und hörte zu, was die Männer redeten.

So erfuhr sie, dass Halberstadt schon im vorletzten Jahr einmal von Wallensteins Heer erobert und besetzt worden war und dass die geistlichen Herren des Domkapitels zur Hälfte Katholiken und zur anderen Hälfte Lutheraner waren. »Es wird Zeit, dass der Herzog von Friedland zurückkommt und mit diesem Unsinn Schluss macht!«, hörte sie den Domherrn schimpfen; er sprach von Wallenstein. »Der Kaiser will uns ja alle Ländereien und Gebäude zurückholen, die uns in den guten alten Zeiten vor dem unseligen Luther gehört hatten, Gott verfluche ihn in Ewigkeit, Amen. Habt Ihr davon gehört? Alles, was durch den Augsburger Religionsfrieden 1555 in lutherischen Besitz gelangt ist, soll bald wieder uns gehören. Angeblich will Ferdinand seinen fünfzehnjährigen Sohn Leopold als Verwalter für die ehemals katholischen Kirchen und Liegenschaften im reichen Magdeburg einsetzen, Gott segne und erhalte unseren frommen Kaiser Ferdinand! Eine famose Idee, habe ich recht, Pater? Warum macht Ihr denn so ein düsteres Gesicht?«

»Pater Alban glaubt, dass der Krieg dadurch endlos weitergehen wird«, übersetzte Bruder Rübelrap die Miene des Schweigemönchs.

»Und wenn schon! Wie soll man denn sonst fertig werden mit dem Ketzerpack? Der Herzog von Friedland hat die Belagerung von Stralsund für diesmal leider aufgegeben, habt Ihr schon gehört? Doch ich bin sicher: Sobald er die widerspenstigen Städte seines neuen Herzogtums Mecklenburg gezähmt hat, ist Stralsund fällig. Und wenn er dann zurück nach Niedersachsen kommt, wird er schon für gute Ordnung sorgen bei uns. Auch wenn er als Katholik nichts taugt, doch als Kriegsmann … aua!«

Ein Schmerzensschrei schnitt seinen Wortschwall jäh ab – vermutlich hatte Rübelrap mit Branntwein und Mohn gegeizt oder der Pater den Schnitt besonders tief gesetzt oder beides. Kristina lächelte zufrieden. Die Neuigkeiten allerdings beunruhigten sie: Bedeutete Krieg in Mecklenburg nicht auch Krieg in der Gegend von Lübeck?

»Bekommt Ihr da oben im Kloster eigentlich auch eine Zeitung zu sehen hin und wieder?« Minuten später, als der größte Schmerz nachließ und Rübelrap ihm einen Verband auflegte, nahm der Domherr seinen Wortschwall wieder auf, allerdings klang er nicht mehr ganz so munter wie zuvor. »Dann habt ihr sicher vom Untergang der Vasa gehört? Das größte Kriegsschiff aller Zeiten!« Der Domherr lachte gehässig. »Damit wollte Gustav Adolf sich und seinem Haus einmal ein Denkmal setzen – tausend Eichen hat er für das Schiff fällen lassen, stellt Euch das nur einmal vor: tausend Eichen! In der Werft vor dem Stockholmer Königsschloss haben sie es zu Wasser gelassen, und keine Meile weit ist es gekommen!« Es klang, als würde der kichernde Domherr sich die Hände reiben. »Erst neulich, am zehnten August, ist es geschehen! Habt Ihr's wirklich nicht gehört, Pater Medikus? Läuft aus in Stockholm, der tolle Kahn, und sinkt schon ein paar Minuten später. Und alle ersoffen.« Er lachte schallend. »Wenn das kein gutes Zeichen ist. Soll er doch kommen, der verdammte Schwedenkönig! Nicht einmal eine Meile – wenn das kein gutes Zeichen ist!«

Auf der Rückfahrt ins Kloster hockte Kristina mit hängenden Schultern neben Rübelrap auf dem Kutschbock. Die so hämisch erzählte Geschichte vom Untergang des neuen schwedischen Kriegsschiffes hatte sie aufgewühlt. Und wenn er nun recht hatte, dieser widerwärtige Domherr? Wenn der Untergang der Vasa nun wirklich ein Zeichen Gottes gewesen war? Sie dachte an ihren eigenen Schiffbruch und schüttelte sich.

Beunruhigende Nachrichten aus allen Teilen des Reiches drangen in den folgenden Wochen bis hinauf in den Bergwald und in das Benediktinerkloster Huysburg. Eine kaiserliche Reiterkompanie, die drei Tage im Kloster ausruhte und sich manierlich benahm, wusste zu berichten, dass Christian von Dänemark noch immer nicht genug vom Krieg habe und seine Truppen zur Entscheidungsschlacht gegen Tilly und Wallenstein sammle. Dem Großherzog Maximilian von Bayern, einem wahrhaft fanatischen Feind des Luthertums, habe der Kaiser für die Siege seines Generals Tilly die Kurwürde verliehen, die er zuvor dem unglücklichen Friedrich von der Pfalz weggenommen hatte. Außerdem wussten die Soldaten von einem schwedisch-dänischen Bündnis zu berichten, und ihr Rittmeister zeigte sich überzeugt davon, dass der Eintritt Schwedens in den deutschen Krieg kurz bevorstand.

Die meisten dieser Nachrichten konnte Kristina nicht wirklich einordnen. Was bedeuteten sie? Waren sie gut oder schlecht? Was sie jedoch sofort für eine gute Nachricht hielt, war die Rede vom bevorstehenden Kriegseintritt Schwedens. Hieß das nicht, dass sie nicht mehr nach Schweden musste, weil Schweden zu ihr kommen würde?

Eines schönen Herbsttages hielt sie sich einen Steinwurf weit von den Klostermauern entfernt auf einer Lichtung auf und machte Schießübungen mit den Reiterpistolen, die Leo ihr hinterlassen hatte. Rübelrap tauchte plötzlich zu Pferd am Rand der Lichtung auf, zwei kaiserliche Dragoner begleiteten ihn. Die beäugten Kristina mit ihren Pistolen sehr misstrauisch. Kristina hatte die Reiter nie zuvor gesehen. »Pater Alban reist morgen nach Magdeburg«, rief Rübelrap vom Rande der Lichtung. »Willst du uns begleiten? Oder willst du bleiben und auch eine Nonne werden.« Er spielte auf die Hure und die junge Mätresse des toten Cornets an. Beide waren inzwischen tatsächlich Novizinnen der Benediktinerinnen geworden.

Auf dem Weg zurück ins Kloster erfuhr Kristina, dass die Dragoner zu einer Reiterkompanie gehörten, die eine große Delegation aus Priestern und Mönchen nach Magdeburg eskortierten. Die Mehrzahl dieser geistlichen Herren kam aus Wien, einige auch aus München. Beinahe die Hälfte gehörte zum Orden der Prämonstratenser. Von dreien munkelte man, dass sie Jesuiten seien.

Kristina musste nicht lange nachdenken – natürlich wollte sie nach Magdeburg. Am übernächsten Tag brach die Delegation auf. Kristina ritt neben dem Wagen von Rübelrap und Pater Alban her. Rübelrap spielte auf einem schlichten Instrument, das er Brummeisen nannte; Kristina kannte es unter dem Namen »Maultrommel«.

Der Rittmeister der Dragoner fand Gefallen an ihr und trieb sein Pferd in ihre Nähe, wann immer er konnte. Aus den Gesprächen zwischen ihm und Rübelrap erfuhr Kristina, was die katholische Delegation nach Magdeburg führte: Der Kaiser hatte befohlen, dass der Magdeburger Rat alle ehemaligen Klöster an jene Mönchsorden zurückgab, denen sie in früheren Zeiten gehört hatten. Die Mönche und Priester wollten nun nach Magdeburg, um die Gebäude und Anwesen wieder in Besitz zu nehmen.

Rübelrap setzte sein Brummeisen ab. »Das klingt nach Streit.«

»Darauf kannst du einen lassen, Bruder Kamerad.« Der Rittmeister schmunzelte. Mit einer selbstverliebten Geste strich er sich über den buschigen Schnurrbart und schielte nach Kristina. »Streit ist unser Beruf.« Kristina mochte ihn nicht.

Als man ihn wenig später wegen eines Achsenbruches an die Spitze des Reisetrosses rief, wandte Kristina sich an Rübelrap. »Und warum will Pater Alban nach Magdeburg? Hat er denn auch etwas mit den Klöstern zu schaffen, die den Lutheranern weggenommen werden sollen?«

Beide, sie und Rübelrap, blickten hinter sich, wo der Pater Medikus unter der aufgeschlagenen Wagenplane in einer breiten Polsterbank saß. Unter halb geschlossenen Lidern sah der Grauhaarige in die Flusslandschaft – die erste Hälfte des Weges führte an der Bode entlang – und machte nicht den Eindruck, als hätte er Kristinas Frage überhaupt gehört.

Vom Kutschbock aus beugte Rübelrap sich ein Stück zu ihr und ihrem Schimmel herüber. »Ich kann mir nicht helfen«, raunte er, »doch ich hab das Gefühl, es geht ihm ähnlich wie dir: Er sucht jemanden und vermutet ihn in Magdeburg.«

Am frühen Nachmittag des nächsten Tages erreichten sie Magdeburg. Auf einer Brücke überquerte der Reisetross einen Elbarm und gelangte auf eine Insel in der Mitte des Stroms. Die Schönheit der Stadtsilhouette schlug Kristina in den Bann. Ein Meer von Dächern erhob sich hinter der hohen Wehrmauer. Unzählige Türme ragten aus diesem Dächermeer. Das also war die berühmte und reiche Hansestadt Magdeburg. Von Bruder Rübelrap wusste sie, dass weit über dreißigtausend Menschen in ihr lebten.

Die Magdeburger Soldaten bei der Festungsanlage auf der Insel behandelten sie kühl, ja abweisend. Ihr Hauptmann und der Rittmeister der kaiserlichen Dragoner sahen sich kaum einmal in die Augen. Bis auf zwölf Reiter wurde die Dragonerkompanie abgewiesen. Unter der Führung ihres Rittmeisters durften diese zwölf die Mönche und Priester auf der Brücke über den zweiten Elbarm bis zum Stadttor begleiten. Dort ließen Wächter nur vier kaiserliche Dragoner mit den Priestern und Mönchen in die Stadt hinein.

Auf dem Weg zu Neumarkt und Dom fragte Kristina nach dem Magister Johann Steinmann, dem alten Freund ihres Vaters.

Gleich der Erste, den sie ansprach, kannte ihn und wies ihr den Weg. Auf dem Neumarkt nahm sie Abschied von Bruder Rübelrap und Pater Alban und ritt die Gasse hinunter, die man ihr beschrieben hatte. Sie fand das Haus sofort.

Kristina stieg vom Pferd, starrte den Türklopfer an und versuchte zu begreifen, was sie da sah: Die Glücksgöttin, die das Horn der Glückseligkeit ausleerte. Ihre Augen füllten sich mit Tränen.

Es dauerte seine Zeit, bis ihre Erschütterung sich wieder legte. Kristina wischte sich die Augen aus und schlug den Klopfring gegen die Tür.

Flinke Schritte näherten sich von innen, jemand zog die Tür auf. Kristina sah in das schmale Gesicht eines Mädchens von höchstens zwölf Jahren. Es hatte leicht schräg stehende, grüngraue Augen und langes, aschblondes Haar. Von jetzt auf nun fühlte Kristina sich in ihre Kindheit zurückversetzt und glaubte plötzlich, in einen Spiegel zu schauen.

»Wer bist du?«, fragte das Mädchen. »Bist du eine Thott?«

»Frag sie, ob sie einer der vier Erzengel ist«, sagte ein Mann, der nicht weit hinter dem Mädchen seinen Kahlkopf aus einer Tür streckte. »So guckt sie nämlich. Und wenn es ein Erzengel ist, soll er später wiederkommen. Wir müssen erst ein bisschen aufräumen im Haus.« Und auf den Treppenstufen stieg eine Frau von vielleicht vierzig Jahren aus dem Obergeschoss herab, ihr Haar war aschblond, ihr Gesicht verhärmt.

Kristina konnte ihren Blick nicht mehr abwenden von diesem Gesicht. Schwindlig wurde ihr auf einmal, der Atem wollte ihr nicht mehr fließen. Sie schlug die Hand vor den Mund, um all die Schreie darin festzuhalten, die auf einmal aus ihr herausplatzen wollten.

Die Frau aber verharrte still auf der Treppe, zwei, drei Atemzüge lang. »Kristina«, flüsterte sie. Dann sprang sie die letzten Stufen herunter, schob das Mädchen zur Seite und riss Kristina in ihre Arme. »Kristina!«, schrie sie.

4

Magdeburg · Hamburg · Lübeck, Spätherbst 1628

Das Schiff kam aus Böhmen, ein großer Lastensegler voller Obst und Weizen. Es hielt nur deswegen in Magdeburg, weil ein bayrischer Dragonerleutnant seinen Cornet an der Anlegestelle die Kompaniefahne schwenken ließ. Tonda durfte mit an Bord. Er hatte den Schwarzen dabei. Und seine Katzenfelltasche. Und einen Degen. Nicht halb so gut wie der, den Vater Franz ihm geschenkt hatte, doch im Ernstfall kam es mehr auf den Fechter als auf die Klinge an.

Die Besatzung des Flussseglers und die Bayern lauschten zuerst Tondas Nai und sahen sich danach sein Puppenspiel an. Eine Geschichte aus der Heiligen Schrift: das Gleichnis vom verlorenen Sohn. Als Himmelreich benutzte er eine Obstkiste, aus der er den Boden entfernte und die er dann auf dem Rücken des Schwarzen am Sattel befestigte. Die Soldaten belohnten ihn mit Bier, einer erbeuteten Reiterpistole und ein paar Kreuzern. Der Kapitän schenkte ihm zehn Äpfel; Tonda aß gleich drei hintereinander und dachte bei jedem Bissen sehnsüchtiger an Kristina.

Am Tag vor der Abreise hatte er gebeichtet. Im Dom, bei einem greisen Priester. Vermutlich war der taub gewesen, denn Tondas Bekenntnis, etliche Menschen getötet zu haben und öfter an eine Frau statt an seine Ordensgelübde zu denken, hatten den Priester lediglich veranlasst, zwei Vaterunser als Bußstrafe zu verhängen, und das in vollkommen gleichmütigem Tonfall.

Fast eine Woche lang lebte Tonda von den Äpfeln aus Böhmen und dem Brot, das ihm der Magister Steinmann mitgegeben hatte. Die Äpfel verdiente er sich mit Puppenspiel und Musik.

Gleich nach der Ankunft in Hamburg begann er nach Kristina zu suchen. Er ritt durch sämtliche Heerlager in der Umgebung der Stadt und fragte nach ihr. Keiner kannte den Namen, keiner hatte eine Frau gesehen, auf die Tondas Beschreibung passte.

Mit zwei Dragonerkompanien ritt er zur Ostseeküste. Die Soldaten eskortierten einen großen Wagentross mit Lebensmitteln für ein Heerlager Wallensteins. In der Gegend von Lübeck setzte Tonda sich ab und trabte allein zur Hansestadt an der Ostsee.

Die Torwächter wollten ihn zunächst nicht hineinlassen. Erst, als er seine Puppen und die Nai vorzeigte, glaubten sie ihm, dass er ein fahrender Spielmann war, und öffneten ihm das Tor. Während er auf dem Marktplatz musizierte und spielte, hielt er nach einem blonden Frauenschopf in der Menge Ausschau. Doch Kristina entdeckte er nirgends.

Die Bürger von Lübeck warfen ihm mehr und größere Münzen in den Hut als die Leute von Dessau, Hersfeld oder Wolfenbüttel, mehr erst recht als die Landsknechte in den Heerlagern der Katholischen Liga. So konnte Tonda es sich leisten, in einem Gasthaus zu essen und zu schlafen. Am nächsten Tag suchte er Kristina.

Sie hatte ihm nie den Mädchennamen ihrer Mutter genannt, er wusste nur, dass sie aus einer Lübecker Glasbläserfamilie stammte; doch so viele Glasmanufakturen gab es nicht in der Stadt. Und in einer kannte man den Namen Kristina Thott. Die Schwester des Kaufmanns, dem die Manufaktur gehöre, sei mit einem Schweden namens Thott verheiratet, erklärte ihm ein alter Glasbläsermeister, und tatsächlich habe diese Frau eine Tochter namens Kristina gehabt. Doch die sei lange tot.

Durch die Seenlandschaft der Herzogtümer Lauenburg und Mecklenburg ritt Tonda zurück nach Süden. Kristina war also nicht in Lübeck gewesen. Und in Hamburg wohl auch noch nicht. Vielleicht hatte sie es ja längst bis nach Hause geschafft, bis nach Stockholm. Oder der Krieg hatte sie weiß Gott wohin verschlagen. Elbaufwärts lenkte er den Schwarzen in Richtung Magdeburg. Für eine andere Entscheidung war er viel zu erschöpft. Mutlosigkeit lähmte seinen Geist.

Vier Tage später erreichte er am frühen Abend die Gegend um Stendal. Ein Dorf brannte im Osten und gar nicht weit entfernt vom Uferweg. Unter einer Kuppel aus Rauch leuchtete Flammenschein wie der aufgehende Mond. Hufschlag näherte sich. Eine Rotte Reitersoldaten hatte Tonda entdeckt und hielt nun im gestreckten Galopp auf ihn zu. Tonda lenkte den Schwarzen herum und zurück nach Norden, doch auch aus dieser Richtung preschten sie schon heran. Selbst von der Uferböschung her trieben Reiter ihre Pferde zu ihm. Für einen Fluchtversuch war es längst zu spät.

Wilde Reitersoldaten auf schnellen, sehnigen Pferden umzingelten ihn kurz darauf, Männer mit langen Schnurrbärten und dunklen Augen und in farbigen Schärpen und grünen, roten und blauen Reitermänteln. Einige trugen pelzverbrämte Mützen. Siedend heiß fuhr es Tonda durch die Glieder: Kroaten.

Einer schwang eine große, blaue Standarte mit einer Königskrone in Rot und Gold darauf und einem goldenen Buchstaben unter der Krone; ein Emblem, das Tonda augenblicklich die Augen öffnete: Kroaten des berüchtigten Obristen Goan Lodovico von Isolano war er in die Arme geritten. Kaum einer unter ihnen, auf dessen Mantel Tonda keinen Blutfleck sah.

Sie rissen ihn vom Pferd, traten und prügelten auf ihn ein, nahmen ihm Degen, Pistole und Tasche weg, zogen ihm die Stiefel aus. Die Todesangst vertrieb ihm die lähmende Mutlosigkeit – Tonda schrie so laut er nur konnte. Alle kroatischen Worte und Sätze, die er kannte, brüllte er in den Abend, schrie auf Deutsch und Böhmisch, dass er dem Kaiser und Rom diene und unter der Fahne des Grafen zu Pappenheim geritten sei.

Sie lachten nur oder fluchten oder kümmerten sich gar nicht um sein Geschrei, sondern begutachteten aufmerksam den Schwarzen, sein Sattelzeug oder den Inhalt seiner Katzenfelltasche. Sie scherzten mit der Teufelspuppe, vollführten obszöne Bewegungen mit den Hüften, als einer den Erzengel präsentierte, und erschreckten sich zum Spaß gegenseitig mit Meister Hein Klapperbein. Tonda verstummte. Jetzt war das göttliche Strafgericht doch noch über ihn hereingebrochen. Der Spielmann ergab sich in sein Schicksal.

Während sie ihn aus Hosen, Koller und Hemd schälten – behutsam, um ja die Kleider nicht zu beschädigen, die sollten ja noch ein paar Gulden einbringen –, während sie ihn also auszogen, sah Tonda aus den Augenwinkeln, wie einer sich seine Nai griff und sie an die Lippen setzte. Keinen einzigen Ton brachte der wilde Kerl zustande, also warf er das Instrument ins Gras und machte Anstalten, es zu zertreten. Wie mit einer scharfen Klinge schnitt es Tonda durchs Herz. Noch einmal brüllte er, und seine Stimme überschlug sich. Einer in rotem, mit Gold besticktem Mantel stieß den verhinderten Musikus zur Seite, sodass dessen Stiefelabsatz neben der Nai ins Gras fuhr. Der Rotmantel hob die Panflöte auf und betrachtete sie. »Woher hast du die?« Er beugte sich zu Tonda hinunter und schlug ihm ins Gesicht, damit der zu schreien aufhörte. »Woher?!«

»Von meinem Vater!« Tondas Stimme drohte in Tränen zu ersticken. »Der hat sie mir aus osmanischer Kriegsgefangenschaft mitgebracht …, da war ich noch ein kleiner Junge …«

Der Rotmantel sprang auf und bellte ein paar Sätze auf Kroatisch heraus. Schlagartig trat Ruhe ein. Jemand wiederholte auf Deutsch: »Sein Vater hat gegen die verdammten Osmanen gekämpft!« Keiner fluchte mehr, keiner scherzte, keiner lachte, keiner stritt mehr um Stiefel, Degen oder Sattelzeug. Alle starrten sie Tonda an, und auf allen schnurrbärtigen Gesichtern veränderte sich das Mienenspiel: Einige guckten plötzlich, als würden sie Tonda bewundern, andere, als fürchteten sie sich, und viele schienen sich auf einmal zu schämen oder wirkten wenigstens reichlich betreten.

Der Rotmantel – ihr Rittmeister, wie Tonda längst begriffen

hatte – kniete wieder neben ihm nieder und schlug sich die Fäuste erst gegen die Schläfen und dann gegen die Brust. »Es tut mir leid, Bruder! Jesus, Maria und Joseph, entschuldige, entschuldige …!« Er gestikulierte, blaffte kroatische Worte und Satzfetzen nach allen Seiten, und die Männer, die Tonda eben noch gierig Kleider und Stiefel vom Leib gezerrt hatten, zogen ihn jetzt wieder an. Dabei murmelten sie unentwegt, und in Tondas Ohren klang es, als würden sie sich alle bei ihm entschuldigen.

»Es tut uns leid, sehr, sehr leid.« Der Rittmeister der Krabaten – so nannte man damals überall im Reich die kroatischen Reitersoldaten –, der Rittmeister putzte die Nai mit seiner grünen Schärpe. »Wie hätten wir denn wissen können, dass dein Vater …« Dem Reiter, der den Erzengel mit obszönen Gesten entehrt hatte, verpasste er eine Ohrfeige und nahm ihm Erzengel und Katzenfelltasche ab. »… dass er gegen die Osmanen gekämpft hat. « Er zog Tonda aus dem Gras und reichte ihm die Tasche mit vollständigem Inhalt. »Du bist unser Gast.«

Er blaffte Befehle nach rechts und links. Die Reiter – es waren Arkebusiere – klopften Tonda Gras und Dreck von den Kleidern, reichten ihm seinen Hut, wischten ihm das Blut von Nase und Lippen, gaben ihm Wein zu trinken, halfen ihm schließlich sogar in den Sattel.

Ehe Tonda sich's versah, ritt er mitten unter Krabaten elbabwärts. Wie betäubt fühlte er sich, brachte nicht einmal ein Stoßgebet zustande, konnte kaum glauben, dass er noch lebte. Jetzt erst nahm er die von Pferdegespannen gezogenen Karren wahr, auf denen die Kroaten Schweine, Kälber, Federvieh, Speckseiten und Fässer mit Bier und Wein aus dem Dorf geschafft hatten.

»Mein Vater hat gegen die Osmanen gekämpft«, murmelte er fassungslos und schüttelte den Kopf. »Mein Vater hat gegen die Osmanen gekämpft …« Die Reiter links und rechts beäugten ihn verstohlen, einige lächelten, und Tonda lächelte zurück, ohne dass es ihm wirklich bewusst wurde.

Drei Väter habe ich gehabt, dachte er, einer hat gegen die Osmanen gekämpft, einer hat gegen mich gekämpft, einer kämpft gegen Ketzer und Teufel. Er lachte und schüttelte den Kopf dabei. Die Reiter rechts und links lachten auch. Bald brachen alle in lautes Gelächter aus, einige Reiter schlugen sich auf die Schenkel vor Lachen. Am lautesten lachte Tonda. Er brüllte vor Lachen, sodass ihm die Tränen aus den Augen stürzten, und keiner wollte danach fragen, ob er vor Lachen oder vor Schmerz oder aus Erleichterung heulte; er selbst am allerwenigsten.

Sie ritten ein Stück einen kleinen Nebenfluss der Elbe hinauf und stiegen bei einer Wassermühle aus den Sätteln. Dort hausten die Kroaten in der Hütte des Müllers und in Unterständen und Zelten zwischen Acker und Stall. Pferdejungen und Verletzte begrüßten sie. Zwei Ziegen, ein toter Kettenhund, ein Schwein und eine Wiege vor der Hütte verrieten Tonda, dass hier vor kurzem noch Menschen gelebt hatten. Ein Grausen überkam ihn, und im Nacken richteten sich ihm die Härchen auf.

Die Männer machten Feuer, ein Kalb wurde geschlachtet und auf einem Spieß über der Glut gedreht. Die bei der Mühle Gebliebenen musterten Tonda misstrauisch. »Sein Vater hat gegen die Osmanen gekämpft«, erklärten ihnen die anderen, und sofort hellten die Mienen sich auf. Die Männer wollten seinen Namen wissen, stellten sich ihm vor, und während des Essens musste er von seiner Heimat erzählen, von Böhmen. Wein und Bier flossen in Strömen, man stopfte sich die Bäuche mit Fleisch, Brot und Früchten voll, niemand hier schien an morgen zu denken.

Irgendwann zeigte der Rittmeister auf Tondas Katzenfelltasche. »Spiel uns ein Puppentheater, Bruder Antonín, bitte.« Auch die anderen verlangten den Auftritt der Puppen. Tonda stand also vom Feuer auf, nahm seine Tasche und sah sich nach einem geeigneten Ersatz für ein Himmelreich um. Weil ein Fenster des Müllerhauses nur wenige Schritte vom Feuer entfernt lag, trat er ins Haus und öffnete es. Geruch von altem Schweiß, Blut und Harn erfüllte den Raum. Das Fenster sollte Tondas Puppenbühne sein. Draußen klatschten die Krabaten in die Hände, johlten und lachten und ließen ihrer Vorfreude freien Lauf.

Tonda legte seine Puppen zurecht – plötzlich hörte er jemanden stöhnen und fuhr herum: Menschen hockten eng aneinandergekauert an der Seitenwand zwischen Truhe und geöffneter Kammertür. Im hereinfallenden Feuerschein erkannte er die Umrisse eines Mannes und zweier Frauen und um die Erwachsenen herum fünf oder sechs Kinder. Eines war noch sehr klein. Der Müller und seine Familie! Sie waren mit Kälberstricken aneinandergefesselt.

Die Kroaten draußen grölten lauter, warfen mit Erde und Kalbsknochen gegen das Haus und verlangten, dass er endlich anfing. Mit zitternden Händen tastete Tonda nach seinen Puppen, ließ zuerst Landsknecht und Schwarzen Kasper auftreten, dann den Erzengel und Meister Hein Klapperbein. Wegen seines auf einmal trockenen Mundes fiel ihm das Sprechen zunächst schwer, doch draußen wurde es ruhiger und es gelang ihm bald, die Müllerfamilie zu vergessen.

Die Kroaten hatten sich inzwischen unter dem Fenster ins Gras und auf Holzpflöcke gesetzt. Nach jedem Puppenspiel klatschten sie und wollten immer noch mehr. Tonda spielte die Geschichte vom reichen Mann und vom armen Lazarus und zeigte den Doktor Faust beim Goldmachen und wie er zur Hölle fuhr. Das gefiel den Krabaten ungemein und sie verlangten nach mehr Puppenspiel. Mit längst heiserer Stimme spielte Tonda ihnen das Gleichnis vom verlorenen Sohn vor, und als er sich danach vor den applaudierenden Männern am Fenster verneigte, sah er, wie einige sich verstohlen die Augen auswischten. Doch sie hatten immer noch nicht genug.

Weil Tonda irgendwann nicht mehr wusste, was er spielen sollte – vielleicht auch, weil er entgegen seiner Gewohnheit viel Wein getrunken hatte –, spielte er aus dem Stegreif. Er warf der Landsknechtspuppe einen Talar um, setzte ihm ein Birett auf und verwandelte ihn in einen Priester. Die Frauenpuppe ließ er als Hure auftreten, die den frommen Mann verführen wollte. Die Kroaten grölten und freuten sich sehr.

Der Priester beschrieb der Hure die entsetzlichsten Höllenqualen und kündigte ihr den bevorstehenden Besuch von Meister Hein Klapperbein an. »Und du, frommer Mann?«, ließ Tonda die Frau ausrufen. »Stell dir vor, Meister Hein Klapperbein holt dich, und du hast zuvor niemals die Freuden der Liebe genossen! Oder hast du sie schon kennengelernt?« Draußen wurde es merklich ruhiger. Tonda ließ den Priester auf sein Gelübde verweisen und erklären, dass Besseres als die Freuden der Liebe auf einen wie ihn warteten. Wieder kündigte er Meister Hein Klapperbein an und wieder beschrieb er ihr die schrecklichsten Höllenqualen. Endlich war die Hure bereit, Buße zu tun, und kniete nieder, um zu beichten.

Das nun gefiel den Kroaten ganz und gar nicht. Sie verlangten, dass der Priester die Freuden der Liebe kennenlernen sollte. »Die Freuden der Liebe!«, riefen sie im Chor. »Die Freuden der Liebe!« Sie klatschten im Rhythmus und gaben nicht nach.

Tonda wandte ihnen die Puppen zu. Er war ratlos. Irgendwann ließ er die Priesterpuppe die Arme heben, und nach und nach kehrte Ruhe ein. Nur noch Geraune und Getuschel hörte er draußen. »Lass mich also die Freuden der Liebe schmecken«, sagte der Priester zur Hure. Tonda ließ sie zu ihm tänzeln, ihn umarmen und einen Kuss auf die Lippen drücken. Dabei schmatzte er und machte ein Geräusch, als würde er gerade von einer besonders leckeren Speise schmecken. Nach dem Kuss ließ er die Puppen wieder in die Runde der Kroaten blicken.

Ein paar Atemzüge lang herrschte Totenstille vor dem Fenster, kein Wort hörte man draußen, nicht einen Ton. Dann brachen die Kroaten plötzlich in schallendes Gelächter aus.

Tonda nahm die Puppen herunter. Er dachte an Kristina und spürte ihren Kuss. Er spähte ins Halbdunkel und versuchte die Gesichter der armen Müllersleute und ihrer Kinder zu erkennen. Er dachte an Vater Franz, versuchte sich vorzustellen, sein Beichtvater wäre jetzt hier und an seiner Stelle. Er hörte Nikolaus' Geschrei, sah den Pape sterbend in den Mist stürzen, sah das Hirn des toten Predigers und seinen geöffneten Brustkorb, sah das fahle Gesicht des Halberstädters und hörte seine heisere Stimme sagen: »Der Todgeweihte bedankt sich bei Euch.« Und draußen grölten sie vor Vergnügen, lachten wiehernd und schlugen sich auf die Schenkel.

Irgendwann holten sie Tonda aus dem Haus, gaben ihm Wein, klopften ihm auf die Schulter und erzählten allerhand Kroatisches, das er zum Glück nicht verstand. Nach dem hübschen Puppentheater wollten sie nun noch ein bisschen Musik. Der Spielmann fühlte sich ausgebrannt und leer. Dennoch spielte er ihnen mit der Nai zum Tanz auf. Die Männer tanzten, bis sie umfielen.

Im ersten Morgengrauen hockte nur noch eine Handvoll Krabaten unter den Schlafenden und lauschte Tondas schwermütigem Spiel. Manche schaukelten im Takt hin und her wie kranke Kinder, manche summten mit brechenden Stimmen die Melodie mit, manche zogen den Rotz hoch und heulten in sich hinein. Und bald schliefen sie alle.

Tonda trocknete seine Nai und packte sie ein. Danach ging er zum Fluss hinunter. Er schwankte und seine Knie fühlten sich an wie mit warmem Brei gefüllt. Am Ufer zog er sich aus und sprang in den Fluss. Das eiskalte Wasser machte ihn wieder hellwach. Am anderen Ufer fand er einen im Schilf versteckten Kahn. Er schob ihn in die Strömung, schwamm zur Mühle zurück und band das Boot an der Anlegestelle dort fest.

Erfrischt wie nach einem langen Schlaf stieg er in seine Kleider, sammelte Brot, Früchte, Bratenreste und ein paar Decken ein und brachte alles ins Boot. An den schnarchenden Kroaten vorbei ging er zurück ins Haus und schnitt die Fesseln der Müllersleute durch. Mit einer strengen Geste bedeutete er den Kindern, nichts, aber auch gar nichts zu sagen.

Die Müllersfrau und ihre älteste Tochter waren in ein Fischernetz gewickelt. Er befreite sie daraus, und weil die Halbwüchsige zu geschwächt war, um auf eigenen Füßen auch nur stehen zu können, trug er sie zur Anlegestelle und ins Boot. Die anderen stützten einander und folgten. Tonda ließ sie einsteigen, band dann das Boot los und schob es ins Wasser. Er winkte, während es im Morgengrauen Richtung Elbe davontrieb. Niemand winkte zurück. Tonda fürchtete schon, die Strömung würde es auf der anderen Flussseite ins Schilf tragen, doch irgendwann griff der Müller doch noch nach einem Paddel und stieß es ins Wasser.

Zurück am erloschenen Feuer, fand Tonda den kroatischen Rittmeister wach; der hockte mitten unter seinen vom Saufen und Tanzen bewusstlosen Arkebusieren, nippte an einem randvollen Weinbecher und sah Tonda zu, wie der seine Sachen zusammensuchte. Er winkte ihm sogar hinterher, als er zu den Pferden ging, und murmelte irgendeinen kroatischen Segen oder Fluch. Tonda führte den Schwarzen ein Stück weg vom Lager, bevor er in den Sattel stieg. Im gestreckten Galopp jagte er der aufgehenden Sonne entgegen.

Am späten Vormittag führte Tonda seinen Rappen ins dichte Unterholz eines Flusswaldes und band ihn an einer Weide fest. Dort warf er sich ins Schilf und schlief bis weit in den Nachmittag hinein. Er aß und trank und ritt erst am frühen Abend weiter. Nicht weit entfernt brannte schon wieder ein Dorf.

Wochen oder Tage oder vielleicht auch nur Stunden später sah er vormittags die Doppeltürme Magdeburgs am Horizont. Tonda wusste nicht, wie lange er im Sattel gesessen, wo und ob er geschlafen hatte. An keine einzige Stunde seit er wieder ein brennendes Dorf gesehen hatte, konnte er sich erinnern; an keine Landschaft, keine Brücke, keine Stadtmauer, an gar nichts.

Sein Mund war trocken, seine Stirn glühte. Hatte er denn nichts mehr getrunken? Wurde er krank? Er stieg vom Schwarzen, warf sich ins seichte Uferwasser der Elbe und trank, bis er zu platzen glaubte.

Er ritt nicht nach Magdeburg hinein, er ritt zu den Windmühlen, die westlich der Stadt zwischen Wehrmauer und Wehrgraben auf Hügeln ihre Flügel drehten. Vor einer rutschte er aus dem Sattel und ließ den Rappen weiden. Tonda schleppte sich zur Mühle hinauf, lehnte gegen das hölzerne Fundament und blickte auf die Mauern, Dächer und Türme von Magdeburg.

Er dachte an die brennenden Dörfer, die er gesehen hatte. Die Flügel der Windmühle stürzten nur drei Schritte vor ihm dem Gras entgegen, stiegen langsamer wieder auf, stürzten erneut. Er versuchte nicht einmal, die Bilder vor seinem inneren Augen zu verscheuchen, die riesigen Heerlager in Hamburg, das brennende Dorf, die wilden Kroaten, die geschundene Müllersfamilie, die brennenden Dörfer, die brennenden Dächer Magdeburgs. »Lieber ein verwüstetes als ein verdammtes Reich«, murmelte er. Ein Ausspruch des Kaisers; der Kerkermeister in Wolfenbüttel hatte davon erzählt. »Lieber verwüstet als verdammt ...«

Gespanne hielten unterhalb des Mühlenhügels, Leute schleppten Kornsäcke den kurzen Pfad zur Mühle herauf, trugen Säcke voller Mehl zu ihren Wagen hinunter. Tonda nahm sie kaum wahr. Er griff in seine Katzenfelltasche, tastete nach seiner Nai, schob sie wieder zur Seite. Zu schwach, um ihr auch nur einen Ton zu entlocken, fühlte er sich. Lieber kramte er seine Puppen heraus, schlüpfte in den Erzengel und den Schwarzen Kasper.

»Was hat der gnädige Gott mit deinem Leben noch vor, dass er dich aus so großer Gefahr gerettet hat?«, ließ er den Erzengel Michael fragen.

»Wieso der ›gnädige Gott‹?« Genau wie der Erzengel konnte der Teufel heute nur krächzen und flüstern. »Die Nai hat ihm geholfen, sein Vater hat ihn gerettet und dass er sich aufs Puppenspiel versteht.«

»Sein Vater, ganz richtig«, entgegnete der Erzengel. »Vater Franz hat ihn gelehrt, die Puppen und die Panflöte zur Ehre Gottes zu gebrauchen.«

»Hätte er ihn lieber die Frauenliebe gelehrt!«

»Die Hurenliebe meinst du wohl! Wohin hat sie den Spielmann denn geführt, die böse Lust? Direkt in die Arme blutrünstiger Kroaten, die keine Gnade kennen.«

»Direkt in die Arme blutrünstiger Katholiken, die lieber ein verwüstetes als ein verdammtes Reich wollen«, höhnte der Schwarze Kasper. »Direkt in die Arme frommer Schlächter, die für Kaiser und Rom rauben, schänden und brennen.« Der Teufel lachte heiser und voller Bitterkeit, und der Erzengel holte tief Luft, um zu einer besonders schwerwiegenden Antwort anzusetzen. Doch er musste husten und wusste danach nichts mehr zu sagen. Der Teufel aber wandte seinen gehörnten Schädel, richtete seinen rubinroten Grinseblick auf Tonda und fuhr fort: »Dein Vater hat gegen die Osmanen gekämpft, dein Vater hat gegen dich gekämpft, dein Vater kämpft gegen Ketzer und Teufel. Gegen wen kämpfst du, Spielmann?«

Ein Schatten fiel auf Tonda. Er ließ die Puppen sinken, wandte den Kopf, hob den Blick. Ein Mann in Schnallenschuhen, langem, dunklem Rock und roten Hosenbändern stand neben ihm. Magister Johann Steinmann. Wegen des hohen, steifen Hutes erkannte Tonda ihn erst auf den zweiten Blick. Hatte er ihn etwa belauscht?

Steinmann legte seine Rechte auf Tondas Stirn. »Muss alles raus, was da drin ist, nicht wahr? Man erträgt es sonst nicht.« Tonda blinzelte an ihm vorbei. Jemand zog einen Handkarren mit einem Getreidesack zur Mühle herauf. Eine Frau. Sie erinnerte ihn an Kristina.

»Du hast Fieber.« Steinmann krempelte den Rockärmel hoch und prüfte Tondas Stirn mit dem bloßen Unterarm. »Das hast du jetzt davon. Was für ein Blödsinn, durch die Weltgeschichte zu rennen, wo doch das Gute so nahe liegt!«

Die Frau, die ihn an Kristina erinnerte, zog Steinmann zur Seite und kniete neben Tonda ins Gras. Der Windmühlenflügel stürzte zum Greifen nahe der Erde entgegen, stieg träge wieder in den Himmel, stürzte erneut. »Kristina«, flüsterte Tonda.

»Endlich«, sagte sie, schlang die Arme um ihn und zog ihn an sich. »Endlich bist du bei mir.«

5

Hersfeld, Februar 1629

Sie hörten die Glocken, lange bevor die Türme Hersfelds überhaupt in Sicht kamen. »Die Stiftskirche.« Ein Leuchten ging über das Gesicht des künftigen Stadtpfarrers von Hersfeld. »Die einzige Bastion Roms in der Stadt.«

»Bis jetzt«, entgegnete Franz. Mit dem künftigen Stadtpfarrer und vier anderen Patres der Gesellschaft Jesu fuhr Franz von Trient in der Kutsche hinter dem Prunkwagen des Fürstabtes von Fulda – diesen Titel trug ein Abt, der in den Besitztümern seines Klosters auch die weltliche Herrschaft ausübte. »Noch höchstens drei Stunden, dann läuten auch die Glocken der Stiftskirche, und dann gehört uns wieder die ganze Stadt.«

Wenig später, als die Reiterei des Fürstabtes und die acht Kutschen die Fuldabrücke erreichten, spähte Franz aus dem Kutschenfenster: Die Reiter der kaiserlichen Besatzung standen Spalier von der Brücke bis zum Siechenhaus, vom Siechenhaus bis zum Peterstor – über hundert stattliche Kroaten mit wehenden Standarten, prächtig herausgeputzt und in roten, blauen und grünen Mänteln, mit blank gewienertem Sattelzeug und pelzverbrämten Mützen.

Ein Teil dieser kaiserlichen Reiter setzte sich an die Spitze des Trosses, ein Teil ritt rechts und links davon. So eskortierten katholische Kroaten unter dröhnendem Glockengeläut bunt geschmückte Gespanne und sorgfältig geputzte Kutschen voller Jesuiten, Franziskaner und Benediktiner aus aller Herren Länder durch das Peterstor, die Vorstadt hinauf und über die Breite Straße in die Altstadt hinein bis zur Stadtkirche. Deren Glocken schwiegen. Noch war das von der Ketzerei entweihte Gotteshaus in den Händen der Reformierten. Doch mit dieser Schande war es jetzt vorbei.

Am Kirchplatz angekommen, verteilten sich die Reiter entlang des Rathauses, die Kutschen hielten vor dem Gebäude. Man stieg aus, formierte sich zu einer Prozession; Trommeln, Fanfaren und Flöten ertönten. Franz blickte hinter sich, entdeckte Carolus ganz hinten im Zug, winkte, und schon setzte der Aufmarsch hochrangiger katholischer Geistlichkeit sich in Bewegung.

Der Fürstabt von Fulda übernahm die Spitze der Kolonne. Seine engsten Vertrauten flankierten ihn; darunter ein Kaplan und ein Probst aus Fulda und eben jener Pater der Gesellschaft Jesu, der künftig Stadtpfarrer von Hersfeld sein würde.

Durch eine Gasse aus Hersfelder Bürgern und kaiserlichen Soldaten zog die festliche Prozession der Stadtkirche entgegen. Es war ein Mittwoch, doch kein Bürger verbrachte diese Stunden in Werkstatt, Kontor oder Küche. Eine neue Zeitepoche begann heute für Hersfeld, seit Wochen sprach man von nichts anderem in den Straßen der Stadt.

Unter sieben anderen Patres der Gesellschaft Jesu schritt Franz hinter dem Anhang des Fürstabtes her, äugte nach rechts und links. Den Einäugigen entdeckte er nirgends in der Menge.

Den Winter verbrachte er im Kölner Jesuitenhaus. Exerzitien, Studien, Korrespondenz. Drei Monate schon und noch immer keine Nachricht von Tonda. Dafür hatte der Rittmeister Jokrim einen Boten geschickt. Es gebe Neuigkeiten. Treffpunkt und Zeit hatte Franz festgelegt: Hersfeld, am letzten Tag der Ketzerherrschaft.

In den Gesichtern der Hersfelder spiegelte sich alles andere als Freude. Die meisten wirkten verschlossen, in nicht wenigen las Franz Trotz und Feindseligkeit. Nichts Neues für einen von seinem Schlage. Viele Ketzer musste man zu ihrem Heil zwingen, das kannte er schon. Er selbst empfand tiefe Befriedigung: Ab heute war Schluss mit der reformierten Verirrung in Hersfeld, ab heute würde auch in der Stadtkirche wieder die römische Messe gelesen und nach römischem Ritus gebetet werden, und so Gott wollte, bald auch wieder römisch geglaubt.

Dem braven General Tilly, der Hersfeld 1623 eingenommen hatte, waren Mönche gefolgt und hatten die alte Abtei mit neuem Leben gefüllt. Dort, in der Stiftskirche, las man seitdem und auf Tillys Befehl hin täglich die Messe. Den reformierten Ketzern hatte der General ihren armseligen Gottesdienst vorläufig gelassen, um den Landgrafen Moritz von Hessen nicht unnötig zu verstören. Eine Politik, für die alle Jesuiten ihn lobten, auch Franz.

Doch inzwischen hatte der Krieg das ganze hessische Land verwüstet und der Moritz keine Truppen mehr, die man ausleihen konnte oder zu fürchten hatte. Niemand musste mehr Rücksicht auf seine religiösen Vorlieben nehmen. Eine gute Gelegenheit, das Steckenpferd des Kaisers zu reiten: die sogenannte Restitution, die Rückgabe aller ehemals katholischen Güter, die vor mehr als siebzig Jahren durch den Augsburger Religionsfrieden in lutherische Hände geraten waren.

Ein guter Tag, davon war Franz überzeugt. Das sogenannte Restitutionsedikt wurde zwar gerade erst gedruckt – offiziell wollte der Kaiser es erst nächsten Monat verkünden –, doch hier, bei den Reformierten von Hersfeld, sollte der Fürstabt schon einmal seine Schärfe und Wirksamkeit testen. Anders als mit den Lutheranern hatte man mit den Reformierten ja keine Verträge. Sie waren rechtlos sozusagen, man konnte sie »Verbrecher« nennen, wenn man wollte und wenn es nützlich war. Ein kluger Schachzug, das neue Gesetz an ihnen zuerst auszuprobieren.

Knapp zwanzig Schritte vor dem spitzen, zeltartigen Kirchenportal fielen Franz vier auffallend schöne junge Weiber auf; mitten unter ihnen, als sei er ihr Vater, der Einäugige. Die Hitze der Empörung stieg Franz ins Gesicht.

Der Rittmeister sah sauberer und eleganter aus als in Wolfenbüttel: Eine neue, dunkelrote Lederklappe bedeckte sein Auge, ein eleganter hoher Hut seinen Kopf und ein langer, schwarzer Pelzmantel seine hagere Gestalt. Er nickte, als die Jesuiten an ihm und den jungen Weibspersonen vorüberschritten. Franz hob und senkte nur kurz die Lider. Nach dem Hochamt im Beichtstuhl, so lautete die Verabredung.

Die Prozession strömte ins Kirchenschiff. Das Portal blieb hinter Franz zurück, das Geläut der Stiftskirche klang nun dumpfer. Die Menge verteilte sich zwischen den Säulen und in den Seitenschiffen. Der Fürstabt und seine Vertrauten zogen zum Altar, warteten dort, bis Schrittlärm, Rascheln und Getuschel sich legten, und winkte dann einer Gruppe Bewaffneter. Die führten an die zwanzig Männer zu ihm vor den Altar: den Bürgermeister von Hersfeld, den gesamten Magistrat der Stadt und den Prediger der reformierten Gemeinde und seinen Kaplan. Mit geschraubten Sätzen und hochoffiziell enthob der Fürstabt die Herren ihres Amtes. Gleich darauf wandte er sich an alle im Gotteshaus Versammelten und verwies jene, die reformierten Glaubens waren, mit ebenso knappen wie schroffen Worten aus der Stadtkirche.

Geraune erhob sich, eine Bewegung ging durch die Menge, hier und da sah man Fäuste über den Hüten auffliegen. Sofort stellten sich Kroaten und Soldaten aus Fulda rechts und links des Altars auf, breitbeinig und mit den Händen an den Degenkörben. Das Geraune legte sich, und als dann noch etliche Kroaten mit steinerner Miene und in drohender Haltung in die Menge eindrangen, wogte, raunte und lärmte es an vielen Stellen, und Gassen öffneten sich überall, um zischenden und murrenden Bürgern den Weg zum Ausgang frei zu machen.

Hinter dem letzten schlossen sich die Flügel des Portals. In den hinteren Reihen erkannte Franz den steifen Hut des Einäugigen und seine weibliche Eskorte. Er wandte sich dem Altar zu. In der Stadtkirche begann das erste Hochamt seit Jahren. Der Probst von Fulda zelebrierte es und nahm so das ehrwürdige Gotteshaus wieder für den wahren Glauben und die römische Kirche in Besitz.

Franz von Trient bekreuzigte sich. Hersfeld – nur eine unbedeutende Stadt in einer unbedeutenden Landgrafschaft, und doch war diese Messe in dieser Kirche ein weiterer Schritt zur endgültigen Vernichtung der Ketzerei und zur Wiederherstellung des wahren Glaubens. Der Heilige Vater konnte stolz auf seine gehorsamen Söhne sein. Franz schnäuzte sich.

Nach Ende der Messe und Einführung des neuen Stadtpfarrers, jenes Priesters der Gesellschaft Jesu, bückte Franz von Trient sich in den verabredeten Beichtstuhl und zog das Türchen hinter sich zu. Auf der linken Seite sprach Carolus die rituellen Eingangsworte, und nach Franz' sakramentaler Erwiderung fuhr er einfach fort zu murmeln. So hatte Franz es ihm befohlen; damit niemand sonst in die linke Seite des Beichtstuhls kniete und womöglich erlauschen konnte, was der Beichtvater mit dem Beichtkind auf der rechten Seite zu reden hatte. Dort nämlich zog jetzt der Rittmeister Veits Jokrim den Vorhang hinter sich zu.

»Der erwähnte kaiserliche Offizier dankt Euch für Eure Antwort auf sein Angebot, Hochwürden. Durchlaucht lässt Euch seinen Gruß entbieten.« Der Einäugige kam sofort zur Sache.

Franz horchte auf. »Durchlaucht?«

»Wir reden von einem Herzog.« Jokrim sprach nicht, er krächzte.

»Wie heißt er?«

»Sobald Schweden in den Krieg eintritt, wird er dem General von Wallenstein seine Unzufriedenheit mit Kriegsführung und Sold zum Ausdruck bringen und einen Boten an Gustav Adolf schicken.«

»Wer ist es?«

»Der Herzog von Sachsen-Lauenburg.«

»Derer gibt es mindestens vier, und nicht alle haben immer auf derselben Seite gekämpft.« Franz wurde ungeduldig.

»Ein Sohn des regierenden Herzogs Franz II. von Sachsen-Lauenburg.«

»Ein Sohn des Herzogs also.« Mehr wollte der Einäugige wohl nicht preisgeben; vermutlich hatte er entsprechende Order. »Und er wäre bereit, den König von Schweden aus der Welt zu schaffen?«

»Er wäre bereit, seinen Teil dazu beizutragen.«

»Gut. Wo kann ich ihn treffen? Und wann?«

»An einem Ort, den Ihr ihm bezeichnet, Hochwürden. Sobald Schweden in den Krieg eingetreten ist.«

»Das kann morgen geschehen«, sagte Franz, »oder erst im nächsten Jahr. Ich warte in Köln auf Eure Nachricht – oder aber in der Stadt, in der sich Antonín von Waldau aufhält. Was habt Ihr über den Spielmann in Erfahrung gebracht?«

»So manches. Er ist in Hamburg erkannt worden. Von dort ist er mit einem Lebensmitteltransport für Wallensteins Armee Richtung Ostsee geritten. Einer meiner Kundschafter hat ihn in Lübeck gesehen. Ich bin ihm also auf der Spur, wie Ihr merkt.«

»Hamburg? Lübeck?« Franz begriff gar nichts mehr. Warum hielt Tonda sich nicht in einem Jesuitenhaus auf? In Münster, Paderborn oder Mainz? Warum hatte er nicht längst Briefe nach Wien, Rom, München oder Prag geschickt? »Was, um alles in der Welt, hat er in Hamburg oder Lübeck zu suchen?«

»Eine Frau, Hochwürden.«

Franz erstarrte. »Wollt Ihr mich zum Narren halten?«

»Er hat in Hamburg nach einer Frau gefragt, so viel ist sicher.«

Ein Zittern bebte durch alle Glieder des Jesuitenpaters. »Das glaube ich nicht.«

»Es ist, wie ich sage.«

Franz' Brust verwandelte sich in eine glühende Esse. Er versuchte gegen die Flammen des Hasses und die Hitze des Schmerzes anzuatmen. »Wie heißt sie?«, keuchte er. »Kennt Ihr den Namen dieses Weibes?«

»Kristina Thott.«

Franz senkte den Kopf, schloss die Augen, presste die Fäuste gegen die Schläfen. Tonda. Wie ein stummer Gebetsruf erfüllte der Name seine Seele. Mein armer, armer Tonda. Er atmete tief durch, richtete sich auf und öffnete die Augen. Beherrsche dich, lass nur diesen Bastard von Rittmeister nicht merken …

»Verdoppelt Eure Anstrengungen, Jokrim«, murmelte er so gleichmütig, wie es ihm möglich war. »Sobald Ihr ihn gefunden habt, gebt mir Bescheid.«

*

Drei Tage blieb Franz in Hersfeld, drei Nächte lang tat er kein Auge zu. Er weinte seine Kissen nass, haderte laut mit Tonda, verfluchte die Hure, die ihr teuflisches Netz über ihn geworfen hatte. Erst am Tag vor seiner Rückreise nach Köln gelangen ihm wieder einigermaßen klare Gedanken. Er schrieb Briefe an alle Kollegien und Jesuitenhäuser zwischen Ostsee und Alpen, gab Antonín von Waldau als verschollen aus und bat um Benachrichtigung, sollte der Pater irgendwo auftauchen.

Vier Tage nach dem Hochamt in der Hersfelder Stiftskirche reisten er und die Kölner Ordensbrüder ab. Der Zufall wollte es, dass er den Einäugigen in der Grafschaft Waldeck-Pyrmont wiedersah. Auf dem Weg hinauf zur Elbe stieg Veits Jokrim dort in einem Gasthaus nahe Wildungen ab. Der Einäugige war mit zwei Wagen, zwölf Pferden, etlichen bewaffneten Dienern und Trabanten und vier Frauen unterwegs; eine gab er als seine Ehefrau aus, die anderen als deren Schwestern.

Franz wies Carolus an, jede Einzelheit zu notieren – die Anzahl der Wagen, Pferde, Begleiter und Frauen, ihre Namen, das Datum, die Reiseroute, und welche Kosten Jokrim im Gasthaus zu begleichen hatte. Die Zeit würde kommen, in der er diesen Mann loswerden musste. Woraus immer man ihm einen Strick drehen konnte – es war Franz willkommen.

Am nächsten Vormittag, kurz vor der Weiterreise, hieß es, die

Hinrichtung einer Hexe stehe kurz bevor. Und tatsächlich: Auf dem Dorfplatz, rund um einen aufgeschichteten Holzhaufen, versammelte sich eine Menge Volk. Auch aus den umliegenden Weilern kamen die Leute. Franz beobachtete, dass Jokrim und seine Frauenzimmer sich unter die Schaulustigen mischten, und weil einer der Patres schon immer mal eine Hexe brennen sehen wollte, verschoben die Priester der Gesellschaft Jesu ihre Abreise.

Zu jener Zeit herrschte ein Mann in der Grafschaft Waldeck, der mit hitzigem Eifer gegen alles vorging, was nach Hexerei auch nur roch. Die Frau, die ein Priester, ein Feldschütz und zwei Henker am späten Vormittag in einem Ochsenkarren zum Richtplatz geleiteten, war bereits sein dritter Fang in nur wenigen Wochen.

Sie war klein und weißhaarig und wirkte zerbrechlich. Drei Mal gaben ihre Knie nach, während die Henker sie zum Scheiterhaufen zerrten. Die Stimme gehorchte ihr kaum, als sie mit den Männern sprach, die sie an den Pfahl banden. Die Henker entzündeten das Reisig, und schnell schlugen die Flammen aus dem Holzstoß und hüllten die Hexe ein. Kein einziger Klagelaut drang aus dem Feuer.

Franz und die Kölner Patres standen mitten unter den Bauern, Handwerkern und Edelleuten aus der Umgebung. Er hörte die Leute tuscheln und merkte, dass die letzten Worte der Hexe die Runde machten. »Was hat sie gesagt?«, erkundigte er sich bei einem jungen Burschen, der mit geschulterter Axt neben ihm stand.

»Sie hat noch einmal geleugnet, eine Hexe zu sein. Dabei weiß jeder im Dorf, dass der Teufel sie Nacht für Nacht bestieg.« Der Bursche schüttelte den Kopf und schnalzte mit der Zunge vor Fassungslosigkeit. »Was sind das für Menschen, die selbst angesichts des Todes keine Reue empfinden? Und so eine war mal eine Nonne gewesen!«

Heißer Schrecken durchzuckte Franz. »Eine Nonne? Ist das

wirklich wahr?« Nicht nur der Bursche mit der Axt, alle rund um die Jesuiten nickten jetzt und zeigten sich fassungslos.

Franz' Blick fiel auf Jokrim. Der hatte die Schultern weit hoch gezogen und starrte in die Flammen, wo die sterbende Hexe sich krümmte. Sein Auge sprühte Hass, seine Kiefermuskeln bebten; und zittert er nicht sogar? Wie ein Mann, der jede Fassung zu verlieren drohte, kam er Franz vor. Und plötzlich drehte Jokrim sich um, drängte sich durch die Menge und hastete weg vom Dorfplatz. Seine Weiber und Trabanten hinterher.

Was geschah mit dem Rittmeister? Hasste er denn die Hexen dermaßen, dass er ihren Anblick nicht einmal dann ertragen wollte, wenn sie schon brannten?

Franz erschreckten weniger die Flammen und die brennende Frau darin – dass sie eine Nonne gewesen sein sollte, machte ihn sprachlos. Vom Kloster auf den Scheiterhaufen? Vom Leben nach den Gelübden des Heiligen Benedikts zum Verkehr mit dem Teufel? Die Fassungslosigkeit der einfachen Dörfler leuchtete ihm unmittelbar ein; und ergriff auch ihn selbst, denn er dachte an seinen geistlichen Ziehsohn, an Tonda.

Genau wie sie könnte auch er der satanischen Versuchung erliegen, schoss es ihm durch den Kopf. Allmächtiger Gott, ich könnte Tonda verlieren! Das darf niemals geschehen! Nie!

6

Magdeburg, März 1629

Sie suchten nach jungem Wiesenkraut: Löwenzahn, Wegerich, Brennnesseln, Gänsefingerkraut. Susanna, Kristina und ihre Nichten. Der Winter war vorbei, nur in den schattigen Mulden am Fuß der Wehrmauer lag hier und da noch ein wenig Schnee. Viel frisches Gras spross dennoch nicht in den Uferwiesen der Elbe, dafür geizte die Sonne noch zu sehr mit Licht und Wärme; wenn man jedoch geduldig suchte, reichte es für eine Schüssel Salat. Manchmal kamen die Mädchen mit Kräutern, die sie nicht kannten, und zeigten sie Susanna. Die wusste, was essbar war und was nicht, und kannte den Namen jeder Pflanze.

Am anderen Elbufer stiegen Rauchsäulen in den Himmel. Kaiserliche Soldaten schlugen dort seit einigen Tagen ihre Zelte auf. Kein schöner Anblick. Beklemmung befiel Kristina jedes Mal, wenn sie hinübersah; sie sah viel zu oft hinüber.

Am diesseitigen Ufer, keine zwanzig Schritte entfernt, juchzte der Kleine und klatschte in die Hände, Susannas Sohn. Kristina richtete sich auf und sah zu ihm. Tonda, ihr Neffe und Hannes Stein angelten am Elbufer, und der noch nicht vierjährige John sah ihnen zu und klatschte und jubilierte, wenn sie einen Fisch fingen, so wie jetzt gerade: Eine große Forelle zappelte an Tondas Angel.

Sie waren sich auf dem Neumarkt über den Weg gelaufen, Anfang Oktober, ganz unverhofft. Susanna hatte den Kleinen auf dem Arm gehabt. Erst standen sie mit offenen Mündern, staunten einander an und glaubten es nicht. Dann hatte Kristina Susanna und ihr Söhnchen in die Arme genommen und gedrückt, bis John zu quengeln begann. Seitdem verging kaum ein Tag, an dem sie einander nicht sahen.

Hannes Stein war Kristina zum ersten Mal 1622 im Heerlager vor Mannheim begegnet und dann wieder nach der Schlacht bei Stadtlohn. Dass er Susanna, die er so viele Jahre vergeblich suchte, doch noch gefunden hatte, grenzte in Kristina Augen an ein Wunder.

»Wir gehen weg von hier«, sagte Susanna. »Ich will nicht warten, bis Landsknechte des Kaisers vor der Stadt erscheinen.« Sie zog die Schultern hoch und schüttelte sich. »Nie wieder will ich eine Belagerung erleben.«

Kristina war nicht wirklich überrascht. Susanna sprach seit Längerem davon, das vom Krieg geplagte Reich verlassen und in die Generalstaaten gehen zu wollen. Oder über das Meer ins Königreich England. Eigentlich seit Mitte Januar, als Wallensteins Brief an den Magistrat unter den Bürgern bekannt geworden war.

Der General verlangte von der Stadt, dass sie ihm ein ganzes Regiment unterhielt. Der Rat hatte abgelehnt. Doch nun hörte man, dass Wallenstein mit der nächsten Forderung an den Magistrat herangetreten war. Keiner wusste Genaueres. Doch das täglich wachsende Heerlager am anderen Elbufer verhieß nichts Gutes.

»Ihr wollt Magdeburg also wirklich den Rücken kehren?« Susanna nickte stumm. Bis jetzt hatte Hannes es ihr ausreden können, doch die inzwischen sichtbare Bedrohung durch den General Wallenstein schien ihn überzeugt zu haben. »Wann?«

»In vier Tagen legt ein Schiff mit Holz aus Sachsen an und fährt zwei Tage später mit Steinen aus der abgebrochenen Vorstadt weiter nach Hamburg.« Susanna stand auf und klemmte ihren vollen Kräuterkorb unter den Arm. »Wir werden an Bord gehen.«

»In sechs Tagen schon?« Susanna nickte. Kristina schwoll ein Kloß im Hals; sie hatte die Frau aus Heidelberg lieb gewonnen wie eine Schwester. Mit einem Regiment Wallensteins war die kleine Familie aus Stralsund gekommen. Die Soldaten waren die

Elbe hinuntergezogen, Hannes und Susanna waren geblieben. Der Prediger von St. Ulrich hatte sie getraut, und Hannes, der seinen Dienst beim Obristen von Arnim quittiert hatte, arbeitete bei demselben Zimmermeister, für den er schon während seiner Wanderjahre als Geselle Dachstühle gebaut hatte. Es gab viel Arbeit in Magdeburg für Zimmerleute, seit der Rat die Wehranlagen in die abgerissenen Vorstadtgebiete hinein erweitern ließ.

Am Ufer quäkte John, wollte unbedingt selbst einen Fisch fangen. Tonda gab als Erster nach, ging neben dem kleinen Blondschopf in die Hocke und half ihm, die Rute zu halten. »Ich gehe mit John nach Hause«, sagte Susanna. »Sonst haben die Männer uns das Essen heute Abend noch nicht gefangen.«

Kristina sah ihr nach, beobachtete, wie sie ihren Sohn in die Arme nahm, ihn küsste und ihm ins Ohr flüsterte. Sie beneidete Susanna. Unerwartet schnell schaffte die es, den Kleinen von den Anglern wegzulocken. Sie rief Kristina und den Mädchen noch einen Gruß zu und lief mit dem winkenden Kleinen an der Hand zum Stadttor. Hannes und Susanna wohnten am Ostrand der Altstadt, im Haus des Zimmermeisters.

Kristina versuchte sich vorzustellen, wie es wäre, selbst ein Kind zu haben und Mutter zu sein. Ganz leicht fiel ihr das, sie musste lächeln, und ihr wurde wehmütig zumute. Tonda wandte sich um, und ihre Blicke trafen sich. Auch er lächelte; wenn er wüsste, an was sie gerade gedacht hatte …

Sie betrachtete seine geliebte Gestalt. Wie dünn er noch war und wie bleich! Bis nach dem Christfest hatte er krank gelegen. Niemand wusste, welche Krankheit ihn dermaßen schwächte, dass er sechs Wochen kaum vom Bett aufgestanden war und man ihn zum Essen zwingen musste. Weil er im Schlaf schrie und Männer sein Bett belagern sah, wenn er hochschreckte, behauptete Magister Steinmann, die Vesania habe ihn ergriffen, der Wahnsinn, doch das sei immer noch besser als alles, was man in diesen Zeiten als Vernunft ansah.

Großmutter Ruth dagegen glaubte, Tonda leide unter einem »Nachtschaden«, worunter man in ihrer Jugend eine Art immerwährenden Alpdrucks verstanden hatte; Kristina sah keinen wirklichen Unterschied zwischen einem Nachtschaden und der Vesania. Sie selbst fürchtete lange, Tonda könnte unheilbar geisteskrank geworden sein. Wer wusste denn schon, was er erlebt hatte auf der Suche nach ihr? Wer wusste denn, warum er Prag verlassen und was er all die Jahre danach getan hatte? Einer, der Degen und Reiterpistole so leichthändig führte wie Puppen und Panflöte, war mehr als nur ein einfacher Spielmann oder ein harmloser Mönch; das ahnte Kristina längst.

Vom Ufer aus winkte Tonda ihr zu, bevor er die Angel auswarf, und Kristina tauchte wieder auf aus den Bildern der Erinnerung. »Was immer du bist, ein guter Vater wärst du ganz gewiss«, murmelte sie und winkte zurück. »Doch es müsste bald geschehen.« Sie dachte an ihren Geburtstag im Mai – achtundzwanzig Jahre alt würde sie werden; ein Jahr älter, als ihre Königin Maria Eleonore gewesen war, als sie Prinzessin Christina zur Welt brachte.

Was für eine Krankheit Pater Alban bei Tonda erkannt hatte, vermochte niemand zu sagen. Der Medikus redete ja nicht. Er hatte alles stehen und liegen lassen, als Kristina zu ihm in die Neustadt hinausgelaufen war, wo er bei den Prämonstratensern im Kloster *Unser Lieben Frauen* wohnte. Lange hatte der Kartäuser vor Tondas Bett gestanden und den Kranken betrachtet; er wirkte erschüttert, schloss die Augen und bewegte die Lippen. Danach untersuchte er Tonda und ließ sich von Magister Steinmann die nächtlichen Erscheinungen des Kranken schildern und wiedergeben, was Tonda im Schlaf zu rufen pflegte. Dann schrieb er Medizin auf: zwei Becher Rotwein täglich mit einem Eidotter und einem Löffel Honig vermischt und drei Mal dreißig Tropfen eines Extraktes aus Salbeiblättern, Zimt, Nelken, Ingwer und Angelikawurzeln, ebenfalls täglich. Durch Gesten bedeutete er Tonda außerdem, bei ihm zu beichten.

Kristina besorgte und bezahlte den Wein, den Honig und die Medizin, die Tante und der Magister Steinmann brachten den Kranken in die Domkirche zu einem Beichtstuhl. Er beichtete beim Pater Medikus selbst.

Am Christfest, nach der zweiten Beichte, verließ Tonda das Bett und aß wieder regelmäßig. Nach der dritten Beichte am Silvestertag fing er wieder an, in ganzen Sätzen zu reden, spielte auch endlich wieder auf seiner Nai. Seitdem ging es stetig mit ihm bergauf. Er machte sich im Haus nützlich, und jeden zweiten Tag ging er an die Elbe hinaus, um zu angeln. So wie jetzt.

Früh am Nachmittag klemmte Kristina einen gut gefüllten Kräuterkorb unter den Arm. Die Männer teilten die Fische und jeder ging seines Weges. Seite an Seite schlenderte Kristina mit Tonda in die Stadt hinein und zurück zum Haus des Magisters. »Susanna und Hannes wollen Magdeburg verlassen«, erzählte sie.

»Ich weiß es schon. Von Hannes.«

»Und wir?«

»Lass mich ein paar Stunden nachdenken.«

»Ich habe genug Gulden für dich und für mich«, sagte Kristina. »Genug auch für eine Schifffahrt nach Stockholm. Wir gehen auch weg von hier, ja?«

»Lass mich nachdenken. Wir reden heute Abend.«

Später, beim Essen, ging es um nichts anderes als um die Bedrohung durch Wallensteins Heer und Susannas und Hannes' Entschluss, Magdeburg zu verlassen. »Seiner Angst zu folgen, ist nicht der dümmste Plan in Zeiten wie diesen«, erklärte der Hausherr, und Kristina musste an den schottischen Feldwebel denken. »Zumal sich hinter des Kaisers hübscher Rede vom Restitutionsedikt ja tausend hässliche Kriegsgründe verbergen«, fuhr Steinmann fort. »Man sollte also niemanden aufhalten, der gehen will. Ich allerdings vertraue dem Bürgermeister und den kühleren Köpfen im Rat – solange man mit einem Hund spricht, beißt er nicht.

Quartieren wir also Wallensteins Regiment in der Stadt ein. Ein Hagelsturm dauert auch nicht ewig.«

»Soldaten sollen in der Stadt wohnen?« Der Tante glitt vor Schreck der Löffel aus den Fingern und klirrte in den Teller.

»Ja, diese Forderung liegt dem Rat seit gestern vor. Und ich hoffe sehr, die Besonnenen im Rathaus werden sich durchsetzen und Wallensteins Forderung erfüllen. Ansonsten, fürchte ich, wird jeder, der hiergeblieben ist, es bald bereuen.«

»Ich habe Angst, wenn die Soldaten des Kaisers in die Stadt kommen«, sagte die ältere von Kristinas Nichten.

»Das brauchst du nicht, Kind.« Steinmann strich der Zwölfjährigen über den aschblonden Scheitel. »Der Herzog von Friedland hält seine Truppen unter strenger Zucht, weißt du? Anders als der kaltherzige Tilly seine wilden Soldaten. Wallensteins Landsknechte fürchten ihren General wie den Teufel. Der Friedländer mag ein Raffzahn und ein harter Hund sein, doch er ist gerecht. Ich will nicht behaupten, dass er Gott fürchtet, aber an die Hölle glaubt er bestimmt und wird sie vermeiden wollen. Und wenn ich richtig gehört habe, hält er das kaiserliche Edikt für das, was es ist: für den größten Schwachsinn seit dem Turmbau zu Babel.«

»Glaubst du nicht an die Hölle, Onkel Johann?«, wollte Jan wissen, Kristinas Neffe.

»Oh doch, mein Junge. Und nicht nur an eine.« Steinmann beugte sich über seinen Teller und sah dem Jungen in die Augen. »Derzeit könnte man an vielen Stellen des Heiligen Römischen Reiches Deutscher Nation prächtige Höllen bestaunen, wenn man wollte. Und wenn die Magdeburger so weitermachen, müssen sie bald gar nicht mehr weit laufen, um …«

»Bitte, Johann!« Die Tante legte dem Magister die Hand auf den Arm, und Kristina lief es kalt den Rücken herunter.

Betretenes Schweigen herrschte eine Zeitlang am Tisch. Übergangslos wandte der Kahlkopf sich an die Tante. »Und Ihr, verehrte Edelfrau, wollt ihr auch gehen, bevor Wallenstein unsere schöne Stadt besucht?« Die Kinder hörten auf zu kauen, erwarteten mit glänzenden Augen und offenen Mündern die Antwort ihrer Mutter. Die schüttelte nur den Kopf, die beiden Jüngeren kicherten erleichtert und aßen weiter. Die Große aber rührte keinen Bissen mehr an.

Kristina hatte keine andere Antwort von der Tante erwartet. Sie wusste seit Langem, dass sie und der Magister des Nachts häufig in derselben Kammer schliefen.

»Ich bleibe auch«, krähte Balthasar. Sein Vater pflegte ihn an einen Lehnstuhl zu binden, damit er mit allen anderen zu Tisch sitzen konnte. »Wie dumm, wegzugehen, wenn man einmal Gelegenheit hat, den Herzog von Friedland kennenzulernen, den General des Kaisers, den Helden, der dem Mansfelder bei Dessau aufs Maul gehauen hat.«

»So schwer war das nicht«, sagte Tonda mit leiser Stimme. »Und wäre der Graf von Aldringen nicht gewesen, hätte Wallenstein die Brücke aufgegeben.«

»Woher weißt du das, Spielmann?« Der Kahlkopf runzelte die Stirn, doch Tonda antwortete nicht, aß schweigend weiter.

»Er ist dabei gewesen«, sagte Kristina.

Später, in der ersten Abenddämmerung, wartete sie im Stadttor am Fürstenwall auf Tonda. Der war noch mit den Pferden beschäftigt. Neben dem Pferdestall bewohnte er eine Kammer im Gesindehaus des Hinterhofs, Kristina einen Raum im Obergeschoss des Hauses. Nicht ein einziges Mal hatte er nachts an ihrer Tür geklopft. Und sie widerstand bisher der Versuchung, an seine zu klopfen. Sie sehnte sich nach seiner Umarmung, ja, hatte die Lust schon zu oft und zu gründlich gekostet, um diese Sehnsucht nicht empfinden oder sie gar leugnen zu können. Doch nichts sollte je wieder in ihrem Leben Raum gewinnen, das sie an die Jahre erinnerte, in denen sie sich einen Mann im Bett gefallen lassen musste, um zu überleben. Sie wollte Tondas Frau sein, und er sollte ihr Mann sein. Und ein Prediger sollte sie vor einem Altar zu Mann und Frau erklären. Das und nichts anderes hatte Kristina sich in den Kopf gesetzt.

Bald sah sie Tonda aus dem Haus kommen und die Gasse zu ihr herunterlaufen. Zwei Gassen weiter stiegen sie auf die Stadtmauer und schlichen in den alten Vierkantturm, der sich dort erhob. Über die Steintreppe gelangten sie bis auf seinen Ausguck und lehnten dort zwischen den Zinnen. Hier hatten sie schon viele Stunden verbracht; nur selten schaute einer der Wächter in diesen Turm. Seite an Seite blickten sie über die Elbe und sahen die Feuer im kaiserlichen Lager leuchten.

»Ich habe Angst«, sagte Kristina. »Am liebsten würde ich mit Susanna und Hannes gehen. Doch ich will dich nicht schon wieder verlieren.«

»Du wirst mich nicht mehr verlieren.« Tonda nahm ihre Hand. »Und ich dich auch nicht. Ich hab dich so lieb.« Er zog sie an sich. »Und ich habe nachgedacht: Lass uns mit Susanna und Hannes nach Hamburg fahren. Dort werden wir ein Schiff nach Stockholm finden.«

Tränen der Erleichterung und der Freude traten Kristina in die Augen. Sie fiel ihm um den Hals, ihre Münder fanden zueinander, und wie so oft in solchen Stunden, versanken sie in Küssen und Zärtlichkeiten. Sogar die Feuer im Heerlager vergaßen sie.

*

Vier Tage später besprachen sie im Haus des Zimmermeisters mit Susanna und Hannes, was für die bevorstehende Reise zu besprechen war. Am Nachmittag war der Lastkahn mit den Baumstämmen aus Sachsen im Hafen von Magdeburg vor Anker gegangen. Übermorgen würde es schon heißen: Abschied nehmen. Viel Zeit blieb nicht mehr.

Bevor sie den Heimweg antraten, legte Susanna ein sorgfältig verpacktes und verschnürtes Bündel in Kristinas Hände. »Hier – ein Hemd für Magister Steinmann. Er hat mich beauftragt, es für ihn zu nähen und zu besticken.« Kristina nähte und stickte für einige wohlhabende Häuser Magdeburgs.

Es wurde allmählich dunkel, während sie quer durch die Stadt nach Hause liefen. Lautes Palaver tönte aus dem offenen Fenster einer Weinschänke. Tonda ging langsamer, spähte in den Schankraum hinein. Dicht gedrängt hockten die meisten Männer um den größten der Tische. »Ein Magistrat soll das sein?«, rief einer der Zecher und schlug mit der Faust auf den Tisch. »Ich werde euch sagen, was das ist, eine Ansammlung von Schleimbeuteln ist das! Jawohl!« Laute Zustimmung seiner Zechkumpanen übertönte sein Gepolter. Also schlug er erneut auf den Tisch und rief noch viel lauter: »Eine stinkende Ansammlung von Schleimbeuteln pisst sich im Rathaus in die Hose und schickt sich an, dem Friedländer unser schönes Magdeburg in den Rachen zu werfen!« Als hätte sie Tondas Blick gespürt, drehte die Wirtin sich plötzlich um, hastete ans Fenster und schlug es zu.

Goldenes Kreuz hieß die Schänke. Einer der Orte, an denen sie zusammenkamen und Politik nach ihrem eigenen Schädel ausbrüteten, die Männer, die der Magister Steinmann »rebellische Hitzköpfe« nannte.

»Komm doch.« Kristina fasste seine Hand, zog ihn mit sich, bog in die nächste Gasse ein; die führte schon Richtung Neumarkt. »Wenn wir in Stockholm sind, was tun wir dann?«

Sie drängte sich so eng an ihn, wie man es in dieser Stadt nur bei Dunkelheit zu tun wagte. Tonda spürte ihre Hüften, ihre Schultern und die Wärme ihres Körpers. Sein Atem ging schneller. »Wir werden uns nie mehr trennen«, antwortete er ihr heiser und legte den Arm um sie.

»Dazu müssen wir aber heiraten.« Er nickte. »Und dazu musst du lutherisch werden.«

»Warum denn?« Hufschlag und Wagengeratter näherte sich,

und er nahm den Arm von ihrer Schulter. »Warum sollen nicht auch einmal eine lutherische Frau und ein katholischer Mann heiraten?«

»Und was für ein Pfarrer soll uns trauen?« Tonda ahnte seit langem, dass diese Fragen sie beschäftigten. Er stellte sie sich auch – aber meist nur kurz, und dann schob er sie schnell weit weg von sich. »Und unsere Kinder – wird ein Priester sie taufen oder ein lutherischer Prediger?«

Ein Gespann zog einen schweren Wagen aus dem Neumarkt in die Gasse hinein, der Kutscher trieb die vier Pferde mit der Peitsche an. Der Wagen nahm Fahrt auf. Hufe schlugen Funken auf dem Kopfsteinpflaster, die eisenbeschlagenen Wagenräder füllten die Luft mit ohrenbetäubendem Krach. Beängstigend schnell lärmte das Gespann heran. Tonda zog Kristina unter einem Torbogen hindurch in einen Hof hinein.

Das Gespann raste vorbei. Zu beiden Seiten der Gasse wurden Fenster und Türen aufgerissen – Frauenstimmen zeterten, Männerstimmen drohten und fluchten. Hufschlag und Wagenrattern verloren sich nach und nach in den Straßen und Gassen.

Tonda zog Kristina wieder heraus auf die Gasse und dem Neumarkt entgegen. Nur beiläufig hatte er das wilde Gespann wahrgenommen, Kristinas Frage beschäftigten ihn viel zu sehr: Würden ihre Kinder einmal katholisch oder lutherisch sein? Bei dem Gedanken, Kinder mit Kristina zu zeugen, fuhr es ihm heiß durch alle Glieder, und klare Gedanken wollten ihm dann nicht mehr recht gelingen. Er betrachtete sie von der Seite und erschrak: »Was ist mit dir? Warum bist du so bleich auf einmal? Was hat dich erschrocken? Doch nicht das Gespann?«

»Der Kutscher«, flüstert sie, »hast du nicht gesehen?«

»Was soll ich gesehen haben?«

»Ein Einäugiger.«

»Bist du sicher?«

Kristina zuckte mit den Schultern. »Ich glaube.«

»Und wenn schon.« Tonda winkte ab. »Veits Jokrim ist doch nicht der einzige Mann im Reich, den der Krieg ein Auge gekostet hat.« Die Antwort schien ihr einzuleuchten. Sie entspannte sich wieder, lächelte sogar.

Laute Stimmen hallten über den nächtlichen Neumarkt. Vor einer Schänke sah Tonda Männer gestikulieren. Er wollte einen Bogen um die Streithähne schlagen, doch Kristina blieb plötzlich stehen und spähte aus schmalen Augen zu ihnen hinüber. »Hörst du? Die Stimme von Magister Steinmann.«

Sie hatte recht. Weil die Stimmen stritten und wüteten und der Magister allein gegen sechs stand, gingen sie zu ihm. »Wollt ihr leben oder sterben?« Steinmann schrie und schüttelte die Fäuste. »Lutherische oder Papisten! Schaut sie euch doch an – Schwachköpfe die einen, Rindviecher die anderen …«

»Das sagst du kein zweites Mal!« Einer der Männer, ein Kaufmann, griff nach seinem Degen und wollte auf Johann Steinmann losgehen, zwei andere hielten ihn fest, ein Elbschiffer und ein Musketier des Magistrats.

»Ich sag's noch tausend Mal!« Steinmann hatte einen roten Kopf und schwankte. »Schwachköpfe oder Rindviecher, das ist nicht die Frage! Wollt ihr leben oder wollt ihr sterben, das ist die Frage …«

»Vorsicht, Steinmann – du beleidigst uns Magdeburger Soldaten!« Der Musketier fletschte die Zähne. »Niemand hat je die Stadt eingenommen! Wir können auch diese Belagerung durchstehen, wir können die Stadt verteidigen, und wir haben einen guten Obristen!«

»Es bräuchte einen Erzengel als Obristen, um Magdeburg gegen Wallenstein zu verteidigen. Und so gut sind die Beziehungen des Bürgermeisters zum Himmel nicht, um den Michael oder den Gabriel in Sold zu nehmen, mag der Magistrat sonst auch was taugen …«

»Du hältst es mit dem Rat?«, rief der Elbschiffer mit schwerer

Zunge. Die Zornesadern an seinen Schläfen waren geschwollen. Männer und Frauen hingen an Fenstern, einige forderten Ruhe, andere beschimpften den Magister.

»Nur Dumpfbacken wir ihr fallen ihrem Magistrat in den Rücken!«, brüllte Steinmann.

»Ein Verräter!«, tönte der Kaufmann. »Ich hau ihn jetzt nieder!« Er versuchte, sich den Armen der anderen beiden zu entwinden. Einige Fenstergucker feuerten ihn an.

»Geh schon nach Hause, Steinmann!«, blaffte der Musketier. »Du hast zu viel gesoffen! Kein nüchterner Mann kann dafür sein, Wallensteins Soldateska in unsere Stadt zu lassen!«

»Du willst also schon sterben? Es kostet uns ein paar Reichstaler und wir müssen ein paar Wochen auf unsere Frauen und Töchter aufpassen, doch dann ist's vorbei.« Der Magister dachte nicht daran, schon nach Hause zu gehen, und obwohl er schwankte, gelangen ihm noch verständliche Worte und Sätze. »Lutherische Feldherren, papistische Feldherren – sie kommen und gehen wie schlechtes Wetter. Schwachköpfe oder Rindviecher, das ist nicht die Frage – wollt ihr leben oder sterben, das ist die Frage …«

»Ich hau ihn jetzt nieder!« Der Kaufmann riss sich los und zog blank. Auch der Magister bekam seinen Degen irgendwie aus der Scheide, doch er war so betrunken, dass ihm die Klinge aus der Hand glitt und aufs Pflaster knallte. Mit zwei Schritten war Tonda bei ihm, bückte sich nach dem Degen und wehrte den Hieb des Kaufmanns ab. Der versuchte es mit einem Stoß, doch Tonda parierte. Weil der Mann mächtig berauscht war, schlug er ihm schon beim nächsten Angriff die Waffe aus der Hand.

»Gemach, gemach«, beschwichtigte eine Stimme von irgendeinem Fenster, und der Musketier hob die offenen Handflächen und signalisierte Frieden.

»Wir bringen Euch nach Hause, Magister Steinmann.« Kristina hakte sich rechts bei ihm unter, Tonda links.

»Ich will aber noch nicht nach Hause …« Sie zogen Steinmann

weg von den Männern vor der Schänke. Die fluchten ihm hinterher, einige schüttelten die Fäuste. »Leben oder sterben, das ist hier die Frage …« Tonda hatte von Feindseligkeiten in der Magdeburger Bürgerschaft gehört, Steinmann redete ja oft genug davon, doch dass sie so tief gingen?

Zurück im Haus setzten sie den Magister an den Küchentisch. Er deklamierte noch immer. »Wer leben will, muss von Zeit zu Zeit auch Schwachköpfe und Rindviecher ertragen, nicht wahr, Balthasar?« Er verstummte, weil Kristinas Tante einen Mann in die Küche führte, einen Freund des Magisters und ein Mitglied des Rats; Tonda hatte ihn schon im Haus gesehen. »Nimm dir einen Becher, alter Freund!«, tönte Steinmann. »Schenk dir selbst ein, ich treffe den Becher nicht mehr richtig.« Er lachte die Weinpfütze auf dem Tisch an, doch das Lachen verging ihm, als er dem Besucher ins Gesicht sah. »Sind wir hier auf einer Beerdigung, oder warum guckst du so ernst?«

»Der Rat hat dem Druck der Bürgerschaft nachgegeben: Kein Geld und kein Quartier für die Kaiserlichen.« Der Mann setzte sich und stieß einen tiefen Seufzer aus. »Ein Bote mit dem Ablehnungsbescheid ist schon unterwegs zu Wallenstein. Morgen beginnt die Blockade der Stadt.«

Die Enttäuschung brannte in Tondas Brust, er tastete nach Kristinas Hand. Die hatte den Kopf gesenkt und die Augen geschlossen. Vorbei alle Reisepläne und Träume. »Keine Soldaten in der Stadt also.« Steinmann schenkte seinem Freund Wein ein. »Dafür viel zu viele Schwachköpfe und Rindviecher.« Sie tranken.

Kristinas Tante zog einen Brief aus dem Kleid und reichte ihn Tonda. »Jemand hat nach dir gefragt und diesen Brief für dich abgegeben.« Der Brief trug keinen Absender, die Schrift, mit der sein Name geschrieben war, kannte Tonda nicht. Das Siegel auch nicht.

»Susanna, die göttliche Näherin und Stickerin, hat mir ein Hemd aus weißem Barchent gemacht.« Steinmann warf das eingepackte Bündel der Tante zu. »Wollt ihr mir hineinhelfen, edle Dame?«

Tonda nahm neben ihm am Tisch Platz, brach das Siegel auf, entfaltete den Brief. Er enthielt nur zwei Sätze: *Heinrich Piper und Herzog Christian von Braunschweig-Wolfenbüttel grüßen den Spielmann Antonín von Waldau. Und der Rittmeister Veits Jokrim grüßt ihn auch.* Tonda wurde es heiß und kalt.

Die Tante zog Steinmann das weiße Hemd bis über die Knie, strich es glatt und stieß einen Schreckensruf aus: Es war ein Leichenhemd. Von der Knopfleiste bis zum Saum prangte ein mit buntem Zwirn gesticktes Glückshorn auf ihm, aus dem lauter Früchte quollen. »Und?« Der Magister posierte schwankend. »Steht es mir?«

7

Rheinland, Mai 1629

Im Mai kam ein Brief des Rittmeisters im Kölner Jesuitenhaus an: Er habe wichtige Neuigkeiten und wolle Franz schon zwei Wochen später in einem Beichtstuhl im Dom treffen. Neuigkeiten von Tonda, Franz spürte es. Brennende Hoffnung erfüllte ihn, und zugleich beschlich ihn beklemmende Angst.

Franz empfand jedes Mal ein leichtes Gruseln, wenn er an den Einäugigen dachte, und der Gedanke, diesen Mann an einem derart heiligen Ort wie dem Dom zu treffen, bereitete ihm Unbehagen. Dazu kam: Viele Augen in Köln gelüstete es, zu sehen, was nicht für sie bestimmt war, und viele Ohren zu hören, was sie nichts angingen. Also diktierte der Jesuitenpater seinem Sekretär Carolus zwei Briefe. Im ersten nannte er dem Rittmeister Jokrim Tag und Stunde, zu der er ihn in einem abgelegenen Kloster im Siebengebirge sehen wollte. Im zweiten kündigte er dem Abt des Klosters seinen Besuch an.

In einem Wagen, der ihm zu prunkvoll, und einem Gespann, das ihm zu groß war, fuhren er und Carolus drei Wochen später ein Stück den Rhein hinunter und bei Bonn ein Stück ins Siebengebirge hinein. Pferd und Wagen waren eine Leihgabe des Kölner Erzbischofs Ferdinand, der zugleich Kurfürst von Köln war; der hatte auf den neuen Wagen und die sechs Pferde bestanden. Und auf eine Eskorte aus acht Dragonern; gegen die hatte Franz von Trient nichts einzuwenden.

Ferdinand war ein Wittelsbacher und der Bruder des Großherzogs Maximilian von Bayern, er unterstützte die Gesellschaft Jesu, wo er nur konnte. Franz schätzte ihn, weil er zuverlässig der gemeinsamen Sache diente und weil er einer der ersten Fürsten des Reiches war, der den Mut aufgebracht hatte, das Naheliegende auszusprechen: die Vernichtung der Luthertums durch Krieg. Schon anno 1615 hatte er das vorgeschlagen.

Unterwegs las Franz Briefe und Depeschen, die ihn tags zuvor erreicht hatten. Anfang März hatten sich der Dänenkönig und Gustav Adolf von Schweden heimlich in einem Dorf in Småland getroffen. Dem Dänen stand durch Wallenstein das Wasser bis zum Hals. Schmiedete er jetzt ein Bündnis mit seinem Erzfeind, dem Schweden? Oder wollte der dänische Fuchs dem Kaiser lediglich einen Schrecken einjagen? *Du gewährst mir einen günstigen Friedensvertrag oder ich tue mich mit dem Eroberer aus Stockholm zusammen.* Das sähe ihm ähnlich; und dass er sich in Småland einen Rausch angetrunken hatte, statt zu verhandeln, sprach dafür.

Die nächste Meldung berichtete von der offiziellen Verkündigung des Restitutionsediktes durch Kaiser Ferdinand, ebenfalls Anfang März. Franz war längst im Bilde. Das Edikt hielt er für die schärfste Waffe im Vernichtungskrieg gegen das Luthertum, die je ersonnen wurde. Allerdings fand Franz, der General Wallenstein könnte entschieden mehr Eifer an den Tag legen, sie anzuwenden.

Auch eine Depesche aus Wallensteins Heerlager fand Franz unter der Post. Sie berichtete über die Entwicklung der »Blockade« Magdeburgs, wie Wallenstein die Belagerung zu nennen beliebte. Der Magistrat weigerte sich nach wie vor, Kaiserliche Truppen einzuquartieren, wollte auch keine einhundertdreißigtausend Taler Tribut zahlen. Also zog Wallenstein die Schlinge ein Stück enger, verbot den Magdeburgern den Fischfang in der Elbe und ließ keine Lebensmittel aus Sachsen-Anhalt mehr in die Stadt.

Nach Franz' Geschmack hätte der Herzog von Friedland die Schlinge ruhig noch enger ziehen können. Magdeburg war noch nie erobert worden. Außerdem zählten seine Bürger auf den Beistand der anderen Hansestädte und des Schwedenkönigs. Beides machte sie frech und siegesgewiss. Wenigstens hatte Wallenstein seinen bissigsten Feldherrn auf die Elbstadt angesetzt: den Reichsritter und Reichsgrafen zu Pappenheim, ein wahrhaft abgebrühtes Schlachtross. Er würde den Magdeburgern ihren Hochmut schon austreiben!

An Schreibarbeit war in der Kutsche wegen des Geschaukels nicht zu denken. Also versuchte Franz, nach der Lektüre ein wenig zu schlafen. Eine Qual wie beinahe jede Nacht. Und wie des Nachts, suchten ihn auch jetzt jedes Mal Schreckensbilder heim, wenn er trotz des Geratters und Geschaukels einnickte: Tonda in den Armen der Hure, Tonda im Feuer eines Scheiterhaufens, Tonda in Höllenflammen. Als hätte ein Dämon ihn geprügelt, fühlte Franz sich, als er aufwachte. Da überquerten Kutsche und Eskorte gerade den Rhein bei Bonn.

»Noch etwas mehr als eine Stunde«, sagte Carolus und reichte ihm einen Becher Wasser.

Franz trank. »Nutzen wir die Zeit.« Er nahm eine Handvoll Erdbeeren von seinem Sekretär entgegen. »Berichte mir, was du über Veits Jokrim herausgefunden hast.«

Carolus steckte eine Erdbeere in den Mund, wischte sich die Finger am Überrock ab und öffnete eine Mappe. Aus ihr holte er eine ganze Anzahl loser Papiere und ein Heft, das halb vollgeschrieben war. »Er hat in der Schlacht am Weißen Berg gekämpft, als Corporal in einem kurpfälzischen Reiterregiment.« Franz blickte zum Kutschenfenster hinaus und hörte aufmerksam zu. »Ab 1621 lag seine Kompanie in Heidelberg und verteidigte dem Winterkönig seine Residenz …«

»Vergeblich, wie man weiß.« Die Rheinbrücke blieb hinter ihnen zurück, die Kutsche bog auf den Fahrtweg entlang des Rheins ab. »Weiter.«

»Tillys Musketiere haben ihn in Heidelberg von der Wehrmauer geschossen. Er geriet schwer verletzt in Gefangenschaft und war dem Tode nahe. Weil er freiwillig Schwachstellen der Heidelberger Wehranlagen verriet, begnadigte ihn der General Tilly. In den Jahren danach kundschaftete er als Leutnant der Katholischen Liga den Gegner aus, und das sehr erfolgreich, wie man hört.«

»Was du nicht sagst. Hast du auch etwas über seine Herkunft erfahren? Über seine Familie, seine Kindheit und Jugend?«

»Vieles, Hochwürden von Trient. Und einiges davon wird euch den Atem verschlagen.«

»So, meinst du?« Franz blickte auf den Rhein hinaus und lächelte in sich hinein. »Du weißt ja nicht, was mir schon so alles zu Ohren gekommen ist im Laufe meines Lebens.« Er winkte. »Also los, Carolus, erzähl schon.«

Carolus blätterte in seinem Heft, beugte sich über seine Knie und machte die Miene eines Mannes, der gleich einen Skandal lostreten würde. »Jokrim stammt aus dem Kurfürstentum Mainz. Seine Mutter wurde der Hexerei überführt und 1606 in Dieburg verbrannt.«

»Was sagst du da?« Plötzlich stand sie Franz wieder vor Augen, die erschütterte Miene des Rittmeisters, als sie in der Grafschaft Waldeck der Hexenverbrennung beiwohnten. »Interessant. Sehr interessant.« Er richtete seinen Blick wieder auf den Rhein. »Weiter, Carolus.«

*

Kloster Heisterbach, Mai 1629

Veits Jokrim traf am Tag darauf im Kloster ein. Er kam zu Pferd aus Bonn und ritt in Begleitung von sieben Reitern. Alle waren, einschließlich des Rittmeisters selbst, nach Art von Arkebusieren ausgerüstet und bewaffnet. Franz sah die Männer vom Fenster seiner Gastzelle aus in die Klosteranlage reiten. Mit einer gewissen Erleichterung nahm er zur Kenntnis, dass Jokrim ohne Damen reiste.

Auf Franz' Bitte hin empfing der Abt den Rittmeister und seine Reiter. Er lud sie zum Essen und zeigte ihnen die Klosteranlage und die große Abteikirche. Auf die waren die Zisterzienser und ihr Abt besonders stolz, und das zu Recht: Abgesehen vom Dom zu Köln fand man im ganzen Rheinland nichts Vergleichbares. Der Abt ließ sich Zeit mit der Führung, Jokrim sollte veranlasst werden, im Kloster zu übernachten – falls er das nicht sowieso schon geplant hatte. Zum Schluss ließ der Abt die Reiter von Mönchen zu ihren Gasträumen bringen. Offenbar hatte Jokrim nichts dagegen einzuwenden.

Franz zeigte sich ihm erst am frühen Abend. Dringende Seelsorge habe ihn bisher in Beschlag genommen, entschuldigte er sich, was Jokrim mit seinem füchsischen Lächeln quittierte. »Schlendern wir ein wenig durch den Klostergarten, dort können wir ungestört reden«, schlug Franz nach Austausch der üblichen Höflichkeitsfloskeln vor und hinkte dem Gartenausgang entgegen. Jokrim hatte nichts dagegen und folgte.

Zwei Kölner Dragoner liefen fünfzig Schritte vor ihnen über die gepflegten Wege des Klosterparks, während sie miteinander sprachen, zwei weitere fünfzig Schritte hinter ihnen. Die anderen vier würfelten mit Jokrims Reitern. Franz hatte strenge Anweisungen gegeben, sowohl Arkebusiere als auch ihren Rittmeister nicht aus den Augen zu lassen. Nach allem, was er auf der Herfahrt von Carolus über den Einäugigen erfahren hatte, wollte er keinen Augenblick allein und unbeobachtet mit ihm verbringen. Sein Urteil stand fest: Der Mann war gemeingefährlich.

»In Stockholm macht der Reichstag sich für einen Feldzug auf deutschem Boden stark«, begann Jokrim. Seine Stimme klang wie das Rascheln trockenen Laubes. »Angeblich, um die armen deutschen Protestanten zu retten.« Er feixte. »Mit ein bisschen Pech wird dem selbstlosen Schwedenkönig bei diesem heldenhaften Rettungskrieg das eine oder andere Herzogtum in den Schoß fallen. Jedenfalls beobachtet der Herzog von Lauenburg die Entwicklung in Schweden mit wachem Blick und ist gespannt auf die nächste Nachricht von Euch.«

»Ich will ihn sehen, sobald Schwedens Kriegseintritt offiziell ist.« Franz interessierte sich im Moment nicht für den Lauenburger – er brannte darauf zu erfahren, wo Tonda steckte und wie es ihm ging. »Doch eines nach dem anderen. Was gibt es noch?«

»Euer Spielmann ist einer Rotte Soldaten aus Isolanos Regiment über den Weg gelaufen, irgendwo an der Elbe, nicht weit von Stendal.«

»Wann?«

»Mitte November letzten Jahres. Beinahe hätten sie ihn abgestochen, doch zufällig hat von Waldau erwähnt, dass sein Vater für den Kaiser Rudolph gegen die Osmanen gekämpft hat, und Ihr wisst ja, dass die Krabaten jeden als Freund betrachten, der die Türken zu seinen Feinden zählt.«

»Haben sie ihn verletzt?«

»Ein paar Schrammen, ein paar blaue Flecken, nichts Nennenswertes. Sie haben ihn mit in ihr Lager genommen.« Der Einäugige feixte. »Dort hat er sie die ganze Nacht mit Musik und Puppenspiel unterhalten. Der kroatische Rittmeister hat mir ein halbes Dutzend Geschichten erzählt, die er in dieser Nacht sah.«

Tapferer Tonda, dachte Franz, treuer Sohn. »Wo ist er jetzt?«

»In Magdeburg.«

»Seid Ihr sicher?« Franz blieb stehen, sein Herz machte einen Sprung.

»Ganz sicher, Hochwürden. Und solange der Pappenheimer die Stadt belagert, wird er dort wohl auch bleiben müssen. Doch nach Ende der Blockade, fürchte ich, wird er keine Stunde zögern, abzureisen.«

»Was macht Euch da so sicher?« Franz hinkte weiter.

»Ich habe von seinen Reiseplänen erfahren. Das kaiserliche Heer hat sie fürs Erste verhindert – von Waldau wollte schon Anfang März nach Stockholm. Mit der Schwedin. Scheint etwas Ernstes zu sein, ich habe sie nachts miteinander auf der Gasse gesehen.«

Wieder blieb Franz stehen. »Verfluchte Hure!« Er ballte die Fäuste.

»Sie könnte mir auch gefallen.« Jokrim feixte und musterte ihn aus seinem einzelnen Auge.

Innerlich wütete Franz: Dieser Kerl kannte keinen Respekt vor einem Mann Gottes. Und schwer zu sagen, was ihn bewegte: Habgier? Rache? Geilheit? Gerüchte, nach denen es ihn schon in Heidelberg nach der Schwedin gelüstet hatte, waren Carolus zu Ohren gekommen. Ein Landsknecht, der früher dem Winterkönig gedient hatte, wollte sogar von einer Verbindung zwischen dieser Hure und Jokrims Gefangennahme durch Tillys Soldaten wissen.

Franz hielt seinem Blick stand und machte seine Miene hart. Keine Spur seiner Verachtung durfte Jokrim in seinen Zügen lesen können. Dieser Mann war nicht nur ein Hexer, er war auch ein Mörder und Frauenschänder. Doch warum sollte man sich das nicht zunutze machen, wenn es der Sache Gottes diente?

»Vielleicht gibt es sich, dass sie Euch zufällt, wer weiß?« Er hinkte weiter. »Überhaupt haben wir noch nicht über Botenlohn gesprochen.«

»Für jeden Boten ein erfreulicher Gegenstand, weiß Gott.« Der Einäugige zwirbelte feixend an seinem Schnurrbart herum. »Doch sicher habt Ihr davon gehört, dass der Rittmeister Jokrim nicht nur für Botengänge zu gebrauchen ist.«

»So?« Erneut stand Franz still. »Für dieses Angebot danke ich Euch sehr, Rittmeister.« Lächelnd sah er Jokrim ins verwitterte Gesicht. »Dann hört meinen Auftrag an Euch.«

Am nächsten Morgen verabschiedete er Jokrim. Carolus begleitete ihn hinauf in seine Gastzelle. Franz hatte seine Rückreise nach Köln erst für den nächsten Vormittag geplant. Er winkte Carolus in seine Zelle, warf einen prüfenden Blick zu beiden Seiten der Zimmerflucht und schloss die Zellentür. »Und?«, wandte er sich dann an seinen Sekretär.

Carolus zog einen Zettel aus der Rocktasche und reicht ihn Franz; etwas wie Triumph stand ihm ins Gesicht geschrieben. Franz entfaltete den Zettel und las murmelnd: »Du bist mein Hüter, nichts kann mir schaden. Ob ich wandere durch die Hitze der Schlacht, ob ich durch den Kugelhagel reite – wer könnte mir ein Haar krümmen? Keiner!« Er hob den Blick.

Carolus bekreuzigte sich. »Er zündet sie an, schluckt den brennenden Zettel herunter und präsentiert dann seine Degenkünste mit der Klinge in der verkrüppelten Hand.« Der Abt hatte Jokrim in eine Kammer einquartiert, die auch durch einen Geheimgang zugänglich war. Während des Abendessens hatte Carolus ihm einen der magischen Zettel gestohlen. »Und danach verkauft er sie für teures Geld.« Erneut schlug er das Kreuz.

Franz nickte und betrachtete den Zauberspruch. »Gute Arbeit, mein Sohn.«

8

Magdeburg, Sommer 1629

Kanonen donnerten, Glocken läuteten, Fanfaren trompeteten, Kriegsgeschrei gellte durch die Morgenluft. Pferde scharrten mit den Hufen, Reitersoldaten zogen ihre Pistolen oder zündeten die Lunten ihrer Karabiner an, der Obrist blaffte einen Befehl, Magdeburger Bürger rissen die Flügel des Ulrichstores auf, Tonda mitten unter ihnen. Dann Hufschlag, Gebetsrufe, Flüche, Segenssprüche, Waffengeklirr, Musketenlärm. Die Magdeburger Reiterei preschte hinaus, fuhr unter die kaiserlichen Angreifer. »Auf sie!«, krähte eine Stimme oben auf der Wehrmauer. »Macht sie nieder! Jagt sie davon!« Dann wieder Kanonendonner, lauter diesmal, so laut, dass Tonda die Ohren zufielen. Die Männer drückten die Torflügel zu, verriegelten sie.

17. Juli, ein Sonntag. So hatte Tonda sich diesen Tag nicht vorgestellt. Er schwitzte unter seinem neuen Hut, seine am Morgen erst gewienerten Schnallenschuhe waren schon wieder staubig, der neue, dunkle Rock fleckig. Wie spät mochte es sein?

Die Kanonen schwiegen jetzt, draußen hörte man Hufschlag, Schusslärm und das Klirren aufeinanderprallender Klingen. Unten drängten sich die meisten Männer in den Turmkammern rechts und links des Tores oder vor den Fugen im Holz der Torflügel, um einen Blick auf den Kampf zu erhaschen. Oben auf der Wehrmauer brüllten sie heraus, was sie vor Mauer und Wehrgraben beobachteten. Die Reihen der Kaiserlichen waren wohl schon unter dem Kanonenbeschuss von der Mauer in Verwirrung geraten. Vielleicht waren sie betrunken, vielleicht überrascht – jedenfalls, so entnahm Tonda den umherschwirrenden Satzfetzen, ließen sich die Angreifer erstaunlich leicht zurückwerfen. An ihm rauschte das alles vorbei wie ein schlechter Traum. Er spähte durch keine Torfuge, lauschte auch nicht den Nachrichten von der Mauer – er spähte in die Stadt hinein, dorthin, wo die schlanken Türme von Sankt Ulrich über die Dächer ragten. Er lauschte dem Läuten der Glocken.

Seit Wochen fieberte Tonda diesem Tag entgegen, fürchtete ihn, sehnte ihn herbei, versuchte nicht an ihn zu denken und dachte doch Tag und Nacht an nichts anderes.

Magister Steinmann war schuld. »Was ist mit euch beiden?«, hatte er Ende Mai nach dem Essen gefragt. Alle hatten am Tisch gesessen, auch die Kinder; Susanna und Hannes waren zu Gast gewesen. »Wie lang wollt ihr noch warten?«, hatte Steinmann gefragt. »Im Grab gibt's weder Wein noch Küsse und im Himmel sowieso nicht, wenn ich recht informiert bin.«

Jetzt stand er auf der Wehrmauer neben dem Ulrichstor, und wenn nicht gerade Kanonen donnerten, hörte Tonda, wie er lateinische Verse irgendeines römischen Dichters herausbrüllte. Und festgeschnallt auf seinem Rücken hing sein Sohn Balthasar, guckte sich die Schlacht unten beim Wehrgraben an, klatschte in die Hände und krähte: »Sieg! Jagt sie zur Hölle! Sieg, Sieg, Sieg!«

Die Stadt wehrte sich nach Kräften – über tausend Soldaten standen in Magdeburg unter Waffen, und fähige Offiziere kommandierten sie; Tonda konnte das einschätzen. Die Belagerung tat weh, und die Not in der Stadt nahm spürbar zu. Doch so viele Tiefschläge und gescheiterte Ausfälle die Bürger der Stadt schon einstecken mussten – bisher schlugen sie noch jedes Mal zurück.

Raubten Pappenheims Kroaten zweitausend Schweine, wie im letzten Monat geschehen, nahmen Magdeburger Fischer und Soldaten den Kaiserlichen einen Kahn voll Korn weg. Drangsalierten die Kaiserlichen die Magdeburger Fischer und Bauern, rissen die Magdeburger Häuser der Vorstadt ein, um die gegnerischen Stellungen mit Kanonen beschießen zu können. Fielen kroatische Rotten über Magdeburger Schafsherden her, griffen die Magdeburger kaiserliche Stützpunkte in den umliegenden Dörfern an und nahmen an essbarer Beute mit, was sie kriegen konnten. Und so weiter und so weiter. Es war ein blutiges Hin und Her, und die Wut im kaiserlichen Lager wuchs täglich. Und in allen Magdeburger Häusern und Hirnen nistete die Angst vor der Stunde, in der Pappenheim zum großen Sturmangriff blasen lassen würde.

»Tor öffnen!«, hieß es plötzlich. Tonda sprang zu den anderen ans Tor und packte mit an. Oben auf der Wehrmauer feuerten wieder die Geschütze, um den Rückzug der Reiter zu decken. Hufschlag näherte sich, die siegreiche Magdeburger Reiterei preschte herein. Wieder knallten die Torflügel zu, wieder rasselten die Riegel. Nur wenige Verwundete sanken von den Pferden in die Arme von Bürgern, die sie zu bereitgestellten Wagen trugen. Draußen geblieben war kein einziger Reiter der Stadt.

Noch mehr Glocken als zuvor läuteten jetzt über den Dächern der Stadt, verkündeten den Sieg. Im Festungsturm neben dem Ulrichstor stieg Tonda zur Wehrmauer hinauf. Neben Johann und Balthasar Steinmann lehnte er zwischen die Zinnen und beobachtete die geschlagenen Kompanien der Kaiserlichen. Deren Soldaten luden Dutzende von Toten und Verletzten auf Pferde und Karren.

»Die meisten sind durch unsere Kanonenkugeln ums Leben gekommen«, sagte Magister Steinmann. Für seine Verhältnisse machte er eine sehr ernste, sogar harte Miene, und kein einziger lateinischer Vers kam ihm mehr über die Lippen.

»Schöne Schlacht!«, krähte Balthasar. »Schön aufs Maul gehauen, dem Pappenheim. Sag selbst, Spielmann, sag selbst!« Er klatschte in die Hände. Doch der Jubel verging ihm schnell, allen auf der Mauer und in der Stadt verging er: Flammen schlugen jetzt nämlich aus den Fenstern des Siechenhofes, der jenseits des

Wehrgrabens vor dem Tor lag. Und zwischen den Mühlenhügeln machten die abziehenden kaiserlichen Scharen Halt und zündeten in ihrer Erbitterung die beiden Windmühlen dort an. Die Bürger und Soldaten auf der Mauer schrien ihre Empörung hinaus.

»So geht das immer weiter und weiter«, sagte Steinmann. »Blut ruft nach Blut, Zerstörung ruft nach Zerstörung. Das hier ist noch lange nicht vorbei.«

Tonda schluckte, spähte zu den Türmen Sankt Ulrichs, schluckte wieder. Steinmann beobachtete ihn. »Nimm ihn mir ab«, forderte er, »und dann los.«

Balthasar wechselte auf Tondas Rücken und hielt sich an seiner Schulter fest. Sie stiegen den Turm hinab und liefen die Gasse hinauf in Richtung Sankt Ulrich. Mit jedem Schritt klopfte Tondas Herz schneller, und das lag keineswegs an dem Mann auf seinem Rücken. »Noch nicht ganz elf Uhr.« Steinmann tätschelte seinen Arm. »Keine Sorge, wir kommen pünktlich.«

Am Gassenrand, vor dem Brunnen bei der Schmiede, drängten sich Männer und Frauen um einen kleinen Karren. Ein verwundeter Reiter lag darauf, der älteste Sohn des Schmiedes; Tonda kannte ihn flüchtig. Auch zwei Kartäuser entdeckte Tonda unter den Leuten. Einer, Pater Alban, zog dem Verletzten das blutige Hemd aus und beugte sich über seine durchgeschossene Schulter.

Tonda ging schneller, doch als hätte Alban ihn gerochen, hob er den Kopf, und ihre Blicke begegneten sich – Tonda fühlte sich mit einem Mal nackt. Der Pater Medikus, da war er sicher, wusste genau, wohin er ging. Er nickte ihm flüchtig zu, fasste das Ende der Gasse ins Auge, und dann lagen Schmiede, Leute und Alban auch schon hinter ihm.

Drei Mal hatte er bei Alban gebeichtet. Beim zweiten Mal war es, als würde ein Damm in seiner Brust brechen, und er hatte ihm alles erzählt: Wie er beim letzten Gottesdienst des lutherischen Predigers das Spinett spielte, danach die jungen Beschützer des

Mannes tötete und ihn selbst gefangen nahm; wie er den Pape und seinen Reiter niederstach, wie er Kristina küsste, wie er dem Herzog die Trauermusik auf der Nai geblasen hatte, bevor er Gift in seinen Wein rieseln ließ … Alles.

Seitdem stand keiner von ihnen mehr nachts neben seinem Bett und zeigte mit dem Finger auf ihn. Nur der Halberstädter, der erschien ihm noch von Zeit zu Zeit im Traum, manchmal mit der Puppe Hein Klapperbein auf der Rechten, manchmal auch selbst als Puppe auf einer Knochenhand und von einem echten und überlebensgroßen Meister Hein Klapperbein bewegt, und jedes Mal sagte er: »Der Todgeweihte bedankt sich bei Euch, Spielmann.«

Die Orgel dröhnte schon aus der Kirche. Der Prediger, Kristina und ihre Tante warteten vor dem offenen Portal und winkten ihnen. Balthasar wechselte wieder auf den Rücken seines Vater. Tonda klopfte sich den Staub aus dem Hochzeitsrock, wischte die Schuhe an den Strümpfen ab, lief zu Kristina, begrüßte den Prediger. Bart und Haar wucherten das breite Gesicht des lutherischen Predigers beinahe vollständig zu; man ahnte nur, dass er lächelte. Er setzte sich an die Spitze der kleinen Prozession. Kristina hakte sich bei Tonda unter; ihr weißes Kleid hatte Susanna aus Seide und Barchent geschneidert und mit weißen Spitzen gesäumt. Hellrote Rosen bekränzten ihren aschblonden Scheitel. Tante, Kinder und der Magister mit Balthasar schlossen sich ihnen an, und hinein ging es in Kirchenkühle, Kerzenlicht und Orgelklänge.

An die hundert Männer und Frauen hatten sich in Sankt Ulrich versammelt. Ganz vorn erkannte Tonda Mutter Ruth, Susanna, Hannes und John. Und plötzlich, als sein Blick über die Gesichter und Gestalten flog, stolperte er schier, denn der Gedanke, er könnte Pater Franz in der Gemeinde entdecken, überfiel ihn aus heiterem Himmel und erschreckte ihn bis ins Mark. Noch Minuten später, als sie längst am Altar vor dem kleinen struppigen Prediger standen, glaubte er zu zittern und die Blicke von Pater

Franz im Nacken zu spüren. Ganz gewiss saß sein Beichtvater unter der Gemeinde, als Lutherischer getarnt und tief enttäuscht; ganz gewiss würde er jeden Moment aufspringen und das Ende des Traugottesdienstes verlangen. Tonda musste gegen die Versuchung kämpfen, sich nach ihm umzudrehen.

Er beherrschte sich, konzentrierte sich ganz auf die Geliebte neben sich, spürte ihre Hand in seiner und wollte weiter nichts wissen und spüren.

Die ganze Trauung zog an ihm vorbei und durch ihn hindurch wie ein traumhaftes Geschehen in einer Arena, auf einer Bühne, in einem Puppenhimmelreich – die Gebete, die Lieder, die feierlichen Worte des Predigers, Kristinas tränennasses Gesicht so nah an seinem und wie er sie »Ja« sagen hörte und sich selbst auch. Wahrhaftig: Wie in seinem eigenen Puppenspiel kam Tonda sich in manchen Augenblicken vor.

Und dennoch war es die Wirklichkeit, und dennoch war er verheiratet, als er mit Kristina am Arm den Altar hinter sich ließ; er war jetzt ihr Gatte und sie war jetzt seine Gattin und hieß Kristina von Waldau. Lachende, tränenfeuchte Gesichter empfingen sie, und Kristina drängte sich an ihn und musste auch weinen; natürlich musste sie weinen, und leise und unter Tränen rief sie an seiner Schulter nach ihren Eltern und ihrem Bruder.

Eine große, massige Gestalt in Weiß entdeckte Tonda ganz hinten in der Menge, während er Kristina festhielt und sie gemeinsam mit der Tante zu trösten versuchte. Rübelrap, der eidgenössische Mönch. Und neben ihm eine nicht wesentlich kleinere, aber schmalere Gestalt ebenfalls im Habit der Kartäuser – Pater Alban. Sein schmales und überirdisch schönes Gesicht wirkte kantig und ausdruckslos, doch seine blauen Augen schienen zu leuchten. Und er schaute Tonda mit jenem forschenden Blick an, den er von früher so gut kannte und der auch jetzt, nach so vielen Jahren noch, seine Stirn zu durchdringen und bis in sein Innerstes zu schauen schien. Pater Franz konnte genauso gucken. Und dann tat Alban etwas, das Pater Franz ganz gewiss nicht getan hätte: Er hob die Rechte und schlug segnend das Kreuz.

*

Dreimal schlug die Domglocke. Milder Nachtwind rauschte durch die Linde im Hinterhof. Der Mond schien in die Schlafkammer. Ein Käuzchen saß außen am Fenster. Kristina löste sich aus Tondas Armen, setzte sich im Bett auf und staunte lächelnd den Nachtvogel an. Er breitete die Schwingen aus, flog lautlos davon. Sie betrachtete die Silhouette von Tondas Gestalt, strich ihm eine Locke aus der Stirn. Er roch nach Liebe. Noch schlief er, gleich würde sie ihn wecken.

Wortkarg war er gewesen während der Feier gestern Abend, hatte nur geredet, wenn man ihn angesprochen hatte. Die Blicke seiner dunklen Augen allerdings, die hatten geredet, und Kristina hatte aufmerksam zugehört: Angst vor der Zukunft, Scheu vor der Nacht und zugleich Sehnsucht nach ihr, Dankbarkeit für seine neue Familie und die Freunde – die Tante, die Nichten, der Neffe, Susanna und Hannes, der Magister und die Seinen. All das kannte er ja nicht, hatte ja die letzten Jahre nur mit Ordensbrüdern verbracht. Und noch etwas hatte sie gelesen in seinem Blick: den inneren Kampf, den er noch immer führte. Den Kampf gegen sich selbst.

Motten kreisten um die glimmende Öllampe. Sie drehte den Docht höher, um Tonda besser sehen zu können, deckte ihn auf und betrachtete seine Schultern, seinen Rücken, seine Arme. Gleich in ihrer ersten Turmstunde, bei ihrem ersten tiefen Sturz ins Meer der Küsse, hatte sie gespürt, dass seine Arme viel kräftiger waren, als man es seiner schmalen Gestalt ansah. Mit der Fingerspitze fuhr sie die drahtigen Stränge seines Unterarms entlang bis zu seinem schmalen Handrücken. Seine Hände – sie hatte sie geliebt, seit sie ihn zum ersten Mal die Panflöte damit halten sah.

Dieser schöne Mann ein Mönch? Kristina konnte es noch immer nicht recht glauben. Gleichgültig, damit war es vorbei. Jetzt gehörte er ihr. Dass er sie wollte, hatte sie gleich an jenem Abend in Hersfeld im Quartier des Capitaines gemerkt: Wie verstohlen er sie angesehen hatte, und wie er kaum einen fehlerlosen Satz über die Lippen brachte, als er nach dem Essen den Schwarzen Kasper und Meister Hein Klapperbein auftreten ließ. Oder war es der Erzengel gewesen? Gleichgültig. Da jedenfalls war es längst um ihn geschehen gewesen, und um sie auch. Und später dann, gemeinsam am Spinett, hatte es schon keine Rettung mehr gegeben.

Vor der Hochzeitsnacht hatte sie ihn erst einmal zum Trinken verführen müssen. Wenn sie nicht immer wieder mit ihm angestoßen hätte, würde sein Weinbecher wahrscheinlich jetzt noch halbvoll unten auf der Festtafel stehen. Die ganze Woche hatte sie doch gespürt, wie unruhig er war. Bei der Trauung hatten sogar seine Hände gezittert. Himmel, und wie laut sein Herz geschlagen hatte, als sie danach an seiner Schulter weinte! Der kleine Rausch tat ihm gut.

Er räkelte sich. »Wach auf, mein Spielmann«, flüsterte sie. Sie strich ihm die Decke über die Hüfte und die Schenkel. Sein Männerglied hing müde im schwarzen Flaum seiner Scham. Es gefiel ihr trotzdem, und bald würde es sich verändern und ihr noch besser gefallen. Sie streichelte seine Hüfte, drehte ihn von der Seite auf den Rücken. Seine Lenden sahen aus, als würden Perlenketten unter der weißen Haut verlaufen. Sie streichelte seinen Schenkel, küsste die Perlenketten, streichelte, was da so krumm und erschöpft ausruhte im schwarzen Flaum. »Wach auf, mein Geliebter.« Schon rege es sich, das müde Männerding, schon nahm es die Gestalt an, nach der sie sich sehnte.

Zweimal hatten sie es schon versucht. Das erste Mal gleich, als sie nach der Feier endlich in ihrer Kammer allein waren. Kristina hatte ihn aufgefordert, ihr aus Kleidern und Mieder zu helfen. Ein

Fehler, denn der Anblick ihres Körpers überwältigte ihn: Es war bereits um ihn geschehen, als sie ihn an ihre Brüste drückte, noch bevor sie ihm überhaupt die Schenkel öffnen konnte.

Sie musste ihn trösten. Als er wieder lächeln mochte, redeten sie, bis der Dom zwölfmal schlug. Danach Küsse wie während der himmlischen Stunden im Eckturm. Nur dass keiner seinen Händen noch Zügel anlegte. Diesmal hielt er die Erregung länger aus, und es gelang ihm, zu ihr zu kommen. Das war so schön. Nur viel zu kurz für sie.

»Übung macht den Meister«, hatte sie gesagt und gelacht und ihm gezeigt, wo er sie berühren und wie er sie streicheln musste, damit auch sie den Becher der Lust bis zum letzten Schluck leeren konnte. Er tat, was sie sich wünschte, und er tat es mit jener Zärtlichkeit, die sie so oft aus seinen Blicken und Gesten geahnt und die sie von Anfang gespürt hatte, wenn er Musik machte.

Seitdem schlief er.

Er brummte im Traum, runzelte die Brauen. Kristina beugte sich über ihn. »Wach auf, mein geliebter Spielmann.« Sie küsste seine geschlossenen Lider, seine Stirn. Er räkelte sich unter ihr. Was ging nur vor hinter dieser Stirn? Sein Beichtvater mochte es wissen, Pater Alban. Der Kartäuser war bei der Trauung gewesen. Hieß das nicht, dass er einverstanden war? Dass er Tonda bei der Beichte von seinem Gelübde entbunden hatte? Sie küsste seine Nase, seine Lippen, küsste ihn wach.

Vielleicht hatte auch die Stimmung im Hause des Magisters und Steinmanns fortwährendes Gerede vom Untergang Tonda den Anstoß gegeben, den er noch gebraucht hatte, um auf sie zuzukommen. Im Grab und im Himmel gäbe es keine Küsse, hatte der Magister erklärt. »Warum noch warten?«, hatte Tonda zwei Tage später gefragt. »Wer weiß denn, wie die Belagerung ausgehen wird? Wer weiß denn, ob wir es jemals schaffen werden bis nach Stockholm?« Da war er schon allein beim Prediger von Sankt Ulrich gewesen, hatte ihn überredet, sein lutherisches Schäfchen mit einem katholischen Mann zu trauen, und konnte Kristina und dem Hause Steinmann drei Sonntage für die Trauung vorschlagen.

Jetzt schlug er die Augen auf und sah sie an, als müsste er sich erst einmal besinnen, wo er lag, wer sie war und wer er war. »Alles ist gut«, flüsterte Kristina. »Alles ist, wie es sein muss.«

Sie spürte seine Hände an ihren Wangen. »Ich hab dich so lieb«, flüsterte er unter ihr, schlaftrunken klang er und heiser. Sie legte sich auf ihn, küsste ihn, ließ ihre Zunge um seine tanzen. Unter ihren Schenkeln spürte sie einen verräterischen Druck – sein Verlangen war schon vor ihm wach gewesen. Das gefiel ihr, sie musste kichern und richtete sich über ihm auf. »Warum lachst du?«, wollte er wissen.

»Weil ich mich freue.« Aus dem Tanz seines Adamsapfels und dem fahrigen Tasten seiner Hände las sie seine Unsicherheit. Sie spreizte die Schenkel über seinen Lenden, beugte sich über ihn, streichelte seine Lippen mit den Spitzen ihrer Brüste. Sie spürte, wie sein Körper sich unter ihr straffte. Erschreckte sie ihn, wenn sie ihm ihr Verlangen so unverblümt zeigte? »Weil ich mich an deinem Körper freue, mein Geliebter, denn du bist schön.« Endlich öffnete er die Lippen und saugte an ihrer Brust. »Hier bin ich«, flüsterte Kristina. »Du darfst dich auch an mir freuen.« Sie griff hinter sich, fand gleich, was sie suchte, und half ihm dorthin, wo ihre Sehnsucht am heißesten brannte.

Seine Lippen gaben ihre Brust frei, er bohrte den Hinterkopf ins Kissen, seufzte tief. Kristina hielt ganz still, wartete auf ihn, und dann begann er, sich zu bewegen. »Lass dir Zeit«, flüsterte sie, »atme tief. Ich bin dein, ganz dein …«

Er tastete nach ihren Hüften, noch scheu, legte seine warme Hand auf ihr Gesäß – seine geliebte Hand –, hielt sie, bewegte sich ein wenig kräftiger, doch immer noch zaghaft.

»Denke an deine Panflöte«, flüsterte sie und passte sich dem Rhythmus seiner Hüften an. »Denke an deine Musik.«

»An meine Nai soll ich denken?« Er stöhnte, verstand nicht, was sie meinte.

»Ich bin deine Nai«, flüsterte sie, »du darfst mich spielen. Du musst es tun, als würdest du Musik machen.« An seinen kraftvolleren Bewegungen spürte sie, dass er verstand. »Genau so, gib dich der Liebesmusik hin, Tonda, spiel deine Melodie auf mir, komm Tonda, spiele, spiele, spiele, mein Spielmann.«

Sein heißer Körper bebte, er bewegte sich auf einmal kraftvoll und fordernd. Kristina war es, als würde sie zerfließen. Sie ließ sich auf ihn sinken, spürte seine Hände auf ihrem Gesäß und stöhnte ihm ins Ohr. »Gut so, mein Spielmann, ich liebe dich.« Er stieß in sie, bis es sie heiß durchperlte, vom Schoß bis in den Scheitel hinauf und bis zu den Zehenspitzen hinunter.

Plötzlich packte er ihre Hüften, wälzte sie von sich und auf den Rücken. Im Mondlicht sah sie sein Gesicht, sah die Lust in seinen kantigen Zügen. Herrlich! Sie öffnete ihm die Schenkel, und er schob sich auf den Knien zwischen sie, hob sie an den Hüften hoch, riss sie an seine Lenden und kam wieder zu ihr. Seine Kraft füllte sie aus, seine Bewegungen stießen sie auf einen Gipfel, den sie noch nie bestiegen hatte. Sie fiel, sie schwebte, sie flog, sie löste sich auf.

Später lagen sie ineinander verschlungen, und einer hielt den anderen, als wollte er ihn nie mehr loslassen. »Wie trennen uns nie wieder«, sagte Tonda.

»Wir bleiben immer zusammen«, antwortete Kristina.

So flüsterten sie und küssten sich, kicherten manchmal und streichelten einander. Die Zeit stand still, alles war so herrlich leicht; ein großes, starkes Jetzt hüllte sie ein und wies alles zurück, was sich sonst so aufblähte und wichtig tat: das Morgen, der Krieg, das Gestern, die Angst und all die hässlichen Worte wie »lutherisch« oder »katholisch«. Es gab nur sie beide und ihre Haut und ihre Küsse.

9

Halberstadt, Herbst 1629

Franz von Trient warf die Depesche ins Kaminfeuer. Nachrichten aus Polen. Von einem Frieden mit seinem Vetter Sigismund war Gustav Adolf noch weit entfernt, doch im polnischen Altmark schlugen sich Emissäre aus Schweden, Brandenburg, Polen und Frankreich die Nächte um die Ohren, um wenigstens einen Waffenstillstand zustande zu bringen. Franz stand auf und ging zum Fenster. Ausgerechnet Frankreich. Kardinal Richelieu, diesem gerissenen Fuchs, konnte es nicht schnell genug gehen mit dem schwedischen Eintritt in den deutschen Krieg. Ausgerechnet einem Kardinal. Verräter!

Auf der Straße fuhren prunkvolle Kutschen in Richtung Dom. Bewaffnete eskortierten sie. Franz erkannte das Wappen der Hansestadt Hamburg. Auch hier in Halberstadt gaben sich Emissäre die Klinken in die Hand. Gesandte des Magdeburger Rates und der Hanse verhandelten mit Wallenstein, wollten ihn bewegen, endlich die Blockade der großen Elbstadt aufzugeben. Narren! Wallenstein würde stürmen lassen, daran zweifelte Franz nicht. Noch wenige Tage, dann würde die Lutherei auch in Magdeburg ein Ende finden.

Franz entdeckte Carolus unten auf der Straße. Der schien es eilig zu haben, hastete ihrem Quartier entgegen. Sein Sekretär versorgte ihn mit Nachrichten über die Verhandlungen zwischen Wallenstein und der Hanse, wann immer es Neuigkeiten gab. Der Domherr, bei dem sie Quartier genommen hatten, nahm als Gastgeber an den Gesprächen teil; in den Pausen erstattete er Carolus Bericht.

Franz verließ das warme Kaminzimmer. Die Depesche aus Polen hatte ihn verstimmt. Vier Monate war es her, dass der Dänenkönig in Lübeck seinen Friedensvertrag vom Kaiser bekommen hatte und mit einem blauen Auge davongekommen war. Lediglich seine Macht in Niedersachsen hatte er eingebüßt. Und nun sorgte ausgerechnet Frankreich dafür, dass der nächste Ketzerkönig aus dem Norden mit Kriegsgedanken ins Heilige Römische Reich Deutscher Nation herüberschielte und sich anschickte, den Sieg der Kirche aufzuhalten.

Er hinkte durch die prächtige Empfangshalle und öffnete Carolus die Tür. »Noch keine Entscheidung!« Der Jungpater stürzte ins Haus, wirkte atemlos. »Wallenstein zeigt sich hart.«

»Gott segne ihn!«, entfuhr es Franz.

»Rittmeister Jokrim will Euch sprechen.«

»Was? Der Einäugige ist in Halberstadt?« Das konnte nichts Gutes bedeuten, denn ein persönliches Treffen war nur für den Fall unerwarteter Schwierigkeiten verabredet. Und was sollte Tonda schon Unerwartetes tun oder widerfahren, solange Magdeburg belagert wurde?

Franz ließ sich von Carolus in einen Überrock helfen, drückte das Birett auf den Kahlkopf und folgte ihm aus dem Haus. Er hinkte neben ihm her durch die Gassen. Sein steifes Bein schmerzte ihn heute besonders. Schlug das Wetter um? Würde etwa der Winter wieder so früh einbrechen wie schon im letzten und vorletzten Jahr?

Widerwille erfüllte ihn, wenn er nur an Jokrim dachte. Was Carolus über den Mann herausgefunden hatte, ging Franz nicht mehr aus dem Kopf. Allein, dass seine Mutter eine verurteilte Hexe war, wäre ihm Grund genug gewesen, ihn zu meiden. Doch offenbar hatte sich die ganze Familie dem Teufel verschrieben: Des Rittmeisters Vater kam bei dem Versuch zu Tode, die Hexengattin aus dem Feuer zu reißen; danach wurde Jokrims gesamte Familie getötet. Nur er, der Sechzehnjährige, entkam – und nahm entsetzliche Rache an allen, die an der Anklage, Verurteilung und Hinrichtung seiner Familie beteiligt gewesen waren. Wie ein tollwütiger Wolf raste er an vielen Orten des Odenwalds und bis hinunter nach Mannheim und mordete, brannte und schändete.

Franz schüttelte sich innerlich. Was für ein entsetzliches Leben, was für ein entsetzlicher Mann! Schlimmer jedoch: So einer hatte Einblick gewonnen in die Art der Kriegsführung, die man bei der Gesellschaft Jesu pflegte. Sobald Jokrim seinen Zweck erfüllt hatte, musste eine Möglichkeit her, ihn loszuwerden. Doch eines nach dem anderen.

Vor einer Schenke blieben sie stehen. Das Haus wirkte heruntergekommen, Unrat lag auf der Straße. »Hier?« Franz runzelte die Stirn. Carolus betrachtete den Zettel, auf dem der Rittmeister ihm Straße, Hausnummer und Wegbeschreibung notiert hatte. Schließlich hob er den Blick und nickte betreten. »Warte draußen.« Franz hinkte zum Eingang und trat in die Schenke.

Eine Frau um die vierzig eilte lächelnd auf ihn zu. Kleider der neusten Mode strafften sich über ihre fülligen Hüften und Gesäßbacken, der Busen quoll ihr schier aus dem unzüchtig weit geöffneten Dekolletee. »Willkommen Hochwürden, darf ich Euch etwas anbieten?«

Die Anrede verwirrte Franz zunächst, sodass er keinen Widerstand leistete, als sie ihn zu einem Tisch führte und ihn dort in einen Sessel drückte. Die ganze Schänke roch nach Duftwasser und Talg, überall flackerten Öllampen. Die Wirtin stellte Wein und eine gut gefüllte Obstschale vor ihn hin. Beides wies er schroff zurück.

Plötzlich schrie eine Frau. Franz blickte sich erschrocken um. Die Schmerzensschreie kamen aus dem Obergeschoss. Eine Balustrade verlief dort über zwei Seiten des Schankraums. Die Frau schrie erneut, und war da nicht auch das Geräusch von Schlägen zu hören? Die Gastgeberin lächelte Franz ins Gesicht und zuckte mit den Schultern. Und jetzt erst bemerkte der Pater die vielen nackten Leiber auf den Gemälden an den Wänden und das rot getönte Glas der Öllampen auf Treppengeländer und Tischen.

Auf einmal wurde oben, hinter der Balustrade, eine Tür aufgerissen. Eine junge, blonde Frau stürzte schreiend aus einem Zimmer. Sie drückte sich Kleider gegen den nackten Leib, rannte barfuß über die Galerie, hetzte zur Treppe ins nächste Obergeschoss.

»Was geschieht da?« Franz sprang auf.

»Gar nichts, Hochwürden.« Die Dicke wollte ihn mit Gesten beschwichtigen. »Wirklich nicht, es ist alles bestens.«

Ein Mann trat aus dem Zimmer, aus dem die Halbnackte geflohen war, ein Einäugiger. Er schlüpfte in seinen Lederkoller und stülpte sich einen breitkrempigen Hut aufs lange Haar. Feixend und ohne Eile ging er über die Galerie, warf sich den Reitermantel um die Schulter und stieg die Treppe in den Schankraum hinunter.

Jokrim! Franz musste an sich halten, um ihn nicht anzubrüllen. Hatte es dieser der Hölle verfallene Nichtsnutz doch tatsächlich gewagt, ihn in ein Hurenhaus zu locken!

*

Magdeburg, Herbst 1629

Sie traten in den Hinterhof, Tonda verbarg das kleine Beil hinter dem Rücken und Kristina hob die geschlossene Hand, als wollte sie Korn ausstreuen. Gackernd tippelte das Huhn ihnen entgegen. »Sieht so ein Braten aus, mit dem man acht hungrige Mäuler stopfen könnte?«, murmelte Tonda. Traurig betrachtete Kristina das dürre, bettelnde Huhn. Es war das letzte im Hause Steinmann, und am Morgen hatte es das letzte Ei gelegt. Kristina warf die Steinchen aus, das getäuschte Huhn fing an zu picken, und Tonda packte es am Hals. Es strampelte, schlug mit den Flügel, gackerte in Todesangst. Auf dem Hackklotz neben dem Pferdestall schlug er ihm den Kopf ab.

An die Angst hatten sie sich gewöhnt, doch seit dem Spätsommer war der Hunger Dauergast im Hause Steinmann, Dauergast unter allen Dächern Magdeburgs. Seit Anfang August hatten die Kaiserlichen ihre Angriffe auf die Stadt verstärkt, seit der Magistrat des Grafen zu Pappenheims Forderung nach dreihunderttausend Talern Ablöse für das verweigerte Quartier ebenfalls abgelehnt hatte. Den Bürgern gingen die Lebensmittel aus, und welche aus dem Umland herbeizuschaffen, wurde immer gefährlicher. Ein Ende der Belagerung war nicht abzusehen. Die ganze Stadt wartete auf den ersten Sturmangriff.

In der vergangenen Woche hatte die Tante die letzten Rüben aus dem Keller geholt und Mutter Ruth das letzte Mehl verarbeitet. Und jetzt wurden die letzten Eier und das letzte Huhn gebraten. Am Tag darauf gingen alle hungrig zu Bett im Hause Steinmann.

Zwei Tage später, Mitte September, ließ der Magister eines seiner drei Pferde schlachten. Er heulte, als er Tonda im Hinterhof die Zügel in die Hand legte. »Gehe du zum Metzger, ich kann's nicht mit ansehen.« Tonda schnürte es die Kehle zu, als später der Metzgermeister dem Hengst die Halsschlagader öffnete. Als Nächstes käme die Reihe an Flöckchen oder den Schwarzen. Tonda versuchte, nicht daran zu denken.

Mutter Ruth aß so gut wie nichts mehr, die anderen Erwachsenen stillten nur noch den ärgsten Hunger. Hauptsache die Kinder wurden einigermaßen satt. Balthasar, vom Gemüt her nicht viel älter als der zehnjährige Jan, ertrug das am wenigsten. Oft heulte und fluchte er, dass man im ganzen Haus keine Ruhe fand. Irgendwann gab dann auch der Magister das Essen auf und überließ seine kärglichen Portionen seinem gelähmten Sohn.

Mindestens jede zweite Nacht wachten Kristina und Tonda von Kanonendonner auf oder vom Glockengeläute, wenn die Kaiserlichen ein Tor angriffen und die Wächter mit dem gefürchteten

Sturmangriff rechneten. »Wenigstens haben wir einander«, sagte Kristina dann jedes Mal und schlang die Arme um Tonda.

Jeden Tag machten sie Musik miteinander, hungrig, aber glücklich saßen sie stundenlang nebeneinander am Spinett. Der Magister Steinmann sättigte sich am Hören seiner Verse vom *Horn der Glückseligkeit*. An den Abenden las er seine Gedichte vor, und zu einigen machten Tonda und die Tante Melodien, die Kristina am Spinett und Tonda auf der Nai spielten, während die Tante mit den Kindern und Balthasar dazu sangen.

Zweimal flogen Wildgänse und Wildenten über den Hof und die Gasse. Tonda und Kristina griffen sich ihre Reiterpistolen, rannten aus dem Haus und schossen auf die Zugvögel. Tonda traf nie, Kristina holte gleich beim ersten Mal zwei Enten und beim zweiten Mal eine Gans vom Himmel.

Trotz Hunger und Angst liebten sie sich, wann immer die Möglichkeit sich bot. In der Kammer, im Pferdestall, im Gesindehaus und oft genug auch in jenem Turm, in dem sie vor ihrer Hochzeit so viele zärtliche Stunden erlebt hatten.

Im Rückblick erschienen Kristina die Wochen der Belagerung als Zeit des Glücks.

An einem Tag in der letzten Septemberwoche kam Johann Steinmann mit zugeschwollenem Auge und blutender Nase vom Neumarkt. »Um Himmels willen!« Die Tante und Kristina führten ihn in die Waschküche. »Was hast du denn jetzt schon wieder angestellt?«

»Mit Schwachköpfen und Rindviechern debattiert.« Er ließ sich von ihnen waschen und einen kalten Wickel aufs Auge legen.

»Wann wirst du jemals aus deinen Fehlern lernen?«, schimpfte die Tante.

Es war nicht das erste Mal, dass der Magister verprügelt worden war. Schlimmer als Hunger und Angst nämlich waren die Streitereien der Bürger untereinander. All die Monate versuchte der Magistrat, über einen Abzug von Pappenheims Regimentern zu verhandeln. Nur wenige Bürger dachten wie Johann Steinmann und hielten es mit der Partei im Magistrat, die auf eine friedliche Lösung sann.

In der Bürgerschaft aber hatten diejenigen das Sagen, die Wallenstein und Pappenheim widerstehen wollten, bis diese endlich abzogen. »Heißsporne«, »Schwachköpfe« und »Schreihälse« nannte Steinmann sie. Diese Männer verwiesen auf die verbündeten Hansestädte, auf den Schwedenkönig, der bald in den Krieg eingreifen würde, auf die Vorräte an Pulver und Munition und auf die tapfere Magdeburger Garnison. Letzteres immerhin nicht zu Unrecht: Magdeburgs Soldaten und ihre Offiziere schlugen viele heimliche und offene Angriffe der Kaiserlichen zurück. An Mut und Entschlossenheit waren sie ihren Feinden weit überlegen.

Nicht zuletzt deswegen hielt es die Bürgerschaft mit jenen »Schreihälsen« und »Heißspornen«. Männer wie Steinmann dagegen wurden niedergeschrien oder gar verprügelt, wenn sie ihre Meinung sagten; viele trauten sich bald nicht mehr auf die Straße.

Etliche Male fingen die Rebellen unter den Bürgern Boten des Magistrats mit Briefen an Wallenstein und Pappenheim ab, brachen die Siegel auf, lasen die Briefe öffentlich auf dem Neumarkt oder in der *Goldenen Krone* vor und fanden noch jedes Mal einen Satz darin, der ihnen Anlass gab, den Bürgermeister und den Rat als Verräter und Feiglinge zu brandmarken.

Der glückliche Ausgang der Belagerung – der *vorläufig* glückliche Ausgang – vertiefte die Gräben eher noch, als dass er sie zuschütten konnte. Als nämlich am vorletzten Septembertag die Glocken läuteten und unverhofft die gute Nachricht vom Ende der Blockade wie ein Lauffeuer durch die Stadt ging, schmückten die Rebellen in der Bürgerschaft sich mit diesem Erfolg. Dabei hätte es ohne besonnene Männer im Magistrat keine Verhandlungen in Halberstadt gegeben, in denen man Wallenstein schließlich zum Abzug hatte bewegen können.

Die Freude in der Stadt kannte keine Grenzen. Tonda, Hannes

und Jan liefen mit vielen anderen Magdeburgern an die Elbe hinaus, um Fische zu fangen. Fuhrwerke und Schiffe rollten durch die Tore und holten Lebensmittel in die Stadt: Mehl, Früchte, Wein, Bier und Fleisch. Geld genug hatte der Magistrat. Johann Steinmann gab ein Festmahl, zu dem er auch seine Feinde einlud – der Kaufmann, der ihn im Suff niederhauen wollte, und jener Hauptmann, der ihn festhalten musste. Beide folgten der Einladung.

Am Tag darauf steckten die beiden jungen Paare die Köpfe zusammen und schmiedeten neue Reisepläne. So schnell wie möglich wollten sie Magdeburg den Rücken kehren. Hannes Stein, der über seinen Meister gute Beziehungen zu einigen Lastkahnkapitänen hatte, sollte herausfinden, wann das nächste Schiff nach Hamburg den Hafen verließ.

Am Morgen des zweiten Oktobertages fütterten Kristina und Tonda die Pferde. Und es ging, wie es oft ging, wenn sie allein im Stall arbeiteten: Erst scherzten sie, dann knufften sie einander, dann küssten sie sich und dann zog einer den anderen ins Stroh.

Im Liebesrausch versunken, achteten sie nicht auf den Hufschlag draußen auf der Gasse und auf das Rattern der Wagenräder, das ausgerechnet vor dem Haus des Magisters Steinmann verstummte. Das harte, fordernde Klopfen am Hausportal hörten sie kaum. Sie rangen noch nach Luft, ihre Körper lösten sich gerade erst voneinander und Kristina verschränkte ihre nackten Schenkel noch um Tondas nackte Hüften, da knarrte bereits die Tür zum Hinterhof. »Kommst du mal, Tonda?«, rief der Magister in den Hof hinein. »Da verlangt jemand, dich zu sehen.«

»Komme gleich!« Tonda küsste Kristina, löste sich aus ihrer süßen Umarmung und stieg in seine Kleider. Er dachte an nichts Böses, auch dann noch nicht, als er die Männer vor der Tür stehen sah: Ein Ratsmitglied, einen Feldwebel der Stadt und einen Corporal. Tonda trat zu ihnen auf die Gasse hinaus. »Was wollt Ihr von mir?« Erst der Anblick des Fremden machte ihn stutzig. Der Mann kam ihm bekannt vor.

An genau den wandte sich der Ratsherr, deutete auf Tonda und fragte: »Ist er das?«

Der Fremde nickte. »Ja, das ist er.« Er sprach mit englischem Akzent. Der Ratsherr blickte zu einem Wagen hinauf – eine Frau mit weizenblondem Haar saß auf dem Bock, sie hatte grüne Augen und ein junges, von Sommersprossen übersätes Gesicht. Ein Eiszapfen bohrte sich in Tondas Brust – die Küchenmagd aus jenem Brauhof bei Salzgitter! Sie zog die Schultern hoch, musterte ihn scheu und mit traurigem Blick. Schließlich nickte sie stumm.

Sehr ernst sah der Ratsherr Tonda ins Gesicht. »Und du? Kennst du dieses Ehepaar auch?« Der feindselige Blick des Schotten machte Tonda das Atmen schwer. Das war der Mann, dem Nikolaus die eiternde Wunde verbunden hatte. Hatte er also die junge Küchenmagd geheiratet?

»Was wollen die Leute von dir, Tonda?« Kristinas Stimme hallte über die Gasse. Tonda hörte ihre Schritte hinter sich. »Was ist denn geschehen?« Er brachte kein Wort über die Lippen.

»In den Kerker mit ihm!«, befahl der Ratsherr. Der Feldwebel und der Corporal packten Tonda und schleppten ihn weg.

*

Halberstadt, September 1629

Als wenn nichts gewesen wäre, ließ der Rittmeister sich in einen der freien Sessel fallen. »Verzeiht den ungewöhnlichen Ort für dieses Treffen, Hochwürden.« Feixend rückte er seine Augenklappe zurecht. »Ich dachte, hier belauscht uns niemand.«

Franz umklammerte die Armlehne seines Sessels, atmete tief durch und schluckte hinunter, was ihm an Beschimpfungen und Widerspruch auf der Zunge lag. Aus strenger Miene belauerte er den Einäugigen. »Was gibt es so Wichtiges, dass Ihr mir einen solchen Ort der Sünde zumutet, Rittmeister? Oder steht Euch nur der Sinn danach, einen Mann Gottes zu kränken?«

»Davon bin ich weit entfernt, Hochwürden!« Jokrim hob abwehrend die Hände. »Ich müsste ja ein Hohlkopf sein, wenn ich meinen Auftraggeber kränken wollte.« Er lächelte unentwegt. »Wenn ich geahnt hätte, dass ein Bordell Eure frommen Empfindungen verletzen könnte …« Er machte eine Geste der Entschuldigung. »Es ist nur so, dass Kirchenmänner des Öfteren hier verkehren.«

»Niemand aus der Gesellschaft Jesu!« Himmel, wie er sie hasste, diese fauchende Stimme!

Nickend stimmte Jokrim zu. »Natürlich nicht.« Seine Miene wurde übergangslos ernst. »Dazu kam die Eile – ich wollte Euch so schnell wie möglich über eine wichtige Neuigkeit unterrichten.«

»Ich höre.«

»Von Waldau hat geheiratet.« Alle Kraft wich aus dem Jesuitenpater; ihm war, als hätte ihn der Blitz getroffen. »Die lutherische Hure.«

Das ist nicht wahr!, hätte Franz gern geschrien, *du lügst, verfluchter Hexer! Du verwechselst ihn mit einem anderen!* Doch er beherrschte sich, sah durch den Einäugigen hindurch, wartete ab, bis Sessel und Boden nicht mehr schwankten, wartete, bis der Schankraum aufhörte, sich um ihn zu drehen. Jokrim beobachtete ihn.

Endlich brachte Franz die Kraft auf, sich aus dem Sessel zu stemmen. Er hinkte zur Tür. Oben an der Galeriebalustrade erschien die blonde Frau. Sie hatte sich das Kleid angezogen, starrte aus unnatürlich weiten Augen zu ihnen herunter.

Verfluchtes Hurenpack, dachte Franz und sagte: »Kommt, Rittmeister.« Es kostete ihn alle Kraft, seine Stimme fest klingen zu lassen. »Berichtet mir die Einzelheiten draußen.« Er zog die Tür auf. Jokrim warf ein paar Münzen auf den Tisch und folgte ihm hinaus auf die Straße.

Dort wartete Carolus mit der nächsten schlechten Nachricht. »Ein Diener des Domkapitels ist gerade vorbeigeritten.« Er schluckte. »Die Verhandlungen sind vorbei. General Wallenstein gibt die Blockade Magdeburgs auf. Er hat schon berittene Boten ins Heerlager zum Grafen zu Pappenheim geschickt.«

Franz spürte die Enttäuschung kaum, so tief hatte ihn die Nachricht von Tondas Treuebruch erschüttert. »Lauf zum Quartier«, befahl er Carolus mit belegter Stimme. »Pack unsere Sachen, spann die Pferde an. Wir brechen noch heute nach Magdeburg auf.« Carolus machte kehrt und rannte Richtung Domplatz davon.

»Keine Sorge, Hochwürden von Trient«, sagte Jokrim, »Ihr müsst gar nicht hetzen, wirklich nicht. Von Waldau entkommt Euch nicht. Ich habe dafür gesorgt, dass er nicht reisen kann.«

»Er kann nicht reisen?« Franz hinkte schon hinter Carolus her. »Was soll das heißen?«

»Dass Ihr Euch Zeit lassen könnt, Hochwürden. Von Waldau muss im Kerker der Stadt Magdeburg auf Euch warten.«

Franz blieb stehen und fuhr herum. »Was sagt Ihr da?«

Eine Frau zeterte hinter ihnen her. Franz achtete erst nicht auf ihr Geschrei. Der Schrecken über Jokrims Nachricht war ihm tief in die Knochen gefahren. »Tonda im Kerker? Ich habt doch nicht …« Plötzlich knallte ein Stein neben ihm aufs Pflaster.

»Elendes Luder!«, zischte Jokrim, und Franz verstand immer noch nicht, was die Steine zu bedeuten hatten. Er spähte zur Schänke zurück zu der zeternden Frau, die von dort aus auf sie zuwankte. Es war die blonde Hure, die vor Jokrim aus dem Zimmer geflüchtet war. »Lügner!«, schrie sie, bückte sich nach einem Pferdeapfel und schleuderte ihn. »Zur Hölle mit dir, verdammter Lügner!«

Der Pferdeapfel verfehlte Franz nur um ein Haar; der Einäugige flüchtete sich in einen Hof. Die schreiende Frau bückte sich nach dem nächsten Pferdeapfel und warf ihn. Er traf Franz an der Brust. »Soll doch der Teufel dich holen, du verdammter Betrüger, du!« Die junge Hure war außer sich. Ihr nächster Stein traf Franz an der Schulter, und jetzt erst begriff der Jesuitenpater, dass sie auf ihn zielte, dass sie ihn meinte. Wie, um alles in der Welt, war denn das möglich? Was hatte er denn mit Huren zu schaffen? Wieder bückte die schreiende Hure sich nach einem Stein.

Nicht weit hinter ihr schaukelte jetzt die dicke Wirtin aus der Schänke. »Wirst du wohl ins Haus kommen, Milana?!« Sie packte die heulende und zeternde Frau. »Gib Ruhe, Hundsfott!« Die Dicke schlug nach der Blonden und zerrte sie mit sich und zurück zur Schenke. »Du sollst endlich Ruhe geben, Milana!«

*

Magdeburg, Spätherbst 1629

»Jetzt ist es vorbei«, sagte der Schwarze Kasper mit hämischem Bedauern. »Jetzt erwischt die Strafe Gottes dich doch. Da kann dein Vater noch so viele Osmanen erschlagen haben.«

»Wenn du Glück hast, haut ein geübter Henker dir mit einem glatten Hieb den Kopf ab.« Tonda ließ Meister Hein Klapperbein mit seiner eigenen Stimme sprechen. Die klang hohl und dumpf genug in diesen Wochen. »Wenn du Pech hast, werden sie dich rädern. So wie den Bamberger.«

»Den sehen sie inzwischen als Märtyrer an bei seiner Gesellschaft Jesu«, sagte der Teufel. »Doch der hat ja auch kein Gelübde gebrochen.«

»Aufs Rad geflochten zu werden ist kein Spaß«, ergriff wieder Meister Hein Klapperbein das Wort. »Hast ja gehört, wie der Nikolaus gebrüllt hat? Wenn sie dir dann die zerschlagenen Knochen um die Speichen wickeln, wirst du dir wünschen, gar nicht erst geboren zu sein.«

»Gib Ruhe, Kamerad Klapperbein!« Der Teufel tat altväterlich. »Noch ist ja Hoffnung. Vielleicht ergeht's dem Magdeburger Richter ja wie dem Profos von Wolfenbüttel und die Kaiserlichen erschlagen ihn, bevor das Gericht zusammentritt. Noch wimmelt es ja von Kroaten und Bayern in der Gegend, die das erledigen könnten.«

»Man muss den Tatsachen ins Auge sehen.« Noch dumpfer und lebloser klang die Stimme von Meister Hein Klapperbein jetzt. »Vielleicht kriegt man einen Strick gebunden aus Hemd und Hose.« Meister Hein Klapperbein deutete zur vergitterten Fensteröffnung hinauf. Besser hier unter dem Kerkerfenster enden als auf dem Rad.«

Tonda schrie auf und schleuderte die Puppe gegen die Kerkerwand. Weg mit den grausigen Bildern! Weg mit der Angst! Er griff in die Katzenfelltasche; Kristina hatte sie ihm gebracht. Sie hatten die Abreise nach Hamburg verschoben, hegten noch Hoffnung, wollten das Ende des Prozesses abwarten. Und Kristina würde niemals ohne ihn fahren … oder?

Mit zitternden Händen holte er den Erzengel heraus, stülpte ihn über die rechte und den Teufel wieder über die linke Hand. »Du hast gebeichtet und die Absolution empfangen«, ließ er den Erzengel sagen.

»Absolution?« Der purpurrote Grinseschädel dehnte jede Silbe. »Für Todsünden?«

»Er hat es im Kampf für die wahre Kirche getan.« Keine Spur von Befehlston schien dem Erzengel Michael heute gelingen zu wollen. »Er hat es im Gehorsam gegen seine Oberen getan. Es geschah ja zur Ehre Gottes.«

»Und das Keuschheitsgelübde?«, fragte der Schwarze Kasper. »Hat er das auch zur Ehre Gottes gebrochen?« Der Erzengel schwieg, also fuhr der Teufel fort: »Niemand kann ihn mehr retten. Es müsste schon der richtige Erzengel Michael herkommen, der könnte unseren Spielmann vielleicht retten. Aber eher kommt der Schwedenkönig nach Magdeburg. Sein Reichsrat hat ihm ja die Erlaubnis gegeben im deutschen Krieg mitzutun, wie man hört. Doch was die Schweden mit Soldaten Christi machen, die Lutherische aus der Welt schaffen, das weiß man ja. Am Ende wird er sich noch nach dem Rad sehnen, unser Spielmann …«

»Genug!« Jetzt fand der Erzengel doch noch zu seiner Kommandostimme. »Schweig still, Satan! Noch ist Hoffnung!«

Tonda ließ die Puppen sinken. Und den Kopf. Die Angst wälzte ihm spitze Felsbrocken durch den Brustkorb. Er wünschte, Kristina hätte länger bleiben können heute. Doch der Magistrat gestattete nur eine Stunde in der Woche. Er dachte an ihr letztes Zusammensein. Sehnsucht und Trauer trieben ihm Tränen in die Augen.

»Noch ist Hoffnung, Tonda.« Eine Stimme hallte durch die Kerkerzelle. Tonda hob den Blick. Ein Mann in lutherischem Ornat stand vor der Gittertür. Ein schwerer Foliant klemmte unter seinem Arm, eine Bibel, und ein großes Barett verhüllte seinen Kahlkopf. Seine Stimme ging Tonda durch und durch, und in seinem Blick loderte es dunkel.

Pater Franz von Trient!

»Mein armer Tonda, mein geliebter Sohn.« Tonda hörte es, fühlte, wie die Worte die Todesangst in seinem Herzen durchdrangen; Tränen stürzten ihm aus den Augen. »Es war schon nicht einfach, mir einen gefahrlosen Zutritt zu dieser Ketzerstadt zu verschaffen«, sagte Franz. »Und welch langer Weg bis zu diesem Kerker! Ich habe dem Magistrat erklärt, dass deine Familie mich nach Magdeburg geschickt hat, um dich wieder zum Luthertum zu bekehren. Das hat ihnen gefallen.«

Tonda wusste nicht, was er sagen sollte. Er senkte den Blick, weinte still. »Mein geliebter Sohn, du treuer Soldat Christi. Brav und gehorsam hast du gekämpft. Noch besteht Hoffnung. Fürchte dich nicht.«

»Ich bin ein Ehemann geworden, Pater Franz«, schluchzte

Tonda. »Ich habe eine Frau, und vielleicht werde ich bald auch ein Kind haben.«

»Du warst gehorsam und hast Gottes Willen getan, mein Sohn. Diese eine Sünde kannst du wiedergutmachen.«

»Sünde, Pater Franz?« Die Empörung ließ Tondas Tränen versiegen. »Sünde? Ich hab sie lieb!«

»Was heißt das schon? Ich sehe dir doch an, dass deine Liebe zu mir und zu Gott alles überdauert hat und alles überdauern wird.«

»Wir sind vor einem Altar zu Mann und Frau erklärt worden!«

»Ich weiß, ich weiß.« Der Pater winkte ab. »Doch hat euch nicht ein Ketzerprediger getraut? Das hat mit dem wahren Sakrament der Ehe nichts zu tun. Mein armer verwirrter Sohn. Ich werde alles tun, um dir zu helfen. Wir suchen schon nach Zeugen, die für dich aussagen können. Wenn du umkehrst und wieder auf den Weg vollkommenen Gehorsams trittst, kann noch alles gut werden. Mein geliebter Tonda.«

»Aber, Vater Franz – verstehst du denn nicht?«

»Gott hat mir eine Vision geschenkt, mein Sohn. Wir beide zogen gegen eine Ketzerarmee zu Felde. Christus selbst ritt uns als unser General voran …«

»Nicht doch, Vater Franz!«

»… und als er den Befehl gab, hast du dein Pferd angetrieben, bist im gestreckten Galopp mitten unter den Feind gefahren und hast den König der Ketzer erschossen. Danach sah ich, wie Christus selbst dich auf sein Pferd zog und mit dir gen Himmel ritt.«

»Ich kann es nicht!« Tonda verzog das Gesicht wie unter großen Schmerzen. »Ich kann es doch nicht!«

»Du kannst es wohl, mein treuer, tapferer Sohn.« Pater Franz' glühender Blick bohrte sich in seinen. »Wem Gott Gnade gibt, der kann alles.«

10

Magdeburg, Frühjahr 1630

Kristina trat aus dem Rathaus, die Tante stützte sie rechts, Johann Steinmann stützte sie links. Der Richter hatte das Urteil gefällt. Kristinas Schuhe schienen nicht auf Kopfsteinpflaster, sondern in Brotteig zu treten. Die Festungstürme an der Südmauer schwankten. Die Türme des Doms schwankten. Die ganze Welt schwankte.

»Er muss nicht zum Henker hinauf«, sagte Steinmann. »Das ist erst einmal das Wichtigste. Sei also dankbar.« Kristina nickte. Sie legte die Hände auf den Bauch. Ihr war übel. Das Kind strampelte. Sie wankte zum Gespann. In der Menge der Schaulustigen nahm sie flüchtig die weiß verhüllten Gestalten der beiden Kartäuser wahr. Pater Alban, aschfahl und todernst, nickte ihr zu.

»Er wird noch am Leben bleiben.« Die Tante half ihr auf den Wagen. »Er darf sein Kind noch sehen. Und so Gott will, werden dieselben Advokaten auch in Wolfenbüttel für ein gutes Urteil sorgen können.« Kristina nickte stumm, wusste nichts zu antworten.

Sie hatten ja recht – jeder hatte Tonda im Geist schon aufs Podest zum Henker steigen sehen. Auch sie. Die ganze letzte Nacht hatte sie wach gelegen, die Hände auf dem prallen Bauch und singend, damit ja das Kind nichts spürte von ihrer Angst und ihren düsteren Gedanken, und dennoch wollten die schlimmen Bilder nicht weichen: Tonda, wie er gefesselt zum Henker hinaufsteigt; Tonda, wie er seinen Kopf auf den Hackklotz legt; Tonda, wie ihm der Henker die schwarzen Locken aus dem Nacken streicht. Und jetzt also hatte der Richter dem Tod einen Aufschub gewährt.

Der Wagen fuhr an. »Danken wir Gott!« Susanna lief ein Stück nebenher. »Danken wir doch Gott für dieses Urteil.« Kristina nickte stumm, berührte kurz die ausgestreckte Hand der Freundin.

Der Richter hatte dem Schotten und seiner Frau geglaubt. Und zugleich entschieden, dass es eine Kriegshandlung gewesen sei, Heinrich Piper und seinen Trabanten anzugreifen. Immerhin hatten sie Wallenstein und dem Kaiser vierhundert Pferde geraubt und Tonda habe es damals nun einmal mit den Kaiserlichen gehalten. Und dass ein Angriff im Krieg durchaus zum Tode führen könne, habe man inzwischen ja leider auch in Magdeburg erleben müssen und erlebe es noch. Und was das Ableben des Herzogs Christian von Wolfenbüttel betraf, so könne es auch auf Fieber, Auszehrung oder eben jenen Riesenwurm zurückzuführen sein, von dem alle Welt sprach. Da man in Wolfenbüttel jedoch von einem Giftmord überzeugt war und der regierende Herzog, der Bruder des Halberstädters, um Überstellung des Spielmanns von Waldau gebeten hatte, wolle man ihn bei nächster Gelegenheit dorthin schaffen lassen. Mögen die Wolfenbütteler ihm den Fürstenmord beweisen, schloss er seine Urteilsverkündung, und wenn sie können, auch ihre Behauptung, der böhmische Spielmann sei ein getarnter Jesuit.

Jesuit? Tonda? Als hätte ein Pferd sie vor den Kopf getreten, so hatte Kristina sich gefühlt, als sie das hörte. Doch selbst, wenn sie in Wolfenbüttel den Beweis dafür erbringen sollten: Jetzt war er kein Jesuit mehr, jetzt war er ihr Gatte.

Im Hause Steinmann brachte die Tante sie in ihre Kammer hinauf. Kristina zitterte vor Schwäche und Erregung. »Du und das Kind, ihr braucht jetzt Ruhe«, sagte die Tante. »Ganz viel Ruhe.« Sie stand auf, holte Hühnersuppe, Kirschen und Wasser und zwang sie zum Essen. »Er lebt, und er wird auch in den nächsten Monaten noch leben.«

»Versprich mir eines«, sagte Kristina zwischen zwei Kirschen.

»Versprich mir, dass du mir Bescheid gibst, bevor sie ihn nach Wolfenbüttel bringen.« Die Tante versprach es.

Am Tag darauf flammte eine Welle der Empörung durch Magdeburg: Advokaten des Kaisers hatten von Halle aus die Absetzung aller evangelischen Domherren verfügt und den sechzehnjährigen Kaisersohn Leopold als Erzbischof von Magdeburg eingesetzt. »Das ist der Anfang vom Ende«, erklärte Johann Steinmann am Mittagstisch. »Das werden sich die Hitzköpfe im neuen Magistrat nicht gefallen lassen.«

Wegen der teils gewaltigen Streitigkeiten in der Stadt waren Anfang des Jahres hohe Herren aus den anderen großen Hansestädten nach Magdeburg gekommen. Durch ihre Vermittlung wurde der Magistrat abgesetzt, eine neue Verfassung beschlossen und ein neuer Magistrat gewählt. Zu ihm gehörten jetzt und künftig auch Bürger aus Ständen, die bisher keinen Zugang zur Stadtregierung hatten. Solche Bürger meinte Steinmann, wenn er von »Hitzköpfen« sprach.

»Das ist der Anfang vom Ende«, erklärte der Magister zum wiederholten Male. »Der neue Magistrat und der abgesetzte Administrator werden dem Kaiser die Stirn bieten, verlasst euch drauf.« »Administrator« nannte man den lutherischen Fürstensohn aus Brandenburg, der bisher das Amt des Erzbischofs verwaltet hatte. »Er ist ein Kriegsmann, er hat für Schweden gekämpft …«

»Der abgesetzte Administrator hat unter der Fahne unseres Königs gekämpft?« Kristina horchte auf.

»Unter der Fahne deines Königs, jawohl, auch unter ihr. Und ich verspreche euch, dass er jetzt, wo es um seine eigene Fahne und vor allem um seine eigenen Pfründe geht, keinesfalls den Degen stecken lassen wird.« Er blickte erst die Tante und dann Kristina an. »Der Krieg wird bald wieder gegen die Mauern Magdeburgs toben. Ihr müsst fort von hier. Alle.« Die Tante schwieg, stand auf und räumte ab. Kristina senkte den Blick und betrachtete ihren großen, prallen Bauch.

Einige Tage später erlebten Kristina und die anderen Hausbewohner den Magister so zornig wie selten zuvor. Die neue Stadtregierung hatte verboten, eines seiner Gedichte zu drucken. »Schwachköpfe! Rindviecher!« Schimpfend rannte er zwischen den Kammern seines Sohnes und Mutter Ruth hin und her. »Das haben wir jetzt von der neuen Verfassung: Einen Ratsleser haben sie benannt!« Krähend wiederholte Balthasar jeden seiner herausgeschrienen Sätze. »Was dem nicht passt, wird nicht gedruckt! Und ihm passt der ganze Johann Steinmann nicht!«

Kristina verstand nicht genau, was man gegen Steinmanns Verse einzuwenden hatte. Es berührte sie auch nicht wirklich – das Kind in ihrem Bauch beanspruchte ja ihre gesamte Kraft und Aufmerksamkeit. In der Nacht setzten die ersten Wehen ein.

Einen Tag später wogte der Jubel wie eine Sturmflut durch Magdeburg: Gustav Adolf von Schweden war mit seinem Heer an Pommerns Ostseeküste gelandet. Und in der Nacht danach brachte Kristina eine Tochter zur Welt. Sie nannte sie Antonia.

*

Halberstadt, Sommer 1630

Carolus kniete auf der rechten Beichtstuhlseite nieder und zog den Vorhang hinter sich zu. Wie Franz es ihm befohlen hatte, fing er sofort an zu beten, murmelnd und halblaut. Links bückte sich jetzt der Rittmeister in den Beichtstuhl. Der Magen des Jesuitenpaters zog sich zusammen, seine Nackenhärchen richteten sich auf.

»Die Dinge spitzen sich zu.« Jokrim kniete nieder und schloss den Vorhang hinter sich. Franz hatte den Halberstädter Dom als Treffpunkt festgelegt. Hier musste der Rittmeister wenigstens knien. »Er soll an den Herzog von Wolfenbüttel ausgeliefert werden.« Selbst wenn er leise sprach, krächzte er wie ein kranker

Rabe. »Dem und seinen Richtern wird der Verdacht reichen, mit dem Spielmann einen getarnten Jesuiten erwischt zu haben. Die werden wahrscheinlich nicht einmal Eure Advokaten in die Stadt lassen. Der von Waldau wird an den Galgen müssen, wenn Ihr nicht für ein Wunder sorgt, Hochwürden.«

»Nur Gott kann für ein Wunder sorgen.« Seit Monaten hatte Franz den Mann gemieden. Er konnte ihm nicht verzeihen, dass er Tonda verraten hatte. Auf diese Weise hatte er ihn zwar in Magdeburg festgehalten, sicher, zugleich aber in Todesgefahr gestürzt. Berechnung? Franz war überzeugt davon. Er wusste aus sicherer Quelle, dass Jokrim der schwedischen Hure nachstellte.

»Gewiss doch, Hochwürden, nur Gott vollbringt Wunder.« Der hintergründige Spott in der verwüsteten Stimme des Rittmeisters ärgerte Franz. »Dennoch ist man von Euresgleichen Dinge gewohnt, die zumindest an Wunder grenzen. Dass von Waldau noch lebt, zum Beispiel. Er wurde gut verteidigt, die falschen Zeugen sind eisern bei ihren Aussagen geblieben.«

»Ich weiß.« Seit Wallenstein die Belagerung Magdeburgs aufgegeben hatte, zog Franz hartnäckig an allen Fäden, die sich ihm boten. Er würde auch Mittel und Wege finden, seine Auslieferung an Wolfenbüttel zu verhindern. Nur Tonda selbst machte ihm Sorgen. Obwohl er ihn Monat für Monat besuchte, wollte ihm nicht gelingen, was ihm früher im Handumdrehen gelang: seinen Willen zu beeinflussen. Die Schlingen des Satans hatten sich bereits so tief in seinem Herzen verfangen, dass er vor Gottes Auftrag die Ohren verschloss.

»Leider spitzen die Dinge sich auch an allen anderen Fronten zu«, sagte Franz. »Der Schwedenkönig ist mit sechzehntausend Mann auf Usedom gelandet und zieht bereits von Sieg zu Sieg die Oder herunter. Der abgesetzte Administrator hat sich in Magdeburg eingeschlichen und die Mehrheit des Rates hinter sich gebracht. Er hofft nicht ohne Grund, sein Bistum zurückzuerlangen, denn seine Magdeburger haben sich mit Gustav Adolf von

Schweden verbündet und erwarten den Ketzerkönig bald in ihrer Stadt.«

»So benehmen sie sich auch«, raunzte Jokrim hinter dem Sprechgitter. »Unverschämt und als könnte keiner sie besiegen. Woche für Woche greifen sie kaiserliche Stützpunkte rund um Magdeburg an. Eine Frage der Zeit, bis Wallenstein wieder den Grafen zu Pappenheim an die Elbe schickt. Oder sogar der General Tilly selbst auf Magdeburg losgeht. Und der gibt so schnell keine Belagerung auf.«

»So ist es, Rittmeister.« Jokrim sprach die geheimsten Sorgen des Paters aus. »Deswegen müssen wir Antonín von Waldau aus dem Kerker befreien, bevor wieder Truppen die Stadt einschließen.«

»Da habe ich wenig Hoffnung, Hochwürden.«

»Ich schon. Unsere Advokaten werden noch einmal beim Richter und beim Magistrat vorsprechen, um die Auslieferung zu verhindern. Sollten sie scheitern, sehe ich dennoch einen Weg.«

»Deswegen also habt Ihr mir geschrieben.«

»Wie viele Magdeburger Offiziere und Edelmänner sind augenblicklich als Gefangene in kaiserlicher Hand?«

»Nur wenige, doch die genaue Zahl kann ich herausfinden.«

»Wir brauchen mindestens sechs Gefangene«, sagte Franz. »Löst die aus, die Ihr findet, und setzt notfalls auf eigene Faust noch weitere gefangen. An Gulden für das Lösegeld und für die Männer, die man zu diesem Geschäft braucht, soll es Euch nicht fehlen.« Hinter dem linken Sprechgitter herrschte Schweigen. Der Rittmeister schien überrascht. »Was ist los Jokrim – kann ich auf Euch zählen oder nicht?«

»Wie bisher auch, Hochwürden.«

»Sehr gut. Habt ihr übrigens immer noch ein Auge auf die schwedische Hure geworfen, die dem Pater von Waldau unrechtmäßig angetraut wurde?«

Wieder überraschtes Schweigen auf der anderen Seite. »Verlasst

Euch drauf.« Die Stimme hinter dem Sprechgitter klang gepresst auf einmal. »Was dieses Weib und mich verbindet, ist noch lange nicht aus der Welt geschafft.«

»Gut so. Ihr sollt sie haben. Hört meinen Plan.«

*

Magdeburg, Herbst 1630

Am Abend, nachdem Richter und Rat den Antrag auf Tondas Freilassung abgelehnt und seine Überstellung nach Wolfenbüttel für die zweite Dezemberwoche angekündigt hatten, tobte ein Orkan über der Stadt. Kristina lag wach, lauschte dem Krachen, Brausen, Heulen und Glockengeläut. Ihr war zumute, als hätte eine blinde Schicksalsmacht ihre Faust erhoben, um ihr Leben erneut zu zertrümmern. Sie starrte in die Dunkelheit. Antonia lag an ihrer Brust. Tränen hatte sie keine mehr.

Früh am nächsten Morgen kehrten Steinmann und die Tante von der Stadtmauer zurück. »Vier Kirchtürme sind umgestürzt«, erzählte der Magister. »Wie viele Windmühlen und Wasserräder der Sturm zertrümmert hat, weiß man noch nicht.« Kristina hörte es und weinte; wahrscheinlich, weil sie sich ähnlich zertrümmert fühlte, wie die Tante und Steinmann die Stadt beschrieben.

Die Tante tröstete sie, auch der Magister legte den Arm um sie. »Linda und ich haben geredet«, sagte er. »Eine Möglichkeit sehen wir noch, Antonias Vater frei zu bekommen.« Er liebte das kleine Mädchen hundertmal mehr, als er die Jesuiten hasste. Noch am Vormittag trug er einen Brief ins Rathaus.

Am nächsten Morgen holten gleich vier Gardisten Kristina unten am Rathausportal ab. Sie hatte ihr Kind mitgenommen, hoffte, sein Anblick würde den Kommandanten gnädig stimmen. Johann Steinmann begleitete sie. Die Gardisten öffneten die Türflügel zu dem kleinen Saal, in dem der neue Stadtkommandant residierte. Er kam auf sie zu, begrüßte sie freundlich, zuerst Kristina, dann den Magister. »Was kann ich für Euch tun?«

Der Mann hieß Dietrich von Falkenberg, getarnt als Flussschiffer hatte er sich in die Stadt geschlichen. In Wirklichkeit hatte Kristinas König ihn nach Magdeburg gesandt, um die Stadt neu zu befestigen und ihre Verteidigung zu leiten. Albrecht von Wallenstein hatte der Kaiser auf Druck seines Hofrates inzwischen als General abgesetzt, doch Tilly, so erzählte man sich hinter vorgehaltener Hand, arbeite bereits an einem Angriffsplan für Magdeburg.

»Ich und dieses Kind brauchen Eure Hilfe, Herr.« Kristina sprach den Stadtkommandanten auf Schwedisch an, doch der unterbrach sie gleich und gebot ihr, Deutsch mit ihm zu reden. Schwedisch verstehe er kaum. Sie versuchte, sich ihre Enttäuschung nicht anmerken zu lassen. Keinen Schweden hatte ihr König geschickt? Einen deutschen Edelmann nur? Sie trug ihr Anliegen vor, erflehte Tondas Freilassung, und der Magister wies darauf hin, dass nichts gegen den Spielmann vorliege außer eines Antrages aus Wolfenbüttel, ihn auszuliefern.

Falkenberg – er hatte an jenem Tag noch genau ein halbes Jahr zu leben – nickte freundlich, versprach, ihr Ansinnen zu bedenken, und kündigte seine Antwort für den nächsten Tag an.

Die kam auch pünktlich. Wenn der verklagte Antonín von Waldau unschuldig sei, würde der inzwischen zuständige Richter in Wolfenbüttel das ganz gewiss bestätigen können – so etwa lautete der Inhalt des Schreibens. Kristina zog sich mit dem Mädchen in ihre Kammer zurück und wollte weder essen noch trinken. »Denk doch an das Kind!« Die Tante beschwor sie, flehte und bettelte.

In der ersten Dezemberwoche schneite es zum dritten Mal in diesem Jahr. »Ihr müsst gehen«, sagte Johann Steinmann, als er eines Abends berauscht aus dem *Goldenen Kreuz* kam. »Nicht nur, weil der Winter die Elbe bald mit Eis bedecken wird. Sondern weil Tilly kommt. In allen Schänken spricht man davon, nur vom Magistrat erfährt man nichts darüber. Und habt ihr je gehört, dass Tilly, dieser alte Eisenfresser, jemals eine Belagerung aufgegeben hätte?«

Am folgenden Tag geriet die Stadt erneut in Aufruhr, denn Kroaten hatten zwei Magdeburger Wagen überfallen, Kutscher und Begleitschutz getötet und einen reichen und angesehenen Kaufmann samt Familie gefangen genommen. Der Mann war auf dem Weg von Wolmirstedt zurück nach Magdeburg gewesen. »Die nächste Blockade wirft ihre Schatten schon voraus«, deutete Steinmann das Ereignis.

Am Abend kamen Hannes und Susanna Stein ins Haus, um gemeinsame Zukunftspläne zu schmieden. »Das nächste Schiff nach Hamburg geht übermorgen«, erklärte Hannes. »Vielleicht das letzte, bevor die Elbe zufriert.« Das Paar war fest entschlossen, an Bord zu gehen.

Kristina erklärte, in Magdeburg bleiben und in der Woche drauf mit Tonda nach Wolfenbüttel fahren zu wollen. »Und ich lasse Kristina nicht allein mit ihrem Kind«, bekräftigte die Tante wieder und wieder, und das, obwohl ihre Kinder und der Magister sie zur Flucht drängten.

»Du steigst mit deinen Kindern auf das Schiff nach Hamburg!«, befahl der Magister. »Ich will, dass ihr lebt! Der grausame Tilly steht am Ende seiner militärischen Laufbahn, und womit könnte er die wohl schmuckvoller krönen als mit den Trümmern einer Stadt, die vor ihm noch keiner zu erobern vermochte?«

Angesichts solch harter Reden und ihrer weinenden Töchter gab die Tante schließlich nach. »Aber gib uns wenigstens Antonia mit«, schlug sie vor.

»Ich werde mich weder von Antonia noch von Tonda trennen«, erklärte Kristina.

Zwei Tage später begleitete sie die Tante, ihre Kinder, Hannes und Susanna mit John zum Hafen. Unter vielen Tränen, Segenswünschen und Ankündigungen von Briefen nahmen sie Abschied. Johann Steinmann ging mit zwei Pferden mit an Bord. Er gab vor, einen wichtigen Handel in Wolmirstedt erledigen zu müssen; in Wahrheit wollte er sich so spät wie möglich von seiner Geliebten trennen. Kristina winkte, bis der Lastkahn hinter der nächsten Strombiegung verschwand.

Ein mit Brennholz beladener Ochsenkarren stand vor dem Haus, als sie zurückkehrte. Der junge Bauer, dem er gehörte, plauderte an der offenen Tür mit Mutter Ruth. »Kristina Thott?«, fragte er, bevor Kristina ins Haus huschen konnte.

»Kristina von Waldau.« Sie betrachtete den rotblonden, schmächtigen Mann genauer. Er hatte viel zu feine Züge für einen Bauern, und seine schmalen, glatten Hände sahen nicht aus, als hätten sie jemals Holz gespalten oder einen Stall ausgemistet. »Wer seid Ihr?«

»Einer, der es gut mit Euch meint, schickt Euch diese Botschaft.«

Kristina nahm den Brief, den er ihr reichte. Sie las ihren Mädchennamen auf dem Brief. Er trug ein fürstliches Siegel – einen Schild mit zwei Löwen. Das Wappen erinnerte sie an eine Fahne, die der Capitaine in der Schlacht bei Stadtlohn erbeutet hatte. Den Namen des Absenders, eines Freiherrn, hatte sie nie gehört. »Worum geht es?«

»Um den Spielmann Antonín von Waldau.« Der kleine Mann stieg auf den Kutschbock seines Karrens. »Der diese Botschaft schickt, kennt einen Weg, Euren Mann noch vor seiner Auslieferung nach Wolfenbüttel frei zu bekommen.« Er trieb die Ochsen an. »Lest und entscheidet, ob Ihr mithelfen könnt bei seiner Befreiung.«

*

Am Ende der Straße, kurz vor der Kirche, hörte Kristina einen Klang wie von einer losen Lautensaite. Sie blieb stehen und lauschte. Rübelrap! Außer dem Kartäuserhünen kannte sie niemanden, der auf einem Brummeisen spielte. Antonia schlief selig in ihrem Brusttuch. Kristina hielt das schaukelnde Bündel fest, beschleunigte ihren Schritt und entdeckte den massigen Kartäuser im Innenhof des Hauses neben der Kirche. Es war genau das Haus, das jener Graf ihr in seinem Brief beschrieben hatte. Hier wollte er sie treffen und mit einem Grafen des Herzogtums Braunschweig-Wolfenbüttel bekannt machen. Wenn jemand Tondas Auslieferung verhindern konnte, dann dieser, hatte es in dem Brief geheißen. Tondas Überstellung nach Wolfenbüttel stand in vier Tagen bevor; die Zeit drängte also.

Rübelrap winkte sie zu sich, setzte das Brummeisen ab und deutete damit hinter sich, wo Menschen durch einen von Fackeln erleuchteten Hintereingang das Haus betraten. Kristina entdeckte auffallend viele Mönchskutten und Priesterornate. Obwohl die Magdeburger den neuen Erzbischof nicht anerkannten, reisten in den letzten Monaten immer mehr katholische Kirchenmänner an. Sie ersetzten gegen den Widerstand des Magistrats die per Edikt entlassenen lutherischen Beamten und nahmen den Lutherischen ehemals katholische Häuser und Anwesen weg; sie versuchten es wenigstens.

»Wer versammelt sich da?«, wollte Kristina wissen. »Wie rebellische Bürger von Magdeburg sieht die Gesellschaft nicht aus.«

Rübelrap schüttelte den großen Schädel. »Jemand wird aus dem Fegefeuer kommen und zu seiner lutherischen Witwe sprechen.« Er betrachtete das schlafende Kind, und seine breite Knabenmiene verzog sich zu einem Lächeln.

Machte er Witze? Kristina zögerte. Das unheimliche Erlebnis damals in Wien hatte sie noch lange beschäftigt. Und noch immer dachte sie mit Gruseln an die Erscheinung jener Heiligen Lucia. Vor allem aber dachte sie an Tonda; sie gab sich also einen Ruck und betrat das Haus.

Etwa fünfzig Menschen drängten sich in einem kleinen Saal, überwiegend Frauen, die meisten hockten auf Stühlen. Düster war es hier, nur wenige Öllampen spendeten Licht. Es roch nach Weihrauch und Kienspan. Die Witwe, von der Rübelrap gesprochen hatte, saß ganz vorn in einem Sessel, neben ihr ein in Schwarz gekleideter Mann in dunkler Soutane und mit schwarzem Birett. Ein Jesuit? Weihrauchschwaden waberten vor der Stirnwand des Saales und verschleierten sie zum Teil. Schwere, dunkle Vorhänge hingen zwei Schritte vor der Stirnwand von der Decke und verhüllten die Wand zusätzlich.

Kristina blickte ins Halbdunkel und musterte die Köpfe in der Menge. Sie solle nach einem lutherischen Magister mit flachem Birett und weißer Feder daran Ausschau halten, hatte jener Freiherr geschrieben.

Ein zweiter, dunkel gekleideter Mann erhob sich. Ein kleiner, recht junger und schmächtiger Mann, rotblond. Er verkündete, dass Gott sich der Witwe im Traum offenbart und die Erscheinung ihres verstorbenen Mannes angekündigt hatte, um ihr wegen der erneut drohenden Belagerungsgefahr und ihres Vermögens zu raten.

Kristina erkannte die Stimme sofort. Aus schmalen Augen musterte Kristina den Mann: der junge Bauer, der ihr den Brief des Freiherrn überbracht hatte. Wieder suchten ihre Blicke die vierzig bis fünfzig Menschen ab, doch nirgendwo ein lutherischer Prediger. Der wäre wohl auch allzu sehr aufgefallen. Sie hatte genug, wollte sich zum Gehen wenden, doch plötzlich polterten Schritte aus dem Inneren des Hauses heran. Hinter den Weihrauchschwaden öffnete sich eine Tür, und umwabert von noch mehr Weihrauch trat eine ganz in Weiß gekleidete Gestalt aus der Tür. Schreckensrufe erhoben sich ringsum, ein Tuscheln ging durch die Reihen, einige Zuschauer bekreuzigten sich. Die Witwe ganz vorne weinte laut.

Das gleiche Schauspiel wie in Wien! Kristina hatte oft darüber nachgedacht, doch nie eine Erklärung finden können. Antonia schlug die Augen auf.

Unheimliches Lichtspiel hatte inzwischen eingesetzt, Lichtflecken umtanzten die weiße Gestalt. Gespenstischer Wechsel von Licht und Schatten hob sie mal aus dem Halbdunkel, stieß sie im nächsten Moment dorthin zurück. Kristina biss sich auf die Unterlippe. »Dein Mann schickt mich«, verkündete die Erscheinung mit krächzender Stimme. »Zu sehr haben ihn die Qualen des Fegefeuers geschwächt, als dass er selbst kommen könnte.« Die Witwe warf sich auf die Knie, wimmerte und knetete ihre Hände.

Der Weißverhüllte stellte sich als der Märtyrer Claudius vor, der unter dem Kaiser Nero den Tod im Löwenrachen gefunden und nur noch wenige Jahre im Fegefeuer zu leiden habe, bevor er eingehe in die Herrlichkeit Gottes. Die Witwe möge sich die Botschaft ihres verstorbenen Mannes zu Herzen nehmen, die er, Claudius, jetzt ausrichten werde. Kristina fragte sich, warum der Märtyrer so gar nicht nach Rauch roch, wo er doch aus dem Fegefeuer zu kommen behauptete. Und müsste sein Gewand nicht wenigstens ein paar Brandflecken aufweisen?

»Halte die Gebote Gottes, bete für deinen Gatten, damit er wie ich den schrecklichen Ort bald verlassen kann …« Gleißend und funkelnd geriet das Licht jetzt, während die Erscheinung mit brechender Flüsterstimme die Botschaft des Verstorbenen verkündete. »Bekehre dich zum wahren Glauben, verschenke unsere Dukaten, unser Haus und unsere Ländereien der wahren Kirche, verlasse Magdeburg und werde eine Nonne.«

Und wieder polternde Schritte, diesmal jedoch vom Eingang. Alle fuhren herum, und ein Seufzen ging durch die Menge: Erneut war es ein ganz in Weiß gehüllter Mann, der die Gemüter erregte, doch diesen umgab weder Licht noch Weihrauch. Es war ein Kartäuser, und Kristina erkannte den Pater Medikus. Er drängte sich durch die Menge, stieß mit den Ellenbogen um sich, eilte mit zielstrebigen Schritten an der Witwe und den Priestern an ihrer Seite vorbei und auf den Märtyrer aus dem Fegefeuer zu.

Der machte schon kehrt, wollte bereits durch die nur angelehnte Tür zurück ins Haus fliehen, doch schon packte Pater Alban ihn, riss ihm das weiße Tuch vom Leibe und stieß ihn der Witwe entgegen, sodass er stolperte und stürzte. »Das ist kein Toter!«, rief Kristina, »das ist ein Mönch, ein Jesuit! Vor zwei Jahren bin ich im gleichen Tross wie er nach Magdeburg gekommen!« Andere kannten ihn wohl auch, denn Rufe der Empörung wurden laut. Antonia zappelte und quäkte.

Pater Alban jedoch hörte nicht auf zu wüten, er riss die Vorhänge von der Decke, und zu beiden Seiten wurden Männer sichtbar – die kurbelten an seltsamen Apparaten herum, aus denen Licht strahlte, oder drehten Papierlaternen oder schwenkten farbige Glasbehälter, in denen Kerzen brannten.

Nun kannte die Empörung keine Grenzen mehr. Die Witwe und andere Frauen prügelten auf den Schauspieler ein, den Jesuiten. Magdeburger Bürger gingen auf die Mönche und Priester los. Geschrei und Gepolter erfüllte den Raum.

Kristina drehte sich um und lief zum Ausgang. Rüpelrap drängte sich an ihr vorbei, hielt nach Alban Ausschau. Plötzlich stand ein lutherischer Prediger vor ihr. An seinem großen Birett steckte eine weiße Feder. In seinen Augen loderte es wie schwarze Glut, ein kalter Schauer rieselte über Kristinas Rücken. Antonia öffnete das Mäulchen und schrie los. Kristina steckte ihr das Gelenk ihres kleinen Fingers in den Mund. Der Säugling saugte daran und beruhigte sich.

»Wie gut, dass Ihr gekommen seid«, sagte der falsche Prediger. »Folgt mir einfach.« Er drehte sich um und hinkte über den Hof und hinaus auf die Straße.

»Wer seid Ihr, dass Ihr meinen Mann befreien könnt?« Kristina hatte Mühe, ihm zu folgen.

»Der Graf und ich haben großen Einfluss in Braunschweig und Wolfenbüttel, müsst Ihr wissen.« Er warf einen unwilligen Blick auf das Kind im Brusttuch und wies Richtung Kirche, dort stand eine große, schwarze Kutsche.

»Und warum tut Ihr das für uns?«

»Der Graf sorgt sich um seinen Ruf.« Der als lutherischer Prediger verkleidete Freiherr fiel zurück. »Er ist verantwortlich für die Leibgarde des Wasserschlosses zu Wolfenbüttel. Und ihm würde man es anlasten, sollte tatsächlich ein Giftmörder es bis zum Weinbecher des Halberstädters geschafft haben.«

An der Wagentür prangte das rote Wappen mit den beiden Löwen Wolfenbüttels. Eine elegante Frau öffnete von innen die Tür und stieg aus. »Bitte, Madame.« Die Frau war schön herausgeputzt und ungefähr in ihrem Alter. »Wir erwarten Euch schon.« Sie wies in den Innenraum der Kutsche.

Kristina griff nach dem Haltebügel. Obwohl ein unerklärliches Gefühl von Bedrohung sie beunruhigte, wollte sie einsteigen – da sah sie plötzlich, wie Pater Alban mit dem Freiherrn gestikulierte. Der redete flüsternd auf den Kartäuser ein und hielt ihn fest. Doch Alban riss sich los, rannte zur Kutsche, packte Kristina und zog sie mit sich. Das Kind schrie. Der als Prediger getarnte Freiherr huschte in die Dunkelheit des Kircheneingangs.

Plötzlich sprang einer aus der Fahrgastgondel, setzte mit großen Schritten hinter Alban und Kristina her und packte Kristina. Er riss sie und das Kind zu Boden, zog seinen Degen und hieb und stach auf Pater Alban ein. Ein Einäugiger! Kristina stockte der Atem.

Pater Alban sank stöhnend aufs Pflaster, Kristina schrie um Hilfe. Frauenarme packten sie, hielten sie fest. Jokrim schlug ihr die Faust gegen die Schläfe, und alles versank in Finsternis.

11

Magdeburg, Dezember 1630

Tonda schrie nach dem Kerkermeister, den halben Vormittag schon. Er trat gegen die Gittertür, er brüllte hinauf zur Fensteröffnung. Er schrie um Hilfe und dass jemand kommen müsse und dass es um Leben und Tod gehe. Die Gefangenen in den Nachbarkerkern fluchten und verlangten, er solle endlich Ruhe geben. Und weil er es nicht tat, rief es am Ende aus sechs oder sieben Männerkehlen nach dem Kerkermeister. Ein seltener Chor, doch wohl nicht selten genug für den Gerufenen: Er ließ sich nicht blicken.

»Um Gottes willen, Kerkermeister! Ihr müsst kommen! Ich brauche Euch! Ich brauche Euch! Kommt her oder ich sterbe!«

»Dann verreck endlich, damit's wieda a Ruh gibt herinnen!«, tönte es aus dem Halbdunkel des Kerkers gegenüber. Ein Leutnant aus einem Dragonerregiment Pappenheims lag dort in Ketten, ein Bayer.

»Erbarmen!« Tonda brüllte immer weiter. »So erbarmt Euch doch, Kerkermeister! Es geht um Leben und Tod!«

Eine Nachbarin von Johann Steinmann war früh am Morgen ins Rathaus gelaufen und hatte so lange mit den Wächtern gezetert, bis die sie endlich zu Tondas Zelle brachten. Mutter Ruth hatte sie geschickt – Kristina und das Kind seien am Abend nicht nach Hause gekommen. Jemand wollte gesehen haben, dass man sie in eine Kutsche gezerrt habe. Ein Mann, der ihr hatte helfen wollen, sei mit Degenhieben und -stichen schwer verwundet worden und liege im Sterben. Und der Magister sei auf Reisen.

Seitdem war es Tonda, als läuteten ihm die Domglocken unter

der Schädeldecke, als hätten seine Nerven sich in eine Ameisenstraße verwandelt. Er musste um Hilfe schreien, er konnte gar nicht anders.

»Potzhunderttausend Sackvoll Enten!« Endlich ein Fackelschein, endlich Schritte. »Seid ihr alle noch nicht genug geprügelt worden, ihr räudigen Hunde?« Der Kerkermeister fluchte mit schwerer Zunge und schwankte; mit einer Peitsche schlug er nach links und rechts gegen die Gittertüren. »Muss man euch erst das Fell abziehen, dass ihr euch benehmt, wie es verfluchten Sündern zukommt?« Er schlug um sich. »Ruhe, sag ich! Mehr Demut will ich sehen!«

»Der do hat ang'fangen!«, rief der Bayer. »Der Puppenspieler mit der Jammerflöte«!

»Du also.« Vor Tondas Kerkerzelle blieb der Kerkermeister stehen. »Na sicher geht es um Leben und Tod bei dir. Kapierst du das jetzt erst?« Der schwankende Alte, ein ehemaliger Landsknecht, roch nach Wein. Er hielt die Fackel über den Kopf, damit ihr Schein auf Tonda fiel. Seine Wut verrauchte.

»Nein, Kerkermeister, nicht um mich geht es, um meine Frau und mein Kind …« Stammelnd versuchte Tonda wiederzugeben, was er von der Nachbarin gehört hatte. Seine heisere Stimme gehorchte kaum noch, und die Panik stahl ihm die Worte von der Zunge.

»Bleib ruhig, Kamerad.« Der Kerkermeister stierte Tonda ratlos an. »Bleib ruhig und bete, ich werd sehen, was ich machen kann.«

Männer wie Tonda achteten sie in diesem feuchten Kerkerzwielicht, die Häftlinge genau wie die Wächter. Zwei Bewaffnete töten und womöglich auch noch einen Herzog – das musste man erst einmal fertig bringen.

Beim Kerkermeister kam dazu, dass er Tonda gern zuhörte, wenn er auf der Panflöte spielte. Er versprach, dafür zu sorgen, dass der Stadtkommandant sich der Sache annahm, wenn er nicht schon längst ein Ratsmitglied und Waffenknechte auf das Verbrechen angesetzt hatte.

Tonda fühlte sich nur wenig ruhiger, nachdem der betrunkene Alte wieder aus dem Gewölbekeller gestiegen war, doch er schrie nicht mehr. »Wie heißt du?«

»Tonda.«

»Ein böhmischer Nam'. Ich bin der Alois. Hab mich unter Tilly am Weißen Berg mit Schlicks Leuten gedroschen. Hübsches Tänzchen, jedenfalls für uns. Doch Frau und Kind weg – dass Gott erbarm! Du armer Tropf.«

Tonda vergrub das Gesicht in den Händen und weinte. Auch andere Häftlinge riefen unbeholfene Trostworte aus ihren Zellen, wollten die Namen der Verschwundenen wissen. Einer betete ein Ave-Maria für Kristina und Antonia. Ein anderer forderte ihn auf, die Panflöte herauszuholen und sich selbst zu trösten. Tonda kramte sie aus der Tasche, setzte sie an die Lippen – doch schon nach dem ersten Takt brach er wieder in Tränen und Schluchzen aus.

Um die Mittagszeit kam der Kerkermeister zurück. »Ein Jammer«, seufzte er. »Die halbe Stadt sucht nach deiner Frau, doch wie vom Erdboden verschluckt, ein Jammer.« Er streckte die Fackel in den dunklen Gang. »Doch der Magister hier, der weiß vielleicht mehr.«

Ein lutherischer Prediger trat näher, umfasste die Gitterstäbe, spähte ins Halbdunkle des Kerkers. Tonda sprang auf und stürzte an die Gittertür. »Vater Franz.« Er griff nach den Händen des anderen. »Du musst mir helfen, ich komme um vor Sorge und Angst. Mein Weib, mein Kind … Um Gottes willen, hilf mir! Ich beschwöre dich!«

»Mein armer Sohn.« Franz zog Tondas Hand zwischen den Stäben hindurch und drückte sie gegen seine Brust. »Mein armer, armer Sohn.« Der Kerkermeister mit seiner Fackel zog sich bis zur Tür des Gewölbekellers zurück, wahrscheinlich hatte der Pater ihn bestochen. »Ich habe schon Erkundigungen eingezogen.«

»Und?« Sie sprachen leise, ohne die Fackel hüllte Halbdunkel sie ein. »Was hast du herausgefunden? Sprich doch.«

»Sie kam von einem Gebetsabend, eine schwarze Kutsche wartete vor der Kirche. Die trug das Wappen Wolfenbüttels. Man zerrte sie hinein. Der arme Bruder Alban wollte sie retten. Einer aus der schwarzen Kutsche ist mit dem Degen auf ihn losgegangen, jetzt ringt er mit dem Tod.«

»O Gott!« Tonda raufte sich das Haar. »Das ist nicht wahr! Was sind das für Männer gewesen?«

»Der auf Alban losgegangen ist, hatte nur ein Auge.« Franz beobachtete ihn durch das Gitter hindurch. Tonda stand ganz steif mit einem Mal. Er atmete nicht, sagte nichts, starrte nur. Schließlich schrie er wieder, schrie, als hätte Franz ihm ein Messer in den Bauch gerammt, schrie und schlug die Stirn gegen das Eisengitter.

»So beruhige dich doch, mein Sohn!« Franz packte Tondas Kopf und hielt ihn fest. »Du kennst den Mann?«

»Jokrim.« Tonda keuchte und schnappte nach Luft. »Veits Jokrim, ein Rittmeister Tillys. Er stellt Kristina schon seit Heidelberg nach …«

»Veits Jokrim?« Franz runzelte die Stirn. »Tatsächlich? Der ist mir bekannt. Der hauste zuletzt mit seinen Leuten und Weibern auf dem Anwesen eines Halberstädter Domherrn, nicht weit von hier, bei einem niedergebrannten Dorf.«

»Du kennst den Namen?« Tonda zitterte. »Du kennst sein Quartier?«

»Dorthin wird er seinen Raub kaum gebracht haben.«

»Finde es heraus, ich flehe dich an, Vater Franz, bitte!« Entlang des Gitters rutschte Tonda auf den eisigen Steinboden und auf die Knie. »Bitte, hilf mir. Bitte, rette meine Familie!«

Franz ging vor ihm in die Hocke, nahm sein Gesicht zwischen die Hände. »Das will ich tun.« Er flüsterte jetzt. »Ich kenne mächtige Männer, das weißt du, Männer mit großem Einfluss.« Franz drückte seine Stirn gegen die Stäbe, zog Tondas Stirn gegen seine, flüsterte beinahe unhörbar: »Durch die könnte ich dich sogar auslösen. Doch diese Leute warten auf deine Entscheidung. Sie wollen dein Wort.«

»Mein Wort?« Tonda schloss die Augen. Alles drehte sich. »Meine Entscheidung?« Wie mattes Licht schälte sich ein annähernd klarer Gedanke aus der düsteren Angstwirrnis seines Bewusstseins. Nach und nach begriff er. »Ich will, dass sie leben«, flüsterte er. »Kein Leid darf ihnen widerfahren.« Er öffnete die Augen.

»Es gibt Rettung, Tonda. Gott hat seinen Auftrag an dich noch nicht widerrufen.« Das dunkle Lodern in den Augen des Paters hielt Tondas Blick fest. »Nimm ihn an, und alles wird gut.«

Kristinas geliebtes Gesicht stand Tonda vor Augen, Antonias Lächeln und Quäken; jede Woche brachte Kristina seine Tochter zu ihm in die kalte Kerkernacht, und der schwankende Kerkermeister hielt jedes Mal die Fackel über ihr, damit er sie auch ganz genau anschauen konnte. Ihr liebliches Bild schnürte ihm das Herz zusammen, und alles in ihm verlangte nach ihr und ihrer Mutter.

»Nicht viele erwählt Gott für einen großen und heiligen Auftrag wie diesen.« Franz Flüstern vertrieb die geliebten Bilder aus Tondas Geist, die Angst riss an seinen Nerven wie ein Tobsüchtiger an den Saiten einer Laute. »Was soll ich den Männern ausrichten, die auf dein Wort warten?«, flüsterte Franz. »Wie lautet deine Entscheidung?«

*

Antonia wimmerte, als Kristina wieder zu sich kam. Jemand hatte dem Kind einen Sauglumpen ins Mäulchen gesteckt. Ein Stoffknäuel steckte auch in ihrem Mund und hinderte sie am Schreien. Vergeblich versuchte sie, die Hände zu bewegen – man hatte sie gefesselt. Erst die plötzlich eintretende Stille machte ihr bewusst, dass bis eben Wagenräder gerattert hatten. Sie lag in einer Kutsche. Die stand jetzt still.

Stimmen zischten, Kleider raschelten; jemand zog die Kutschentür auf, jemand zerrte sie in die kalte Nacht hinaus. Verschneite Ruinen von Hütten und Häusern, die Umrisse einer Kirche, die Silhouetten vieler weiß verhüllter Bäume und die finstere Fassade eines großen Hauses – mehr erkannte Kristina nicht.

Kein Mond schien. Schnee knirschte unter ihren Sohlen. Hinter ihr wimmerte Antonia, Kristina blickte sich nach ihr um: Eine Frau drückte das wimmernde Bündel an ihre Brust. Wenn bloß dem Kind nichts geschieht, wenn bloß dem Kind nichts geschieht …

Man stieß sie in den Eingang des großen Hauses, dann in ein Zimmer, jemand brachte einen brennenden Kienholzspan und zündete zwei Öllampen an. Deren Schein holte Sessel, Bett, Stühle, einen Schrank aus der Dunkelheit. Drei Frauen beäugten Kristina misstrauisch und kühl, holten Krüge und Becher aus anderen Räumen, schenkten Wein ein. Die Antonia im Arm hielt, ließ sich aufs Bett sinken. Wenigstens schnitt sie freundliche Grimassen mit ihr. Wenn sie bloß dem Kind nichts tun, lieber Herr Jesus, wenn sie bloß Antonia kein Haar krümmen …

Eine grobe Hand hielt sie von hinten an der Kehle. »So sieht man sich doch noch einmal wieder, nicht wahr, meine süße Hure?« Jokrims entsetzliche Stimme röchelte ihr ins Ohr. »Den neuen Feldwebel wollte sie nicht, jetzt muss sie mit einem einäugigen Rittmeister vorliebnehmen.« Er riss ihr das Kleid am Rücken auf, zerrte es ihr über die Schultern. »Doch an dir hat der Zahn der Zeit auch nicht ganz vergeblich genagt, will mir scheinen.« Er keuchte ein höhnisches Lachen heraus. »Zieht ihr die Stiefel aus!«, herrschte er die Frauen an. »Sucht sie nach einem Messer ab, aber gründlich! Früher pflegte sie's nämlich wie die Judith zu machen, wenn einer was von ihr wollte!« Kristina biss die Zähne zusammen, hielt die Tränen zurück, ließ die Kleine nicht aus den Augen.

»Wie die Judith?« Eine Frau zog ihr die Stiefel aus. »Was meinst du damit?« Sie griff ihr in die Strümpfe, unters Kleid, ins Mieder. »Kein Messer, nichts. Welche Judith, Veits?«

»Das erzähle ich euch lieber nicht.« Jokrim lachte heiser. »Die da bleibt bei dem Balg.« Er deutete zum Bett. Die Frau dort reagierte gar nicht, lächelte wie abwesend mit Antonia. »Alle anderen raus hier!« Die Frauen huschten aus dem Zimmer und warfen die Tür hinter sich zu. Kristina hörte Schritte auf einer Treppe.

Jokrim zerrte sie zum Tisch, griff sich mit der verkrüppelten Linken einen Weinkelch, leerte ihn. Er nahm einen zweiten, ebenfalls bis zum Rand gefüllt, und drückte ihn von hinten gegen Kristinas Mund. »Trink.« Sie schüttelte den Kopf. »Trinken sollst du!« Er presste ihr den Becherrand zwischen die Zähne, riss ihr den Kopf in den Nacken, kippte ihr den Wein in den Mund und über Gesicht, Hals und Schultern. Kristina schluckte, hustete, keuchte. »Trink, sag ich!« Sie schluckte, der Wein rann ihr zwischen die Brüste und bis auf den Bauch. Antonia wimmerte und quäkte.

»Ich werd dich schon noch lehren, mit mir zu feiern!« Jokrim knallte den leeren Weinkelch auf den Tisch. Am Bett vorbei zerrte er Kristina zu einer offenen Tür. Dahinter flackerte Kerzenlicht. Die Frau, die Antonia im Arm wiegte, hob nicht einmal den Blick. Wenn sie bloß das Kind nicht anrühren, lieber Herr Jesus, alles will ich ertragen, wenn bloß das Kind …

Jokrim stieß sie in den halb dunklen Raum. Im Stolpern nahm Kristina einen Kerzenleuchter und ein zerbrochenes Fenster wahr. Sie schlug hart am Boden auf, konnte sich ja nicht abstützen. Jokrim riss sie hoch, stieß sie aufs Bett und schlug ihr die Faust mit solcher Wucht ins Gesicht, dass ihr die Sinne schwanden. Wie durch einen Nebel hindurch merkte sie, dass er die Fesseln auf ihrem Rücken löste und ihre Hände am Bettgestell festband und ihr die Kleider vom Leib riss. Der Knebel würgte sie. Nebenan schrie Antonia.

Der Schleier vor ihren Augen senkte sich, sie sah den Einäugigen jetzt klarer vor dem Bett stehen. Er trat sich die Reitstiefel von den Füßen, schälte sich aus Koller und Hose. »Dies ist eine Nacht der Dankbarkeit!«, zischte er. »Ich will dir nur danken, weißt du, meine süße Hure? Nur danken.« Er warf sich auf sie. »Danke dafür.« Er deutete auf eine Augenklappe. »Und danke dafür.« Er hob seine verkrüppelte Hand. Die schlug er ihr mit aller Macht ins Gesicht. Dann musste Kristina den nächsten Kelch leeren, einen, der so oft und so glücklich an ihr vorbeigegangen war, seit sie jenen polnischen Fischern in die Hände gefallen war.

Sie versuchte, ihre gesamte Aufmerksamkeit auf Antonias Geschrei zu richten, um es zu ertragen. Als es nicht half, dachte sie an Tonda, und als das nicht mehr half, dachte sie an den Kosaken und wie ihm über ihr das Blut aus der Kehle schoss, und als auch das nichts mehr nützte und Ekel, Angst und Wut an jede Faser ihres Leibes zerrten, stellte sie sich die aufgeschlitzte Kehle des Einäugigen vor, wie sie unter seiner wüsten Lustgrimasse klaffte.

Als er ächzend aufstand und hohnlachend aus dem Raum wankte, fühlte sie sich beschmutzt und zitterte vor ohnmächtiger Wut. Doch sie spürte, dass sie noch nicht zerbrochen war. Der Hass hielt ihre Seele zusammen, der Entschluss, ihn zu töten, und der tief in ihrem Körper verwurzelte Trieb, das Kind zu retten. Aus dem Augenwinkel sah sie eine Scherbe aus dem zerbrochenen Fenster über Nachttisch und Kerze auf dem Fensterbrett.

Die Frau mit dem verträumten Gesicht brachte die schreiende Antonia und legte sie ihr an die Brust. Das Mädchen saugte die Warze ein und gab augenblicklich Ruhe. »Nur Geduld, meine süße Hure«, krächzte Jokrim nebenan. »Nur ein wenig ausruhen, noch habe ich ja so viel Dank zu erstatten.« Wieder höhnisches Gelächter. »Nur Geduld, nur Geduld.«

Damit Kristina ihr Kind festhalten konnte, nahm die stille Frau ihr die Fesseln ab. Kristina bedeutete ihr, sie doch auch vom Knebel zu erleichtern. Die Frau tat, als hörte sie ihr Stöhnen und dumpfes Raunen nicht, beobachtete die ganze Zeit den

Säugling und schien ganz entzückt. Jetzt begriff Kristina: Sie war taubstumm. Deswegen hatte dieses Scheusal die Tür offen stehen lassen.

Im Zimmer nebenan knarrte das Bett, bald hörte sie Jokrim schnarchen. Die Frau stand auf, lief zu einer Kommode, zog einen Nachttopf unter ihr hervor und raffte ihre Kleider hoch. Mit dem Rücken zu Mutter und Kind ließ sie sich darauf nieder.

Kristina schielte zum Fenster, schielte zu der pissenden Frau. Ihre Rechte ließ Antonia los, griff blitzschnell hinüber zum Fensterbrett, packte die spitze Glasscherbe und schob sie unter ihr Kissen.

Später, als die taubstumme Frau sie wieder ans Bett gefesselt und das schlafende Kind zurück in den Nachbarraum getragen hatte, tastete Kristina mit den Zähnen nach der Glasscherbe. Sie krümmte sich, zerrte an der Linken, bog den Kopf zur Seite, bis sie mit der Scherbe zwischen den Zähnen die Fessel an der Rechten berühren konnte. Sie scheuerte das Glas gegen die Hanffasern, krümmte sich, kämpfte um jede Fingerbreite Spielraum, rieb und drückte und zerschnitt sich die Mundwinkel. Und endlich, endlich riss die Fessel.

Kristina nahm die Scherbe aus dem Mund, sank ins Kissen, weinte leise – aus Erschöpfung, aus Erleichterung, aus Angst. Als sie wieder ein wenig Kraft spürte, langte sie nach einem ihrer Strümpfe, der in Reichweite neben dem Bett lag. Mit ihm wischte sie sich das Blut vom Mund, wickelte ihn um die Glasscherbe und ritzte die Fessel an der Linken von hinten an, sodass nur noch wenige Fasern den Strick zusammenhielten. Danach steckte sie die Scherbe unter das Kissen und blies die Kerze auf dem Nachttisch aus.

Kein Auge tat sie zu, lauschte Jokrims Schnarchen und den vertrauten Tönen des Kindes, das manchmal im Schlaf grunzte und raunzte. Sie dachte an Tonda, sehnte ihn herbei, zweifelte, dass sie ihn jemals wiedersehen würde. Mit der Aussicht auf Tondas

Freiheit hatte sie dieser Edelmann aus Wolfenbüttel in die Falle gelockt. Hatte es also mit ihm zu tun, dass sie jetzt so hier liegen musste?

Sie dachte an den Schrecken, der sie erfüllte, nachdem sie gehört hatte, dass zwei Reitersoldaten durch Tondas Hand gestorben waren, dass er möglicherweise sogar den Halberstädter getötet hatte. Leos Worte gingen ihr durch den Kopf und was der Capitaine von der Schlacht um die Brücke und seiner Rettung durch Tonda berichtet hatte – wie der Erzengel Michael selbst habe der Spielmann gefochten.

Wer bist du, mein Geliebter?, dachte sie. Ist das, was mir und unserem Kind hier widerfährt, der Preis für deine Taten? Ist es der Preis, den ich für dich bezahlen muss, mein Geliebter? Welche Schuld hast du bloß auf dich geladen, und wie viel davon werde ich denn noch begleichen müssen?

Plötzlich verstummte Jokrims Schnarchen. Nebenan knarrte das Bett. Mit der losgeschnittenen Rechten packte Kristina den durchtrennten Strick, hielt ihn fest, drückte mit dem Kopf das Kissen ein Stück über Hand und Fessel. Drüben hörte sie, wie Jokrim sich aus dem Bett schob, hörte Wein plätschern, hörte ihn trinken. Dann näherten sich die Schritte seiner nackten Füße. Kristina kniff die Augen zu, leckte sich das Blut aus den Mundwinkeln, atmete tief. Wie ein wildes Pferd auf der Flucht galoppierte ihr das Herz in der Brust herum.

»Aufwachen, Hure. Der dankbare Jokrim ist wieder da.« Er riss ihr die Decke vom Leib, warf sich auf sie, begrapschte sie, ergötzte sich ächzend an ihrem Leib. Kristina leistete keinen Widerstand, wartete ab, bis er sich zwischen ihre Schenkel schob, gaukelte ihm vor, ganz ergeben zu sein. Er presste seinen stinkenden Mund auf ihre Lippen, zuckte aber gleich zurück. »Verflucht, warum schmeckst du nach Blut?« Kristina rechte Hand schob sich längst unter die Decke, unter seinen Schenkel, griff nach seinem Gemächt und drückte mit aller Kraft zu.

Er brüllte wie ein frisch kastrierter Ochse, fuhr hoch, wälzte sich aus dem Bett. Heulend richtete er sich auf dem Boden auf, schlug mit der Faust nach ihr, traf sie nur an der Brust. Da hielt Kristina schon die umwickelte Glasscherbe in der Faust und stieß sie ihm ins rechte, ins gesunde Auge.

Sein Gebrüll gellte ihr in den Ohren. Am Boden krümmte er sich, wälzte sich in seinem Blut, heulte und schrie. Halbnackt rannte Kristina in den Nachbarraum. Die Frau hing schlafend und mit Antonia im Arm in einem Sessel. Kristina entriss ihr ihre Tochter, rannte aus dem Zimmer. In der Eingangshalle hörte sie Schritte und Stimmen aus dem Obergeschoss. Über dem Treppengeländer hing ein Sattel, aus den Pistolenholstern ragten die Kolben zweier Radschlosspistolen. Eine klemmte sie sich unter den Arm, die andere packte sie mit der freien. Im Hinauslaufen riss sie ein Bandelier mit Pulver- und Kugelsäckchen vom Wandhaken. Das Kind wachte auf und schrie.

Draußen schneite es. Durch den Hof des Anwesens lief sie. Schließlich bog sie nach rechts in einen riesigen, verwilderten Garten ab. Ein Pavillon ragte aus schneebedeckten Bäumen und Büschen, links und rechts davon Schuppen und Verschläge. Kristina nahm den Weg durch das dichteste Gestrüpp, damit man ihren Spuren im Schnee nicht gleich entdecken konnte, und flüchtete sich in eine halb zusammengebrochene Hütte hundert Schritte neben dem Pavillon.

Auf einer Kiste unter dem Fenster sank sie nieder. Ihr Atem flog, ihr Herz raste. Sie strich dem Kind Schnee aus Haar und Gesicht und legte es an ihre Brust, damit sein Geschrei sie nicht gleich verriet. Der Schnee fiel immer dichter draußen. Sie klemmte Antonia zwischen Brust und Schenkel, lud mit den freien Händen die Pistolen.

»Bitte, Tonda, bitte komm zu mir«, murmelte sie keuchend. »Bitte, Herr Jesus Christus, lass uns so nicht sterben.« Sie spähte ins Schneetreiben hinaus, der Morgen graute. Umrisse von Frauen und Männern bewegten sich hinter dem Vorhang aus Schneeflocken irgendwo vor dem großen Haus; sie hörte sie fluchen und zetern, sah sie dahin und dorthin deuten. Und dann mischte sich das Gebrüll des Einäugigen in die Stimmen.

Sie suchten in den Ruinen des Dorfes, sie suchten im Haus selbst, sie suchten in dem riesigen Garten. Auch im Pavillon und in den größeren Hütten daneben suchten sie. Die kleineren Hütten übersahen sie; vielleicht wegen des frisch gefallenen Schnees, der sie bedeckt und der auch Kristinas Spuren verweht hatte. Dennoch gaben sie die Suche nicht auf. »Höllenpack!«, zischte Kristina. Sie wärmte das Kind so gut es ging, fand leere Säcke, hüllte sich damit ein.

Am frühen Nachmittag hörte es auf zu schneien. Und Kristina konnte nach so vielen Stunden Antonia allein durch die Brust nicht mehr beruhigen. Und Milch kam auch keine mehr. Das Mädchen hatte volle Windeln und wollte trocken gelegt werden. Kristina riss ihr zerfetztes Kleid in Streifen, um sie zu wickeln. Doch zu spät: Antonia plärrte aus Leibeskräften. »Sie ist in der kleinen Hütte dort!«, rief eine Frauenstimme draußen. »Ich höre das Kind! Sie kann nur dort sein!«

Zwei führten den blinden Jokrim aus dem Haus in den Schnee. Eine blutige Binde bedeckte beide Augen. Er lief gebückt, konnte nur humpeln. Kristina sah es aus der Ferne mit grimmiger Genugtuung. »Her zu mir mit dem Satansluder! Holt sie aus der verdammten Hütte und gebt sie mir in die Hände!«

Angst würgte Kristina, ein kalter Schauer nach dem anderen fuhr ihr in die Glieder. Sie legte sich eine Pistole griffbereit, drückte Antonias rechtes Ohr mit der Linken fest gegen ihre Brust, steckte ihr zugleich den kleinen Finger der Linken ins Ohr und hob die zweite Pistole.

Zwei Männer stapften durch den Schnee und in den Garten und am Pavillon vorbei – aufrecht und zielstrebig, sie schienen keine Gefahr zu fürchten. Zwei Frauen schlichen hinter ihnen her. Kristina ließ das Pack bis auf zehn Schritte herankommen, dann drückte sie ab. Einer der Männer krümmte sich, der andere und die Frauen wichen zurück, zerrten ihn mit sich; überall um ihn herum waren rote Flecken im Schnee. Und wieder das tierische Gebrüll des verwundeten Jokrims. Kristina legte Antonia in einem leeren Futtertrog ab und stopfte die leer geschossene Pistole sofort wieder mit Pulver und Blei. Ihre Tochter jammerte.

»Anzünden«, brüllte draußen Veits Jokrim. »Schafft Holz herbei, zündet die verfluchte Hütte an, dann wird sie schon rauskommen, die verfluchte Hure!«

*

Der Verzweiflung folgte die Hoffnungslosigkeit, der Panik die Erschöpfung. Tonda kauerte sich in der dunkelsten Ecke seines Kerkers zusammen, presste die Fäuste gegen die Schläfen, schaukelte mit dem Oberkörper vor und zurück wie ein verlassenes Kind. Tonda lernte in jenen Stunden in- und auswendig, was er jahrelang durch seine Puppen gepredigt hatte: den würgenden Griff des Todes nach dem Leben, die entsetzliche Nähe der Hölle. Keine Worte fand er für dieses Grauen, und dennoch musste sein Herz es durchbuchstabieren, sein Blut, seine Knochen, seine Nerven.

Manchmal, wenn ihm doch ein paar Worte gelingen wollten, betete er; Gott möge Pater Franz einen Weg finden lassen, Kristina und Antonia zu retten. Oder Worte des Eids, den er Pater Franz vor wenigen Stunden ins Ohr geschworen hatte, sprangen ihm von den Lippen: »Noch einmal, mein Gott, noch einmal werde ich unter deiner Fahne in den Kampf ziehen, wenn du Kristina und Antonia rettest, noch einmal dein Strafgericht über einen Ketzer bringen, wenn du sie nur rettest, wenn du sie nur rettest, wenn du sie nur rettest.«

Irgendwann quietschte die schwere Tür des Kellergewölbes, im Schein seiner Fackel stapfte der Kerkerwächter heran. »Dein lutherischer Fürsprecher muss mächtige Freunde haben.« Schwer atmend stützte er sich gegen Tondas Zellentür. »Ihr werdet ranzioniert. Du, Alois, sein Feldwebel und sein Corporal ausgetauscht gegen Gefangene Pappenheims. Jetzt gleich.« Die Pappenheimer stimmten einen raukehligen Jubel an, verfluchten die Magdeburger, segneten ihren Obristen, sangen durcheinander. Tonda dagegen nahm die Nachricht vom bevorstehenden Austausch teilnahmslos auf; er war viel zu erschöpft, um noch irgendetwas zu empfinden.

Das änderte sich, als man sie bald darauf aus der tief verschneiten Stadt brachte. Es war später Nachmittag und frostig kalt. Vier wohlhabende Magdeburger Bürger und zwei Offiziere der Stadtgarnison ließen Pappenheims Kroaten frei, um vier Häftlinge der protestantischen Seite auszulösen. Fieberhafte Erregung befiel Tonda, als er begriff, dass er gehen konnte, wohin er wollte. Steinmanns Nachbarin brachte Mantel, Waffen und die beiden Pferde, beide gesattelt; die geplante Ranzionierung hatte sich in der Stadt herumgesprochen. »Ein zerstörtes Dorf an der Elbe!«, rief Tonda in die Menge der kaiserlichen Reiter. »Das Anwesen eines Halberstädter Domherrn! Wer kennt es?«

Alois, der bayrische Dragonerleutnant, wusste längst, worum es ging. Offenbar hatte er die Ohren gespitzt, als Franz und Tonda vor seinem Kerker miteinander geflüstert hatten. Seine Kompanie hatte das betreffende Dorf im vergangenen Jahr niedergebrannt, gleich zu Beginn der Blockade. Er beschaffte Pferde und Waffen, überredete einige Kroaten und die anderen beiden Ausgelösten, ihn und Tonda zu begleiten. Und los ging es, durch den Neuschnee die Elbe hinauf.

Bald wurde es dunkel. Sie sahen einen Feuerschein in der Ferne und hielten darauf zu. Flammen schlugen aus den Fenstern eines großen Hauses; im Garten, inmitten vieler schneefreier Flecken, rauchten schwarze Holztrümmer. »Ist es das?«, rief Tonda. Der Bayer nickte und machte eine betretene Miene.

Vier Gespanne zogen schwere Wagen weg von dem Anwesen, in einem hockte in einem Käfig ein Mann mit einer blutigen Binde um Stirn und Augen. Reiter trabten vor der Gartenmauer auf und ab. Tonda erkannte eine Halberstädter Standarte; er lenkt den Schwarzen zum Cornet, der sie trug. »Was ist hier geschehen?« Seine Stimme zitterte und überschlug sich. »Ich suche meine Frau und meine Tochter!«

»Wir sind die Garde des Generalprofos von Halberstadt. Der musste einer Anzeige wegen Hexerei nachgehen, und das bei dem Sauwetter.« Der Reiter stieß einen Fluch aus. »Wenigstens haben wir den Hexer und seine Hexe erwischt, und eine Frau mit Kind sitzt im vorderen Wagen.«

Tonda riss am Zügel, der Schwarze warf sich herum und preschte dem Tross des Generalprofos hinterher. »Kristina!«, schrie er in die kalte Nacht. »Kristina.« Jemand schlug seitlich die Plane zurück – Kristinas geliebtes Gesicht tauchte aus dem Wageninneren auf. Der Kutscher hielt das Gespann an. Tonda sprang aus dem Sattel in den Schnee, kletterte in den Wagen und schloss Frau und Kind in die Arme.

*

Halberstadt, Anfang Januar 1631

Das Gespann rollte aus der Stadt. Im Wagen sah Franz die Post durch. Eine Depesche des Herzogs von Lauenburg war darunter – im Mai wollte er den Jesuitenpater treffen. Trotz des harten Winters blieben die großen Flüsse schiffbar; auch Briefe aus Wien, Rom und Prag gelangten so über Donau und Elbe bis nach Norddeutschland hinauf. Der Ordensgeneral schickte Segensgrüße zum neuen Jahr aus Rom. Aus Prag kamen verspätete Grüße zum Christfest, und der Probst erkundigte sich nach dem Grab des Paters Nikolaus Bamberger. In einem langen Brief aus Wien berichtete Wilhelm Lamormaini über die Reaktion des Kaisers auf die schwedische Invasion. *Hama halt a Feinderl mea*, zitierte er Ferdinand, deutete zugleich aber an, dass der Kaiser es im vertrauten Gespräch bitter bereute, dem öffentlichen Druck nachgegeben und Wallenstein entlassen zu haben. Nun war es zu spät, und scharf sog Franz die Luft durch die Nase ein. Der verhasste Schwede eilte von einem Sieg zum nächsten.

»Die Königreiche Schweden und Frankreich schmieden ein Bündnis gegen den Kaiser«, sagte Carolus, der Franz gegenübersaß und die Abschrift einer Zeitung aus Antwerpen las.

»Damit war zu rechnen.« Franz nickte langsam. »Es scheint, als hätte der Krieg gerade erst angefangen. Man kann nur hoffen, dass Gott uns bald von Gustav Adolf befreit.«

Er dachte an Tonda. Ihm hatte er die heutige Hinrichtung verschwiegen; nicht, dass Rachegelüste die schwedische Hure am Ende noch an den Ort der Urteilsvollstreckung führten. Franz musste vermeiden, ihr zu begegnen.

»Das Schreiben des Lauenburgers sollte gleich morgen beantwortet werden, diese Briefe aus Wien und Prag erst nächste Woche.« Er reichte Carolus das Papierbündel. »Der Ordensgeneral erwartet keine Antwort. Pater Vitelleschi bekommt im Frühjahr sowieso einen Bericht von mir.«

Die verschneite Flusslandschaft zog an ihnen vorbei. Der Neuschnee lag zwei Handbreiten hoch, das Gespann kam nur langsam voran. Franz verzichtete darauf, den Kutscher zur Eile anzutreiben. Die Hinrichtung war für zwölf Uhr mittags angesetzt, doch ohne sein Beisein würde man nicht beginnen.

Das Dorf lag drei Wegstunden von Halberstadt entfernt. Bewusst hatte Franz von Trient den kurzen Prozess und die Urteilsvollstreckung abseits der Stadt aufs Land verlegt. So wenige Zeugen wie möglich und keine Protokolle; lediglich eine knappe offizielle Depesche nach Mainz, denn im kleinen Kurfürstentum suchte man ja noch nach Jokrim.

Gegen Mittag hielt die Kutsche vor der Kirche eines kleinen Dorfes. Der Leutnant der kleinen Wachmannschaft benachrichtigte den Henker und den Priester. Seine Leute errichteten den Scheiterhaufen. Zum Glück schneite es nicht. Kaum dreißig Schaulustige fanden sich auf dem verschneiten Richtacker vor dem Dorf ein. Gut so.

Zwei Stunden später lenkte der Henkersknecht einen Ochsenkarren aus der nahen Pulvermühle heran, wo man die Verurteilten gefangen gehalten hatte. Der Henker und vier Wächter ritten nebenher. Die Frau kniete im Wagen, Jokrim lag zusammengekauert neben ihr. Eine fleckige Binde verhüllte ihm Stirn und Augenhohlen. Er konnte nicht laufen, und man musste ihn auf den Scheiterhaufen tragen. Das lag nicht an den Folgen eines sonst üblichen Verhörs, denn das hatte Franz ihm aus guten Gründen erspart – Wundfieber hatte den Hexer ausgezehrt.

Die Frau begann zu blöken wie ein Schaf angesichts der Schlachtbank, als man sie vom Wagen in den Schnee zerrte. Sie war taubstumm, wusste nicht, wie ihr geschah. Zu viert mussten die Männer sie halten, damit der Henkersknecht sie am Pfahl festbinden konnte. Als es geschafft war, gab der Henker ihr den Gnadenstoß; außer versuchtem Kindsraub hatte man ihr nichts nachweisen können. Franz atmete auf, als ihr unmenschliches Geblöke verstummte.

In den Hexer jedoch kehrte noch einmal das Leben zurück. Er fing an zu schreien, als der Henker seinen Holzstoß entzündete. Die Flammen hüllten ihn mit hundert gelbroten Zungen ein, da schrie er immer noch. »Er schreit wie ein Dämon«, raunte Carolus an Franz' Seite. »Findet Ihr nicht, Hochwürden?«

Der schaute ernst drein. »Wie soll einer anders schreien, wenn er seine Seele zum Dämonenhorst gemacht hat?«

*

Quedlinburg, Ende Januar 1631

Eisblumen bedeckten das Fenster, man konnte nicht in die Nacht hinaussehen. Nur die Stille über der Stadt verriet den unentwegt fallenden Schnee. Kein Hufschlag, kein Wagenlärm, keine Schritte; sogar die Glocken klangen gedämpft. Kristina und Tonda lagen ineinander verschlungen unter vielen Decken. Antonia schlief in einer alten Wiege nur eine Armlänge von Kristina entfernt.

Seit jenen schlimmen Tagen Anfang Dezember lebten sie hier in Quedlinburg, im Hause eines wohlhabenden Druckers, eines guten Freundes des Magisters Steinmann. Die Familie bewirtete sie großzügig und mit warmen Herzen, wollte nicht einmal Geld nehmen. Tonda half in der Druckerei, Kristina nähte.

»Ich habe dich so lieb«, flüsterte Tonda und zog sie an sich. Das sagte er ihr jeden Tag und jede Nacht, seit sie wieder zusammen waren. Es tat ihr gut, es gab ihr Hoffnung – doch manchmal glaubte Kristina, einen verzweifelten Unterton aus Tondas Liebesschwüren herauszuhören. Der beunruhigte sie.

Sie hatten nicht viel gesprochen seit jenen Dezembertagen, nicht über den Prozess, nicht über den Kerker und schon gar nicht über die dunklen Stunden von Kristinas Gefangenschaft. Kaum etwas hatte sie erzählt. Nur, dass sie vier Männer erschossen und der Wind Funken aus der brennenden Hütte zu den anderen Hütten und ins Haus hinübergeweht hatte. Und dass der Tross des Genralprofos gerade noch zur rechten Zeit gekommen war. Mehr nicht. Tonda wusste dennoch, was ihr widerfahren war. Erst heute, erst in dieser Nacht Ende Januar hatte sie ihn wieder zu sich lassen können.

»Mein König und seine Armee liegt an der Oder und in den Städten Pommerns«, flüsterte sie. »Ich will, dass wir der schwedischen Armee entgegenziehen und nach meinem Bruder Erik fragen.«

»Ja«, antwortete Tonda. »Das werden wir tun.«

Sie hörte seine heisere Stimme und spürte, wie er schluckte. »Hast du Angst davor?«

»Nein«, flüsterte er und schluckte wieder.

Sie warteten das Ende des Winters ab, doch der zog sich lange hin in diesem Jahr. Im März kam ein Brief von Magister Steinmann: Mutter Ruth sei gestorben, Susanna habe aus London geschrieben und die Tante aus Lübeck. Es gehe ihnen gut, und ihm gehe es sogar sehr gut. Nur sei das Haus auf einmal so leer. Und unter der Grußzeile notierte er noch, dass es nun so weit sei und Pappenheim und Tilly gegen Magdeburg vorrückten.

Im April fand Tonda eine Zeitung, in der er las, dass die protestantischen Reichsstände sich in Leipzig aufgerafft hatten, dem kaiserlichen Restitutionsedikt eine Absage zu erteilen. Ein Heer von vierzigtausend Mann wollten sie gegen den Ferdinand aufstellen.

Im gleichen Monat verkündete auf dem Markplatz ein Zeitungssänger, dass Kristinas König Frankfurt an der Oder erstürmt hatte. Zu der Zeit war Magdeburg, das den Schwedenkönig so sehr herbeisehnte, längst wieder eingeschlossen und waren bereits hunderte Bürger und Soldaten der Stadt bei der Verteidigung ihrer Mauern ums Leben gekommen.

In der zweiten Maiwoche, einen Tag nach Kristinas dreißigstem Geburtstag, lud Tonda ihr Hab und Gut auf einen neuen Wagen und spannte die Pferde ein. Kristina schrieb Abschiedsbriefe an Johann und Balthasar Steinmann und an den Kartäuser Rübelrap. Sie wusste nicht, ob die Briefe jemals in die Stadt gelangen würden, denn die Regimenter Tillys und Pappenheims rannten Tag für Tag gegen Magdeburgs Mauern an. Innerhalb der Mauern lehnte man die Übergabe der Stadt unbeirrt ab. Man wartete auf den Schwedenkönig und sein starkes Heer.

Die Familie des Druckers begleitete sie bis zum Stadttor. Die Frauen und Töchter winkten mit weißen Tüchern und weinten; vor allem Antonia hatten sie ins Herz geschlossen. So ließen Tonda und Kristina auch Quedlinburg hinter sich und fuhren Richtung Osten. Kristina wurde merkwürdig leicht ums Herz. Wenn sie es bis zu einem schwedischen Heerlager schafften, dann war auch Stockholm nicht mehr weit.

»Was immer geschieht«, sagte Tonda, als die letzten Kirchtürme der Stadt hinter dem Horizont verschwanden, »eines darfst du nie vergessen: Ich habe dich sehr lieb.«

Etwas in seiner Stimme machte Kristina große Angst.

12

Magdeburg, Juli 1631

Die Schiffer befestigten die Landungsbrücke, unter vielen Kirchenmännern und Soldaten gingen auch Franz und Carolus von Bord. Man redete nicht viel, seit auf der Elbe die zerstörte Stadt in Sicht gekommen war. Und jetzt, da man die Verwüstung mit Händen greifen konnte, sah Franz sich von erschrockenen und betretenen Mienen umgeben. Die Luft roch nach feuchter Holzkohle und Verwesung.

An der Anlegestelle sprach der Kapitän des Lastenseglers einzelne Passagiere an, verband seinen Abschiedsgruß mit grimmigen Hinweisen auf Trümmer und Ruinen. Auch Franz von Trient fasste er ins Auge. »Kein besonders schönes Reiseziel in diesen Tagen, Hochwürden, nicht wahr?« Der leise Spott in Stimme und Miene des Kapitäns erregte Franz' Ärger, er blieb stehen. Mit loderndem Blick musterte er den graubärtigen Mann. »Ein paar hundert von über dreißigtausend sind übrig geblieben«, sagte der Kapitän, verschränkte die Arme vor der Brust und hielt seinem Blick stand. Was bildete er sich ein? »Ihr hättet Mitte Mai hier sein müssen, Hochwürden, da sah man das Elbwasser nicht vor lauter Leichen.« Franz biss die Zähne zusammen, wandte sich ab. »Papst Urban hat sich drüber gefreut und Gott gedankt, hört man«, fuhr der Kapitän fort. Er besaß die Dreistigkeit, ihm zu folgen. »Und ihr von der Gesellschaft Jesu, habt ihr Gott auch gedankt?«

Franz fuhr herum. »Was fällt dir ein, Lausbart!« Woher wusste der unverschämte Kerl, dass er Jesuit war? Wie ein wohlhabender Bürger hatte Franz sich gekleidet – Kniehosen mit Seidenbändern, kurzer Mantelrock, flacher Kragen, hoher Hut –, wie ein Arzt. Sah man ihm den Jesuiten denn trotzdem an? »Tu deine Arbeit und lass mich die meine tun!«

»Aber natürlich, Hochwürden.« Bitter lächelnd und wie zum Spott deutete er eine Verneigung an. »Ihr müsst ihnen ja beibringen, wie man recht glaubt, den wenigen Hungerleidern, die übrig geblieben sind in dieser schwarzen Trümmerwüste.« Er wies auf die über weite Abschnitte zerstörte Wehrmauer, hinter der schwarze Kirchtürme in den Himmel ragten wie Arme, denen man noch im Flehen die Hände abgeschlagen hatte. Man konnte nur wenige Dächer erkennen, alle verrußt und eingebrochen. »Ihr hättet hören sollen, wie sie …« Franz schlug ihm ins Gesicht.

»Beleidigt er Euch, Hochwürden?« Ein frommer Obristwachtmeister, mit dem Franz auf der Fahrt von Dessau hierher ins Gespräch gekommen war, schob sich zwischen ihn und den Schiffskapitän.

»Ihr hättet hören sollen, wie sie geschrien haben, Hochwürden, all die Frauen und Mädchen.« Der Kapitän rieb sich die Wange und sprach einfach weiter, hob sogar noch die Stimme. Der Offizier herrschte ihn an, verbot ihm den Mund. Franz von Trient fuhr herum, hinkte der Neustadt entgegen. »Wie Vieh haben die Pappenheimer und Tillyschen sie untereinander verschachert!«, rief ihm der Kapitän hinterher, und noch lauter gebot der Offizier ihm, Ruhe zu geben. »Und grüßt den Pappenheimer, wenn Ihr ihn seht, Hochwürden! Ein schönes Feuer hat er gemacht. Der Teufel in der Hölle wird erblasst sein vor Neid …« Ein Schlag und die Stimme verstummte. Im Forthinken hörte Franz, wie der Offizier dem Kapitän mit dem Profos drohte.

»Er lügt doch, dieser freche Kerl! Keineswegs haben nur wenige hundert Magdeburger überlebt!«, schimpfte er vor sich hin, als er mit Carolus den Hafen hinter sich ließ. »Beinahe viertausend konnten sich doch in den Dom retten. Und der brave Tilly hatte sie alle begnadigt. Alle!« Er schrie es hinaus.

Carolus schickte er mit dem Gepäck voraus in die Altstadt und zu dem Haus, in dem Franz sich mit den Herren des Domkapitels treffen wollte, um über ein Jesuitenkolleg für Magdeburg zu verhandeln. Sein Ziel war erst einmal die Neustadt.

Die lag zum großen Teil in Trümmern. Die Magdeburger selbst hatten die Zerstörungen zu verantworten: Sie hatten Pappenheims Truppen daran hindern wollen, in der Deckung der Häuser zu stürmen oder Kanonenbatterien in den Gassen zu verstecken. Das Feuer, das die Altstadt fast vollständig vernichtet hatte, hatte auf die abgerissenen Vorstädte nicht übergreifen können.

Schließlich stand Franz vor dem Kloster *Unser Lieben Frauen.* Unbeschädigt, als hätte es hier niemals Krieg gegeben, ragten die beiden Rundtürme der Klosterkirche und dazwischen die schmale Giebelfassade des Kirchenschiffs auf. Pappenheim hatte das Prämonstratenserkloster geschont und verboten, es zu plündern. »Gott sei Dank«, murmelte Franz und bekreuzigte sich.

Er betrat die Kirche, betete vor dem Altar und sprach dann einen der Mönche im Chorgestühl an. »Wo finde ich das Grab des Kartäusers, der in den ersten Dezembertagen des letzten Jahres in der Altstadt auf so tragische Weise ums Leben gekommen ist?«

Der Prämonstratenser unterbrach sein stilles Gebet und führte ihn zum kleinen Klosterfriedhof. Vom Rande des Gräberfeldes aus deutete er auf einen hünenhaften Mönch in weißem Kartäuserhabit; der hockte auf einem Leiterwagen vor einem Grab und schlug ein Brummeisen. Franz bedankte sich und ging zu dem bezeichneten Grab. Der große Kartäuser unterbrach sein Spiel nicht.

Alban von Lüttich, stand auf dem kaum behauenen Grabstein, *gestorben am 13. Dezember anno 1630*. Sonst nichts.

»Er war ein Arzt«, sagte Franz. Der Kartäuser spielte weiter. »Und ein Mann der Gesellschaft Jesu, bevor er in eure Ordensgemeinschaft eintrat.«

Der Mönch auf dem Leiterwagen setzte die Maultrommel ab. »Ich weiß.«

Franz betrachtete ihn. Er hatte ein breites, jungenhaftes Gesicht;

unmöglich, sein Alter auch nur annähernd zu schätzen. Dunkel erinnerte er sich, ihn an jenem Abend unter den Versammelten im Haus neben der Kirche gesehen zu haben. Offenbar war er im Aufbruch begriffen, denn sein Leiterwagen war mit Decken, Wäschebündeln, Schuhen, einem Wasserkrug und einem Korb voller Gemüse und Brot beladen. Auch Bücher und Bilder entdeckte Franz. »Wie heißt du?«

»Ich bin der Bruder Rübelrap. Und du?«

Franz zögerte nur einen Wimpernschlag lang. »Carolus von Bamberg.« Alban hatte noch ein paar Tage gelebt, möglicherweise hatte der Pater Medikus vor seinem Tod ja noch von einem gewissen Franz von Trient berichten können und wie der die schwedische Hure in die Falle gelockt hatte.

»Du kennst ihn?« Der Mönch namens Rübelrap wies auf das Grab.

»Nun, man hat mich aus Prag hierhergeschickt, um nach Pater Albans Grab zu sehen.« Franz räusperte sich. »Immerhin war er mal ein Jesuit, wie gesagt. Hat Gott ihn mit einem schweren Tod geprüft?« Franz wollte etwas über Albans letzte Tage erfahren. Sollte er ihn dem Hünen beschrieben haben, mussten entsprechende Maßnahmen ergriffen werden.

»Eine Woche lag er mit Wundbrand. War kein Spaß. Die Klinge hat ihm Leber und Lunge durchbohrt. Du bist ein Jesuit?«

»Ja. Weiß man, wer seinen Tod zu verantworten hat?«

»Der Satan selbst.«

»Wie?« Der Schrecken fuhr Franz in die Knochen, doch sofort besann er sich. »Ach ja, ich habe davon gehört, dass jener Einäugige, der ihn angegriffen hat, ein Hexer gewesen sein soll. Hat er ihn also ›Satan‹ genannt?«

»Pater Alban nannte niemanden irgendwie«, erklärte der Hüne in der Mönchskutte. »Er stand unter einem Schweigegelübde.« Franz runzelte fragend die Stirn. »Doch als ich ihn fragte, wer dem Einäugigen die arme Mutter mit ihrem Kind ausgeliefert hat, da bedeutete er mir mit Gesten, dass es der Satan selbst getan hat.«

Franz zuckte zusammen. Ein Zittern bebte durch seinen Körper. Nur mit Mühe brachte er einen Gruß über die Lippen, bevor er sich umdrehte und vom Klosterfriedhof hinkte. Die scheußlichen Worte hallten in seinem Schädel wider – *der Satan selbst* –, hallten ihm auf dem Weg durch die Neustadt aus verlassenen Geschützstellungen und zertrümmerten Häusern entgegen und später, in den Überresten der Altstadt, aus unzähligen Brandruinen und von zu Schutthalden aufgeschütteten Trümmern – *der Satan selbst, der Satan selbst.*

Im Auftrag der Gesellschaft Jesu musste er die neuen Domherren von Magdeburg treffen. Aber die kurze Begegnung mit dem Kartäuser hatte ihn derart aufgewühlt, dass er erst einmal eine Stunde lang in der Domkirche zum Gebet niederknien musste.

Später überquerte er den Neumarkt, um das Haus des Domherrn aufzusuchen, mit dem er verabredet war. Es gehörte zu den knapp zweihundert Gebäuden, die hier, rund um den Dom, den Feuersturm des zehnten Mais überstanden hatten. Alle anderen, mehr als eintausendfünfhundert Häuser, waren niedergebrannt.

Ochsen- und Pferdegespanne standen vor Brandruinen und Trümmerhalden, Männer luden verkohlte Steine und Balken auf die Wagen. Einige hatten sich Tücher vor Mund und Nase gebunden, denn noch immer lagen Leichen unter den Trümmern. Ein Mann in Weiß zog seinen Leiterwagen an den Gespannen vorbei. Zunächst glaubte Franz, dem Kartäuser wieder zu begegnen, und wollte schon in die nächste Gasse abbiegen, aber der Mann war kleiner und in seinem Leiterwagen zog er keine Habseligkeiten hinter sich her, sondern einen zweiten, jüngeren Mann.

Der Mann, ein Kahlkopf, blieb vor ihm stehen. Franz wollte ausweichen, doch der andere versperrte ihm den Weg. »Was ist das da drinnen?«, fragte er, legte den Kopf auf die Schulter und zeigte auf Franz' Kopf. Franz sah, dass er ein Totenhemd trug, aber kein Kreuz war aufgestickt, sondern das Motiv des Glückshorns. »Was brennt hinter diesen Augen, hinter dieser Stirn?« Der Mann sprach, als würde er mit sich selbst reden. »Liebe oder Hass?«

»Liebe oder Hass?«, krähte der jüngere Mann im Wagen, ein Gelähmter offensichtlich und zudem ein Idiot, wie es aussah. »Liebe oder Hass?«

»Was fällt Euch ein?« Franz schob den Mann beiseite und drängte sich an ihm vorbei. »Ihr seid ja wahnsinnig! Lasst mich gefälligst meines Weges gehen!«

*

Hersfeld, August 1631

Ohne jede Ordnung ergoss sich der Tross aus dem Peterstor: Menschen, Karren, Pferde, Kutschen, Ochsen eilten am Siechenhaus vorbei. Bis zum Abend hatte der Herzog Bernhard von Sachsen-Weimar den katholischen Priestern und Mönchen Zeit gegeben, Hersfeld zu verlassen. Vom Balkon eines großen Hauses nahe der Mauer beobachtete Kristina, wie die Flüchtenden auf die Brücke hasteten und die Fulda überquerten.

Der Landgraf von Hessen-Kassel hatte sich mit Kristinas König Gustav Adolf II. von Schweden verbündet; unter dessen Fahne ritten die Regimenter des Herzogs. Und die Bürger der Stadt, Untertanen des Landgrafen, hatten sie als Befreier begrüßt. Den Hersfeldern die Glaubensfreiheit und den Reformierten den Gottesdienst zurückzugeben, gehörte zu den ersten Maßnahmen Herzog Bernhards nach der Einnahme der Stadt.

Kristina atmete auf. Es hatte keine wirkliche Belagerung gegeben, keine nennenswerten Kämpfe, kaum Blutvergießen. Ein Segen nach all den Scheußlichkeiten, die man Tag für Tag aus Magdeburg hören musste. Antonia stützte sich am Gemäuer ab, tapste der offenen Tür entgegen. Vor ein paar Tagen hatte sie ihre ersten Schritte gemacht. Kristina tastete nach Tondas Hand, die fühlte sich kalt und feucht an. Fürchtete er die Begegnung mit dem Herzog? Warum?

Schon vor zwei Tagen waren Kristina und Tonda zu den Truppen des Herzogs von Sachsen-Weimar gestoßen. Er hatte sie unter seinen Schutz stellen lassen, als er hörte, dass Kristina aus Stockholm stammte. Heute, nach vollständiger Einnahme der Stadt, wollte er sie anhören. Hier, in dem Haus, in dem er sich auch mit seinen Offizieren zu einer Konferenz verabredet hatte. Die war noch nicht zu Ende.

Keinen Steinwurf weit entfernt, auf der Stadtmauer, hörte Kristina Gelächter. Auf der Straße in die Vorstadt zogen Spielleute vorbei, bliesen Flöten und Sackpfeifen, trommelten und fiedelten. Männer und Frauen tanzten neben ihnen her.

»Siehst du, wie sie sich freuen, die Hersfelder?« Kristina lehnte sich gegen Tonda. »Hörst du's?«

»Ja, ich höre es.« Für Kristinas Ohren hätte es mitfühlender klingen können.

»So wird bald das ganze Reich Deutscher Nation sich freuen, wenn unser König die Evangelischen vom Krieg erlöst und von der katholischen Unterjochung befreit.« Kaum hatte sie es gesagt, biss sie sich auf die Zunge. Einer wollte das Bekenntnis des anderen nicht schlecht reden – so hatten sie es einander versprochen. Doch war das überhaupt möglich? Sie küsste ihn auf die Wange. »Verzeih bitte.«

»Vielleicht wird er das Reich auch noch tiefer in Krieg und Unterjochung führen«, sagte Tonda. Ihre Entschuldigung überhörte er.

»Wie kannst du so etwas sagen?« Kristina runzelte die Brauen. »Er kommt, um das Luthertum zu retten!«

»Also nicht, um dem Königreich Schweden Pommern und Mecklenburg mit Stralsund und den anderen Hafenstädten zu erobern? Man munkelt auch, Gustav Adolf interessiere sich mehr für Wien und den Kaiserthron als für die Deutschen und das lutherische Bekenntnis.«

»Lauter Lügen!« Sie schob sich weg von ihm, stemmte die Fäuste in die Hüfte. »Glaubst du solche Ammenmärchen etwa auch?« Schon waren sie mittendrin im religiösen Ehezwist.

»Ich weiß es doch nicht, Kristina.« Er legte den Arm um sie, zog sie wieder an sich. »Wer sagt dir denn, dass er nicht ein Blutsäufer und Zerstörer derselben Sorte ist wie der wüste Mansfelder oder der habgierige Wallenstein oder der grausige Tilly?«

Hinter ihnen plärrte plötzlich Antonia los. Beide fuhren herum, liefen zu ihr. Das Kind war über die Balkonschwelle in das Zimmer dahinter gestolpert, lag jetzt heulend am Boden und äugte trostgierig mal zum Vater, mal zur Mutter herauf. Tonda hob sie hoch, tröstete sie. In diesem Moment bewegte die Tür sich und der Herzog trat ein. Vier Offiziere begleiteten ihn.

»Verzeiht, dass ich Euch warten ließ.« Kristina und Tonda verneigten sich, doch er reichte beiden die Hand und wandte sich dann sofort an die Kleine. »Na, wer wird denn weinen?« Er lächelte und knuffte sie in die Wange. »Die schönen Augen nach der Mutter, die schwarzen Locken ganz nach dem Vater.«

Bernhard von Sachsen-Weimar war ein hochgewachsener Mann, hager und dunkelhaarig. Er trug sein Haar nach neuster Mode fransig und lang und hatte einen überaus gepflegten Schnurrbart und einen Spitzbart, wie man ihn häufig sah, seit die einem langen Bart so hinderliche spanische Halskröse zunehmend dem flachen Spitzenkragen Platz machte. Trotz Harnisch, Bein- und Armschienen sah man ihm an, dass er sich elegant zu kleiden pflegte. Er war jung, mindestens zwei Jahre jünger als Kristina.

Antonia beruhigte sich, lächelte verschämt mit ihm, und der Herzog wies an den Tisch. »Jetzt wollen wir aber hören, wie eine schwedische Edelfrau allein über die Ostsee und in das kriegsgeplagte Reich gelangt ist.«

Bis auf zwei Offiziere nahmen alle am Tisch Platz, und Kristina erzählte in knappen Sätzen von ihrem Schicksal. Sie sparte vieles aus, und das nicht nur, um die Zeit des Herzogs nicht über Gebühr zu beanspruchen. Zum Schluss fragte sie nach ihrem Bruder. »Erik Thott, ich bin beinahe sicher, dass er mit seinem König in den Krieg gezogen ist.«

»Das ist wahr«, bestätigte der Herzog. »Ich habe ihn in Frankfurt an der Oder kennengelernt. Ein tapferer und gebildeter Mann. Er gehört wie ich zum königlichen Leibregiment, dessen Obrist ich bin. Euer Bruder ist Major.«

Kristina wollte fragen, wo sie Erik finden würde, aber sie brachte kein Wort heraus. Die Tränen stürzten ihr aus den Augen, und sie vermochte nicht, sie zurückzuhalten. Jemanden so selbstverständlich über den geliebten kleinen Bruder reden zu hören, überwältigte sie.

Der Herzog, ein feinfühliger Mann, wie es schien, erriet ihre Fragen. »Der König und Euer Bruder halten sich in diesen Wochen irgendwo in Sachsen-Anhalt auf. Gleich morgen schicke ich einen Boten zur schwedischen Hauptstreitmacht. Der wird einen Brief von Euch an Euern Bruder mitnehmen.« Er fasste nach ihrer Hand und drückte sie. »Doch Ihr müsst Euch in Geduld üben – Tilly, der Schlächter von Magdeburg, zieht dem schwedischen Heer mit einer gewaltige Streitmacht entgegen. Lange und harte Kämpfe stehen bevor, und niemand kann sagen, wann sie ausgestanden sein werden. Ich rate Euch daher, hier in Hersfeld auf Euern Bruder zu warten.«

Der Herzog ließ ihnen ein Quartier in der verlassenen Abtei zuweisen. Am Abend, nachdem sie Antonia gestillt hatte, schrieb Kristina einen Brief an Erik. Der Anfang fiel ihr schwer. Himmel, wie lange hatte sie nicht mehr mit ihrem Bruder gesprochen? Schließlich schrieb sie einfach, wie ihr zumute war, wenn sie daran dachte, ihn bald wiederzusehen, und dann füllte sie Seite um Seite.

Tonda bettete Antonia in ihrer Wiege. Seine Tochter verlangte nach dem Erzengel; seit ihrem ersten Geburtstag hatte sie sich das angewöhnt. Wie immer stülpte Tonda sich die Puppe über die Hand, ließ sie ein Gebet sprechen, ein Wiegenlied singen und steckte sie dann zu seiner Tochter unter die Decke. Ein Ritual, ohne das die Kleine schon gar nicht mehr einschlafen wollte. Nur ließ Tonda den Erzengel an diesem Abend ein besonders langes Gebet sprechen, und sein Wiegenlied wollte kein Ende nehmen.

Kristina, über ihren Brief gebeugt, hörte es und wunderte sich.

Später sah sie Tonda mit gekreuzten Beinen neben Antonias Wiege hocken und das Kind mit leisen, wehmütigen Panflötenklängen in den Schlaf spielen. Er hatte kaum ein Wort gesprochen seit der Begegnung mit dem Herzog, wirkte bedrückt und geistesabwesend. Kristina hörte seinem Flötenspiel zu und beobachtete ihn von der Seite. Wie unruhig sein Blick war, wie angespannt seine Miene. Was ging nur in ihm vor? Selbst seine Musik kam ihr fremd vor heute Abend, trauriger und weniger leidenschaftlich als sonst.

Irgendetwas beschlagnahmte seine Seele – und sie ahnte, dass es nichts Gutes sein konnte.

Hing es womöglich mit seinem Beichtvater zusammen, jenem Pater Franz? Tonda hatte ihn lange nicht erwähnt, und Kristina hielt das für ein gutes Zeichen. Und wenn es nun ein schlechtes war? Sie zweifelte plötzlich.

»Der Herzog hat recht«, sagte sie, als sie sich später am Waschtisch wusch. »Wir sollten hier in Hersfeld warten, bis mein Bruder meinen Brief beantwortet.«

»Ja.« Im Spiegel sah sie Tonda im Bett liegen und zur Decke starren. »Das sollten wir wohl.«

»Was werden wir tun in dieser Zeit?« Kristina hatte noch Gulden genug, aber Tonda tat es gut, gemeinsam mit anderen Männern irgendetwas zu arbeiten.

»Du hütest unsere Tochter, und ich suche in Hersfeld nach einer Druckerei oder nach einer Pferdezucht irgendwo in der Umgebung.«

»Tu das, mein Geliebter. Vielleicht braucht die Stadt ja auch einen Spielmann.« Tonda antwortete nicht. Sie kroch zu ihm ins Bett. »Geht es dir nicht gut?«

Aus seinen dunklen Augen sah er sie an. »Mach dir keine Sorgen«, flüsterte er. Dann küsste und umarmte er sie.

In dieser Nacht liebte er sie drei Mal und jedes Mal mit einer Leidenschaft, die Kristina atemlos machte und schier an den Rand der Besinnungslosigkeit trieb. Er liebte sie, als gäbe es kein Morgen. Nach dem letzten Mal lag sie bis zum Morgengrauen wach, und eine leise Angst schlich sich in ihr Glücksgefühl. Selbst Tondas Art zu lieben hatte etwas Verzweifeltes an sich.

Am Morgen brachte sie den Brief an Erik ins Quartier des Herzogs. Danach ging sie zum Markt. Als sie ins Quartier zurückkehrte, war Tonda weg.

Sie wähnte ihn zunächst in Hersfeld unterwegs oder irgendwo in der Umgebung der Stadt, um seine Dienste anzubieten. Gegen Mittag sah sie dann seine Puppen auf ihrer alten Ledertasche liegen. Und unter den Puppen fand sie seinen Brief.

Mit jedem Satz, den sie las, zitterten ihre Hände mehr. *Ich muss gehen. Ich kann nicht anders, es muss sein. Doch ich komme zurück, sobald ich kann. Was immer geschieht, vergiss es nicht, meine Geliebte: Ich hab dich sehr lieb. Küsse Antonia von mir. Ihr seid mein Leben.*

*

Rothenburg o. d. Tauber, Dezember 1631

Der Herzog von Lauenburg musterte Tonda, als könne er seinen Wert und Stand nicht recht einschätzen. »Die von Waldaus stellen seit Generationen die tapfersten Männer der böhmischen Ritterschaft«, ergänzte Franz die Vorstellung Tondas.

»Durchlaucht.« Tonda blieb knapp, neigte nur den Kopf ein wenig.

»Manch Gutes von Euch gehört, Freiherr.« Der Lauenburger reichte ihm die Hand. Tondas heldenmütige Leistung an der Brücke von Dessau hatte sich herumgesprochen in den kaiserlichen Regimentern. Dem Herzog gegenüber hatte Franz noch angedeutet, dass er auch am Ableben des Halberstädters nicht ganz unschuldig gewesen war.

Sie nahmen an einem schweren Eichentisch Platz, die Bäuerin trug Wein und warmes Ochsenfleisch auf, dazu Brot und Meerrettich. Franz sah, wie Tonda jede Geste und jedes Mienenspiel des Herzogs studierte. Dessen Äußeres hatte etwas Wildes, Unbändiges. Lange Haarsträhnen hingen ihm ungekämmt von der Glatze bis über die Schultern herab. Sein kleiner, verkniffener Mund gab seinem langen Gesicht einen missgünstigen Ausdruck, die ständig gerunzelten Brauen einen mürrischen. Franz mochte ihn nicht. Und Tonda ging es ähnlich, das las er in seinem wachen Blick.

»Auf bessere Zeiten für die Katholische Liga und den Kaiser«, sagte der Lauenburger. Sie stießen an.

Die Eroberung Rothenburgs gehörte zu den seltenen Siegen des Generals Tilly, die in letzter Zeit zu vermelden waren. Franz hatte sich und Tonda im Haus eines reichen Bauern einquartiert und dessen weitläufigen Familie im Gegenzug die Kroaten und Schlimmeres erspart. Wilde Soldateska hatte Tilly in Rothenburg einquartiert. Hier wurde so schnell keiner mehr seines Lebens froh.

»Sie nennen ihn den ›Löwen aus Mitternacht‹«, sagte der Lauenburger. »Er hat Frankfurt an der Oder gestürmt. Er hat Königshofen, Schweinfurt und Würzburg erobert. Erfurt hat sich ihm kampflos ergeben. Überall feiern sie ihn als den Retter des deutschen Protestantismus.« Der Lauenburger schenkte sich Wein nach. »Sogar Prag ist ihm in die Hände gefallen. Und bei Breitenfeld hat er uns geradezu vernichtet. Ein Wunder, dass der Alte hinterher überhaupt noch den Mut aufbrachte, auf Rothenburg loszugehen.« Wie fassungslos schüttelte er den Kopf. »So wird er weiter stürmen, von Sieg zu Sieg. Bis er vor Wien auftaucht. Wer will ihn aufhalten?«

»Wir.« Franz konnte sie nicht mehr hören, diese rührseligen Heldenhymnen auf den Schwedenkönig. »Gustav Adolf ist verwundbar. Ich habe ihn mit eigenen Augen kämpfen sehen, wo der Kugelhagel am dichtesten heulte. Ich habe gefangene schwedische Offiziere verhört, die ihn getroffen vom Pferd sinken sahen. Ich weiß von einem Brief, mit dessen Zeilen er in Erwartung seines baldigen Todes seine Nachfolge geregelt hat.«

Der Lauenburger nickte langsam. »Man hat mir davon erzählt. Als sein größter Mangel könnte sich noch seine Gewohnheit erweisen, nur im Lederkoller in die Schlacht zu ziehen.« Der Lauenburger feixte. »Seit Dirschau scheint der Löwe aus Mitternacht viehische Schmerzen zu leiden, wenn er versucht, einen Harnisch anzulegen.« Er lachte wiehernd.

»Nutzen wir es aus«, sagte Tonda nur. »Dies und seine Kurzsichtigkeit.«

»Was seid Ihr gewillt beizutragen, Durchlaucht?« Franz kam zum Punkt.

»Keinen Schuss, keinen Degenstoß!« Der Lauenburger hob abwehrend die Rechte. »Ich darf den Namen meines Hauses nicht aufs Spiel setzen. Und ich muss an meine militärische Laufbahn denken. Doch ich treffe den Schweden in den nächsten Wochen persönlich und ich bin gewillt, ihm meine Dienste anzubieten.« Er hob beide Hände. »Und dann bin ich in seiner Nähe.«

»Und wenn er nach den Gründen fragt?«, erkundigte sich Tonda.

»Meine protestantische Gesinnung. Meine Bewunderung seiner Kriegsführung. Mein Bruder, der bereits für ihn kämpft. Und vor allem mein Hass auf Wallenstein. ›Ich kann nicht für den Kaiser kämpfen, solange er einem Mann wie Wallenstein die militärischen Geschicke des Reiches in die Hände legt‹, werde ich sagen.«

»Gut.« Franz nickte; auch Tonda schien von ihm überzeugt. »Vor allem der Hinweis auf Euer Verhältnis zu Wallenstein wird ihm gefallen.« Erst kürzlich hatte der Kaiser Albrecht von Wallenstein wieder zu seinem General gemacht. Die verheerende Niederlage des alten Tillys bei Breitenfeld hatte wohl auch die ärgsten Feinde des Herzogs von Friedland und Mecklenburg überzeugt.

»Und wann soll es geschehen?«, fragte Tonda.

»Nicht im Lager, nicht in irgendeiner Stadt, sondern bei einer großen Schlacht muss es geschehen.« Der Lauenburger leerte seinen Weinkelch und schob ihn zur Seite. Dann beugte er sich über den Tisch, zog die Brauen hoch und senkte die Stimme. »Hört mir zu …«

*

Hersfeld, Frühjahr 1632

Kristina wartete. Woche für Woche, Monat für Monat. Die unerklärliche Gewissheit, Tonda irgendwann wiederzusehen, verließ sie zu keiner Stunde. Manchmal hielt sie sich selbst für verrückt.

Eriks erster Brief traf gleich nach der Schneeschmelze ein, aus Kreuznach, einer Stadt, von der Kristina noch nie gehört hatte. Das schwedische Heer hatte sie erobert wie schon so viele andere zuvor. Er könne seine Freude nicht in Worte fassen, schrieb Erik. Und es sei derzeit zu gefährlich, in Gebiete zu reisen, in denen die schwedische Armee operiere – Kristina möge in Hersfeld auf ihn warten, da sei sie am sichersten. Und leider habe er eine traurige Nachricht.

So erfuhr Kristina vom Tod ihres Vaters.

Wochenlang fühlte ihre Brust sich an wie mit Steinen gefüllt. Tränen jedoch gestattete sie sich nur, wenn Antonia schlief. Dann breitete sie das alte Porträt des Vaters auf ihrem Schoß aus, flüsterte mit ihm und trauerte um ihn.

Den zweiten Brief schrieb Erik ihr aus Augsburg. Er schilderte ausführlich die Schlacht bei Rain am Lech und wie die glorreiche schwedische Armee Tillys Heer zum zweiten Mal schlug. Der General Tilly sei schwer verwundet worden. Und Kristina solle nur Geduld haben, aber bevor er nach Hersfeld komme, gehe es erst noch gegen Ingolstadt und München. Hatte Leopold von Heiligenstadt nicht ganz ähnlich gesprochen, wenn sie wissen wollte, wann es endlich nach Stockholm ging? Aus wenigen Schlusszeilen erfuhr Kristina, dass ihr Bruder verheiratet war und Kinder hatte.

»Ich bin Tante«, sagte sie zu Antonia. »Und du hast Cousinen oder Cousins.«

Drei Wochen nach dem Osterfest tanzten die Bürger Hersfelds auf der Straße: General Tilly, der grausame Zerstörer Magdeburgs, war tot. In Ingolstadt war er den Verletzungen erlegen, die er sich bei Rain am Lech zugezogen hatte.

Vielleicht schrieb Erik noch weitere Briefe; Kristina erfuhr es nie – sie kehrte Hersfeld den Rücken. Für immer.

Am zweiten Maitag erntete sie Wildkräuter in den Uferauen der Fulda. Antonia jagte mit anderen Kindern jungen Katzen hinterher. Ungefähr von der Stelle aus, an der Jahre zuvor der Capitaine ihr das Schießen beibrachte, sah sie einen Hünen in weißem Kartäuserhabit einen Leiterwagen über die Fuldabrücke ziehen. Rübelrap.

Die Freude, ihn wiederzusehen, war groß. Und überwältigend war die Freude, zu hören, dass Johann Steinmann und sein Sohn Balthasar den Untergang Magdeburgs überlebt hatten. Rübelrap erschrak, als Kristina erzählte, dass sie seit Monaten auf Tondas Rückkehr wartete.

Sie nahm den Kartäuser mit in die Abtei, kochte für ihn, hörte ihm zu. »Ich hab euch überall gesucht«, erzählte er. »In Halberstadt, in Dessau, in Quedlinburg. Tausend Leute habe ich nach euch dreien gefragt. Jetzt habe ich wenigstens dich und Antonia gefunden. Wir werden zu Tonda gehen.«

Kristina runzelt die Brauen, denn das klang, als hätte der Mönch von ihrem Mann gehört. »Weißt du denn, wo er ist?«

»Pater Alban glaubte es zu wissen.«

»Der Pater Medikus?« Kristina machte ein ungläubiges Gesicht. »Aber Tonda war doch noch bei uns, lange nachdem Alban gestorben war.« Sie runzelte die Brauen. »Hat er denn sein Schweigegelübde gebrochen?«

»Kurz bevor er starb.« Bruder Rübelrap nickte. »Man muss Tonda in der Nähe des Schwedenkönigs suchen, hat er gesagt. ›Sollte er jemals verschwinden, geht dahin, wo Gustav Adolf ist.‹«

»Du verwirrst mich. Was hat er denn damit gemeint?«

»Tonda muss deinen König töten, Kristina.«

»Das ist nicht wahr!« Sie schlug die Hände vors Gesicht. »Sag, dass das nicht wahr ist …« Entsetzen würgte sie.

Am nächsten Tag spannten sie die Pferde an und packten ihre Sachen auf Kristinas Wagen. Eine Stunde nach Sonnenaufgang überquerten sie die Fulda.

*

Lützen, 15. November 1632

Dunkel war's. Und kalt. Tonda hängte Engelchen und dem Schwarzen Hafersäcke um und bückte sich ins Zelt. Das teilte er mit Franz und dem bayrischen Leutnant, den hatte er vor einem Monat bei Coburg wiedergetroffen. Er zog den schwarzen Harnisch aus und seine Sturmhaube mit dem roten Kreuz auf der Stirnseite. Er schnallte den Brustgurt samt Degen, Pulver- und Kugelsäckchen ab. Niemand rechnete mehr mit einer Schlacht.

Mit einer Kelle schöpfte er Wasser aus einem Topf und trank sich satt.

Müde war er, so müde. Er trat sich die Stiefel von den Füßen. In Mantel und Koller streckte er sich auf einer Decke aus, rollte sich in sie, fror dennoch.

Franz von Trient war im Lager unterwegs, sammelte Nachrichten. Alois hatte Tonda schon seit Stunden nicht mehr zu Gesicht bekommen. Tonda ritt als Corporal in der Kompanie des Bayern, der Jesuitenpater galt als Feldkaplan.

Angeblich standen die Schweden nur vier Kanonenschüsse entfernt. Doch der General Wallenstein war vor drei Wochen, Ende Oktober, schon einmal einer Schlacht ausgewichen. Und seitdem hatte er die Truppen nicht nur nach und nach auf die sächsischen Winterquartiere verteilt, sondern auch seinen schärfsten Haudegen, den Grafen zu Pappenheim, mit seinen kampferprobten Regimentern zum Überwintern nach Halle geschickt. Der General selbst hatte sich nach Lützen ins Schloss zurückgezogen. Angeblich plagte ihn mal wieder ein Gichtanfall. Wer also wollte jetzt noch mit einer Entscheidungsschlacht rechnen?

Tonda schloss die Augen, versuchte zu schlafen, konnte es nicht; seine Gedanken kreisten um die vergangenen Wochen. In Zirndorf bei Nürnberg wäre die Gelegenheit schon einmal günstig gewesen. Beim Kampf um die Festung war er dem Schwedenkönig recht nahe gekommen. Doch zu viele Getreue des königlichen Leibregiments umgaben ihn da. Eine günstigere Gelegenheit musste her, aber der Lauenburger, der zugesagt hatte, den König vor Tondas Pistolen zu locken, ritt zu jener Zeit noch nicht unter schwedischer Fahne. Von Nürnberg zogen beide Heere nach Norden, belauerten einander, nahmen einander kriegswichtige Städte und mögliche Stützpunkte weg. Seit der vergeblichen Belagerung Coburgs hatte eigentlich jeder mit der Schlacht gerechnet, beinahe täglich.

Die Gedanken und Bilder in Tondas Kopf zerfielen im Sog der Müdigkeit. Konnte man denn wirklich so ungeheuer müde sein?

Er sank in einen unruhigen Schlaf, träumte von Kristina und der Kleinen. Wie beinahe jede Nacht. Heute stand Kristina auf der anderen Seite eines Stromes, der breiter als die Elbe war. Sie hielt einen großen, rot-gelben Apfel in der Rechten und winkte mit der Linken. »Komm!«, rief sie in seinem Traum. »Komm zu mir!«, und das Herz wurde ihm heiß. Und die Kleine stand vor ihm, streckte ihm den Erzengel entgegen und wollte das Wiegenlied hören und das Gebet zur Nacht.

Er schreckte aus dem Traum hoch, weil jemand ihn schüttelte. »Tonda!« Er blinzelte in das knochige Gesicht des Jesuitenpaters. Franz bückte sich zu ihm hinunter, zerrte an ihm. »Es kommt jetzt doch zur Schlacht.«

Tonda fuhr hoch, er glaubte kein Wort. »Wie spät ist es?«

»Völlig gleichgültig, nur noch wenige Stunden bis Sonnenaufgang …« Pater Franz gestikulierte erregt, hinkte im engen Zelt auf und ab. »Ein kaiserliches Reiterregiment ist auf schwedische Truppen gestoßen, nicht weit weg. Die setzen über die Rippach. Der Obrist hat angreifen lassen, um ihnen den Übergang zu erschweren. Noch kann er sie aufhalten, wie man hört.«

Tonda war nun hellwach. Die Rippach floss kaum zwei Meilen weit entfernt. Konnten die Schweden den Fluss erst einmal hinter sich lassen, lagen die kaiserlichen Lager ungeschützt vor ihnen. Tonda sprang auf. »Es kommt zur Schlacht? Wirklich?« Franz nickte. »Ohne die Pappenheimer?« Tonda konnte es noch immer nicht fassen. »Wie will der General denn die Schweden ohne Pappenheims Regimenter besiegen?«

»Er hat Boten nach Halle geschickt und Pappenheim befohlen, alles stehen und liegen zu lassen und sofort zu kommen. Deswegen bin ich ja auch so sicher, dass du nach Sonnenaufgang in die Schlacht ziehen wirst! Wallenstein ist bereits unterwegs zu uns. Er lässt schon die ersten Regimenter in Schlachtordnung aufstellen. Und die Obristen holen ihre Leute in aller Eile aus den Winterquartieren!« Er blieb stehen, legte Tonda die Hände auf die Schultern. »Für die einen nur eine Schlacht, für dich Dienst an der wahren Kirche und der Ehre Gottes!« Der Blick seiner lodernden Augen bohrte sich in Tondas Stirn und Herz. »Ich glaube an dich, mein geliebter Sohn! Und ich bin stolz auf dich.«

Er wandte sich um, hinkte zum Zeltausgang. »Ich reite aufs Schlachtfeld. Und zum Wald, wo ich den Boten des Lauenburgers treffe.«

Mit Lauenburg war vereinbart, dass er über einen Kundschafter mitteilen lässt, an welcher Stelle der schwedischen Schlachtformation er mit dem König reiten würde; falls es tatsächlich zur Schlacht kommen sollte.

»Wenn die Sonne aufgeht, komme ich noch einmal zu dir und berichte.« Er drehte sich um und warf einen letzten Blick auf Tonda. »Und erteile dir noch einmal das heilige Sakrament der Eucharistie.« Sprach's und bückte sich aus dem Zelt.

Tonda ließ sich zurück auf die Decke sinken. Draußen hörte er sich entfernenden Hufschlag. Ringsum in den Zelten klirrten Sporen und Rüstzeug, murmelten Stimmen. Pferde wieherten und schnaubten. Alles rüstete sich zur Schlacht.

Von irgendwoher hallte Schusslärm durch die Nacht – ein Scharmützel! Wohl das kaiserliche Regiment, das die Schweden am Flussübergang hindern wollte. Tonda schlug das Herz bis zum Hals, alles in ihm war in Aufruhr. Noch einmal streckte er sich aus. Er betete, dachte an Kristina und seine Tochter. Bald ertappte er sich dabei, wie er nur noch mit Kristina flüsterte statt zu beten. »Ich muss es tun«, murmelte er. »Ich habe es geschworen.«

So verging eine Stunde und mehr. Um Tondas Zelt herum leerte sich das Heerlager; Hufschlag, Stimmen und das Klirren von Rüstzeug verstummten allmählich. Die kaiserlichen Kompanien hatten sich zur Schlacht aufgestellt. Nur wenige Kranke und Verletzte waren in den Zelten und Unterständen zurückgeblieben. Und er, Tonda. Er musste ja auf Nachricht von Franz warten, musste ja wissen, wo Lauenburg reiten würde, um sich ihm gegenüber in die Schlachtordnung einzufügen; ihm und dem Schwedenkönig gegenüber.

Ein letztes Stoßgebet, ein letzter Gedanke an Kristina und seine Tochter, dann stand er auf. Er trank Wasser, stieg in seine Reiterstiefel, langte nach seinem Brustharnisch. Hastige Schritte näherten sich, er stutzte und lauschte. Eine Männerstimme fluchte. Jemand riss die Zeltplane zur Seite. Alois.

Der Bayer bückte sich herein, seine Augen sprühten Zorn. »Bist du narrisch? Frau und Kind ins Regiment holen?« Er kam ins Zelt, schlug Tonda gegen die Brust. »A Schlacht steht bevor, du Hirsch! Pack sie, schaff sie zum Tross! Gleich!« Er deutete zum Eingang, wo Kristina stand. Tonda wusste nichts zu antworten, so erschrocken war er.

Mit finsterem Blick bedeutete der Bayer ihm, ja seinem Befehl nachzukommen. Tonda konnte nur nicken. Der Leutnant bückte sich aus dem Zelt ins Morgengrauen, seine Schritte entfernten sich. Tonda starrte Kristina an. Sie hielt das in ein Schafsfell gewickelte Kind. Eine Erscheinung? Die Fortsetzung seines Traumes?

Kristina drückte die schlafende Antonia jemandem gegen die breite Brust, der hinter ihr wartete. Einem Kartäuser. Tonda blinzelte. Konnte das wahr sein? Sah er wirklich Rübelrap? Kristina zog die Plane hinter sich zu, schritt zu Tonda, umarmte ihn, küsste ihn. »Wenn du wüsstest, Tonda …« Ihre Stimme brach, sie schüttelte den Kopf. »Wenn du wüsstest, welche Irrfahrten wir hinter uns gebracht haben, um dich zu finden.« Sie drängte sich an seine Brust. »Komm jetzt mit.«

»Um Gottes willen, Kristina! Geh! Nimm das Kind und geh schnell fort von hier!« In seinem Schädel wirbelte ein Feuerrad von Gefühlen, Gedanken und Bildern.

»Nicht ohne dich.« Sie stieß sich von ihm ab, sah ihm in die Augen.

»Ich kann nicht, ich muss …« Er zögerte.

»Morden?« Sie spuckte ihm das Wort ins Gesicht. »Wenn du den König tötest, bist du ein Mörder.«

»Das bin ich so oder so.«

»Ein Mörder wie Jokrim? Ein Mörder wie Pappenheim oder Tilly? Du?« Sie schüttelte ihn. »Wer bereut und umkehrt, kann neu anfangen. Das wissen wir Lutherischen so gut wie ihr Papisten!«

»Ich muss es tun, Kristina. Ich habe es geschworen. Und hätte ich es nicht geschworen, wärt ihr tot. Du und Antonia. Alle beide.«

»Dann sterbe ich eben. Ich entbinde dich von diesem Schwur!«

»Das kannst du nicht, ich habe es Gott geschworen.«

»Ich fürchte, du hast es dem Teufel geschworen.«

»Woher weißt du überhaupt …?« Klare Gedanken gelangen ihm wieder. »Wer hat dir gesagt, dass ich …?«

»Alban.«

»Der ist tot.«

»Er hat sein Schweigegelübde gebrochen und Rübelrap eine Botschaft für mich aufgetragen. Er hat mir ausrichten lassen, wo ich dich finde – in der Nähe des Mannes nämlich, den du töten sollst. In der Nähe meines Königs. Und wenn ich diesen unflätigen Bayern richtig verstanden habe, überquert Gustav Adolf in dieser Stunde nur zwei Meilen von hier einen Fluss.«

»Alban?« Tonda war übel. »Woher weiß …, woher wusste er …?«

Kristina riss sich die alte Ledertasche von der Schulter, holte zwei Puppen heraus, schleuderte die Tasche auf den Boden. »Der Teufel hat deine Frau dem Jokrim ausgeliefert«, ließ sie den Meister Hein Klapperbein fauchen. »Das hat der Pater Medikus mir erzählt, als ich ihn holte. Ich holte ihn nicht gern, das kannst du mir glauben. Und der Teufel …« Kristina ließ Meister Hein Klapperbein herumfahren und den Schwarzen Kasper angucken. »… der Teufel hat gehinkt!«

»Dann war ich's nicht«, ließ sie jetzt den Teufel mit der hämischen Stimme sagen, die sie von Tonda gelernt hatte. »Ich hinke doch nicht. Aber wartet, wartet – vielleicht mag uns jemand einfallen, der hinkt und zugleich Gefallen daran gehabt haben könnte, dem Jokrim eine Hure in den Rachen …«

»Das glaub ich niemals!« Tondas Herz krampfte sich zusammen.

»… noch dazu eine Hure, die ihm den Pater von Waldau weggenommen hat! Guter Plan, wahrhaftig! Könnte von mir sein, wahrhaftig! Doch ich war's nicht!«

»Das glaub ich nicht!« Tonda schrie. »Hör auf damit!«

Kristina stieß ihm die Hörner des roten Grinseschädels gegen die Stirn. »Und da – was ist da drin? Gift ist da drin, immer noch! Raus damit, raus!«

»Lass mich!« Tonda stieß sie weg. »Nimm das Kind und geh nach Leipzig. Wartet dort auf mich.« Er schnappte nach der Teufelspuppe, doch Kristina wich ihm aus.

»Dein Vater hat gegen die Osmanen gekämpft«, ließ sie den Meister Hein Klapperbein flüstern. »Dein Vater hat gegen dich gekämpft«, ließ sie den Schwarzen Kasper höhnen. »Dein Vater kämpft gegen Ketzer und Teufel!«, zischte Hein Klapperbein. Kristina schüttelte die Puppe ab und schleuderte sie zu Boden. »Gegen wen kämpfst du, Spielmann?« Sie trommelte mit den Fäusten gegen seine Brust. »Warum kämpfst du gegen dich selbst, Tonda? Ich liebe dich, komm mit mir!« Sie riss ihn an sich, hielt ihn fest. »Ich liebe dich doch so sehr!«

»Ich hab's geschworen, um euch zu retten!« Tonda schrie wie von Sinnen. »Ich muss es tun, sonst finde ich keine Ruhe mehr!« Er klopfte sich auf die Brust. »Ich müsste sterben, um es nicht tun zu müssen!«

Sie schob ihn weg von sich. Ihr Gesicht wurde mit einem Mal sehr kantig und hart. Der vertraute bittere Zug grub sich tiefer um ihren Mund ein, und aus schmalen Augen blitzte sie ihn an. Wie der Erzengel Michael selbst sah sie jetzt aus, und Tonda erschrak. »Dann stirb«, sagte sie leise.

»Was?« Tonda wich zurück.

Kristina aber langte unter ihren Mantel, sprang wieder zu ihm, griff ihm mit der Linken ins Haar und bohrte ihm mit der Rechten etwas Hartes in den Leib. Tonda schielte nach unten, und eine Eisklaue schloss sich um sein Herz, als er sah, was da in ihrer Rechten lag: eine Reiterpistole.

Kristina drückt ab, der Schmerz riss Tondas Bewusstsein in eine schwarzrote Nacht.

*

Die Sonne musste längst aufgegangen sein, denn düsteres Zwielicht sickerte durch die Nebelschwaden zwischen den Bäumen und Büschen. Es wollte und wollte nicht recht hell werden. Franz trieb sein Pferd aus dem Wald und in den Nebel über dem von Hufen und Wagenrädern zerwühlten Acker. Umrisse von Zelten schälten sich aus den dichten Schwaden. Ein Schuss hallte durch das beinahe leere Heerlager.

Jenseits des Waldes, zwei Kanonenschüsse entfernt, hatten die Regimenter sich zur Schlachtordnung aufgestellt, hüben wie drüben. Den linken schwedischen Reiterflügel kommandierte der berühmte Herzog Bernhard von Sachsen-Weimar. Der Lauenburger ritt mit dem Ketzerkönig und der Småländer Reiterei auf dem rechten schwedischen Flügel. Tonda musste sich also auf der linken kaiserlichen Seite in die Schlachtreihen einordnen, um in seine Nähe zu gelangen. Die Standarte des Lauenburgers und die Fahne des Königs kannte er bereits. Und der Lauenburger kannte das Zeichen an seiner Sturmhaube, kannte seinen Rappen und dessen lanzenförmige Blesse. Der Herzog würde tun, was in seiner Macht stand, um Gustav Adolf in Tondas Nähe zu führen; das hatte er versprochen. Viel Zeit blieb nicht mehr.

Nebel hüllte die Zelte und Unterstände ein. Franz verlor die Orientierung, zog am Zügel. Langsam trabte er an den Zeltreihen vorbei, hielt Ausschau nach der Standarte des Feldkaplans – nach seinem eigenen Feldzeichen. Man sah kaum dreißig Schritte weit, so dicht wallte der Nebel. Endlich entdeckte er sein Feldzeichen und lenkte sein Pferd zu seinem Zelt. Er stutzte, weil er nur eines von Tondas Pferden entdecken konnte, den Rappen.

Franz stieg ab, hinkte ins Zelt, stand starr: Blut. Überall Blut. Es bedeckte Tondas Harnisch, Brustgurt und Degen, es führte in einer dünnen Spur zum Zeltausgang. »Heilige Jungfrau …« Franz stand wie gelähmt, dachte an den Schuss. Hatte jemand Tonda getötet? Oder verschleppt? Verrat am Ende? Der Lauenburger etwa?

Sein Blick fiel auf die Puppen, auf Meister Hein Klapperbein und den Schwarzen Kasper. Neben ihnen lag ein Buch, abgegriffen und von ausgebleichtem Blau. Franz bückte sich danach, schlug es auf. *Kristina Thott*, las er. »Die schwedische Hure?« Narrten ihn denn seine Sinne?

Er blätterte. Ihr Tagebuch, wahrhaftig; wie kam das ins Zelt? Lose Blätter lagen darin, ein Stück Zeitung, zwei Landkarten. Er blätterte hastig bis zum Schluss. Ein einziger Satz stand dort unter dem Datum des 15. Novembers. Franz las laut: »Ich werde es tun … ich werde auf ihn schießen, wenn er nicht mit mir gehen will …«

Wie von scharfem Schmerz überfallen, schrie er auf. Er schlug das Buch zu. »Hure, verfluchte!« Er steckte es mit den Puppen in die alte Ledertasche, hängte sie um die Schulter. Franz wollte das Buch lesen, ganz und in Ruhe. Falls er den Tag überlebte.

Er legte Harnisch und Degen an, setzte Tondas Sturmhaube auf, ein rotes Kreuz schmückte ihre Stirnseite. Er schnallte die Holster mit Tondas Reiterpistolen auf sein eigenes Pferd. Dann stieg er in den Sattel und ritt in den Nebel hinein, ritt in die Schlacht.

Epilog 1

Meuchen, 17. November 1632

Ich werde es tun! Ich werde auf ihn schießen … Kerzengerade saß Erik auf der Holzkiste, riss den Mund auf, runzelte ungläubig die Brauen. Er las die Sätze ein zweites Mal: *Ich werde es tun! Ich werde auf ihn schießen, wenn er nicht mit mir gehen will! Ich muss es tun! Für Antonia, für mich, für Erik selbst, für den König! Ich muss es doch tun! Für uns alle …*

»Kristina«, flüsterte er, »meine Schwester.« Er lehnte die Stirn gegen die noch warmen Lehmkacheln des Ofens. »Hast du das wirklich getan?« Er beschwor den Tag herauf, als sie Abschied genommen hatten, ihr Bild, das Gesicht einer kaum Achtzehnjährigen, die als Mann verkleidet war. Er las ein drittes und viertes Mal. Er seufzte tief, schlug das Tagebuch zu, sprang auf, legte die Hände auf den Kopf und den Kopf in den Nacken. »Kristina!«, rief er. »Meine geliebte Schwester!«

Er lief zur Tür des Bauernhauses, riss sie auf und trat in die Nacht. Tief sog er die kühle Luft ein. Der Hofhund schlug an. »Kristina.« Der Mond zeichnete deutlich die Umrisse des kleinen Kirchturms jenseits des Dorfplatzes; der Nebel hatte sich gelichtet. Drüben, bei der Kirche, quietschten Portalangeln, schnaubten Pferde, riefen Männerstimmen.

Die halbe Nacht hatte Erik mit dem Tagebuch seiner Schwester verbracht, hatte sorgfältig Seite für Seite gelesen. Gewaltig aufgewühlt hatte ihn das.

»Ist alles in Ordnung, Herr?« Er fuhr herum. Der Bauer stand in der offenen Tür, im Nachthemd und mit einem Kerzenleuchter in der Rechten. Hinter ihm äugte ihm seine junge Frau über die

Schulter; die Aschblonde, die Erik schon am Abend an Kristina erinnert hatte.

»Ja, alles gut.« Erik nickte. »Habe ich euch geweckt? Verzeiht.« Mann und Frau betrachteten ihn mitleidig, und jetzt erst merkte Erik, dass sein Gesicht nass von Tränen war. Er wandte sich ab, wischte sich die Augen mit dem Handrücken aus, stelzte mit steifen Knien über den Hof und aus dem Tor. Der Hofhund kläffte, stemmte sich gegen die Kette. Von der Haustür aus herrschte der Bauer ihn an; Ruhe trat ein.

Auf der anderen Seite des Dorfplatzes erhellten Fackeln den Aufgang zur Kirche und das Kirchenportal selbst. Småländer Reiter trugen den in aller Eile gezimmerten Sarg mit dem König aus der Kirche und durch das Fackelspalier zum Fuhrwerk; dort schoben sie ihn auf die Ladefläche unter die Plane. Eine Schar Reiter sah ihnen von den Sätteln aus zu. Einer entdeckte Erik, erkannte ihn wohl und lenkte sein Pferd über den Dorfplatz und auf ihn zu.

Ein großer, hagerer Mann in Eriks Alter stieg aus dem Sattel, dunkelhaarig und mit spitzem Bart. »Was für ein furchtbarer Tag!« Der neue Oberbefehlshaber des schwedisch-sächsischen Heeres, Herzog Bernhard von Sachsen-Weimar. »Die schlimme Nachricht verbreitet sich bereits, und jedes lutherische Herz im Reich wird um Euern König trauern, Obristleutnant Thott.« Die Männer reichten einander die Hand, sahen einander in die Augen. »Fragt mich nicht, was der Allmächtige sich dabei gedacht hat«, sagte der Herzog mit belegter Stimme. »Es ist, wie es ist. Wir müssen ohne ihn weitermachen.« Erik nickte nur, wusste nichts zu antworten.

Der Herzog gab seine Hand frei. »Ward Ihr schon in Hersfeld?« Erik verneinte. »Dann stellt Euch in den nächsten Tagen drei Kompanien zusammen und reitet an die Fulda zu Eurer Schwester. Lernt Euern Schwager und Eure kleine Nichte kennen und sorgt dafür, dass Mutter und Kind sicher nach Stockholm kommen. Und Euern Schwager bringt mit zu mir. Man spricht mit

Respekt von ihm als Kriegsmann. Das Beförderungspatent lasse ich Euch durch einen Boten zustellen. Und nach dem Christfest kehrt zu mir zurück. Ich brauche einen fähigen Obristleutnant, wenn es im Frühling nach Bayern hinein geht.«

Meine Schwester wartet nicht mehr in Hersfeld auf mich, wollte Erik sagen, doch er brachte kein Wort heraus, nickte nur, versäumte sogar, sich für die Beförderung zu bedanken.

Der Herzog stieg wieder in den Sattel. »Keiner unter den gefangenen Kürassieren, die man während der Schlacht in der Nähe des Königs gesehen hat, darf mit dem Leben davonkommen«, sagte er und lenkte sein Pferd herum. »Übrigens …« Noch einmal hielt er es an und sah zurück zu Erik. »Einer unserer gefährlichsten Feinde ist ebenfalls gefallen – der Graf zu Pappenheim. Kein wirklicher Trost, ich weiß.«

Vor der Kirche erloschen nach und nach die meisten Fackeln. Olaf Larsson und Jonas Hansson verteilten die übrigen unter den Reitern. Der Wagen rollte an, die Fackelreiter ritten ihm voran, die anderen schlossen sich dem Tross an. Nach Weißenfels sollte der König gebracht und in der Kirche dort einbalsamiert und aufgebahrt werden. Herzog Bernhard lenkte sein Pferd zu der nächtlichen Kolonne. Er ritt mit ihr zum Dorf hinaus.

Erik lauschte in die Nacht. Hufschlag und das Rattern der Wagenräder verklangen. Er machte kehrt, ging zurück ins Bauernhaus. Rauch sammelte sich dort unter der Küchendecke; der Bauer hatte Holz nachgelegt. Braver Mann. Erik ließ sich auf die Kiste neben dem Ofen sinken. Eine Zeitlang verbarg er das Gesicht in den Händen, dachte an Kristina. Was für ein Weg, was für ein Kampf! Was für ein Sieg über sich selbst.

Er erinnerte sich an den Sturmangriff auf Frankfurt an der Oder; viele entschlossene Männer hatte er dort gesehen, die tollkühn gegen die Wehrmauer und Schanzen anrannten – weil man ihnen befohlen hatte, die Stadt zu erobern, weil Beute winkte.

Oder die Einnahme Würzburgs oder die Schlacht gestern: Unzählige Männer hatte er gesehen, die dem Tod ins Auge blickten, die sich gegenseitig erschlugen und erschossen – damit sie nicht selbst erschlagen und erschossen wurden.

In dieser Nacht hatte er von einer Frau gelesen, die sie alle überragte an Mut und Kraft. »Kristina, wo bist du jetzt?«, flüsterte er. Er schlug ihr Tagebuch auf, begann noch einmal ganz von vorn zu lesen.

Zwei Stunden später graute der Morgen. Erik saß inzwischen am Tisch, zwei Öllampen standen rechts und links seines Briefbogens. Er schrieb nach Stockholm, an Mutter und Gattin. Als es hell wurde vor den Fenstern, klopfte es. Olaf Larsson trat ein; bleich war er, um Jahre gealtert sah er aus. »Es ist alles vorbereitet«, sagte er. »Der Henker wartet bereits.«

»Und der Satansbraten?«

»Die Gefreiten holen ihn aus der Ziegelei.«

»Sattele mein Pferd, ich komme sofort.« Erik tauchte die Feder ins Tintenfass. »Und ich will keinen Priester sehen, Olaf.« Der andere nickte und schloss die Tür.

Erik beendete den Brief, streute Sand darüber, ging zum Ofen und blies ihn in die Asche. Danach faltete er die Blätter, versiegelte sie, zog seinen Reitermantel an und steckte den Brief in die Tasche.

Seite an Seite ritten sie über den Dorfplatz, an der Kirche vorbei, aus dem Dorf und ein Stück ins südlich angrenzende Weideland hinein. Der Morgenhimmel hatte die Farbe eines blutgetränkten Leichentuches. Bei einer Eiche am Weg nach Lützen stand ein Wagen, vier Reiter warteten daneben. Ein Mann entfernte sich von ihnen und kam Erik und Olaf entgegen. Der Henker und sein Knecht warteten mit dem Gefangenen ein paar Schritte weiter unter dem Baum. Der Jesuit stand reglos, die Kapuze seines Mantels bedeckte seinen Kahlkopf. Ein bitterer Geschmack kroch Erik auf die Zunge.

Es war der Prediger von Meuchen, der sich von der Richteiche und den Reitern entfernte. »Er hat geistlichen Beistand abgelehnt«, sagte er kopfschüttelnd. »Und zu uns auf den Friedhof kommt er mir auf keinen Fall.« Auf Deutsch schimpfend ging er vorüber. »Verdammter Krabat.«

Erik hörte kaum zu, ritt weiter; er hatte den Prediger von Anfang an nicht gemocht. Beim Wagen angekommen, nickte er dem Corporal unter den Reitern zu. Der trieb sein Pferd zur Eiche und gab den Befehl zur Hinrichtung.

Der Henker riss dem Jesuiten die Kapuze vom Schädel und stieß ihn auf die Knie. Sie hatten ihm den rechten, unversehrten Arm mit einem Kälberstrick an Hüfte und Flanke gewickelt, sodass er ihn nicht rühren konnte. Der Henkersknecht riss an dem Seil, das er ihm um den Hals gebunden hatte, und zwang ihn so, den Schädel zu beugen. Der Henker packte die schwere Klinge mit beiden Händen, hob sie weit über den Kopf und schlug zu. Ein hässliches Geräusch splitternder Knochen, ein dumpfer Schlag, als der Schädel auf dem Boden aufschlug. Der Enthauptete kippte nach vorn, zuckte noch ein paarmal und starb.

»Wieso hat er ihn Krabat genannt?«, murmelte Olaf.

»Wohl ein deutsches Schimpfwort.« Erik zuckte mit den Schultern. »Verscharrt ihn hier bei der Eiche.« Er wandte sich an die Reiter. »Kein Kreuz, kein Stein, nichts.« Er riss am Zügel, lenkte sein Pferd herum, ritt zurück zum Dorf.

Erst nach etlichen Pferdelängen merkte er, dass Olaf nicht an seiner Seite ritt. Er drehte sich nach ihm um: Sein Trabant verharrte noch immer reglos bei den anderen Reitern. »Komm schon, Olaf!«

»Der Arm!«, rief der andere.

Erik hielt sein Pferd an. »Wessen Arm?«

»Dem da haben sie den rechten Arm an den Leib gefesselt.« Er zeigte zur Eiche und auf den Enthaupteten.

»Na und?«

Olaf drehte sich im Sattel um. »Franz von Trient haben die Finnen den rechten Arm abgeschlagen, als sie ihn einfingen!«

Einen Atemzug lang saß Erik Thott starr und wie angefroren im Sattel. Dann hieb er seinem Pferd die Sporen in die Flanke, jagte zurück zur Eiche und sprang neben dem Toten vom Pferd. Es stimmte: Dem hier fehlte der linke Arm, und der Armstumpf des Jesuiten war rechts gewesen. Erik erinnerte sich genau an die durchgeblutete Binde, als der Satansbraten auf ihn deutete. Und als er ihm mit der flachen Klinge auf den Stumpf schlug.

»Der Kopf!« Erik brüllte den Henker an. »Ich will das Gesicht sehen!« Mit dem Richtschwert drehte der Henker den abgeschlagenen Kopf im feuchten, blutigen Gras von der Seite auf den Hinterkopf.

Erik schrie auf – er blickte in das fahlblaue Gesicht eines jungen, schnurrbärtigen Kroaten.

Epilog II

Dezember 1632

Wieder fuhr hinter ihr eine Böe in die Segel, straffte das Tuch, ließ es knallen. Wieder musste sie sich an der Reling festhalten, um vom Windstoß nicht gegen die Balustrade gedrückt zu werden. Und wieder peitschte ihr das aschblonde Haar um Stirn und Kinn. Die eisige Luft brannte auf ihrem Gesicht, bis in die Lungenspitzen spürte sie die Kälte, wenn sie einatmete. Gut so. Sie wollte sich spüren, wollte spüren, dass sie lebte, wollte ganz sicher sein, dass kein Traum sie narrte und sie wirklich ihr Leben wie die Beute eines Raubes dorthin rettete, wo sie vor über dreizehn Jahren hergekommen war; ihr Leben und ihr Glück.

Das Schiff hieß *Maria Eleonore*, ein wendiger schwedischer Dreimaster mit sechzehn Kanonen im Unterdeck. Am Hauptmast, unter der schwedischen Fahne, flatterte Trauerflor. Kristina stand am Bug. An den Ufern glitt die flache Winterlandschaft vorüber. Am Ostufer entdeckte sie hier und da Eisränder im Schilf und unter Anlegestellen. Flache Buchten waren schon gänzlich zugefroren. Manchmal trabten Reiterkompanien am Westufer durch den Schnee. Schwedische Soldaten zumeist. Wenn sie die Schiffsfahne entdeckten, hielten sie die Pferde an, winkten und schwenkten ihre Standarten. Noch einen halben Tag bis zur Odermündung.

Kristina fieberte dem Augenblick entgegen, wenn die Ostsee sich vor ihr weiten würde. Wie lange hatte sie das Meer nicht mehr gesehen? Viel zu lange für eine Frau, die in den langen Wintern auf den schwedischen Schären groß geworden war. Polnische Schiffe hatte sie auf der Ostsee diesmal nicht zu fürchten. Noch hielt der Waffenstillstand zwischen den Königreichen Polen und Schweden. Doch Kriegsschiffe der kaiserlichen Flotte kreuzten vor der deutschen Ostseeküste, das jedenfalls berichteten der Kapitän und die Verwundeten, die mit ihr auf der *Maria Eleonore* nach Stockholm fuhren. So viele Kanonen unter den Deckplanken zu wissen, beruhigte Kristina.

Zehn Tage hatten sie nordöstlich von Leipzig bei böhmischen Flüchtlingen in einem verlassenen Kloster verbracht. Zwei schwedische und eine sächsische Dragonerkompanie eskortierten ihren und andere Wagen schließlich nach Dresden. Von dort brachten die Schweden ihre Verletzten und sie noch bis an die Oder. Den östlicheren Strom hinauf zur Ostsee zu nehmen sei sicherer, als auf der näher gelegenen Elbe nach Hamburg zu fahren, hatten sie ihr schon in Leipzig erklärt. Kristina war mit allem einverstanden; und froh, das zerstörte Magdeburg nicht mit eigenen Augen sehen zu müssen.

Leichte Schrittchen tippelten hinter ihr heran, stampfende Schritte folgten. Kristina drehte sich um, ging in die Knie und breitete die Arme aus – hinein flog ein kleiner Wirbelwind mit schwarzen Locken. Antonia. Sie schlang die Ärmchen um Kristinas Nacken. *Mein Leben und mein Glück.* Sie dachte und sie fühlte es. *Gerettet wie Beute eines Raubes.*

Rübelrap schaukelte heran. »Das Fieber kommt nicht mehr zurück.« Der massige Kartäuser raffte seine weiße Winterkutte um die breite Brust und die hochgezogenen Schultern zusammen. »Zu kalt«, brummte er und schüttelte sich. »Viel zu kalt. Er will dich sprechen.«

Kristina drückte ihm die Kleine in die Arme. »Gut festhalten. Sie darf nicht an die Reling, nicht dass der Wind sie durch die Holmen drückt.« Der Mönch nickte, Antonia protestierte. »Und bleibt nicht zu lange hier oben, sonst erkältet ihr euch.«

Sie wandte sich ab, ging zum Ruderhaus, bückte sich durch die Luke neben der Treppe, stieg am Kanonendeck vorbei ins Unterdeck. Matrosen schielten nach ihr und Verwundete winkten ihr aus ihren Kojen zu, während sie von Mittelbalken zu Mittelbalken zu ihrer Kajüte balancierte. Die Kajüte des Ersten Offiziers – der hatte sie ihr angeboten, weil sie eine geborene Thott war. Himmel, hatte das gutgetan, einmal wieder bevorzugt behandelt zu werden, weil man eine Thott war!

Sie trat ein, drückte die Luke hinter sich zu. Die Rechte mit der Panflöte auf der Brust lag er in seiner Koje und musterte sie. Seine Augen waren schwarze Höhlen in einem von schwarzem Gestrüpp umwucherten Schneeflecken. Er sah besser aus – immer noch bleich und hohlwangig, aber besser. Es ging aufwärts. »Du hast mir die Kugel aus der Hüfte geschnitten«, sagte er. »Rübelrap hat's erzählt.«

»So?« Sie ging zu seiner Koje, lehnte sich über sie und küsste ihn auf die Stirn. »Ich hab sie ja auch in dich hineingeschossen. Und was hätte ich tun sollen? Jeder Wundarzt in Leipzig hatte auf dem Schlachtfeld zu tun, jeder Feldscher, jeder Bader.«

»Wo hast du das gelernt?«

»Bei Pater Alban, das weißt du doch.« Sie ging zu ihrer Koje, bückte sich nach den Kisten und Bündeln mit ihren Habseligkeiten und zog einige zerknitterte und fleckige Blätter heraus. Zurück an Tondas Koje fuhr sie mit dem Finger den Linien der Zeichnungen darauf nach. »Das sind die wichtigen Adern, das die Hüftknochen, das der Muskel, ohne den man nicht aufrecht gehen kann. Der Schweiger hat uns alles ganz genau erklärt. Ohne Albans Hilfe hätte ich die Kugel gar nicht so gezielt auf dich abfeuern können.«

Tonda betrachtete die fleckige Zeichnung. »Ich hätte sterben können.«

»Möglich. Wenn ich schlechter gezielt hätte, oder an Wundbrand, oder am Fieber. Wärst uns ja beinahe daran gestorben. Doch wenn du auf den König geschossen hättest, hätten Antonia und ich dich ganz gewiss verloren. Dann wärst du längst tot.«

Er faltete die Papiere zusammen, sah sie lange an. Sie streichelte seine weiße Stirn, seine Wangen, seine Lippen. »Danke«, sagte er irgendwann. Kristina nickte. »Ob ich noch laufen kann?«

»Hauptsache, du kannst noch Musik machen.« Kristina legte die Panflöte zur Seite und deckte ihn auf. »Versuch's halt.« Sie half ihm aus der Koje. Er stöhnte, verzog das Gesicht vor Schmerzen. Der Erzengel fiel aus der Koje. Antonia bestand darauf, dass die Puppe immer neben ihrem Vater lag, damit der Erzengel ihn beschütze und gesund mache, wie sie sagte. Kristina hob ihn auf. Sie stützte Tonda auf dem Weg zur Kajütentür, sie führte ihn zurück zur Koje. Dann wollte er allein zur Tür, Kristina ließ ihn los. Er stöhnte, machte kleinste Schritte, hinkte stark.

»Wahrscheinlich werde ich mein Leben lang hinken.« Er hielt sich an der Kajütentür fest. Schweißperlen glänzten auf seiner Stirn.

»Wahrscheinlich«, sagte sie. »Manchen hilft's ja, wenn sie ihr Leben lang an ihre alten Fehler und besiegten Dämonen erinnert werden.«

»Dann hinke ich eben. Ich bin froh, dass ich mein Leben noch habe.« Mit schmerzverzerrtem Gesicht hinkte er zu ihr zurück.

»Dein Leben und dein Glück.« Kristina streckte die Arme nach ihm aus. »Erinnere dich an deine Puppenspiele und danke Gott, dass der Erzengel sich bei dir durchgesetzt hat. Weder Meister Hein Klapperbein noch der Schwarze Kasper, sondern einzig und allein der Erzengel Michael.«

»Nicht der Erzengel Michael.« Tonda schlang die Arme um sie, legte die nasse Stirn auf ihre Schulter, hielt sich an ihr fest. »Mein Erzengel kam aus Schweden und hat aschblondes Haar.«

Nachwort

Kristina Thott und Antonín von Waldau sind frei erfunden. Ihre erdichteten Schicksale jedoch habe ich in eine historischen Epoche gepflanzt, von der wir Heutigen uns durch eine Vielzahl von Quellen ein plastisches Bild machen können. Das zu tun, habe ich nach bestem Gewissen versucht. An einigen Stellen, und davon muss noch die Rede sein, bin ich von der sogenannten historischen »Wahrheit« ein wenig abgewichen.

Das Leitmotiv des Romans etwa, das Gedicht vom *Horn der Glückseligkeit*, stammt zwar tatsächlich von einem Dichter namens Johann Steinmann, dessen Lebensdaten allerdings sind unbekannt. Deswegen konnte ich mir die Freiheit nehmen, ihn in Magdeburg anzusiedeln. Möglicherweise hat er die Verse später geschrieben als in meiner Geschichte. Um 1650 jedenfalls wurden seine Gedichte in Quedlinburg gedruckt.

Der Atlas, dessen ausgerissene Schwedenkarte Kristina auf ihrer Odyssee begleitete, erschien erst 1665, also siebenundvierzig Jahre nachdem sie ihn in der Bibliothek ihres Vaters entdeckt hat. Er steht in meinem Regal und gefällt mir so gut, dass ich seine Existenz einfach vorverlegen musste – das will ich an dieser Stelle gern zugeben.

Kaiser Ferdinand II. habe ich Sätze in den Mund gelegt, die er nach Auskunft einiger Historiker tatsächlich gesagt haben soll. Etwa jenen lapidaren Kommentar angesichts des schwedischen Kriegseintritts – »Hamer halt a Feinderl mehr« – oder das erschütternde Bekenntnis: »Ich will lieber ein verwüstetes als ein verdammtes Reich.« Andere Historiker freilich halten solche Zitate für Unterstellungen zeitgenössischer protestantischer Propaganda. Wie auch immer: Unzweifelbar bleiben Kaiser Ferdinands

Taten und Entscheidungen. Sie haben den historischen Stoff dieses Romans geliefert, und das Zitat, historisch oder nicht, bringt sie schmerzhaft deutlich auf den Punkt.

Hexenverfolgungen im Kurfürstentum Mainz Anfang des 17. Jahrhunderts, u.a. in der Stadt Dieburg, sind historisch belegt, nicht jedoch ein dort geborener Corporal bzw. Rittmeister namens Veits Jokrim. Den Mann kann man nur insofern eine historische Figur nennen, als dass zeittypische Charaktere und Biografien in ihm zusammenfließen: eine entwurzelte und traumatisierte Waise, die durch zeitgeschichtliche Umstände geworden ist, was sie am Ende war, nämlich einer jener unzähligen die Fahnen wechselnden und verrohten Söldner, die Gustav Freytag im Auge hatte, als er in seinen *Bildern aus der deutschen Vergangenheit* schrieb: »Fast alle Völker Europas sandten ihre schlechtesten Söhne in den langen Krieg.«

Die Gestalt des Generals Tilly wurde mir während der Recherchen zu nunmehr zwei Romanen zunehmend unheimlicher. Sein Attribut »geharnischter Mönch« allerdings ist eine verklärende und schmeichelhaft gemeinte Bildung neuerer Zeit – darauf hat mich der Autor und Historiker Peter Engerisser hingewiesen. Trotz seiner Aufklärung habe ich die Wendung vom »geharnischten Mönch« beibehalten und sie in den Ohren meiner Protagonisten nach einem Tilly klingen lassen, wie ich ihn sehe: hart, unerbittlich, fanatisch. Nach einem Mann also, dem man besser aus dem Weg geht.

Umgekehrt ging es mir mit dem Herzog Christian von Braunschweig-Wolfenbüttel. Das überlieferte Bild eines halbstarken Marodeurs scheint mir nach den Recherchen für dieses Buch ein Erfolg der zeitgenössischen katholischen Propaganda zu sein. Die verbreitete auch, er sei innerlich von einem großen Wurm gefressen worden – wie der biblische Kindermörder Herodes. Andere nennen Fieber, Auszehrung oder ausschweifenden Lebenswandel als Todesursache. Manche Zeitgenossen hegten den Verdacht, er sei vergiftet worden. Seine Todesursache in meiner Erzählung ist also nur eine weitere Spekulation und nicht einmal die abwegigste.

Schließlich noch ein Wort zu der vielleicht bedauernswertesten Figur des Romans: Zu dem Ur, der Kristinas und Tondas Geschichte eine völlig andere Wendung hätte geben können, wenn er nur Pater Franz gründlich genug auf die Hörner genommen hätte. So aber starb er und folgte damit seiner Art, die nach Auskunft der Zoologie tatsächlich um das Jahr 1626 herum ausstarb. Und in der Gegend, wo er starb, lebten um diese Zeit wirklich die letzten Auerochsen – ausschließlich weibliche angeblich, und die in einem Gehege.

Dass die Auerochsenpfleger des polnischen Königs bei der letzten Zählung einen Bullen übersehen haben – etwa, weil er kurz zuvor ausbrach –, ist natürlich nicht ganz auszuschließen. Genauso wenig wie die Ähnlichkeit der erdichteten Lebenswege Kristinas und Tondas mit wirklichen Schicksalen damals lebender Menschen ganz auszuschließen ist.

Dank

Viele Menschen haben zu dieser Erzählung beigetragen, ohne es zu wissen. Etwa die Mitarbeiter der Badischen Landesbibliothek in Karlsruhe. Ein ansehnlicher Stapel der von ihnen verwalteten und gehegten Bücher begleitete mich über Monate, und ich liebe es, in ihren Bibliotheksräumen zu sitzen und über alten Büchern zu brüten, die man nicht mit nach Hause nehmen darf. Danke.

Bernd Warlich danke ich für wertvolle Literaturhinweise und Informationen über historische Personen und Sachverhalte, die man so schnell in keinem Buch findet.

Peter Engerisser verdanke ich neben Hinweisen auf Offiziere des Tollen Halberstädters auch allerhand Aufklärung über die Alltagskultur des Frühbarocks, etwa übers Damenreiten und Gepflogenheiten bei der Anrede. Und ständig habe ich in seinem Buch *Von Kronach nach Nördlingen* geblättert, um etwas über Radschlosspistolen, Degen, Besoldung von Landsknechten und dergleichen zu erfahren.

Sehr dankbar bin ich den LeserInnen der Internetplattform LovelyBooks, die mir während einer Online-Leserunde mit meinem ersten Buch *Der Gaukler* unschätzbare Einblicke in Leserherz und -perspektive gestatteten. Ich hoffe, sie werden dem vorliegenden Buch anmerken, dass ich bei dieser Gelegenheit etwas gelernt habe.

Meinem Sohn Friedrich-Immanuel Ziebula danke ich für sein Feedback als Erstleser und seine wertvolle anatomische und chirurgische Beratung. Durch sie konnte ich der Geschichte ein angemessenes Ende geben.

Der aufmerksame Leser des Impressums wird wohl den Namen der Lektorin dieses Romans erfahren, kaum aber die Bedeutung ihrer Arbeit einschätzen können. Deswegen will ich sie an dieser Stelle dankbar hervorheben. Sollte dieses Buch gelungen sein – und es kommt mir so vor –, dann liegt das auch an Judith Mandts Geduld mit ihrem Autor, ihrer sprachlichen und dramaturgischen Sorgfalt und ihrer Liebe zu guten Geschichten.

Gern gebe ich zu, dass ich auch dieses Buch ohne Norbert Mierswa nicht hätte schreiben können. Ihm bin und bleibe ich in tiefer Dankbarkeit verbunden.

Von Herzen danken will ich Manuela Ziebula, meiner Frau, die hartnäckig und mit ansteckender Zuversicht eine Herausforderung bewältigt hat, um die ich sie nicht beneide: nämlich einen manchmal wankelmütigen und nicht wirklich pflegeleichten Autor immer wieder zu ermutigen und ihm den nötigen Spielraum für seine merkwürdige Arbeit zu lassen. Ihr widme ich dieses Buch.

Thomas Ziebula, März 2014

Glossar

Arkebusier – leichter Reiter mit Harnisch und Sturmhaube, benannt nach seinem kurzläufigen Karabiner, der Arkebuse (von *Hakenbüchse*), den er mit einem verschiebbaren Haken an seinem Brustgurt (Bandelier) befestigt trug

Bandelier – *neutr.*, breiter, um die Schulter getragener Riemen, an dem neben dem Gehänge des Degens auch Pulver- und Kugelsäckchen und ggf. ein Karabiner befestigt wurden

Barchent – Mischgewebe aus Baumwolle und Leinen, häufig auf einer oder beiden Seiten aufgeraut

Birett – vorzugsweise von Priestern oder Ordensleuten getragener Hut mit drei oder vier hornartigen Ausbuchtungen

buhlen – flirten, um eine Frau bzw. einen Mann werben

Clementinum – von 1616 bis zur Aufhebung des Jesuitenordens 1773 Universität und Studentenwohnheim der Prager Jesuiten

Cornet – Fähnrich, gewöhnlich der rangdritte Offizier eines Fähnleins – einer Kompanie – nach dem Leutnant und dem Rittmeister bzw. Hauptmann

Dragoner – in seiner frühen Form ein Musketier zu Pferd, der während der Schlacht absaß und zu Fuß kämpfte; eingesetzt für Patrouillendienste, Begleitung von Transporten etc.; später griff der D. auch zu Pferd ins Kampfgeschehen ein

Dukat – Feingoldmünze; entsprach um 1620 in Ulm etwa zwei Reichstalern, die wiederum etwa vier Gulden wert waren; heutiger Wert zwischen 60 und 75 Euro

Fähnlein – auch *Cornet*: Kompanie; bei der Kavallerie gewöhnlich 60 bis 100 Mann plus drei Offiziere; bei der Infanterie um die 300 Mann

Fleckfieber – Typhus

Generalstaaten – die heutigen Niederlande; in der frühen Neuzeit der freie, von den G. regierte Norden der Niederlande im Unterschied zum spanisch besetzten Süden mit der Hauptstadt Antwerpen (heute Belgien bzw. Luxemburg)

Gulden – urspr. eine Goldmünze, in der frühen Neuzeit eine Silbermünze; Abk. fl. (von der franz. Bezeichn. *florin*); der Wert schwankte je nach Region und Zeit; 1632 entsprach ein Reichstaler 1,5 Gulden bzw. 90 Kreuzern; eine Zeitung kostete Anfang des 17. Jahrhunderts ca. 1,5 Kreuzer, ein Pfund Rindfleisch ca. 4 Kreuzer; ein Obrist der Kavallerie verdiente um die 500, ein Corporal um die 18 Gulden

Haag – *der Haag*; eigentlich (und bis heute offiziell): *s'-Gravenhagen*; ursprünglich ein Jagdsitz holländischer Grafen, Hauptstadt der Generalstaaten, seit Ende des 30-jährigen (für die Niederlande: des 80-jährigen) Krieges niederländischer Regierungssitz; seit Ende des letzten Jahrhunderts benutzt die Gemeinde selbst den international geläufigen Namen *Den Haag*; in der deutschsprachigen Forschungsliteratur wird der Artikel meist konjugiert; jemand ist also nicht in *Den Haag* sondern *im Haag*

Hakkapeliten – finnische Reitersoldaten im schwedischen Heer

Habsburger – seit dem 13. Jahrhundert eine europäische Herrscherdynastie, die sich im 16. Jahrhundert in eine österreichische und eine spanisch-portugiesische Linie teilte

Hauptkrankheit – Typhus, auch Kopfkrankheit genannt, weil sie häufig mit Kopfschmerzen und Benommenheit beginnt

Himmelreich – Puppenbühne

Hurenweibel – Soldat, der für die Ordnung im Heerestross zuständig war, i. d. R. ein alter Feldwebel

Kartaune – *fem.*; schwerster Geschütztyp der frühen Neuzeit, vor allem bei der Belagerung eingesetzt; man unterschied die ganze und die halbe Kartaune; Erstere schoss 40 bis 48 Pfund schwere Eisenkugeln 300 bis 400 Meter weit

Katholische Liga – Zusammenschluss der katholischen Stände im Reich gegen die Protestantische Union unter der Führung Bayerns, dessen Herzog Maximilian I. mit Tilly auch den wichtigsten Heerführer der Liga-Truppen berief und bezahlte; das Heer der K. L. unterschied sich vom kaiserlichen Heer unter Wallenstein nur hinsichtlich des Auftraggebers, nicht aber hinsichtlich der Kriegsziele u. -gegner

Kämmerer – für die Finanzverwaltung zuständiger Beamte

Kasack – *mask.*, soldatischer Mantel vor allem der Reiterei, in alten Listen auch »Oberrock« genannt; häufig ponchoartig und mit aufknöpfbaren Ärmeln; das wasserabweisende Kleidungsstück schützte Lederkoller, Waffen und vor allem den Brustgurt (das »Bandelier«) mit Pulversäckchen und Lunten vor Nässe

Koller – *neutr.*, ärmellose, westenartige Schutzkleidung der Kavallerie aus Rinds-, Hirsch- oder Elchleder

Meile – Längenmaß, dessen genaue Länge bis ins 19. Jahrhundert je nach Ort, Landschaft, Fürstentum etc. zwischen vier und zehn Kilometern schwankte. Erst 1756 legte man in Österreich per Gesetz die Länge der österreichischen Postmeile auf 7,586 km fest, in Sachsen 1840 die der sächsischen Postmeile auf 7,5 km. Bis dahin verstand man die Meile »als die Strecke, die ein Fußgänger ohne Anstrengung in zwei Stunden zurücklegen konnte«, wie es der Historiker H. Hirschfelder in seiner Dissertation »Herrschaftsordnung und Bauerntum im Hochstift Osnabrück im 16. und 17. Jahrhundert« formuliert hat.

Oberpfalz – damals Teil der Kurpfalz; Residenzstadt: Amberg; fiel nach der Schlacht am Weißen Berg 1620 an Bayern

Obristwachtmeister – militärischer Rang im kaiserlichen Heer; entsprach dem Major des schwedischen Heeres

Papist – verächtliche Bezeichnung der Protestanten für Katholiken, also für Anhänger des Papstes

Parierdolch – Klinge, die beim beidhändigen Fechten mit der linken Hand geführt wurde

Partisane – ca. 2,2 m lange Offizierswaffe mit blattförmiger Klinge und mit symmetrischen seitlichen Klingenansätzen

Pike – Langspieß von ca. 5 m Länge; mit ihren in flachem Winkel aufgerichteten Piken bildeten die Verbände der Pikeniere in der Schlacht der frühen Neuzeit eine Art Barrikade gegen die anstürmende Reiterei

Profess – Jesuitenpater der höchsten Stufe

PROFOS – *pl.* Profose; für die Strafverfolgung zuständiger Militärbeamter

PROPST – abgeleitet vom lateinischen Präpositus: Vorgesetzter, Vorstand; bei den Jesuiten hieß so der Leiter eines Professhauses

PROVINZIAL – Rang im Jesuitenorden; Leiter einer Ordensprovinz

RANZIONIEREN – Kriegsgefangene durch Lösegeld oder den Austausch eigener Gefangener loskaufen

REICHSACHT – von einem König oder dem Kaiser verhängte Ächtung; Betroffene waren innerhalb des Reichsgebietes rechtlos

RAPIER – *neutr.*; Degen, auch Seitenwehr genannt

REFORMIERT – bezeichnet eine sinnen- und bildfeindliche Variante der lutherischen Lehre, die vor allem der Schweizer Johannes Calvin (1509–1564) formulierte, weswegen Reformierte auch Calvinisten genannt wurden

ROCK – siehe Wams

ROTTE – kleine militärische Einheit aus meist sechs Reitern oder Fußsoldaten

SCHANZE – Befestigungs- bzw. Wehranlage; meist ein System aus Erdwällen und Laufgräben; hinter Schanzen wurden häufig Geschütze in Stellung gebracht

S. J. – *Societas Jesu*, Gesellschaft Jesu; diese Initialen nach dem Namen des betreffenden Patres bedeuteten in katholischen Kreisen zu manchen Zeiten mehr als ein Doktortitel

STECKENKNECHT – wie der Henker ein Gehilfe des Profos und zuständig für den Vollzug der von diesem festgesetzten Strafen, z.B. Prügel mit dem Stecken

TRABANT – soldatischer Begleiter eines Offiziers

TROSS – Heerestross; das Gefolge eines Heeres aus Pferdejungen, Soldatenfrauen, Prostituierten, Marketendern, Handwerkern etc. mit ihren Gespannen, Wagen und Pferden; häufig vielköpfiger als das Heer selbst und von den Einwohnern einer Region ähnlich gefürchtet und als »Landplage« erlebt

UNGARISCHE KRANKHEIT – Ruhr; von der »Hauptkrankheit« (siehe dort) nicht eindeutig unterschieden

WAMS – Männerjacken, auch als »Rock« bezeichnet